BASTEI LÜBBE

James Herbert
im Bastei Lübbe Taschenbuch

13 249: Moon
13 316: Magic Cottage
13 987: '48

JAMES HERBERT

TOTENTANZ

ROMAN

BASTEI
LÜBBE

BASTEI-LÜBBE-TASCHENBUCH
Band 14219

Erste Auflage: Juli 1999
Zweite Auflage: August 1999

Originaltitel: The Ghosts of Sleath
Originalverlag: Harper Collins Publishers, London

Lizenzausgabe im Bastei-Verlag Gustav H. Lübbe GmbH & Co.,
Bergisch Gladbach
Einbandgestaltung: QuadroGrafik, Bensberg
Titelfoto: Picture press
Satz: Kremerdruck GmbH, Lindlar-Hartegasse
Druck und Verarbeitung: Ebner Ulm
Printed in Germany
ISBN 3-404-14219-5

Für Eileen, ohne die …

Es ist schwer, zu tanzen
mit dem Teufel im Genick

Sydney Carter

Kapitel 1

Eine seltsame Stille lag über den Wiesen. Insekten stahlen Nektar von den Blumen in den Hecken, doch ihr Summen klang leiser als sonst, und ihre Bewegungen waren träge. Kühe versammelten sich an schattigen Plätzen, wenngleich die Sonne noch nicht sehr hoch am Himmel stand; die Tiere rupften an dem morgenfrischen Gras und schlugen mit den Schwänzen gleichgültig nach den Pferdebremsen. Gelbe und schwarze Raupen machten sich am Jakobskraut zu schaffen, und hier und da breitete eine Zinnobermotte schläfrig ihre kirschrot und schwarz gemusterten Flügel aus.

Geißblatt, das zwischen den Felsen wuchs, reckte sich aus dem Wald dem Sonnenlicht entgegen, während es mit seinen Wurzeln zwischen den Bäumen verweilte, wo das Erdreich dunkel und feucht war; aus den schattigeren Teilen des Waldes ertönte der gedämpfte Ruf des Waldsängers. Der Himmel schien mit seinem dunklen Blau tief über den fernen Chiltern Hills zu liegen.

Spinnen woben ihre Netze zwischen den Hecken eines staubigen Feldweges, über den eine Rabenkrähe dahinflog. Abrupt jagte der Vogel über die Baumspitzen hinaus in die Höhe, stieß dann wieder in die Tiefe hinab und ließ sich auf einem schiefen Grabstein nieder, der auf dem etwas weiter entfernt liegenden Friedhof stand. Der Vogel neigte den Kopf zur Seite, als wäre er neugierig darauf, etwas über die Ansammlung von Leuten da unten zu erfahren, deren Kleider so schwarz waren wie sein Gefieder.

Eine alte Kirche, deren steinerne Mauern, von den jahrhundertelangen Unbilden des Wetters gezeichnet, an diesem Tag aus wolkenlosem Himmel hell von der Sonne beschienen wurden, thronte hoch über allem, was sich zutrug; Pfeiler unterschiedlicher Dicke stützten den rechteckigen Turm, in dessen Mauerwerk sich dunkle Spitzbogenfenster befanden, welche die Menschenansammlung aus der Vogelperspektive zu beobachten schienen.

Das frisch ausgehobene Grab – auf die Maße eines Kindersarges zugeschnitten – war klein, und in den Gesichtern der Trauergemeinde spiegelte sich diese Besonderheit entsprechend wider. Abseits von den anderen stand eine Frau ein Stück näher am Grab, mit gesenktem Kopf und hochgezogenen Schultern; es schien, als würde der seelische Schmerz ihr körperlich zusetzen. Und vielleicht war es auch so; denn Ellen Preddles Körper war geschwächt, als würde sie vor übermächtiger Trauer an Muskelschwund leiden.

Sie weinte, doch ihr Weinen blieb stumm. An sich war Schmerz nichts Neues für sie, nur war er diesmal grausamer als je zuvor.

Der Geistliche, ein Mann von großer, gebeugter Gestalt, schaute dann und wann über den Rand seines Gebetbuches zu ihr hinüber. Er hoffte, daß kein unschicklicher Anfall von Hysterie die Trauerfeier stören würde; denn er wußte, daß Ellen dicht vor einem Nervenzusammenbruch stand. Der Tod ihres Mannes vor knapp einem Jahr war ihr nicht so nahegegangen – in Wahrheit hatte der Kerl nichts getaugt –, doch der Junge war stets der Mittelpunkt ihres Lebens gewesen. Mutter und Sohn hingen sehr aneinander, und sie hatten die Schlechtigkeit des Vaters bald vergessen, hatten ihn rasch aus ihren Gedanken und Gesprächen verdrängt. George Preddles Tod war entsetzlich gewesen, und der Geistliche fragte sich, wie die Witwe und das Kind – jenes Kind, das jetzt zu Grabe getragen wurde – damit fertiggeworden waren. Schließlich war der Sohn dabeigewesen, als der Vater starb. Selbst der Reverend betrachtete es nicht als unchristlich, daß George Preddle in seinen Augen nichts getaugt hatte; denn der verblichene Landarbeiter war ein so schlechter Mensch gewesen, daß er nicht einmal bei einem Mann der Kirche Mitleid erwecken konnte. Dennoch fühlte er sich schuldig, wenngleich in anderer Hinsicht. Er vertiefte sich wieder in sein Gebetbuch.

Seine knotigen Hände zitterten.

Behutsam wurde der Sarg in die Erde gesenkt, und für einen schrecklichen Augenblick dachte der Pfarrer, die Mutter würde hinterherspringen. Bedenklich schwankend stand sie vor dem offenen Grab und schien jeden Moment in Ohnmacht zu fallen. Zum Glück trat einer der Trauernden zu ihr – ein Freund oder Verwandter, aber sicherlich kein Dorfbewohner –, nahm sie am Ellenbogen und zog sie vom Grab weg. Sie ließ es widerstandslos geschehen, beinahe so, als hätte sie keine Willenskraft mehr. Sie senkte ihr Kinn noch tiefer auf die Brust, als der Mann ihr sanft auf den Rücken klopfte.

Nach kurzer Zeit war die Beisetzung vorüber, und Ellen Preddle, die jetzt noch gebeugter ging als zuvor, wurde auf dem engen Weg zwischen den Grabsteinen und durch das Kirchhofportal zu den wartenden Fahrzeugen geleitet. Der Reverend war überrascht, als sie allein in den ersten Wagen stieg und kurz etwas zu dem Mann sagte, der sie getröstet hatte; dann schloß sie die Wagentür. Das schwarze Fahrzeug fuhr langsam davon und ließ die restlichen Trauergäste stehen.

Auf den Gesichtern der Leute, die dem Wagen hinterherschauten, war Erstaunen zu lesen. Der Mann, mit dem Ellen gesprochen hatte, zuckte mit den Schultern, und die anderen schüttelten voller Mitleid den Kopf. Dann gingen sie zu ihren Fahrzeugen.

Ich muß allein sein, sagte sich Ellen, als der schwarze Volvo die kurze Strecke zu ihrem Haus zurücklegte. Sie brauchte niemanden. Die anderen würden sie ohnehin nicht verstehen. Sie konnten nicht begreifen, was es hieß, sein einziges Kind zu verlieren, den einzigen Menschen, der einen aufrichtig liebte, weil man ihn liebte; der nie in Frage stellte, was man ihm sagte; der nie böse war, nie Dummheiten anstellte, wie andere Kinder es tun. Nachdem George bei diesem dummen Unfall ums Leben kam, war Ellen nur der Junge geblieben. Es gab nur noch Simon und sie. Und mehr hatten sie auch nicht gebraucht. Nur einander, und sonst keinen Menschen. Oh, Simon, Simon. Warum du? Warum hat der Allmächtige dich mir weggenommen? Als Strafe für diese schmutzigen Dinge, die ich mit – die ich für – George getan habe – Dinge, von denen man niemals irgend jemandem erzählen konnte; Dinge, für die man sich bis ins Grab hinein schämen mußte; schändliche, schreckliche Dinge. War das die Strafe Gottes? O Herr im Himmel; er hat mich dazu gezwungen. Ich hatte keinen Spaß daran.

Aber ich habe sie für dich getan, verstehst du? Oh, gib mir meinen Sohn zurück, lieber Gott, gib ihn mir zurück, nimm mir nicht das Liebste auf der Welt weg! Ich tue alles, was du willst, o Herr! Gib mir nur Simon wieder! Bitte! Bitte! *Bitte*!

Ein Stöhnen entrang sich ihr, nachdem sie den ganzen Morgen keinen Laut von sich gegeben hatte. Sie konnte ihren Kummer nicht mehr zurückdrängen. Ellen schluchzte und dann, endlich, strömten die Tränen.

Der Fahrer des Leichenwagens beobachtete sie im Rückspiegel, und seine Augen, die in mehr als zwanzig Jahren viel Trauer gesehen hatten, waren ein ganz klein wenig feucht.

Arme Frau, dachte er bei sich, armes, kleines Ding. Kein Leichenschmaus nach der Beerdigung, niemand da, um ihr im Leid beizustehen. Da fuhr sie allein zurück in ihr Haus, um einsam zu trauern. Das war wirklich nicht recht. In ihrer Situation mußte sie jemanden um sich haben, mußte reden, getröstet werden und ein paar Seelenwärmer trinken. Ein bißchen Alkohol war nach einer solchen Tragödie nicht das Schlechteste, selbst wenn ein Kind gestorben war. Oder *gerade* dann. Er betäubt die Sinne und macht den schrecklichen Schmerz für eine Weile ein bißchen erträglicher. Arme, arme Frau.

Dorfbewohner, die an diesem sonnigen Morgen ihren Geschäften nachgingen, hielten inne und schauten dem tristen schwarzen Wagen hinterher, wie er die schmale Straße entlangrollte. Die älteren Männer zogen aus Respekt ihre Hüte, und einige von den Frauen bekreuzigten sich aus Anteilnahme, als wollten sie stellvertretend ein winziges Stück von Ellen Preddles Leid auf sich nehmen. Als der Wagen mit der einsamen, trauernden Insassin vorbeigefahren war, gingen die Leute wieder an ihre alltägliche Arbeit. Die Trauer blieb, doch sie verdrängten das Gefühl, weil sie sich um ihr eigenes Leben kümmern mußten. Arme Mrs. Preddle. Sie war eine gute Frau, die eine schlechte Partie gemacht hatte. Und nun war ihr ein schreckliches Unglück zugestoßen. Der Tod war kein Freund, aber für einige Menschen war das Leben es auch nicht.

Die Limousine rollte weiter leise dahin. Ihre Geschwindigkeit war dem ernsten Anlaß angemessen.

Warum ist es geschehen? Immer wieder stellte Ellen sich diese Frage. Sie war doch nur fünf Minuten fort gewesen – ja, ja, vielleicht auch zehn –, um eine Freimarke zu kaufen und an der Post einen Brief einzuwerfen. Während dieser Zeit saß Simon in der Badewanne und spielte, wie so viele Male zuvor. Ihm drohte keinerlei Gefahr. Die Wanne war nur halb voll. Wenige Augenblicke dieses Tages, ein paar Minuten nur, und ja, ja, ein Plausch, ein kleiner Tratsch mit Mrs. Smedley, der Postmeisterin, nur ein paar Worte, weniger als drei Minuten – *drei schreckliche Minuten, in denen Simon in seinem Badewasser ertrank* –, und dann sofort zurück nach Hause. Doch in dem Augenblick, als sie ihre Schritte auf den kurzen Weg durch den Vorgarten gelenkt hatte, da wußte sie plötzlich, daß etwas nicht stimmte. In ihrem Innern hatte sich irgendwas bemerkbar gemacht, eine Ahnung, und ein Anflug kalter Angst stach ihr ins

Herz. Aber Simon war doch schon elf Jahre alt, um Himmels willen, alt genug, um allein zu baden!

Alle hatten das gesagt. Selbst der Leichenbeschauer – obwohl seine Worte barsch geklungen hatten, ohne jede Freundlichkeit und jedes Mitgefühl – war sehr bemüht gewesen, ihr zu versichern, daß sie keine Schuld treffe. Und alle stimmten ihm zu. Ein Unfall, ein schrecklicher Unfall. Der Körper wies keinerlei Verletzungen auf; es gab keinen Hinweis darauf, daß der Junge ausgerutscht war, geschweige denn, daß jemand ihn unter Wasser gedrückt hatte. Die Vermutung des Leichenbeschauers ging dahin, daß der Junge entweder in der Badewanne eingeschlafen war, weil die Wärme des Wassers ihn müde gemacht hatte, oder daß er ›Tauchen‹ gespielt hatte; dabei hatte er zu lange die Luft angehalten und unfreiwillig zuviel Wasser geschluckt, als er unwillkürlich wieder atmen mußte. Das erklärte vielleicht den vor Schreck geöffneten Mund.

Das war die offizielle Version gewesen. Ein tödlicher Unfall. Warum konnte sie selbst dann nicht daran glauben?

Der Leichenwagen kam langsam vor einer Gruppe dreier schiefergedeckter Häuser zum Stehen. Erst als der Fahrer die Handbremse anzog und sich zu Ellen umdrehte, fiel ihr auf, daß sie zu Hause angekommen war.

»Darf ich Sie ins Haus begleiten, Mrs. Preddle?« fragte der Mann.

»Nein«, antwortete sie. Sonst sagte sie nichts, nur dieses kraftlose »Nein«.

Dem Fahrer war das gleich. Seltsam, daß sie unbedingt allein nach Hause wollte; daß keine Verwandten oder Freunde eingeladen waren, um ihr Trost zu spenden; daß keine dünn geschnittenen Sandwiches mit Pastete, kein Gebäck, kein Tee oder Kaffee gereicht wurden, und auch kein kleiner Sherry oder schärfere Sachen – daß es überhaupt kein Ritual gab, die Angehörigen über den Todesfall hinwegzutrösten. Ganz sicher würden die anderen Trauergäste, die auf der Beerdigung gewesen waren, sich im ›Schwarzen Eber‹ ein bißchen aufmuntern. Aber diese Frau wollte das offenbar nicht. Wollte unbedingt allein sein. Sei's drum. Aber irgendwie war das nicht normal; wenn so ein Trauerfall eintrat, brauchte man für gewöhnlich Menschen um sich herum. Der Fahrer stieg aus und öffnete die Beifahrertür.

Ellen senkte wieder leicht den Kopf, als sie auf die Straße trat. Im letzten der drei Häuser wurde rasch ein Vorhang zugezogen. Die Nachbarin war eher besorgt als neugierig. Ellen nahm es nur ganz am Rande wahr.

Sie öffnete das Tor zum Vorgarten, wobei ihr ausgerechnet jetzt auffiel, daß die Angeln geölt werden mußten, die mit ihrem schrillen Quietschen die Stille des Tages störten.

Sie ging zum Haus, blieb dann aber auf halbem Wege stehen. Zu beiden Seiten wuchsen Pfingstrosen, Flieder und Schlüsselblumen in einer bunten Reihe – Blumen, die Simon und sie liebevoll gepflegt hatten, so daß ihr Garten der schönste von allen drei Häusern war. Hinter Ellen stahl der schwarze Wagen sich langsam davon.

Ellen starrte zu dem kleinen Fenster über der Haustür hinauf, zu jenem Fenster, das zu dem Badezimmer gehörte, in dem Simon ... Sie dachte nicht weiter. *In dem Simon* ... Der Gedanke blieb haften, doch sie verbannte ihn aus ihrem Kopf. Dennoch schaute sie weiter zum Fenster hinauf.

Eine plötzliche seltsame Empfindung ließ sie zusammenfahren, als würde ein eiskalter Schweißtropfen ihr den Rücken hinunterlaufen.

Sie ging rasch weiter und wandte den Blick erst von dem kleinen Badezimmer ab, als sie in ihrer Handtasche nach dem Haustürschlüssel suchen mußte. Derweil hatte sich das Frösteln vom Rücken aus in ihrem ganzen Körper ausgebreitet, so daß ihre Muskeln sich verkrampften. Sie mußte sich konzentrieren, als sie den Schlüssel ins Türschloß steckte.

Der Schlüssel drehte sich, doch Ellen drückte die Tür nicht sofort auf; statt dessen atmete sie tief ein, um sich zu sammeln. Nervosität hatte ihre Trauer verdrängt. Ein anderes Gefühl stieg in ihr empor – ein Gefühl, das sie verwirrte: Es war eine Art Erwartung. Aber was sollte sie denn erwarten? Ellen wußte, daß es keine Hoffnung gab, daß ihr alles genommen worden war, was ihr lieb und teuer gewesen. Nichts war ihr geblieben, keine Freude, keine Zukunft. Nicht ...

Mit einem sauberen, bestickten Taschentuch tupfte sie sich die feuchten Wangen ab. Ihre Augen leuchteten in einer seltsamen Vorahnung, und sie öffnete die Tür.

Es gab keinen Flur, weil die Haustür direkt in das überladene Wohnzimmer mit der niedrigen Decke und den dicken Balken führte, die in die unebenen, weißen Wände eingelassen waren. Eine schiefe, ausgetretene Treppe aus Eichenholz führte hinauf zu den Schlafzimmern und zum Bad.

Auf den Stufen waren nasse Flecken.

Ellens ganze Aufmerksamkeit wurde jedoch von der kleinen, nackten Gestalt in Anspruch genommen, die in einem unbequemen Sessel vor dem leeren Kamin saß. Das Haar des Jungen glänzte, weil es noch feucht war. Es klebte am Kopf und der Stirn, und Wassertropfen bedeckten den bleichen, zitternden Körper.

In Simons Augen lag tiefe Traurigkeit, als er seine Mutter anschaute.

Kapitel 2

David Ash stöhnte leise auf, als er sein Gewicht verlagerte. Der Stuhl, auf dem er saß, knarrte vernehmlich, und Ash erstarrte in der Bewegung. Er blickte auf die Uhr, deren Leuchtzifferblatt ihm sagte, daß es fast zehn vor drei war. Nachts.

Gott im Himmel, es muß doch noch andere Möglichkeiten geben, Geld zu verdienen, sagte er sich, während er vorsichtig die Rückenmuskeln spannte. Fast drei Uhr morgens, und was tat er? Er hockte im Halbdunkel zwischen Regalen voller Handtücher und Bettlaken, gab sich große Mühe, nicht zu laut zu atmen, und hatte das dringende Bedürfnis, eine Zigarette zu rauchen ... Er sehnte sich nach einem Drink. Er richtete sich auf, was bequemer war, und rieb sich mit den Händen übers Gesicht, um die Müdigkeit zu vertreiben. Selbst das Kratzen seiner Bartstoppeln war zu dieser unchristlichen Zeit zu laut. Die Tür der Waschküche war nur angelehnt, so daß die Nachtbeleuchtung, die aus den Steckdosen im Flur gespeist wurde, eine Spur matten Lichts in den Raum warf. Ash ging leise zur Tür und schaute durch den Spalt. Nichts war zu hören, nichts rührte sich. Der schale Geruch von fadem Essen hing noch in der Luft, als hätte er sich in den Tapeten festgesetzt; Ash hatte das Gefühl, wenn er mit einem Fingernagel die Tapete abkratzte, würde ein leichter Geruch austreten, wie bei diesen Rubbelkarten von Parfümreklamen, die manchmal in Zeitschriften steckten. Ash schob die müßigen Gedanken beiseite, lauschte wieder. Nichts, kein Laut. Die alten Herrschaften waren ruhig.

Er ging wieder an seinen Platz zurück und nahm den Fotoapparat, eine Olympus, die auf einem Stoß Handtücher lag. Er drückte auf den Hebel des Batterieanzeigers, und ein kleines, rotes Licht glomm auf; es erinnerte an einen einäugigen Dämon. Die Batterie war in Ordnung – aber hatte er sie nicht erst vor zwei Stunden überprüft? Mit den Fingerspitzen drückte er sich leicht gegen die Schläfen, um die dumpfen Kopfschmerzen zu vertreiben. Waren sie auf Müdigkeit oder auf Langeweile zurückzuführen? Oder waren es in Wirklichkeit seine überreizten Nerven?

An sich dürfte ihm so etwas nichts mehr ausmachen. Doch bei so vielen Stunden der Untätigkeit und des tatenlosen Herumsitzens in der Dunkelheit fiel einem letztendlich nichts mehr ein. Die Phantasie streikte. Gab den Geist auf. Im wahrsten Sinne des Wortes.

Ash erlaubte sich ein Lächeln; hätte man es in der Dunkelheit sehen können, wäre die Ironie darin deutlich geworden.

Ash griff nach der Thermosflasche, die neben seinem Stuhl stand, und goß sich einen Kaffee ein. Eigentlich gehörte ein Schuß Brandy in das Getränk – aber nein, er hatte es Kate versprochen! Keinen Alkohol. Nicht während der Arbeit. Es war eine Regel, an die er sich nicht immer hielt.

Ja, Kate, ich weiß, daß ich ein Problem habe; ja, Kate, ich weiß, daß es immer schlimmer wird. Ash sagte diese Worte nur in seiner Phantasie, wobei er sich vorstellte, daß Kate bei ihm in der Waschküche war. Aber, Kate, denk doch einmal drei Jahre zurück! Konnte sie ihm Vorwürfe machen? Konnte sie ihm glauben?

Er hatte sich das oft gefragt. Sie war der einzige Mensch, dem er von den drei Nächten in Edbrook erzählt hatte, der einzige Mensch, der nicht an seinem Verstand zweifelte. Dennoch war ihm die Unsicherheit in ihrem Blick nicht entgangen – nein, nicht Unsicherheit, allenfalls ein leichter Anflug von Skepsis. Und wer konnte ihr das verübeln? Selbst er hatte Zweifel, wenn er daran dachte; selbst er fragte sich manchmal, ob das alles nicht bloß ein schrecklicher Traum gewesen war, ein grotesker Alptraum, der ihn bis auf den heutigen Tag verfolgte. Seine Finger wanderten hinauf zu der blassen Narbe auf seinem Kinn, einem dünnen Wulst aus hartem Fleisch, der nur bei einem bestimmten Lichteinfall zu sehen war, und er fragte sich ...

Nein! Beinahe hätte er das Wort laut ausgesprochen.

Er nahm einen großen Schluck abgestandenen Kaffees und setzte sich wieder auf seinen Stuhl. Denk einzig und allein an das Hier und das Heute; vergiß alles, was vor so langer Zeit geschehen ist und keinen rechten Sinn ergibt. (Aber die Sache ergab *doch* einen Sinn, nicht wahr, David? Alles, was sich vor drei Jahren in jenem alten Haus zugetragen hatte, war vollkommen logisch, wenn auch auf eigenartige Weise. Und zwar dann, wenn man an böse Geister glaubte.)

Ihm war, als würden diese Worte von einem anderen in seinem Kopf gesprochen, und sie waren heimtückisch, beinahe hinterhältig, ein Wispern, das nicht wollte, daß er vergaß; aber es war sein Tonfall, es waren seine Worte, die er schon oft wiederholt hatte, damit Zeit und Wirklichkeit ihre Bedeutung nicht schmälern konnten.

Ash fröstelte, obwohl es in dem Raum mit seinen warmen Versorgungsrohren und dem Geruch frischer Bettwäsche nicht kalt war. Vielleicht sollte er solche nächtlichen Überwachungsaufgaben anderen überlassen, jenen Feldforschern mit den besseren Nerven, die solche Dinge weniger emotional betrachteten. Er hatte das schon einmal gemacht. Es gab genug Mitarbeiter im Institut, die diesen Wachdienst leisten konnten; es wäre nicht nötig gewesen, nur ihn damit zu betrauen. Doch es war seine eigene Idee gewesen; er hatte dem Bonadventure-Altenheim diese Ein-Mann-Nachtwache vorgeschlagen, nachdem bei den Untersuchungen, die einen Monat gedauert hatten, nichts herausgekommen war. Er hatte nichts Übersinnliches feststellen können, keine Geistererscheinungen – und keinen Engel des Schlafes.

Der Engel des Schlafes. Vorbote des Todes, verhängnisvolles Omen. Jedenfalls glaubten das die Heimbewohner.

Eine Gestalt in einem wehenden Kleid, das irgendwie grünlich schimmerte, war den drei ältesten Heimbewohnern erschienen und hatte ihnen mitgeteilt, daß es für sie an der Zeit sei zu sterben. Und das taten sie dann auch – zwei einige Tage später, der dritte auf der Stelle. (Eine der anderen Bewohnerinnen, eine ältere Frau, die Probleme mit der Blase hatte und deswegen nachts mehr als einmal aufstehen mußte, hatte beobachtet, wie der sogenannte ›Engel‹ das Zimmer des Toten betrat, als sie von der Toilette zurückkam. Sie war schnell in ihr Bett gestiegen und hatte sich die Decke übers Gesicht gezogen, damit die Erscheinung sie nicht bemerkte und womöglich auch noch bei ihr vorbeikam.) Es waren die ersten beiden gewesen, welche die Worte des Engels herumerzählt und sie wiederholt hatten, bis auch sie den Anweisungen folgten.

Claire und Trevor Penlock, die Besitzer des Heimes, taten, was sie konnten, um die ganze Sache herunterzuspielen und die ängstlichen Heimbewohner zu beschwichtigen. Aber die wußten nichts Besseres mit der Zeit anzufangen, als die Geschichte weiterzuerzählen und auszuschmücken. Die Penlocks befürchteten, die Gerüchte über ihr Haus würden sich rasch verbreiten. Todesfälle in solchen Einrichtungen waren, gerade im Hinblick auf das Alter der Bewohner, nichts Außergewöhnliches – wenn nicht gar die Regel –; aber die Behauptung, daß überirdische Kräfte beim ›Hinscheiden‹ nachhalfen, würde dem Ruf des Hauses auf jeden Fall schaden. Widerwillig schalteten die Penlocks das Institut für parapsychologische Forschungen ein, und man vereinbarte eine unauffällige, aber gründliche Untersuchung der Angelegenheit.

Anfänglich hatte Ash sich gefragt, ob dieser engelhafte Geist nicht eine ansteckende Art von Wahnvorstellung war, die sich zuerst ein Sterbender zusammenphantasiert hatte (jemand, dessen religiöse Überzeugung ihn leicht zur Vision eines himmlischen Begleiters ins Jenseits inspirieren könnte). Ash hatte eine Zeitlang mit den Bewohnern geredet, wobei er vorsichtig zu Werke ging. Er fand aber kaum Hinweise auf eine Massenhysterie, noch stieß er auf ein besonderes Interesse am Übernatürlichen. Fälle von Altersschwachsinn waren ebenfalls selten. Außerdem befragte er das Personal, angefangen von der Oberschwester, Mrs. Penlock, bis hin zu den jüngsten Schwesternhelferinnen und dem Koch, wobei er sich besonders ausführlich mit den beiden älteren Nachtschwestern unterhielt, die sich wöchentlich abwechselten.

Er prüfte nach, ob das Gebäude nachts gesichert war, und stellte fest, daß alle Türen und Fenster abends verriegelt oder verschlossen wurden. Jede Nacht stellte er Fotoapparate mit Stativ und automatischen Detektoren am Ende der Flure und im Hauptgang auf. An wichtigen Punkten befanden sich Thermometer, die jeden auffälligen Temperatursturz aufzeichnen würden. Vor den Zimmertüren der ältesten Bewohner oder von Heiminsassen, deren Gesundheitszustand labil war, streute Ash ein Pulver aus, so daß Fußabdrücke, seien sie irdischen oder überirdischen Ursprungs, am nächsten Morgen sichtbar würden. Er vertiefte sich in die Baupläne des Hauses, auch in jene, auf denen die Renovierungen der letzten Zeit verzeichnet waren, und las alles Verfügbare über die Geschichte des Gebäudes, um herauszufinden, ob es schon einmal übersinnliche Erscheinungen gegeben hatte. Doch ohne jeden Erfolg. Niemand außer den Verstorbenen und der alten Dame hatte den übersinnlichen Vorgang miterlebt, und in den Nächten, da die Untersuchungen stattfanden, gab es keinerlei Auffälligkeiten. Die Fotoapparate schossen nur Bilder von den Nachtschwestern, die ihre Runden machten, oder von älteren Bewohnern, welche die Toilette aufsuchten.

Dennoch war Ash unzufrieden. Aus diesem Grund schlug er der Heimleitung vor, sich nur in bestimmten Nächten auf die Lauer zu legen, und zwar so, daß niemand ihn sehen konnte.

Zweimal schon hatte die Heimleiterin ihn heimlich ins Haus eingelassen, als die Nachtschwester bereits dabei war, ihre Abendrunde zu machen und die letzten Medikamente zu verabreichen. In Ash keimte schon die Vermutung, daß all seine Bemühungen Zeitvergeudung wären.

In dieser Nacht jedoch sollte seine Geduld belohnt werden.

Er hörte ein Geräusch, das ganz aus der Nähe kam. Dann wurde es wieder still.

Ash wartete ein paar Sekunden und stand dann ganz langsam auf, damit der Stuhl – und er selbst – kein Geräusch verursachte. Auf Zehenspitzen ging er zur Tür und spähte durch den engen Spalt.

Direkt gegenüber konnte er den Lift sehen, der alle drei Stockwerke des Altenheims bediente; rechts davon befand sich eine Rampe für Rollstühle, die zu einem anderen Flur führte, an dem sich der zentrale Treppenaufgang befand. Ash öffnete die Tür eine Stück weiter und riskierte einen Blick hinaus: Der Flur zur Linken war leer, und alle Zimmertüren schienen geschlossen zu sein. Nur die Tür des Badezimmers war offen.

Er machte die Tür der Waschküche zu, ließ sie dann aber doch einen kleinen Spalt auf und zog sich lautlos in den Schatten zurück.

Wieder ein Geräusch. Vielleicht arbeitete es im Mauerwerk. Vielleicht war aber auch jemand auf der Treppe hinter der Gebäudeecke an der Rollstuhlrampe.

Ash wich noch weiter von der Tür zurück, damit das Licht nicht auf ihn fallen konnte, auch wenn es schummerig war.

Er hörte seinen eigenen Atem.

Und ihm fiel auf, daß sich die orangene Farbe der Nachtbeleuchtung auf dem Korridor unmerklich veränderte; sie ging in einen leichten Grünton über.

Ihm stockte der Atem, als eine Gestalt an der Tür vorbeischwebte.

Jessie Dimple erwachte plötzlich. In ihrem Traum war ihr Körper geschmeidig, ihre Haut glatt und ihr Herz voller Leidenschaft gewesen. Sie war durch ein Feld voller Butterblumen gerannt, deren hell leuchtendes Gelb sich von einem kräftig grünen Hintergrund abhob und Jessie in Hochstimmung versetzte, so daß jeder Schritt ein anmutiger Sprung war, der in einem wundervollen Bogen endete, und bald schwebte sie, flog sie, sank immer wieder auf die Erde zurück, stieg aber stets behende wieder in die Höhe, dem klaren, saphirfarbenen Himmel entgegen, auf und ab, auf und ab, wie ein Regenbogen, der sich am Himmel immer weiter ausbreitete, bis sie schließlich kaum noch den Boden berührte; sie flog tatsächlich, sie flog …

Sie stöhnte auf; denn sie ärgerte sich, daß sie aufgewacht war. Es stimmte sie traurig, wieder die alte, kranke Frau geworden zu sein, deren Knochen brüchig, deren Haut runzlig und deren Seele und Herz vom Kampf ums Überleben völlig erschöpft waren.

Sie lag nicht flach im Bett, sondern auf einem Stützkissen. Seit einiger Zeit konnte sie anders nicht schlafen, ohne Gefahr zu laufen, an ihrem Bronchialschleim zu ersticken. Sie versuchte sich zu erinnern. Ah, der Traum ... So ein herrlicher Traum, in dem Alter und Schwerkraft nichts zu suchen hatten, in dem der Körper dem Geist untergeordnet war. Welch einen Frieden hatte der Traum ihr beschert. Welch eine Freiheit ...

Aber wovon war sie aufgewacht? Draußen war es noch dunkel.

Jessie bewegte sich in ihrem Bett, doch mit ihren schwachen Augen konnte sie die Zeitanzeige der Uhr auf ihrem Nachttisch nicht erkennen. Sie sank in die Kissen zurück und ließ ihren trüben Blick durchs Zimmer schweifen. Dabei überlegte sie, ob sie auch all ihre Pillen und Arzneien genommen hatte: Verapamil gegen Angina, Sinemet gegen die Parkinsonsche Krankheit, Thioridazin gegen Verwirrtheit und den Milchzucker gegen die Verstopfung. Ja, ja, die Oberschwester oder jemand anders vom Pflegedienst würde schon dafür gesorgt haben. Andernfalls hätten sie sich darüber lustig gemacht, daß Jessie jedes Medikament kannte und es verlangt hätte, so, als hätte das Personal keine Ahnung von seinem Beruf.

Jessie war in beiden Weltkriegen selbst Krankenschwester gewesen, damals, als sie noch jung war ... als sie jung war ... vor so langer Zeit, vor so vielen Jahren ... als Howard noch lebte, und die Kinder ... die Kinder hatten sie geliebt, hatten sich um sie gekümmert. Aber jetzt mußten sie ihr eigenes Leben führen; jetzt konnten sie ihre wohlverdiente Freizeit nicht mit einer so alten Frau wie ihr verbringen, die schon zweiundachtzig Jahre auf dem Buckel hatte; sie konnten sie nicht jeden Tag besuchen, jede Woche, jeden Monat; sie mußten sich um ihre Arbeit kümmern – die sehr wichtig war – und ihre eigenen Familien ... mußten sie hegen und pflegen ... so wie Jessie es getan hatte ... früher, bei ihnen.

Ihre Augen waren feucht geworden, und die dunklen Umrisse des Kruzifix an der Wand gegenüber verschwammen noch mehr. Mit zitternder Hand nahm Jessie den Saum ihrer Decke und wischte sich damit behutsam die Tränen ab.

Da hast du's, du blöde alte Kuh. Wirst auf deine alten Tage immer sentimentaler. Wirst immer närrischer. Na ja, morgen werden sie kommen, und wenn nicht morgen, dann eben übermorgen. Die Kinder hatten viel zu tun. Aber sie hatten auch viel für Jessie getan. Altenheime wie dieses waren teuer; aber sie hatten sich deswegen nie beschwert. Ihre Söhne waren gut zu ihr. Aber wann hatte Jessie sie das letzte Mal gesehen? War es gestern gewesen? Nein, nein, vorgestern. Oh, du dumme alte Großmutter! Es war schon eine ganze Weile her, ja, eine ganze Weile. Einen Monat? Länger, Jessie, viel länger. Sie kamen, wenn immer sie konnten, und sie brachten ihre Ehefrauen und Kinder mit. Nicht jedesmal, aber oft. Gelegentlich. Manchmal. Nun, was taten kleine Kinder – waren sie nicht schon Teenager? Oder waren sie womöglich schon älter? Jessie konnte sich kaum noch an ihr Alter erinnern; sie konnte sich kaum noch vorstellen, wie sie aussahen. Jedenfalls – was sollten Kinder an schrecklichen Orten wie diesem hier anfangen? Dieses Heim war etwas für alte Leute, nicht für junge. Die Jungen mochten den Gestank ebensowenig wie den Anblick von Kranken, oder deren Gebrabbel und Vergeßlichkeit, weil es sie daran erinnerte, daß es ihnen später auch einmal so ergehen könnte. Und das war auch nicht sonderlich überraschend. Wenn Jessie könnte, wie sie wollte, wenn sie nicht so nutzlos und hilflos herumliegen würde, wäre sie auch anderswo!

Ihr trockener, lippenloser Mund verzog sich zu einem Lächeln. Anderswo! Oh, Jessie, für dich liebes, altes Mädchen gibt es nur noch einen einzigen Ort. Das heißt, wenn Er dich dort haben will. Sie schloß die Augen und betete darum, und ihre Gedanken über den Himmel waren ihrem Traum nicht ganz unähnlich.

Sie schlug die Augen wieder auf, als sie spürte – nicht hörte –, daß sich etwas an der Zimmertür bewegte.

Der Engel des Schlafes stand in der Türöffnung. Ein grünes Leuchten überstrahlte die weiße Farbe seines Gewandes. Sein Gesicht lag im Schatten, doch Jessie wußte, daß es freundlich blickte.

Der Engel kam anmutig und leise auf sie zu. Jessie glaubte, daß er lächelte.

Er sprach so leise, daß Jessie die Worte kaum vernehmen konnte, und er sagte ihr, daß es an der Zeit für sie sei, aufzugeben, daß ein besserer Ort auf sie warte, wo es weder Schmerz noch Traurigkeit gebe; sie müsse ihren Geist aufgeben, ihr Leben beschließen ...

Und als er sich zu ihr herabbeugte, wie um den zahnlosen Mund zu küssen, fragte sich Jessie, ob das Lächeln nicht eher ein Stirnrunzeln war, womöglich ein böser Blick, oder ein Ausdruck von Abscheu. Plötzlich hatte Jessie Angst, und irgend etwas in ihrer knochigen Brust wurde starr, verkrampfte sich und schien sich in ihrem Körper auszubreiten, so daß sie Schmerzen hatte, die schlimmer waren als alle anderen zuvor in ihrem Leben. Es tat furchtbar, grausam weh und hatte nichts mit friedlichem Dahinscheiden zu tun. Als sie an ihr rasend schnell klopfendes Herz griff, wurde ihr klar, daß ein helles Licht über ihr erstrahlte und daß noch jemand im Zimmer war. Der Engel des Schlafes ließ von Jessie ab und schrie ... schrie ... so, wie auch sie schrie ...

Kapitel 3

»Du siehst aus, als hättest du eine schlechte Nacht hinter dir.« Kate McCarrick schob Papiere zusammen und legte sie zur Seite, als Ash ihr gegenüber Platz nahm. Er stellte einen Kaffeebecher aus Plastik auf den Rand des Schreibtisches und suchte in seiner Jacke nach Zigaretten.

»Einen schlechten Morgen«, sagte er und klopfte eine aus der Schachtel.

»Irgendwelche positiven Ergebnisse?«

»Keine, jedenfalls nicht im Sinne des Instituts. Im Bonadventure gibt es keine Gespenster.«

Kate schob ihren Stuhl zurück und ging zu einem der grauen Aktenschränke, die zwischen vollen Büchergestellen standen. Sie zog die Schublade B auf. »Das habe ich mir gleich gedacht. Hätte das Personal die Erscheinungen gehabt, hätte ich vielleicht ein bißchen mehr daran geglaubt. Doch alte Menschen sind leider nicht immer verläßliche Zeugen bei übernatürlichen Geschehnissen. Entweder haben sie schlechte Augen oder eine blühende Phantasie.« Sie blätterte die Akten durch und hielt inne, als sie zu ›Bonadventure-Altersheim‹ kam. Sie ging zum Schreibtisch zurück und las. »Hast du schon einen Bericht für mich geschrieben?« fragte sie und blickte auf.

Er lächelte müde. »Entschuldige, Kate. Ich bin noch nicht dazu gekommen.« Sie nahm die Lesebrille ab und betrachtete ihn für einen Augenblick eingehend: seine dunklen, zerzausten Haare, sein blasses, unrasiertes Gesicht und seine zerknitterte Kleidung.

»Entschuldige die blöde Frage.«

Er nahm die Zigarette aus dem Mund, die er noch nicht angezündet hatte, und griff nach dem Kaffeebecher. Er nippte daran; dann sagte er: »In der Nacht war viel zu tun, und am Morgen auch. Du bekommst den schriftlichen Bericht in ein paar Stunden.«

»Nein, du siehst so aus, als könntest du etwas Schlaf gebrauchen. Sag mir, was passiert ist. Deinen Bericht kannst du später nachreichen.«

Als Ash wieder am Kaffee nippte, fragte er sich, ob Kate zur Zeit einen Freund hatte. Sie sah noch immer gut aus; ihre Figur war verführerisch wie eh und je, obwohl sie ein wenig fülliger geworden war, und ihr Haar hatte noch immer seinen natürlichen Glanz. Um den Mund herum war die Haut vielleicht etwas schlaffer geworden, und sie mochte ein paar Falten mehr um die Augen haben, doch für eine Frau jenseits der Vierzig war Kate immer noch ausgesprochen reizvoll. Er dachte an ihre erste gemeinsame Liebesnacht und wie sanft sie damals gewesen war und an ihre zärtlichen Bisse, und wie sie ihn überall mit ihren feuchten Lippen berührt hatte ...

»David?«

»Hm?« Er schüttelte den Kopf und schob die Erinnerungen beiseite, und als sein Blick sich mit dem ihren traf, wußte er, daß sie seine Gedanken erraten hatte.

Kates Stimme klang forsch, und ihre Stirn war gefurcht, als sie sagte: »Ich nehme an, daß es sich um keinen übernatürlichen Vorgang handelt.«

»Ich fürchte, nein.« Ash stellte seine Kaffeetasse auf den Schreibtisch zurück und suchte in seinen Hosentaschen nach Streichhölzern. Er zündete eins an und hielt es an die Zigarette, die er sich zwischen die Lippen geschoben hatte. Er bewegte den Mund nicht, als er in die kleine Flamme starrte. Ihm wurde klar, daß Kate ihn beobachtete, und rasch zündete er die Zigarette an, wobei er hoffte, daß ihr nicht aufgefallen war, wie seine Hand kurzzeitig gezittert hatte. »Nein, kein Geist, obwohl ich eine Zeitlang nicht ganz sicher war.«

Interessiert beugte sie sich nach vorn.

»Die alten Leute hatten teilweise recht«, fuhr Ash fort. »Auf den Fluren des Heims ist tatsächlich ein Engel des Schlafes umgegangen – aber es war nicht so, wie die alten Leute dachten.«

»Trotzdem reichte es, um einige von ihnen zu Tode zu erschrecken.«

Ash zuckte mit den Schultern. »Na ja, sie sind gestorben. Zwei ein paar Tage später, der dritte in derselben Nacht. Er starb an einem Herzinfarkt, obwohl kurz zuvor festgestellt worden war, daß er Darmkrebs hatte. Er war hoch in den Achtzigern und sehr krank – es brauchte nicht viel, ihn ins Jenseits zu befördern.« Er blies Rauch in die Luft. »Als Zyniker könnte man sogar sagen, der Besucher hat ihm einen Gefallen getan.«

Kate stellte keine weiteren Fragen zu diesem Punkt. »Und was ist mit den beiden anderen passiert?«

»Beide waren ebenfalls über achtzig und erfreuten sich ebenfalls nicht gerade bester Gesundheit. Nach allem, was sie der Oberschwester erzählt haben, scheint ihr Besucher sie davon überzeugt zu haben, daß es Zeit für den großen Schlaf sei.«

»Er hat ihnen gesagt, sie müßten sterben?« fragte Kate erschrocken.

»Hm. Deswegen nannten die Leute ihn den Engel des Schlafes. Man könnte gewissermaßen von verbaler Euthanasie sprechen.«

»Das ist ja unglaublich.«

»Warte mal ab, bis du selbst alt und müde bist und das Gefühl hast, du kannst mit deinem Leben nichts mehr anfangen.«

»Ich denke fast täglich daran. Und wer oder was ist nun der Sendbote des Jenseits? Hast du ihn letzte Nacht gesehen?«

Ash hielt auf Kates Schreibtisch Ausschau nach einem Aschenbecher. Sie griff nach dem Abfalleimer, der unter dem

Schreibtisch stand, und reichte ihn Ash. Er schnippte Zigarettenasche hinein, bevor er den Eimer neben seinen Stuhl stellte. »Ja«, sagte er und seufzte müde, »der Engel ist wieder aufgetaucht. In den frühen Morgenstunden. Es war noch dunkel. Ich hab' ihn aus der Waschküche des Altenheims beobachtet. Alte oder Schwerkranke, so sagt man, sterben ja oft um diese Zeit – der Körper befindet sich in seiner tiefsten Schlafphase –, so daß ich das dumpfe Gefühl hatte, wenn überhaupt, dann würde zwischen zwei und drei Uhr morgens was passieren. Ich hab' mich davon überzeugt, daß ich auf dem Stockwerk war, auf dem die älteste Heiminsassin lag. Wie dem auch sei, kurz nach drei Uhr früh bewegte sich irgendwas an der Tür der Waschküche vorbei. Es leuchtete grünlich.« Ash kratzte sich an den Bartstoppeln unter dem Kinn. »Ich war zu Tode erschrocken, als ich einen Blick auf den Gang riskierte.«

»Es war also jemand, dessen Kleidung den Leuten einen Schrecken einjagt.« Kates Worte klangen eher wie eine Feststellung, nicht wie eine Frage.

»Genau. Jedenfalls war das mit beabsichtigt. Wehendes weißes Kleid, lange, lose herabfallende Ärmel. Und darunter hatte sie mit Klebeband kleine Kugeln befestigt, weißt du, solche, mit denen die Kinder an Halloween spielen. Diese durchsichtigen Plastikkugeln, die mit einer Flüssigkeit gefüllt sind, die im Dunkeln glüht.«

»Ich weiß, was du meinst.«

»Sie hat diese Kugeln benutzt, um die Wirkung zu verstärken. Um ein unheimliches Leuchten zu erzeugen.«

»Sie?«

Ash hob kurz eine Hand, so, als resigniere er. »Eine von den Angestellten der Pflegedienstleitung. Eine Frau, die jahrelang im Heim gearbeitet hat.«

»Sie muß ein besonders grausames Biest sein.«

»Ich bin mir da nicht so sicher. Die Polizei und das Pflegepersonal versuchen immer noch herauszufinden, ob sie die

Leute aus Boshaftigkeit erschreckt hat oder ob sie die ehrliche Absicht hatte, das Leiden der alten Menschen abzukürzen, indem sie ihnen dazu verhalf, in eine bessere Welt zu gelangen.«

Kate lehnte sich zurück und ließ Ashs Bericht auf sich einwirken. »Das ist ja schrecklich«, sagte sie schließlich.

»Diesmal hat sie eine andere Kandidatin fast zu Tode erschreckt. Aber ich war zur Stelle, bevor sie zuviel Unheil anrichten konnte. Bleibt nur zu hoffen, daß die alte Frau über den Schock hinwegkommt.« Wieder trank er einen Schluck Kaffee, nahm einen Zug an seiner Zigarette und lächelte Kate über den Tisch hinweg an. »So, jetzt hast du deinen Bericht. Ich glaube kaum, daß es die Forschungen des Instituts weiterbringt.«

»Wir können damit leben. Unsere Aufgabe besteht darin, paranormale oder übernatürliche Vorfälle wissenschaftlich zu beweisen, aber es nützt uns genauso viel, wenn wir irgend einen Schwindel auffliegen lassen. Im Grunde verleiht das dem Institut eine noch größere Glaubwürdigkeit; denn auf diese Weise erfährt die Öffentlichkeit, daß wir nicht dazu da sind, Scharlatane und Spinner zu decken. Es tut mir nur leid, daß du soviel Zeit auf diese Geschichte verwendet hast. Sag mal, hattest du von Anfang an den Verdacht, daß jemand in dem Heim eine Show abzog?«

Kate bereute sofort ihre Formulierung, weil Ash verwirrt, ja, beinahe gequält dreinblickte. Rasch formulierte Kate um: »Hast du geahnt, daß eine von den Nachtschwestern irgendwas mit der Sache zu tun hatte?«

Er blickte über ihre Schulter hinweg zum Fenster. Draußen war es hell, obwohl sie in jenem Teil des Gebäudes saßen, in den die Sonne nicht hineinschien. Von der Straße war Lärm zu hören. Etwas Schwarzes rauschte vorüber – ein Vogel, der so groß war, daß Ash ihn für eine Krähe hielt. Ein leiser Schauder durchrieselte ihn, aber er wußte nicht, weshalb.

»Ich habe vermutet, daß eine der Schwestern dahintersteckt«, sagte er, »und es war leicht, herauszufinden, wer jeweils allein Nachtdienst hatte – oder Frühschicht, um genauer zu sein; denn um diese Zeit erschien das vermeintliche Gespenst. Ich hab' dem Heim für einige weitere Nächte unsere Dienste angeboten, verlangte aber, daß dem Personal mitgeteilt wird, die Untersuchung sei abgeschlossen. Ich nehme an, die Nachtschwester ging davon aus, sie hätte es geschafft und könne jetzt weitermachen wie zuvor.«

»Glaubte sie wirklich, sie würde weiterhin unentdeckt bleiben?«

»Sie ist ziemlich verdreht, Kate. Wer weiß, was in ihrem Kopf vor sich geht.«

Kate schloß die Bonadventure-Akte und legte sie auf die Seite. »Schön. Ich bin froh, daß wir den Fall gelöst haben. Ich habe es nicht für möglich gehalten.«

»Bei welchen Fällen weiß man das schon im voraus?«

Eine solche Bemerkung hätte Ash einige Jahre zuvor nicht gemacht, und Kate war verblüfft. Irgendwie schien er über den Ausgang dieser ungewöhnlichen Untersuchung unglücklich zu sein, sogar ernüchtert, und das verwunderte sie. Ash, der früher so zynisch eingestellt war, was psychische Phänomene und die Ziele des Instituts für parapsychologische Forschungen betraf, hatte einen langsamen, aber deutlichen Sinneswandel durchgemacht. Jetzt tat er nicht mehr jedes paranormale Ereignis als Unsinn ab, obwohl er im Verlauf einer Untersuchung sein Bestes gab zu beweisen, daß weder Geister noch irgendeine Verbindung mit den Toten existieren. Die meisten Fälle, die das Institut überprüfte, waren entweder getürkt oder die Folge ziemlich ungewöhnlicher Umstände. Wenn es darum ging, Scharlatane zu entlarven oder natürliche, wenn auch seltsame Umstände aufzudecken, welche die Ursache für eigenartige Vorkommnisse waren, gab es keinen besseren Mann als David Ash. Überhaupt war dieses Mißtrauen allen übernatürlichen Dingen gegenüber für Kate der Hauptgrund gewesen, David eine Stelle im Institut anzubieten: Die Untersuchungen erforderten innere Ausgeglichenheit und einen kritischen Blick – und wer besaß beides, wenn nicht ein Skeptiker? Ash hatte ausgezeichnete Arbeit geleistet und angebliche Erscheinungen, Umtriebe von Poltergeistern und Totenbeschwörungen immer wieder mit logischen, wohldurchdachten Argumenten widerlegt, die durch unumstößliche Beweise untermauert wurden. Einige Angestellte des Instituts vertraten sogar die Ansicht, David Ash mache seine Arbeit zu gut und würde dem Ruf des Hauses dadurch schaden, indem er ständig widerlegte, was sie selbst für möglich hielten. Doch Kate hatte diesen Behauptungen stets mit dem Hinweis widersprochen, daß Ash seiner Objektivität wegen – oder besser, wegen seiner eindeutig negativen Einstellung zu dieser Thematik – dem Institut ungeheure Glaubwürdigkeit verleihen würde, sollte sich tatsächlich einmal etwas zutragen, bei dem hieb- und stichfest paranormale Ursachen nachgewiesen werden konnten.

David Ash hatte gute Arbeit geleistet. Und wie er seine Erfolge genoß – wenngleich auf eine stille, distanzierte, beinahe überhebliche Art und Weise. Jedenfalls bis vor drei Jahren. Nach dem Fall Mariell. Damals war seine feste Überzeugung erschüttert worden, und er hatte einen Nervenzusammenbruch erlitten.

Was steckte wirklich dahinter, David? Hatte deine Untersuchung zu dem Zusammenbruch geführt, oder wäre es auch so dazu gekommen? Wieviel von dem, was damals geschah, geht auf das Konto deiner Einbildung?

Ash stand auf und trank den restlichen Kaffee aus. Er warf den leeren Plastikbecher in den Abfalleimer und sagte: »Ich brauche ein bißchen Schlaf. Ich schreibe den Bericht heute abend und bringe ihn dir gleich morgen früh vorbei. Du könntest übrigens die Penlocks anrufen – ich glaube, denen würden ein paar freundliche Worte guttun.«

»Ich habe einen neuen Auftrag für dich«, entgegnete sie.

»Ich muß mal Pause machen, Kate.«

»Na gut. Nimm dir morgen frei. Schlaf den ganzen Tag, nachdem du den Bonadventure-Bericht abgegeben hast.«

»Dein Wohlwollen ist geradezu unheimlich. Bestimmt kann doch jemand anders den Auftrag übernehmen.«

»Ich dachte, der Fall würde dich reizen.«

Außerdem weiß ich, daß du's nicht ausstehen kannst, nichts zu tun zu haben, dachte sie bei sich. Zuviel Freizeit macht dir angst, nicht wahr, David? Dann kommst du nämlich ins Grübeln; dann fängst du an zu träumen. »Hast du schon mal von einem Dorf namens Sleath gehört?« fragte sie.

Ohne auch nur eine Sekunde nachzudenken, schüttelte er den Kopf.

»Es liegt in den Chilterns. Nicht sehr weit weg von hier.«

»Und was ist dort los? Ein Geist, der umgeht?«

»Nein, David«, antwortete sie. »Mehr als einer.«

Kapitel 4

Es tat gut, aus der Stadt herauszukommen, obwohl das schöne Wetter vorbei und die Luft kühl war, weil es leicht regnete. Hier und da kam die Sonne durch, und die Landschaft glitzerte in ihrem hellen Schein, wobei das Grün der Wiesen frisch erstrahlte und die Berge in der Ferne in mildes Licht getaucht wurden; die Birkenwälder warfen dunkle Schatten, und wilde Blumen leuchteten in ihrer Farbenpracht.

Auf den Nebenstraßen herrschte wenig Verkehr, doch Ash hielt eine gleichmäßige Geschwindigkeit bei und genoß die sich dahinschlängelnden Feldwege und die friedfertige Atmosphäre. Hin und wieder warf er einen Blick auf die Karte, die neben ihm auf dem Beifahrersitz lag. Nachdem er von den Hauptverkehrsstraßen abgebogen war, erwies es sich als schwierig, sich zurechtzufinden, und Ash erkannte, warum er nie zuvor von dem Dorf Sleath gehört hatte; im Zeitalter der Fernverkehrsstraßen und Autobahnen lagen solche Orte noch weiter abseits, weil die meisten Autofahrer Umwege vermieden. Ash fuhr durch Täler und über sanfte Hügel, deren Kuppen mit Buchenwäldern bedeckt waren. Von Zeit zu Zeit standen Schilder am Straßenrand, welche die Autofahrer vor Wildwechsel warnten, und einmal, als er gerade angehalten hatte, um die Karte zu studieren, hörte er tief im Wald das Hämmern eines Spechts.

Er kurbelte das Fenster herunter und sog die herrliche Landluft ein, genoß in vollen Zügen den Duft der verschiedenen Bäume und Pflanzen. Wegen des Regens roch alles noch kräftiger als sonst. Das Singen der Vögel war deutlich zu hören, und wenn auch jeder Vogel sein eigenes Lied pfiff, so klang das Ganze dennoch harmonisch. Selbst das Hämmern des Spechts aus größerer Ferne fügte sich sanft in das Konzert ein. Ash fuhr wieder los; er kannte seinen Standort auf der Karte nicht genau, war aber sicher, daß in etwa die Richtung stimmte, in der das Dorf lag.

Sleath. Aber die ganze Gegend hier war voller Dörfer und Städte mit seltsam klingenden Namen, wobei einem viele komisch, einige aber auch unheimlich vorkamen. Sleath gehörte eher zur letzteren Kategorie.

Ash schaute auf die Uhr. Dürfte eigentlich nicht mehr lange dauern. Es war leicht, sich in einem solchen Gewirr von Straßen zu verfahren; denn einige konnten nur einspurig benutzt werden, weil sie so eng waren. Kate hatte gesagt, der Ort liege weit vom Schuß, und damit hatte sie vollkommen recht gehabt. Bis jetzt war das Dorf noch nicht einmal ausgeschildert gewesen. Doch halt, da vorn kam wieder ein Wegweiser.

Ash hielt an der Kreuzung und blickte angestrengt zu dem verwitterten Schild hinauf, das an einem altersgrauen, rissigen Pfosten hing. Ortsnamen auf den Schildarmen, die in die verschiedenen Richtungen wiesen, waren aus dem Holz herausgearbeitet und schwarzbraun gebeizt. Ein wenig verärgert schüttelte Ash den Kopf: Die drei Arme des Schildes zeigten zwar, welcher Ort sich zu seiner Linken und zu seiner Rechten befand – sogar denjenigen, der hinter ihm lag –, doch er fand keinen Hinweis auf den Namen der Ortschaft direkt vor ihm. Wieder schaute er auf die Karte.

Wenn er nicht jeglichen Orientierungssinn verloren hatte, mußte es die Straße geradeaus sein. Noch einmal blickte Ash zu dem Wegweiser hinauf, prägte sich die Ortsnamen auf den drei ausgestreckten Armen ein und fand sie anschließend auf der Karte.

»In Ordnung«, murmelte er vor sich hin, »das Dorf liegt direkt da vorn.« Er schaltete in den ersten Gang und schaute nach rechts und links.

Der Wagen war erst einige Zentimeter gerollt, als Ash auf die Bremse trat und erneut stoppte. Von rechts war ein Traktor erschienen, dessen knatternden Motor Ash bereits gehört hatte, bevor das Fahrzeug aus einer Kurve zum Vorschein kam. Der Fahrer, dessen rotes Gesicht perfekt zur Farbe der Schrottmühle paßte, an deren Steuer er saß, winkte fröhlich, als er in den Weg einbog, den Ash ebenfalls nehmen wollte. Der Mann trug einen olivgrünen Anorak, dessen Kapuze er sich wegen des Regens über den Kopf gezogen hatte. Bei seinem Grinsen entblößte er einige wenige dunkelgelbe Zähne, von denen jeder einzelne unglücklicherweise dadurch hervorgehoben wurde, daß er zu beiden Seiten von Lücken umgeben war.

Ash kurbelte rasch das Seitenfenster herunter und rief dem Mann hinterher: »Ist das der Weg nach Sleath?« Der Traktor knatterte auf der Landstraße weiter, ohne daß der Fahrer auch nur einen kurzen Blick nach hinten geworfen hätte, und Ash beobachtete hilflos, wie das Fahrzeug hinter einer Kurve verschwand. Die riesigen Räder hatten matschige Erdklumpen auf die Fahrbahn gewirbelt, und der Lärm des Dieselmotors ging in ein leises Tuckern über.

Ash nahm den Gang heraus und schnallte den Sicherheitsgurt los, so daß er in die Jackentasche greifen konnte. Er nahm die Zigaretten heraus und zündete sich eine an.

Das noch brennende Streichholz warf er auf die nasse Straße. Es erlosch, bevor es zu Boden fiel, und der kleine Rauchkringel, der von ihm aufgestiegen war, löste sich schnell im Regen auf.

Ash starrte einige Sekunden auf das halbverbrannte Streichholz; dann lehnte er sich im Sitz zurück und schloß die Augen. Er nahm einen tiefen Zug an der Zigarette und dachte an eine andere Zeit, in einem anderen Auto, an jemanden, der sich durch die kleine Flamme, die er in der Hand hielt, verhöhnt gefühlt hatte. Die Frau wandte ihm im Mondschein das Gesicht zu ...

Ash riß die Augen auf.

Genug! Denk nicht mehr an die Vergangenheit! Solche Erinnerungen können einen in den Wahnsinn treiben.

Aber es schien, als wäre das alles gerade erst geschehen.

Er schnallte seinen Gurt wieder fest, hebelte den ersten Gang ein und trat fest aufs Gas. Die Hinterreifen quietschten auf der nassen Straße, bis sie auf der Fahrbahn griffen. Dann schoß der Wagen über die Kreuzung hinweg auf die gegenüberliegende Straße.

Wind und Regen wehten durch das geöffnete Fenster und vertrieben den Rauch der Zigarette, nicht aber die Gedanken, die Ash peinigten. Der Wagen wurde schneller, und Ash mußte die Geschwindigkeit ein wenig senken. Bald gelangte er zu der Kurve, um die der Traktor verschwunden war, und bremste hastig.

Der Reflex brachte ihn wieder in die Gegenwart zurück, so daß für einen Augenblick die dunklen Erinnerungen ausgeblendet waren, Bilder, die von tatsächlichen Ereignissen stammten, wenngleich sie eher von einem Traum, einem Alptraum, herrühren könnten. Für eine weitere Ablenkung war Ash sogar dankbar: Der rechte Kotflügel kam gefährlich nahe an die Böschung heran, als er um die Kurve schwenkte.

Ash riß das Steuer nach links und trat noch fester auf das Bremspedal, in der Hoffnung, der Wagen würde wegen der Erdklumpen, die der Traktor auf der Fahrbahn hinterlassen hatte, nicht ins Schleudern geraten. Die Gräser und Blumen, die auf der steilen Böschung wuchsen, schwankten leicht in dem Luftzug, den das vorbeifahrende Auto verursachte.

Ash lenkte den Ford wieder zur Mitte der Straße zurück und senkte sofort die Geschwindigkeit, als er den roten Traktor vor sich sah. Dennoch hatte er im Handumdrehen zu dem Fahrzeug aufgeschlossen. Der Mann hinter dem Steuer, der wegen der übergezogenen Kapuze einem mittelalterlichen Mönch ähnelte, hatte Ash noch gar nicht bemerkt.

Ash hatte keine Möglichkeit zu überholen; er mußte wieder bremsen, um nicht auf den Traktor aufzufahren. Verärgert und nahe daran, zu hupen, folgte er dem vor sich hin knatternden Fahrzeug langsam, ja, fast gemächlich. Der Lärm, den der Dieselmotor verursachte, wurde von den Böschungen rechts und links verstärkt und kam beinahe dem eines Preßlufthammers gleich. Aus und vorbei mit der friedlichen Ruhe hier auf dem Lande, dachte Ash und kurbelte das Fenster hoch. Auch die schwarzen Rauchwolken, die von Zeit zu Zeit unter dem Traktor hervorquollen, waren der frischen Landluft und der angenehmen Kühle des Regens abträglich.

Ash fiel auf, daß seine Hände das Steuer so fest packten, daß die Knöchel weiß hervortraten. Er bewegte die Finger, um die Muskeln zu lockern, und versuchte, sich zu entspannen. Er legte den Ellbogen auf die Kante des Wagenfensters, nahm die Zigarette aus dem Mund und blies den Rauch aus, der gleichmäßig über seine Schulter hinweg ins Wageninnere trieb. Ungeduldig trommelte er mit den Fingern auf das Steuerrad.

Eine Minute verstrich, und Ash beschloß, freundlich zu hupen; das konnte ja wohl nicht schaden. Doch der Fahrer auf dem Traktor schaute nicht zurück und wich auch nicht aus. Ash war nicht sicher, ob der Mann nur so tat, oder ob er wirklich nichts gehört hatte. Wie dem auch sei, Ash konnte nichts machen: Die Straße war so eng und der Traktor so breit, daß selbst eine Katze die größten Schwierigkeiten gehabt hätte, sich vorbeizumogeln.

»Mach schon«, sagte er laut, als sie sich einer Ausweichbucht näherten. Doch der Mann auf dem Traktor fuhr stur weiter.

Sie kamen an einem Tor vorbei, dessen verschmutzte Zufahrt groß genug war, daß der Traktor dort hätte Platz machen können, um Ash vorbeizulassen. Der Traktorfahrer ignorierte auch diese Möglichkeit. Ash war inzwischen gereizt und drückte erneut auf die Hupe, wobei er sie diesmal etwas länger ertönen ließ. Dennoch nahm der andere Mann keinerlei Notiz von ihm. Wieder kurbelte Ash das Fenster herunter und steckte den Kopf hinaus, um dem Bauern auf dem Traktor hinterherzurufen. Dann sah er, daß die Böschung fast unmittelbar vor ihm einem grasbewachsenen Bankett Platz machte, das ein Stück weit den Feldweg säumte.

Ash schnipste die Zigarette zum Wagenfenster hinaus und machte Anstalten, aufs Gaspedal zu treten. Wenn er auf den Seitenstreifen auswich, würde ihm gerade genug Platz und Zeit bleiben, um den rumpelnden Traktor zu überholen.

Ash wartete den richtigen Zeitpunkt ab; dann trat er aufs Gaspedal und lenkte den Wagen nach rechts, so daß die Räder diese Seite der Böschung hinauffuhren. Er beschleunigte, wobei die vordere Stoßstange beinahe eines der großen Hinterräder des Traktors gestreift hätte. Der Ford schlingerte und schaukelte, doch Ash hielt das Steuer fest im Griff und verlor deshalb nicht die Gewalt über das Fahrzeug.

Er fuhr jetzt unmittelbar neben dem riesigen Reifen, der einem regelrecht Angst einjagen konnte. So gut es ging, hielt Ash Abstand, doch auf der anderen Grasfläche verlief ein Graben oder eine tiefe Furche, was die Ausweichmöglichkeiten stark einschränkte. Unglaublich, aber der Mann mit der Kapuze hatte ihn noch immer nicht bemerkt – zumindest tat er so. Wieder hupte Ash, diesmal ziemlich wütend.

Doch der Traktor schien so schnell zu fahren wie er, und seine großen Räder hielten ihn auf Abstand. Es hatte sogar fast den Anschein, als würde der Traktor seitwärts auf ihn zu schwenken.

Entsetzt bemerkte Ash, daß ihm nicht mehr viel Platz blieb: In ungefähr 30 Metern Entfernung endete der Grasstreifen schlagartig, und der Erdwall mit seinen Baumwurzeln türmte sich erneut am Rand des Feldweges auf.

Er trat heftig auf die Bremse, und die Reifen auf der rechten

Fahrzeugseite rutschten über das nasse Gras, so daß der Wagen sich querzustellen schien.

Ash schrie irgend etwas. Vielleicht war es auch ein Fluch, weil das Auto schlingerte und außer Kontrolle geriet. Durch die Windschutzscheibe sah er, daß die Böschung sich immer höher vor ihm auftürmte. Er würde dagegenrasen.

Immer wieder trat er auf die Bremse, um ein Blockieren der Räder zu verhindern, und hielt das Auto gerade, wobei er jeden Augenblick damit rechnen mußte, neben den Traktor zu geraten oder gegen die Böschung zu prallen. Er erstarrte vor Schreck –

– und der Traktor drehte plötzlich ab und bog durch ein Tor auf ein Feld ein, das links von der Straße lag.

Ash riß das Steuer herum, und der Wagen schoß vom Grasstreifen herunter, so daß die Reifen auf der Beifahrerseite wieder griffen.

Er nahm den Fuß vom Bremspedal und ließ den Ford einfach dahinrollen. Die Erleichterung ließ die Angst sofort von ihm abfallen, doch seine Nerven waren noch immer überreizt, und ihm war übel. Und plötzlich tauchte direkt vor ihm eine schmale, gewölbte Brücke auf. Er konnte nicht mehr abbremsen, konnte nur noch beten, daß von der anderen Seite kein Fahrzeug entgegenkam.

Mit hoher Geschwindigkeit prallte das Auto auf die Auffahrt, und Ash stieß beinahe mit dem Kopf gegen den Wagenhimmel, als er in die Höhe geschleudert wurde.

Er krachte in den Sitz zurück und mühte sich verzweifelt, nicht die Gewalt über den Wagen zu verlieren; noch immer war ihm speiübel.

Hinter der Brücke waren die Grasstreifen breiter als auf der anderen Seite, und sie führten zu dem kleinen Fluß hinunter, den Ash gerade überquert hatte.

Doch da stand eine Gestalt mitten auf der Straße.

Ash schrie, als er das Steuer wieder herumriß.

O Gott, ich fahre ihn über den Haufen!

Der Gedanke gellte in seinem Kopf, als der Wagen über den rauhen Belag der Straße schlidderte. Die Hinterräder brachen aus, und die Reifen quietschten – ein Geräusch, das zu dem Kreischen in Ashs Hirn paßte. Die Welt draußen vor der Windschutzscheibe – die Bäume, das Laubwerk und die Gestalt selbst – wurde nach rechts gewirbelt, als der Wagen mit einem gewaltigen Stoß das Bankett hinaufschoß, so daß Ash beinahe das Steuer aus der Hand geprellt worden wäre.

Ash wurde durchgeschüttelt, als das Auto über Rinnen und Furchen rumpelte, doch hartnäckig ließ er den Fuß auf der Bremse stehen und handelte damit jedem Expertenrat zuwider, wie man ein schleuderndes Fahrzeug in seine Gewalt bekommt. Um die Hebelwirkung zu verstärken, preßte er sich mit dem Rücken in den Fahrersitz, und seine Hände umfaßten das Steuer mit eisernem Griff.

Das Schauspiel, daß Bäume urplötzlich direkt vor ihm standen und beängstigend schnell größer wurden, schien Ewigkeiten zu dauern. Dann kam das Auto zum Stehen. Ash wurde nach vorn geschleudert, um dann vom Sicherheitsgurt wieder mit einem Ruck in den Fahrersitz gerissen zu werden.

Regungslos blieb er sitzen und versuchte, seine Nerven zu beruhigen und gleichmäßig zu atmen, damit sein Herz nicht mehr so schnell schlug. Doch trotz des Schocks kam ihm zu Bewußtsein, daß da eine Gestalt gewesen war. Wie angewurzelt hatte sie mitten auf der Straße gestanden und keinerlei Anstalten gemacht, auszuweichen, als wäre sie gelähmt wie das Kaninchen vor der Schlange.

Mit einer Schnelligkeit, die vermutlich auf einen Adrenalinstoß zurückzuführen war, schnallte Ash den Sicherheitsgurt ab, stieß die Autotür auf und eilte mit stolpernden Schritten zur Straße, wobei er die Umgebung verzweifelt nach einem am Boden liegenden Körper absuchte. Der Regen trommelte ihm auf Kopf und Schultern; einmal rutschte er aus, konnte das

Gleichgewicht aber halten, so daß er nicht stürzte. Er war sich ganz sicher, daß der Wagen die Gestalt erfaßt hatte – es mußte so gewesen sein, weil sie mitten auf der Straße stand –; doch konnte er sich nicht daran erinnern, einen Schlag gehört oder gespürt zu haben. Er blieb stehen, als er am Fahrbahnrand angekommen war, und schaute sich hektisch um; dann rannte er wieder auf die andere Seite der Straße zurück, blickte nach links und nach rechts.

Auf der Fahrbahn war niemand.

Rasch suchte Ash die Seitenstreifen ab, aber auch dort lag kein Körper auf dem Boden. Auch bei den Bäumen stand niemand oder kauerte zusammengekrümmt im Gras. Vielleicht war die Gestalt im Schockzustand irgendwohin getaumelt, ob sie nun verletzt war oder nicht. Vielleicht war sie die Böschung zum Fluß hinuntergekrochen.

Ash rannte bis zur Brücke und starrte ins Wasser. Der Fluß war in Wirklichkeit ein breiter, rasch fließender Bach, so klar und seicht, daß man bis auf den Grund schauen konnte. An seinen Ufern wuchs Weidenmoos auf den größeren Steinen, und blaue Vergißmeinnicht sprossen an den schattigeren Plätzen; doch auf dem Wasser trieb keine Leiche. Erleichtert, aber auch verstört, eilte Ash zum anderen Ufer hinüber. Der Gedanke, die Gestalt könnte flußabwärts getrieben worden sein, war ihm nicht ernsthaft gekommen, weil das Wasser nicht tief genug war. Doch die Vernunft sagte ihm, daß derjenige, den er angefahren oder beinahe angefahren hatte, irgendwo in der Nähe sein *mußte*.

Nach Atem ringend, spähte Ash das Ufer entlang. Zweige mit dichtem Blätterwerk bildeten einen schattigen Tunnel über dem Flüßchen, und vereinzelt wuchs das Unterholz bis nahe an den Uferrand. Doch der Lauf war ziemlich gerade und ließ sich über ein recht langes Stück hinweg gut überschauen. Trotzdem konnte Ash noch immer nichts ausmachen, das auch nur entfernt einem menschlichen Körper ähnelte.

Wieder ließ er den Blick umherschweifen und zwang sich, mit Bedacht zu handeln und die in ihm aufkeimende Panik zu unterdrücken. Er suchte das Laub der Bäume ab und spähte zwischen die Stämme, um irgend etwas zu finden, eine ausgestreckte Hand oder einen ausgestreckten Fuß – irgend etwas, das auf einen Verletzten hindeuten würde. Doch er entdeckte nichts.

Seine Angst wurde eher größer als kleiner. Völlig verwirrt rannte er zum Scheitelpunkt der kurzen, gewölbten Brücke. Dort blieb er stehen und starrte die leere Landstraße hinunter, die ihn hergeführt hatte; in der Ferne konnte er noch das leise Klappern des Traktors hören, dem er gefolgt war.

Ash machte jetzt wieder längere, tiefere Atemzüge.

Und dann kam ihm eine plötzliche Eingebung, die ihn so heftig traf, daß für einen Augenblick der Atem stockte. Er rannte den Abhang zu seinem Auto hinunter.

Als er fast dort war, fiel er zu Boden und rutschte auf dem nassen Gras weiter. Mit der einen Hand schlug er gegen die Karosserie des Fords und duckte sich tief, um in die Dunkelheit unter dem Wagen zu spähen.

Und stieß ein unterdrücktes Stöhnen aus, als er sah, daß niemand da unten lag.

Er drehte sich um und lehnte sich mit dem Rücken gegen die Autotür, wobei er ein Bein ausstreckte und das andere abwinkelte; die eine Hand stützte er aufs Knie. Er hob den Kopf zum Himmel, und der leichte Regen rieselte auf seine geschlossenen Lider. »Gott sei Dank«, sagte er leise.

Es hatte niemand auf dem Feldweg gestanden.

Eine andere Erklärung gab es nicht. Er hatte sich die Gestalt nur eingebildet.

Von tiefer Müdigkeit erfüllt, rappelte Ash sich auf, indem er sich an der nassen, glatten Karosserie des Wagens in die Höhe zog. Als er wieder auf den Beinen stand, lehnte er sich gegen das Fahrzeug, ein Ellbogen auf dem Dach, eine Hand auf der

Motorhaube. Mit hochgezogenen Schultern atmete er tief ein und aus und ließ die innere Anspannung langsam verebben.

Er *hatte* aber jemanden gesehen, als er mit dem Ford die Brücke hochgerast war. Und er war sicher gewesen, daß er den Jungen angefahren hatte, als er verzweifelt versuchte, das Steuer herumzureißen.

Der Junge.

Ein seltsamer kleiner Junge, der eine Jacke mit drei Knöpfen trug, die ihm viel zu kurz war, und kurze Hosen, die ihm weit über die Knie reichten. Wie konnte die Gestalt Einbildung gewesen sein, wenn er solche Einzelheiten bemerkt hatte?

Doch es war niemand in der Nähe, überhaupt niemand. Selbst das Geräusch des Traktors war nicht mehr zu hören.

Ein Schrei, schrill in der regengedämpften Stille, ließ Ash herumfahren. Er suchte den Vogel – wegen des gutturalen, heiseren Tons mußte es eine Krähe gewesen sein –, fand ihn aber nicht. Wahrscheinlich saß das Tier irgendwo hoch oben in den Bäumen.

Ash riß die Wagentür auf und langte über die Rückenlehne nach hinten. Er öffnete den Reißverschluß der ledernen Reisetasche und wühlte darin herum, bis er auf kaltes Metall stieß. Er brachte einen versilberten Flachmann zum Vorschein, drehte sich um und nahm auf dem Beifahrersitz Platz. Die Beine streckte er trotz des Regens aus dem Wagen. Er schraubte den Verschluß ab, hob die Taschenflasche an die Lippen und nahm einen tiefen Schluck reinen Wodka.

Brennend rann ihm das Getränk durch die Kehle und in den Magen; dann ließ das Brennen nach, und es blieb ein angenehmes Gefühl von Wärme.

Das half ein bißchen.

Kapitel 5

Als sich der Weg hügelabwärts senkte, konnte Ash zwischen den Bäumen hier und da einen Blick auf das Dorf erhaschen. Die Straße machte eine unglaublich scharfe, fast kreisförmige Kurve, und er mußte sich auf die Fahrbahn konzentrieren, so daß er nach Sleath erst wieder Ausschau halten konnte, als es erneut geradeaus ging. Er sah gerade noch den Kirchturm über eine Ansammlung anderer Gebäude ragen, ehe der Wald wieder dichter wurde und er nichts mehr erkennen konnte.

Ash warf seine Zigarettenkippe aus dem Fenster und merkte, daß seine Hand noch immer zitterte. Nur ein paar Minuten waren seit dem Vorfall vergangen, aber schon drängte ihm der Verstand in seiner vereinfachenden Logik eine Erklärung auf: Der Junge auf dem Feldweg war reine Einbildung gewesen. Daß er beinahe mit dem Traktor zusammengestoßen wäre, hatte etwas in seinem Kopf ausgelöst – vielleicht eine Erinnerung –, oder es hatte zu einer Art Halluzination geführt. Wie dem auch sei, er war einem Hirngespinst ausgewichen, etwas, das es überhaupt nicht gab. Hatte er nicht genügend Fälle von sogenannten Gespenstern und Erscheinungen untersucht, um zu wissen, daß sie meist das Produkt überhitzter Phantasie oder von Traumata waren? Er wußte ganz genau, daß das menschliche Gehirn voller Täuschungen steckte, und er war gerade auf eine hereingefallen. Dennoch blieb ein Gefühl von Unbehagen zurück (warum zitterten seine Hände?), und gewisse Erinnerungen versuchten, sich ihm aufzudrängen, als hätten sie sich mit der kurzen Sinnestäuschung verbündet. Nein, das ist falsch, dachte er. Seine Erinnerungen waren stärker; von ihnen ging das alles aus, und sie beeinflußten seine Phantasie. Diese logische Überlegung war alles andere als einfach, aber sie untermauerte seine ursprüngliche Hypothese und war deswegen überzeugender. Und Ash klammerte sich begierig, wenn auch nicht gerade glücklich, an diese Idee, weil alles andere noch mehr Fragen und Zweifel aufgeworfen hätte.

Die Straße wurde flacher. Vor ihm tauchte eine kleine Brücke auf, die aus rohbehauenen Steinen bestand. Auf der anderen Seite, ganz in der Nähe, befand sich eine alte Mühle, deren Rad sich nicht mehr drehte und von grünem Schleim bedeckt war. Die grasbestandenen Ufer fielen steil zum Wasser hin ab, und die überhängenden Bäume bildeten einen schattigen Tunnel, der sich den ganzen engen Flußlauf entlangzog. Ash fuhr über die Brücke; für ein oder zwei Sekunden veränderte sich das Geräusch der Autoreifen. Und dann war er in dem Dorf namens Sleath.

Inzwischen hatte es zu regnen aufgehört, und die Sonne, wenn sie ein Loch in der Wolkendecke fand, betupfte die nasse Fahrbahn mit Gold.

Ash fuhr langsam, schaute nach links und rechts und studierte die altertümlichen Häuser, von denen viele aus rotem Ziegelstein und Fachwerk bestanden, während andere noch malerischer aussahen mit ihrem weißen Flechtwerk und dem groben Verputz zwischen dunkelgebeizten Balken und den strohgedeckten Dächern, von denen noch Regenwasser heruntertropfte. Ein oder zwei Schornsteine kamen Ash ungewöhnlich hoch vor, besonders die auf dem Gebäude mit den vielen Giebeln auf der linken Seite – ein Haus, das seiner Größe nach zu urteilen vermutlich eine Art Dorfmittelpunkt war, vielleicht sogar das Rathaus. Die fast schon verrückt hohen Schornsteine, die aus seinen verschiedenen Dächern mit ihren rostbraunen

Pfannen hervorwuchsen, waren stufenförmig angeordnet und von sternförmigen Aufsätzen aus Terrakotta gekrönt. Der Eingang, große Doppeltüren aus Eiche, war verschlossen, und an dem Holz hingen Zettel mit Mitteilungen. Die meisten Häuser standen direkt an der Straße, nur hier und da gab es einen kleinen Vorgarten, der von niedrigen Palisadenzäunen umsäumt wurde.

Ash war beeindruckt und zudem überrascht, denn von so einem Ort träumten doch alle Touristen. Auf der Hauptstraße waren aber nur wenige Leute zu sehen. Wäre Sleath ein Dorf in den Cotswolds oder im Lake District oder in gewissen Gegenden von Südwestengland gewesen, wäre es zu dieser Jahreszeit von photographierwütigen Besuchern geradezu überschwemmt gewesen. Sleath war, so schien es, ein gut gehütetes Geheimnis.

Ash war an einem Anger angelangt, in dessen Mitte sich ein großer, tropfenförmiger Teich befand; das Wasser war trübe, und auf ihm schwamm, völlig unpassend, nahe an einem schilfbewachsenen Ufer eine gelbe Plastikente.

Die Straße führte um die Wiese herum, und Ash wandte sich nach links, vorbei an dem kleinen Parkplatz, den man dem Gras abgerungen und geteert hatte und auf dessen Oberfläche saubere weiße Linien gezogen worden waren. Es gab einige Lücken, in denen er das Auto hätte abstellen können, doch er beachtete sie zunächst nicht. Hinter den Dächern umschlossen buchenbestandene Berge das Dorf in einem engen und, wie man im Hinblick auf seine nirgends ausgeschilderte Lage annehmen durfte, weithin unbekannten Talkessel. Die regenschweren, zerzausten Wolken begannen sich bereits zu verziehen, und die Lücken zwischen ihnen rissen von Sekunde zu Sekunde weiter auf. Die Sonne war kräftiger geworden und erwärmte wieder die Luft, so daß mit einem weiteren schönen Sommertag gerechnet werden konnte. Dampfwölkchen stiegen von der Straßendecke auf.

Ash fuhr an zwei Geschäften vorbei – das erste eine Bäckerei, das andere ein Zeitungsladen. Die Häuser waren in einem Stil modernisiert worden, der zu dem Dorf paßte. Kunden standen darin, doch auf der Straße war immer noch nichts los, waren weder Spaziergänger noch Leute zu sehen, die ihrer Arbeit nachgingen. Ash schaute auf die Uhr: fünf vor elf. In Dörfern wie diesem ging es um diese Tageszeit noch ruhig zu; jedenfalls hatte er diesen Eindruck. Ein Lieferwagen kam ihm entgegen und fuhr auf der anderen Seite des Angers vorbei. Dahinter kam ein grüner, einstöckiger Bus, der am Straßenrand vor drei nebeneinander liegenden Geschäften hielt. Nur ein Fahrgast stieg aus.

Zwei alte Damen beobachteten von einer Sitzbank unter einer großen Ulme aus, wie Ash im Wagen um den Anger herum- und wieder die Richtung zurückfuhr, aus der er gekommen war. Als er an ihnen vorbeikam, sagte die eine etwas zu der anderen, und nachdem sie einen Augenblick die Köpfe zusammengesteckt hatten, starrten sie ihm wieder hinterher, wobei sie die Hälse reckten, um ihn ja nicht aus den Augen zu verlieren. Unweit der Stelle, wo die Frauen sich die Zeit vertrieben, stand ein Ensemble aus Pranger und Schandpfahl, dessen Holz so alt und robust aussah, daß man hätte glauben können, es sei zusammen mit der Ulme wie von selbst aus dem Boden hervorgewachsen. In einem Anflug von Sarkasmus fragte Ash sich, ob diese Instrumente von den Dorfbewohnern noch heute benutzt wurden, um Menschen zu bestrafen und zu demütigen. Vielleicht waren sie für zu neugierige Fremde reserviert, dachte er und mußte lächeln.

In Richtung Norden gab es noch mehr von Sleath zu sehen, aber er hatte schon gefunden, was er suchte, und der Rest konnte noch etwas warten. Er kam an weiteren malerischen Häusern und den drei Geschäften vorbei – einem Postamt, einem Laden für Haushaltswaren und einer Metzgerei –, vor denen der Bus gehalten hatte, und hielt vor dem Black Boar Inn.

Ein von den Unbilden des Wetters gebeuteltes Bild eines schwarzen Ebers, dem Namen des Lokals entsprechend, hing über dem Eingang; die Stoßzähne des Tieres verharrten in Angriffshaltung, passend zu den gesträubten Borsten auf seinem Rücken und zu den Augen, die zornig zu Ash herunterfunkelten. Bänke standen im Freien, die vermutlich für Gäste gedacht waren, die beim Trinken gern dem bunten Treiben im Dorf zusahen; sie waren unbesetzt, aber es gab auch nicht viel, was sich den Zechern geboten hätte.

Ash sah sich das Gasthaus für einen Moment an, bevor er aus dem Auto stieg: Die Fassade bestand aus Fachwerk mit roten Backsteinen, die teilweise in einem Fischgrätenmuster angeordnet waren. Die Fenster waren in Blei gefaßt, und Glyzinien rankten sich in herabhängenden, purpurblauen Trauben an der Fassade empor, ohne die Schönheit des darunterliegenden Mauerwerks ganz zu verdecken. Erneut wunderte Ash sich, daß dieser Ort in Touristenführern nicht erwähnt wurde, und hoffte, das Innere des Gasthauses würde ihn ebenso beeindrucken.

Ash stieg aus und trat auf den Bürgersteig. Er schloß das Auto ab. Das Schild über seinem Kopf quietschte, als es unter einem plötzlichen Windstoß hin und her schwang, und Ash betrachtete es erneut, diesmal etwas genauer. Das Tier hatte in früheren Zeiten sicherlich urwüchsiger ausgesehen. Aber nachdem es über so viele Jahre hinweg Wind und Wetter ausgesetzt gewesen war, wirkte es jetzt weit weniger furchterregend.

Aus dem strahlenden Sonnenschein, der wieder eingesetzt hatte, trat er in das kühle Innere. Drinnen war es schattig, obwohl das Sonnenlicht durch die Fenster auf den ausgetretenen, rotgemusterten Teppich fiel. Es gab zwei Räume, einen Gesellschaftsraum und einen Schankraum, die beide auf ihre Art sehr hübsch waren, wobei der letztere zwar wegen der Holzvertäfelung düster, aber dennoch einladend und der erstere wegen seiner cremefarbenen Tapete, seiner stämmigen, zerkratzten Holzbalken und der lichterfüllten Fenster hell wirkte. Hier im

Nebenzimmer standen Wandbänke mit hohen Wangen, die Gäste vor kalten Luftzügen schützen sollten, und am anderen Ende befand sich eine große Kaminecke, deren Seiten lederbezogene, mit Borden geschmückte Bänke aus Backstein säumten, und mit Gesimsen, auf denen wohl in früheren Zeiten das Essen warmgestellt worden war. Natürlich brannte kein Feuer, aber auf dem Rost lag ein Berg von Holzscheiten. Die Theke war aus poliertem Eichenholz und wies Zapfhähne aus Messing auf; sie ging durch beide Räume, die durch eine niedrige Holzwand voneinander abgetrennt waren. Nirgendwo saßen um diese Zeit viele Gäste: Ein älteres Ehepaar trank auf einer Wandbank beim Fenster Kaffee, während ein Mann mittleren Alters in einem karierten Jackett und mit olivgrünen Kordhosen an einem kleinen, runden Tisch im Nebenzimmer eine Tageszeitung las. Ganz vertieft in ihr Gespräch waren zwei Männer an einem Ecktisch, die erst aufblickten, als er hereinkam. Der eine trug eine Brille und schien um die sechzig herum zu sein, während der andere trotz seiner grauen Schläfen wohl ein bißchen jünger war. Er war groß, trug einen schwarzen Straßenanzug und ein Hemd, dessen oberster Knopf offenstand; seine blassen Augen musterten Ash so intensiv, daß er sich direkt unbehaglich fühlte. Im Schankraum saßen zwei Herren, deren Kleidung ihrem gesetzten Alter entsprach. Ihre roten Gesichter ließen auf lebenslange Arbeit im Freien schließen. Sie spielten Domino, und an der L-förmigen Theke trank ein junger Mann in Jeanshosen und Jeanshemd einen Halben. Eine Dartscheibe schmückte die Wand am anderen Ende des Raums, und neben ihr befand sich eine Tür mit der Aufschrift GENTLEMEN. Ash hatte all das innerhalb von ein bis zwei Sekunden wahrgenommen und hielt jetzt auf die Theke im Gastraum zu.

Hinter der Theke sah ein Mädchen mit kurzen blonden Haaren – mit dieser Frisur hätte sie streng ausgesehen, wenn sie nicht ein so einnehmendes Wesen gehabt hätte – vom Gläserputzen auf und kam auf ihn zu.

»Guten Morgen«, sagte sie mit einem Lächeln, das sich in ihren Augen nicht widerspiegelte. Sie sah aus, als hätte sie in der letzten Zeit schlecht geschlafen.

Er nickte und sah sich rasch die Namen der obergärigen Biere auf den beiden Zapfhähnen an. Er deutete auf ein Markenbier, das wohl am Ort gebraut wurde.

»Kleines Bier«, sagte er.

Das Mädchen griff nach einem Glaskrug und betätigte den Pumphebel. »Schöner Tag heute«, sagte sie im Plauderton.

Ash ließ sich auf das Ritual ein. »Wird wohl wieder heiß werden.« Er sah sich erneut in dem Raum um und bemerkte, daß der Mann an dem runden Tisch seine Zeitung gesenkt hatte und ihn über seine Brille hinweg anstarrte. Als sich ihre Blicke trafen, hob der Mann das Blatt wieder hoch und begann, nervös die Seiten umzuschlagen. Die beiden anderen Männer waren nicht so verlegen; sie sahen ihn unverblümt an.

Ash lächelte und wandte sich wieder der Theke zu.

»Das macht …«, sagte das Mädchen, als sie den Halben auf den Bierdeckel vor ihm hinstellte.

Er unterbrach sie. »Und einen Wodka bitte, pur, ohne Eis.«

Sie sah ihn etwas überrascht an und polierte ein weiteres Glas. »Keinen Tonic?« fragte sie, ohne sich umzudrehen.

»Nein, danke.« Er nahm einen tiefen Schluck. Das Bier schmeckte gut, kalt und würzig-herb. Er griff nach seinem Geldbeutel und fragte: »Haben Sie Gästezimmer?«

Sie kam mit dem Wodka zu ihm zurück. »Zum Übernachten, meinen Sie?« Über ihre alberne Frage mußte sie selbst ein wenig lachen. »Ja, haben wir, aber das müssen Sie mit Mr. Ginty, dem Wirt, besprechen. Ich hole ihn, wenn Sie möchten.«

Er reichte ihr einen Fünf-Pfund-Schein für die Getränke. »Ja, seien Sie so gut.«

Sie gab ihm das Restgeld heraus, sagte ihm, daß sie gleich wieder da sein würde, und verschwand durch eine Tür am anderen Ende der Theke.

Ash nippte an dem Wodka; er trank langsam und in kleinen Schlucken: es würde nicht gerade zum Ansehen des Instituts beitragen, wenn er beim ersten Gespräch mit einem Informanten angetrunken daherkäme. Aber wegen des Vorfalls mit dem Jungen, den es nicht gab, mußte er unbedingt einen zur Brust nehmen. Außerdem war es ja nur ein kleiner. Und das Bier zählte in seiner Unbedenklichkeitsstatistik überhaupt nicht.

Noch immer fühlte er sich beobachtet, und er blickte nach links, zu dem jungen Mann in Jeanskleidern, der ihn von der anderen Theke aus ansah. Im Geiste schüttelte Ash den Kopf und kam sich wie der typische Fremde vor. Widerfuhr das allen Auswärtigen hier, oder war es bereits allgemein bekannt, daß ein Forscher, der sich mit übersinnlichen Phänomenen beschäftigte – ein *Geisterjäger* – heute im Dorf auftauchen würde? Aber das Institut und der Auftraggeber aus Sleath hatten absolute Vertraulichkeit vereinbart, so daß es sehr unwahrscheinlich war, daß der Klient selbst getratscht hatte. Hinzu kam, daß sich Seltsames in dem Ort zutrug, so daß die Einwohner Fremden gegenüber vielleicht besonders mißtrauisch waren. Und wenn dieser Jemand sich dann auch noch nach einem Zimmer zum Übernachten erkundigte ...

»Mr. Ginty kommt gleich herunter.« Das Mädchen stand wieder hinter der Theke und lächelte ihn an. Sie hatte hübsche, ebenmäßige Zähne, und ihr langer, hellblauer Rock und ihre malvenfarbene Bluse mit kurzen Ärmeln, die sie in einen Gürtel gesteckt hatte, brachte ihre schlanke Figur zur Geltung. Sie war nur leicht geschminkt, und ihre Stimme mit dem weichen, ortsüblichen r-Laut und den etwas gelängten Vokalen war so angenehm wie ihre ganze Art.

Sie wirkte eher wie eine junge Angestellte als wie eine bloße Bedienung, aber vielleicht war es in diesem Landstrich üblich, daß gutaussehende Frauen schlechtbezahlte Jobs hatten.

»Sind Sie hier in Ferien?« fragte sie und nahm ein Tuch, um wieder Gläser zu polieren.

Bevor er antworten konnte, betrat eine Gruppe von Männern das Gasthaus. Sie sprachen so laut, daß die Gäste in beiden Räumen die Köpfe reckten. Sie gingen in den Nebenraum und tauchten neben dem jungen Mann, der allein sein Bier trank, wieder auf. Einer von ihnen klopfte ihm auf die Schulter. Dann fuhr er sich mit der Hand durch seine lockigen roten Haare.

»Bis' heut' 'n bißchen früh dran mit 'm Trinken, was, Danno?«

Der junge Mann sah ihn finster an. »Manche haben eben schon 'nen halben Arbeitstag hinter sich.«

»Hört, hört«, sagte der andere und lachte schallend mit seinen Kumpanen. Dann lehnte er sich ganz weit zu dem jungen Mann hinüber und sagte leise: »Manchmal wird nachts am besten gearbeitet, junger Freund.« Alle lachten.

Die drei hatten nicht gerade ihre besten Kleider an; der eine trug Ölzeug aus Plastik, das noch naß glänzte, die beiden anderen Windjacken, die schon bessere Tage gesehen hatten. Als sie hereinkamen, hatte Ash bemerkt, daß ihre Stiefel schmutzig waren. Vermutlich arbeiteten sie in der Landwirtschaft. Der Kleinste hatte eine kastanienbraune Baseballmütze mit einem farbenprächtigen Indianerhäuptling auf; er war unrasiert, und seine Haare hingen lang und strähnig unter der Kopfbedeckung hervor. »Los, Ruth«, rief er dem Mädchen hinter der Theke zu. »Wir sterben hier sons' vor Durst.«

Sie ging auf sie zu und lächelte jetzt noch unaufrichtiger als vorher. »Ich möcht' nicht wissen, was ihr getrieben habt«, sagte sie und bückte sich nach den Biergläsern auf einem Regal unter der Theke.

»Wir sagen's dir auch nich'«, versicherte ihr der Nachbar des jungen Mannes mit einem lüsternen Grinsen.

Ash nippte an seinem Wodka und kühlte das Brennen mit zwei großen Zügen aus dem Bierglas. Ein dicker Mann mit Krawatte, aber in Hemdsärmeln, die er bis zum Ellenbogen hochgekrempelt hatte, tauchte aus der Tür hinter der Theke auf. Er hatte ein breites, nicht sonderlich freundliches Gesicht, und die Poren auf seiner Nase und auf seinen Wangen bedeckten seine grobe Haut wie Einstiche von Nadeln; sein schütteres Haar lag so glatt auf dem Kopf, daß Ash den Verdacht hegte, daß er eher Brillantine benutzte als Haargel. Der Wirt warf den Dreien am Ende der Theke einen kurzen, finsteren Blick zu, und sofort wurden sie etwas leiser. Doch sie flachsten und lachten weiter.

Bei Ash blieb er stehen. »Sie suchen ein Zimmer?« Er tat weder beflissen noch abweisend, sondern versuchte anscheinend, den Fremden zu taxieren.

»Haben Sie überhaupt eins frei?« antwortete Ash.

»Oh, mehrere. Für wie viele Nächte?« Als er sich über die Theke zu Ash lehnte, ertönte lautes Lachen aus dem anderen Raum. Er schaute in die Richtung; ein Anflug von Ärger breitete sich in seinem Gesicht aus, und die fröhliche Runde wurde augenblicklich leiser. »Schluris«, sagte er vertraulich zu Ash.

Dieser hob die Augenbrauen. »Schluris?«

Die Stimme des Wirts wurde noch etwas leiser.

»Teilzeit-Wilderer. Die restliche Zeit über kassieren sie Sozialhilfe und klauen. Für heute sind die schon fertig mit der Arbeit. Auf jeden Fall ist das, was sie heut' nacht« – er sprach das ›hoit nocht‹ aus, wie in dem örtlichen Dialekt üblich – »oder vielleicht auch am frühen Morgen mitgehen ließen, schon längst in ihren Gartenschuppen versteckt.« Er grinste traurig vor sich hin. »'n sicherer Job für jemand, der bereit ist, sich 'ne Ladung Schrotkugeln vom Wildhüter in den Hintern jagen zu lassen. Also, für wie viele Nächte soll es denn nun sein?«

»Ich weiß es noch nicht.« Ash beobachtete die Männer jetzt mit etwas mehr Interesse. Der mit der Baseballkappe winkte das Mädchen hinter der Theke mit einem Finger zu sich. Doch sie tat ihm den Gefallen nicht. Sie stellte das letzte Bierglas auf die Theke und ging auf Distanz. Dem jungen Mann war es offensichtlich nicht ganz wohl zumute; die Späße seiner Kumpane schienen ihm selbst nicht zuzusagen. Ash wandte sich wieder dem Wirt zu. »Es könnte für ein paar Nächte sein oder sogar für eine ganze Woche. Genaueres kann ich Ihnen wahrscheinlich erst im Laufe des morgigen Tages sagen.«

»In Ordnung.« Der Wirt richtete sich auf. »Ich lass' ein Zimmer für Sie herrichten, während Sie hier Ihr Bier trinken. Ruth!« Er rief das Mädchen hinter der Theke, das zu ihnen herüberkam. »Sag' meiner Frau, sie soll das große Gästezimmer fertigmachen. Sei so gut.«

Zerstreut lächelte sie Ash an und ging weg, um die Frau des Wirtes zu suchen.

»Also, wenn Sie mit dem Auto hier sind«, nahm der Wirt den Gesprächsfaden wieder auf, »so können Sie direkt gegenüber neben dem Anger parken. Hinten im Hof ist gerade genug Platz für meinen eigenen Wagen, tut mir leid. Ich heiße übrigens Tom Ginty, oder Thomas, wie auch über der Tür steht, Eigentümer des Black Boar Inn, so wie mein Vater vor mir und sein Vater vor ihm.« Er streckte Ash seine große Hand entgegen, und Ash ergriff sie. Der Wirt drückte mit voller Kraft zu, doch die Begrüßung war reine Formsache und dauerte auch nicht lange. »Sie können Ihr Gepäck nachher reinbringen, wenn Sie Ihr Bier ausgetrunken haben, und ich trage es dann auf Ihr Zimmer hoch. Mittagessen gibt's im Schankraum, und Abendessen in einem kleinen Restaurant da hinter der Tür« – er deutete auf eine Tür neben einer Treppe, die Ash bisher nicht aufgefallen war –, »das gilt auch für Gäste, die nicht bei uns wohnen.«

»Schön. Darf ich Ihnen einen ausgeben?«

»Bißchen früh am Tag für mich«, sagte der Wirt, ohne das Angebot in irgendeiner Weise unangebracht zu finden. »Trotzdem vielen Dank. Sie machen also eine Rundreise?«

»Nicht direkt. Kommen eigentlich viele Auswärtige hierher?«

»Ah.« Ginty nahm das Tuch, das unterhalb der Theke lag, und wischte eine Bierlache auf. »Wissen Sie, wir leben hier doch ein bißchen weg vom Schuß, und das ist uns auch ganz recht so.«

Es war das erste Mal, daß Ash von einem Gastwirt hörte, er freue sich über zu wenig Kundschaft, und Ginty mußte ihm das angesehen haben. Er hörte auf zu wischen und lachte kurz auf. »Wir haben genügend Gäste aus dem Ort, die das Geschäft am Laufen halten, so daß wir auf Touristen im Frühling und im Sommer verzichten können. Natürlich kommen einige Wanderclubs und dergleichen zu uns, aber die wissen, daß es in ihrem eigenen Interesse liegt, den Mund zu halten. Für den Fall der Fälle habe ich immer ein oder zwei Gästezimmer bereit, aber Gott sei Dank tritt dieser Fall selten ein.«

Innerlich schüttelte Ash verwundert den Kopf, fand die Einstellung aber sympathisch. Orte wie Sleath, wo Ruhe den Einwohnern wichtiger war als raffgierige Geschäftemacherei, verschwanden mehr und mehr von der Bildfläche. Also viel Glück und Gottes Segen, liebe Leute!

»Sie sind also geschäftlich hier?«

Ash hatte den Verdacht, daß der Wirt die Frage zwar leichthin gestellt hatte, die Antwort ihm aber keineswegs egal war. Denn Ginty starrte zu sehr auf einen Flecken, der – von seinem polierten Aussehen her zu urteilen – schon viele Jahre die Theke verunzierte.

»Ich bin hier, um Reverend Lockwood aufzusuchen.«

Gintys Kopf schnellte sofort hoch, aber er sah an Ashs linker Schulter vorbei. Vielleicht stellte er Blickkontakt mit jemandem her.

»Ich werd' sehen, daß sich meine Frau um Ihr Zimmer kümmert«, sagte der Wirt, dessen Stimme jetzt etwas weniger freundlich klang.

Vielleicht findet er den Ortspfarrer nicht sympathisch, sinnierte Ash, als er an seinem Bier nippte. Oder vielleicht hat er keine Lust, über gewisse Erscheinungen im Dorf zu sprechen – das könnte ja zu viele neugierige Fremde anlocken! »Können Sie mir sagen, wie ich von hier zum Pfarrhaus komme?« fragte er schnell, als der Wirt im Gehen war.

Ginty blieb an der Tür stehen, die von der Theke wegführte. »Die Hauptstraße geradeaus, bis Sie zu einer Kreuzung kommen«, sagte er förmlich. »Rechts den Berg nach St. Giles hoch. Das Pfarrhaus steht ein Stück hinter der Kirche, ist aber so groß, daß Sie es nicht verfehlen können.«

»Ist es weit?«

»Ein, zwei Minuten mit dem Auto, etwa zehn, wenn Sie zu Fuß gehen. Wenn Sie zurück sind, können Sie Ihr Zimmer beziehen.«

Ash bemerkte, daß in den letzten Worten des Wirts so etwas wie Bedauern mitschwang. »Danke«, sagte er, aber Ginty war schon hinter der Tür verschwunden. Ash trank seinen Wodka und dann sein Bier aus. Beim Hinausgehen bemerkte er, daß ihn jetzt alle Gäste unverhohlen anschauten. Und sogar die drei ›Schluris‹ im Schankraum hatten zu reden aufgehört.

Kapitel 6

Ash trat hinaus in den hellen Sonnenschein und blickte nach rechts und nach links; er ließ das Dorf auf sich wirken, atmete tief durch und lauschte in sich hinein. Früher hätte er das nicht getan, denn fast sein ganzes Leben lang hatte er versucht, wie die anderen zu sein. Dann war ihm aber klargeworden, daß sich seine Art, die Welt wahrzunehmen, doch erheblich von der seiner Mitmenschen unterschied und daß er extrem sensibel war. Er war schon immer so gewesen, aber erst vor drei Jahren hatte er sich dies endgültig eingestehen müssen. Vorher hatte die Skepsis ihn von der Selbsterkenntnis abgehalten. Nein, warum sollte er sich immer noch etwas vormachen. Angst war der Grund gewesen. Nur aus Angst hatte er diese besondere Fähigkeit immer verdrängt. Bis etwas geschehen war, eine Geistererscheinung, die so eindeutig und auf ihn zugeschnitten war, daß sich jegliches weiteres Leugnen von selbst verbot, daß alle Dämme, die er um sich aufgebaut hatte, von einer übermächtigen und zugleich erschreckenden Wahrheit hinweggefegt worden waren.

Ash erschauderte, obwohl er in der Sonne stand, und drängte die Erinnerungen beiseite.

Sleath war ein vollkommen normales Dorf, etwas malerischer als die meisten und sicherlich etwas ruhiger als viele. Dennoch spürte er eine unterschwellige Spannung hier, die von einer ruhigen Oberfläche nur unzulänglich kaschiert wurde.

Wütend über sich selbst ging er zum Wagen. Hatte er nicht gerade eben noch gedacht, er habe wenige Meter vor Sleath jemanden überfahren? Hatte ihn das nervlich nicht doch ein wenig mitgenommen? Hinzu kam die plötzliche Feindseligkeit des Wirtes, ohne Zweifel hervorgerufen von einer Verärgerung über Fremde, welche ihre Nase in Dinge steckten, die sie nichts angingen; das alles hatte Ashs Unbehagen verstärkt. Solche Belastungen konnten leicht das Wahrnehmungsvermögen trüben.

Er parkte den Wagen auf dem Platz neben dem Dorfanger und beschloß, zu Fuß zum Pfarrhaus zu gehen. Mit den Schlückchen aus dem Flachmann plus dem Wodka und dem Bier später im Black Boar Inn lag er wohl nahe an der Promillegrenze, und obwohl in dem Dorf sehr wahrscheinlich mit keiner Polizeistreife zu rechnen war, wollte er nicht schon wieder seinen Führerschein aufs Spiel setzen. Außerdem würde ihm der Spaziergang guttun, er würde ihm den Kopf frei machen und zugleich die Gelegenheit geben, sich den Ort noch etwas näher anzusehen. Und das Wetter schien genau richtig zu werden für ein wenig Bewegung im Freien.

Im Süden sah er die schwachen Farben eines Regenbogens, der sich erstaunlich lange am Himmel gehalten hatte. Das Farbspektrum verblaßte vor seinen Augen, löste sich auf wie eine durchschaute Täuschung, wie eine falsche Eingebung, die vor der Vernunft nicht bestehen konnte.

Ash schloß das Auto ab und marschierte in Richtung Kirche und Pfarramt los.

Er ging schräg über die Straße, vorbei an dem Gasthof und dann an der kleinen Gruppe von Geschäften und Häusern, von denen letztere im Stil variierten; von Eichenbalken und Fassadenverputz bis hin zu Backstein und Dachziegeln war alles vertreten. Die beiden alten Frauen saßen immer noch auf der Bank nahe bei dem Pranger und dem Schandpfahl, und auch jetzt beobachteten sie ihn mit unverhohlener Neugierde. Er nickte ihnen höflich zu, wenn's ihm auch schwerfiel, und bot dazu sein bestes Lächeln auf. Sie erwiderten seinen Gruß nicht. Vielmehr starrten sie hinter ihm her, bis er fast nicht mehr zu sehen war. Und immer noch spürte er ihren neugierigen Blick im Rücken.

Er lächelte weiter vor sich hin, weil die beiden Getränke, verbunden mit der Beschaulichkeit des Ortes, allmählich seine überreizten Nerven beruhigt hatten. Und überhaupt: Sollte er sich nicht über diesen Auftrag freuen? Zu oft hatte er schon in dunklen Häusern gehockt und die ganze Nacht hindurch bis in die frühen Morgenstunden darauf gewartet, daß etwas Ungewöhnliches geschah, sich etwas Unnatürliches regte, derweil er sich den Arsch abfror und viel zuviel rauchte – und zuviel über die Vergangenheit nachdachte.

Er ging schneller, weil er nicht in die alten Depressionen verfallen wollte, die so schrecklich waren, weil sie auf Erinnerungen und nie enden wollende Alpträume zurückzuführen waren. Sein Nervenzusammenbruch nach dem Fall Edbrook – von dem er sich aber nur deswegen langsam erholt hatte, weil er die Geschehnisse in jenem verkommenen Haus innerlich verarbeitet hatte, statt sie als Unsinn abzutun – hatte ihn an den Rand des Wahnsinns getrieben, und einige Leute dachten damals bestimmt, er sei wohl völlig übergeschnappt. Zwar stand er dem Übernatürlichen nicht mehr so zynisch gegenüber wie vorher, hundertprozentig überzeugt war er aber dennoch nicht, weil er noch immer Betrüger, Lügner und Schwindler in diesem Gewerbe vermutete (es war wohl ein Gewerbe geworden): Scharlatane und Gauner, die Trauernden das Geld aus der Tasche zogen; Quacksalber, die sich selbst und ihren leichtgläubigen Jüngern etwas vormachten; und Ganoven, die übersinnliche Vorgänge inszenierten oder sogar erfanden, um daraus Kapital zu schlagen oder um sich wichtig zu machen. Was würde er in Sleath vorfinden? Selbst die Tatsache, daß er von einem Geistlichen gerufen worden war, einem gewissen Reverend Edmund Lockwood, bedeutete nicht, daß der Spuk echt war, denn Ash hatte schon zuvor mit neurotischen oder irregeleiteten Geistlichen zu tun gehabt; ihr Glaube schützte sie weder vor Fehleinschätzungen noch vor ihren eigenen Wahnvorstellungen. Deshalb kümmerte sich die Kirche normalerweise lieber gleich selbst um solche Angelegenheiten und zog keine Fremden hinzu, um sich nicht gegebenenfalls öffentlich zum Gespött zu machen. Ash wunderte sich, warum der Ortsgeistliche oder eine von ihm beauftragte Person angerufen hatte, nicht aber einer seiner Vorgesetzten. Wußte der Bischof der Diözese überhaupt etwas von der Initiative seines Pfarrers? Wenn ja, hätte er der Ermittlung zugestimmt? Wäre es nicht besser gewesen, den Bischof von Anfang an in die Angelegenheit einzuweihen? Das waren nur einige der Fragen, die ihm Reverend Lockwood beantworten müßte.

Nicht alle Häuser, an denen Ash vorbeiging, waren so schmuck und malerisch wie die Häuser an der Dorfwiese; und dennoch strahlten sie mit ihren Schieferdächern und den Vorderseiten aus unverputzten roten Ziegeln einen gewissen ländlichen Charme aus. Ein Haus fiel ihm auf, dessen hoher Kaminvorsprung vom Boden bis zum Dach reichte und die Haustür daneben klein erscheinen ließ; ein anderes Haus war so schmal, daß es fast nicht bewohnbar schien.

Er kam zu einer Stelle, wo die Straße sich gabelte, und da er die Kirche auf dem kleinen Hügel in der Ferne ausmachen konnte, nahm er den Weg zu seiner Rechten.

Aus irgendeinem Grund blieb er vor einer Reihe von drei Häusern stehen, deren Türen hellgelb gestrichen und deren Vorgärten zwar winzig, aber nichtsdestoweniger gepflegt waren. Sein Blick ging zu dem mittleren Haus, als ob er damit rechnete, daß jemand in der Tür erscheinen würde. Er wartete, aber nichts geschah.

Er sah zu dem kleinen Fenster über der Haustür hoch, als erwarte er, ein Gesicht hinter der Scheibe zu erkennen.

Es war niemand da. Aber hätte nicht jemand im letzten Augenblick, bevor Ash den Kopf gehoben hatte, wieder vom Fenster wegtreten können?

Er empfand wieder dieses Kältegefühl, dieses Frösteln, das nicht zu dem heißen Tag passen wollte.

Er hörte Stimmen, schaute in die Richtung, aus der sie kamen. Es waren Kinder. Einige Häuser weiter weg stand in der Straße ein Gebäude, das nur eine Schule sein konnte, dem ein Hof mit einem schulterhohen Zaun vorgelagert war. Die gedämpften Stimmen drangen als hoher, einstimmiger Gesang – ungeübt, aber klar – an sein Ohr. Es handelte sich wohl um ein Lied oder einen Kinderreim, der ihm irgendwie bekannt vorkam.

Irgendwie war das seltsam. Ash ging weiter mitten auf der Straße, weil es kein Trottoir gab. Sogar die Vögel schwiegen jetzt, um den Kindern zuzuhören.

Er befand sich jetzt auf der Höhe des Gebäudes. Es war einstöckig, aus grauem Stein errichtet, und die hellen, hohen Fenster reichten bis unter das mattrote Ziegeldach. Die Tür zur Schule war geschwungen wie ein Kirchenportal; ihre grüne Farbe war stellenweise abgeblättert und sah verwittert aus. Ein Schild, dem die Zeit ebenso zugesetzt hatte wie dem Anstrich, verkündete am Schultor: SLEATH PRIMARY SCHOOL FOR BOYS AND GIRLS. Eine Grundschule. Ash lauschte den Stimmen der Kinder, als er weiterging; manchmal klang das Lied etwas stümperhaft, es war aber irgendwie eingängig:

Tanzt, tanzt, wo immer ihr seid,
Ich bin der Herr des Tanzes, sprach er,
Und ich führe euch alle,
  Wo immer ihr seid,
Und ich führe euch alle
  Im Tanz, sprach er.

Das Gehen fiel ihm zunehmend schwer, weil die Straße steiler wurde, und er verfluchte sich selbst, weil er keine Kondition mehr hatte. Ein Trost war nur, daß er wieder nüchtern sein würde, bevor er den Pfarrer treffen würde. Das Singen verklang rasch hinter ihm. Der Kirchturm erhob sich über den Baumwipfeln vor ihm, es war ein quadratischer Bau. An jeder Ecke standen Strebepfeiler, und ein einzelnes Spitzbogenfenster starrte wie ein mißtrauischer schwarzer Augapfel herunter. Ash tupfte sich mit einem Taschentuch den Schweiß von der Stirn. Eine lange Reihe Nadelbäume hinter einer niedrigen Steinmauer verdeckte den größten Teil des Grundstücks, aber hier und da konnte Ash durch die Baumstämme hindurch Grabsteine und Monumente erkennen. Etwas Weißes bewegte sich zwischen den Gräbern, aber als Ash stehenblieb, um genauer hinzusehen, war die Gestalt verschwunden. Er ging weiter, wobei ihn das Lied einer Drossel, die wieder zu singen angefangen hatte, kurzfristig aufheiterte. Eine Amsel fiel ein, ihre Stimme klang mächtig und voll in der Stille des Tages. Die Sonne warf ihr grelles Licht auf die Straße und spiegelte sich in ein paar flachen Pfützen wider.

Am Kirchhofportal entschloß sich Ash spontan, zuerst einen Blick in die Kirche zu werfen – vielleicht war Lockwood dort – und erst danach zum Pfarrhaus zu gehen. Der Schatten unter dem überdachten Tor brachte sofort angenehme Kühle vor der Hitze des Tages, und Ash blieb kurz stehen, um einen Eindruck von der Kirche zu erhalten. In all den Jahren seiner Arbeit hatte Ash immer wieder Gelegenheit gehabt, sich mit der Geschichte solcher Kirchen zu beschäftigen, und er vermutete, daß St. Giles mit seinen aufstrebenden Pfeilern, den Mauern aus Feuerstein und den großen Eichentüren vor der langgestreckten Vorhalle aus dem dreizehnten oder vierzehnten Jahrhundert stammen könnte. Die Buntglasfenster waren an der Außenseite blind. Da also kaum Licht in die Kirche einfiel, hatte das Gotteshaus etwas von einem Grabmal an sich, abgeschlossen gegen den Rest der Welt. Eindrucksvoll, aber nicht sehr einladend, sinnierte Ash, genau wie das Dorf.

Das Tor ging schwer; Ash zwängte sich hindurch und war im

Nu schweißgebadet, als die Sonne ihm auf den Kopf brannte. Er zog die Jacke aus und lockerte seine Krawatte, als er auf dem Kiesweg durch den Friedhof zum Kirchenportal schritt. Manche Gedenksteine und Grabsteine wirkten schwülstig und überladen; ein oder zwei wiesen sogar Tableaus von rußgeschwärzten Engelsfiguren auf, die als Wächter fungierten. Die meisten waren jedoch nichtssagend und schmucklos. Große Teile des Friedhofs waren ungepflegt; nur vereinzelt lugten flechtenbewachsene Gräber aus dem hohen Gras hervor, und Unterholz wucherte schamlos auf der anderen Seite. Vereinzelt standen Eichen und Fichten so nahe an Gräbern, daß ihre Wurzeln zweifellos in die Särge hineingewachsen waren.

Ein Flügel des alten Doppelportals stand offen, und Ash trat ein. Wie ein zum Sprung bereites Raubtier drang kühle, unsichtbare Luft in seine Kleider, und ihn schauderte unwillkürlich. In diesem Augenblick war die Kälte wie ein Parasit, wie ein dunkles Gespenst, das Ash Wärme entziehen und ihn betäuben wollte. Die widersinnige Vorstellung war so schnell wieder verschwunden, wie sie aufgetaucht war. Dennoch blieb er einen Moment wie angewurzelt stehen und wunderte sich über sich selbst. Irgend etwas stimmte mit diesem Ort nicht. Nicht nur mit dieser Kirche, sondern mit Sleath überhaupt. Hier war etwas – etwas Verborgenes –, das eine seltsame Beklemmung erzeugte. Nichts Sichtbares, Greifbares, denn der ländliche Reiz des Dorfes war nicht abzustreiten. Doch dieser Reiz war oberflächlich. Ash hatte das genauso gespürt wie die Sonne in seinem Gesicht draußen vor dem Portal – oder wie er den Gesang der Schulkinder und das Trillern der Vögel gehört hatte. Das Gefühl war für ihn genauso wirklich wie die Steine an den Wänden um ihn herum.

Er warf einen Blick auf die Mitteilungen, die am Brett an der inneren Kirchentür hingen, als wolle er sich vergewissern, daß trotz seines Unbehagens hier alles mit rechten Dingen zuging. Da gab es einen demnächst stattfindenden Basar, einen Flohmarkt, das Treffen einer Frauengemeinschaft, ein Theaterstück, *Der König und ich*, das in der Nachbargemeinde aufgeführt wurde, die nächste Stadtratssitzung – nichts Außergewöhnliches. Wo war die Uhrzeit für die nächste Schwarze Messe oder für die Satansrituale am Abend angeschlagen? Oder, zwar etwas weltlicher, aber nicht weniger wüst, eine Veranstaltung des Pädophilenclubs von Sleath mit Abendessen und Tanz? Oder die monatliche Versammlung des Ku-Klux-Klans, Sektion Sleath, oder ein Fest der Gesellschaft für tierisches Treiben? Nichts Besonderes, nichts Verdächtiges. Warum also diese Zweifel, die Vorahnungen? Geschah hier wirklich etwas in diesem friedlichen kleinen Dorf, oder wurde er noch immer von vergangenen Ereignissen gequält?

Er wußte keine Antwort darauf.

Beinahe verärgert drehte Ash an dem schweren, ringförmigen Griff der Tür. Er gab nach, aber trotzdem öffnete sich die Tür nicht. Er versuchte es nochmals und stellte fest, daß sie abgeschlossen war.

Der Parapsychologe war nicht einmal sonderlich überrascht. Heutzutage waren auch heilige Orte vor Vandalen und Dieben nicht mehr sicher. Er klopfte an die Holztür; vielleicht war jemand in der Kirche. Als er keine Antwort erhielt, trat er wieder nach draußen. Schützend hob er die Hand vor die Augen, damit ihn die grelle Sonne nicht blendete. Er schloß die Eichentür hinter sich und sah wieder etwas, das sich über den Friedhof bewegte.

Eine neue Empfindung überkam ihn, er taumelte zu der Tür zurück und suchte nach einem Halt.

Es war ein plötzlicher, aber leichter Schock gewesen, nicht mehr als ein geistiger Schauder, eine seelische Aufwallung. Blinzelnd sah er in die Sonne, aber die Gestalt war schon wieder verschwunden. Hatte er sich das Ganze wieder einmal nur eingebildet?

Ash drückte sich mit den Fingerspitzen leicht gegen die

Stirn, als wolle er Kopfschmerzen vertreiben. In Wirklichkeit versuchte er, sich nicht aufzuregen. Er nahm die Hände von der Stirn und schaute angestrengt auf den Kiesweg.

Etwas *war* dort gewesen, dessen war er sich sicher. Und dieses Etwas mußte ihn gesehen haben. Warum war es dann so schnell verschwunden?

Ash ging denselben Weg zurück und bog dort ab, wo ein kleiner Pfad zwischen den Gräbern zu der Rückseite der Kirche führte. Wasserspeier starrten von den Traufgesimsen herunter und schienen spöttisch zu grinsen. Plötzlich wurde Ash – er wußte selbst nicht, weshalb – langsamer, als er sich der Ecke der Kirche näherte

Er blieb beinahe stehen, denn er fühlte, daß dort etwas – jemand – wartete, den er nicht sehen konnte.

Er ärgerte sich über sich selbst und legte ein schnelleres Tempo ein; ja, er rannte fast, als könne er es nicht abwarten, herauszufinden, wer da außer ihm auf dem Kirchhof war. Er sah ein, daß es unlogisch von ihm war, dem Unbekannten das Recht zu verwehren, hier zu sein.

Er gelangte zu der Ecke, bog um sie herum.

Und blieb abrupt stehen.

Kapitel 7

Sie trug einen zartblauen Rock und eine weiße, aufgeknöpfte Bluse über ihrem T-Shirt. In ihren hellblauen Augen spiegelte sich so große Angst, daß Ash beruhigend die Hand hob.

Sie starrten einander an; für einige Augenblicke standen sie regungslos da und sagten kein Wort.

Ash war fassungslos. Es kam ihm so vor, als wäre eine fremde Macht in ihn eingedrungen und hätte sich seiner Gedanken bemächtigt, um ihn einzuschüchtern. Er sperrte sich bewußt dagegen, bot seine ganze Willenskraft gegen diesen unerklärlichen Druck auf – und schon war sein Verstand wieder klar.

»Es tut mir leid«, hörte er sich sagen.

»Was?« Sie schüttelte verständnislos den Kopf.

»Ich muß Sie erschreckt haben.« Oder umgekehrt, sagte er sich.

Die Frau straffte den Oberkörper; ihr Kinn hob sich, als hätte sie sich wieder vollständig in der Gewalt. Sie war schlank und zart gebaut und hatte ihr hellbraunes Haar zu einem Pferdeschwanz zusammengebunden, der ihr über die Schulter fiel. In der Hand hielt sie einen kleinen Blumenstrauß.

»Haben Sie nicht.« Ihre Stimme und ihre Augen verrieten Ash, daß sie nervös und verwirrt war.

Ash war ebenfalls durcheinander. Verlegen sagte er: »Ich suche den Geistlichen. Reverend Lockwood.«

»Oh.« Ihre innere Spannung schien ein wenig nachzulassen, obwohl er an ihren Augen erkennen konnte, daß sie noch immer unsicher war. »Um diese Zeit werden Sie ihn hier nicht finden.«

Sie schaute an ihm vorbei. Ash bemerkte, daß er ihr fast jegliche Bewegungsfreiheit genommen hatte, weil die L-förmige Außenmauer hier sehr nahe an die Kirche kam.

Direkt hinter der Frau befand sich eine schmale Tür, die möglicherweise in die Sakristei von St. Giles führte. Ash trat lässig zur Seite, um der Frau einen Fluchtweg zu eröffnen; es überraschte ihn nicht, daß sie ein paar Schritte nach vorn machte, um sich nicht länger eingeengt zu fühlen. Es war ein interessantes Ritual, und Ash fragte sich, ob sie sich dieses Spielchens bewußt war. Ihr zurückhaltendes Lächeln jedenfalls deutete darauf hin.

»Lockwood besucht zur Zeit gewiß ältere Gemeindemitglieder«, erklärte die Frau. »Da aber bald Mittag ist, wird er in Kürze wieder im Pfarrhaus sein.«

»Ah.« Ash hatte den Eindruck, daß damit alles gesagt war. Doch das seltsame Gefühl von vorhin beunruhigte ihn immer noch.

Die Frau sprach weiter; vielleicht spürte sie, wie Ash sich fühlte. »Haben Sie einen Termin bei Pfarrer Lockwood?« Sie überraschte ihn mit einem Lächeln, das immer breiter wurde; es war offensichtlich, daß ihre Spannung nachließ. »Natürlich! Sie sind David Ash, nicht wahr? Sie sind vom Institut für Parapsychologie.«

»Ja. Wie ... ?« Er ließ die Frage im Raum stehen.

»Ich habe Kate McCarrick im Auftrag meines Vaters angerufen. Ich bin Grace Lockwood, die Tochter von Reverend Lockwood.«

Sie nahm den Blumenstrauß in die linke Hand, ging auf ihn zu und streckte ihm die Rechte entgegen.

Ash ergriff die dargebotene Hand und spürte plötzlich einen leichten Schock. Ihm war, als wäre er dieser Frau schon irgendwo einmal begegnet.

Sie kam ihm zuvor und fragte: »Kennen wir uns nicht?«

Insgeheim wußte er, daß sie beide sich noch nie gesehen hatten; daran konnte auch der flüchtige Eindruck beim Händeschütteln nichts ändern. Dennoch dachte er nach. Er schätzte sie auf Ende zwanzig, eine attraktive Frau mit einer sanften Stimme, die zu ihrer äußeren Erscheinung paßte. Sie war nur wenig geschminkt, und ihre leicht gebräunte Haut unterstrich ihre wundervollen blauen Augen. Obwohl sie keine ausgesprochene Schönheit war, bemerkte Ash, daß sie zu jenen Frauen gehörte, die mit jeder Minute anziehender wurden; je länger er ihr Gesicht betrachtete, desto schöner erschien es ihm. Er wußte, daß er diese Frau nicht vergessen hätte, wären sie sich schon einmal begegnet.

Er räusperte sich und sagte: »Nein, ich glaube nicht, daß wir uns kennen.«

Sie schüttelte den Kopf, als wäre sie sich nicht ganz sicher. Dann zuckte sie die Schultern. »Wahrscheinlich haben Sie recht. Sie kamen mir nur irgendwie bekannt vor.«

Wirklich? Oder war sie ebenso durcheinander wie er, und hatte dies vielleicht denselben Grund? Aber jetzt verschwand sogar diese Empfindung, diese erste Reaktion; sie wurde immer unbestimmter, immer bedeutungsloser, und bald würde Ash sich fragen, ob es nicht reine Einbildung gewesen war.

Höchstwahrscheinlich hatte nur sein plötzliches Erscheinen an der Kirche die Tochter des Geistlichen erschreckt, und sie hatten kein übersinnliches Erlebnis miteinander geteilt. Reiß dich zusammen, Ash, sagte er sich, und rede dir nicht ein, daß jeder so verrückt ist wie du.

Verlegen fragte er: »Sie sagen, Ihr Vater kommt bald nach Hause?«

»Ja, zum Mittagessen. Ich gehe auch in ein paar Minuten. Wenn Sie möchten, können Sie mich zum Pfarrhaus begleiten.«

»Gern. Ist es weit?« Er fragte es nur, um überhaupt etwas zu sagen.

»Nicht besonders. Warten Sie, ich bringe noch schnell die Blumen weg, dann gehen wir.«

Ash beobachtete sie, wie sie sich anmutig zwischen den Gräbern bewegte und eine Abkürzung nahm. Ihre weiße Bluse und ihr blauer Rock zeichneten sich hell vor dem Hintergrund grauer, verfallener Grabsteine ab. Ein Stück entfernt blieb sie stehen und bückte sich, um den Blumenstrauß niederzulegen. Sie richtete sich auf, ging aber noch nicht fort, sondern senkte den Kopf, als würde sie ein Gebet sprechen.

Als sie zu Ash zurückkam, scheuchte sie einen Schmetterling auf, der sich auf einem Grabstein niedergelassen hatte; er flatterte weiß und zerbrechlich im Sonnenlicht um sie herum. Ash sah ihr Lächeln, und ihre Lippen bewegten sich, als würde sie mit dem Schmetterling sprechen. Er umkreiste die beiden zweimal; dann verschwand er im hohen Gras am Ende des Friedhofs.

Die Frau kam näher und lächelte Ash an. Dabei betrachtete sie ihn so interessiert, daß es ihn fast ein wenig beunruhigte.

»Ich habe noch nie einen Geisterjäger gesehen«, sagte sie, als sie wieder bei ihm stand. »Sie sind nicht gerade, was ich erwartet hatte.«

»Was hatten Sie denn erwartet? Daß ich einen Umhang und einen schwarzen Hut trage?«

»Zumindest einen Bart. Oh, und eine Bibel unter dem Arm.«

»Tut mir leid, daß ich Sie enttäuscht habe.«

»Aber nein.« Sie blickte in die Richtung, in der Sleath lag. »Haben Sie schon viel von dem Dorf gesehen?«

»Ja. Auf dem Weg hierher konnte ich mir einen ersten Eindruck verschaffen«, sagte Ash. »Es ist malerisch. Ich bin überrascht, daß nicht mehr Touristen hierher kommen.«

»Oh, manchmal schon, obwohl wir alles daran setzen, nicht in Reiseführern erwähnt zu werden.«

»Das kann ich verstehen. Sleath wäre mit Sicherheit eine Attraktion, besonders für Amerikaner und Japaner. Die würden nur zu gern ein wenig ›Merry-Old-England‹-Atmosphäre schnuppern.«

»Wir wollen nur unsere Ruhe.« Sie warf einen Blick über die Schulter, als hätte sie ein störendes Geräusch gehört. »Wir sind hier kaum zu finden, und die Dorfbewohner tun alles, dieses Geheimnis für sich zu behalten.

»Geheimnis?«

»Ich meine, wie schön es hier ist. Wir sind eine verschworene Gemeinschaft, Mr. Ash, und Fremde werden im allgemeinen nicht besonders herzlich empfangen.«

Er lächelte ironisch. »Das kann ich nur bestätigen. Sogar der Wirt war nicht übermäßig erfreut, als ich im Black Boar ein Zimmer genommen habe.«

»Sie wollen also länger hierbleiben?«

Er nickte.

»Tom Ginty ist in Ordnung. Rauhe Schale, weicher Kern. Sie werden's schon merken, wenn Sie ihn erst besser kennen.«

Ash erzählte ihr nicht, daß Ginty erst unfreundlich wurde, als der Name Reverend Lockwood gefallen war. Er wechselte das Thema: »Die Blumen – waren sie für einen Verwandten oder einen Freund?«

Die Frage überraschte sie. »Oh, sie waren für meine Mutter. Sie ist letztes Jahr gestorben. – Machen wir uns auf den Weg?« Sie hielt auf das Kirchhofportal zu; Ash ging an ihrer Seite.

»Tut mir leid«, sagte er. Er haßte diese nichtssagende Formulierung.

»Bedauern Sie Ihre Frage oder die Tatsache, daß meine Mutter tot ist?« Offensichtlich mißfiel ihr das Klischee ebenfalls. Sie schaute ihn an und milderte die Schärfe ihrer Frage mit einem Lächeln. »Ich war damals nicht hier. Ich habe zwei Jahre lang im *Musée de Cluny* gearbeitet und kam erst eine Stunde nach Mutters Tod. Vater hatte einfach nicht bemerkt, wie schlecht es ihr ging, sonst hätte er mir am Telefon gesagt, ich solle früher nach Hause kommen.«

Ash widerstand der Versuchung, weitere Beileidsbekundungen von sich zu geben. »Was haben Sie im Museum gemacht?« fragte er statt dessen.

»Kennen Sie das *Musée de Cluny*?«

Er schüttelte den Kopf.

»Im Mittelalter war es ein Kloster. Heute beherbergt es eine der größten Kunstgewerbesammlungen des Mittelalters auf der ganzen Welt. Pferdesporen, Keuschheitsgürtel, Skulpturen – die verschiedensten herrlichen Kunstgegenstände sind dort zu sehen. Leider waren viele Objekte niemals erfaßt oder katalogisiert worden, so daß meine Aufgabe darin bestand, ihre Herkunft festzustellen und sie in einen geschichtlichen Kontext einzuordnen. In den Wintermonaten wird das Museum ziemlich schlecht besucht, so daß ich ungestört arbeiten konnte.«

»Ist das Ihr Fachgebiet?«

»Ich habe mich ausführlich mit dem Mittelalter beschäftigt. Eine interessante Epoche.«

»Das glaube ich Ihnen aufs Wort. Aber warum Frankreich? Ist denn das englische Mittelalter nicht umfangreich genug, daß Sie auch im Lande hätten bleiben können?«

»In diesem Land gibt es zu viele Historiker, zu wenige Arbeitsplätze, Mr. Ash.«

»Sagen Sie bitte David, das ist weniger förmlich.«

»Nur wenn Sie Grace zu mir sagen. – Nun, ich habe jahrelang die Museen und Galerien in Paris besucht; meine Eltern haben mich stets zum Reisen ermutigt. Als ich dann im *Musée de Cluny* eine Reihe von Wandteppichen entdeckte – sie wurden *La Dame Aux Licornes* genannt –, hat es mich erwischt. Sie ließen mich nicht mehr los.« Sie hielt inne. »Haben Sie schon mal von ihnen gehört?«

Ash lachte kurz auf und verneinte, ohne daß es ihm peinlich gewesen wäre. »Sie sind bestimmt etwas ganz Besonderes«, räumte er neidlos ein. Sie standen jetzt am Kirchhofportal, und er öffnete das Tor, um Grace durchzulassen.

»Oh, sie sind außergewöhnlich«, entgegnete sie, als sie in den Schatten trat. »Nun, es war mir immer wieder aufgefallen, daß das Museum mit der zeitlichen Erfassung und Dokumentation sehr im Rückstand war. Deswegen bot ich meine Dienste an. Es war ein bißchen unverfroren von mir, aber mein Französisch ist ziemlich gut, und ich hatte die erforderlichen Qualifikationen. Außerdem erklärte ich mich bereit, für wenig Geld zu arbeiten. Tja, nach einigem Schriftverkehr und diversen Empfehlungsschreiben bot mir das Museum einen auf ein Jahr befristeten Vertrag an.«

»Da haben Sie sich bestimmt gefreut.«

»Eine Untertreibung – ich war entzückt. Das erste Jahr lief es gut, und mein Französisch wurde rasch besser. Es gab sehr viel zu tun, und ständig wurden neue Objekte gefunden. Viele wurden kostenlos an uns geschickt; für andere mußte das Museum bezahlen. Mein Vertrag wurde um zwei Jahre verlängert. Aber, wie gesagt, meine Mutter wurde letztes Jahr krank, und ich mußte nach Hause.«

»Aber Sie hätten doch sicher wieder nach Paris zurückgehen können.«

Ihr Gesicht lag im Schatten, doch Ash bemerkte die Veränderung in ihrer Stimme. Sie sprach nun leiser. »Mein Vater hat mich hier gebraucht.«

Sie trat durch das Tor in den hellen Sonnenschein hinaus. Die Sonne hob offenbar ihre Stimmung; sie schien wieder fröhlicher zu werden.

»Haben Sie Hunger, Mr. Ash – äh, David?«

»Ein wenig.« Ein weiterer Wodka wäre ihm lieber gewesen.

»Bis zum Haus ist es nicht weit.« Sie zeigte nicht die Straße nach Sleath hinunter, sondern in die entgegengesetzte Richtung, und ging los. »Möchten Sie uns beim Mittagessen Gesellschaft leisten?« fragte sie, als Ash neben ihr war.

»Danke, gern. Ich dachte, das Pfarrhaus stünde näher bei St. Giles.«

»Früher war die Entfernung vom Pfarrhaus zur Kirche noch größer. Meine Vorfahren waren einst die Herren des Landguts samt Umgebung und die Geistlichen von Lockwood. Die Geschichte der Familie Lockwood ist über Generationen hinweg eng mit der des Ortes verbunden gewesen. Wissen Sie, was ›Squarson‹ bedeutet?«

»Leider nein.«

»Eine Verbindung von ›Squire‹ und ›Parson‹. Das Wort stammt aus dem achtzehnten Jahrhundert, als der Gutsherr zugleich der Ortsgeistliche war.«

»Einflußreiche Leute, wenn sie eine solche Doppelfunktion innehatten.«

»Auf jeden Fall. Vielleicht waren sie sogar *zu* mächtig.« Sie blickte in die Ferne und fuhr nach einer Weile fort: »Heutzutage sind die Lockwoods verarmt. Mein Vater hat nur noch geistliche Macht in Sleath. Und das bedeutet in diesen Zeiten nicht mehr viel«, fügte sie lächelnd hinzu. »Ich arbeite halbtags im Rathaus; das bringt zusätzlich etwas Geld ein. Außerdem habe ich dadurch eine Beschäftigung.«

»Sie sagten, daß Pfarrhaus und Kirche heute näher beieinander stehen als früher«, entgegnete Ash. »Worauf wollten Sie damit hinaus?«

»Oh, tut mit leid, ich bin abgeschweift. Lockwood Hall befand sich in der Mitte des Landguts, aber das Haus brannte vor Hunderten von Jahren nieder. Wir, mein Vater und ich, wohnen im sogenannten Lodge House, dem Pförtnerhaus, das früher am Eingang zum gesamten Anwesen lag.«

»Die Zeiten haben sich geändert.«

»Nicht für uns. Die Lockwoods hatten den größten Teil ihres Vermögens verloren, lange bevor mein Vater geboren wurde. Ich habe nie etwas anderes gekannt.«

Er konnte an ihrem Lächeln erkennen, daß es ihr nicht leid tat. »Ich bin sicher, daß die Leute in Sleath Ihren Vater dennoch achten«, sagte er. *Obwohl der Wirt des einzigen Gasthauses am*

Ort vom Pfarrer nicht besonders angetan zu sein schien, dachte er bei sich.

»Oh, ich glaube nicht, daß die Lockwoods früher bei den Leuten sehr beliebt waren. Sie hatten nicht nur das Wort Gottes zu verkünden, sondern mußten auch darauf achten, daß Recht und Gesetz in Sleath eingehalten wurden.«

»Ach ja, ich habe den Pranger unten im Ort gesehen.«

»Es gab damals noch viel schlimmere Bestrafungen.«

»Man kann sich kaum vorstellen, daß es an einem so friedlichen Ort Bösewichter geben soll.«

»Heute vielleicht nicht mehr, aber Sleath hat schon ganz andere Zeiten erlebt.«

»Im Black Boar Inn habe ich heute morgen einige von diesen ›Schluris‹ gesehen.«

»Mein Gott, wo haben Sie denn diesen Ausdruck her?«

»Der Wirt hat mir erklärt, was darunter zu verstehen ist.«

»Natürlich gibt es hier noch immer Wilderer und Diebe, und es kommen Dinge vor, die für Dörfer wie Sleath ganz typisch sind.«

»Hexensabbat und Teufelsanbeter beispielsweise?«

Sie lachte. »Warum fragen Sie ausgerechnet danach?«

»Ich frage ganz allgemein – von der Welt abgeschnittenes Dorf und so weiter.«

»Der Eindruck täuscht. Es stimmt zwar, daß die Bewohner von Sleath unter sich bleiben, aber auch das ändert sich allmählich.«

Sie waren jetzt ein gutes Stück von der Kirche entfernt, und der enge Weg war nicht mehr so steil. Wälder und Berge lagen vor ihnen, nur hier und da waren ein paar Häuser zu sehen.

»Wie äußert sich das?« fragte Ash, schwang seine Jacke über die Schulter und schob die freie Hand in die Hosentasche.

»Die jüngeren Leute gehen fort, suchen sich Arbeit in den Städten oder ziehen nach London. Selbst die Kinder fahren mit Bussen in die nächste Stadt zur Schule.«

Er blieb stehen. »Aber auf dem Weg hierher bin ich an der Dorfschule vorbeigekommen. Da haben Kinder gesungen.«

Sie blieb ebenfalls stehen. »Das kann nicht sein. Nein, das war bestimmt ein Radio in einem der Häuser an der Straße.«

»Es kam ganz sicher aus der Schule«, sagte Ash mit Nachdruck. »Als ich vorbeiging, haben die Kinder ein Lied gesungen.«

»Sie täuschen sich«, behauptete sie unbeirrt, doch er konnte an ihren blaßblauen Augen erkennen, daß sie nicht nur verblüfft, sondern auch ein wenig entsetzt war. »Die Volksschule in Sleath ist seit zwei Jahren geschlossen. Die Schule steht leer.«

Kapitel 8

Eins links, eins rechts, eins fallenlassen, eins links, eins rechts, eins fallenlassen ... Ellen Preddle saß am Fenster; das einzige Geräusch in dem kleinen Wohnzimmer war das Klappern ihrer Stricknadeln. Ihre Finger arbeiteten flink an einem Pullover, der auf ihren Knien lag. Er war für ihren Sohn bestimmt, und sie hatte gerade damit angefangen. Das rote Wollknäuel hatte sie auf einen Hocker neben ihren Stuhl gelegt.

Eins links, eins rechts, eins fallenlassen, eins links ...

Es war eine stumme Litanei – ihre Lippen bewegten sich im Takt mit –, die ihr half, sich zu konzentrieren und schlimme Gedanken nicht aufkommen zu lassen. Doch ab und zu schweifte ihr Blick über die Nadeln hinaus, wurde verschwommen müde, und sie dachte unwillkürlich an Dinge, die sie besser vergessen hätte.

»Ach, Simon ...«, murmelte sie, und das Klappern der Nadeln verstummte, als sie die Hände in den Schoß legte. Die Sonne schien grell durch die geschlossenen Fenster ins Zimmer und verwandelte die grauen Strähnen in ihrem dunklen Haar in schimmerndes Silber. Dumpf schlug eine Biene mit ihrem pelzigen Körper gegen die Fensterscheibe; ihr Brummen steigerte sich zu einem wütenden Surren, als sie sich gegen dieses unsichtbare Hindernis stemmte. Dann gab sie auf und kehrte wieder zu dem süßen Nektar der Gartenblumen zurück; in kunstvollem Flug vergaß sie ihren Zorn.

Ellen seufzte. Simon war ein so guter Junge, so unschuldig. Aber warum hatte er sie jetzt drei Tage lang nicht besucht? Hatte sie etwas falsch gemacht? War er böse auf sie? Ellen biß sich auf die Unterlippe, und ihre Brust verkrampfte sich. Nur mit Mühe konnte sie ein Schluchzen unterdrücken. Du darfst nicht weinen, ermahnte sie sich. Das regt Simon nur auf. Trotzdem verschleierte sich ihr Blick. Sie blinzelte, und eine Träne quoll aus einem Auge hervor und lief ihr über die Wange. Sie kitzelte so sehr, daß Ellen sie mit dem Handrücken fortwischte.

Sie starrte auf die Wolle, die in ihrem Schoß lag. Simon mochte die Farbe Rot. Er sagte immer, Rot mache ihn glücklich. Glücklich? War ihr armer kleiner Wurm jemals glücklich gewesen? Ja, aber nur mit ihr, seiner Mutter. Sie hatten miteinander im Garten gespielt, waren gemeinsam einkaufen gegangen, hatten sich kindische Witze erzählt und dabei gekichert, hatten sich zusammen Fernsehsendungen angeschaut ... Der Schlüssel, der sich im Schloß umdrehte, zerstörte sofort dieses Glück. Simons Gesichtsausdruck veränderte sich: Angst, ja Verzweiflung spiegelten sich darin, wenn auch nur ein Fuß auf die Türschwelle gesetzt wurde. Wenn die Tür langsam aufschwang, nachdem vorher an der Klinke gerüttelt worden war, flüchtete er sich in die Arme seiner Mutter.

Wie hatten sie es beide gehaßt, wenn *er* ins Zimmer kam, die Luft mit dem widerlichen Gestank von Whisky und Zigaretten und dem üblen Geruch seines ungewaschenen Körpers verpestete. Wie gern wären sie davongelaufen und hätten sich vor ihm versteckt, dem Mann mit dem üblen, *schmutzigen* Lebenswandel. Wie ...

Abrupt nahm sie das Strickzeug wieder auf und verscheuchte die schrecklichen Gedanken.

Eins links, eins rechts, eins fallenlassen, eins links, eins rechts, eins fallenlassen ...

Selbst nach dem Tod seines Vaters hatte Simon immer noch Angst. Immer noch blickte er beklommen zur Tür, wenn er draußen ein Geräusch hörte, obwohl Ellen ihm versichert hatte, daß sein Vater tot war, daß er sie nicht mehr belästigen würde, daß es wirklich nur noch sie beide gab. Zusammen ... Aber noch immer litt Simon unter Alpträumen, hörte im Schlaf Schritte auf der Treppe, obwohl überhaupt niemand da war, obwohl niemand in sein Zimmer schlich, um ihn zu quälen, um diese schrecklichen Dinge zu tun.

Eins links, eins rechts, eins fallenlassen, eins links, eins rechts, eins fallenlassen ...

Schieb es von dir, Ellen. Vergiß diese Dinge. Er ist tot. Es gibt jetzt nur noch Simon und dich. Egal, was die anderen sagten, was sie glaubten. Was wußten die denn schon? Sie dachten, Simon habe sie verlassen, aber nein, das hätte er niemals getan, nicht ihr Simon. Er liebte seine Mom zu sehr. Sie hatte es dem Pfarrer erklärt; aber der hatte sie zurechtgewiesen, hatte ihr gesagt, das stimme nicht, daß Simon ... daß Simon ...

Eins links, eins rechts, eins fallenlassen, eins links, eins rechts, eins fallenlassen ...

Ihre geschickten Finger arbeiteten schnell, immer schneller; man konnte ihren Bewegungen kaum noch folgen. Sie ließ Maschen aus, hielt sich nicht mehr an das vorgegebene Muster.

Aber wo war Simon jetzt? Heute? Gestern? Vorgestern? Warum war er nicht zurückgekehrt? Gab er die Schuld ... gab er die Schuld ...

... mir ... ?

Das Klappern der Nadeln verstummte. Es war wieder still im Zimmer.

Konnte er das seiner Mutter ... anlasten? O Simon, ich kann nichts dafür, ich habe nichts gewußt ... habe diese Dinge nicht verstanden ... dein Vater ... hat ...

Ellen nahm ihre Arbeit wieder auf, doch jetzt ging sie nicht mehr so leicht von der Hand, weil ihre Finger schwer wie Blei waren.

Eins ... links ... fallenlassen ... eins ... rechts ... fallenlassen ...

Ein Geräusch von der Treppe.

Sie drehte den Kopf. Sie lauschte wieder.

Da war es wieder. Aber es kam von oben, nicht von der Treppe. Ein alltägliches, ganz normales, gewöhnliches Geräusch.

Ellen stand auf.

Das rote Wollknäuel rutschte vom Hocker herunter, rollte über den Boden und wickelte sich dabei ab. Ellen schaute hinauf zur niedrigen Decke. Das Geräusch – so wirklich, so ... normal – erklang wieder. Das Geräusch von Wasser. Wasser, in dem leise geplanscht wurde.

Simon hatte gern im Wasser gespielt.

Simon hatte gern gebadet.

Bis zu diesem letzten ...

Sie ließ ihr Strickzeug fallen; die Nadeln klapperten ein letztes Mal zusammen, als sie auf den Fußboden fielen.

»Simon ... ?« rief Ellen leise, unsicher.

Wieder dieses leise Planschen.

Ellen machte einen Schritt auf die Treppe zu.

»Bist du wieder da? Simon?«

Ein Lächeln, so unsicher wie ihre Stimme, lag auf ihren Lippen.

Sie ging zur Treppe und blickte nach oben, als würde sie damit rechnen, ihren toten Sohn auf dem Treppenabsatz zu sehen. Aber nein, natürlich nicht. *Dort* würde Simon nicht sein. Das Geräusch war aus dem Badezimmer gekommen. Simon würde in der Badewanne sitzen und wie immer im Wasser spielen.

Ellen nahm die erste Stufe. Dann die zweite.

Sie sagte ein wenig lauter: »Simon?«, und ihre Schritte wurden schneller.

Sie stolperte und stützte sich mit den Händen auf den oberen Stufen ab. Im Nu stand sie oben auf dem Treppenabsatz, in dem kleinen Flur, der zu den zwei Schlafzimmern und dem Bad führte.

Die Badezimmertür stand einen Spalt offen.

Und die Geräusche waren jetzt sogar noch deutlicher zu hören.

Jemand war in der Badewanne. *Simon* war in der Badewanne. In der er ... es war Ellen unmöglich, dieses Wort zu akzeptieren ... in der er ...

»*Simon*!«

Das Plantschen verstummte.

»Simon.« Diesmal flüsterte sie den Namen. »Ich komme zu dir.« Jetzt lächelte Ellen nicht mehr so unsicher wie zuvor.

Sie hob die Hand, um die Badezimmertür aufzustoßen, zügelte dann aber ihre Ungeduld, weil sie Simon nicht erschrecken wollte, da sie befürchtete, er würde wieder fortgehen, entschwinden, wie er es schon einmal getan hatte.

Behutsam drückte sie die Tür auf.

Und kreischte, als sie das schreckliche, schwarze Ding sah, das sich über die Badewanne beugte und teilweise die kleine, weiße Gestalt verdeckte, die es mit seinen verkohlten Armen unter Wasser festhielt.

Kapitel 9

Reverend Edmund Lockwood wirkte irgendwie kleiner und geschrumpft, weil er gebeugt und so hager war, daß seine Augen und Wangen viel von ihrer Frische verloren hatten. In seiner Jugendzeit, sagte sich Ash, als er den Geistlichen musterte, der aus dem Wohnzimmerfenster hinaus auf die Wälder schaute, war Lockwood sicher ein Bild von einem Mann gewesen: gut sechs Fuß groß und mit einem Gesichtsausdruck, in dem eine tiefe, innere Überzeugung abzulesen war. Sein Haar, das von vielen grauen, aber auch schwarzen Strähnen durchzogen war, hatte er nach hinten zurückgekämmt. Dadurch wurde seine hohe Stirn noch mehr betont. Seine Nase schien er einmal gebrochen zu haben; denn sie war ein wenig krumm und leicht nach rechts gebogen. Mit Ausnahme der Augen, deren Farbe bei Grace heller war, ähnelte seine Tochter ihm überhaupt nicht. Lockwoods Augen waren stechend – so stechend, daß Ash den bohrenden Blick des Geistlichen bei ihrer Begegnung als unangenehm empfunden und weggeschaut hatte, weil er befürchtete, der Reverend könne den Zynismus erkennen, der sich auf seinem Gesicht spiegelte.

Der schlaffe Händedruck des Reverend hatte Ash sehr überrascht; dann aber war ihm aufgefallen, daß die Knöchel des Geistlichen knotig und die Fingergelenke rot und geschwollen waren, als litte er an Arthritis. Wahrscheinlich verursachte ihm jeder Druck heftige Schmerzen.

Ash saß auf einem gemütlichen Sofa vor einem großen Backsteinkamin, auf dessen langem Feuerrost sich alte, trockene Holzscheite stapelten. Im Zimmer war es kühl, und es roch nach staubigen Büchern und altem Leder, mit dem zwei abgenutzte Sessel bezogen waren. Das Material war voller Kratzer und stellenweise rissig. Balken und ein dicker Pfosten in der Mitte des Zimmers stützten die niedrige Decke.

»Darf ich rauchen?« fragte Ash und griff bereits nach der Packung in seiner Jacke.

Reverend Lockwood fuhr zusammen und drehte sich zu ihm um, als hätte er die Anwesenheit seines Gastes beinahe schon wieder vergessen.

»Nein«, entgegnete er schroff.

Ash ließ die Hand dort, wo sie war, und blickte sein Gegenüber kühl an. In diesem Augenblick kam Grace Lockwood mit einem Tablett ins Zimmer, auf dem Tassen und eine Kaffeekanne standen. Das Mittagessen war ziemlich spärlich gewesen: Es hatte Schinkensalat und danach eine Käseplatte gegeben. Zudem wurde wenig gesprochen, so daß Ash den Eindruck hatte, Lockwood fühle sich durch ihn gestört. Der Geistliche war auch nicht bereit, sich bei Tisch in ein Gespräch über den Spuk von Sleath einzulassen. Nach dem Essen gingen sie ins Wohnzimmer; aber auch dort machte der Geistliche keinerlei Anstalten, das Thema anzuschneiden. So fing Ash von sich aus an, von den Kindern zu erzählen, die er in der leerstehenden Dorfschule hatte singen hören. Lockwood war sofort zu einem der Bleiglasfenster gegangen und hatte hinausgestarrt. Er sah ziemlich aufgewühlt aus.

Grace bemerkte, daß Ash sich die Zigaretten wieder in die Tasche steckte. »Wollten Sie rauchen, David?« Sie lächelte ihren Vater nach dem Motto an: Sei doch nicht so unfreundlich. »Ich werde nachsehen, ob ich einen Aschenbecher auftreiben kann – irgendwo haben wir einen für Besucher.« Sie stellte das Tablett auf einem kleinen Couchtisch ab und ging wieder hinaus.

Der Reverend machte ein finsteres Gesicht, doch in seinen

Augen blitzte Humor. »*Macht* es Ihnen etwas aus?« fragte Ash noch einmal und betonte dabei das erste Wort.

»Äh, nein«, antwortete Lockwood und schaute Ash etwas freundlicher an. »Entschuldigen Sie bitte, Mr. Ash, es war nicht so gemeint. Aber die ganze Sache nimmt mich doch mehr mit, als ich mir eingestehen will.« Er trat vom Fenster weg und ließ sich Ash gegenüber in den Sessel fallen. Das abgewetzte Leder stöhnte unter seinem Gewicht. »Könnten Sie bitte den Kaffee eingießen? Ich bin in letzter Zeit mit den Händen etwas ungeschickt.«

Ash beugte sich über den kleinen Tisch und schenkte zwei Tassen ein.

»Ich trinke ihn schwarz«, sagte der Reverend, als Ash nach dem Milchkännchen griff.

Ziemlich unbeholfen nahm Lockwood die Kaffeetasse entgegen, die Ash ihm reichte. Die Untertasse klemmte er zwischen den Daumen und die Finger der einen Hand; mit der anderen hielt er die Tasse fest. »Haben Sie das Lied erkannt, das in der Schule gesungen wurde?« fragte er, als er wieder Platz nahm.

»Mit Musik habe ich nicht viel am Hut«, antwortete Ash, der seinen Kaffee ebenfalls ohne Milch und Zucker trank. »Trotzdem kam es mir irgendwie bekannt vor. Ich habe es schon einmal irgendwo gehört.«

»Können Sie sich an den Text erinnern?«

Ash dachte kurz nach; dann schüttelte er langsam den Kopf. »Nichts zu machen. Ich bin mir nicht einmal mehr sicher, wie die Melodie ging. Aber ich weiß, daß sie mir nicht völlig unbekannt war. Warum fragen Sie?«

»Ich müßte wissen, ob es sich um ein Lied älteren oder jüngeren Datums handelt.«

»Genau darüber habe ich beim Essen nachgedacht. Vielleicht hatte Grace recht; vielleicht hat irgendwo ein Radio gespielt. Heute ist es so heiß, daß viele Fenster offenstehen.«

Der Reverend lächelte, hielt die Augen aber gesenkt und schaute in die Kaffeetasse. »Vernunftmenschen suchen immer nach einer Erklärung. Das erspart ihnen geistige Qualen.«

Wie wahr, dachte Ash, der nur zu gut verstanden hatte.

Grace kam mit einem gläsernen Aschenbecher zurück und stellte ihn auf den Couchtisch neben das Tablett.

»Rauchen Sie ruhig«, sagte sie zu Ash, bevor sie zu den Fenstern ging. »Ich mache hier auf, dann kann Vater sich nicht beschweren. Gott allein weiß, warum hier nicht alles offensteht. Es ist so herrliches Wetter.«

Schwungvoll stieß sie die Fensterflügel auf. Der süße Duft von Geißblatt wehte herein und vertrieb rasch den muffigen, abgestandenen Geruch im Wohnzimmer. Ash betrachtete Grace' Profil, als sie tief einatmete. Der Stoff ihres T-Shirts spannte unter ihren Brüsten, und ein leichtes Lächeln umspielte ihre Lippen, als sie die Augen schloß.

Ash nahm die Packung, klopfte eine Zigarette heraus und zündete sie an. Schuldgefühle, daß er die frische Luft verpesten würde, die er eben noch genüßlich eingesogen hatte, quälten ihn nicht sonderlich.

»Mr. Ash ist sich fast sicher, daß er ein Radio gehört hat und keine Geisterstimmen«, bemerkte Lockwood, als seine Tochter sich zu ihnen umdrehte.

Grace schaute Ash an. »Habe ich richtig gehört?« fragte sie.

»Das haben Sie doch gleich gesagt«, entgegnete er.

»Ein bißchen voreilig von mir, zugegeben. Nach längerem Nachdenken sehe ich das jetzt aber anders. Wenn Sie wüßten, was sich in Sleath so alles zugetragen hat, würden Sie sich nicht mehr wundern, daß Geister in der Schule singen.«

»Also gut, fangen wir an.« Ash nahm ein Diktiergerät aus seiner anderen Tasche und zeigte es Grace und ihrem Vater. »Ich würde unsere Unterhaltung gern aufzeichnen, wenn Sie nichts dagegen haben. Dann brauche ich nicht mitzuschreiben.«

Grace nickte, doch der Reverend schien noch unentschlossen zu sein. »Seien Sie mir nicht böse, aber ich bin nicht gerade begeistert davon, Mr. Ash.«

»Niemand wird etwas erfahren. Alles, was in diesem Zimmer gesagt wird, bleibt unter uns: Ihnen, mir und dem Institut für Parapsychologie.«

»Und das soll ich Ihnen glauben?«

Grace war die direkte Art ihres Vaters peinlich. »Das Institut ist schon mehrmals im Auftrag der Kirche tätig geworden, Vater, und seinen guten Ruf verdankt es nicht zuletzt Diskretion und Objektivität. Sind wir uns beide nicht darüber einig gewesen, bevor ich Miß McCarrick angerufen habe?«

»Meinetwegen«, sagte der Reverend schroff. »Wohl ist mir bei der ganzen Sache aber immer noch nicht.«

»Wir haben keine andere Wahl.« Ihre Stimme klang fest, und ihr Gesicht drückte Entschlossenheit aus.

Ash schaltete das Gerät an, als er zu sprechen begann.

»Frage eins: Warum sind Sie nicht über die Kirchenbehörde mit dem Institut in Verbindung getreten?«

Ohne zu zögern, antwortete Lockwood: »Ich wollte zunächst einmal unbeteiligte Dritte aus der Sache heraushalten. Wenn Sie Ihre Untersuchungen abgeschlossen haben, kann ich dem Erzbischof immer noch einen vollständigen Bericht zukommen lassen. Und was meine Schäfchen angeht – die wissen auch nicht, warum Sie nach Sleath gekommen sind.«

»Sie werden schnell dahinterkommen, sobald ich erst einmal mit meinen Befragungen begonnen habe und meine Geräte aufstelle. Vielleicht muß ich im Laufe der Zeit sogar noch Unterstützung vom Institut anfordern.«

»Soweit sind wir noch nicht. Und wenn es einmal soweit kommen sollte, müssen sie alles tun, daß niemand außerhalb von Sleath etwas von Ihnen erfährt.«

Ash schüttelte den Kopf. »Das kann ich Ihnen nicht garantieren. Leute tratschen, und Tratsch verbreitet sich schnell.«

»Das gilt aber nicht für meine Gemeinde.«

»Dann ist Sleath ziemlich ungewöhnlich.«

Ash blickte Grace und ihren Vater nacheinander an. Beide schwiegen.

»Also gut, ich glaube Ihnen«, sagte Ash. »Auf das Institut und mich können Sie sich hundertprozentig verlassen. Auf die Einwohner von Sleath haben wir jedoch keinerlei Einfluß.«

»Das ist klar.«

Ash zog an seiner Zigarette, stippte Asche in den Aschenbecher und stellte den Minirecorder auf den Couchtisch. Er nannte die Zeit, das Datum, den Ort und die Namen der Anwesenden. »Wie ist denn das nun alles gekommen?« fragte er dann den Reverend.

»Sie sprechen vermutlich von dem Zeitpunkt, als mir zum erstenmal ein Gespenst erschienen ist«, sagte Pfarrer Lockwood. Der Parapsychologe nickte.

»Kurz nachdem eines meiner Gemeindemitglieder – eine herzensgute Frau, der das Leben schon übel mitgespielt hatte – ihren einzigen Sohn verlor, hat es angefangen.«

»Könnten Sie das noch etwas näher ausführen?« fragte Ash behutsam. »Wann genau ist der Junge gestorben?«

Lockwood gab die Frage an seine Tochter weiter. Grace antwortete an Stelle des Reverend: »Genau heute vor drei Wochen wurde der Junge beerdigt. Und eine Woche zuvor ist er gestorben.«

Ash war anzusehen, daß er Grace glaubte.

»Er konnte erst beerdigt werden, nachdem er obduziert worden war. Er ist nämlich zu Hause in der Badewanne ertrunken. Die Pathologen mußten herausfinden, wie das geschehen konnte.«

Ash fragte nach dem genauen Alter des Jungen, nach dem Todesdatum und dem Tag der Beerdigung.

»Hat irgendein Fremdverschulden vorgelegen?« wollte er dann wissen.

»Nein. Die Obduktion ergab, daß der Junge in der Badewanne gespielt hatte. Vielleicht hatte er unter Wasser den Atem zu lange angehalten – man weiß ja, wie Kinder sind, besonders, wenn niemand sie beaufsichtigt. Wahrscheinlich trat akuter Sauerstoffmangel ein, und der Junge wurde ohnmächtig.«

Ash kniff die Augen zusammen. »Das ist ziemlich unwahrscheinlich.«

»Der Pathologe hat eine amtliche Bestätigung ausgestellt, die auf Unfalltod lautete. Es gab keine Anhaltspunkte für eine andere Todesursache.«

»Die Mutter ... ?«

»Ellen Preddle liebte ihren Sohn abgöttisch, mehr als irgend etwas oder irgend jemanden auf der Welt.« Der Reverend war ziemlich wütend auf Ash, versuchte aber, sich nichts anmerken zu lassen.

»Sie sagten, daß die Frau im Leben schon viel hatte durchmachen müssen. Vielleicht zu viel? Vielleicht hat der Junge sich schlecht benommen, als ihr das Leben besonders unerträglich erschien. Vielleicht ist sie einfach durchgedreht. Die Menschen reagieren in einem solchen seelischen Zustand unterschiedlich. Männer bringen ihre ganze Familie um. Frauen ersticken ihre Babys, weil sie die Kleinen vor der schlimmen Wirklichkeit bewahren wollen.«

Der Reverend war immer noch wütend. »Das weiß ich auch, Mr. Ash, aber der Tod des Jungen fällt aus dem Rahmen. Ellen Preddle und Simon waren im letzten Jahr vor dem Tod des Jungen sehr glücklich, eigentlich viel glücklicher als je zuvor in ihrem Leben.« Seine Stimme verlor etwas an Schärfe. »Wissen Sie, der Vater des Jungen war ein grausamer, vulgärer Mann, der seine Frau und seinen Sohn mißhandelte. Ich bete, daß Gott mir verzeiht, was ich jetzt sage: Durch seinen Tod hat George Preddle seiner Familie Frieden und Glück gebracht.«

»Und wie ist er gestorben?«

»Ein ganz schrecklicher Unfall auf dem Bauernhof.« Der Reverend hatte die halbleere Kaffeetasse auf den Tisch gestellt, verschränkte die Hände vor der Brust, beugte sich nach vorn und senkte den Kopf. Dann seufzte er und blickte wieder auf. »Ich nehme an, Sie möchten sämtliche Einzelheiten hören, nicht wahr?« Es war offensichtlich, daß er es nur widerwillig erzählen würde.

Ash antwortete geradeheraus: »Ja. Ich werde Ihnen sagen, wenn es mir zuviel wird.« Als er bemerkte, daß Grace überrascht und ihr Vater verärgert war, fügte er rasch hinzu: »Zuviel Wissen bei der Erforschung übernatürlicher Erscheinungen kann manchmal eher hinderlich als förderlich sein – dieses Wissen kann Ergebnisse vorwegnehmen, auf die der Forscher selbst kommen muß; es kann ihn sogar voreingenommen machen. Da dieser Spuk sich anscheinend auf mehrere Orte verteilt – wenn ich von meiner Kollegin Miß McCarrick richtig unterrichtet worden bin –, werde ich mehr Hintergrundinformationen benötigen als üblich.«

»Ich verstehe«, sagte Grace. »Übrigens wird Ihr Kaffee kalt.«

Lächelnd griff er nach der Tasse.

»Ich helfe Ihnen, so gut ich kann, Mr. Ash, aber ich mache Sie darauf aufmerksam, daß es einzig und allein die Idee meiner Tochter war, das Institut einzuschalten.« Offensichtlich war es Lockwood bei dem Gedanken, daß Ash nach Sleath gekommen war, noch immer nicht wohl zumute.

»Welche Alternativen hatten Sie?«

»Ich verstehe nicht ganz, was Sie meinen.«

»Der Bischof sollte doch nichts erfahren. Haben Sie insgeheim gehofft, diese Erscheinungen würden von selbst und möglichst unauffällig wieder verschwinden?«

Lockwood antwortete mit einer Gegenfrage: »Sie glauben also nicht, daß es in Sleath wirklich spukt?«

»Das habe ich nicht gesagt. Und ich möchte betonen, daß sich neunzig Prozent der Fälle, in denen das Institut für parapsychologische Forschungen ermittelt, als zwar außergewöhnlich, aber nicht als übernatürlich erweisen – oder als Schwindel.«

»Und die restlichen zehn Prozent ...?«

»Auch die sind nicht immer eindeutig. Die Ursache mag im dunkeln bleiben, aber das bedeutet nicht, daß wir es mit etwas Übernatürlichem zu tun haben.«

»Wir verstehen, was Sie meinen, David«, sagte Grace und trat an den Couchtisch. Sie nahm die Kaffeetasse ihres Vaters und fragte: »Darf ich noch einmal nachgießen?« Sie schenkte ihm ein, ohne seine Antwort abzuwarten. Der Pfarrer nahm ihr die Tasse ab und lehnte sich wieder zurück; irgend etwas schien ihn zu beunruhigen, als Grace einen Stuhl heranzog, um näher am Kassettenrecorder zu sitzen.

Ash fuhr fort: »Sie wollten mir noch erzählen, wie Ellen Preddles Mann gestorben ist.«

Der Reverend nippte an seinem Kaffee, bevor er antwortete. »Haben Sie schon mal einen brennenden Heuhaufen gesehen, Mr. Ash?«

»Ich dachte, Heuhaufen gäbe es heutzutage nicht mehr. Wird das Heu jetzt nicht in Ballen zusammengebunden?«

»Wir sind in Sleath. Mancher Bauer hier hält nichts von den neuen Methoden. Mitunter verbrennt ein Heuhaufen von innen heraus. Außen sieht man nur kleine Flammen und Rauch, viel Rauch; aber das wirkliche Inferno spielt sich da drinnen ab, wo alles zu Asche wird. Es ist dort unvorstellbar heiß, eine unglaubliche Hitze. Schließlich explodiert der brennende Haufen in einem Flammenmeer.«

Er schwieg, als würde er sich das Höllenfeuer vorstellen.

»George Preddle arbeitete auf einem Bauernhof – sofern es Arbeit gab. Meistens aber war er faul, betrunken, unausstehlich und schlug seine Frau und seinen Sohn.«

Ash war ein wenig überrascht, daß ein Geistlicher so abfällig von einem Verstorbenen sprach. Offensichtlich war Lockwood ein Hirte, der den schwarzen Schafen seiner Herde gegenüber keine Nachsicht walten ließ.

»Er hatte Glück, daß das Haus, in dem sie wohnten, ihnen

gehörte. Ellens Eltern hatten es ihnen vermacht. Sonst wären die Preddles sehr arme Leute gewesen.« Die Kaffeetasse klapperte auf dem Untersetzer, als er sie auf den Tisch zurückstellte. »George Preddle hat auf der Gunstone Farm gearbeitet, keine Meile von der Stadt entfernt, und an dem besagten Tag – ein Tag wie heute, soweit ich mich erinnere, sonnig und schrecklich heiß – half ihm sein Sohn. Der Junge verdiente sich ein paar Pennies in den Schulferien, er arbeitete hier und da im Dorf oder mit seinem Vater auf Bauernhöfen. Niemand weiß, wie der Heuhaufen Feuer gefangen hat. Wir wissen nur, daß Preddle ein starker Raucher war und daß er mittags getrunken hatte. Offenbar hatte er in nächster Nähe des Heuhaufens gearbeitet und vielleicht eine Zigarettenkippe oder ein brennendes Streichholz versehentlich hineingeworfen. Jedenfalls kamen Rauchschwaden aus dem Heuhaufen. Die Arbeiter bildeten schnell eine Eimerkette, um den Schwelbrand zu löschen. Dumm wie er war, holte Preddle eine Leiter, kletterte hinauf und wollte von oben Wasser auf den Haufen schütten.«

Ash verzog das Gesicht.

»Es brannte im Innern.« Lockwood drückte die Schultern durch, als wollte er Schmerzen im Rücken lindern, und betrachtete die Holzscheite im Kamin. »Außen waren nur wenige Flammen. Wie immer es zu dem Feuer gekommen sein mag, plötzlich brannte der Haufen lichterloh. Eine Laune des Schicksals, ein unglücklicher Zufall ... vor so etwas sind wir im Leben nie gefeit. Preddle lachte nur, als die anderen Feldarbeiter ihn warnten. Mir wurde erzählt, daß sogar sein Sohn schrie, er solle herunterkommen. Weshalb Preddle so gehandelt hat, werden wir nie erfahren. War er übermütig? War er betrunken? Jedenfalls fiel dieser blöde Kerl von der Leiter herunter.« Diesmal zuckte Ash zusammen und schaute Grace an, die ähnlich verstört dreinblickte, obwohl sie die Geschichte ja schon kannte. Plötzlich wußte Ash den Grund: Das war noch nicht alles.

»Es wäre besser gewesen, wenn er einfach heruntergefallen

wäre«, fuhr der Reverend fort. »Aber er verhedderte sich, so daß das Feuer seine Beine erfaßte. Er konnte sich nicht selbst befreien und klammerte sich an den oberen Teil des Heuhaufens. Er schrie erbärmlich, als seine Beine verbrannten. Die anderen konnten nur hilflos zusehen, keiner hatte den Mut, auf den Heuhaufen zu klettern und Preddle herunterzuholen. Denn *hätte* es jemand versucht, wäre der Heuhaufen unter ihrem Gewicht in sich zusammengestürzt.«

Ash wurde blaß, als er an ein anderes Feuer an einem anderen Ort dachte. Er zog an seiner Zigarette und blickte gedankenverloren dem Rauch nach.

»Die Leute sagten später, daß Preddles letzter Schrei der schrecklichste von allen war.«

Die Worte des Reverends brachten Ash wieder in die Gegenwart zurück.

»Als alles vorbei war, war nicht mehr viel von George Preddle übrig. Das Feuer hatte ihn praktisch eingeäschert.«

»Ist Ihnen nicht gut, David?« Grace Lockwood war aufgefallen, daß Ash regungslos dasaß und sehr blaß geworden war. Sie, vermutete, daß es mit der Geschichte zu tun hatte, die ihr Vater gerade erzählte.

Ash schaute sie an. »Wie? Doch, alles in Ordnung. Das war aber eine unangenehme Todesart«, sagte er zerstreut.

»Unangenehm?« spottete der Geistliche. »Niemand verdient eine solche Strafe, egal welche Sünden er begangen hat.«

Es ist Ihr Gott, hätte Ash beinahe gesagt, konnte sich aber gerade noch zurückhalten. Die Bemerkung hätte den Reverend nur gegen ihn aufgebracht, und er wäre wieder einmal vom Thema abgeschweift. »Und der Junge hat das alles mit angesehen?« fragte er statt dessen.

»Leider ja«, antwortete Grace.

»Welche seelischen Folgen hatte das für den Jungen?« Ash fluchte innerlich. »Tut mir leid, das war eine ziemlich dumme Frage. Er muß einen schweren Schock bekommen haben.«

Reverend Lockwood nahm sich Zeit für eine Antwort. Er blickte durch Ash hindurch und sagte schließlich: »Es ist merkwürdig, aber der Junge hatte nur einen leichten Schock erlitten. Oh, ich bin sicher, daß der Tod seines Vaters ihm irgendwie nahegegangen war, irgendwo tief in seinem Innern, aber man merkte ihm das nicht an. Vielleicht war Simon in den Wochen danach ein bißchen stiller als sonst, aber er war schon immer ein schüchterner Junge, der an den Rockschößen seiner Mutter hing; daran hat sich auch in der Folgezeit nichts geändert. Auf jeden Fall kann man sagen, daß Mutter und Sohn sich näher kamen, und ich glaube, das ist ganz normal.«

»Da stimme ich Ihnen zu. Ellen Preddle hatte ihren Mann verloren und der Junge seinen Vater; logischerweise suchte der eine beim anderen Trost.«

»Nein, ganz so war es nicht. Die zwei wurden glücklich. Sehen Sie, beide hatten George Preddle gehaßt. Niemand im Dorf, der Preddle gekannt hat, könnte ihnen einen Vorwurf daraus machen. Er war ein furchtbarer Mensch.«

Wieder war Ash erstaunt über Lockwoods mangelndes Mitgefühl. Dieser Preddle mußte wirklich ein übler Bursche gewesen sein, wenn ihm sogar der Gemeindepfarrer nach seinem Tod Böses nachsagte. »Wäre es denkbar, daß der Junge letztendlich nicht doch am Schmerz über den Tod seines Vaters zerbrochen ist?«

»Wollen Sie damit sagen, daß der Junge sich womöglich in der Badewanne ertränkt hat?« fragte Grace skeptisch.

»Es war nur so ein Gedanke«, erwiderte Ash. »Aber zweifellos absurd. Wenn Sie sagen, der Junge habe sich den Tod seines Vaters nicht sehr zu Herzen genommen, dann glaube ich Ihnen.« Er beugte sich vor und drückte seine Zigarette aus. »Und was schließen wir daraus? Wessen Geist hat Ellen Preddle denn nun gesehen – den ihres Mannes oder den ihres Sohnes?« Bevor einer der beiden antworten konnte, fügte Ash hinzu: »Natürlich liegen Umstände vor, die zu einer Selbsttäuschung geführt haben könnten. Eine Tragödie für die Frau, denn sie hat ihren geliebten Sohn verloren und stand damit allein auf der Welt. Vielleicht hat ihre Trauer sie für alles mögliche empfänglich gemacht.«

»Eine zynische Ansicht«, sagte Lockwood ein wenig verächtlich.

»Sie ist berufsbedingt. Übrigens spreche ich lieber von gesundem Mißtrauen – in meinem Beruf ein wichtiges Erfordernis. Wenn ich Ihnen einige Fälle schildern würde, die ich untersucht habe, würden Sie diese Haltung zu schätzen wissen. Also, sagen Sie mir bitte, welchen Geist die Frau angeblich gesehen hat?«

»Den ihres Sohnes«, antwortete Lockwood ernst. »Nach der Beerdigung des Jungen ging Ellen sofort nach Hause, ohne mit jemandem zu sprechen. Ein wenig später wollte ich sie besuchen, um ihr mein Beileid auszusprechen und zu sehen, ob ich ihr irgendwie helfen könnte. Die arme Frau ließ mich nicht herein. Sie öffnete mir nicht einmal die Tür.«

»Aber Sie haben mit ihr gesprochen?«

»Ich habe ihren Namen gerufen, aber sie sagte mir, ich solle verschwinden. Ihre Stimme klang ... na ja, seltsam.«

»In welcher Hinsicht?«

»Irgendwie so, als wenn sie aus größerer Entfernung käme. Aber es lag nicht daran, daß sie hinter der Tür stand. Ich dachte zuerst, sie wäre betrunken.«

»Vielleicht war sie's.«

»Ich wüßte nicht, daß Ellen jemals einen Tropfen Alkohol angerührt hätte.«

»Trauer, Schock. Wer könnte es ihr verübeln.«

Der Reverend schüttelte den Kopf. »Nicht sie, nicht Ellen. Vielleicht habe ich ihre Stimme falsch beschrieben. Sie klang glücklich, Mr. Ash, aber geistesabwesend, als würde sie an etwas ganz anderes denken. Außerdem machte sie mir den Eindruck, als wolle sie irgend etwas verbergen.«

»So war Ellen auch die beiden darauffolgenden Wochen«, sagte Grace. »Sie verließ kaum ihr Haus, aber Passanten hörten sie singen. Ich selbst hab' sie auch gehört, als ich sie einige Tage nach der Beerdigung besuchen wollte. Nachdem ich an die Tür geklopft hatte, wurde sie allerdings mucksmäuschenstill.«

»Haben Sie die Frau gesehen?« fragte Ash.

»Nein. Sie reagierte überhaupt nicht. Sie tat so, als wäre sie nicht zu Hause.«

Ihr Vater unterbrach sie. »Grace, würdest du mir bitte eine Aspirin holen?«

Sie schaute ihn besorgt an. »Hast du wieder Schmerzen?«

Er nickte. »Aber sie sind noch nicht so schlimm.«

Grace stand auf und verließ das Zimmer. Der Reverend fuhr sich mit einer Hand über die Stirn.

»Wollen wir ein andermal weitermachen?« fragte Ash und griff nach dem Recorder.

»Nein, nein. Fahren Sie fort. Ich möchte nicht zuviel von Ihrer Zeit vergeuden.«

»Wie soll ich das verstehen?«

»Halte ich Sie mit meinem Gerede nicht unnötig auf? Ist das nicht alles Unsinn?«

»Durchaus nicht, wenn wir auf die eine oder andere Weise ein Ergebnis erzielen.«

Lockwood runzelte die Stirn. »Sie glauben wirklich, Sie können die Existenz von Geistern beweisen?«

»Oder deren Nichtexistenz.«

Der Reverend schüttelte leicht den Kopf, und es war nicht genau zu unterscheiden, ob er dabei kurz auflachte oder plötzlich husten mußte. »Also weiter. Wir haben uns Sorgen um Ellen gemacht, sehr große Sorgen sogar. Jedesmal, wenn ich zu ihr ging, hat sie mich fortgeschickt oder gar nicht erst aufgemacht. Am letzten Sonntag aber kam sie plötzlich zum Abendmahl, wie sie es in all den Jahren regelmäßig getan hat, die ich sie kenne. Ich war überrascht und erfreut zugleich.«

Grace kam mit einem Glas Wasser und Tabletten zurück.

»Hast du mir drei Stück mitgebracht?« fragte ihr Vater.

»Habe ich«, antwortete sie mißbilligend. »Du solltest unbedingt einmal zum Arzt gehen.«

»Dr. Stapley hat ohnehin zu viele Patienten. Warum soll ich ihm mit Beschwerden daherkommen, die von selbst weggehen?«

»Diese Erscheinungen machen dir zu schaffen, nicht wahr?« sagte Grace und setzte sich wieder. »Die nervliche Belastung ist zu groß für dich.«

»Vielleicht kann Mr. Ash dem ja abhelfen.« Der Pfarrer lächelte, aber die Bemerkung war nicht scherzhaft gemeint.

»Mrs. Preddle ist also zum Abendmahl gekommen«, sagte Ash und schaute kurz nach, ob das Band des Kassettenrecorders richtig lief.

»Ja. Nach dem Gottesdienst hat sie auf mich gewartet. Ich muß sagen, daß sie erstaunlich gut aussah. Vielleicht ein bißchen mager; aber sie hatte keine roten Augen vom vielen Weinen mehr. Sie ging auch nicht mehr gebückt, wie in den schlimmen Zeiten, als ihr Mann noch lebte. Sie machte einen beinahe gelassenen Eindruck.« Er schluckte die Tabletten mit etwas Wasser hinunter und fuhr sich dann mit einem Handknöchel über die Lippen. »Ich war schockiert, als sie mich fragte, ob es eine Sünde sei, einen Verstorbenen zu hassen.«

»Damit meinte sie ihren Mann.«

»Natürlich. Es gibt keinen Zweifel, daß sie ihren Sohn geliebt hat.« Vorwurfsvoll schaute er Ash an. »Ich habe ihr gesagt, daß sie sich überwinden müsse, ihrem verstorbenen Ehemann zu vergeben, was ihr im Laufe der Zeit – die ja bekanntlich Wunden heilen könne – sicher gelingen würde. Bis dahin aber sei es keine allzu schwere Sünde, ihm nicht zu verzeihen, denn sie habe mit diesem Mann ja schlimme Zeiten durchgemacht.«

Er trank noch einen Schluck Wasser; dann fuhr er fort: »Sie schüttelte nur den Kopf, sah sogar trauriger aus. Ich hätte sie nicht richtig verstanden, sagte sie nur. Sie frage nicht ihretwegen, sie frage wegen Simon, ihrem Sohn.«

In Ashs Gesicht war keine Regung zu erkennen. Er trank seinen Kaffee aus und wartete darauf, daß der Reverend weiterredete.

»Sie sagte, Simon sei verängstigt und voller Schuldgefühle. Er mache sich schreckliche Sorgen, weil er seinen Vater so sehr hasse, obwohl sie ja beide tot seien. Das habe der Junge zu seiner Mutter gesagt.«

Lockwood hob eine Hand, als wolle er einem Widerspruch Ashs zuvorkommen. Doch der Parapsychologe schwieg.

»Ich würde Ihnen jetzt keinen Vorwurf machen, wenn sie Mrs. Preddle als hysterische Frau bezeichnen würden, die über den Tod ihres Kindes nicht hinwegkommt. Damals habe ich das auch geglaubt. Oh, ich war felsenfest überzeugt. Ich ließ mir aber nichts anmerken und versprach ihr, sie zu Hause zu besuchen, um mit ihr zu reden. Obwohl sie zunächst gegen meinen Vorschlag zu sein schien, erklärte sie sich plötzlich einverstanden, als ich die Andeutung machte, ich könne ihrem Sohn vielleicht helfen. Daß ich ihm sagen würde, er habe sich nicht an seinem Vater versündigt. Mit ›sagen‹ meinte ich natürlich Gebete, die ich als Geistlicher sprechen und die den Jungen erreichen würden, wo er auch sein möge. Doch Ellen Preddle nahm mein Versprechen wörtlich.«

Lockwood wurde nervös und schlug fortwährend mit einer Hand auf die Armlehne des Sessels. »Als ich an diesem Nachmittag bei ihr war, versuchte Ellen mir klarzumachen, daß ihr Sohn seit seiner Beerdigung schon mehrmals bei ihr gewesen sei. Als ich entgegnete, Simon sei tot und seine Seele würde in Frieden ruhen, wurde Ellen wütend. Sie behauptete steif und fest, daß Simon immer noch bei ihr sei und sie niemals verlassen würde.«

Grace ging zu ihrem Vater, der zu zittern begonnen hatte. Mit beiden Händen packte er die Armlehnen so fest, daß die deformierten Knöchel beinahe weiß hervortraten. Der Schmerz in diesen Gelenken mußte schrecklich sein. Grace legte dem Vater einen Arm um die Schultern und sagte flehentlich: »Bitte, Vater, bitte beruhige dich.« Doch er beachtete sie gar nicht. Seine fahlen Augen wurden plötzlich stechend, als er Ash anstarrte.

»Und in diesem Moment – genau in diesem Moment – wußte ich, daß sie die Wahrheit sagte.«

In Ashs Innerem verkrampfte sich irgend etwas. »Aber gerade eben haben Sie die Existenz von Geistern bestritten.«

»Nein. Ich habe Sie gefragt, ob Sie beweisen können, daß es keine Gespenster gibt.«

»Und wie kamen Sie dazu, plötzlich Ihre Meinung zu ändern und Ellen Preddle zu glauben?«

»Weil ich den Jungen mit eigenen Augen gesehen habe, Mr. Ash.«

Kapitel 10

»Es tut mir schrecklich leid.«
Ash war überrascht. »Was tut Ihnen leid?« fragte er.

»Ich glaube, daß mein Vater mit den Nerven am Ende ist«, antwortete Grace Lockwood. »Diese Schmerzen ...« Sie führte den Satz nicht zu Ende; die unausgesprochenen Worte waren Teil der Entschuldigung.

Sie gingen auf dem mittleren Weg des Gartens spazieren, der hinter dem Pfarrhaus lag und vom Rest des Anwesens durch einen verfallenden Zaun und üppig wuchernde Sträucher getrennt war. Vor ihnen stand eine Gartenlaube aus hellem Holz. Schon von weitem konnte Ash erkennen, daß an einigen Stellen die Farbe abgeblättert war. Auch einige Balken befanden sich nicht gerade in bestem Zustand. Trotzdem war das Häuschen, von Rhododendronbüschen und Blumen gesäumt, noch immer reizvoll. Wenngleich die Sonne an Kraft verloren hatte, war es noch immer unerträglich heiß. Ash hatte seine Jacke über einen Arm gehängt und eine Hand in die Hosentasche gesteckt. Andere Düfte vermischten sich mit denen des Geißblatts – Flieder, Rosen, Pfingstrosen und viele andere –, und er atmete tief durch, um wieder klaren Kopf zu bekommen.

»Ist er schon einmal beim Arzt gewesen?« Seine Frage war nicht so beiläufig gemeint, wie man dem Tonfall nach hätte vermuten können.

»Er will nicht. Vater hat die altmodische Vorstellung, daß Krankheiten von selbst verschwinden.« Grace blieb kurz stehen und betrachtete eine gelbe Rose am Wegesrand. Ihre nächste Bemerkung zeigte Ash, daß sie seine Frage durchaus richtig verstanden hatte. »Sie halten ihn vermutlich für einen Neurotiker, nicht wahr?«

Ash wollte sie nicht beleidigen, wollte andererseits aber auch mit offenen Karten spielen. »Er ... äh, schien ziemlich nervös zu sein.«

Grace richtete sich auf und blickte ihn an. »Nervös, ja. Es geschehen Dinge, die er nicht begreift. Ich bin auch ein wenig durcheinander, aber nicht neurotisch, Mr. Ash.«

»David.«

»David. Nicht nur mein Vater und Ellen Preddle sind in Panik geraten. Es gab noch andere Leute.«

»Haben die auch den Jungen gesehen?«

Grace ging weiter; sie war jetzt nicht mehr so gelassen wie zuvor. »Nein, nicht Simon. Aber – wie würden Sie es nennen? Erscheinungen? Andere Erscheinungen sind gesehen worden. Wir hätten Ihnen das auch noch erzählt, wäre es mit Vaters Schmerzen nicht schlimmer geworden.« Sie schaute zum Pfarrhaus zurück und blickte zum Fenster im ersten Stock hinauf, als könnte sie von hier aus feststellen, wie es ihrem Vater ging. »Sein Gesundheitszustand hat sich in den letzten Jahren verschlechtert. Deshalb bin ich auch nicht mehr nach Paris zurückgegangen. Nach dem Tod meiner Mutter hat er mich hier gebraucht, hier im Ort. Früher war er so stark, so voller Kraft und Elan ...«

»Wie weit ist seine Arthritis fortgeschritten?«

Schweigend ging sie die restlichen Meter bis zur Gartenlaube, bevor sie eine Antwort gab. Drinnen setzte sie sich auf eine schmiedeeiserne Bank. »Er versucht, seine Schmerzen vor mir zu verbergen. Aber ich sehe es ihm oft an, wie sehr er leidet. Er tut immer noch zuviel in der Pfarrei. Aber ich hoffe von ganzem Herzen, daß der Bischof ihn bald dazu überredet, in den Ruhestand zu treten. Zum Glück haben wir noch etwas Geld auf der hohen Kante – aus einer Erbschaft. Damit kann Vater sich einen ruhigen Lebensabend machen.«

Ash saß am anderen Ende der Bank und schaute Grace an; er hatte einen Arm über die gewölbte Rückenlehne gelegt. »Genug, um das Anwesen der Lockwoods zu unterhalten?«

Sie lächelte über seine Unverblümtheit, und das gefiel ihm. »Da gibt es nicht mehr viel zu unterhalten. Ein Großteil ist verkauft worden. Allerdings gehört uns das Gelände bis zum alten Herrenhaus. Um diese paar Morgen in einem vernünftigen Zustand zu halten, geht unser ganzes Geld drauf. Aber schweifen wir nicht wieder ab?«

»Hintergrundinformationen sind manchmal nützlich«, versicherte er ihr.«

»Ich verstehe nicht, wie so etwas beim Einfangen von Gespenstern weiterhelfen könnte.«

Jetzt lächelte er. »Ich *fange* sie nicht. Ich stelle nur fest, ob es sie gibt oder nicht.«

»Leisten Sie gute Arbeit, David?« Es war eine ernst gemeinte Frage.

»Im allgemeinen bin ich recht erfolgreich.«

»Aber Sie glauben an diese ... diese Geisterwelt, nicht wahr? Gibt es sie wirklich?«

Grace fragte sich, warum er schnell den Kopf zur Seite drehte, so, als hätte irgend etwas hinten am Haus seine Aufmerksamkeit erregt. In Wahrheit war er gar nicht bei der Sache und dachte an etwas ganz anderes.

»Was ist los, David?« fragte sie. »Was habe ich gesagt?«

Sie sah, daß sein Hals sich versteifte und daß er unmerklich die Schultern straffte; offensichtlich hatte er sich wieder in der Gewalt.

»Was ich glaube, ist nicht wichtig«, sagte er leise.

»Aber ...«

Er unterbrach sie. »Nein, Grace. Es geht nur um das, was in Sleath geschehen ist.«

»Was macht Ihnen Kummer, David?« Es war eine schlichte, aber direkte Frage, und sie drang in Gefühlsschichten, die er lange abgeschirmt hatte. Dennoch schwieg er, verblüfft über ihre Intuition.

»Wollen Sie es mir nicht erzählen?« fragte Grace mit Nachdruck.

Nach einer Pause sagte er: »Ist noch zu früh, Grace.«

»Wirklich?« erwiderte sie prompt. »Haben Sie nicht gemerkt, daß vorhin in der Kirche etwas Merkwürdiges zwischen uns passiert ist? Ich konnte spüren, daß Sie da waren, bevor ich Sie überhaupt gesehen habe – und ich weiß, daß es Ihnen genauso erging. Irgend etwas ist zwischen uns geschehen, bevor wir uns überhaupt kennengelernt haben.«

Er reagierte abweisend. »Kann sein. Aber das hatte nichts mit dem anstehenden Fall zu tun. Es wäre mir lieber, wir würden uns darauf konzentrieren.«

Grace war erstaunt über seine plötzliche Veränderung, und sie fragte sich, was er vor ihr verbarg. Warum wollte er mit ihr nicht über diese seltsame Empfindung sprechen? Grace wußte ganz genau, daß sie und Ash es in St. Giles beide gespürt hatten, dieses plötzliche, beinahe elektrisierende Bewußtsein, daß der andere zugegen war. Warum wollte er das alles nicht wahrhaben?

»Grace, erzählen Sie mir von den anderen Vorfällen.«

Er hatte sie mit Absicht aus ihren Gedanken gerissen, doch in seinem Blick lag keine Herausforderung; Grace erkannte es deutlich. Schaute Ash sie nicht vielmehr flehend an?

»Also gut, David«, gab sie nach und fügte hinzu: »Und wenn das alles mit den Vorkommnissen in Sleath zu tun hat? Sie haben selbst vor kurzem Kinder in einem Schulgebäude singen gehört, das nicht mehr benutzt wird. Wie erklären Sie sich das? Glauben Sie nicht, da könnte ein Zusammenhang bestehen?«

Ash ließ sich Zeit mit der Antwort. »Denkbar wäre es. Ich brauche noch viel mehr Informationen, bevor ich ein Urteil fällen kann. Wenn ich Ihnen helfen soll, Grace, müssen Sie mir auch helfen.«

»Zuerst möchte ich mich einmal bei Ihnen entschuldigen.«

»Nicht nötig. Erzählen Sie mir lieber von diesen anderen Erscheinungen.«

Grace beobachtete, wie Ash den Minirecorder wieder aus der Tasche zog und einschaltete. Er legte das Gerät zwischen sie beide auf die Bank. »Also los«, sagte er.

Grace holte tief Atem. »Ein junges Mädchen, das an der Bar im Black Boar Inn arbeitet, kam vor ein paar Wochen zu meinem Vater. Sie war sehr aufgeregt und sah vollkommen übernächtigt aus. Und so war es auch.«

»Heißt sie zufällig Ruth?«

»Sie kennen sie?«

»Als ich ein Zimmer im Gasthaus nahm, ist sie mir aufgefallen. Sie sah aus, als hätte sie eine ganze Weile kein Auge mehr zugemacht.«

»Sie heißt Ruth Cauldwell. Ihr Vater ist der Dorftischler.«

»Und was war mit ihr?«

»Ruth behauptete, sie hätte schreckliche Träume gehabt, die sie sogar tagsüber verfolgten.«

»Es ist nicht ungewöhnlich zu träumen, daß man wach ist. Sie könnte in einer Art Halbschlaf gelegen haben.«

»Das hat Vater ihr auch gesagt, aber sie blieb hartnäckig und behauptete, sie sei wach gewesen. Einmal habe sie sich im Bett aufgesetzt und die Nachttischlampe eingeschaltet. Der Mann, der sie geweckt hatte, stand immer noch am Fußende ihres Bettes.«

»Es war ein Mann?«

»Es war die Gestalt eines Mannes.«

»Jemand, den sie kannte?«

»Jemand, von dem sie wußte, daß er tot war. Ruth war als Kind sexuell mißbraucht worden. Der Täter hieß Joseph Munce und arbeitete von Zeit zu Zeit bei ihrem Vater. Der Mann kam hinter Gitter und starb im Gefängnis. Genauer gesagt, er beging Selbstmord.«

»Wie ich schon sagte – Ruth könnte verwirrt gewesen sein. Manche Alpträume haben eine unglaubliche Intensität.«

»Aber sie hatte das Licht angemacht, und er war trotzdem noch da.«

»Und dann verblaßte seine Gestalt.«

Grace nickte. »So hat Ruth es meinem Vater erzählt.«

»Solche Dinge sind auch im Schlaf möglich. Es sind Fälle von Schlafwandlern bekannt, die aus dem Haus gehen und auf der Straße umherirren. Andere wiederum stehen auf, gehen in die Küche und mixen sich einen Drink. Die Vision verblaßte, als das Mädchen nach und nach aus dem Traum erwachte.«

Grace biß sich auf die Unterlippe. »Sie machen es sich zu einfach, David. Ich glaube nicht, daß Ruth sagen würde, sie sei wach gewesen, wenn sie in Wahrheit nur geträumt hat. Ich kenne sie schon seit vielen Jahren und weiß, daß sie mit beiden Beinen auf der Erde steht.«

»Aber sie hatte als Kind ein schreckliches Erlebnis, und wer weiß schon etwas über die Gefühle, die sich in all den Jahren in ihr aufgestaut haben? Vielleicht leidet sie unter Schuldgefühlen und macht sich schwere Vorwürfe. Und der Selbstmord des Täters im Gefängnis hat dies alles vielleicht noch bei ihr verstärkt.«

»Dann kann ich nicht mitreden, David. Ich verstehe zu wenig von solchen Dingen. Aber ich möchte Ihnen noch von einem anderen Zwischenfall berichten.«

Plötzlich hatte Ash den Wunsch, ihre Hand zu berühren und sie zu beruhigen. Aus irgendeinem Grund schien sie jetzt sehr verwundbar, wie sie so bedrückt auf der Bank saß – und so nahe. Er wollte ihr sagen, daß er hier war, um zu helfen, daß es seine Pflicht war, nüchtern an die Dinge heranzugehen, ja, sogar skeptisch, daß dies nicht bedeutete, daß er ihre Geschichte oder die anderer Leute in Zweifel zog. Er verspürte den Wunsch, ihr zu erklären, warum er sein Leben lang versucht hatte, den Beweis zu erbringen, daß es keine Geister gab, warum er Mythen und Täuschungen aufdeckte und alle vorgeblich übersinnlichen Erscheinungen kritisch hinterfragte. Und er wollte ihr sagen, wie falsch er die ganze Zeit damit gelegen hatte.

Aber jetzt war nicht der richtige Zeitpunkt. Er unterbrach sie nicht.

»Mein Vater hat Ihnen erzählt, wie Ellen Preddles Mann gestorben ist.«

»Der brennende Heuhaufen.«

»Ja. Vater hat erst vor wenigen Tagen den Gunstones einen Besuch auf ihrem Hof abgestattet. Mrs. Gunstone hilft in St. Giles mit. Sie hatte sich schon seit einiger Zeit unwohl gefühlt. Ihr Ehemann Sam war beunruhigt und fing meinen Vater vor dem Haus ab, um mit ihm zu reden – vertraulich, weil er seiner Frau wegen ihres schlechten Gesundheitszustands weitere Aufregung ersparen wollte. Sam Gunstone war immer schon ein vernünftiger, praktischer Mensch, der bestimmt nicht zu irgendwelchen Phantastereien neigt. Deshalb ist die Geschichte glaubwürdig, die er meinem Vater erzählte, auch wenn sie ein wenig merkwürdig klingt.«

Ash hörte, wie das Gerät sich mit einem leisen Klicken abschaltete. »Einen Augenblick«, sagte er, drehte die Kassette um und schob sie ins Gerät zurück. Er drückte auf ›Aufnahme‹ und nickte ihr zu.

»Obwohl es noch früh am Morgen war, hatte sich bereits Hitzenebel über den Feldern gebildet. Sam war mit seinem Hund auf Kaninchenjagd. Plötzlich sah er, daß in dem Dunst ganz in der Nähe seines Hauses ein orangefarbenes Licht leuchtete. Er ging darauf zu und hatte den Eindruck, daß es flimmerte – oder, besser gesagt, flackerte. Als er direkt davor stand, wußte er sofort, was es war.«

Grace hatte die Geschichte mit gesenktem Kopf erzählt. Jetzt straffte sie sich und blickte in die Ferne, als könnte sie das mysteriöse Feuer selbst sehen.

»Gunstone bemerkte, daß sein Hund hinter ihm stehengeblieben war und sich nicht von der Stelle rühren wollte, mochte er noch so sehr auf das Tier einreden. Der Hund stand stocksteif da und winselte leise. Sam gab es schließlich auf, ging noch ein paar Schritte weiter und entdeckte, was da lautlos und ohne Rauchentwicklung brannte.«

»Brannte es wirklich?«

»Ja«, sagte Grace. »Ein Heuhaufen stand in Flammen. Nur war es noch viel zu früh im Jahr, um Heuhaufen zu errichten. Der, vor dem Sam stand, war weit und breit der einzige.«

Ash hatte schon verstanden. »Es war die Stelle, wo George Preddle verbrannt ist.«

»Ja. Und Sam schwor, daß er die Hitze des Feuers spüren und den Rauch riechen konnte. Ich weiß, daß es sich unglaublich anhört, unmöglich, aber Sam versicherte meinem Vater, er würde einen heiligen Eid darauf ablegen.«

Unmöglich? ging es Ash durch den Kopf. Nein, es war ganz und gar nicht unmöglich. Die Hitze, der beißende Brandgeruch. *Die Flammen*. Aber kein Feuer, kein wirkliches Feuer.

Grace sah das Unbehagen in Ashs Augen. »Alles in Ordnung, David?«

Er straffte die Schultern, hatte sich anscheinend wieder in der Gewalt. »Ich hatte vor vielen Jahren mal ein Erlebnis. Preddles Tod hat mich daran erinnert.«

»Wollen Sie es mir nicht erzählen?«

»Das ist jetzt nicht wichtig. Wir müssen uns zu allererst darum kümmern, was in Sleath geschieht.«

»Ich glaube, daß Sam Gunstone die Wahrheit gesagt hat. Und Sie?«

»Darum geht es gar nicht. Ellen Preddle, Sam Gunstone und Ihr Vater sind fest davon überzeugt, Geister gesehen zu haben. Sie, Grace, glauben ihnen. Ich dagegen muß Beweise sammeln, sie überprüfen und dann ein Urteil abgeben, das sich auf gesicherte Fakten stützt.«

»Erfahren wir dabei auch, warum das alles hier in Sleath geschieht?«

»Wenn es sich nachweislich um wirkliche Gespenster handelt, dann wird es auch einen Grund dafür geben, warum sie gerade dieses Dorf heimsuchen. Möglicherweise finden wir ihn heraus.«

»Und können Sie dem ganzen Spuk ein Ende machen?«

Er gab keine Antwort, doch in seinem Lächeln lag Bitterkeit.

Kapitel 11

Ruth Cauldwell rief Tom Ginty, der hinter der Theke stand, einen Abschiedsgruß zu und trat in die Nachmittagssonne. Im kühlen und dunklen Gasthaus hatte Ruth an ihren nackten Armen gefroren, doch in der heißen Luft wurde ihr rasch wieder warm. Schnell ging sie die Hauptstraße entlang. Es waren ungefähr fünfzehn Minuten bis nach Hause, und wäre Winter gewesen, hätte sie wahrscheinlich ihren kleinen roten Mini benutzt. Doch im Frühling und Sommer ging sie stets zu Fuß. Zum einen fand sie es herrlich, ein bißchen Bewegung zu haben und dabei die Sonne im Gesicht zu spüren – nach Stunden an einem finsteren Arbeitsplatz –; zum anderen stärkte es ihre Willenskraft und tröstete sie ein wenig über die Tristesse ihres Lebens hinweg.

Ruth war ein hübsches Mädchen, und sie hätte an diesem Tag noch besser ausgesehen, wären da nicht gewisse unruhige Nächte gewesen, die ihre Spuren in Ruths Gesicht hinterlassen hatten. Mit ihren gerade 18 Jahren kleidete sie sich unauffällig, aber schick und war bei ihren Kollegen und den Gästen im Black Boar Inn beliebt. An sich wollte Ruth Kindermädchen werden, doch ohne teure Ausbildung war das nicht möglich. Auch wenn es ihr nur ums Geld ging, so war sie hinter der Theke dennoch fleißig und immer gut aufgelegt. Der Job war ja auch nur vorübergehend. Sobald sie die erforderliche Summe zusammengespart hätte, würde sie diesen beschützenden, aber zugleich einengenden Hafen namens Sleath verlassen, um die große, weite Welt kennenzulernen. Nicht, weil sie sich nach einem aufregenden Leben sehnte, ganz im Gegenteil. Ruth plante eine Flucht. Nichts Dramatisches; kein plötzlicher Aufstand, der ihre Eltern und Freunde vor den Kopf stoßen würde. Nein, sie wollte leise, möglichst unbemerkt und im guten von all dem fort, woran sie noch immer hing, was sie aber letztendlich erdrücken würde, wenn sie in Sleath bliebe. Ihr Daddy würde das niemals verstehen – würde sie versuchen, es ihm zu erklären, würde er nur widersprechen und ununterbrochen auf seinen Lieblingsspruch herumreiten: »Du bist für mich der wichtigste Mensch auf der Welt.« Leider traf das zu, und genau da lag das Problem.

Ruth mußte aber weg, um den Vorfall vergessen zu können, der sonst ihr ganzes Leben überschatten würde.

Sie wußte genau, daß ihr Vater sich auch jetzt noch, nach so vielen Jahren, in seinen Wagen setzen und sie im Dorf suchen würde, wenn sie spätestens 25 Minuten nach Feierabend nicht zu Hause erschienen war. Er konnte nicht vergessen, und deshalb konnte Ruth es natürlich auch nicht. Und auch der Geist von Munce – da war sie ganz sicher – vermochte es nicht.

Ruth bog von der Hauptstraße in einen Fußweg, der an zwei Häusern vorbei über ein Feld hinter dem Dorf führte. Sie vermied es peinlichst, in die flachen Pfützen zu treten, die ein morgendlicher Regenschauer hinterlassen hatte; sie hüpfte über Furchen, die Traktoren gezogen hatten, und über Löcher, die von Pferdehufen stammten. Kurz darauf war sie auf freiem Feld.

Früher war Ruth sehr gern diesen malerischen Weg zwischen ihrem Haus und dem Dorf gegangen, hatte sich am Anblick von Glockenblumen am Waldesrand erfreut, von Kaninchen, die im hohen Gras umhertollten, und von Rehen, die plötzlich in der Ferne auftauchten. Daddy hatte sie als kleines Mädchen auf diesem Weg zum Kindergarten gebracht und dafür seine Arbeit liegen lassen. Er hatte sie über unwegsame Stellen getragen, wobei seine Hände nach Holz rochen und feiner Sandstaub an seinem Hemd klebte. Ruth hatte sich damals in seinen Armen so sicher gefühlt, so glücklich und behütet. Sie war davon überzeugt, daß er immer für sie da sein würde, um sie zu lieben, zu beschützen und die bösen Dinge von ihr fernzuhalten. Falls nötig, würde er immer an ihrer Seite sein. Aber er war nicht dagewesen, als ... *halt!* Es war nicht Daddys Schuld. Niemand hatte schuld. Nur Munce. Und sie selbst ...

Ruth schob die schmutzigen Gedanken beiseite, die sich ihr aufdrängten. Das alles war schon so lange her, und sie konnte sich auch nicht mehr an sämtliche Einzelheiten erinnern. Eigentlich hatte sie das noch nie gekonnt. Sogar sein Gesicht ... *Munce'* Gesicht ... konnte sie sich kaum noch vorstellen. Es war ein verschwommener Eindruck, ein konturloses Etwas. Doch als Kind hatte sie Munce sehr gut gekannt. Sie hatte ihm zugeschaut, wie er in Daddys Werkstatt arbeitete, und manchmal hatte er den Kopf gehoben und ihr zugewinkt. Und dann mußte sie kichern. Waren das alles nicht harmlose Späße? Ruth war auch dabeigewesen, als die beiden Männer an den langen Glockenseilen gezogen hatten, und sie mußte sich die Ohren zuhalten, weil es um sie herum schallte und dröhnte. Die beiden lachten und legten sich noch mehr ins Zeug, und Munce hatte Ruth mit diesem seltsamen, blöden, beinahe schon schwachsinnigen Grinsen angeschaut, das sie damals nicht verstanden hatte, weil sie noch zu klein gewesen war, und auch Daddy hatte es nicht verstanden, weil Männer solche Dinge nicht zu begreifen schienen, die Zeichen nicht erkannten, die Absichten nicht erahnten; und obwohl Ruth noch ein Kind war und die Zeichen nicht deuten konnte, nicht *ganz* deuten konnte ... so sagte ihr doch eine leise Stimme, daß mit Munce irgend etwas nicht stimmte: diese merkwürdig runden Augen und dieses glänzende, feuchte Grinsen ...

Hör auf! befahl sie sich erneut. Doch so sehr sie sich auch bemühte, die Gedanken ließen sich nicht mehr verscheuchen. Munce war schon immer dagewesen, solange Ruth denken konnte. Er arbeitete mit Daddy, aß mit ihnen in der Küche, und manchmal, wenn Daddy auswärts war und Mummy keine Zeit hatte, hatte Munce sie sogar zur Schule gebracht. Er war beinahe schon ein Familienmitglied, eine Art Onkel, und niemandem fiel auf, was sich in seiner schmutzigen Phantasie abspielte, was hinter dem Gesicht mit dem schiefen Grinsen, den verträumten Augen und den dicken, schmachtenden Lippen vor sich ging. Nicht einmal Mummy und Daddy hatten es geahnt. Obwohl sie noch ein Kind war, kam Ruth die ganze Sache verdächtig vor. Doch sie wußte nicht, was es war. Aber wie hätte sie in diesem Alter etwas von den perversen Gedanken eines Erwachsenen ahnen können, von dem Schmutz, der sich quälend und brodelnd in seiner Phantasie aufstaute und nur darauf wartete, eines Tages aus ihm hervorzubrechen und sie zu besudeln? Woher sollte sie das wissen?

Die Spiele mit Munce, die hatte Ruth geliebt.

Spiele, wenn sie alleine waren, wenn sie am Waldrand zur Schule gingen oder wenn Daddy nicht in der Werkstatt war. Ruth war erst sieben Jahre alt gewesen, als es angefangen hatte, doch sie hatte dieses seltsame Gefühl tief unten in ihrem Bauch genossen, ganz tief unten, weil es krabbelte, ein bißchen juckte und so herrlich klebrig war. Es hatte ihr gefallen – nein, es war schrecklich und widerlich, und sie war zu jung, um das alles zu begreifen –, und wenngleich sie sich hinterher immer schrecklich schlecht fühlte, hatte sie Angst, ihrer Mutter etwas zu erzählen, weil Mummy es womöglich Daddy erzählt hätte; schließlich war sie Daddys Liebling, und sie liebte ihn mehr als alle Süßigkeiten, Puppen, Mummys und Schwestern auf dieser Welt. Und Daddy hätte es gar nicht gern gesehen, wenn sie heimlich schmutzige Dinge mit Munce trieb.

Ruth stolperte über eine Furche auf dem Feldweg und machte einen Schritt nach vorn, um nicht hinzufallen. Ihre Knie knickten ein, und mit einer Hand berührte sie fast den Boden, stürzte aber nicht. Sie war ein bißchen erschrocken und schob den Riemen ihrer offenen Strohtasche über die Schulter zurück. Dann holte sie tief Atem, um ihre Nerven zu beruhigen. Der unerwartete Schreck hatte all diese dummen Gedanken aus ihrem Kopf verbannt. Dann aber kamen sie wieder ... sie war noch klein gewesen, acht Jahre alt, als Munce ... als Munce ... *raus damit, Ruth, tu genau das, was die freundliche Frau an dem großen Platz in London vor vielen Jahren zu dir gesagt hatte, die Frau, die sie gebeten hatte, ihr an einer süßen, nackten Puppe jene Stellen zu zeigen, wo der böse Mann sie berührt hatte; sei ehrlich und behalte nichts für dich, sag soviel du willst, denn es war nicht deine Schuld, sondern die von diesem schrecklichen Mann, der dir nie mehr wehtun kann, weil man ihn an einen Ort gebracht hat, wo er nie wieder jemandem irgend etwas tun kann ...*

Sie schaute nach, ob etwas aus ihrer Tasche gefallen war, und ihre Augen wurden feucht.

O nein, Munce konnte sie nicht mehr belästigen, niemanden mehr. Dort, wohin man Munce gebracht hatte, mochte man Leute nicht, die kleinen Mädchen oder Jungen weh tun, und es hatte sich schnell herumgesprochen, daß Munce ein Kinderschänder war.

Mit einem Papiertaschentuch tupfte Ruth sich die Augen ab, um nicht weinen zu müssen.

Jahre später hatte sie erfahren, was mit Munce im Gefängnis geschehen war. Daddy hatte es ihr erzählt; denn er hatte gedacht, daß es ihr helfen würde, über die ganze Sache hinwegzukommen, wenn sie wüßte, daß der böse Mann wirklich bestraft worden war und nie mehr mit seinen schmutzigen Händen ein anderes Kind berühren würde. Seiner perversen Veranlagung wegen wurde Munce von anderen Mitgefangenen gequält – auch von den Aufsehern, um genau zu sein –; er wurde zusammengeschlagen, verspottet und gedemütigt. Er wurde so schlimm gequält, daß er sich schließlich selbst etwas Schreckliches antat, um all dem zu entkommen. Flucht in die

Hölle, hatte Daddy gesagt und dabei belustigt, aber auch verärgert gelacht. Munce war einen furchtbaren Tod gestorben, hatte Daddy ihr erzählt; aber mehr wollte er nicht sagen. *»Die Hauptsache ist, mein Goldschatz, daß er sich nie wieder an kleine, unschuldige Kinder wie dich heranmachen kann.«* Und als Daddy das sagte, hatte Ruth ihn angelächelt, weil sie unschuldig gewesen war; denn diese kranke, widerwärtige Kreatur hatte sie ihrer Unschuld beraubt, hatte ihr scheußliche, abstoßende Dinge gezeigt. Damit meinte sie weniger die Tatsache, daß er sie verführt hatte, sondern die Lustgefühle, die sie bei diesen schrecklichen, heimlichen Dingen empfunden hatte. Dann überraschte Daddy sie im Wald ... als sie ... sich wieder mit diesen ... schrecklichen ... geheimen ... Dingen ... vergnügt ... hatten ...

Nein. Wie konnte ein Kind so etwas schön finden? Sie war damals zu klein, um das zu begreifen, zu rein ...

Ruth ging wieder schneller. Sie straffte die Muskeln und machte große Schritte.

Es war alles lang, lang her, und jetzt war sie erwachsen, in jeder Hinsicht eine Frau. Um Himmels willen, sie konnte sich noch nicht einmal an das Gesicht des Mannes erinnern!

Aber wenn sie sich nicht einmal mehr daran erinnern konnte, warum war sie sich dann so sicher, daß er mitten in der Nacht an ihrem Bett gestanden hatte? Daß es Munce gewesen war? Jetzt, da sie 18 Jahre alt war?

Nein, unmöglich! Ruth schüttelte den Kopf. Munce war tot und begraben, und bekanntlich kehren Verstorbene nicht aus dem Jenseits zurück. Das hatte Reverend Lockwood gesagt. Sie hatte dem Geistlichen von ihrer Angst erzählt, daß Munce zurückgekommen sei, um wieder diese ekelhaften, schrecklichen Dinge mit ihr zu treiben ... nein, an ihr ... wie früher, als sie ein Kind gewesen war. Der Reverend hatte sie getröstet, hatte ihr gesagt, das alles sei Unsinn; sie würde nur von Träumen und Erinnerungen verfolgt. Munce sei mausetot.

Plötzlich raschelten Blätter in der Hecke neben dem Feldweg, und Ruth wich ein paar Schritte zurück, als befürchtete sie, jemand würde herausspringen. Ihr Herz schlug wie wild, obwohl sie sofort erkennen konnte, daß da niemand war – nichts außer einem aufgeschreckten Vogel oder einem kleinen Tier. Basta. Am Tag gibt es keine Gespenster, sagte sie sich. Es gibt überhaupt keine Gespenster. Der Reverend hatte es ihr mehrmals versichert. Aber wie konnte sie ihm glauben? Sie merkte ihm doch an, daß er selbst nicht daran glaubte, was er ihr sagte. Er konnte noch so beruhigend auf sie einreden – sein Blick, sein verstohlener Blick, sagte etwas ganz anderes. Und was hatte es mit den Gerüchten in Sleath auf sich? Niemand sprach es offen und ehrlich aus, niemand stand an der Theke im Black Boar Inn und sagte, er hätte mit eigenen Augen einen Geist gesehen – niemand wäre so dumm, das zu tun –; aber es wurde getuschelt; die Leute sprachen hinter vorgehaltener Hand darüber. Seltsame Dinge ereigneten sich in Sleath, doch keiner wollte es zugeben.

Irgend etwas bewegte sich zwischen den Bäumen vor ihr. Ruth ging langsamer.

Wäre sie doch mit dem Auto ins Dorf gefahren. »Ach, vergiß es«, sagte sie dann verärgert zu sich selbst. »Es herrschte doch herrliches Wetter.« Und ging sie im Frühling und Sommer nicht immer zu Fuß, wenn es nicht gerade regnete? Und selbst dann zog sie normalerweise einen Regenmantel mit Kapuze an und genoß nach einem Tag im stickigen Black Boar voller Freude die frische Luft. Es mußte schon sehr hart kommen, daß sie nicht zu Fuß zur Arbeit und wieder nach Hause ging. Zum Beispiel in der Zeit direkt nach der Verhaftung von Munce. Nicht einmal Mummy oder Daddy hätten sie dazu bringen können, diesen Weg zu gehen. Später hatte sie aber keine Angst mehr gehabt, sondern fand es sogar schön, wieder unbeschwert übers freie Feld gehen zu können. Obwohl sie schneller zu Hause gewesen wäre, ging sie nie in den Wald hinein, besonders nicht dorthin, wo Munce sie so gern hingeführt hatte; sie blieb lieber auf dem Weg, der leicht einzusehen war.

Sie ging weiter, behielt aber die Stelle im Auge, wo sich etwas bewegt hatte. Bestimmt hatte sie sich getäuscht.

Da vorn war nichts. Schon seit Tagen war sie der Träume wegen übernervös gewesen. Denn es *waren* Träume, was sonst?

Und es lauerte ihr auch niemand auf. Blätter hatten sich im Wind bewegt, und den Schatten hatte eine Wolke geworfen, die sich vor die Sonne geschoben hatte.

Aber es wehte kein Wind, und es standen fast keine Wolken am Himmel.

Dann eben nicht! Dann machte irgend jemand einen Spaziergang im Wald! Das war ja nicht verboten. Dieser Jemand war an ihr vorbeigegangen, und ihre Einbildung hatte sie zum Narren gehalten. Niemand versteckte sich da, niemand wollte sie abpassen, um ...

Ruth schrie leise auf, als plötzlich eine Gestalt vor ihr auf den Weg trat.

»Danny!« sagte sie, und es klang, als drückte man ihr die Kehle zu, als würde sie nach Luft schnappen. Ruth hob die Hände vors Gesicht und versuchte, durchzuatmen.

»Wollte dich nicht erschrecken, Ruth«, sagte der junge Mann und lächelte dümmlich. Leicht schwankend stand er vor ihr, und Ruth fragte sich, wie viele Gläser Danny wohl im Black Boar getrunken hatte. Eigentlich müßte sie es ja wissen, doch sie hatte zu sehr an andere Dinge gedacht, als daß sie mitgezählt hätte, auf wie viele Runden Apfelwein Danny es gebracht hatte.

»Was tust du denn hier?« fragte Ruth. Sie hatte jetzt keine Angst mehr, war nur noch wütend.

»Du bist doch schon vor ein paar Stunden aus dem Black Boar weggegangen.«

»Ich hab' auf dich gewartet.«

»Hast du an deinem freien Tag nichts Besseres zu tun?«

Danny Marsh kam auf sie zu. Eine Hand hatte er in die Gesäßtasche seiner Jeans gesteckt, mit der anderen wischte er sich die roten, zerzausten Haare aus der Stirn. Er war schlaksig, hatte große braune Augen und schlechte Zähne, die wegen seines Grinsens fast ständig zu sehen waren. Danny arbeitete in einer Autowerkstatt, einen Kilometer von Sleath entfernt. Er wohnte bei seiner geschiedenen Mutter und seinem fast verkalkten Großvater in einem der kleineren Reihenhäuser von Sleath, die man von der Hauptstraße aus nicht sehen konnte.

»In der Kneipe konnt' ich nich' mit dir reden«, sagte er zu seiner Entschuldigung.

»Und warum nicht? So viel hatte ich doch gar nicht zu tun.«

»Vor so vielen Leuten hab' ich mich geniert.«

»Oh, Danny, was soll denn das? So wichtig wird es nun auch wieder nicht gewesen sein.«

Innerlich zitterte Ruth, tat aber alles, um es sich nicht anmerken zu lassen.

»Seit letzter Woche hab' ich nich' richtig mit dir reden können. Es war doch schön mit uns beiden, oder? Ich dachte ... Ich dachte, wir passen doch ganz gut zusammen.«

Ruth wollte an ihm vorbeigehen, doch er versperrte ihr den Weg. Das gefiel ihr überhaupt nicht.

»Was is' 'n los, Ruth?« fragte er flehentlich. Seine dunkelbraunen Augen blickten sie ernst an.

»Nichts. Laß mich vorbei.«

Er hielt sie am Arm fest. »Sag doch! Ich dachte, du magst mich.«

»Habe ich ... tue ich noch immer. Jetzt muß ich aber nach Hause, Danny. Mummy wartet auf mich.« In Wahrheit war ihre Mutter mit Sarah in der Stadt: zuerst beim Zahnarzt, dann beim Augenoptiker und zum Schluß im Schuhgeschäft. Da es sich um mehrere Besorgungen handelte, durfte Ruths Schwester die Schule schwänzen.

»Nur 'n paar Minuten.«

»Nein.« Sie konnte ihre Wut nicht länger verbergen. Sie schob Danny beiseite, seine Hand von ihrer Schulter und rannte davon.

Danny setzte ihr nach, überholte sie und drehte sich dann zu ihr um, so daß er ihr wieder den Weg versperrte. »Warum willste nich' mit mir reden? Was hab' ich denn getan? Is' es ...«

»Das hat nichts damit zu tun«, sagte sie barsch und drehte den Kopf zur Seite, weil er nach Apfelwein roch. Das Lieblingsgetränk von Munce, schoß es ihr durch den Kopf.

»Ich will nix von dir. Ich dachte, du wolltes' was von mir.« Danny griff mit beiden Händen nach ihr und hielt sie an den nackten Oberarmen fest. Sie versuchte, sich von ihm zu lösen, doch er war stärker und zog sie zu sich heran. Er küßte sie auf die Wange. Als sie vor Schreck erstarrte, fuhr er mit seinen Lippen – seinen *feuchten* Lippen – über ihren Mund.

Er wußte, daß sie auf einem einsamen Feldweg standen. Auf der einen Seite lagen Felder, auf der anderen Wälder, und um diese Tageszeit kamen hier fast nie Fahrzeuge vorbei.

Danny fuhr mit den Händen über Ruths Rundungen und preßte sich dabei fest an sie, daß er ihr fast die Rippen brach.

Vor Angst gelähmt, hing Ruth in seinen Armen, und der Schrei, der sich nicht aus ihrer Kehle lösen wollte, hallte in ihrem Kopf dafür um so lauter wider. Sie konnte sich nicht bewegen; seine Arme waren zu stark. Es ging nicht, es ging nicht; da konnte sich ihr Herz noch so sehr verkrampfen, ihre lautlosen Schreie noch so sehr in ihrem Kopf gellen, ihr Körper sich noch so wild aufbäumen. Sie konnte nichts ausrichten gegen diesen ... schmutzigen ... sabbernden ...

Er hielt sie mit einer Hand fest. Mit der anderen fuhr er an die Knöpfe ihrer Bluse und streichelte grob eine Brust. Es war Ruth, als würde sie vergewaltigt. Und deswegen konnte sie endlich schreien – so laut, daß der zudringliche Kerl vor Schreck von ihr abließ. Zwei Knöpfe fielen zu Boden, als er die Hand aus ihrer Bluse nahm.

Ruth starrte auf ihre nackten Brüste, die aus dem weißen, mit Spitzen besetzten Büstenhalter hervorquollen, und schrie und schrie und schrie.

Als Danny mit flehendem Blick und beschwörend erhobenen Händen wieder auf Ruth zukam, fuchtelte sie wild mit den Armen. Er blieb sofort stehen, war dann aber so dumm, sich ihr noch einen Schritt zu nähern.

Ruth rannte blindlings los. Sie hatte Tränen in den Augen, so daß sie fast nichts sehen konnte. Aber endlich war sie diesen Widerling los, und sie wollte nur noch weg hier, weg von diesen schmutzigen, dreckigen Händen und diesen feuchtglänzenden Lippen, von denen Speichel troff. Sie verhedderte sich mit ihrem Kleid im Unterholz, und als sie tiefer in den Wald hinein flüchtete, peitschten dünne Äste gegen ihre Arme und ihr Gesicht. Danny rief hinter ihr her, beschimpfte sie, bettelte sie an, zurückzukommen, beteuerte immer wieder, er habe sie nicht erschrecken wollen. Sie mußte an Munce denken, der vor vielen Jahren genauso beschwörend und tränenreich auf ihren Vater eingeredet hatte, mit denselben Worten und denselben Lügen.

Ruth stolperte zwischen Bäumen umher, fiel beinahe über Wurzeln und schob mit bloßen Händen Äste beiseite, die ihr den Weg versperrten. Sie stürmte weiter voran, ohne sich auch nur ein einziges Mal nach Danny umzudrehen und zu schauen, ob er ihr folgte. Dünnes Holz knirschte und knackte unter ihren schweren Schritten. Wo konnte sie sich verstecken wie damals, als Daddy sie und Munce im Wald gefunden hatte, während sie diese ... Dinge ... taten? Irgendwo *hatte* sie sich versteckt, konnte sich aber nicht mehr erinnern, wo es gewesen war. Doch es war irgendwo tief im Wald gewesen, wo es sicher und dunkel war, wo niemand sie hätte finden können – außer Daddy, der sie weinen gehört, sie mit Munce entdeckt und dann zu ihr gesagt hatte, daß alles in Ordnung sei, daß sie nichts dafür könne, daß Munce ihr nie wieder etwas antun werde, nie wieder etwas antun könne, weil er an einem Ort eingesperrt würde, wo man dreckige, widerliche Männer zur Strafe gefangen hielt und von wo sie nie wieder freigelassen würden, so daß sie keine unschuldigen Mädchen mehr belästigen könnten. Aber zuerst einmal müsse sie Daddy ganz genau erzählen, was Munce mit ihr angestellt habe, wo er sie angefaßt habe, mit welchen schmutzigen Stellen seines Körpers sie in Berührung gekommen sei ...

Ruth rannte weiter. Worte und Bilder wirbelten in ihrer Erinnerung wild durcheinander. Sie war so verwirrt, daß sie nicht mehr wußte, wo sie sich befand. Irgendwo hatte sie ihre Schuhe verloren, und so stolperte sie barfüßig über den Waldboden, zerbrach kleine, dürre Äste und wirbelte vertrocknete Blätter auf. Sie blutete an Händen und Armen; am Kinn hatte sie eine tiefe Wunde, die von einem stacheligen Ast stammte, und ihre Beine und Füße waren mit kleinen Kratzern übersät.

Ruth war der Erschöpfung nahe, als sie plötzlich zu Boden fiel. Bei dem schweren Sturz schlug sie mit der Stirn gegen die dicken Wurzeln eines Baumes. Vor Schmerzen schrie sie auf, aber so leise, daß niemand sie hören konnte. Benommen lag sie auf dem Waldboden und sah nur ein Kaleidoskop aus grünen, blauen und braunen Farben um sich herumwirbeln.

Allmählich konnte sie ihre Umgebung wieder deutlicher erkennen. Ihre Hand zitterte zwar stark, doch es gelang ihr, sich die Tränen aus den Wimpern zu wischen. Dann tat sie es noch einmal, diesmal mit beiden Händen, weil sie befürchtete, sonst nichts mehr sehen zu können.

Ruth lehnte sich an den Baum, an dem sie sich den Kopf gestoßen hatte, und drehte sich etwas zur Seite, so daß ihre Schulter Halt finden konnte. Sie war stark benommen, doch ihre Panik war verflogen. Am liebsten hätte sie sich einfach hingelegt und eine verletzte, bedauernswerte junge Frau gemimt, die noch immer schreckliche Ängste ausstand, aber zu erschöpft und zu verwirrt war, als daß sie sich noch von der Stelle hätte rühren können. Sie bemerkte, daß ihre Bluse sich noch weiter geöffnet hatte und teilweise aus dem Gürtel heraushing. Ihr Busen war mit Schrammen und Schürfwunden übersät, aus denen kleine Blutstropfen hervorquollen. Aus Schamgefühl schlug Ruth langsam die beiden Teile der Bluse übereinander; sie tat es rein instinktiv. Sie wollte so nicht gesehen werden. Heftig zerrte sie am Stoff und zog die Beine hoch, bis ihre Knie die Ellbogen berührten.

»O Gott«, murmelte sie, »o du lieber Gott.«

Sie kauerte am Baum, bis das Zittern nachließ und sie wieder klarer denken konnte. Sie hatte noch immer schreckliche Angst.

Deshalb mußte sie unbedingt nach Hause. Wo sie in Sicherheit war. Wo niemand sie ... anfassen konnte. Aber sie würde Daddy nichts erzählen. Nein, das wäre jetzt verkehrt. Vielleicht würde er sie dann wieder so seltsam anschauen. So wie damals, als er sie mit Munce erwischt hatte. Ruth wollte nicht, daß er sie wieder so anschaute. Es hatte ihr schon damals nicht gefallen ... Es war, als ob ... als ob ... als ob ... er ihr die Schuld ... an allem geben wollte ...

Ruth versuchte, nicht laut aufzuschluchzen, doch ihre Schultern bebten, und ihre Brust verkrampfte sich. Sie mußte nach Hause. Zuhause bedeutete Sicherheit.

Zuerst vernahm sie das Geräusch überhaupt nicht; es war kaum zu hören. Dann raschelte es leise, und Ruth horchte auf.

Ein junger, noch ziemlich dünner, aber schon recht großer Baum mit dichtem Blattwerk schien sich ganz in ihrer Nähe ruckartig zu bewegen. Zuerst glaubte Ruth, sich getäuscht zu haben, weil sie noch so heftig zitterte; doch als sie die Blätter rascheln hörte, wußte sie, daß dieser Baum sich tatsächlich bewegte, aber *nur* dieser. Es ging aber kein Wind; schon gar nicht so tief im Wald. Es kam ihr so vor, als würde irgendeine unsichtbare Hand die Äste schütteln, so daß die Blätter raschelten. Doch der Stamm bewegte sich nicht.

Und die Blätter lösten sich und fielen von den Zweigen.

Es war Frühsommer, und schon schwebten die kleinen Blätter zu Boden; waren sie eben noch jung und saftig grün gewesen, so tanzten sie jetzt dürr und braun in der Luft. Ihre Ränder waren nach innen gebogen und rissig, weil sie tot und mürbe waren; die Trockenheit und Leblosigkeit machte sie leichter, so daß sie in der Luft zu verharren schienen.

Ruth konnte jetzt wieder besser sehen und beobachtete das Geschehen ganz genau. Sie war hypnotisiert. Immer mehr Blätter fielen herunter, so daß sie nach einer Weile glaubte, einen farbigen Schneesturm vor sich zu sehen, bei dem die Flocken im Fallen von lebhaftem Grün zuerst in prächtiges und dann in mattes, glanzloses Braun übergingen. Als die ersten abgestorbenen Blätter schließlich den Boden berührten, wirbelte die unheimliche Brise sie wieder auf, so daß sie in engen Spiralen wieder zu jenen hochflatterten, die noch in der Luft tanzten.

Die schwache Brise, die von nirgendwoher kam, wuchs sich zu einem starken Wind aus, der die Blätter in die Höhe peitschte, hob und wieder fallen ließ; statt sie in alle Richtungen zu wehen, zog er sie in einen Wirbel hinein, in dem sie sich schneller und schneller drehten und weitere Blätter mit sich rissen, so daß Ruth bald einen grüngoldenen Wirbelsturm vor sich sah.

Sie drückte sich enger an den Baum. Mit weit aufgerissenen Augen und offenem Mund rammte sie ihre Fersen in das Erdreich. Der Sturm wurde immer heftiger, weil ständig neue Blätter hinzukamen, doch nach kurzer Zeit hatte Ruth den Eindruck, daß dem scheinbaren Chaos ein gewisses Ordnungsprinzip zugrunde lag. Und noch immer wurden Blätter von den dürren Ästen gerissen; ihr Klatschen und Rauschen machten Ruth fast taub. Sie hätte gern weggeschaut, konnte es aber nicht: Sie war von dem Anblick gebannt.

Die Gestalt veränderte ihr Aussehen; sie wurde leichter, oben dünner, in der Mitte dicker und lief nach unten spitz zu.

Ein Zischen ertönte, das sich in ein vielstimmiges Wispern verwandelte, ein dumpfes Murmeln unzähliger Stimmen.

Plötzlich fiel die Form auseinander.

Eine Gestalt wurde dahinter sichtbar.

Zunächst war sie nicht deutlich auszumachen; dann aber nahm sie die Konturen eines Mannes an.

Und Ruth wußte, wer dieser Mann war.

Er bewegte sich mitten in dem Blätterwirbel, und Ruth hatte den Eindruck, als würde er langsam den Kopf heben, um sie anzuschauen. Sie erstarrte vor Schreck, so daß sie für einen Augenblick zu zittern aufhörte: Sie erkannte dieses formlose Gesicht, bevor sich das erste Merkmal herausbilden konnte, eine scharf gebogene Nase, deren Spitze fast die Oberlippe berührte. Ruths Füße scharrten über den Waldboden, als wollte sie davonrennen, und sie preßte die Wange fest an die rauhe Baumrinde, hielt den Kopf schräg und starrte auf das Bild, das sich ihr bot. Sie hatte das Gefühl, tatsächlich zu fliehen und dabei nicht nach hinten zu schauen – nach dem Ding, das sich da zwischen den wirbelnden Blättern bildete. Ein Seufzer erklang, wie das Miauen einer Katze, als plötzlich ein dunkles Loch unterhalb der Nase zu sehen war, ein Loch, das Lippen besaß – feuchte, glänzende Lippen.

Mit ihrem verzerrten Mund, der zu ihrem unförmigen Äußeren paßte, gab die Gestalt Worte von sich, die Ruth nicht verstand. Ließ der Mann sich über sein schweres Schicksal aus, oder hatte er sie beim Namen gerufen? Sie wußte es nicht.

Sie wollte ihre Augen vor dieser Ungeheuerlichkeit verschließen, die sich da entfaltete – vielleicht könnte sie die Gestalt wegzaubern, indem sie einfach nicht hinschaute; doch die Verlockung war zu groß. Es war abnormal, welch unwiderstehliche Wirkung dieses Schauspiel auf sie ausübte. Ruth war so fasziniert, daß sie einfach hinsehen mußte, und sei es auch nur aus den Augenwinkeln.

Die verschwommene Gestalt bewegte ihre Beine, als wollte sie prüfen, ob sie noch gehen konnte, zuerst ganz langsam, beinahe unmerklich; plötzlich aber flogen Blätter um sie herum in die Höhe, als hätte ein heftiger Windstoß sie durcheinandergewirbelt.

Ruth konnte Munce nun deutlicher sehen, und sie bemerkte, daß er nackt war.

»O nein ...«, wisperte sie.

Sein Körper war verwest – *Herrgott nochmal, schrie eine Stimme kreischend in ihrem Kopf, natürlich ist er verwest, er ist doch schon neun Jahre tot!* –, und kleine Maden hatten sich in seinen offenen Wunden niedergelassen.

Sein aufgetriebener Leib – an sich war Munce zu Lebzeiten stets ziemlich schlank gewesen – wies die meisten Schnittwunden auf; seine dürren Arme und Beine waren mit zahlreichen Schürfwunden übersät. Ruth mußte wieder in diese toten Augen blicken, als hätte Munce sie dazu gezwungen, und mit wachsendem Entsetzen bemerkte sie, daß die leere Mundöffnung mit ihren feucht glänzenden Rändern sie anlächelte. Er blickte an sich hinunter, um seinen entstellten Körper zu betrachten, und Ruth wußte, daß er sie auf diese Weise aufforderte, seinem Blick zu folgen, als er nun bedächtig die Hände auf seine Lenden legte. Das hatte er früher, als sie noch ein kleines Mädchen gewesen war, stets bei ihren heimlichen Spielchen getan. Jetzt sah das alles nur noch makaber aus. Ruth starrte auf die größte, tiefste Wunde, aus der schwarzes Blut quoll.

Angesichts dieser gräßlichen Selbstverstümmelung begriff sie schlagartig, was Munce sich angetan hatte, um seinem verpfuschten und schuldbeladenen Leben ein Ende zu machen.

Kapitel 12

Grace Lockwood klopfte nochmals an die gelb gestrichene Tür. Ash stand hinter ihr und ließ den Blick über die Reihen kleiner Gärten schweifen. Alle waren hübsch und gepflegt; nur der, in dem er gerade stand, war in der letzten Zeit offenbar etwas vernachlässigt worden, denn das Unkraut wucherte an zahlreichen Stellen, und mancher Strauch müßte unbedingt zurechtgestutzt werden. Kurz schaute Ash zu dem kleinen Fenster über der Haustür hinauf und fragte sich, warum es am Morgen so sehr sein Interesse erweckt hatte.

Grace mußte dreimal klopfen, bis die Tür sich ein Stückchen öffnete und ein rundliches Gesicht im Spalt erschien.

»Hallo, Ellen«, hörte er Grace sagen. »Ich bin es, Grace Lockwood. Ich habe Sie schon länger nicht mehr gesehen.«

Der Türspalt wurde schmaler. Für einen Augenblick glaubte Ash, Ellen Preddle wollte die Tür wieder schließen. Dann aber streckte die Frau den Kopf heraus, um ihre Besucher besser sehen zu können.

»Ich bin doch erst vor ein paar Tagen bei Pfarrer Lockwood gewesen.« Es klang, als wollte sie sich rechtfertigen.

»Ich weiß, Ellen«, versicherte ihr Grace. »Der Reverend hat uns zu Ihnen geschickt.«

Ellen Preddle zögerte. »Sie sind seine Tochter, nicht wahr?«

»Ja, Ellen. Sie kennen mich. Wir haben uns schon öfters unterhalten.«

»Ich habe Sie gekannt, als Sie noch klein waren. Und ich habe Ihre Mutter gekannt. Sie war eine sehr nette Frau.«

»Dürfen wir hereinkommen?«

»Nein.«

Die Unnachgiebigkeit der Frau erschreckte Grace. Sie warf Ash einen Blick zu, versuchte es dann noch einmal. »Wir sind hier, um Ihnen zu helfen, Ellen. Dürfen wir nicht doch hereinkommen?«

»Wie könnten Sie mir helfen?« erwiderte Ellen Preddle barsch. »Niemand versteht mich. Warum sollte es bei Ihnen anders sein?«

Grace trat beiseite, so daß Ellen Preddle den Parapsychologen besser sehen konnte. »Ellen, das ist David Ash. Er weiß in solchen Dingen Bescheid, das dürfen Sie mir glauben.«

»Er weiß Bescheid? Was weiß er denn?«

Ash war nicht ganz klar, weshalb die Frau plötzlich nervös wurde, nachdem sie bisher so abweisend gewesen war. Er trat näher an die Tür heran und blieb dicht davor stehen.

»Mrs. Preddle, ich komme vom Institut für parapsychologische Forschungen. Der Reverend hat sich mit uns in Verbindung gesetzt. Wir sollen herausfinden, was Ihnen zugestoßen ist.« Es schien zwecklos, der Frau zu sagen, daß eigentlich Grace beim Institut angerufen hatte, und das Eingeständnis, daß der Reverend diesen Schritt seiner Tochter im Grunde mißbilligte, hätte der Sache nur geschadet.

»Aber der Reverend hatte mir absolute Diskretion zugesichert. Außer ihm und mir weiß niemand etwas.« Ellen reagierte hilflos, aber nicht verärgert. »Er hat es versprochen.«

»Ja, ich weiß, aber in letzter Zeit sind hier in Sleath noch andere Dinge passiert. Und der Reverend hat sich an sein Versprechen gehalten und niemandem sonst davon erzählt.«

»Miß Lockwood ist wohl auch in alles eingeweiht?«

»Nach seinem letzten Besuch bei Ihnen habe ich meinen Vater bestürmt, mir alles zu erzählen«, warf Grace rasch ein. »Er war zutiefst erschüttert. Tja, dürfen wir jetzt hereinkommen? Wir möchten nur mit Ihnen sprechen, Ellen. Das ist alles.

Falls es Ihnen irgendwann zuviel wird, gehen wir wieder. Mr. Ash ist ... ein Fachmann auf diesem Gebiet. Er wird alles tun, um herauszufinden, was die Geschehnisse zu bedeuten haben. Vielleicht kann er uns letztendlich sogar Gründe und Ursachen nennen.«

Die Tür wurde noch weiter geöffnet, und die Frau trat ins Tageslicht. Ash bemerkte, daß Grace zusammenzuckte.

Ellen Preddles Blick war seltsam, irgendwie entrückt, als wäre sie mit den Gedanken ganz woanders und würde die Realität nur teilweise wahrnehmen. Sie hatte dunkle Ringe um die Augen – jene Zeichen von Übermüdung und Erschöpfung, die auch auf der jungen Haut des Mädchens im Black Boar Inn zu sehen gewesen waren. Die Augenpartie Ellen Preddles war aufgedunsen; offenbar hatte sie sehr viel geweint und war jetzt vollkommen erschöpft, und unter ihrer dünnen Haut konnte man die heftig pochende Schlagader an der Schläfe sehen. Schwarze Locken, hier und da bereits von grauen Strähnen durchzogen, fielen ihr unordentlich in die breite Stirn, und es schien ihr nicht möglich, auch nur für einen Augenblick die Hände stillzuhalten; dauernd zupfte sie an ihrem Rock herum, fuhr sich mit den Fingern übers Gesicht oder schlug voller Verzweiflung die Hände über dem Kopf zusammen. Ellen Preddle – so Ashs Eindruck – sah aus, als würde sie von einem Geist verfolgt.

Sie starrte ihn an. »Können Sie meinem Simon helfen?« fragte sie flehentlich, und die Angst in ihrer Stimme war genauso erschreckend wie ihr Äußeres.

»Sie meinen Ihren Sohn?« entgegnete Ash und versuchte, sich nicht anmerken zu lassen, wie abwegig er die Frage fand. »Wenn Sie wollen, kann ich Ihnen vermutlich helfen.« Bei dieser Zusicherung fühlte er sich allerdings nicht recht wohl in seiner Haut; denn an sich bestand seine Aufgabe ja nur darin, Vorkommnissen auf den Grund zu gehen und zu ermitteln, ob es sich um natürliche oder übernatürliche Phänomene handelte.

Schließlich war er weder Exorzist noch Seelsorger. Doch diese kleine Notlüge könnte ihm vielleicht die Mithilfe Ellen Preddles sichern.

Die Frau war unsicher, wie man jetzt deutlich an ihrem Gesicht ablesen konnte, das nicht mehr so ausdruckslos war wie zuvor. Grace hakte sofort nach: »Mein Vater und ich sind davon überzeugt, daß Mr. Ash die Wahrheit herausfinden wird, Ellen, und wahrscheinlich kann er dann der ganzen Sache auch ein Ende machen.«

Ash schaute Grace mit kaum verhohlener Verwunderung an, doch Grace lächelte ihm nur zu, womit sie sich zugleich für die Übertreibung entschuldigte.

Ellen Preddle hatte von dem kleinen Intermezzo nichts mitbekommen, weil sie die Hände vor das Gesicht hielt. »Ein Ende machen?« sagte sie und stöhnte leise auf. »Können Sie so etwas wirklich? Hätte Simon dann endlich seine Ruhe?«

»Lassen Sie uns zuerst einmal hinein«, sagte Grace sanft und betrat die Diele. Ellen Preddle nahm die Hände vom Gesicht und drehte sich um. Sie ging ins Haus zurück. Grace und Ash bat sie zwar nicht herein; sie forderte die beiden aber auch nicht auf, draußen zu bleiben.

Ash kam zuletzt herein und blickte sich rasch in dem kleinen Reihenhaus um. Das Zimmer, in das sie Ellen Preddle gefolgt waren, war ein bißchen eng, strahlte mit seinen alten Möbeln und den hellen Vorhängen aber eine gemütliche Atmosphäre aus. Auf der rechten Seite konnte Ash durch eine Tür in eine kleine Küche schauen, und eine Treppe, direkt gegenüber der Haustür, führte nach oben. Ein Sessel mit Rosenblütenmuster stand schräg vor dem Kamin; ein Tisch und ein Stuhl füllten die andere Hälfte des Zimmers aus. Verschiedene Nippsachen schmückten den Sims über dem Kamin, von denen sich nur ein gerahmtes Foto wohltuend abhob, auf dem ein lächelnder Junge mit großen, dunklen Augen und ungekämmten Haaren zu sehen war, die ihm ins Gesicht fielen. Trotz seines Lächelns sieht er irgendwie unglücklich aus, dachte Ash bei sich.

Ellen Preddle stand gebeugt in der Mitte des Zimmers. Sie fuchtelte ununterbrochen mit den Händen herum, bis Grace sie zu dem Sessel führte. »Setzen Sie sich hierher, Ellen! Mr. Ash wird Ihnen jetzt einige Fragen stellen«, sagte sie zu der Frau, die sie hilfesuchend anschaute.

Den Stuhl, den Ash vom Tisch geholt hatte, stellte er so hin, daß er Ellen Preddle direkt gegenüber saß. Sie blickte ihn dermaßen traurig und verwirrt an, daß er zuerst einmal nach den richtigen Worten suchen mußte.

Grace bemerkte, wie unbehaglich Ellen zumute war, und legte ihr den Arm um die Schultern. »Seien Sie unbesorgt. Vergessen Sie nicht, daß David hier ist, um Ihnen zu helfen. Beantworten Sie einfach seine Fragen, so gut Sie können. Ich mache uns einen Tee. Einverstanden?«

Die Frau nickte langsam, zupfte mit einer Hand an ihrer Strickjacke und zog sie über der Brust zusammen. Es war sehr heiß; aber anscheinend fror sie. Als Grace in die Küche ging und Ash mit Ellen Preddle allein ließ, bemerkte er plötzlich, daß es kalt im Zimmer war. Erst jetzt fiel ihm auf, daß Ellen Preddle über ihrer Baumwollbluse eine Strickjacke trug. Er spürte, wie sein Körper auf diesen plötzlichen Temperaturumschwung reagierte: Die Muskeln zogen sich zusammen. Oder hatte dies mit der Beobachtung zu tun, die er soeben gemacht hatte?

»Sind Sie einverstanden, wenn ich unser Gespräch aufzeichne?« fragte er und griff in die Tasche, um den Minirecorder herauszuholen.

Ellen Preddle gab keine Antwort, sie schaute das Gerät nicht einmal an.

Ash knipste den Apparat ein und stellte ihn in der Mitte zwischen sich und der Frau auf den Boden. »Erzählen Sie mir bitte ganz genau, was Sie gesehen haben, seit Ihr Sohn tot ist,

Mrs. Preddle«, sagte er leise, weil er sie nicht einschüchtern wollte. »Mrs. Preddle?« wiederholte er, als sie nicht reagierte.

»Ich habe es doch schon dem Reverend erzählt«, sagte sie nach einer Weile.

»Ja, ich weiß. Aber ich möchte die ganze Geschichte noch einmal von Ihnen persönlich hören, verstehen Sie? Simon ist vor drei Wochen beerdigt worden, nicht wahr?«

Nach einer längeren Pause sagte sie: »Ist das schon so lange her? Drei Wochen? Ja, ist wohl so, ist wohl so. Da hat man meinen armen Jungen beerdigt.«

»Und Sie haben ihn danach gesehen?« fragte Ash behutsam.

»Simon hat in diesem Sessel auf mich gewartet, als ich von der Beerdigung zurückkam.« Sie packte die Armlehne, als wollte sie Ash zeigen, wo genau der Junge gesessen hatte.

»Sie haben ihn wirklich gesehen?« Ash mußte die Frage wiederholen; erfahrungsgemäß haben Menschen in solchen Situationen oft den Eindruck, der Verstorbene sei noch da. In Wahrheit wurde ihnen dies lediglich von ihren überreizten Nerven vorgegaukelt, so daß sie nicht mehr zwischen der Wirklichkeit und der Sehnsucht nach dem geliebten Menschen unterscheiden können.

Wieder nickte sie langsam und bedächtig.

»War die Erscheinung deutlich zu erkennen? Konnten Sie ihn ganz genau sehen?«

Sie wurde ein bißchen zornig. »Simon war hier! Er saß in diesem Sessel.«

»Hat er mit Ihnen gesprochen?«

Die Antwort ließ wieder auf sich warten. »Nein, und das ist auch nicht nötig. Er ist einfach glücklich, wenn er hier ist.«

Das Geräusch eines aufgedrehten Wasserhahns war aus der Küche zu hören; dann das Klappern von Tassen und Untertassen. Mit dem Fuß schob Ash den kleinen Recorder näher zu Ellen Preddle hin.

»Wie oft hat Simon Sie besucht?«

Zum erstenmal huschte ein wenn auch schwaches Lächeln über ihre Lippen. »Oh, Simon war die meiste Zeit hier. Es war wie … früher … als …«

»Als er noch lebte«, führte Ash den Satz zu Ende.

Ellen zuckte zusammen, als hätte sie sich heftig erschreckt. Ash erkannte allmählich, daß diese Frau schwere seelische Probleme hatte, die nicht nur mit dem Tod des Jungen zu tun hatten. Es war normal, daß sie trauerte und schwer unter dem Verlust des geliebten Kindes litt; seltsam war hingegen, daß sie sich einzureden versuchte, Simon sei noch am Leben. Das war ja bereits dem Reverend aufgefallen, als er kurz nach der Beerdigung Ellen Preddle zu Hause aufgesucht hatte. Ellen glaubte, der Junge wäre noch immer da, ginge überall mit ihr hin, würde mit ihr reden und ihr bei der Hausarbeit helfen. Abends brachte sie ihn zu Bett und erzählte ihm Gutenachtgeschichten; tagsüber kochte sie für ihn, wobei sie ganz gewiß glaubte, er habe tatsächlich alles aufgegessen, wobei sie die Essensreste in den Mülleimer kippte. Doch im Unterbewußtsein war ihr klar, daß sie sich das alles nur einbildete: *Natürlich* war Simon in der Badewanne ertrunken, und nun lag er auf dem Friedhof. Ellen hatte das Haus in den letzten drei Wochen praktisch nicht mehr verlassen, weil draußen die Wirklichkeit lauerte, wo es keinen Simon mehr gab. Und auf die Leute mit ihrem Mitleid konnte sie verzichten, auch wenn sie vielleicht weinen und versuchen würden, Ellen davon zu überzeugen, daß der Junge wirklich tot war. Vor allem aber bekam niemand Simon zu Gesicht, und deshalb war er für die anderen Leute tot. Ellen hatte sich von der Welt abgekapselt, damit ihr Sohn weiterleben konnte.

Ash seufzte innerlich auf. Es bedrückte ihn, daß diese Frau innerlich so zerrissen war. Da sie vorhin seinen Ausdruck ›Erscheinung‹ widerspruchslos hingenommen hatte, stand zu vermuten, daß ihr selbst allmählich klar wurde, daß sie einer Selbsttäuschung aufgesessen war. Womöglich gab sie letztendlich zu, daß Simons Geist nur das Produkt ihrer überhitzten Phantasie war; aber bis dahin konnten noch Jahre vergehen. Und was Reverend Lockwood anging, der ja den Jungen angeblich in diesem Haus gesehen haben wollte, so konnte man dies als eine Art Massenhysterie bezeichnen, weil die starken Empfindungen der Frau sich auf den Geistlichen übertragen hatten, der nach Ashs Meinung ohnehin ein wenig labil war. Die anderen Erscheinungen in Sleath fielen ebenfalls unter diesen Begriff: Es kam immer wieder vor, daß viele Menschen plötzlich dasselbe fühlten, sahen oder spürten; dazu gehörten beispielsweise die Behauptung von Augenzeugen, UFOs gesehen zu haben, oder kollektive Ohnmachtsanfälle ganzer Menschenansammlungen – insbesondere pubertierender Mädchen –, für die es keinen erkennbaren Grund gab; oder Vandalismus in Fußballstadien oder in Innenstädten.

Ellens Stimme unterbrach Ashs Gedanken.

»Können Sie meinem Jungen helfen?« fragte sie und blickte ihn dabei an.

Was für eine dämliche Frage, dachte Ash bei sich. Doch aus Mitleid mit der Frau erwiderte er: »Warum sollte er Unterstützung benötigen, Ellen? Bitte erwarten Sie aber nicht von mir, daß ich ihm dabei helfen kann, die ewige Ruhe zu finden. Das kann ich ganz und gar nicht.« Die Bemerkung war nicht ganz ohne Zynismus, aber nicht böse gemeint. Wenn Ellen Preddle wirklich glaubte, ihr Sohn sei zurückgekommen, dann würde sie auch glauben, daß er wieder Frieden finden könne. »Für so etwas ist der Reverend zuständig. Geistliche machen so was öfters.«

Ungeduldig schüttelte sie den Kopf. »Sie verstehen mich nicht. Ich möchte, daß man Simon in Ruhe läßt. Ich möchte, daß er uns in Ruhe läßt.«

Ash war überrascht, mit welchem Nachdruck die Frau dies gesagt hatte. Er lehnte sich nach vorn und fragte ruhig: »Von wem reden Sie?«

Plötzlich krachte es in der Küche, und jemand schrie auf. Ash wirbelte herum. Grace erschien in der Tür. Mit einer Hand hielt sie sich am Türrahmen fest, mit der anderen fuhr sie sich über die Stirn. Ash sah, daß zwischen ihren Fingern Blut hervorquoll und am Handgelenk herunterlief.

Er stand auf und wollte zu ihr. Doch Ellen Preddle stürzte schnell – Ash hätte ihr so etwas nie zugetraut – auf ihn zu und hielt ihn am Ärmel fest.

»Er«, zischte sie. Ihr blasses Gesicht war vor Angst und Abscheu verzerrt. »Simons Vater! Verstehen Sie denn nicht? Er ist von den Toten zurückgekommen, um uns beide zu quälen.«

Kapitel 13

Am Dorfanger ließ Danny Marsh sich auf die hölzerne Sitzbank mit den vielen Schrammen und Kratzern fallen. Einen Arm schlang er um die Rückenlehne, ein Bein legte er dorthin, wo für gewöhnlich die Leute saßen. Ganz in der Nähe standen der Pranger und der Schandpfahl, die bei einigen Bewohnern von Sleath noch immer hoch im Kurs standen, wenngleich sie nicht mehr benutzt wurden. Nach Meinung dieser Erzkonservativen war es in England mit Recht und Gesetz immer mehr bergab gegangen, nachdem Strafen wie Auspeitschen und Erhängen abgeschafft worden waren. Danny blickte mürrisch vor sich hin und achtete kaum auf die wenigen Autos, die vorüberfuhren. Nur wenige Passanten waren unterwegs; es war spät am Nachmittag, aber immer noch unerträglich heiß. Vielleicht wäre Danny vor Langeweile gestorben, hätte nicht plötzlich der merkwürdige Lieferwagen vor den Geschäften gehalten. Eine weitere Abwechslung würde für Danny – die Dorfbewohner scherten sich nicht darum – der Bus sein, der in wenigen Minuten die Kinder zurückbringen würde, die in der Stadt zur Schule gingen.

Danny zwängte eine Hand in die Jeansjacke, die er über die Rückenlehne der Bank gelegt hatte, und zog ein Kaugummi heraus. Er schob es in den Mund und warf das zerknüllte Silberpapier auf den Rasen. Der schale Geschmack von Apfelwein wurde rasch durch das süße Kaugummi verdrängt. Wie konnte etwas, das einem zuerst so sehr geschmeckt hatte, in Mund und Magen eine so widerliche Nachwirkung haben? Und wie war es möglich, daß etwas, das zuerst so gut getan hatte, einem hinterher so sehr zusetzte, verdammt noch mal?

Für Danny waren dies gewichtige Fragen, die lang und ausführlich überdacht werden mußten. Da er aber keine abschließende Erklärung finden konnte, schweiften seine Gedanken wieder ab – zu Ruth, wie immer.

Scheiße! Er hatte sie doch überhaupt nicht erschrecken wollen. Sie hätte nicht wegrennen dürfen. Er wollte ihr doch nur zeigen, wie sehr er sie mochte – wie sehr er sie liebte –; das war alles. Und er liebte sie wirklich, wirklich. Herr im Himmel, er war den halben Tag – *die Hälfte dieses verflixten Urlaubstages* – an der Bar im Black Boar Inn herumgehangen, um in ihrer Nähe zu sein. Aber das war ihr offensichtlich egal. Danny arbeitete nicht nur die ganze Woche über, sondern auch noch an Wochenenden; und nun hatte er seinen freien Tag dafür geopfert, in einem düsteren alten Gasthaus zu hocken und Ruth anzuhimmeln. Er hatte erst nach Feierabend mit ihr reden wollen; deswegen hatte er sie auf dem Feldweg abgepaßt – er wußte, daß sie früher oder später dort vorbeikommen würde. Verdammt, die Woche zuvor hatte sie ihm doch schöne Augen gemacht! Ruth war verdammt komisch geworden. Wie noch ein paar andere Leute in der Gegend. Waren alle plemplem. Jawohl, bescheuert. Er hatte Ruth doch gar nicht weh tun wollen. Er wollte sie nur küssen und ein bißchen mit ihr plaudern, mehr nicht. Sie hatte das alles falsch verstanden. Und weil sie sich nicht gewehrt hatte, als er sie festhielt, war er davon ausgegangen, daß sie nichts dagegen habe. Warum hatte sie nicht einfach gesagt, daß sie keine Lust habe? Warum mußte sie unbedingt wie eine Verrückte in den Wald flitzen? Er hätte ihr hinterherrennen können, hatte es aber nicht getan, weil sie so schrecklich schlecht gelaunt war. Aber scheißegal. Es reichte jetzt. Sollen ihr doch andere Trottel den Hof machen! Es war aus mit ihr; er hatte ihr hochnäsiges Getue satt. Andere Mütter hatten auch schöne Töchter. Auch wenn sie ihn mochte – Danny war sich dessen sicher –, würde sie darüber hinwegkommen. Oder sollte er sie einfach eine Woche schmoren lassen? Oder vielleicht nur ein paar Tage? Sollte er sie vielleicht schon morgen einfach besuchen? Er würde ihr alles erklären. Würde ihr ein paar Blumen schenken. Niederknien würde er, verdammt noch mal, und ihr sagen, daß es ihm leid tue ... ja, das war gut; so würde er es machen. Komm schon, Ruth, sei nicht so, gib uns eine Chance.

Da Danny mit derart tiefschürfenden, aber nicht gerade erheiternden Gedanken beschäftigt war, übersah er den rostigen Lieferwagen, der am Dorfanger vorüberrumpelte. Sein Kopf fuhr erst hoch, als er das Kreischen von Bremsen hörte. Er wunderte sich, daß der Fahrer den Rückwärtsgang einlegte und schließlich auf dem Rasen vor der Bank hielt.

Danny erschrak, als die Tür des Wagens aufgerissen wurde und Ralph Cauldwell, Ruths Vater, heraussprang. Er hielt etwas in der Hand, das Danny zuerst nicht richtig erkennen konnte. Doch als der Mann näher kam, bemerkte Danny, daß es sich um eine Handwerkertasche handelte. Der Schreiner, der seine Ärmel hochgekrempelt und das Oberhemd fast bis zum Hosenbund aufgeknöpft hatte, starrte Danny zornig an. Im Weitergehen schlug er mit dem offensichtlich schweren Holzhammer auf die Innenfläche seiner linken Hand. Beim Aufprall ertönte ein lautes, schmatzendes Geräusch.

»Mr. Cauldwell«, sagte Danny nervös.

Er stand halb von der Bank auf und maß dem Gesichtsausdruck des Mannes keine allzu große Bedeutung bei.

»Schmutziges, verdammtes kleines Schwein.« Er preßte die Worte zwischen den zusammengebissenen Zähnen hervor. »Du dreckiges ... kleines ...«

»Mr. Cauldwell?« Danny war so entsetzt, daß er sich nicht mehr von der Stelle rühren konnte, so daß die Frage, ob er nun stehenbleiben oder die Flucht ergreifen sollte, irrelevant geworden war. Offenen Mundes starrte er Cauldwell an.

»Meine Tochter befummeln, hä?«

Danny konnte den Mann kaum verstehen. Seine Tochter ... befummeln? Ruth?

Cauldwell war fast über ihm und hob den Hammer langsam immer höher über den Kopf.

»Schmutziger kleiner Dreckskerl.«

Danny sah, daß dem Mann kleine Bäche naßglänzender Tränen die Wangen herunterliefen. Er weinte vor Wut und Zorn.

Er blinzelte mehrmals, um sein Opfer – *den schmutzigen kleinen Dreckskerl* – deutlicher sehen zu können. Diesen Rüpel ... dieses *Tier* ... dieses *obszöne Schwein* ... hatte mit seinen stinkenden Händen Ruth angefaßt, hatte versucht ... hatte versucht ... Lieber jetzt nicht daran denken, sagte sich Cauldwell selbst. Er hatte schon einmal nicht aufgepaßt, hatte nichtsahnend zugelassen, daß Munce seine Tochter beschmutzte. Nichts hatte er bemerkt, und er war auch nicht zur Stelle gewesen, als dieses abartige Tier in Menschengestalt sich über sie hermachte, als er sein widerliches ... sein widerliches *Ding* ... in Ruths kleinen, unschuldigen Körper steckte. Er schrie vor Schmerz, Wut, Zorn und Verzweiflung laut auf, schlug mit dem massiven Holzhammer auf Danny ein und zertrümmerte dessen Handgelenke, weil der junge Mann die Arme hochgerissen hatte, um sich zu schützen. Als der Hammer sein eigentliches Ziel traf, Dannys Kopf, hätte man meinen können, ein lederner Kricketball lande soeben auf einem Schlagholz. Konnte man sich in einer so urenglischen Umgebung etwas Stilvolleres vorstellen?

An dem stillen, sonnigen Sommernachmittag jedenfalls ertönte dieses durchdringende, scharfe, beinahe angenehm zu nennende Geräusch auf dem Rasen.

Danny sackte lautlos auf der Bank zusammen. Er konnte nicht schreien, weil seine Schädeldecke getroffen worden war und Knochensplitter auf alle möglichen Nerven und Gewebeteile drückten. Dafür schrie der Angreifer um so mehr.

»Du Dreckschwein! Du mieser Scheißhaufen!«

Cauldwell sah keinerlei Veranlassung, sein Opfer nicht weiter zu malträtieren. Als Dannys Kopf erneut getroffen wurde, wirbelten blutrote Gewebeteile durch die Luft und klatschten zu Boden. Speichel quoll aus Dannys Mund und bildete eine kleine Lache auf der Bank. Die zuerst rosarote Flüssigkeit verfärbte sich nach kurzer Zeit dunkelrot.

Plötzlich standen die Inhaber der Geschäfte, die von dem Geschrei Cauldwells aufgeschreckt worden waren, in den Türen. Fenster wurden geöffnet und Köpfe herausgestreckt.

»Du hast ... meine Tochter ... befummelt ... du ...«

Cauldwells Rache schien nicht enden zu wollen. Die arme Ruth war in einem erschütternden Zustand nach Hause gekommen; ihre Kleider waren unordentlich und zerrissen, ihre Bluse stand offen, die Arme und Beine waren zerkratzt, und sie brachte kaum ein Wort heraus. Cauldwell hatte gerade in der Werkstatt gearbeitet, als das Mädchen hereingestürzt kam und in seinen Armen zusammenbrach. Sie redete unzusammenhängendes Zeug, von Munce und Danny, Cauldwell begriff sofort. Er hatte Munce, diesem verkommenen Subjekt, nie verziehen und nie vergessen, was er angerichtet hatte. Doch auch sich selbst verzieh er nicht, weil er nicht genug aufgepaßt hatte. Deshalb hatte es überhaupt erst dazu kommen können. Damals hatte Cauldwell geschworen, alles zu tun, um Ruth künftig vor solchen Gefahren zu schützen. Doch es war wieder passiert – und wieder war er nicht zur Stelle gewesen.

Aber der miese, kleine Schweinehund hier – der auf der Bank in der Sonne herumgelungert hatte, als hätte er nichts besseres zu tun – hatte dafür bezahlen müssen. Oh, *jetzt* hatte er etwas zu tun; zitternd wie ein aufgespießtes Insekt auf der Bank zu liegen und Blut zu spucken. Dieser widerliche Schweinehund sah jetzt seine Verfehlungen ein; er würde nie wieder so etwas tun. Nein, mein Lieber, *du* wirst niemandem mehr zu Leibe rücken können.

Cauldwell, der am ganzen Körper zitterte, versuchte, sich zusammenzureißen. Aus einem der Geschäfte in der Nähe rief ihm jemand etwas zu. Vielleicht: »Ralph, hör auf!« Doch er war noch nicht fertig, noch lange nicht.

Er richtete sich auf und starrte den Jungen an, der noch immer zuckend auf der Bank lag. Dann drehte er sich um und ging mit steifen Schritten zum Lieferwagen, dessen Motor noch immer im Leerlauf brummte. Er warf den blutverschmierten Holzhammer auf den Beifahrersitz und griff in seine metallene Werkzeugkiste, die er stets dabei hatte.

Er wühlte so lange in der Kiste herum, bis er ganz unten ein bestimmtes Werkzeug gefunden hatte. Mit zitternder Hand packte er es am Griff, stieg wieder aus dem Wagen und marschierte entschlossen zu dem Jungen zurück, der zu seiner großen Überraschung mehr oder minder bei Bewußtsein war und unverständliches Zeug vor sich hin brabbelte. Vielleicht flehte er um sein Leben.

Vorsichtig und sehr zögerlich überquerten einige Dorfbewohner die Hauptstraße. Ihrer Meinung nach mußte unbedingt etwas geschehen, bevor der junge Mann getötet würde – falls er nicht schon tot war. Aber das war leichter gesagt als getan, denn da vorn stand Ralph Cauldwell, der in Sleath seiner körperlichen Kraft und seines unbeherrschten Naturells wegen gefürchtet war. Hatte er nicht vor vielen Jahren diesen bedauernswerten, abartigen Munce halbtot geschlagen?

Der Inhaber des Haushaltswarengeschäfts, bei dem Cauldwell auch sein Werkzeug einkaufte, faßte sich ein Herz und versuchte, Cauldwell zu beschwichtigen. Doch ohne Erfolg.

Cauldwell zerrte den Jungen von der Bank herunter und kniete sich neben ihn.

Danny Marsh lag auf dem Rücken und starrte zum herrlich blauen Himmel hinauf. Ob er sich über diesen Anblick freute, war nicht zu erkennen, doch sein Blick huschte von links nach rechts und von rechts nach links, als wollte es alles in sich aufnehmen. Eine Zeitlang bewegten sich auch seine Lippen, doch Cauldwell konnte kaum verstehen, was Danny sagte.

Die Idee, ein zweites, schweres Werkzeug aus dem Lieferwagen zu holen, um damit sein Opfer zu quälen, war dem Schreiner schlagartig gekommen. Munce hatte er damit in Gedanken oft mißhandelt – und zwar immer dann, wenn lange Holzstämme bearbeitet werden mußten. Cauldwell stellte sich diese gewalttätige Szene auch dann noch vor, nachdem dieser Kinderschänder sich selbst entmannt hatte und bis zum nächsten Morgen verblutet war.

Cauldwell fuchtelte mit dem eisernen Hobel vor Dannys Augen herum. »Du wirst nie wieder ein unschuldiges Mädchen anmachen, Freundchen«, sagte er und hielt die scharfe Schneide an die Wange des Jungen. »Ich werd's dir zeigen, mein Lieber, ich werd's dir schon zeigen.« Er stieß diese Worte schluchzend hervor, aber sicherlich nicht aus Mitleid mit seinem Opfer. »Ich .. werde ... dir ... zeigen ...«

Der Schulbus stoppte an der Haltestelle genau gegenüber von Cauldwells Lieferwagen, der vorschriftswidrig auf dem Rasen abgestellt worden war. Neugierig drückten die Insassen ihre kleinen Gesichter gegen die Scheiben, als Cauldwell begann, Fleisch und Knochen aus Dannys Gesicht zu hobeln.

Kapitel 14

»Ich bin's, Kate. David.«

Er nahm einen raschen Schluck aus dem mit Wodka gefüllten Flachmann, als sie antwortete. »Ich kann noch nichts sagen, es ist noch zu früh«, antwortete er auf ihre Frage. »Auf den ersten Blick ist Sleath ein idyllisches Dorf, der Traum aller Touristen. Aber seltsamerweise gibt es hier gar keine Touristen. Der Ort schottet sich regelrecht nach außen ab.«

»Hast du eine passende Bleibe gefunden?«

»Ja, das Black Boar Inn.«

»Ein Lokal?«

Die Frage klang wie eine Rüge. Ash mußte grinsen.

»Na ja, man kann dort essen, trinken und übernachten. Im ganzen Ort gibt es sonst keine Gästebetten.«

»Du läßt es dir also gutgehen?«

»Ich trinke nur in meiner Freizeit, gnädige Frau.«

»Das glaube ich dir nicht. Mal im Ernst, David ...«

»Hör mal, Kate«, unterbrach er sie abrupt. »Bis jetzt habe ich noch alle Fälle gelöst.«

Die Stimme am anderen Ende der Leitung schwieg. Dann: »Entschuldige, aber das hätte ich nicht sagen dürfen. Du verbringst also ein paar herrliche Tage auf dem Lande.«

»Ja, es ist einmalig hier. Im Ort haben sich gewisse Dinge ereignet, und ich vermute stark, daß es sich um übersinnliche Phänomene handelt. Selbst der hiesige Reverend war Zeuge einer Geistererscheinung.«

Ash räkelte sich auf seinem Bett und griff nach der Zigarettenschachtel auf dem Nachttisch. Auf dem Boden lag aufgeklappt sein Koffer.

»Pfarrer sind normalerweise zuverlässige Informanten«, meinte Kate McCarrick, als Ash gerade mit den Lippen einen Glimmstengel aus der Packung fischte. »Hat er dir erzählt, warum seine Tochter sozusagen den Dienstweg nicht eingehalten hat und sich direkt mit uns in Verbindung gesetzt hat?«

»Ich glaube, ihm war die ganze Geschichte peinlich. Die Leute wollten die Ansicht eines Experten einholen, bevor sie die Sache an den Erzbischof weitermeldeten. Übrigens herrscht hier am Ort eine seltsame Atmosphäre. Ich sage es nicht gern, aber ich fühle mich hier nicht ganz wohl in meiner Haut.« Er klemmte den Hörer zwischen Kinn und Schulter und zündete die Zigarette an.

»Was willst du damit sagen, David?« Kate runzelte die Stirn. In ihrem Bürostuhl rollte sie vom offenen Fenster an ihren Schreibtisch zurück und beugte sich über die Tischplatte. Sie preßte eine Hand gegen das freie Ohr. Der Lärm, der von der viel befahrenen Londoner Straße zu ihr hinaufdrang, störte sie beim Telefonieren.

»Puh, was soll ich sagen ... es ist einfach unheimlich. Ich habe das dumme Gefühl, daß bald irgendwas passieren wird.«

»Mal wieder auf dem Intuitions-Trip, David?« Es war mehr als eine beiläufig hingeworfene Bemerkung. »David?« sagte sie, als er keine Antwort gab.

»Oh, Entschuldigung, ich habe gerade nachgedacht.«

Ich auch, sagte Kate zu sich selbst.

»Nein, das hat nichts mit Vorahnung zu tun. Die Luft ist hier zum Schneiden dick.«

Empfinden das die anderen Leute in Sleath auch so oder nur du, David? Wieder stellte Kate sich selbst die Frage, nicht David.

»Ganz in der Nähe des Black Boar Inn ist heute nachmittag etwas Schreckliches geschehen.« Er zog an seiner Zigarette.

»Erzähl's mir.«

»Na ja, es sieht so aus, als wäre ein junger Mann, ungefähr 19 oder 20 Jahre alt, vom Dorfschreiner beinahe zu Tode geprügelt worden. Hat ihn mit einem Holzhammer und dann mit einem Hobel traktiert.«

»Womit?«

»Mit einem Hobel. Mit so einem Ding, das unten eine Schneide hat, mit der man Holzstreifen abschaben kann.«

»Hat er damit auf den Jungen eingeschlagen?«

»Nein, er hat versucht, ihm damit die Haut vom Gesicht zu raspeln. Wie man so hört, hätte er es beinahe geschafft. Das Opfer hat aber nichts davon mitbekommen, weil es zu diesem Zeitpunkt schon bewußtlos war. Der Dorfschreiner hatte ihm den Schädel eingeschlagen.«

»Um Himmels willen!«

»Ich kenne noch nicht alle Einzelheiten, aber unten in der Bar habe ich vorhin das meiste erfahren.«

»Kein Wunder. Hattest du eben nicht gesagt, daß Sleath eins von diesen herrlichen Dörfern sei, von denen Touristen träumen?«

»Ja, hab' ich. Ich habe aber auch gesagt, daß hier eine seltsame Atmosphäre herrscht. Aber egal. Bis jetzt habe ich drei Personen befragt – Reverend Lockwood, Ellen Preddle, die vor wenigen Wochen ihren Sohn verloren hat, und einen Bauern, der ein Stück außerhalb wohnt. Morgen schreibe ich den Bericht und schicke ihn dir zu.«

»Gibt es im Gasthof ein Faxgerät?«

»Ich weiß nicht. Wenn nicht, gehe ich zum Rathaus – die Tochter des Reverend arbeitet dort halbtags.«

»Ach ja, Grace Lockwood.«

»Sie ist mir eine große Hilfe.«

»Hmm. Ist sie neurotisch?«

»Nicht im geringsten. Sie ist geistig so gesund wie du und ich ...«

Kate lachte. »Ist sie verheiratet? Ist sie attraktiv?«

»Sie ist nicht übel. Aber das spielt doch keine Rolle.«

»Wie wär's, wenn ich zur Verstärkung nach Sleath käme?«

Bitte nicht, stöhnte Ash innerlich. Kate hatte es zwar leichthin gesagt, aber sie meinte es ernst.

»Kate.«

»Ja, David.«

»Nicht nötig. Aber falls es sich als nötig erweisen *sollte*, geb' ich dir Bescheid.«

»Wie du meinst«, sagte sie. Sie ließ sich nichts anmerken, doch Ash wußte ganz genau, daß seine Antwort sie gekränkt hatte. »Wie willst du vorgehen, David? Kannst du irgendwo deine Geräte aufbauen?«

»Ich fange im Haus von Ellen Preddle damit an. Der ganze Spuk ist zuerst bei ihr aufgetreten.«

»Konnte sie das Gespenst erkennen?«

»Es war ihr Sohn, der vor vier Wochen ertrunken ist. Außerdem hat sie vor einiger Zeit ihren Mann verloren.«

»Die arme Frau.«

»Das dicke Ende kommt aber erst noch. Sie hat behauptet, ihr Mann sei aus dem Jenseits zurückgekommen.«

»Demnach erscheinen ihr gleich zwei Gespenster?«

Ash blies gemächlich den Rauch seiner Zigarette aus.

»Nicht ganz. Es sieht so aus, als würde in diesem Fall ein Geist den anderen jagen.«

»Was soll das denn heißen?«

Ash lächelte grimmig. »Ellen Preddle glaubt, daß der Geist ihres Sohnes vom Geist seines Vaters terrorisiert wird.«

Kapitel 15

Im Speisesaal des Black Boar Inn waren an diesem Abend nur wenige Gäste. Neben David Ash, der auf Grace Lockwood wartete, war nur ein Ehepaar zugegen, beide wohl um die Sechzig herum, das seinen Hochzeitstag feierte. Der Mann hatte die beste Flasche Champagner kommen lassen, die das Black Boar Inn zu bieten hatte, und lud die Frau des Wirts – offensichtlich auch die Köchin des Hauses – zu einem Gläschen ein. Der Mann wollte die vielen Jahre an der Seite seiner Gattin offenbar stilvoll feiern. Rosemary Ginty feierte nur zu gern mit. Ash fiel auf, daß sie ihn verstohlen anschaute, als sie dem Ehepaar zuprostete und das Glas zum Mund führte.

Das Restaurant strahlte mit seiner gedämpften Wandbeleuchtung, dem Fachwerk an der Decke und der Kaminecke eine behagliche Atmosphäre aus. An den kleinen, runden Tischen saß man nahe beieinander, und in der Mitte des Raumes stand ein kleines Blumenbeet, in dem Kerzen brannten. Von den Bleiglasfenstern aus konnte man auf den Hinterhof hinausschauen.

Als das Tageslicht schwächer wurde und es fast dunkel war, flammte die Außenbeleuchtung auf, und die Stare, die in den Dachrinnen des Hauses und in den Bäumen um den Gasthof nisteten, flogen kreischend und flatternd auf.

Ash starrte gedankenverloren nach draußen. Plötzlich bemerkte er, daß jemand an seinen Tisch gekommen war. Er wandte den Blick vom Fenster ab und schaute in das dickliche, aber attraktive Gesicht der Wirtin. Hatte sie ihn bisher nur unverblümt gemustert, so ließ sie jetzt höfliches Interesse an dem Gast erkennen.

»Ich wollte Sie nicht erschrecken, Mr. Ash.« Sie lächelte ihn freundlich an, konnte aber nicht verbergen, daß sie sich nicht wohl in ihrer Haut fühlte. »Möchten Sie vor dem Essen nicht noch ein Gläschen trinken?« Sie hielt die Arme vor dem Bauch verschränkt, der wohl doch etwas zu üppig für das enge Korsett geraten war, das sie unter ihrem dunkelgrünen Kleid trug. Im warmen Schein der Kerzen kam nicht nur ihre doppelreihige Perlenkette besonders gut zur Geltung, sondern auch ihr dunkelroter Lippenstift.

»Ich hätte gern noch einen Wodka.«

»Nur mit Eis, nicht wahr?«

»Nein, pur, bitte.«

»Oh, ja. Übrigens würde mein Mann gern wissen, wie lange sie noch bei uns bleiben wollen.«

Ash hatte den Verdacht, daß der Wirt sich diese Frage gar nicht gestellt hatte und daß seine Frau nur eine Ausrede suchte, mit ihm ins Gespräch zu kommen. Vielleicht war sie nur neugierig, weil er von auswärts kam. Oder ahnten die Dorfbewohner schon, warum er in Sleath war? Ash war bereits in drei Kneipen gewesen, was sich mittlerweile bestimmt herumgesprochen hatte.

»Und, Mr. Ash?«

»Oh, verzeihen Sie. Ich war mit den Gedanken woanders. Ich weiß es noch nicht, Mrs. Ginty. Wie gesagt, es könnten nur ein paar Tage sein, vielleicht aber auch ein paar Wochen.«

»Verstehe. Ihnen hat es wohl die Gegend angetan?« Sie lächelte ein wenig starr und fingerte nervös an einigen – vermutlich blondgefärbten – Haarsträhnen herum, die ihr ins Gesicht gefallen waren.

»Sleath ist wundervoll.«

Sie wartete, daß er weiterreden würde, er beließ es bei einem Lächeln.

»Ja«, sagte sie verlegen. »Ja, Sleath ist wirklich schön. Und es ist sehr ruhig hier, Mr. Ash. Ich nehme an, daß Ihr Gast bald kommt. Da gehe ich mal lieber schnell und hole Ihren Drink.«

»Danke«, sagte er und schaute wieder aus dem Fenster. Die Wirtin verließ den Tisch.

Die Stare saßen jetzt wieder in ihren Nestern, die sie bis zum Morgengrauen nicht mehr verlassen würden. Die Außenbeleuchtung des Gasthofes tauchte den Rasen und die Blumenbeete in helles Licht, doch die Schatten wurden tiefer.

Während er auf Grace Lockwood wartete, dachte Ash über sein Gespräch mit dem Bauern nach. Sam Gunstones Land grenzte zwar an Sleath, doch Ash hatte immerhin sechs oder sieben Minuten gebraucht, um auf einer kurvenreichen Straße zu dem Bauernhof zu gelangen. Das Auto hatte ihm übrigens Grace geliehen. Gunstone, ein rundlicher Mann mit grauen Haaren, dessen rotes, von kleinen Äderchen durchzogenes Gesicht darauf schließen ließ, daß er den größten Teil seines Lebens nicht nur bei schönem Wetter im Freien verbracht hatte, ließ Ashs Fragen nicht gerade geduldig über sich ergehen. Das änderte sich auch dann nicht, als Grace auf den Grund ihres Besuchs zu sprechen kam. *Blödsinn* war Gunstones einzige Antwort gewesen, den Ash auf ungefähr 65 Jahre schätzte. *Wer hat denn je von spukenden Heuhaufen gehört. Das ist doch Scheiße, totaler Schwachsinn.*

Ash erinnerte Gunstone daran, daß er es mit eigenen Augen gesehen haben wollte.

Ich hab' etwas gesehen, entgegnete der Bauer daraufhin, *aber das war kein Geisterzeugs. Mein Gedächtnis hat wohl verrückt gespielt, das war alles. Irgendeine ... eine, wie sagt man ... dega vus? Verstehen S'e?*

Gunstone war ein pragmatischer Mensch, ein schollenverbundener Ackersmann, ein Realist, der vielleicht an alte Mythen und Legenden glaubte, nicht aber an Erscheinungen, die er nur ein einziges Mal gesehen hatte. Wie hatte der Reverend es ausgedrückt? Ein gesunder Verstand sucht immer nach einer logischen Erklärung. Es schien, als habe es sich Gunstone in der Zwischenzeit anders überlegt, obwohl er Lockwood den Vorgang noch drastisch geschildert hatte.

Ash starrte in sein leeres Wodkaglas und verschränkte die Arme auf dem Tisch. Er wunderte sich, daß es in Sleath auf einen Schlag an verschiedenen Orten spukte.

Er schaute zur Tür, die den Speisesaal mit dem Rest des Hauses verband. Drei Sekunden später betrat Grace Lockwood den Raum.

Ash erhob sich zur Begrüßung, und Grace kam auf ihn zu. Diesmal lächelte sie nicht. Sie trug ein kastanienbraunes Kleid aus feiner Seide mit langen Ärmeln. Ihr Haar war aufgelöst und fiel in kleinen, nach innen gerollten Löckchen auf ihre Schultern. Die Wunde auf ihrer Stirn war wegen des Make-ups, das sie ziemlich dick aufgetragen hatte, kaum noch zu sehen. Unwillkürlich mußte Ash an den Vorfall in Ellen Preddles Küche denken, der sich am Nachmittag ereignet hatte. Eine Untertasse war von einem hohen Geschirrschrank heruntergefallen und hatte Grace am Kopf verletzt. Es war völlig unerklärlich, wie es dazu kommen konnte. Vielleicht, weil Ellen mehr oder minder hysterisch war. Ash hatte der Ursache nicht genauer nachgehen können, doch inzwischen glaubte er, daß es sich vielleicht um Poltergeister gehandelt hatte.

»David, ich hatte gerade eben ein ganz seltsames Gefühl.«

Er bot ihr einen Stuhl an, und sie setzte sich. Er nahm auf dem anderen Stuhl Platz.

»Es war wie heute an der Kirche«, sagte sie ernst, »kurz bevor wir uns getroffen haben.«

»Ich weiß.« Beruhigend nahm er ihre Hand. »Ich habe es auch gespürt.«

Sie blickte ihn fragend an.

»War fast wie ein schwacher elektrischer Schock, der aber nicht weh tat, stimmt's? Mir ging es genauso. Ich wußte, daß du hier warst, bevor du zur Tür hereingekommen bist. – Ich darf doch du sagen, Grace?«

Sie nickte und beugte sich leicht zu ihm vor. »Ich weiß nicht, was da vor sich geht, David.«

»Hast du so etwas schon einmal erlebt, Grace?«

Sie löste die Hand aus der seinen und setzte sich wieder aufrecht auf ihren Stuhl. Die Frage hatte sie erschreckt. »Nein. Ich hatte höchstens mal das Gefühl, daß jemand Bestimmtes am Apparat sein würde, als das Telefon läutete. Aber das ist doch nichts Besonderes.«

»Es ist schon etwas Besonderes, kommt aber öfters vor. Es gibt meist eine einfache, logische Erklärung dafür – weil man auf diesen Anruf wartet, zum Beispiel, oder weil um diese Zeit ohnehin nur der Betreffende am Apparat sein kann. Aber manchmal ist es auch reine Gefühlssache. Sonst noch etwas? Andere Vorkommnisse?«

Sie dachte kurz nach. »Ich glaube nicht ... das heißt ... Sekunde. Als ich noch klein war, sind meine Eltern mal mit mir nach Canterbury gefahren, um die Kathedrale zu besichtigen. Anschließend sind wir in der Stadt bummeln gegangen, und irgendwie – frage mich ja nicht, wie – haben wir uns dabei aus den Augen verloren. Pa und Mom waren völlig mit den Nerven runter, als sie mich nach einer Stunde noch immer nicht gefunden hatten. Schließlich entdeckte ich *sie*. Ich war erst sieben Jahre alt und kannte die Stadt überhaupt nicht, aber ich bin sicher, daß ich kein bißchen Angst hatte, allein durch die Straßen zu gehen. Es hat mir sogar großen Spaß gemacht, mir die Schaufenster anzuschauen. Als ich dann keine Lust mehr hatte, ging ich einfach an eine Straßenecke. Ich wußte – ich wußte es *wirklich*, ich erinnere mich genau – daß meine Eltern dort stehen würden. Und so war es auch. Als ich um die Ecke ging, sprachen sie gerade mit einem Polizisten. Ich ging einfach zu ihnen und nahm die Hand meiner Mutter, als wäre nichts geschehen.«

»Bist du sicher, daß es nicht purer Zufall war? Die ganze Sache ist doch schon eine Weile her.«

»Seltsam, aber ich weiß noch ganz genau, wo meine Eltern waren, als ich sie zu suchen angefangen habe. Bisher ist mir aber noch nie in den Sinn gekommen, das alles könnte mit einer Art übersinnlicher Veranlagung zu tun haben. Jedenfalls ist es bei diesem einen Erlebnis geblieben.«

»Es war vielleicht reiner Instinkt. Das ist bei Kindern nichts Ungewöhnliches. Aber dann müßten wir uns natürlich fragen, was wir unter ›Instinkt‹ verstehen.«

»Guten Abend, Grace.«

Sie blickten auf und sahen zu ihrer Überraschung die Frau des Wirts an ihrem Tisch stehen. Sie hielt ein Glas in der Hand.

»Hallo, Rosemary«, sagte Grace, als die Wirtin das volle Wodkaglas neben das leere vor Ash hingestellt hatte.

»Ihr Wodka, Mr. Ash.« Rosemary Ginty nahm das leere Glas vom Tisch. »Möchtest du auch einen Aperitif, Grace? Oh, hast du dir weh getan?«

Grace griff sich an die Stirn, als wäre ihr gerade erst wieder eingefallen, daß sie dort eine Wunde hatte. »Nichts Besonderes. Heruntergefallenes Geschirr. Nicht weiter schlimm.«

Rosemary verdrehte die Augen und sagte mit gespielter Verzweiflung: »Auch ich baue an manchen Tagen ganz schön Mist, Grace. Tom hat mich schon mehr als einmal aus der Küche geworfen – mit der Begründung, ich würde noch den ganzen Laden ruinieren.«

Pflichtschuldig lächelte Grace die Wirtin an. »Ich hätte gern ein Gläschen von dem Hausschoppen. Was ist das für eine Sorte?«

»Ein halbtrockener Weißwein.« Die Wirtin blickte Grace und Ash nacheinander an, als wollte sie sich in das Gespräch einmischen, das die beiden geführt hatten. Da aber weder Grace noch Ash reagierten, sagte sie: »Gut. Möchtest du nicht einen Blick in die Speisekarte werfen, bis der Wein kommt?« Sie ging, blieb aber an anderen Tischen stehen, um sich nach dem Wohlbefinden der Gäste zu erkundigen. Dann verschwand sie hinter der Bar.

»Es könnte doch sein, daß du für bestimmte geistige Kräfte empfänglich bist«, griff Ash das Thema wieder auf, als die Wirtin außer Hörweite war.

»Was soll das heißen?« Ein leichtes Lächeln umspielte ihre Lippen.

»Du liegst mit bestimmten Leuten auf einer Wellenlänge.«

»Zum Beispiel mit dir.«

»Schon möglich. Du könntest übersinnliche Fähigkeiten haben, ohne es je bemerkt zu haben.«

Sie lachte. »Ein latentes Medium. Bisher habe ich nur von latenten Homosexuellen gehört. Was mich betrifft, habe ich da doch starke Zweifel.«

»Jeder weist eine solche Möglichkeit zuerst weit von sich.«

Grace war erstaunt, mit welchem Nachdruck Ash dies sagte.

»Und warum?«

Er zuckte die Schultern. »Das wissen die Leute selbst nicht. Und wenn man sie fragt, bekommt man ein Achselzucken zur Antwort.«

»Bist du solchen Leuten schon begegnet?«

Er lächelte gequält. »Das kann man wohl sagen. Übrigens – wie geht es deinem Vater heute abend?«

Grace durchschaute sein Ablenkungsmanöver. Und ging darauf ein. David hatte etwas Geheimnisvolles an sich und würde auf Fragen, die ihm zu persönlich waren, nur ausweichend antworten. Vielleicht hatte das mit seiner beruflichen Einstellung zu tun: Er war nach Sleath gekommen, um auf Wunsch ihres Vaters Ermittlungen anzustellen, nicht aber, seine persönlichen Gefühle offenzulegen. Seltsam, daß sie sich ihm so nahe fühlte, obwohl sie ihn erst wenige Stunden kannte. Waren hier die ›übersinnlichen Fähigkeiten‹ am Werk, von denen er gesprochen hatte? War es möglich, daß ein seelischer

Gleichklang zwischen ihnen bestand? Wollte er darauf hinaus? Grace schob den Gedanken zunächst einmal beiseite.

»Vater ist schon viele Jahre krank«, sagte sie statt dessen. »Noch vor dem Tod meiner Mutter hat er gesundheitlich stark abgebaut. Sie schrieb mir immer wieder nach Paris, wie sehr sie sich seinetwegen Sorgen mache. Ist es nicht eine Ironie des Schicksals, daß sie vor ihm ...« Sie sprach nicht weiter, schüttelte nur traurig den Kopf. »Natürlich hat Mutters Tod die Krankheit meines Vaters verschlimmert, und nun kommen auch noch diese ... diese Erscheinungen hinzu, die ihn sehr belasten.«

Ihre gefalteten Hände lagen auf dem Tischrand. Sie beugte sich nach vorn. »David, was geht hier in Sleath eigentlich vor?«

Bevor Ash antworten konnte, stellte die Wirtin ein Weinglas vor Ellen auf den Tisch. »Das wüßten wir alle gerne, guter Mann«, sagte sie absichtlich laut. Das ältere Ehepaar an dem Tisch, der weiter weg stand, blickte interessiert auf. »Immer dieses blöde Geschwätz über Geister und solches Zeug. Alle laufen mit langen Gesichtern herum, und man kann mit kaum jemandem mehr vernünftig reden.« Mit einer Hand fuchtelte sie verzweifelt in der Luft herum. »Überzeugen Sie sich bitte selbst davon, wie sehr uns das geschadet hat. An einem so herrlichen Abend wie heute ist das Restaurant normalerweise voll besetzt. Und wie viele Gäste sind tatsächlich hier? Und dann kommt auch noch dieser schreckliche Vorfall von heute nachmittag hinzu. Kannst du dir das vorstellen, Grace? Ralph Cauldwell hat den armen Jungen mit irgendeinem Werkzeug fast totgeschlagen.«

»Mein Vater ist gerade bei Danny Marshs Mutter, aber ich kann mir nicht vorstellen, wie er sie trösten könnte. Weiß die Polizei, warum Cauldwell etwas so Furchtbares getan hat?«

Rosemary Ginty lehnte sich nach vorn, so daß man hätte glauben können, sie teile den beiden ein Geheimnis mit, das nur sie wissen durften.

»Ich habe gehört, daß dieser Danny Cauldwells Tochter

etwas angetan hat. Deswegen ist Ruth heute abend auch nicht zur Arbeit erschienen«, sagte sie leise.

»Was willst du damit sagen, Rosemary?« fragte Grace. »Was hat der junge Mann denn verbrochen?«

»Weißt du, Grace, ich möchte nicht in die Einzelheiten gehen. Ich habe den Jungen immer für harmlos gehalten – er war vielleicht ein bißchen schwer von Begriff, aber er war nicht bösartig. Ich hätte nie geglaubt, daß er so etwas tun würde.«

»Hat er versucht, das Mädchen zu vergewaltigen?« fragte Ash, um der Wirtin eine goldene Brücke zu bauen.

Rosemary Ginty blickte ihn starr von der Seite an. »Wegen dieses Delikts wird er wohl vor Gericht gestellt, wenn er nicht vorher stirbt.«

»Geht es ihm sehr schlecht?« fragte Grace.

»Es geht ihm so schlecht, wie es Leuten geht, denen man den Schädel eingeschlagen hat.«

Sie erschauerte bei dem Gedanken und faltete die Hände vor ihrem dicken Bauch. »Zu allem Übel hat Cauldwell dem Jungen mit dem Ding fast die ganze Haut vom Gesicht gehobelt. Mein Gott, es wäre für Danny vielleicht ein Segen, wenn er sterben würde. Es wäre wohl das Beste für ihn, wo er doch kein Gesicht mehr hat ... und sein Gehirn ist womöglich auch nur noch Matsch und Brei. – Tja, was wollt Ihr jetzt essen?«

Ash mußte seinen Irrtum erkennen. Grace Lockwood war eine schöne Frau. Vielleicht war es auf den Schein der Kerze, den Wein und den Wodka zurückzuführen; denn in dieser intimen Atmosphäre waren mögliche Makel in ihrem Gesicht kaum zu erkennen. Intime Atmosphäre? Er kannte sie weniger als 24 Stunden. Was geht hier vor, Ash? Was, zum Teufel, geht hier vor? Grace' Augen, die ihn anschauten, besaßen im Kerzenlicht einen weichen Schimmer; dennoch durchbohrten sie ihn, als wollte sie Dinge in seinem Innern ergründen, die er nicht preiszugeben bereit war. Sie lächelte ihn über den Tisch hinweg an.

»Wieder einmal woanders mit deinen Gedanken«, sagte sie und fügte vielsagend, aber scherzhaft hinzu: »Schon wieder.«

Er lächelte zurück und bat sie um Verzeihung. »Die ganze Sache hat so viele Facetten, daß es schwierig ist, gezielt eine herauszugreifen.«

»Oh, darüber hast du also nachgedacht.«

Sein Lächeln wurde breiter. »Nicht ganz. Ich habe mich nur gefragt, warum du eigentlich nicht verheiratet bist.«

Selbst wenn diese Frage sie überrascht haben sollte, ließ sie es sich nicht anmerken. »Und wer sagt dir, daß ich nicht schon mal verheiratet war?«

»Du trägst keine Ringe. Überhaupt keinen Schmuck, noch nicht mal einen Armreif. Ehemänner oder Freunde schenken ihren Frauen bei bestimmten Gelegenheiten so etwas.«

»Ich habe mir nie viel aus Schmuck gemacht.«

»Ehemänner und Freunde sind keine Schmuckstücke?«

Ihr Lachen gefiel ihm.

»Ich rede von echten Steinen, du Idiot. Mir gefallen nur die Stücke, die schon ein paar hundert Jahre alt sind. Und was die beiden Kategorien von Männern angeht, von denen du gesprochen hast – von der einen Sorte habe ich zwei, oder besser gesagt, mehrere gehabt, und von der anderen keinen. Wer womit gemeint ist, mußt du schon selbst herausfinden.«

»Ich nehme doch stark an, daß ein Geistlicher es mißbilligen würde, wenn seine Tochter sich scheiden ließe.«

»Ja, aber es passiert trotzdem. Egal, das wäre eine Sache zwischen mir und meinem Mann – wenn ich verheiratet wäre. Bisher war ich's aber noch nicht. Und wenn es um so etwas ginge, würde der Beruf meines Vaters auch keine Rolle spielen.«

»Bist du nicht religiös?«

»Nicht so, wie du vielleicht meinst. Ich glaube an dieses und jenes, aber im strengen Sinne des Wortes bin ich nicht gläubig. Und du? Laß mich raten – du bist Atheist, durch und durch.«

»Wie kommst du darauf?«

»Oh, hauptsächlich, weil du so zynisch bist.«

»Kann ich das so schlecht verbergen?«

»Man sieht es dir irgendwie an, David. Paßt das gut zu deinem Beruf?«

»Es kann von Vorteil sein.«

»Aber hast du denn noch keine Fälle gehabt, bei denen zweifelsfrei nachgewiesen werden konnte, daß Gespenster – oder wie du sie sonst nennen magst – die Ursache waren? Du hast doch bestimmt in all den Jahren auch mal erlebt, daß *wirklich* übersinnliche Kräfte am Werk gewesen waren. Ist das deiner Meinung nach nicht auch ein Beweis dafür, daß es ein Leben nach dem Tod gibt, wie immer es im einzelnen aussehen mag, David?«

Er vermied es, sie anzusehen, starrte statt dessen in sein Wodkaglas. Grace fiel auf, daß er leicht gebeugt auf dem Stuhl saß, als hätte er sich in sein Schneckenhaus zurückgezogen. Das beunruhigte sie ein wenig. »Habe ich etwas Falsches gesagt?«

Er hob das Glas und nahm einen tiefen Schluck. »Stört es dich, wenn ich rauche?«

»Überhaupt nicht. Willst du mir nicht trotzdem sagen, was los ist?«

Grace lehnte mit einem Kopfschütteln ab, als Ash ihr die Packung hinhielt. Dann wartete sie, bis er sich eine Zigarette angezündet hatte, und sagte: »Irgend etwas stimmt da nicht. Ich habe es intuitiv gespürt, als wir uns zum erstenmal begegnet sind.«

»Deine übersinnlichen Fähigkeiten«, sagte er geradeheraus.

»Die Intuition einer lieben, altmodischen Frau«, entgegnete sie nachdrücklich.

»Oh, das mußte ja kommen.«

»Weißt du, daß du innerlich sehr aufgewühlt bist, David? Ich sehe es an deinen Augen.«

»Ich dachte immer, mein Blick wäre gefühlvoll.« Ash zog den Aschenbecher so nahe zu sich heran, daß er damit gegen seine Zigarette stieß. »Du schuldest mir noch eine Antwort, Grace.«

»Also gut. Ich bin nie verheiratet gewesen, obwohl es vor einiger Zeit beinahe dazu gekommen wäre.«

»War der Mann aus Sleath?«

»Das ist doch unwichtig. Ich hatte auch ein Verhältnis in Paris, das aber wenige Monate vor meiner Rückkehr nach England in die Brüche ging. Mußte sein, denn er war verheiratet. Und wie ist es bei dir?«

Er blies den Rauch in die Luft. In seinem Kopf herrschte ein wildes Durcheinander: ein Karussell von wirren Gedanken, in die sich Vorbehalte mischten, Grace zuviel von sich zu erzählen. Er bemerkte, daß er zum erstenmal den Wunsch verspürte, jemandem die ganze Wahrheit zu erzählen. Von diesem Haus namens Edbrook, von der Familie, die dort wohnte. Von den beiden Brüdern und deren Schwestern. Von Christina, der schönen ... wahnsinnigen Christina. Herr im Himmel, er hatte noch nicht einmal Kate McCarrick alles erzählt, als sie eng umschlungen im Bett lagen. Und jetzt hatte es ihn nach Sleath verschlagen; er hockte im Speisesaal des Black Boar Inn und war drauf und dran – ja, fest entschlossen – dieser Frau, die er erst am Morgen kennengelernt hatte, alles zu erzählen.

»Grace«, sagte er zögerlich. »Glaubst du wirklich an Gespenster?«

»Ich habe um deine Hilfe gebeten, David.«

»Das bedeutet aber noch lange nicht, daß die Vorgänge in Sleath auf übernatürliche Ursachen zurückzuführen sind. Es könnte doch sein, daß du den Eindruck hast, alles ist eine Einbildung.«

»Aber mein Vater, Ellen Preddle ...«

»Ich möchte wissen, ob du an Geister glaubst.«

Sie war verwundert, mit welchem Nachdruck er diese Frage gestellt hatte.

»Ich ... bin mir nicht sicher.« Sie ließ sich Zeit mit einer Antwort, und Ash schaute sie an, als wäre das, was sie ihm sagen würde, von größter Bedeutung für ihn. »Ja«, sagte sie schließlich. »Ja. Ich bin zwar nicht sehr gläubig im christlichen Sinne – Glaubensinhalte und äußere Formen sagen mir nichts –, aber ich glaube ganz fest daran, daß es etwas gibt, das über das irdische Dasein hinausreicht. Alles, was wir im Diesseits tun, muß einen Sinn, eine Bedeutung haben. Dieses Rätsel aber werden wir erst bei unserem Tod ergründen. Reicht dir diese Antwort.«

»Nicht ganz.«

Sie suchte nach Worten, um sich klarer auszudrücken. »Ich nehme an, ein Teil von uns lebt weiter, auch wenn wir tot sind. Unser Geist, unser Bewußtsein, unsere Psyche – wie du es wahrscheinlich nennen würdest. Was es auch sein mag, es existiert in der ihm eigenen Form weiter. Und, wer weiß – vielleicht kann es ins Diesseits zurückkehren und sieht dann so aus wie früher. So etwas ist möglich, wenn bestimmte Umstände zusammenkommen oder ein starker Wille dahintersteckt. Es kann sein, daß wir den Gestalten das Aussehen verleihen, an dem wir sie erkennen, daß also unser Verstand sie zu etwas macht, das wir begreifen können.«

Ash schien nicht mehr so nervös zu sein.

»Das ist eine vernünftige Hypothese«, sagte er. »Schlicht und einfach. Aber leider ist sie auch nicht besser als all die anderen, die man mir schon aufgetischt hat.«

»Bestimmt hast du schon viele Theorien gehört.«

Er nickte. »Aber bei diesem Denkansatz bleibt ungeklärt, warum die Toten aus dem Jenseits zurückkehren.«

»Das ist aber so. Und was steckt dahinter? Es kann sich doch nicht jedesmal um eine nicht nachvollziehbare, übernatürliche Ursache handeln.«

»Ich glaube nicht. Ich bin sicher, daß immer eine Absicht dahintersteckt.«

»Du wolltest unbedingt meine wahre Meinung hören. Sagst du mir, warum?«

Ash schaute Grace nicht an, blickte statt dessen in den Garten hinaus, als würde er ihn plötzlich interessant finden. Der Himmel war jetzt noch dunkler geworden; um so heller schien nun die Außenbeleuchtung.

Nicht zum erstenmal sah Grace Ash von der Seite an.

Was seine Augen betraf, so hatte sie recht gehabt – in diesen Augen schienen sich wirklich alle Kümmernisse der Welt zu spiegeln. Seine Nase und seine Kieferpartie waren stark ausgeprägt, und obwohl er an diesem Abend eine Krawatte trug, sah er ein wenig ungepflegt aus. Auch seine Haare waren unordentlich, als könnte ein Kamm hier nicht viel ausrichten. Immerhin hatte er sich vor dem Abendessen den Mühen einer Rasur unterzogen, wenngleich sein dunkles Kinn den Verdacht nahelegte, daß die Bartstoppeln schon wieder trotzig nachwuchsen. Und wo hatte er sich die kleine, dicke Narbe auf dem Wangenknochen geholt?

Ohne Grace anzusehen, sagte Ash: »Ich hatte selbst vor einigen Jahren eine Erscheinung.«

Zuerst wußte sie nicht, wie sie reagieren sollte, denn es war ihm schwergefallen, diese Worte zu sagen. Doch Grace wollte wissen, was ihn beunruhigte, und so forderte sie ihn auf: »Erzähl mir davon, David, bitte.«

Er blickte sie an. »Ich weiß nicht recht.«

»Liegt es an mir?«

Er schüttelte den Kopf. »An mir. Weil du mich dann vielleicht für verrückt hältst.«

Sie wies diese Unterstellung mit einer Handbewegung zurück. »Nach allem, was wir dir über die Vorgänge hier in Sleath erzählt haben, hatte ich die Befürchtung, *du* könntest uns für verrückt halten.«

»Die Sache ist ... verzwickt.«

»Ich höre.«

Er ließ sich Zeit, zog an seiner Zigarette und trank seinen Wodka aus, um seine Nerven zu beruhigen, nicht aber, um ihrer Frage auszuweichen.

»Vor drei Jahren wurde ich vom Institut in ein Haus geschickt, das Edbrook hieß. Es war sehr groß, aber verwahrlost und gehörte den vier Personen, die dort wohnten: zwei Brüder, ihre jüngere Schwester und ein älteres Kindermädchen, die ihnen den Haushalt führte. Die Leute behaupteten, in dem Haus spuke es, und der Geist sei ein Mädchen.«

Er drehte das leere Glas in den Händen und kippte es leicht, als wäre noch ein wenig Wodka darin.

»Und stimmte die Geschichte?« bohrte Grace vorsichtig weiter. Sein Grinsen gefiel ihr ganz und gar nicht.

»Ja. Aber die Sache hatte eine witzige Pointe.«

»Wollten sie dich hereinlegen?«

»Gewissermaßen. Ich war für meine Abschlußberichte bekannt, in denen ich angebliche Geistererscheinungen als geologische Verwerfungen entlarvt habe, oder als Luftzug, oder als Holz, das sich verzogen hat. Ich hatte zwar einen sehr guten Ruf, weil ich alles auf natürliche Ursachen zurückführte, aber die Leute aus der Gespensterindustrie haßten mich.«

»Das gilt aber nicht für das Institut für parapsychologische Forschungen, wie man sieht.«

»O doch. Auch dort habe ich viele Feinde. Doch meine schlimmsten Widersacher sind die Leute mit medialen Fähigkeiten, die Hellseher und sogar der eine oder andere Wunderheiler. Sie befürchten, ich wolle ihre Glaubwürdigkeit untergraben. Womit sie recht haben.«

»Und diese Leute in Edbrook ... wollten sie dich irgendwie demütigen?«

Sein Lachen gefiel ihr nicht. »Ja, so ungefähr.«

»Ist es ihnen gelungen?«

Ash nickte leicht. Er saß wieder ein wenig gebeugt auf seinem Stuhl. »Sie haben noch eins draufgesetzt. In den drei Tagen und Nächten, die ich in dem Haus verbrachte, zeigten sie mir die Wahrheit.«

»Willst du damit sagen, du hast schließlich geglaubt, daß es bei ihnen spukt? Und daß sie dir dann vorführten, wie sie die ganze Sache inszeniert hatten?«

Es war still in dem Restaurant. Das ältere Ehepaar war gegangen, und die Frau des Wirtes war nirgends zu sehen.

Ash sprach so leise, daß sich Grace nach vorn lehnen mußte, um ihn zu verstehen.

»Sie haben mich in Angst und Schrecken versetzt, verdammt noch mal. Und das Schlimmste war, daß ich mich auch noch in dieses Mädchen verliebte, die Schwester der beiden Brüder.«

»Nach drei Tagen?« fragte sie leise.

»Bei mir war es Liebe auf den ersten Blick.«

»Und sie hat dich enttäuscht.«

»Sie hat mich ausgelacht.«

Grace runzelte die Stirn. Bis jetzt hatte sie Ash nicht zu den Leuten gerechnet, über die man sich lustig machen konnte.

»Alle lachten über mich. Christina, ihre Brüder Robert und Simon. Selbst das Kindermädchen wußte genau, was gespielt wurde. Ich war drei Tage und drei Nächte dort und hatte nicht die geringste Ahnung, was los war, und warum sie das Institut angerufen hatten.«

»Bist du sicher, daß sie dich zum Narren halten wollten? Könnte es nicht auch sein, daß eigentlich Kate McCarrick gemeint war?«

»Nein, sie wollten mir persönlich eins auswischen. Die ganze Sache war auf mich gemünzt.«

»Um dich zum Narren zu halten, haben sie einen derartigen Aufwand betrieben? Ist das nicht völliger Blödsinn?«

»Ich habe dir doch gleich gesagt, daß die Sache nicht so einfach ist. Wie du siehst, haben sie mich letztendlich davon überzeugt, daß es so etwas wie Gespenster gibt.«

»Hast du die Erscheinungen mit eigenen Augen gesehen? Hast du sie mit deinen Geräten aufzeichnen können?«

»Nein, ich hatte keinerlei Beweise. Aus diesem Grund konnte ich in London auch nicht die ganze Wahrheit erzählen. Sonst hätten sie mich wohl in eine Anstalt gesteckt.«

Er schaute sie unverwandt an, und sie war verwirrt, weil seine Augen so dunkel aussahen, was auf eine schwere Depression hindeutete, die nicht gespielt war.

Sorgfältig wählte er seine Worte und sagte dann fast zornig: »Sie waren selbst die Gespenster, weißt du. Außer dem Kindermädchen, das vollkommen verrückt war, waren alle, die in diesem gottverdammten Haus wohnten, Geister.«

David ist schon seltsam, dachte Grace bei sich, als sie die Straße überquerten, um zu ihrem Auto zu gehen. Wie ernst sollte sie die Geschichte mit den Gespensterspielchen in jenem mysteriösen Haus denn nun nehmen? Es klang alles ziemlich lächerlich. Und trotzdem ... trotzdem war David irgendwie glaubwürdig. Oder vielleicht lag die Wahrheit woanders. Vielleicht *wollte* sie ihm gern glauben. Er setzte stets ein ernstes Gesicht auf, und sein Zynismus schuf Distanz zwischen ihm und seinen Mitmenschen. Aber er hatte auch Humor, der allerdings in Richtung Weltschmerz ging. Vielleicht war es diese Mischung oder womöglich dieser Gegensatz von Stimmungen, die ihn interessant machten. Obwohl man seines etwas nachlässigen Äußeren wegen meinen konnte, alles sei ihm gleichgültig, blickten seine dunklen, grüblerischen Augen einen manchmal so durchdringend an, daß es einem gewaltig an die Nieren ging. Und dann war da noch dieses seltsame Gefühl zwischen ihnen beiden, dieses *Wissen*. Grace konnte seine Gedanken nicht lesen, konnte sie nicht unmittelbar wahrnehmen, doch irgendwie war da etwas, das wohl auf einem tieferen Verständnis zwischen ihnen beiden beruhen mußte. Dennoch war der Mann ihr ein Rätsel. Sie war durcheinander, und dieses seltsame Gefühl, das sie heute schon zweimal übermannt hatte – es war Grace so vorgekommen, als wäre kurz vor ihrer ersten Begegnung mit David ein Blitz durch sie hindurchgefahren – brachte sie zusätzlich noch aus der Fassung. Eine übersinnliche Erfahrung, hatte David gesagt; aber dann konnte er nicht weitersprechen, weil Rosemary Ginty aufgetaucht war. War das möglich? War Übersinnliches das Band zwischen ihnen beiden? Sie versuchte, den Gedanken beiseite zu schieben, doch er ging ihr nicht aus dem Sinn.

Als sie am Auto standen, suchte Grace in ihrer Handtasche nach den Schlüsseln.

»Ich muß ... äh, morgen mit dir reden«, sagte Ash.

»Bitte, was?« Sie nahm die Schlüssel aus der Tasche und sah ihn an.

»Du mußt mir mehr von Sleath erzählen. Seine Geschichte und so weiter. Hintergrundinformationen.«

»Nützt dir so etwas?«

Er zuckte mit den Schultern. »Möglicherweise. Es wäre ein erster Einstieg.«

»Zuerst muß ich ins Rathaus. Aber ich könnte um halb elf wieder zu Hause sein.«

»Prima.«

Er schaute ihr zu, als sie den Schlüssel in das Autoschloß steckte. »Grace«, sagte er, »ist dein Vater geistig gesund?«

Sie richtete sich auf und starrte ihn an. Die Frage schockierte sie. Das Licht, das aus den Fenstern des Black Boar Inn kam, fiel auf eine ihrer Gesichtshälften; die andere lag im Dunkeln. Irgendwo weiter entfernt, vielleicht auf dem Hügel bei der Kirche, schrie eine Schleiereule. »Warum fragst du das?«

»Ich hatte den Eindruck, als würde es ihm nicht nur körperlich schlecht gehen. Weißt du, ich möchte dich nicht kränken, aber er ist nur noch ein Nervenbündel. Oder so gut wie.«

Grace mußte sich zusammennehmen, um ihren Zorn im Zaum zu halten. »Hier im Dorf spukt es. Er hat Angst.«

»Ah.«

Eine mehr als knappe Antwort, mit der ich nichts anfangen kann, befand Grace.

»Ich habe es dir doch schon gesagt, David. Wir alle hier haben Angst. Im Prinzip warten wir alle darauf, daß etwas passiert, daß etwas Schreckliches passiert.«

Er trat auf sie zu und nahm ihren Arm. »Das könnte eine Art von Massenhysterie sein, Grace. Ich habe so etwas schon einmal erlebt.«

»Hysterie? Meinst du nicht, das ist eine zu einfache Erklärung?«

»Nein, ist es nicht. Denn wenn jemand ein übernatürliches Erlebnis gehabt hat oder sich einbildet, eines gehabt zu haben, kann seine Phantasie so stark sein, daß sie auf eine zweite Person, eine dritte und so weiter überspringt.«

»So eine Art übersinnliches Virus?«

Ihre Stimme klang höhnisch, doch er war ihr deswegen nicht böse. »Niemand weiß, wie es anfängt, obwohl sich schon viele Forscher mit dem Phänomen beschäftigt haben. Plötzliche Ohnmachtsanfälle bei Mädchen in derselben Klasse, Menschenmengen, die an heiligen Orten Wunder erleben – Statuen weinen oder bluten oder schweben in der Luft –, schlagartig ausbrechende Gewalttätigkeiten. Es scheint, als würde sich ein Impuls übertragen, manchmal innerhalb von Sekunden, von der einen Person auf die andere, so daß es schließlich zu einer Kettenreaktion kommt.«

»Liegt deiner Meinung nach ein solcher Fall auch in Sleath vor?« fragte sie ungläubig.

»Möglich wäre es schon, obwohl es Unterschiede gibt. Zum einen greift die Sache hier nicht so schnell um sich, und zweitens haben diejenigen, die diese sogenannten Gespenster gesehen haben, eine vorherige Schädigung davongetragen, schwere Traumata, so daß sie für derartige Erscheinungen besonders empfänglich sind. Ellen Preddle hat ihren Sohn und ihren Mann verloren; Sam Gunstone hat gesehen, wie George Preddle verbrannte. Ruth Cauldwell behauptet, sie habe den Geist eines Mannes gesehen, der sie sexuell belästigt hatte, als sie noch ein Kind war.«

»Aber mein Vater ...«

»Ich glaube, er trauert immer noch um deine Mutter. Und er war allein mit Ellen Preddle, als er ihren toten Sohn sah. Ellen Preddles Gedanken könnten so stark gewesen sein, daß dein Vater sie übernommen hat.«

Grace deutete auf die Wunde an ihrer Stirn. »Dann ist das alles bei mir also reine Einbildung?« Sie war noch immer zornig, ließ sich aber nichts anmerken.

»Ellen Preddle hatte Angst, war aufgeregt und wütend. Bei bestimmten Menschen kann es zu einer Potenzierung von Emotionen kommen. Das Institut hat mehrere hundert Fälle untersucht, in denen Poltergeister die Ursache von Erscheinungen gewesen sein sollen. Wie sich in den meisten Fällen jedoch herausstellte, handelte es sich um überschießende Energien, die von pubertierenden Mädchen ausgegangen waren.«

»Ellen Preddle dürfte aber wohl kaum in diese Kategorie gehören.«

»Natürlich nicht. Aber grundsätzlich bleibt es dabei: Der menschliche Geist verfügt über ungeheure Kräfte, die wir noch nicht erforscht haben.«

»Du glaubst also nicht, daß es in Sleath wirklich spukt.« Die Worte von Grace klangen matt, beinahe enttäuscht.

»Das habe ich nicht gesagt. Ich kann noch kein abschließendes Urteil abgeben. Dazu ist es noch zu früh.«

»Und was jetzt?«

»Ich mache weiter. Und wir warten ab.«

Sie blickte ihn fragend an.

»Wir warten ab, bis etwas geschieht«, sagte er.

Kapitel 16

Der Wildhüter schob den geblümten Vorhang ein Stück zur Seite und blickte in die Nacht hinaus. Der Himmel war wolkenverhangen. »Die Schluris sind bestimmt wieder unterwegs«, sagte er so brummig, daß seine Frau von ihrer Näharbeit aufsah.

»Bestimmt nicht, Jack. Doch nicht zwei Nächte hintereinander.« Aber das war reines Wunschdenken.

Der Vorhang schwang wieder zurück, und der Wildhüter trat vom Fenster weg. »Die sind so blöd, Maddy. Weil sie gestern nacht einen kapitalen Hirsch geschossen haben, meinen sie, das müsse immer so weitergehen. Glaub mir, die sind schon wieder auf Achse.«

»Lenny Grover und Konsorten?«

»Du kannst darauf wetten.« Jack Buckler ging in den Flur und nahm ein Paar alte, aber feste Wanderstiefel vom Bord herunter. Als er mit den Stiefeln in das kleine Wohnzimmer trat, ruckte der Kopf des Airedaleterriers, der offenbar in der Annahme, es sei noch Winter, die ganze Zeit vor dem Kaminfeuer gelegen hatte, blitzschnell in die Höhe. Sofort sprang er auf und fing nervös zu bellen an.

»Komm, Gaffer, mach's halblang«, sagte der Wildhüter drohend zu dem Hund. Er grinste, als der Airedale angetrottet kam, ihn mit seinen dunklen Augen erwartungsvoll anschaute und die rosarote Zunge zwischen den gelben Zähnen herausstreckte. »Schon gut, alter Junge. Mal sehen, was wir heute nacht entdecken.«

Hechelnd rannte Gaffer durch den Flur zur Haustür und wartete dort. Jack Buckler setzte sich auf die Kante eines Sessels und kickte die Hausschuhe von den Füßen. Er stöhnte, als er sich nach vorn beugen mußte, um die Stiefel anzuziehen.

»Mach meinen Teppich nicht schmutzig«, sagte seine Frau nörglerisch, doch ihre Angst, die sie kaum verbergen konnte, galt weniger dem Teppich als ihrem Mann.

»Habe ihn erst heute nachmittag gesaugt, das weißt du doch ganz genau«, sagte er zum Spaß.

»Stimmt, aber leider vergißt du das manchmal, mein Lieber.« Ihre Stimme klang jetzt nicht mehr so streng. »Warum mußt du denn jetzt noch unbedingt raus? Beardsmore bezahlt dir keinen Penny mehr, wenn du mitten in der Nacht losziehst.«

»Komm schon, Maddy. Du weißt ganz genau, daß es meine Pflicht ist, diesen verdammten Wilderern das Handwerk zu legen. Sie haben erst gestern etwas geschossen, und heute wollen sie es schon wieder versuchen. So war es schon immer mit denen, und so wird es immer bleiben. Ich darf kein Risiko eingehen, besonders nicht nach der Zigarre, die der Alte mir heute verpaßt hat. Diese Schurken fügen ihm einen ganz schönen Schaden zu. Außerdem duldet Beardsmore keine Fremden auf seinem Grund und Boden. Warum, weiß ich auch nicht. Aber du weißt, wie wichtig ihm seine Privatsphäre ist.«

Maddy legte ihr Nähzeug beiseite, kniete vor dem Sessel nieder, schaute ihren Mann an und stellte betrübt fest, daß 63 Jahre ihren Niederschlag nicht nur in seinen müden, alten Augen gefunden hatten, sondern auch in den dunklen Ringen um sie herum, die von Freud und Leid in seinem anständigen, gottesfürchtigen Leben zeugten.

Dieser gütige, freundliche Mann war im Umgang mit der grausamen Natur hart geworden, deren Prinzip das Recht des Stärkeren ist. Dennoch kümmerte er sich hingebungsvoll um alle Tiere, seine eigenen und diejenigen, die er in Pflege hatte. Maddy mußte ihm öfters mit viel Geschick ausreden, einen Auftrag zu übernehmen, der nichts mehr für einen Mann war, bei dem sich Alter und gesundheitliche Beschwerden bemerkbar machten.

»Du kannst mich ruhig eine dumme, alte Kuh nennen, aber mir ist ein wenig mulmig zumute, wenn ich daran denke, daß du heute nacht rausgehst. Irgendwas ist mir in die Knochen gefahren.«

»Red keinen Unsinn, Maddy. Das läuft heute genauso ab wie gestern und vorgestern. Aber ich gebe zu, daß diese Herumtreiber nichts Gutes im Schilde führen. Kein Wunder, daß diese Sache dir zu schaffen macht.« Er kniff ihr leicht in die Wange. »Aber du kannst doch nicht von mir erwarten, daß ich im Bett liege, während diese verdammten Schurken in der Gegend herumschleichen. Es geht mir dabei um mehr als nur um meine Anstellung, das weißt du ganz genau.«

»Mit dir kann man einfach nicht reden, du dickköpfiger, alter Narr.« Er kicherte leise vor sich hin, und das ärgerte sie. Sie schnürte ihm die Stiefel. »Wenn du mir versprichst, vorsichtig zu sein, bin ich schon zufrieden.«

Er lachte jetzt nicht mehr und starrte auf ihren Kopf. Also spürte sie es auch. Seit einiger Zeit lag *wirklich* eine seltsame Stimmung über Sleath, die weder warme Nächte noch sonnige Tage vertreiben konnten. Selbst die Vögel und die anderen Tiere im Wald waren irgendwie nervös. Wie es schon einmal gewesen war ... als er noch jung war und sein Vater ihm die Schleichwege der Wilderer zeigte. Gott im Himmel, an diese Zeit hatte er schon lange nicht mehr gedacht und wollte es ausgerechnet jetzt auch nicht tun. In Sleath hatte jede Generation ihr Päckchen zu tragen gehabt, mal mehr, mal weniger. War es wieder soweit? Bei diesem Gedanken lief es ihm kalt den Rücken herunter, und Maddy schaute ihn ängstlich an.

»Spür's jetzt auch in den Knochen. Kommt wohl von dir«, sagte er scherzhaft. »Es ist kälter geworden. Ich glaub', ich brauche was zum Überziehen.«

Seine Frau stand schwerfällig auf. Sie strich ihren Rock glatt. »Ich hole deine Jacke«, sagte sie und verschwand im Flur. »Und deine Mütze«, hörte er sie rufen. »Es regnet vielleicht nachher. Es hat ja heute morgen schon gegossen.«

Gaffer tänzelte im Flur herum.

Der Schwanz des Hundes stand steif in die Höhe, und mit glänzenden Augen blickte der Airedale von seinem Herrn zur Haustür. Buckler ging zu Maddy, die im Flur stand.

»Still, Gaffer«, sagte der Wildhüter barsch. »Ich möchte nicht, daß du durch's Gebüsch saust und die Mistkerle verscheuchst, klar?«

Der Hund war sofort still; denn er spürte, daß sie nicht zum Vergnügen loszogen, sondern weil sein Herrchen etwas Wichtiges zu erledigen hatte.

Maddy half ihrem Mann in die Jacke. Buckler nahm eine Taschenlampe der Marke Maglite von dem Bord, auf dem auch die Stiefel gestanden hatten, und steckte sie in eine der tiefen Taschen. In eine andere ließ er einen schwarzen Gegenstand gleiten, der wie ein kompliziertes, etwas mißlungenes Teleskop aussah. Maddy reichte ihm seine Mütze, und er zog sie tief über seine weiß-grauen Haare.

»Du gehst aber ins Bett, Mädel«, sagte er zu seiner Frau. »Es hat keinen Zweck, die halbe Nacht aufzubleiben und auf mich zu warten.«

»Glaubst du etwa, ich bin so dumm und schlage mir hier unten die Nacht um die Ohren, während du draußen Räuber und Gendarm spielst? Ich werde warm und kuschelig in unserem herrlich weichen Bett liegen, mein Lieber. Sei leise, wenn du zurückkommst, und weck mich nicht auf, hörst du?«

Wahrscheinlich würde Maddy im Bett liegen, sehr wahrscheinlich, aber sie würde sich unruhig in der Dunkelheit hin und her wälzen und die Ohren spitzen, um seine Schritte auf dem Weg im Vorgarten ja nicht zu überhören. Einschlafen würde sie erst, wenn der Schlüssel in der Haustür herumgedreht würde und sie hörte, wie Jack Gaffers Nachtlager bereitete und dabei leise mit ihm redete. Das hatte sich über die Jahre hinweg als eine Art Ritual zwischen ihnen eingespielt.

Sie waren schon so lange verheiratet, daß sie sich zum Abschied keinen Kuß mehr gaben. Gerne hätte Buckler es an diesem Abend getan und mit seinen trockenen Lippen ihre flaumige Wange berührt, doch dann hätte sie gespürt, wie unbehaglich ihm zumute war. Also begnügte er sich damit, den Rand der flachen Mütze zu berühren; er salutierte wie ein Soldat und entriegelte die Haustür.

Als er sie aufstieß, fragte Maddy: »Soll ich jemanden anrufen? Soll Sergeant Pimlett einen Mann zu deiner Unterstützung herschicken?«

Das nächste Revier befand sich in der Stadt. Trotz der Entfernung – man mußte zwei Orte durchfahren, um nach Sleath zu gelangen – war der Einsatzleiter manchmal bereit, einen Streifenwagen zu Buckler zu schicken, wenn die Aussicht bestand, Wilderer auf frischer Tat zu ertappen. Doch Wilderer waren heutzutage nicht mehr die größte Sorge der Ordnungshüter auf dem Lande. »Nicht nötig, Schatz. Wäre etwas anderes, wenn ich hundertprozentig sicher sein könnte, daß die Burschen heute nacht wieder unterwegs sind. Ich möcht's mir aber mit der Polizei nicht verderben, wenn ich sie erst holen lasse, und dann kommt nichts dabei heraus.«

Mit diesen Worten schlüpfte er in die Nacht hinaus. Gaffer war auf dem Weg im Vorgarten schon ein Stückchen vorausgerannt. Maddy wartete, bis die Tür sich hinter Jack geschlossen hatte. Dann bekreuzigte sie sich und murmelte dabei in Gedanken: *Lieber Gott, beschütze ihn. Mach, daß meinem Jack nichts passiert.* Sie ging zurück ins Wohnzimmer und nahm sich wieder ihre Näharbeit vor. Doch die Nadel verharrte bewegungslos in ihren Händen, und sie hielt die Augen lange geschlossen.

Gaffer hüpfte in den Land Rover, der vor der offenen Gartentür stand, und wartete auf seinen Herrn. Buckler ging langsam auf das Auto zu. Seitdem er das Haus verlassen hatte, blickte er grimmig drein. Maddy machte sich wirklich Sorgen um ihn; noch nie hatte sie ihm vorgeschlagen, die Polizei anzurufen, wenn er hinausging. Sicher, den Polizisten im Streifenwagen gefiel das Spielchen auch – es war eine angenehme Abwechslung für Leute, die sonst immer nur in Betonwüsten herumfahren und Rowdies und Betrunkene aufsammeln mußten. Der eine oder andere Polizist verdiente sich an freien Tagen sogar als Treiber ein kleines Zubrot. Es gab zwar nicht viel Lohn für diese Arbeit, aber es war ständig etwas los, und die frische Luft und der steife Grog hinterher waren auch nicht zu verachten. Außerdem konnte man auf diese Weise die ländlichen Teile seines Reviers kennenlernen. Aber nein, bisher hatte Maddy immer ihm diese Entscheidung überlassen; er wußte, was er zu tun hatte, und sie für ihren Teil wußte es auch. Was war also vorhin in sie gefahren?

Und was war mit ihm selbst los? Er war schon den ganzen Abend nervös gewesen.

Er öffnete die Tür des Land Rover. Gaffer sprang sofort auf den Beifahrersitz und streifte Buckler dabei mit seinem drahtigen Fell, das sich wie eine rauhe Bürste anfühlte. Buckler stieg ein.

»Okay, mein Lieber. Dann wollen wir mal sehen, was wir in dieser düsteren Nacht fangen können.«

Gaffer wedelte mit dem Schwanz, der im Grunde nur ein Stummel war, und der Wildhüter ließ den Motor an und schaltete die Scheinwerfer ein.

Er lenkte den Wagen, der die lange Auffahrt entlangschaukelte, durch den Wald in ein Gebiet, in dem die Wilderer sich sehr wahrscheinlich versteckt hielten. Er fuhr mit abgeblendeten Scheinwerfern – das reichte zunächst. Die große Maglite in seiner Tasche war eine Beruhigung für ihn, obwohl es Wildhüter gab, die zu ihrem Schutz den Griff einer Spitzhacke bei sich trugen; wieder andere nahmen nachts eine 440er-Schrotflinte mit. Jack tat das nicht; außerdem hatte er es in diesem Fall mit Amateuren zu tun, nicht mit Profis. Lenny Grover war ein übler Bursche, gewiß, aber auch feige. Man müßte nur ›huh‹ in den Wald hineinrufen, und schon würden er und sein Saufkumpan und Kumpel, dieser Dennis Crick, wie zwei aufgescheuchte Feldhasen davonrennen, ganz nach dem Motto: Das muß ein Wildhüter gewesen sein!

Doch wenn die beiden auch keinen Mumm hatten, so besaßen sie Flinten – eine 9-mm-Flobert und eine 360er-Schrotflinte, Kaliber 3 –, auf die sie Schalldämpfer montiert hatten. Buckler wußte das ganz genau, weil er am vergangenen Morgen die leeren Patronenhülsen – Spuren der nächtlichen Unternehmung der Mistkerle – eingesammelt hatte. Die beiden würden niemals für Schnickschnack, den sie selbst problemlos und billig anbringen konnten, viel Geld ausgeben, besonders wenn sie ein Gartenhäuschen oder eine Garage zur Verfügung hatten. Also hatten sie die Schalldämpfer in Eigenarbeit auf die Flinten geschraubt. Seltsamerweise machte Buckler der Dritte im Bunde – ihm war klar, daß er es mit drei Wilddieben zu tun hatte – am meisten Kummer, weil dessen Waffe, wenn sie an sich auch nichts taugte, trotzdem sehr gefährlich war.

Es war offensichtlich, daß Mickey Dunn keine große Ahnung hatte und wahrscheinlich von den beiden anderen in die Sache hineingezogen worden war. Man konnte ihn aber gut als Träger gebrauchen. Dafür war er genau der Richtige. Seine Waffe war eine Armbrust. Für einen Wildhüter gab es kaum etwas Schlimmeres als ein Tier, das trotz tödlicher Verletzungen mit letzter Kraft seinen Jägern entkommen war und in einem Versteck langsam und qualvoll verendete. In solchen Augenblicken hätte Jack Buckler diese widerliche Waffe gern auf ihren sadistischen Eigentümer gerichtet. Oder ihm mit seiner 440er-Flinte die Kniescheiben weggeschossen. Oder ihm mit dem Griff der Spitzhacke den Schädel eingeschlagen. Um aber nie in eine solche Versuchung zu kommen, hatte er nur die Taschenlampe dabei. Nein, um jemanden einzuschüchtern oder zur Selbstverteidigung reichte sie vollkommen aus; trotz allem wollte Buckler nicht, daß die Lümmel bleibende gesundheitliche Schäden davontrugen.

Dünne Äste peitschten gegen die Windschutzscheibe des Land Rovers. Gaffer sprang von einer Seite auf die andere, freute sich über die Schaukelei und genoß den Reiz einer nächtlichen Ausfahrt auf immer engeren Waldwegen. Buckler fuhr relativ langsam; leise brummte der Motor vor sich hin. Mit seinen immer noch scharfen Augen blickte der Wildhüter in alle Richtungen. Er hatte beide Seitenfenster heruntergekurbelt, so daß er verdächtige Geräusche sofort hören konnte. Es wäre nicht schlecht, wenn er gerade in solchen Nächten einen Helfer dabeihätte, jemanden, der die Wilderer von hinten angehen würde, so daß sie in der Falle säßen. Doch der neue Gutsherr, der jetzt den größten Teil von Lockwood Estate besaß, hatte die Hilfskraft sofort entlassen, kaum daß er vor mehr als 20 Jahren auf der Bildfläche erschienen war. Ein Mann, so hatte Beardsmore damals gesagt, genüge, sich um das Wild auf seinem Grund und Boden zu kümmern; deswegen entließ er noch weitere Mitarbeiter. Na gut. Wenn Beardsmore unbedingt einen Großteil seines Wilds den Dieben überlassen wollte, war das eine Sache, die allein er zu verantworten hatte. Aber natürlich gab Beardsmore ihm, dem Wildhüter, die Schuld, wie sich gerade wieder gezeigt hatte.

Er fuhr jetzt Schrittempo und schaltete das Standlicht ein. Schließlich kannte er sich in der Gegend aus, und nachts konnte er ohnehin besser sehen als die meisten Leute. Nach einer Weile machte er die Scheinwerfer ganz aus.

Im Schneckentempo kroch der Land Rover weiter. Dann hielt Buckler an. Er stellte den Motor ab und öffnete leise die Tür. Als sein Herr ausgestiegen war, sprang Gaffer sofort auf den Fahrersitz und wartete, bis er gerufen wurde.

Buckler blickte in alle Richtungen und atmete tief durch, als könnte er auf diese Weise fremde Gerüche wittern. Nichts entging ihm. Er achtete auf jedes Geräusch und versuchte herauszufinden, ob es nach Schießpulver roch. Es gab Nächte, in denen der Wind so schwach wehte, daß er sogar Tierblut riechen konnte. Heute nacht war offenbar alles normal. Keine kleinen Zweige bewegten sich; nichts raschelte im Unterholz; kein Fasan schrie aufgescheucht durch die Nacht, und es war auch kein unvorsichtig lautes Gemurmel von Wilderern zu hören, die sich absprachen. Dennoch hatte Buckler das dumpfe Gefühl, daß irgend etwas nicht stimmte. Er fühlte es intuitiv, spürte es sogar in allen Gliedern seines Körpers. Hinzu kam, daß der Hund leise, aber ständig winselte. Also ahnte es auch Gaffer.

»Psst, alter Freund, sei leise. Die dürfen uns nich' bemerken, hast du gehört? Hoho, heute erwischen wir die Brüder. Wir können doch nich' tatenlos zusehen, wie sie unsere Freunde abschlachten.« Er sprach leise und beruhigend auf den Hund ein, der nach einem entsprechenden Befehl aus dem Fahrerhaus des Land Rovers sprang. Dann hockte er sich neben Buckler auf den Boden und wartete auf weitere Anweisungen.

Buckler steckte die Autoschlüssel so in die Tasche, daß sie nicht aneinanderstoßen konnten, was in der Stille der Nacht einen Heidenlärm verursachen würde. Es war zwar unwahrscheinlich, aber denkbar, daß die Wilderer so dumm gewesen waren und ihren Wagen weiter oben auf dem Weg abgestellt hatten, so daß Buckler ihnen mit seinem Land Rover den Weg versperrte. Es war aber auch möglich, daß sie auf einem der vielen Wege geparkt hatten, die kreuz und quer über das Lockwood-Anwesen verliefen, und daß die Halunken zu Fuß zu dem Versteck gegangen waren, von dem aus sie zur nächtlichen Aktion aufbrechen wollten.

Buckler suchte im Schein der Taschenlampe, die er absichtlich nahe an den Boden hielt, nach einem geeigneten Weg durch den Wald. Er entschied sich für einen Pfad, den die meisten Leute wohl übersehen hätten, weil er kaum zu erkennen war. Buckler machte das nichts aus.

»Los, Gaffer, alter Knabe, wir müssen die Mistkerle finden, bevor sie noch größeren Schaden anrichten können.«

Brav trottete der Hund voraus und verschwand rasch in dem von Gras überwucherten Weg, den sein Herr mit der Taschenlampe ausfindig gemacht hatte. Er entfernte sich aber nicht so weit, als daß er Befehle nicht mehr hören konnte, die Buckler leise erteilte. Er schnupperte am Boden und witterte in der Luft.

Buckler folgte dem Hund und vermied jedes unnötige Geräusch. Er ließ sich von Gaffer führen. Viele Wildhüter bevorzugten einen Schäferhund, einen Dobermann oder einen Rottweiler – früher einmal waren Doggen sehr in Mode gewesen –, doch für ihn kam nur ein Airedale in Frage. Gaffer war kräftig und intelligent, und, was das Wichtigste war, man konnte sich auf ihn verlassen. Er war zudem ein guter Spürhund und tat verletztem Wild, das er aufstöberte, nie etwas an. Und tapfer war er auch: Mehr als einmal hatte ein Wilderer Buckler mit einem Gewehr oder einem Stock bedroht, doch nie hatte Gaffer gekniffen, sondern sich von hinten an den Übeltäter herangeschlichen, der dann in wilder Flucht davonrannte oder dem Wildhüter seine Waffe aushändigte.

So einen Hund würde Buckler schwerlich noch einmal bekommen, und ihm graute jetzt schon vor dem Tag, da Gaffer zu alt sein würde, ihn auf solchen Touren zu begleiten. Natürlich konnte man einen jungen Hund dressieren, aber das dauerte seine Zeit und erforderte viel Geduld. Und der neue Hund erschien einem nie so gut wie der alte. Wenn es einmal so weit sein sollte, würde Gaffer seinen Lebensabend damit verbringen, um das Haus herumzustreichen und hier und da kleinere Ausflüge zu unternehmen, die seine müden, brüchigen Knochen nicht allzusehr strapazierten. Aber bis dahin dauert es noch ein Weilchen, nicht wahr, alter Freund? Bist noch voller Saft und Kraft.

Als hätte er die Gedanken seines Herrn erraten, drehte der Hund den Kopf und wartete auf Buckler.

Er kniete sich neben den Airedale zu Boden und legte dem Tier eine Hand auf den kräftigen Hals. »Kannst du sie wittern, Gaffer?« wisperte er. »Sind wir hier auf dem richtigen Weg? Es gibt noch ein, zwei andere Stellen im Dickicht, die wir später absuchen können, aber ich hab' das Gefühl, daß wir hier richtig sind. Was meinst du?«

Der Airedale knurrte leise. Buckler spürte, wie der Hund alle Muskeln anspannte und die Ohren anlegte, als höre er in der Ferne ein Geräusch.

»Na gut, Gaffer. Gehen wir weiter. Ich glaub', das Glück ist heute abend auf unserer Seite.«

Der Hund sprang voraus, und Buckler rappelte sich mühsam auf, schlich gebückt hinter dem Tier her und hielt die Taschenlampe noch näher an den Boden, so daß ihr Strahl nicht weiter als zwei Meter reichte. Beim geringsten Geräusch würde er die Maglite sofort ausknipsen.

Ohne schneller oder langsamer zu werden, streifte Buckler dicht hinter dem Hund durch das Waldgebiet, in dem sich beide fast lautlos und behende bewegten.

Lenny Grover gab Mickey Dunn mit dem Handrücken einen Klaps. Er hatte so fest zugeschlagen, daß der junge Mann einen leisen, scharfen Schrei ausstieß.

»Halt mir bloß das blöde Ding vom Arsch«, zischte Grover.

»Ich komm' dir schon nicht zu nahe«, meckerte Dunn, der beinahe über eine unsichtbare Baumwurzel gestolpert wäre, um ja Abstand von Grover zu halten. Er trug die Armbrust auf dem Rücken, als befürchte er, sie könne ihm weggenommen werden.

»Maul halten, ihr zwei«, wisperte der dritte Mann, der vorausging, ihnen wütend zu. *»Wenn Buckler sich hier rumtreibt, sind wir dran.«*

»Der alte Trottel hat doch keinen Schimmer, wo wir sind. Der sucht bestimmt auf der anderen Seite vom Lockwood-Anwesen nach uns.«

»Red' doch keinen Scheiß«, sagte Dennis Crick. »Der weiß ganz genau, wo wir letzte Nacht waren.«

»Genau«, pflichtete Grover ihm bei und grinste in die Dunkelheit. »Und jetzt glaubt er, wir würden nich' zweimal hintereinander an derselben Stelle auftauchen.« Verächtlich fuhr er fort: »Aber wegen dem Blödmann hinter uns gibt's in der ganzen Gegend noch genug Viecher, die wir abknallen können.«

Mickey Dunn wollte etwas zu seiner Verteidigung sagen, hielt dann aber lieber den Mund, als die beiden anderen weitergingen. War ja nicht seine Schuld, daß er kein Geld für eine Flinte hatte. Außerdem konnte er hervorragend mit der Armbrust umgehen. Na gut, nur bei Tageslicht. Und wenn das Ziel sich nicht bewegte. Die Devise lautete also: Schnauze halten. Grover wurde bei nächtlichen Unternehmungen schnell nervös, und dann rutschte ihm ziemlich leicht die Hand aus.

Verdammt noch mal, die beiden sind ja schon ein ganzes Stück vor mir, sagte sich Mickey und rannte gebückt hinter seinen Kumpanen her. Die Armbrust hielt er im Anschlag, als wäre die ganze Sache ein lustiges Kriegsspiel für ihn.

Obwohl Mickey im Unterschied zu seinen Kumpanen noch nicht viel von Wilderei verstand, hatte er doch in der vergangenen Nacht eine stattliche Anzahl von Fasanen abgeschossen, nachdem Crick die Tiere mit seiner starken Taschenlampe geblendet hatte, so daß sie vor Schreck wie angewurzelt verharrten. Ärgerlich war nur, daß die meisten sich im Unterholz verstecken konnten, obwohl sie schon eine ganze Ladung Pfeile abbekommen hatten und dabei schreckliche Todesschreie ausstießen. Grover und Crick hatten die Gegend abgesucht; sie kümmerten sich zunächst nicht um die Viecher, die bereits tot waren, sondern um die, welche geschrien hatten. Mickey Dunn war es kotzübel geworden, als er gesehen hatte, wie Grover ein waidwundes Tier packte und ihm mit den Zähnen den Kopf zerbiß. Er mußte sich übergeben, als Grover ihn zwang, es beim nächsten Fasan selbst einmal zu versuchen, dem Tier mit den Zähnen den Schädel zu knacken. Und dann hatte es auch noch Ärger gegeben, weil Mickey keine Trageschnüre, sondern Jutesäcke mitgebracht hatte, die nach Meinung seiner Kumpane unhandlich waren, weil man sie nicht auf dem Rücken tragen konnte. Man mußte sie hinter sich herschleifen, so daß es nicht leicht sein würde, die blutverschmierten Beutetiere an den Mann zu bringen. Die Metzger und Kneipenbesitzer in Sleath legten Wert auf sauberes und appetitlich aussehendes Wild.

Irgend etwas hatte sich in Mickeys billigem Lederjackett verfangen und riß ihn zurück, so daß er beinahe das Gleichgewicht verloren hätte. Flüchtig fragte er sich voller Angst, ob ihn der Wildhüter vielleicht aus dem Hinterhalt gepackt habe, doch er bemerkte rasch – gerade als er drauf und dran war, um Hilfe zu schreien –, daß Grover einen niedrig hängenden Ast achtlos hatte zurückschnellen lassen, um ihn, den Hintermann, zu ärgern. Mickey hörte Grover kichern und fluchte leise vor sich hin. Er ballte eine Hand zur Faust, achtete aber darauf, Grover nicht zu nahe zu kommen. »Du kriegst eines Tages noch dein Fett«, brummte er vor sich hin, »und ich werd' dabei sein und dir ins Gesicht spucken, wenn du im Arsch bist.« Wütend stapfte er hinter den beiden anderen her.

»Wir müssen ganz nahe am Dickicht sein«, sagte Crick nach einer Weile. Er blieb stehen und wartete auf Grover.

»Nein, das sind noch 'n paar Meter.«

»Bist du sicher? Wir sind doch schon 'n ganz schönes Stück gelaufen.«

Grover nahm die Baseballmütze ab und wischte sich mit einer Hand dunkle Haarsträhnen aus dem Gesicht. »Erst kommt 'ne Senke, dann 'n Teich, und dann sind wir da – *hau ab, Mickey, hast du gehört*!«

Dunn hatte Grover in der Dunkelheit erneut unabsichtlich geempelt. Mickey wich zurück, um seiner wild um sich schlagenden Faust zu entgehen. Dabei blieb er mit der Ferse an einer Wurzel hängen, so daß er stürzte und rücklings in einen Strauch fiel. Krachend kam die Armbrust hinterhergeflogen, und dumpf prallten die Jutesäcke ins Unterholz.

Der Sturz hatte einen Heidenlärm verursacht. Die beiden anderen waren starr vor Schreck. »Lassen wir den Blödmann einfach hier liegen, Len«, stieß Crick zornig hervor. »Er is' nur 'ne Gefahr für uns, der Idiot.«

»Aber er kennt sich hier in der Gegend nich' aus und verläuft sich womöglich, und das wär' noch schlimmer«, knurrte Grover leise. Er half Mickey wieder auf die Beine, beugte sich dann so nahe an den jungen Mann heran, daß sich ihre Nasen fast berührten, und sagte zischend: *»Halt jetzt bloß dein Maul, du blödes Arschloch!«*

Als Mickey eine Erwiderung hervorpressen wollte, stieß Grover hervor: *»Halt die Fresse!«*

»Is' ja gut.« Leise winselte er: »Aber du hättest nich' ...«

»Halt endlich die Schnauze!« Diesmal schrie Grover fast.

»Lenny«, stöhnte Crick entsetzt. »Himmel Herrgott noch mal, jetzt hast du's geschafft. Wenn Buckler hier irgendwo in der Nähe ist, haben wir ihn auf dem Hals.«

Grover stieß Mickey unsanft zur Seite. »Ich hab' dir schon mal gesagt, daß Buckler auf der anderen Seite is', wenn er heute nacht überhaupt rausgegangen is'. Also, keine weiteren Unterbrechungen mehr. Wir marschieren jetzt direkt aufs Dickicht zu. Klar, Mickey?«

Grover bekam ein Murren als Antwort. Mickey ging jetzt zwischen seinen beiden Kumpanen, nicht mehr hinter ihnen.

Grover hatte es so gewollt. Dafür, daß Mickey ihn vorhin mit der Armbrust in den Hintern gepikst hatte, stieß er ihm jetzt hier und da den Lauf seiner Schrotflinte in die Seite. Jedesmal, wenn Mickey dumpf aufstöhnte, mußte Grover lachen.

Nach einer Weile hatte Grover die Lust an diesem Spielchen verloren, denn er fühlte sich immer unbehaglicher, je tiefer sie in den Wald vordrangen. Irgend etwas stimmte nicht. Aber was? Im Wald war es still und dunkel. Kein Licht blinkte in der Ferne, also näherte sich auch kein Wildhüter. Erst als die Wilderer noch ein Stück weitergegangen waren, erkannte Grover, was ihn beunruhigte. »Halt«, sagte er leise zu den beiden anderen.

Seine Kumpane blieben stehen und blickten ihn erwartungsvoll an.

»Sperrt mal die Lauscher auf«, raunte Grover.

Sie spitzten die Ohren: kein Lärm, kein Geräusch.

»Was soll das, Lenny? Ich höre nichts«, meckerte Crick.

»Das is' es ja gerade. Es is' zu still hier«, erwiderte Grover.

Schweigend standen sie da und lauschten erneut angestrengt in die Nacht. Crick wußte, daß man sich auf Grover verlassen konnte; der Mann redete keinen Unsinn. Normalerweise war der Wald selbst mitten in der Nacht nie ganz still. Kleine Vögel raschelten im Unterholz; anderes Getier drehte sich in seinem Bau von der einen auf die andere Seite, oder eine Maus oder Eule schrie plötzlich in der Dunkelheit. Aber heute nacht war es still.

Doch nicht das Fehlen von Geräuschen beunruhigte die Männer, sondern das abgrundtiefe Schweigen, das über dem Wald lag.

»Das gefällt mir ganz und gar nich', Len«, murmelte Crick. »Meinst du, der alte Buckler stellt uns 'ne Falle?«

»Keine Ahnung. Auf jeden Fall stimmt hier was nich'.«

»Ihr Trottel«, sagte Mickey abfällig, »das is' doch normal, mitten in der Nacht.«

Die beiden überhörten seine Bemerkung. »Was meinst du, Len, sollen wir abhauen, solang's noch geht?« fragte Crick.

»Wäre vielleicht das beste«, antwortete Grover.

»Oh, hört doch auf«, stöhnte Mickey. »Wir sind ganz nahe am Dickicht.«

Er legte einen Pfeil in die Armbrust ein.

»Was tust du da?« Grovers Frage klang nachsichtig, obwohl er innerlich kochte.

»Treff' die nötigen Vorbereitungen, bevor ihr die ganze Gegend mit euren Schießprügeln rebellisch macht.«

»Ich hab' doch gesagt, wir verduften.«

»Nichts zu machen. Der Chef hat mir gesagt, er braucht möglichst viele Fasane zum Wochenende.« Mickey meinte damit den Dorfmetzger, für den er samstags arbeitete.

Grover packte Mickey wieder am Aufschlag seiner Jacke und hob ihn dabei hoch. Mickey berührte den Boden gerade noch mit den Zehenspitzen. »Ich sag's dir ...«

Er erstarrte mitten in der Bewegung. Mickey hing baumelnd an seinem Arm. Zwischen den Bäumen hatte er einen leisen Laut gehört.

Langsam drehten die drei Männer die Köpfe in die Richtung, aus der das Geräusch gekommen war.

Gaffer stand wie angewurzelt da. Zuerst zitterten seine Hüften, dann der ganze Körper, schließlich sein kleiner, langer Kopf und der aufgestellte Schwanz. Ein seltsames Jaulen war tief in seiner Kehle zu vernehmen.

Buckler richtete die Taschenlampe auf den Hund. »Was ist los, Gaffer?« fragte er ruhig. »Was hörst du?«

Der Hund starrte direkt nach vorn auf eine Stelle, die ein Stück entfernt lag.

»Die sind ganz in der Nähe, Gaffer, stimmt's?« Der Wildhüter straffte den Oberkörper und setzte ein grimmiges Gesicht auf. »Haben wir sie heute endlich erwischt.«

Der Airedale knurrte eine Weile; dann jaulte er wieder. Diesmal aber klang es eindringlicher, lauter, beinahe wie ein Schrei.

»Ganz ruhig, alter Junge.« Buckler war verwirrt, denn so hatte Gaffer sich bisher noch nie aufgeführt. Für gewöhnlich war der Hund tapfer und furchtlos und stets bereit, ihm zu helfen, egal, um was es ging: Füchse oder Wilderer in die Enge zu treiben oder wildgewordene Dachse zu bändigen (so was kam bei Dachsen schon mal vor). Aber was hatte der Hund denn jetzt? Was jagte ihm eine solche Angst ein?

Dann hörte Buckler die anderen Geräusche, die direkt aus der Luft kommen mußten. Es war ein Stöhnen, ein unheimliches Wehklagen, bei dem Buckler die Nackenhaare zu Berge standen.

Plötzlich fror er, als würden von einem Augenblick zum anderen Minusgrade im Wald herrschen. Die Haare auf seinen Armen, den Beinen und dem Kopf sträubten sich.

Zwischen den Bäumen ertönte ein jämmerliches Geschrei, als würde jemand sich in einer ausweglosen Situation befinden und unablässig voller Entsetzen und Verzweiflung um Hilfe schreien. Buckler kniff die Augen zusammen und starrte in die dunkle Nacht. Woher kamen diese Schreie? Er konnte nichts sehen, nur Schatten.

Er zog das teleskopartige Gerät, das er zu Hause eingesteckt hatte, aus der Tasche, schaltete es mit einem leisen Klicken ein und schaute hindurch. Der Bildverstärker wog nicht mehr als sechs Kilogramm und wurde von einer Batterie gespeist; Wildhüter benutzen solche Geräte gern, weil sie damit ihren Standort nicht verraten, was mit einer Taschenlampe leicht geschehen kann. Auf gut Glück schwenkte Buckler die Linse langsam von links nach rechts und atmete tief ein, als auf dem kleinen, phosphoreszierenden Schirm winzige Flocken zu erkennen waren, die wie grünliches Treibgut auf einem Fluß aussahen.

Buckler senkte das Glas und schaute mit bloßen Augen zu der Stelle, wo er soeben diese flirrenden Fetzen entdeckt hatte. Da fiel ihm eine leichte Graufärbung in der Dunkelheit auf.

»Los, Gaffer«, sagte er leise, aber entschieden, »wir müssen rausfinden, was da los ist.«

Doch der Hund war bereits losgerannt. Buckler hörte ihn durch das raschelnde Unterholz laufen. Er war zutiefst erstaunt, daß sein Hund heute so feige war. Beinahe hätte er ihn gerufen, konnte aber im letzten Augenblick noch an sich halten: Ein Ruf würde nur den warnen, der sich hinter den Bäumen befand, wer immer es sein mochte. Buckler, der sich über seinen Hund mehr wunderte, als daß er böse auf ihn war, drehte sich um und kroch auf das graue Licht zu. Immer wieder machte er kurze Pausen und blickte durch das Nachtglas, um diese Schatten besser erkennen zu können. Es war seltsam – es war verdammt *unheimlich* –, daß er mit bloßem Auge nur dieses unförmige Grau ausmachen konnte, das aussah wie Nebel, der aber völlig konturlos war. Ansonsten konnte er nichts erkennen: keine Schatten, die sich im Innern bewegten.

Eine Stimme sagte ihm, er solle umkehren, sich von Gaffer auf den Weg zurückführen lassen, auf dem sie gekommen waren, und mit dem Land Rover nach Hause fahren. Eine andere Stimme hielt dagegen – es war die des erdverbundenen, nüchternen Wildhüters, der die ihm anvertrauten Tiere und das Land mit Liebe und großem Geschick behandelte; diese Stimme sagte ihm, daß hier etwas nicht stimme und daß es seine Pflicht sei, der Sache auf den Grund zu gehen. Also kroch er weiter auf den seltsamen Nebel zu.

Auf halber Strecke machte er erneut eine Pause und dachte nach. Die unheimlichen Geräusche waren immer noch zu hören; sie waren seltsamerweise aber nicht lauter als vorhin. Buckler hob das Nachtglas wieder vor die Augen. Er konnte dieses durcheinanderwirbelnde Treibgut jetzt etwas besser sehen, wußte aber immer noch nicht, um was es sich handelte. Größere und kleinere Teilchen prallten zusammen und flogen wieder auseinander, nach keinem erkennbaren Muster.

Buckler ließ das Gerät wieder sinken. Er stellte fest, daß der Nebel in der Mitte jetzt dichter geworden war. Noch vorsichtiger als bisher kroch er weiter. Zwar zitterte er am ganzen Körper vor Angst, doch sein Pflichtgefühl und seine Neugierde waren stärker. Er atmete kaum noch, nicht etwa, weil er seine

Position nicht preisgeben wollte – die zurückschnellenden Äste hätten ihn ohnehin schon längst verraten –, sondern weil er kaum mehr daran dachte.

Obwohl der Nebel teilweise von Büschen und Bäumen verdeckt war, hatte Buckler beim Näherkommen den Eindruck, daß der seltsame Dunst überraschend konsistent war. Es sah aus, als bestände er nicht aus Wasserdampf, sondern aus feiner Gaze, und als würde sich in seinem Innern etwas bewegen.

Es kam Buckler merkwürdig vor, daß er die Geräusche jetzt zwar deutlicher wahrnehmen konnte, daß sie aber immer noch nicht lauter geworden waren; vermutlich handelte es sich um menschliche Stimmen. Und er war sich plötzlich sicher, daß sie aus dem Zentrum des ... wie sollte er es nennen? ... Dunstes, ja, des *Dunstes* kamen.

Er stand jetzt ganz nahe davor. Nur noch einige Bäume und ein paar Büsche trennten ihn von der rätselhaften Erscheinung. Mit dem Nachtglas waren die Einzelheiten jetzt besser auszumachen, und der Wildhüter stöhnte ungläubig auf, als er die Teilchen mit den deutlicheren Konturen erkannte.

Eins hatte drei Spitzen, zwei lange und eine kürzere, dickere. Der Wildhüter hätte einen Eid darauf abgelegt, daß es der Teil einer Hand war: zwei Finger und ein Daumen, die an einem Fleischklumpen hingen.

Ein anderer, kleinerer Fetzen war rund und wies in der Mitte ein dunkles Loch auf; hinten hing ein langer Splitter lose herunter. War es eine Sehne oder der schmale Schwanz irgendeines Tiefseefisches? Oder, so fragte Buckler sich entsetzt, ist es womöglich ein in der Luft schwebender Augapfel?

Ein großer, massiver Fetzen schaukelte in sein Blickfeld hinein, und – jedenfalls kam es dem verwirrten Wildhüter so vor – ein noch größerer jagte ihm hinterher. Sie trafen sich und verschmolzen, fügten sich zu einem Ganzen zusammen. Buckler hatte den Eindruck, sie würden eine dreidimensionale Tischlersäge bilden.

Als ihm allmählich klar wurde, was sich da vor seinen Augen abspielte, legte Buckler das Nachtglas neben sich auf den Waldboden. Die Geräusche waren eine Mischung aus Heulen, Stöhnen und gelegentlichen Schreien, und das herumwabernde Treibgut waren Teile eines menschlichen Körpers.

Mit bloßem Auge betrachtet, schienen die schwachen Schatten konturlos zu sein. Da Buckler aber hinter ihr Geheimnis gekommen war, fiel es ihm jetzt leicht, ein bestimmtes Grundmuster zu erkennen, nach dem die Schemen langsam zu einer mehr oder minder festen Gestalt zusammenschmolzen.

Buckler hängte sein Nachtglas um und ging wie in Trance näher auf die Nebelbank zu. Sie wurde immer blasser, so daß er die Schatten besser erkennen konnte. Eine Gestalt, die bisher dicht über dem Boden geschwebt hatte, stieg plötzlich in die Höhe.

Buckler schoß ein verrückter Gedanke durch den Kopf: War das vielleicht ein zerstückelter menschlicher Körper, dessen Teile wieder zueinander finden wollten? Allerdings gelang das nicht immer; wenn zu viele Teile aufeinandertrafen, lösten sie sich sofort wieder, und das Spiel von Anziehung und Abstoßung begann von vorn.

Jene Teilchen, die noch in keine Konfiguration eingebunden waren, verwandelten sich in verschwommene Lichtpartikel. Buckler atmete kaum noch und mußte sich an einem Baumstamm festhalten. Ihm war schwindelig, und hätte er noch länger in das grelle und zugleich doch sanfte Licht geblickt, hätte er sich übergeben müssen.

Als es ihm wieder besser ging, warf er einen Blick auf die Nebelwand. Nun ging es dort nicht mehr so hektisch zu. Also hatte er mit seiner ursprünglichen Vermutung recht gehabt, denn er konnte jetzt die Konturen deutlich ausmachen.

Aber es ging noch weiter ...

Ein größerer Fleischklumpen wand sich, wie schon der andere zuvor, auf dem Boden, und auch seine Augen, Finger,

Zunge – und was sonst noch einen menschlichen Körper ausmachte – wurden von diesem wilden Wirbel erfaßt. »Das ist ja wie ein Schwarm Fliegen auf Hundescheiße«, murmelte der Wildhüter.

»Allmächtiger«, entfuhr es ihm, als sich zwei Körper herauszubilden begannen, deren Einzelteile man noch an den zackigen Linien erkennen konnte, aus denen sie zusammengesetzt waren. Ein Augapfel hing aus einer der leeren Augenhöhlen heraus; eine Ferse war falsch herum angewachsen, und aus einem Loch in der Schulter baumelte ein gummiartiger Schlauch herunter.

Buckler wurden die Knie weich, und er wäre gestürzt, hätte er sich nicht mit beiden Händen an einem Baumstamm festgehalten. Er wäre am liebsten davongerannt, doch er hatte einfach nicht die Kraft dazu. Er wollte schreien, brachte aber keinen Laut hervor. Er wollte die Augen schließen, aber es ging nicht – das schreckliche Schauspiel zog ihn magisch an.

Also starrte er weiterhin widerwillig auf die Nebelwand, und ihm fiel auf, daß sich auch dahinter Schatten tummelten.

Grover, Crick und Mickey konnten noch so schnell rennen, das dumpfe Stöhnen verfolgte sie auf Schritt und Tritt. Es kam, so paradox es klingen mochte, von überall und nirgends.

Mit lautem Getöse brachen sie durchs Unterholz. Sie hatten den Eindruck, die dürren Baumwurzeln, das raschelnde Laub und die niedrig hängenden Äste stellten sich ihnen absichtlich in den Weg, um sie an ihrer weiteren Flucht zu hindern. Da die Männer nicht stürzen und sich dabei verletzen wollten, verschwendeten sie auch keinen Gedanken auf die Frage, was der Lärm in der Luft eigentlich bedeuten mochte. Es war ihnen schlichtweg egal. Nur eines wußten sie: Noch nie in ihrem Leben hatten sie so jämmerliche Angst gehabt. Vielleicht klangen die Laute in ihren Ohren auch deswegen so schauderhaft, weil die Nacht pechschwarz war.

Bekanntlich sind unbekannte Dinge, die man zudem nicht einmal sehen kann, besonders gespenstisch.

Außerdem ging das Heulen und Schreien ihnen durch Mark und Bein und brachte sie fast um den Verstand. Alles war bedrohlich und zugleich bedrückend. Über das Warum wollten die Männer sich aber lieber nicht die Köpfe zerbrechen. Sie wollten nur eins: raus aus diesem dunklen Wald und möglichst weit weg. So weit wie nur möglich.

Feige rannten sie also voller Angst davon. Plötzlich prallte Mickey gegen einen Baum und stürzte. Mit einer Hand fuhr er sich an die Oberlippe und schrie entsetzt auf: sie war regelrecht gespalten. Doch Grover und Crick kümmerten sich nicht um ihren Kumpan; sie stolperten weiter in Richtung Auto. Da lag Mickey nun und wand sich zwischen verfaulten Blättern und Wurzeln einsam und allein vor Schmerz auf dem Waldboden.

Blut sickerte zwischen seinen Fingern hervor, als er sie auf die Lippe drückte und versuchte, seine Kumpane nuschelnd zu sich zu rufen: »Jungs! Jungs! 'ommt 'urück!«

Doch alles Rufen half nichts, und wäre in seinem Kopf nicht ständig dieses Stöhnen zu hören gewesen, zu dem sich jetzt noch das Tosen in den Ohren gesellte, hätte Mickey am Rascheln der Blätter erkennen können, daß Grover und Crick schon ziemlich weit weg waren und ihm nicht helfen würden.

Obwohl noch ziemlich benommen, versuchte Mickey aufzustehen. Auf den Knien robbte er über den mit Laub übersäten Waldboden zu seiner Armbrust, für die er so eisern gespart hatte. Er hatte große Angst – schließlich hatten seine beiden Kumpane ihn im Stich gelassen – und schaute zunächst nach, ob der Pfeil noch eingespannt war. Er unterdrückte ein Schluchzen und murmelte: »*Surken.*« Er fluchte und erschrak, weil er nicht gedacht hätte, daß die Lippe beim Sprechen so weh tun würde. »*Dreckige Surken.*«

Als er sich endlich aufgerappelt hatte, stürzte er mit der Waffe unter dem Arm los, allerdings in die falsche Richtung.

Er stolperte über Büsche, schrammte an Baumstämmen vorbei und wurde von dem Stöhnen auf Trab gehalten, das sich jetzt zu einem Wehklagen ausgewachsen hatte. Er zog ein zusammengerolltes Taschentuch aus seiner Jacke hervor und preßte es an die Oberlippe, die noch immer blutete. Tränen schossen ihm in die Augen und trübten seinen Blick.

»Jungs«, rief er wieder, und es war ihm egal, ob der Wildhüter oder wer sonst diesen schrecklichen Lärm machte, ihn hören würde. »*Jungs*.«

Er stolperte und fiel der Länge nach hin. Dabei berührte er mit einem Finger den Bügel der Armbrust, und der Pfeil sirrte davon. Mickey bemerkte, daß der Bogen nicht mehr gespannt war, und hörte, wie das Geschoß sich in einen Baum bohrte, wenige Meter von ihm entfernt.

Leise fluchte er vor sich hin, und kopflos vor Angst suchte er in der Schultertasche nach einem anderen Pfeil. Noch immer waren seine Finger nicht flink genug, obwohl er schon hundertmal zu Hause im dunklen Schrank gesessen und das Laden der Waffe geübt hatte. Er war so ungeschickt, daß der Pfeil ihm aus der Hand fiel und er ihn vom staubigen Waldboden aufheben mußte. Dann, endlich, war die Armbrust wieder schußbereit. Mickey stand auf und hinkte schwer atmend weiter durch den Wald. Die Laute, die er dabei ausstieß, hörten sich wie ein unterdrücktes Schluchzen an.

Nach kurzer Zeit gelangte er auf eine Lichtung, auf der ein seltsames Licht leuchtete. Er blinzelte, um besser sehen zu können. Die Kinnlade fiel ihm herunter, und die Augen traten ihm aus den Höhlen, als er zwei nackte, fahle Körper erblickte. ›Körper‹ war vielleicht der falsche Ausdruck, denn es hatte den Anschein, als wären die Gestalten mit Hilfe von Leim oder einem durchsichtigen Klebeband zusammengesetzt worden. Dabei war offenbar einiges schiefgegangen, denn ein Fuß war falsch herum angebracht, ein Hinterteil baumelte an einigen dünnen Sehnen herunter, und eine Schulter saß zu weit hinten.

Einer der Körper drehte sich um und starrte Mickey an, doch Mickey wollte das nicht; er wollte nicht, daß er ihn da stehen sah und ihn womöglich erkannte. Nein, das wollte er unter gar keinen Umständen.

Er hatte die Armbrust bereits angelegt und brauchte jetzt nur noch abzudrücken. Ein Kinderspiel. Er mußte es tun.

Der Pfeil schwirrte los. Anscheinend traf er innerhalb dieses seltsamen Lichtkreises auf kein Ziel. Plötzlich ertönte jedoch ein schriller Schrei. Mickey war sicher, daß dieser Schrei von einem Menschen stammte, denn er hörte sich sehr viel menschlicher an als das Brüllen der beiden gräßlich zusammengekleisterten Kreaturen, die vor ihm im Nebel herumgeisterten.

Kapitel 17

Das rauschende Wasser schlägt über seinem Kopf zusammen, und unsichtbare Kräfte versuchen mit aller Gewalt, ihn in trübe Tiefen zu ziehen. In die Höhe schießende Luftblasen ersticken seine Schreie. Er sinkt tiefer und tiefer; seine Arme werden von dem Sog erfaßt, und seine Hände greifen nach samtenen Farnwedeln. Aus der Düsternis löst sich ein Schatten und kommt mit dünnen, blassen Fingern auf ihn zu. Er ruft ihren Namen, auch wenn ihm dabei Wasser in den Mund dringt, und er sieht, daß sie lächelt: Ihr dunkles Haar umrahmt ihr geisterhaftes Gesicht, und ihre Zöpfe wirbeln im aufgepeitschten Wasser umher. Sie steht jetzt ganz nahe vor ihm, und ihr Lächeln verzerrt sich zu einem so bösartigen, abscheulichen Grinsen, daß er wieder schreit und sich abzuwenden versucht ...

Ash wälzte sich im Bett herum und legte sich einen Arm über den Kopf, als wollte er sich vor dem Gespenst in seinem Traum schützen.

Das blasse Traumbild verändert sich: Sie ist kein Kind mehr, nicht mehr seine Schwester, sondern eine Frau, deren Grinsen aber genauso bösartig und wahnsinnig ist. Sie schlingt ihre dünnen Arme um seinen Hals; ihr Rock bläht, ihre Lippen kommen näher, und ihre Augen schimmern voller Irrsinn ... und Lust. Sie küßt ihn, und er spürt, wie sie sich an ihn drückt und wie sie – genauso wie das Wasser vorhin – die Lebenskraft aus ihm saugen will. Erschöpft gibt er auf und läßt sich von ihr umarmen. Er taucht in tiefe Schwärze ein ...

In dem dunklen Zimmer redete Ash im Traum, doch seine Worte waren zusammenhanglos und unverständlich, Teil seines Traumes.

... und jetzt, gnädigerweise, ist er wieder allein. Ein schwacher Lichtschein leuchtet in der Dunkelheit auf, in einer schwerelosen Dunkelheit, in der nichts fließt oder herumwirbelt, die aber nicht minder bedrückend ist als das Wasser, in dem er hätte umkommen sollen – und dann noch ein Licht und noch ein Licht, und schließlich erkennt er, daß da Kerzen brennen. Sie werden immer zahlreicher, bündeln sich und tauchen den Raum in weiches, flackerndes Licht.

Die Flammen spenden weder Wärme noch Trost, sondern enthüllen vor seinen Augen nur weitere Bilder des Grauens: In mehreren Reihen übereinandergeschichtete Steinsärge säumen die dunklen Mauern. Aber es kommt noch schlimmer. Mitten in dem Mausoleum – er kennt es, weil er schon einmal hier gewesen ist – steht ein einzelner Sarg, der kleiner ist als die anderen. Sein prächtiges Holz glänzt im Kerzenschein. Im Sarg, der mit teurer, weißer Seide ausgeschlagen ist, bewegt sich etwas; eine kleine Hand legt sich auf den einen Rand. Das Kind setzt sich auf, und suchend blickt es sich nach ihm um; es lächelt unverwandt böse vor sich hin, und seine Augen blicken ihn starr an ...

Im Schlaf schob Ash die naßgeschwitzte Bettdecke von sich und lag jetzt mit nacktem Oberkörper da.

Im Traum weint er, und die Tränen trüben seinen Blick. Dann löst sich alles in nichts auf. Plötzlich steht er an einem großen, mondbeschienenen See. Das Wasser steht still; kein Lüftchen regt sich. Plötzlich hört er leise Schreie, die von weit her zu kommen scheinen, vielleicht vom anderen Ufer. Aber er weiß, daß das nicht stimmt; die Schreie – das Stöhnen, Seufzen und Jammern – kommen nämlich ganz aus der Nähe, aus der Tiefe des großen Sees. Die dünne, fast durchsichtige Haut des Sees gerät in Bewegung; sie fängt zu zittern an. Eine Hand kommt zum Vorschein, dann noch eine. Wahrscheinlich gehören sie zu ein und demselben Körper. Das Heulen wird lauter, klingt durch das Wasser aber noch ein wenig gedämpft. Eine weitere Hand reckt sich rasch und plötzlich nach oben; an den ausgestreckten Fingern läuft das Wasser herunter. Schließlich schäumt der See auf, als Tausende von Händen gleichzeitig in die Höhe gehalten werden. Die Schreie sind jetzt klar und deutlich zu hören, und im Wasser brodelt, schäumt und heult es. Die Körper steigen weiter nach oben, bis Köpfe zu sehen sind. Mit ihren weit aufgerissenen Augen und Mündern blicken sie zu ihm hin und versuchen, seinen Namen zu rufen. Doch ihre Stimmen klingen verzerrt, weil das Wasser ihre Kehlen zersetzt hat. Doch für Ash nimmt das Grauen noch kein Ende ...

Er schrie auf und wimmerte.

... denn alle Köpfe, die ihn aus diesem im Mondlicht schimmernden See anstarren, sind klein ...

Er strampelte mit den Beinen.

... und alle diese Hände, die sich in der Luft festkrallen wollen, sind klein ...

Er wälzte sich im Bett herum und stöhnte.

... und in all diesen weit aufgerissenen Kinderaugen ist noch immer das Entsetzen über ihren allzu frühen Tod zu erkennen.

Im Schlaf stöhnte er auf: »Neeeiiin!«

Und die ertrunkenen Kinder stöhnen mit ihm, flehen ihn an, sie zu retten, ihnen zu helfen. Aber er weiß, er kann es nicht, es ist zu spät, denn sie sind schon tot. Und dann beschwören sie ihn, er möge doch zu ihnen in ihr feuchtes Grab kommen ...

Seine Augenlider zuckten, doch er wachte nicht auf.

Das Bild – die wehenden, bittenden Arme, die kleinen, bleichen Köpfe, die wie Geisterbojen auf dem Wasser schaukeln, der silbrigglänzende See – verschwindet, und er steht auf einem Stoppelfeld. Er meint, ganz allein zu sein; denn er fühlt sich schrecklich einsam. Doch da steht eine kleine, weiße Gestalt etwas weiter weg bei einer Baumgruppe. Das kleine Mädchen trägt nur weiße Socken, und er ruft sie. Seine Stimme kommt ihm dabei irgendwie hohl vor, als habe er überhaupt keinen Ton hervorgebracht. »Juliet!« Sie antwortet nicht, denn sie ist wie die Kinder im See: Sie ist tot und fühlt nichts mehr, und das ist ihre Rache an ihm. Deswegen wird sie ihm auch nie zuwinken; das muß er ertragen.

In die Stille des Zimmers hinein murmelte Ash wieder unverständliche Worte. Im Schlaf rief er wieder und wieder ihren Namen.

Wumm! Eine Flamme schießt in die Höhe, und das aschgraue Gesicht des Mädchens wird in warmes, gelbes Licht getaucht. Er bemerkt, daß die Flammen aus einem brennenden Heuhaufen schießen, aus dessen Innerem Schreie ertönen, die in Gelächter übergehen, in fernes Gelächter; plötzlich ist Juliet verschwunden, und an der Stelle, an der sie die ganze Zeit gestanden hatte, werden Blätter in die Luft gewirbelt ... und eine Form nimmt in dem Sog langsam Gestalt an. Dann sieht Ash das häßliche, sabbernde Gesicht eines toten Mannes, das zu einem perversen Lächeln verzerrt ist. Die schmutzigen Gedanken dieser Gestalt, deren Körper gräßlich verstümmelt ist, übertragen sich auf Ash ...

Ash drehte sich auf die Seite und schlug mit der Faust erneut auf die Matratze. Doch er schlief weiter, obwohl er im Unterbewußtsein ahnte, daß er Alpträume hatte.

Er rennt von der Stätte des Grauens weg; immer mehr Blätter verfolgen ihn. Seine Glieder werden schwerer und schwerer, und er ringt immer heftiger nach Luft. Er reißt die Arme hoch, um sein blutiges Gesicht vor weiteren Verletzungen durch die scharfen Ränder der Blätter zu schützen. Etwas Rotes breitet sich auf den Innenflächen seiner Hände und auf den Fingern aus. Die glänzende Flüssigkeit ist klebrig: Blut.

Ash krümmte sich zusammen und bleckte die Zähne, als stehe er Todesängste aus. Sein Wachbewußtsein war gegen die Alpträume immer noch machtlos.

Als er ein weiteres Blatt, das wie ein blutsaugender Parasit an seiner Wange klebt, herunterreißen will, fühlt er, daß dieses sich von den anderen unterscheidet: es ist weich, und Ranken hängen von ihm herab. Er zupft das rohe und blutige Fleisch aus seinem Gesicht und wirft es zu Boden. Obwohl er vollkommen erschöpft ist, rennt er weiter, so gut er kann. Eine zerstückelte Hand kommt auf ihn zu und krallt sich an seinem Handgelenk fest; mit einem schrillen Schrei reißt er sie ab. Ein dunkelroter Fleischfetzen mit einem langen, blutverschmierten Schwanz schwebt durch die Luft. Und die Zunge, die aus der Masse heraushängt, will in Ashs Mund eindringen, als gehöre sie da hinein. Er preßt die Zähne zusammen, und der Schrei bleibt ihm in der Kehle stecken. Mit beiden Händen greift er nach dem glitschigen Fleisch und wendet den Kopf ab. Es gelingt ihm zwar, die Zunge von sich wegzustoßen, doch mehr und mehr Klumpen kleben an seinem Körper. Sie werden immer zahlreicher, und Ash hat das Gefühl, daß sie ihn ersticken wollen, um ihn als Fixpunkt zu mißbrauchen, an dem sie alle zusammentreffen und eine einheitliche Gestalt entwickeln können. So sehr er auch zieht und zerrt und sich wehrt, sie stürmen auf ihn ein. Er rutscht auf etwas Breiigem und Schleimigem aus, das aus einem Körper herausgefallen ist: ein Organ, das glänzend und dampfend im Gras liegt. Er fällt zu Boden, krallt sich in der Erde fest und preßt das Gesicht ins kühle Gras.

Er spürt das Gewicht der Masse auf dem Rücken, seinem Hals, den Schultern, seinen Beinen und seinen Knöcheln; er spürt, wie die Stücke auf ihm hin- und herrutschen, um möglichst günstigen Halt an seinem Körper zu finden und sich irgendwo an ihn zu schmiegen. Er wälzt sich im Gras, um sie abzuschütteln, und er schreit – gegen seinen Willen – aus vollem Hals, als er über sich den Wirbel aus menschlichem Fleisch sieht. So viele große und kleine Stücke! Aus wie vielen Körpern mögen sie stammen? Er kann jetzt fast nichts mehr sehen und kaum noch atmen. Er stützt sich auf die Ellenbogen, um aufzustehen, kommt aber nicht hoch, weil die Teile so schwer sind. Er versucht es wieder, weil er weiß, daß sie ihn andernfalls vollkommen seiner

Lebenskraft berauben, die sie dringend benötigen, um wieder zu vollständigen Körpern zu werden. Er wehrt sich gegen sie. Seine Schultern zittern, und dann kommt er mit dem Rücken vom Boden hoch. Doch die Stücke aus menschlichem Fleisch lassen nicht ab von ihm, drücken ihn wieder nach unten, dringen in seine Augen und seinen Mund ein, und er schreit und schreit und schreit und kommt wieder hoch, hoch, hoch ...

Und er wachte auf.

Zitternd lag er in seinem Bett. Im Zimmer war es dunkel; nur unter der Tür war ein schwacher Lichtstrahl zu sehen. Es dauerte eine gewisse Zeit, bis er merkte, daß er aufrecht im Bett saß. Sein nackter Körper war schweißnaß, und sein Atem kam stoßweise. Ist doch nur ein Traum, sagte er sich.

»Nur ein Traum«, sagte er leise und ängstlich zugleich. Er atmete jetzt nicht mehr so flach, und sein Körper hörte allmählich zu zittern auf. Die Traumbilder verschwommen langsam in seiner Erinnerung.

Er war wach, und der schreckliche Alptraum konnte ihm nichts mehr anhaben.

Aber falls es *wirklich* nur ein Alptraum gewesen sein sollte und er jetzt hellwach war, warum stand dann der kleine Junge an seinem Bett und schaute ihn an? Und wie kam es, daß er das Kind so deutlich sehen konnte, obwohl es im Zimmer fast dunkel war?

Und warum sagte der Junge kein Wort?

Und weshalb verschwand er jetzt langsam ... löste sich in nichts auf ...?

Kapitel 18

Grace Lockwoods Augen öffneten sich schlagartig. Das Bettlaken hatte sich um ihre Hüfte geschwungen; eins ihrer Beine schaute darunter hervor. Sie starrte an die Decke. Ihr Kopf war ein Tollhaus von Gedanken und Bildern. Der Traum ... er war so wirklichkeitsnah gewesen, so anschaulich, und dennoch war in diesem Traum alles drunter und drüber gegangen.

Grace schob die feuchte, völlig verdrehte Decke von sich und lag nun nackt in der Dunkelheit. Sie versuchte, ruhiger zu atmen und die letzten Traumbilder, an die sie sich gerade noch erinnern konnte, zu begreifen, obwohl sie noch sehr verwirrt war. Doch jedesmal, wenn Grace sich auf die Bilder konzentrierte, zerstoben sie und wurden auseinandergeweht wie tote Blätter in einem Wirbelwind.

Im Traum hatte sie Kinder gesehen, die mit weit aufgerissenen Augen und erhobenen Händen bettelten, ja, beinahe jemanden ... anflehten. Nein, nicht sie. Sie war nur passiver Zuschauer, eine Art Beobachter, der den Alptraum einer anderen Person verfolgte. Ihr fiel ein, daß sie im Traum ein Feuer gesehen hatte, das sie blendete, so daß sie die Hände vors Gesicht hielt. Und dann war da noch ein Sturm gewesen – *nein, nein, kein Sturm, sondern eine Kaskade aus menschlichem Fleisch*.

Grace erschauerte, obwohl die Bilder verblaßten und ihr Eindruck sich verflüchtigte.

Zwar konnte sie sich nicht mehr an alle Einzelheiten erinnern, aber sie wußte, daß sie einen schrecklichen Alptraum gehabt hatte. Allmählich konnte sie wieder klar denken.

Sie hatte ein kleines Mädchen in weißen Kleidern gesehen, das einige Meter von David Ash entfernt an einer Baumgruppe stand und seltsamerweise nur einen Strumpf trug. Sowohl Grace als auch das Kind starrten David Ash an.

Das Kind lächelte. Aber es war kein freundliches Lächeln.

Grace fragte sich, woher sie wußte, daß der Name des kleinen Mädchens Juliet lautete.

Kapitel 19

Grace wußte, daß es David war, noch bevor die Türklingel läutete. Sie hatte es schon gewußt, als der Wagen noch gar nicht vorgefahren war. Sie wußte, daß er es war, weil sie auf ihn wartete. Jedenfalls redete sie sich das ein, als sie zur Tür ging ...

»David ...« Er sah mager und abgezehrt aus, wie er da auf der Türschwelle stand. Nein, das ist nicht der richtige Ausdruck, sagte Grace lächelnd zu sich selbst. Und dann glaubte sie, des Rätsels Lösung gefunden zu haben: David Ash wurde von Gespenstern verfolgt. Er hatte dunkle Ringe um die Augen und einen leeren, ausdruckslosen Blick.

»Kann ich mit dir und deinem Vater sprechen?« fragte er.

Mein Gott, dachte sie bei sich, seine Stimme klingt ja vollkommen tonlos. »Natürlich. Vater ist im Garten.«

Sie wollte ihn vorbeilassen, doch er blieb stehen. Jetzt konnte sie an seinen Augen erkennen, daß er vollkommen durcheinander war. Und sie spürte, daß er Angst hatte, auch wenn er es vor ihr zu verbergen suchte.

»Hast du schon das Neuste aus Sleath gehört?«

Angst kroch in ihr hoch und zerrte mit langen, kalten Fingern an ihren Nerven. Und plötzlich wollte sie wider alle Vernunft fortlaufen, weil sie nicht wissen wollte, was er ihr erzählen würde. In Sleath war ohnehin schon so vieles aus dem Lot geraten. Außerdem hatte David Ash sie mit seiner panischen Angst angesteckt. Wie das geschehen war, konnte Grace sich nicht erklären, doch es war so; es hatte keinen Sinn, dies zu leugnen.

»Ich bin erst vor ein paar Minuten vom Rathaus zurückgekommen«, sagte sie. »Ich habe dort nichts gehört.«

»Die Nachricht ist brandneu. Der Wirt vom Black Boar Inn hat mir erzählt, daß letzte Nacht ein Wildhüter im Wald erschossen worden ist. Der Pfeil einer Armbrust hat ihn mitten ins Herz getroffen.«

»Gott im Himmel«, sagte Grace, und Ash hielt sie am Arm fest, um sie zu beruhigen. »Doch hoffentlich nicht Jack Buckler?« Sie schüttelte ungläubig den Kopf. »Er war so ein herzensguter Mann, ein wahrer Tierfreund ...«

»Ja, der Name Jack Buckler ist gefallen. Die Polizei ist zu Ginty ins Black Boar Inn gegangen, um zu überprüfen, ob letzte Nacht Fremde in der Gaststätte gewesen waren oder ob sich sonst jemand verdächtig benommen hatte. Er hat mir das alles erzählt, weil er den Beamten natürlich sagen mußte, daß ich der einzige Gast war. Irgendwann werden die auch mit mir reden wollen.«

»Ich verstehe das alles nicht, David. Gestern ist jemand fast totgeschlagen worden, und vor einigen Wochen ist ein Junge in der Badewanne ertrunken – und jetzt das.«

»Grace, ich muß meine Nachforschungen ausweiten. Ich muß herausfinden, ob sich solche seltsamen Vorgänge in Sleath bereits schon einmal ereignet haben. Nicht erst vor kurzem, sondern während der vergangenen Jahre.«

»Aber die Erscheinungen der letzten paar Wochen haben doch überhaupt nichts miteinander zu tun.«

»Doch, sie haben sich alle im selben Ort ereignet, nämlich in Sleath.«

»Wie konnte ...«

Er unterbrach sie. »Ich habe keine Ahnung. Aber manchmal kann ein Dorf oder eine Stadt – mitunter auch nur ein Zimmer oder ein Haus – ein Fluidum entwickeln, das dem Bösen Vorschub leistet.«

»Das kann ich nicht glauben.«

»Aber so etwas kommt vor. Sag deinem Vater bitte, daß ich hier bin.«

»Ich bringe dich zu ihm.« Statt vorauszugehen, blickte sie ihm tief in die Augen: »Du siehst ... müde aus. Geht es dir gut?«

»Ich habe schlecht geschlafen, das ist alles.«

Und hast du auch geträumt, David? fragte sie sich innerlich. Hatte sie nicht etwas von seinem Alptraum mitbekommen?

»Wer ist Juliet?« fragte sie Ash unvermittelt.

Er war offensichtlich sprachlos und schaute ihr in die Augen. Sie merkte ihm an, daß er wieder große Angst hatte. Doch nach einigen Sekunden wurde sein Blick wieder kühl und distanziert.

»Woher weißt du das?« Ash hatte den Satz so eiskalt ausgesprochen, daß Grace ein Schauer über den Rücken lief.

»Ich habe heute nacht von dir geträumt«, antwortete sie. »Alles war ein ziemliches Durcheinander. Ich weiß noch immer nicht, was ich davon halten soll. Ich weiß nur noch, daß ich ein kleines Mädchen gesehen habe, das dich beobachtet hat. Obwohl sie nur dastand und kein Wort sagte, wußte ich, daß sie Juliet hieß. Vielleicht hast du mit ihr gesprochen oder ihren Namen gerufen – ich weiß es beim besten Willen nicht mehr.«

Er starrte sie mit seinen kalten Augen noch ein paar Sekunden durchdringend an; dann senkte er den Kopf und sagte: »Juliet war meine Schwester. Sie ist mit elf Jahren ertrunken.«

Grace war entsetzt. Ja, sie hatte Wasser gesehen und jemanden, der dort wild um sich schlug; sie hatte den Eindruck gehabt, daß das Wasser auch in ihre Lungen drang und sie daran erstickte. Doch in dem Traum war das Mädchen – genauso wie Grace – nur Statistin, Beobachterin gewesen.

Grace hatte sich wieder so weit gefangen, daß sie sprechen konnte. »Es tut mir leid, David. Ich konnte doch nicht wissen ...«

»Nein, natürlich nicht ...«

Sie erschrak über die Bitterkeit, die in seiner Stimme lag. Da er nicht weitersprach, drehte Grace sich um und ging durch den Hausflur in Richtung Garten.

»Grace.«

Sie blieb stehen und blickte ihn an.

»Bitte glaub mir, das alles tut mir schrecklich leid«, sagte er. »Die Vergangenheit läßt mich leider nicht los.«

»Ich weiß auch nicht, warum, aber ich kann etwas von dem Leid und dem Elend nachempfinden, das dir zugestoßen ist. Ich glaube, ich habe letzte Nacht in deinen Traum hineingesehen. Oder besser gesagt, in deinen Alptraum.«

»Hast du ...?« Er schaute an ihr vorbei. »Hast du alles mitbekommen?«

»Das weiß ich nicht, weil zuviel passiert ist. Herunterfallende Blätter, Gesichter von Kindern und so ...«

Sie schüttelte verzweifelt den Kopf. »Klar und deutlich kann ich mich nur an das Mädchen erinnern. Sie trug weiße Kleider. Und da war noch etwas ... Ich kann mich nicht recht daran erinnern ... ach ja. Das Mädchen hatte nur einen Strumpf an. Ziemlich albern, daß ich ausgerechnet *das* noch weiß, nicht wahr?«

Ash schien dies anders zu sehen. Er durchbohrte Grace fast mit seinem Blick, so daß sie wieder davonrennen wollte, hinaus in den hellen Sonnenschein; denn noch nie in ihrem Leben war ihr das Haus so freudlos vorgekommen – noch nicht einmal an dem Tag, an dem ihre Mutter beerdigt worden war.

Ash sagte: »Letzte Nacht hast du mir aber noch erzählt, daß du keine übersinnlichen Fähigkeiten hast. Da hast du dich wohl getäuscht.«

»Wenn etwas Wahres daran wäre, wüßte ich es bestimmt«, erwiderte sie rasch.

»Du bist dir dieser Veranlagung – manche sprechen auch von einem Fluch – nicht bewußt gewesen. Aber das muß ja nicht dein Leben lang gelten. Vielleicht hast du als kleines Mädchen das eine oder andere geahnt. So etwas verliert sich bekanntlich im Laufe der Jahre. Oder du hast diese Tatsache aus Angst verdrängt. Bitte, glaube mir, ich weiß in dieser Hinsicht genau Bescheid.«

»Du hast also auch übersinnliche Fähigkeiten«, stellte sie trocken fest.

»Manchmal.«

»Manchmal?«

»Bestimmte Vorkommnisse – Traumata – können sie auslösen.«

»Und du meinst, das geschieht zur Zeit mit mir.«

»Möglicherweise. Fest steht jedenfalls, daß gestern an der Kirche irgend etwas zwischen uns beiden geschehen ist.«

»Ich war wie vom Donner gerührt. Willst du damit sagen, daß ein seelisches Band zwischen uns beiden besteht?« Grace mußte sofort an die Szene im Black Boar Inn denken und daran, was sie vor wenigen Minuten empfunden hatte: Sie wußte, daß er da war. Es handelte sich in beiden Fällen nicht um aufwühlende Ereignisse, doch die ganze Sache kam Grace schon reichlich seltsam vor.

Sie legte ihm eine Hand auf die Brust. »Du hast von Juliet geträumt.«

Er nickte. »Und von anderen Dingen.«

»Ein Sturm? Kindergesichter?«

»Ja.« Ash hatte nicht das Verlangen, ihr die Abscheulichkeiten im einzelnen zu schildern.

»Was hat das alles zu bedeuten, David? Was ist das zwischen uns beiden?«

»Es hat mit Sleath zu tun. Hier geht irgend etwas vor, das ich immer noch nicht begreife. Wir müssen hier zwei Kategorien unterscheiden: zum einen normale Vorfälle wie der Tod von Simon Preddle und Jack Buckler, zum anderen die Geistererscheinungen, die dein Vater, Ellen Preddle, Ruth Cauldwell und ich gesehen haben.«

»Du?«

»Ich glaube, ich habe heute nacht den Geist eines kleinen Jungen gesehen.«

Grace hielt den Atem an. »Simon Preddle?«

Ash schüttelte den Kopf. »Dieser Junge war höchstens sieben Jahre alt. Ich habe ihn gestern kurz vor der Brücke gesehen.«

Was soll das, fragte sich Grace. Lügt er mich womöglich an? Sie war plötzlich sehr besorgt.

»Ich weiß nicht, ob ich ihn nicht wirklich gesehen habe«, sagte Ash.

»Aus Saulus wird Paulus.«

Sie drehten sich um. In der Tür am Ende des Flurs stand Reverend Lockwood, dessen gebückte Gestalt in dem vom Garten einfallenden Licht deutlich zu erkennen war. Mit einem Arm stützte er sich am Türrahmen ab, als suchte er Halt.

»Vater?« Grace ging auf ihn zu und streckte ihm eine Hand entgegen, als wollte sie verhindern, daß er zu Boden fiel.

Der Reverend richtete sich auf: »Alles in Ordnung. Vielleicht ist es noch etwas zu früh für mich, im Garten zu arbeiten. Würdest du mir vielleicht ein Glas Wasser holen?«

»Ja, aber nimm dir einen Stuhl und setz dich.«

»Gut. Wollen Sie nicht mit mir nach draußen kommen, Mr. Ash?«

Sie gingen in den Garten. Lockwood setzte sich auf einen großen Stuhl aus Holz, der weit ausladende Armlehnen hatte. Ash begnügte sich mit einem schlichteren Stuhl, den er sich vom Gartentisch holte. Die Terrasse sah mit der flechtenbesetzten Balustrade und den vier Stufen, die in den Garten hinunterführten, recht bescheiden aus. Von dort konnte Ash das Häuschen sehen, in dem er gestern mit Grace gesessen hatte. Im Hintergrund konnte er den Wald und das Lockwood-Anwesen ausmachen.

Kaum hatten sie sich gesetzt, kam Grace mit einem Glas Wasser und einem ziemlich verbeulten Strohhut ins Haus, der ihr das Aussehen eines Kricketschiedsrichters verlieh. Sie reichte beides ihrem Vater.

»Muß ich den aufsetzen?« fragte der Pfarrer zerknirscht.

»Nein, du kannst dir auch einen Sonnenstich holen und dann in Ohnmacht fallen, wenn es dir lieber ist.« Grace setzte sich gegenüber von Ash an den Tisch, lächelte ihm zu und sagte dann zu ihrem Vater: »Ich möchte, daß du dich heute ausruhst. Später kann Dr. Stapley ja nach dir sehen.«

»Weder noch!«

Ash hätte Lockwood, der so beängstigend gebrechlich aussah, eine derart scharfe Erwiderung gar nicht zugetraut.

»Vater, bitte ...«

»Ich habe nein gesagt. Ich weiß, was ich zu tun habe, dafür brauche ich keinen Arzt. In meinem Fall sind Ruhe und ein oder zwei Beruhigungstabletten vonnöten.« Er blickte Ash an. »Haben Sie schon etwas herausgefunden, Mr. Ash?«

»Dazu ist es noch zu früh«, antwortete der Parapsychologe. »Fest steht aber, daß sich hier in Sleath außergewöhnliche Dinge zutragen.«

»Was meinen Sie damit genau?«

Ash bemerkte, daß Grace sich Sorgen machte. Würde dieses Gespräch mit Ash ihren Vater nicht zusätzlich belasten? Dennoch mußte Ash auf die klare Frage eine klare Antwort geben.

»Zunächst wären da die Erscheinungen.«

»Zunächst?« Der alte Mann neigte den Kopf leicht zur Seite und blickte Ash aus den Augenwinkeln heraus an.

»Die anderen Vorfälle.«

»Der junge Mann, den Ruths Vater beinahe umgebracht hätte?«

»Ja.«

»Und ...«

Ash warf Grace einen Blick zu, um sich im voraus dafür zu entschuldigen, was er nun sagen würde. »Heute nacht wurde ein Wildhüter erschossen.«

»Jack Buckler? Doch nicht der alte Jack Buckler!«

»Leider ja. Es sieht so aus, als hätten Wilderer ihn ermordet.«

Lockwood schüttelte eher bekümmert als skeptisch den

Kopf. »Wo ist es passiert?« fragte er schließlich so leise, daß Ash sich nach vorn lehnen mußte, um die Worte des alten Mannes verstehen zu können.

»Irgendwo auf dem Lockwood-Anwesen, irgendwann letzte Nacht.«

»Auf dem Lockwood-Anwesen«, sagte der Reverend matt. »Es geht also weiter.«

Ash blickte den Reverend verdutzt an. »*Was* geht weiter?«

Lockwood und Grace schauten sich vielsagend an. Der dünne Körper des Reverend straffte sich, und er sagte: »Die Tragödien in Sleath. Sie quälen uns weiterhin.«

Warum schauen die beiden sich so an? fragte sich Ash verwirrt. Er wollte gerade etwas sagen, doch Lockwood kam ihm zuvor.

»Vorhin habe ich zufällig mitbekommen, wie Sie meiner Tochter erzählten, daß Sie den Geist eines kleinen Jungen gesehen haben. Haben Sie eine Erklärung dafür?«

»Ich hatte einen Alptraum. Oder ich habe es mir im Halbschlaf nur eingebildet.«

»So, so. Aber der Traum war damit doch noch nicht zu Ende, stimmt's? Wollen Sie uns oder sich selbst von dieser Möglichkeit überzeugen, Mr. Ash?«

Ash war überfragt. Statt dessen wechselte er das Thema. »Ich muß mich näher mit der Geschichte von Sleath beschäftigen und auch mit den Annalen der Familie Lockwood.« Der letzte Teil des Satzes war als Retourkutsche für den Blickwechsel zwischen Vater und Tochter gemeint.

»Die Lockwoods?« Grace war überrascht. »Soll das heißen, daß deiner Meinung nach unsere Familie irgend etwas mit den Erscheinungen zu tun hat?« Während sie sprach, lächelte sie Ash mit leicht geöffneten Lippen an, um ihm zu verstehen zu geben, wie widersinnig ihr sein Ansinnen vorkam.

»Ich gehe davon aus, daß in der Geschichte von Sleath Generationen von Lockwoods eine bedeutende Rolle gespielt haben. Ich kann diesen Aspekt nicht aus meinen Ermittlungen ausklammern.«

Lockwood schüttelte müde den Kopf. »Ich beschwöre Sie, lassen Sie längst Vergangenes auf sich beruhen, Mr. Ash. Die Geschichte meiner Familie hat mit den derzeitigen Ereignissen in Sleath nichts zu tun.«

Ash war sich dessen nicht so sicher, denn Erscheinungen – oder übersinnliche Wiederholungen, wie er sie zu nennen pflegte – waren stets Auswüchse der Vergangenheit.

Lockwood konnte seine Verärgerung über die unbefriedigende Antwort kaum verhehlen. »Was versprechen Sie sich davon, das alles wieder auszugraben? Das gibt doch nur böses Blut. Dadurch werden nur wieder Rachegefühle an die Oberfläche gespült, die sich in so einem kleinen Ort wie Sleath über Generationen hinweg halten.«

»Ich habe Ihnen schon einmal gesagt, daß die Ergebnisse meiner Untersuchungen nur dem Institut und dem Auftraggeber zugänglich gemacht werden, und sonst niemandem.«

Man konnte an Lockwoods Gesicht erkennen, daß diese Äußerung ihn keineswegs zufriedenstellte. Er hatte sichtlich Mühe, aufzustehen. Er wollte Ash damit zu verstehen geben, daß die Unterhaltung für ihn beendet war.

»Darf ich mir die Kirchenbücher ansehen?« fragte Ash, der nicht lockerlassen wollte.

Der alte Mann starrte Ash mit seinen fahlen Augen an. »Nein, das dürfen Sie nicht. Leider kann ich Sie aber nicht daran hindern, andere Quellen heranzuziehen.«

Mit diesen Worten ließ er Ash und Grace allein auf der Terrasse zurück und stapfte wütend davon.

Der breite Feldweg war früher sicher mal eine schmucke Straße gewesen, vermutete Ash. Er führte nach Lockwood Hall, das ungefähr eine Meile entfernt mitten auf dem Anwesen lag. Die Wegränder waren von Wildwuchs überwuchert; überall machten sich Gräser und Sträucher breit. Ash hatte darum gebeten, sich das niedergebrannte Herrenhaus – Lockwood Hall – einmal ansehen zu dürfen. Grace war zwar ein wenig überrascht, erklärte sich jedoch sofort bereit, ihn zu begleiten.

Sie hatte vorgeschlagen, zu Fuß zu gehen, denn mit dem Auto würde es nur eine üble Schaukelei werden. Doch in Wirklichkeit wollte sie den längeren Spaziergang ausnutzen, um vielleicht etwas mehr über diesen rätselhaften Mann herauszubekommen. Vielleicht würde er ihr sogar erzählen, wie Juliet gestorben war und warum er immer so unruhig wurde, wenn Grace diesen Namen erwähnte.

Eine Biene saugte Blütenstaub aus wilden Blumen, die am Wegesrand standen. Das gleichmäßige Summen des Insekts war ein Beweis dafür, daß dieser Tag so normal wie jeder andere war. Vor Ash und Grace tollten Grünfinken am klaren, blauen Himmel, und die fernen, bewaldeten Berge wurden in mildes Sonnenlicht getaucht, das durch kein Wölkchen getrübt wurde.

Grace konnte nicht verstehen, warum dieser Tag in keiner Weise die gewalttätigen Vorgänge widerspiegelte, die sich in Sleath zugetragen hatten; wieso stanken diese Scheußlichkeiten nicht buchstäblich zum Himmel? Und die Träume der letzten Nacht ... irgendwie verloren sie in der Helligkeit des Tages viel von ihrem Schrecken, wurden immer verschwommener und unklarer. Auch Ash schien jetzt ruhiger zu sein, als hätten der Sonnenschein und die frische Luft die Ängste der Nacht vielleicht nicht hinweggefegt, aber doch zumindest fürs erste verdrängt.

Die Biene flog davon und mußte sich auf ihrem Weg über die Straße um die zwei menschlichen Hindernisse herummanövrieren. Ash und Grace blieben stehen, bis die Biene nicht mehr zu sehen war.

»Warum ist dein Vater dagegen, daß ich mich näher mit der Geschichte der Lockwoods beschäftige?« fragte Ash, als sie weitergingen.

»Ich glaube, er hat Angst davor, du könntest Nachteiliges zutage fördern. Du weißt ja, daß Vater zuerst sehr wütend war, nachdem ich mit dem Institut Verbindung aufgenommen hatte. Danach hatte ich zunächst den Eindruck, er habe sich damit abgefunden, aber heute morgen ist ihm klargeworden, daß du bei deinen Ermittlungen auch die Vergangenheit mit einbeziehen würdest.«

»Aber wieso regt ihn das auf?«

»Er hatte nicht damit gerechnet. Er hat gedacht, du würdest deine Geräte aufstellen, um objektiv die Anwesenheit von Gespenstern nachzuweisen, und dann brav deinen Abschlußbericht verfassen, in dem du uns Ratschläge erteilst, was wir tun sollen. Und daß du dann wieder verschwinden würdest. Fertig.«

»So einfach geht es mit Überprüfungen nun mal nicht immer.«

»Scheint so. Aber Vaters Hauptsorge gilt den Menschen in Sleath. Ich glaube ohnehin, daß wir Lockwoods im Dorf nicht gerade den besten Ruf genießen. Und wie Vater schon sagte: Er möchte nicht, daß alte Geschichten ausgegraben werden, die verschüttete Rachegefühle wiedererwecken könnten.« Ash hörte gespannt zu; deswegen fuhr Grace fort: »Unter unseren Vorfahren haben wir einige glücklose Besitzer des Herrenhauses, aber auch einige üble Gestalten vorzuweisen. Offen gesagt, habe ich mich unter diesem Aspekt aber nie für die Gegenwart oder die Vergangenheit von Sleath interessiert. Als ich sieben Jahre alt war, wurde ich in ein Internat gesteckt.

In den Ferien bin ich stets mit meiner Mutter weggefahren, meistens ins Ausland. Vater blieb zu Hause, weil er seine Gemeinde nicht allein lassen wollte. Da ich also selten in Sleath war, habe ich auch kein besonders inniges Verhältnis zu dem Ort entwickelt. In späteren Jahren schon gar nicht, weil ich Studentin war und dann im Ausland gearbeitet habe.«

»Ich möchte aber trotzdem etwas über die vergrabenen Leichen im Keller der Familie Lockwood erfahren.«

Sie warf ihm ein warmherziges Lächeln zu. »Wie gesagt, ich weiß nicht viel darüber. Und es ist mir auch ziemlich egal.«

»Interessiert dich das alles denn gar nicht? Nicht mal ein wenig?«

»Nun ja, auch wenn ich dich dadurch nur noch neugieriger mache – ich gebe es zu, daß einer meiner Vorfahren, Sebastian Lockwood, ein großer Freund und Gefolgsmann von Sir Francis Dashwood war. Ich glaube, seine Lebensgeschichte hat mich gut zehn Minuten gefesselt – länger als bei jedem anderen Lockwood.«

»Dashwood?«

»Sagt dir der Name etwas?« Grace setzte ein schelmisches Lächeln auf. »Im Institut für parapsychologische Forschungen findet sich bestimmt ein dicker Aktenordner über diesen berüchtigten Herrn.«

»O ja. Sir Francis Dashwood, Wüstling, Okkultist und Gründer des Hellfire Club, einer geheimen Gesellschaft, die den Teufel anbetete. Deine Vorfahren hatten ja tolle Freunde.«

»Dashwoods Familienbesitz war nur wenige Kilometer von hier entfernt. Dort hat er die meisten seiner Orgien veranstaltet. Und in Kalkhöhlen, die er selbst gegraben hatte, hielt er seine Teufelsbeschwörungen ab. Sebastian Lockwood war Mitglied dieser Bruderschaft, die um die Mitte des 18. Jahrhunderts die Gegend in Aufruhr versetzte, soweit man darüber informiert ist.«

»Na, das ist doch schon was. War er – wie hast du gesagt? – ein adeliger Grundbesitzer, der zugleich Ortsgeistlicher war?«

»Ja. Mutter hat mir von ihm erzählt. Sie war sehr wütend dabei – warum, weiß ich nicht. Ich fand die Geschichte nur komisch.«

»Jetzt wundert es mich nicht mehr, daß dein Vater mir die Kirchenbücher nicht zeigen will, besonders, wenn du noch weitere Vorfahren von diesem Kaliber vorzuweisen hast. Was für eine spannende Lektüre!«

»Ich hoffe, daß Sebastian Lockwood der Schlimmste von

allen war. Wenn nicht, hat sich der Charakter der ganzen Familie erst mit der Generation meines Vaters zum Guten entwickelt. Ich kann mir nämlich nicht vorstellen, daß Daddy bei so etwas mitmachen würde. Was meinst du?«

Ash lächelte sie nun seinerseits an, doch seine Augen blieben kalt. »Ich glaube kaum«, sagte er. »Macht es dir etwas aus, wenn ich rauche?«

»Selbst an einem so wunderschönen Tag wie heute mußt du unbedingt die Luft verpesten, von deinen Lungen ganz zu schweigen?«

»Es hilft mir beim Denken.«

»Du denkst nur, es hilft dir.«

»Na gut, dann hilft es mir eben zu denken, daß es mir beim Denken hilft.«

»Dein Problem.«

»Sei froh, daß du es nicht hast.« Er griff in die Tasche, doch als er sie wieder herauszog, hatte er keine Zigarette in der Hand. »Ach, ich hab' jetzt keine Lust.«

»Prima. Dann lebst du länger.«

»Ja. Meine Lebenserwartung hat sich soeben um zwei Minuten verlängert.«

»Auf dem Sterbebett bist du für diesen kleinen Aufschub vielleicht dankbar.«

»Ja. Dann könnte ich mir noch eine anstecken, bevor ich den Löffel abgebe.«

Sie lachte und freute sich, daß ihr Geplänkel die Stimmung aufgeheitert hatte. Dummerweise aber machte Ash mit seiner nächsten Frage alles wieder zunichte.

»Seit wann ist dein Vater krank, Grace?« wollte er wissen.

»Jetzt fragst du mich schon zum dritten Mal, wie es meinem Vater geht. Ich begreife nicht, warum das so wichtig für dich ist.«

»Reine Neugierde.«

»Also gut. Kurz nach Mutters Tod hat sein Gesundheitszustand sich verschlechtert. Vorher hatte er jahrelang nur an

Arthritis in den Händen gelitten. Erst in letzter Zeit ist er so hinfällig geworden.«

»Wann ist er das letzte Mal beim Arzt gewesen?«

»Vor einigen Monaten, als ihm meine Nörgelei zu sehr auf die Nerven ging. Der Befund lautete auf geistige und körperliche Erschöpfung, dazu leicht erhöhter Blutdruck. Natürlich spielt auch die Arthritis eine Rolle, wenngleich eine untergeordnete.«

»Heute hat er ziemlich schlecht ausgesehen.«

»Ich rufe Dr. Stapley an und werde ihn bitten, noch in dieser Woche nach Vater zu sehen. Erst wenn er vor der Haustür steht, werde ich Dad sagen, daß ich um diesen Besuch gebeten habe.«

»Dr. Stapley ist der praktische Arzt in Sleath?«

Sie nickte. »Er ist unser Hausarzt, solange ich denken kann. Ich glaube, er steht kurz vorm Ruhestand, aber er ist ein Dickkopf wie mein Vater. Vielleicht macht er so lange weiter, bis er eines Tages bei einem Hausbesuch tot umfällt.«

In großer Höhe schoß ein Düsenflugzeug am Himmel vorüber, das nur noch als glitzerndes Etwas auszumachen war. Es hinterließ einen dünnen, beinahe gespenstisch anmutenden Kondensstreifen, der sich immer weiter ausbreitete und schließlich in Luft auflöste.

»Das da vorn ist alles, was von Lockwood Hall übriggeblieben ist.«

Ashs Blick folgte Grace' ausgestrecktem Finger, und in der Ferne konnte er die grauen Ruinen eines Hauses erkennen. Das gedämpfte Grün der Berge im Hintergrund bildete einen besonders starken Kontrast zu dem nackten, rußgeschwärzten Mauerwerk.

Ash zog seine Jacke aus und legte sie sich über den Arm. »Das Haus muß früher mal prächtig ausgesehen haben«, sagte er, als sie weiter darauf zugingen.

»Gut möglich.«

Er schaute Grace an. »Das klingt aber nicht sehr überzeugend.«

»Im Pfarrhaus hängt ein Bild von Lockwood Hall, wie es im 18. Jahrhundert ausgesehen hat. Ein imposantes Gebäude, das gebe ich gern zu, obwohl es mir nie gefallen hat. Ich habe es immer als kalt und abweisend empfunden. Aber vielleicht war der Maler auch kein großes Licht, so daß ich mich durch seine schlechte Darstellung zu sehr in meinem Urteil beeinflussen lasse.«

»Ich würde mir das Bild gern mal anschauen.«

»Kein Problem. Es hängt in Vaters Arbeitszimmer in Lodge House. Andere haben das Gebäude und das Gemälde phantastisch gefunden. Wahrscheinlich hältst du mich jetzt für ein bißchen verrückt.«

»Es kommt oft vor, daß man gewissen Orten gegenüber eine Antipathie entwickelt.«

»Auch für das meiner Vorfahren? An sich müßte ich auf seine Geschichte und seine prachtvolle Architektur doch stolz sein.«

»Vielleicht kommt bei dir hinzu, daß die Lockwoods im Laufe der Zeit immer mehr verloren haben.«

»Es ist mir vollkommen egal, welche Reichtümer wir einmal besessen haben.«

Grace sprach diesen Satz keineswegs schroff, sondern voller Überzeugung aus. Ash gefiel das. Diese Frau war keine jammernde Neu-Arme.

Grace jedoch schien ihr Gefühlsausbruch peinlich zu sein. »Hat es sehr gereizt geklungen?«

Er mußte lachen. »Nein, eher empört.«

Sie war wieder bei guter Laune. »Oh, ich bin Spitze im Empören. Du müßtest mich mal hören, wenn Vater mir Vorträge über Religion hält. Es kommt vor, daß wir danach beide tagelang eingeschnappt sind.«

»Warum bist du nicht religiös? Du, die Tochter eines Reverends?«

»Ich komme mir so vor, als würde ich in einem Süßwarengeschäft wohnen. Da verliert man schon mal die Lust auf Schokolade. Am Ende ihres Lebens ist es Mom genauso ergangen. Ich glaube, bei ihr war es sogar noch viel schlimmer. Sie wollte überhaupt kein Wort über Religion mehr hören. Andererseits glaube ich an ein höheres Wesen oder an ein Leben nach dem Tode. Ich stoße mich nur an den unverrückbaren Dogmen und den starren äußerlichen Formen. Aber wir beide sollten lieber andere Geheimnisse klären, statt uns die Köpfe über den Sinn des Lebens zu zerbrechen. Was hat es zum Beispiel mit den Geistern auf sich, die in Sleath gesehen wurden? Und wie kommt es, daß du und ich manchmal ganz genau wissen, was wir gerade denken?«

Bei der letzten Bemerkung blieb Ash abrupt stehen, was von Grace wohl beabsichtigt worden war.

Sie drehte sich zu ihm um. »Wie konnte ich Teil deines Traumes von heute nacht sein, David? Wie konnte ich deine arme, tote Schwester Juliet sehen, obwohl ich dich gestern noch nicht gekannt, ja, noch nicht einmal von dir gewußt habe? Und noch etwas habe ich vorhin nicht erwähnt: Du hattest offenbar schreckliche Angst vor ihr.«

Sie konnte ihm ansehen, wie sehr ihre Worte ihn getroffen hatten. An seinen Augen konnte sie erkennen, daß er Angst hatte und zugleich verbittert war. Die kalte Wut überkam ihn. »Mir graute vor ihren Spielchen, vor ihren gemeinen kleinen Spielchen.«

Er ging weiter, und Grace starrte ihm hinterher.

»Du kannst ihr deswegen keine Vorwürfe mehr machen, David«, rief sie ihm nach. »Dafür ist es jetzt zu spät. Sie ist tot. Du mußt ihr verzeihen.«

Er blieb stehen und drehte sich um. Er war noch immer wütend. »Du hast mich nicht richtig verstanden. Sie hat diese Spielchen nach ihrem Tod veranstaltet.«

Kapitel 20

Gras und Unkraut wucherten zwischen den breiten Stufen, die hinauf zu der großen, aber leeren Eingangshalle von Lockwood Hall führten. Auf dem eisernen Geländer hatte sich Rost gebildet, und Ruß hatte sich in den Säulengängen zu beiden Seiten des Eingangs abgesetzt. Hohe Fensterhöhlen gewährten den Blick auf die gähnende Leere im Innern.

Beim Hinaufgehen konnte Ash die zerborstenen Mauern erkennen, eine Doppeltreppe, die in die nicht mehr vorhandenen oberen Etagen führte, und dunkle, gezackte Dachsparren; hell und klar war der Himmel durch das offene Dach zu sehen. Mit unbeweglichem Gesicht stand Grace auf der untersten Stufe.

Ash drehte sich nach ihr um, doch sie zögerte.

»Grace?« sagte er, verwundert über ihr Verhalten.

Sie hatte die ganze Zeit in die leere Eingangshalle hineingestarrt; jetzt schaute sie Ash an. Schließlich befreite sie sich aus dem Bann, der sie an Ort und Stelle verharren ließ, und sie folgte Ash.

Der stellte sich auf die Zehenspitzen und warf einen Blick auf die oberen Stockwerke und die Reste der prunkvollen Steinbalustrade, die sich über das ganze Dach erstreckte.

»Man kann sich fast vorstellen, wie es früher mal ausgesehen hat«, sagte er gedankenverloren und spürte intuitiv, daß Grace neben ihm stand.

»Ich möchte es mir lieber nicht ausmalen, David. Ich mag diesen Ort nicht. Jedesmal wenn ich hier bin – und merkwürdigerweise auch, wenn ich vor dem Gemälde im Pfarrhaus stehe –, habe ich den Eindruck, daß diese Ruine dumpf vor sich hinbrütet und auf Rache sinnt.«

»Komm, übertreib nicht. Deine Phantasie geht wohl mit dir durch. Hier ist nichts.«

»Fühlst du nichts?«

Angestrengt blickte Ash in die Eingangshalle, und sein Blick schweifte über die fleckigen Mauern und die verfallene Treppe. »Das ist nur eine leere Ruine.«

Grace verschränkte die Arme, als würde sie plötzlich frieren. »Das würde ich nur zu gern glauben. Schon als Kind habe ich diesen Ort gehaßt. Ich wäre niemals allein hierher gekommen, und glücklicherweise ging es meiner Mutter ganz genauso. Nur Vater schien sich hier wohl zu fühlen, und manchmal nahm er mich einfach mit. Dann streifte er durch die Zimmer des Erdgeschosses und dachte an früher. Er schloß die Augen, summte eine alte Walzermelodie vor sich hin und erzählte mir von den großen gesellschaftlichen Ereignissen, die hier im Laufe der Zeit stattgefunden hatten. Er hielt mich an der Hand, und ich konnte alles sehen: die langen Abendkleider, die gepuderten Perücken und die Paare, die zu den Klängen eines Cembalos tanzten. Und ich konnte ihr Lachen, ihre Gespräche und ihre Schritte auf dem Mamorfußboden des Ballsaals hören. Hört sich romantisch an, ich weiß, aber so stellt ein junges Mädchen sich nun mal die Vergangenheit vor.«

Plötzlich schwieg sie, als würde sie von Erinnerungen überwältigt. Ash ging zu ihr. Stockend erzählte sie weiter: »Ich vergesse über all dem aber nicht, daß der Ort auch seine Schattenseiten hat. Schlimmes hat sich hier zugetragen ... schreckliche Dinge, die ich als Kind nicht richtig begreifen konnte ... und die ich selbst heute noch nicht ganz verstehe.«

Ash legte seinen Arm um sie. Grace zuckte zuerst zusammen, entspannte sich aber sofort wieder.

»Was hast du dir genau vorgestellt?« fragte er behutsam. »Hast du wirklich Stimmen und Cembalomusik gehört?«

»Ich weiß es nicht mehr – es ist schon so lange her. Aber hätte ich sie *wirklich* hören können? Vielleicht habe ich mir das alles nur eingebildet.«

»Aber du scheinst dich ziemlich lebhaft daran zu erinnern.«

»Heute ja.« Sie betrat die Eingangshalle.

Ash folgte ihr. Plötzlich blieb sie wieder stehen, schloß die Augen und neigte den Kopf leicht zur Seite. Offenbar war sie noch immer in Kindheitserinnerungen vertieft. Ash wollte sie dabei nicht stören und betrachtete statt dessen die rußgeschwärzten Wände, die noch immer etwas von der alten Pracht des Hauses erahnen ließen, auch wenn in dunklen Ecken Unkraut wucherte. Überall lagen verkohlte Balken herum, und der Fußboden war mit heruntergefallenen Trümmern und matschigen Klumpen aus Zementstaub übersät. Dazwischen gähnten tiefe, dunkle Löcher, in die wohl nie ein Sonnenstrahl fiel. Seltsamerweise nisteten keine Vögel in den zerborstenen Balken oder in den Mauerrissen. Wieso hatten sie ein so ideales Refugium verschmäht? Er sah noch einmal hinauf zu den Überresten der oberen Stockwerke, konnte aber nichts entdecken. Tiefe Stille herrschte in dieser riesigen, leeren Ruine, in der sich nur Staubkörner zu bewegen schienen.

Ash stellte sich mitten in die Eingangshalle.

»Nein, David.« Grace hatte gespürt, daß er an ihr vorbeigegangen war, und sofort die Augen geöffnet. »Vorsicht, das Haus ist baufällig. Der Fußboden und das Dach sind nicht mehr sicher.«

Er nickte, froh über ihre Warnung. »Wann bist du das letzte Mal hier gewesen?« fragte er und trat auf sie zu.

»Das weiß ich nicht mehr genau. Vor einem Jahr vielleicht, als ich wegen meiner Mutter zurückgekommen bin. Nach der Beerdigung ist mir in Lodge House die Decke auf den Kopf gefallen. Da habe ich einen Spaziergang gemacht und bin hier gelandet. Vater war wütend, als ich ihm sagte, wo ich gewesen war.«

Ash hob fragend die Augenbrauen.

»Das hat nichts mit Gespenstern zu tun, David. Da Lockwood Hall jederzeit einstürzen kann, ist jeder gefährdet, der sich hier aufhält.«

»Warum wird das Gebäude nicht einfach abgerissen?«

»Das geht aus Kostengründen nicht. Außerdem ist jedermann der Zutritt verwehrt. Es handelt sich hier um ein privates Grundstück.«

»Und wo sind die Verbotsschilder?«

»Völlig überflüssig. Wer kommt schon hierher?«

»Und wie steht es mit dem Eigentümer von Lockwood Hall?«

»Carl Beardsmore? Mein Großvater, Neville Lockwood, hat seinerzeit alles verkauft, weil er hoch verschuldet war. Er stellte nur eine Bedingung: Lockwood Hall mußte in Familienbesitz bleiben. Offenbar wollte er einen völligen Bruch mit der Tradition vermeiden, und finanzielle Erwägungen spielten in diesem Fall – Neville Lockwood war vollkommen verarmt – keine Rolle. Deshalb mußte der neue Eigentümer sich ein Haus bauen. Es steht auf dem südlichen Teil des Lockwood-Anwesens. Vor ungefähr 20 Jahren hat Beardsmore das alles übernommen. Die Kaufsumme konnte er bezahlen, weil er angeblich eine größere Sammlung von Ingenieurszeitschriften gewinnbringend an den Mann gebracht hatte. Mehr als einmal hat er meinen Vater auf Lockwood Hall angesprochen, doch Dad ist standhaft geblieben. Inzwischen hat Beardsmore sich wohl mit dem Gedanken abgefunden, daß ihm nicht der ganze Besitz gehört.«

Ash konnte Beardsmore gut verstehen: Wiederaufgebaut wäre Lockwood Hall ein prunkvoller Wohnsitz in bester Lage. Er hatte dem Reverend sicherlich einen stolzen Preis geboten. Gerade deswegen war Ash gerührt, daß in diesem Fall einmal geistige Werte über Geldgier gesiegt hatten. Die Lockwoods waren eindeutig eine aussterbende Art.

Plötzlich flatterte ein Vogel vorbei. Ash und Grace erschraken. Grace ging vom Eingang weg, um nicht von herabfallenden Trümmern getroffen zu werden. Doch nur Staub, eine Million glitzernder Flecken im Sonnenlicht, wehte langsam vom offenen Dach herunter.

Ash konnte den Vogel ausfindig machen: Er saß auf einem Balken hoch oben in der verwinkelten Ruine. Da habe ich mich geirrt, dachte er, hier gibt es doch lebende Wesen. Als wolle sie diese Tatsache besonders unterstreichen, stieß die schwarze Krähe einen kurzen Schrei aus, der in dem leeren Gebäude besonders schrill klang.

»David!« Grace hatte sich noch weiter vom Eingang entfernt; sie stand jetzt beinahe auf der obersten Treppenstufe. »Komm, gehen wir.«

Ash schaute wieder zu der Krähe hinauf. Regungslos starrte der Vogel zu ihm hinunter. Ash erschauderte, und ihm wurde schlagartig klar, daß Lockwood Hall – oder was davon übrig war – trotz des ungehindert einfallenden Sonnenlichts kalt wie ein Mausoleum war.

Kapitel 21

Aha, so sieht es hier also aus. Nett. Nein, mehr als das. Ein schönes, kleines Dorf. Wie schade. Was für eine große Schande. – Das kleine Männlein auf der Bank schlug die Beine übereinander, legte die Hände auf die Knie und beugte den Oberkörper ein paarmal leicht vor und zurück. Den dünnen Spazierstock hatte er mit der Spitze in den Rasen gerammt. Gedankenverloren strich er über den silbernen Knauf.

Dem oberflächlichen Betrachter käme der Ort normal oder, besser gesagt, sehr hübsch vor. Man denke nur an das Gasthaus im alten Stil, an die malerischen Häuser und den Dorfanger mit dem Teich. Ein rundum ruhiges, aber vermutlich etwas langweiliges Fleckchen Erde, auf dem reizende Leute wohnten, die außer den alltäglichen Sorgen keine Probleme hatten, so daß ein Außenstehender ihnen niemals ihre innere Unruhe ansehen würde; sie wurde von einem höflichen Lächeln überdeckt. Nur wer genauer hinschaut, kann dieses Unbehagen im unsteten Blick erkennen.

Tja, so ist Sleath in Wirklichkeit. Herr im Himmel, das Zittern in der Luft ist doch fast mit Händen zu greifen, und die Menschen riechen förmlich nach Beklommenheit. Sie gehen aneinander vorbei, nicken sich kaum zu und vermeiden den Blickkontakt. Diese Leute haben den Verdacht, daß in ihrem Dorf etwas Seltsames vor sich geht. Da sie nichts Genaueres wissen, warten sie darauf, daß irgend etwas geschieht, und sie haben nicht den geringsten Hinweis darauf, was es sein könnte.

Seamus Phelan bohrte in der Nase und wischte sich dann gedankenverloren den Finger an dem rot-weiß-gepunkteten Taschentuch ab, das aus der Brusttasche seiner haarigen Tweedjacke hing. Er warf einen kurzen Blick auf den dunklen Flecken im Gras. Eine tiefe Falte bildete sich auf seiner Stirn; ein düsterer Schatten legte sich auf seine graugrünen Augen, und sie wurden plötzlich ernst. Jede Fröhlichkeit war aus ihnen gewichen.

Da besudelt getrocknetes Blut das Gras hier (wie unangenehm der Lebenssaft doch werden kann, wenn er so leichtsinnig vergossen wird) und versetzt das Dorf in Aufruhr. Genau an dieser Stelle ist erst vor kurzem etwas Schreckliches, etwas Brutales passiert. Der Tod hatte seine knochigen Finger im Spiel gehabt, hatte aber nicht fest genug zugepackt. Ja, ja, ich kann es spüren. Hier ist es nicht so gelaufen, wie der Tod es gern gehabt hätte. Aber schmollend steht er ganz in der Nähe und wartet auf die nächste Gelegenheit.

Am Anger fuhr ein roter Ford vorüber. Phelan versuchte zu erkennen, wer am Steuer saß. Er konnte nur flüchtig das Profil ausmachen, weil die Sonne hoch am Himmel stand und im Innern des Fahrzeugs zuviel Schatten war. Phelans Augen blickten trotz des Mißerfolgs fast schon wieder fröhlich drein.

Hm, markantes Gesicht, aber voller Unsicherheiten. Wieso fällt dieser Mann mir überhaupt auf? O ja, natürlich, er gehört dazu. Herr im Himmel, ich fühle es jetzt ganz stark. Da, ihm geht es genauso. Er schaut zu mir herüber, sieht mich an, ist aber unschlüssig. Jetzt guckt er weg, konzentriert sich wieder auf die Straße. Aber er ist vollkommen durcheinander.

Phelan beobachtete David Ash, wie er auf der letzten noch freien Parklücke hinter dem Teich sein Auto abstellte, es abschloß, die Straße zum Black Boar Inn überquerte und um einen Streifenwagen herumging, der ziemlich ungeschickt am Straßenrand geparkt war, so daß er den direkten Zugang zum Gasthaus versperrte. Ash blieb stehen und schaute sich noch einmal um, bevor er das Lokal betrat.

Der gehört nicht hierher. Das ist mal sicher. Er kommt von außerhalb. Dennoch ist er Teil dessen, was hier vor sich geht. Womöglich ist er wegen dieser schrecklichen Erschütterungen gekommen. Haben sie ihn hierher gerufen?

Phelan saß regungslos auf der Bank. Er starrte auf die Eingangstür des Gasthauses.

Nein, die Kraft dieses Mannes ist nicht so stark, weil er sie nicht frei strömen läßt. Trotzdem müssen wir rasch Verbindung miteinander aufnehmen. Bevor es zu spät ist. Vorerst aber bleibe ich einfach hier sitzen und nehme so viele Eindrücke wie möglich in mich auf. Zum Beispiel den Teich hier. Puh, eine widerliche, unbewegliche Brühe. Man kann nicht mal den Grund dieses Tümpels erkennen. Nein, ich bleibe hier nicht mehr länger sitzen; ich mache lieber einen Spaziergang zur Kirche, die da hinten steht. Gotteshäuser sind immer ein guter Ort für den Beginn, und niemand kümmert sich um Fremde, die sich an so interessanten Punkten herumtreiben.

Seamus Phelan stand auf und schüttelte ein Bein nach dem anderen, als wollte er Falten auf seiner Haut glätten. Dann hob er seinen flotten Hut mit der schmalen Krempe ein Stückchen hoch und fuhr mit einer Hand über sein immer lichter werdendes Haar. Schließlich ergriff er den Spazierstock, drückte die Schultern durch und marschierte in Richtung Kirche los. Etwas Merkwürdiges fiel ihm an dem Pranger und dem Schandpfahl auf, was ihm bisher entgangen war: Eine schwarze Flüssigkeit – so dunkel wie die Flecken auf dem Gras – lief an dem alten, zerkratzten Holz herunter.

Er ging zu den historischen Werkzeugen der Folter und der Qualen hinüber und legte einen Finger auf das Holz. Als er ihn wegzog, war die Fingerkuppe rot. *Was ist denn das?*

Noch einmal sah er sich den Pfahl genau an, dann seinen geröteten Finger. Verwundert schüttelte er den Kopf.

Gütiger Herr Jesus, warum weint das Holz Blut?

Kapitel 22

Ash parkte vor Ellen Preddles kleinem Reihenhaus, zog die Handbremse an, blieb einen Augenblick sitzen und schaute zum Fenster hinaus. Er fühlte sich hundemüde, wußte aber nicht genau, warum. Klar, er hatte wieder diese Alpträume gehabt, aber war das etwas Neues? Nein. Also war er vermutlich körperlich erschöpft. Schließlich war er in der größten Tageshitze mit Grace zu Fuß nach Lockwood Hall gegangen, und anschließend hatte er im Black Boar Inn den beiden Dorfpolizisten Rede und Antwort stehen müssen. Und das Lügen war immer ein bißchen ermüdend.

Um das Vertrauen seines Klienten nicht zu mißbrauchen, hatte Ash den beiden Beamten erzählt, Pfarrer Lockwood habe ihn beauftragt, die Kirchenbücher zu sichten, zu ordnen (auf diese Idee hatte ihn Grace Lockwoods Tätigkeit im *Musée de Cluny* gebracht) und nach Möglichkeit zu restaurieren, wobei er nur vom ›Institut‹ sprach, als er gefragt wurde, für wen er arbeite. Er hatte diese Notlüge erfunden, um seinen Arbeitgeber zu decken, und er bezweifelte, daß seine Angaben überprüft würden, denn es handelte sich bei den polizeilichen Nachforschungen um reine ›Routine‹. Letzte Nacht war ein Wildhüter ermordet worden, so daß alle Dorfbewohner, aber auch alle Fremden in Sleath vernommen wurden.

Im leeren Speisesaal hatten die Polizisten knapp zehn Minuten mit ihm gesprochen; dort waren sie vor einigen neugierigen Journalisten sicher, die wegen des Mordes und des schrecklichen Gewaltverbrechens auf dem Dorfanger in Sleath herumschnüffelten. Es war Zeit für den Bericht, den Ash Kate versprochen hatte. Vorher ging er aber noch in die Schankstube, um einen Schluck zu trinken und ein Sandwich zu essen. Die Journalisten wurden an der Theke gerade von einigen Stammgästen kurz abgefertigt, die immer zum Mittagessen kamen. Die Dörfler verhielten sich ziemlich abweisend und gaben nur einsilbige Antworten. Als Ash gefragt wurde, was er davon halte, daß die Gewalt aus den Städten jetzt aufs flache Land übergreife, sagte er barsch, er kenne sich hier nicht aus, leerte sein Glas auf einen Zug, schnappte sich den Teller mit dem Brötchen und verschwand auf sein Zimmer. Dort blieb er bis zum Abend.

Er las seine Notizen durch und schrieb dann Wort für Wort auf, was Reverend Lockwood, Grace, Sam Gunstone und Ellen Preddle ihm auf Band gesprochen hatten. Auf seiner Schreibmaschine, die ihm schon oft gute Dienste geleistet hatte, tippte er die handschriftlichen Aufzeichnungen schließlich ab.

Danach ruhte er sich auf dem Bett aus, rauchte eine Zigarette, nahm dann und wann einen Schluck Wodka aus dem Flachmann, der griffbereit auf dem Nachttisch stand, und dachte darüber nach, was er bei seinen Nachforschungen inzwischen herausgefunden hatte. Doch immer wieder schweiften seine Gedanken zu Grace Lockwood ab.

Es war idiotisch, sagte er zu sich selbst, ein Verhältnis mit einer Auftraggeberin zu beginnen, solange ein Fall noch nicht abgeschlossen war. Das würde ihn nur ablenken. Außerdem verstieß ein solches Verhalten gegen seine Berufsehre – auch Ärzte oder Psychiater dürfen sich bekanntlich nicht mit ihren Patientinnen einlassen, weil dies in den meisten Fällen böse endet. Außerdem – war seine letzte Affäre nicht in jeder Hinsicht eine Katastrophe gewesen?

Dennoch fühlte er sich zu Grace hingezogen, und er wußte, daß es umgekehrt auch so war. Dieses Band, diese seltsame, aber starke Anziehung zwischen ihnen beiden, war eine unbestreitbare Tatsache. Außerdem war Grace ein Mensch aus Fleisch und Blut und nicht, wie beim letzten Mal, nur ein Hirngespinst.

Diese Gedanken schossen Ash durch den Kopf, als er nun vor Ellen Preddles Haus in seinem Wagen saß, doch er schob sie beiseite, weil Ellen Preddle ihn möglicherweise hinter ihrem spitzenbesetzten Vorhang beobachtete – sie und vielleicht noch ein, zwei andere Nachbarinnen – und darauf wartete, daß er zur Haustür ging. Blieb es nun dabei, daß er seine Geräte aufstellen durfte, wie gestern vereinbart? Oder hatte Ellen Preddle es sich anders überlegt, nachdem sie das, was Grace in der Küche zugestoßen war, so in Angst und Schrecken versetzt hatte? Würde sie ihn abblitzen lassen, oder würde sie seine Hilfe dankend annehmen? Gleich würde er es wissen.

Er stieg aus dem Wagen, ging zum Kofferraum. Die Aussicht, tatsächlich übernatürlichen Vorgängen auf der Spur zu sein, löste stets einen Adrenalinstoß in ihm aus. Deshalb fühlte er sich beim Ausladen seiner Geräte schon nicht mehr so müde wie vorhin.

Mit einem großen und zwei kleinen Koffern zwängte Ash sich durch die quietschende Tür des Vorgartens. Er hatte noch nicht einmal die Hälfte des Weges zurückgelegt, da tauchte bereits Ellen Preddle auf.

Er schaute auf die Armbanduhr. Fast elf. Draußen war es dunkel und drinnen totenstill. Ash ging zu einem Tisch an der Treppe. Dort stand der Monitor, auf dem in Schwarz-Weiß das leere Badezimmer in der oberen Etage zu sehen war. Er suchte den kleinen Bildschirm nach irgend etwas Auffälligem ab, doch es war alles vollkommen normal.

Er nahm die zur Hälfte gerauchte Zigarette aus dem Zinnaschenbecher, den er in der Küche aufgetrieben hatte, und nahm einige tiefe Züge. Hell leuchtete die Glut in dem düsteren Zimmer auf. Normalerweise müßte er sich jetzt schon zu

Tode langweilen – bei längeren Einsätzen war das nach den ersten zwei Stunden unweigerlich der Fall.

Kabel verliefen vom Monitor die Treppe hinauf zu einer Videokamera, die Ash an der offenen Tür zum Bad auf ein Stativ montiert hatte. Dies galt auch für die Polaroidkamera mit automatischem Blitzlicht im Badezimmer, deren Kapazitätsdetektor auf das kleinste Vorkommnis reagierte. Die Videokamera mit angeschlossenem Kassettenrecorder hatte eine ähnliche Vorrichtung. Neben der Badewanne hatte er ein Aufnahmegerät aufgestellt, das sich beim geringsten Geräusch selbsttätig in Betrieb setzten würde. Auf dem Fußboden und in der Badewanne befand sich eine Schicht Talkumpuder. Ein Treibhausthermometer hing über dem Waschbecken; ein weiteres kleineres, das auf extreme Wärme oder Kälte ansprach, war draußen an der Treppe angebracht. Ash hatte auch etwas Puder auf einige Treppenstufen gestreut und über die drittunterste einen schwarzen Baumwollfaden gespannt. Neben der Haustür hatte er eine normale Kamera installiert, in die er einen Infrarotfilm eingelegt hatte. Auf dem Tisch befanden sich zwei Taschenlampen, eine weitere automatische Sofortbildkamera, verschiedene Klarsichthüllen und Plastikbehälter, eine Federwaage, ein Dehnungsmesser, Kugelschreiber, Bleistifte, Kreide, Holzkohle, ein Notizbuch und eine grobe Skizze der Örtlichkeiten des Hauses. Ash hatte nur die beiden kleineren Koffer ausgepackt; der größere stand noch ungeöffnet in der Diele, und der eine oder andere Gegenstand lag noch im Kofferraum des Wagens.

Ash rauchte eine Zigarette und prägte sich die Lage aller Räumlichkeiten des Hauses ein. Ellen Preddle schlief hoffentlich schon. Er hatte sie mit zwei Auflagen ins Bett geschickt: Sie durfte ihr Zimmer nur verlassen, wenn er sie rief, und sie mußte sich sofort melden, falls ihr irgend etwas aufgefallen war. Außerdem durfte das Badezimmer die ganze Nacht über nicht benutzt werden; Ellen mußte sich irgendwie anders behelfen. Die

Fenster waren fest verschlossen, so daß die Luft im Haus die ganze Nacht über unangenehm stickig war, obwohl es sich draußen allmählich abgekühlt hatte.

Ellen Preddle war offenbar nicht in bester Verfassung. Die dunklen Ringe um ihre Augen waren merklich größer geworden, und schon von weitem war Ash der wirre Ausdruck auf ihrem Gesicht aufgefallen. Paradoxerweise hingen ihre Hände, die sie beim letzten Mal kaum einen Augenblick hatte stillhalten können, nun kraftlos und schlaff an ihrem Körper herunter, und ihr Rücken schien noch krummer geworden zu sein. Sie trug noch immer das geblümte Kleid und trotz der Hitze die dünne Strickjacke. Ihre Frisur war noch unordentlicher als zuvor; schwarz-graue Locken fielen ihr ins Gesicht. Zu Ashs großer Überraschung hatte sie ihn anstandslos ins Haus hineingelassen.

Beim Aufstellen der Geräte hatte Ash Ellen Preddle deren Funktionsweise erklärt, doch sie saß nur teilnahmslos im Sessel vor dem leeren Kamin, und wenn Ash sie etwas fragte, murmelte sie nur unverständliche Antworten vor sich hin, schaute ihn aber nicht an. Zu Ashs großer Erleichterung erhob sie keine Einwände, als er sie später bat, nun nach oben und zu Bett zu gehen. Sie erhob sich ohne Murren und schlurfte die Treppe hinauf. Ash rief ihr noch hinterher, sie dürfe das Zimmer nicht ohne weiteres verlassen. Ihre einzige Antwort bestand darin, wortlos die Tür zu schließen. Seitdem herrschte im Obergeschoß Totenstille.

Ash gähnte und rieb sich die Augen. Heute würde er sicher vor Mitternacht – seinem kritischen Punkt – müde werden, weil er unausgeschlafen war. Er drückte die Zigarette aus und widerstand der Versuchung, sich gleich die nächste anzuzünden; statt dessen genehmigte er sich einen kleinen Schluck Wodka aus dem Flachmann, den er in der Tasche seines Jacketts verstaut hatte, das über der Rückenlehne des Stuhls hing. Der Alkohol möbelte ihn wieder auf, so daß er im Laufe der Nacht wohl noch mehrmals zu diesem probaten Mittel greifen würde, um fit zu bleiben.

Mit der rechten Hand – in der linken hielt er noch die kleine Flasche – zeichnete er in der Küche eine Skizze auf ein Blatt Papier und vermerkte die Flugbahn der Untertasse, die von dem Regal heruntergefallen war, Grace Lockwood an der Stirn verletzt hatte und auf dem Fußboden in tausend Stücke zersprungen war. Die Zeichnung war nur für die Akten bestimmt; denn ohne unabhängige Zeugen konnte der Vorgang nicht als paranormales Ereignis gewertet werden. Abgesehen davon, war es eine gute Beschäftigungstherapie für ihn.

Ihm fiel auf, daß sich jedesmal, wenn er ausatmete, Nebelwolken bildeten.

Ash richtete sich auf. Es war wirklich kalt geworden. Die Haare auf seinen Armen sträubten sich und fingen zu jucken an. Es war nicht bloß kühler, es war eindeutig *kalt* geworden.

Ash rollte die Hemdsärmel herunter, knöpfte sie zu und ließ den Blick durchs Zimmer schweifen. Es gab nur eine logische Erklärung für den Temperatursturz: Das Wetter draußen hatte plötzlich umgeschlagen. Er stand langsam auf und ging zum Thermometer an der Treppe.

Als Ash den Stuhl zurückschob, war es ihm, als hätte er einen dumpfen Schlag im zweiten Stock gehört.

Er hielt den Atem an, lauschte und vermied jedes unnötige Geräusch. War Ellen Preddle wach und ging in ihrem Zimmer auf und ab? Möglich; die arme Frau sah aus, als hätte sie wochenlang nicht mehr richtig geschlafen. Aber das Geräusch hatte sich angehört, als wäre es direkt aus dem Raum über ihm gekommen. Aus dem Badezimmer.

Ash blickte auf den Monitor. Nichts zu sehen, alles in Ordnung.

Plötzlich fiel ihm etwas auf: Der Talkumpuder auf der Treppe wurde emporgewirbelt, als wäre es von einem Luftzug erfaßt worden.

Fast blieb Ash das Herz stehen, als er sah, wie der feine Puder träge in der Luft schwebte. Als er ungefähr drei Meter vom Boden entfernt war, eilte Ash behende und hellwach – Müdigkeit und Langeweile waren von ihm abgefallen – zu der Kamera mit dem Infrarotfilm.

Er drückte auf den Auslöser. Das Klicken und das Surren des Elektromotors, der den Film weitertransportierte, hörten sich in der Stille der Nacht außerordentlich laut an. Ash knipste drei weitere Bilder, weil der Pudernebel sich immer schneller zu drehen begann und zugleich dichter wurde. Eine leichte Brise kam als Ursache für den Wirbel wohl nicht länger in Betracht. Innerhalb von Sekunden hatte der Dunst sich in eine dicke Suppe verwandelt, die hinauf in den zweiten Stock stieg. Schwaden schoben sich übereinander. Als der lange, dunstige Schwall das Ende der Treppe erreicht hatte und sich allmählich lichtete, rannte Ash los.

Ein langgezogener Schrei zerriß die Stille, als Ash den dünnen, schwarzen Baumwollfaden berührte. Ihm stockte das Herz im Leibe.

Benommen taumelte er gegen die Wand des Treppenaufgangs. Schrie da ein Tier in Todesangst? Nach einem schrillen Crescendo herrschte wieder Stille – eine unheimliche, bedrückende Stille. Dann hörte Ash polternde Schritte im zweiten Stock direkt über ihm. Schatten tanzten auf der Wand an der Biegung der Treppe, helle Blitze zuckten. Ash wich zurück.

Großer Gott, er hatte wahrhaftig keine Lust, nachzusehen, was da oben los war. Seine Schulter schabte an der hölzernen Wand entlang, als er eine Stufe zurückging. Er zitterte. Auf so etwas war er nicht vorbereitet gewesen; mit so etwas hatte er nicht gerechnet, selbst wenn er von früheren Einsätzen die eine oder andere schlimme Erfahrung gemacht hatte. Und daran war nicht nur der Lärm Schuld, sondern dieses unbestimmte Fluidum einer furchtbaren und lähmenden Bedrohung, das aus den Wänden des Hauses hervorgekrochen zu sein schien. Und plötzlich roch es widerlich süß – nach Verwesung. Der Gestank trieb träge die Treppe hinunter.

Als der zweite Schrei ertönte, zuckte Ash zusammen; diesmal hatte es anders geklungen: das verzweifelte Rufen einer Frau, die schreckliche Qualen litt. Ash wußte, daß es Ellen Preddle war, und als er Poltern und noch mehr Gebrüll hörte, war ihm klar, daß er ihr helfen *mußte*, daß er sie mit dem, was sich da oben zutrug – egal, was es war –, nicht allein lassen durfte. Ash stieß sich von der Wand ab, stürmte entschlossen die Treppe hinauf, zerriß dabei, ohne es zu merken, den Baumwollfaden, stolperte um die Biegung herum und zog sich eine Prellung am Schienbein zu. Er achtete nicht darauf, stieg über herumliegende Kabel hinweg und gelangte ins Obergeschoß. Der Gestank traf ihn wie ein Schlag in den Magen. Er drehte den Kopf zur Seite und hielt sich am Geländer fest, um nicht das Gleichgewicht zu verlieren, als er sich würgend übergab.

Dann taumelte er weiter voran, blieb aber wie angewurzelt stehen, als es im Badezimmer erneut rumpelte und polterte. Ash sah, wie die Polaroidkamera auf ihrem Stativ umkippte und in eine Ecke rutschte. Überall lagen Foto-Negative auf dem Boden herum; auch der Kapazitätsdetektor war umgekippt. Schatten tanzten im Licht der hin- und herschwankenden Deckenlampe an den Wänden, und Ellen Preddle, die allein im Badezimmer stand, fuchtelte wild mit den Armen, schrie, zerkratzte sich die Hände und griff ins Leere; sie schien wahnsinnig geworden zu sein. Ihre Augen waren weit aufgerissen; sie bleckte ihre Zähne, und ihre Wangen glänzten naß von Tränen und Speichel.

»Laß ihn in Ruhe!« kreischte sie. *»Rühr ihn nicht an!«*

Ashs Nerven lagen blank; jeder Muskel seines Körpers war angespannt. Bedächtig ging er auf die Badezimmertür zu. Er stieg über die Kamera mit dem eingebauten Kassettenrecorder und dem Stativ hinweg. Beide Geräte waren auf dem Treppenabsatz umgestürzt; die Kabel waren herausgerissen worden.

»Laß ihn in Ruhe!« kreischte Ellen Preddle verzweifelt.

Obwohl niemand das Thermometer angerührt hatte, löste es sich plötzlich von dem Waschbecken, an dem es gehangen hatte, schoß durchs Badezimmer, krachte gegen die dunkle Fensterscheibe und fiel dann auf den mit Linoleum ausgelegten Fußboden. Fast unmittelbar darauf kippte das Badeschränkchen von der Wand. Sein ganzer Inhalt, Medizinfläschchen und Pillenschachteln, verstreute sich über den Boden, wo sie von Ellen Preddle bei ihrem wilden Veitstanz zerstampft wurden.

Ash stürzte nach vorn und bekam die tobende Frau zu fassen. Doch sie ging auf ihn los, wollte ihm mit ihren spitzen Fingernägeln die Augen auskratzen. Er packte sie an beiden Handgelenken und hielt ihre Hände von sich weg.

»Halt!« brüllte er. »Aufhören!«

Doch Ellen Preddle war rasend vor Wut und erkannte Ash nicht mehr. Speichel flog ihm ins Gesicht, und er wandte den Kopf zur Seite; die Frau war stark, und er mußte alle Kräfte aufbieten, sie zu bändigen. Von der Anstrengung zitterten seine Arme, und sein Oberkörper verkrampfte immer mehr.

Als Ash sich umdrehte, sah er unter einer trüben, aufschäumenden Wasseroberfläche eine undeutliche Gestalt liegen. Es war das Gesicht eines Kindes. Der Mund stand offen, und die Augen waren weit aufgerissen.

Der Junge hielt eine Hand nach oben, spreizte die Finger und wollte nach Ash greifen, nach dem Leben selbst.

Kapitel 23

Nur wenige Lichter brannten im Dorf. Die meisten Bewohner schliefen tief und fest. Nur diejenigen, die kein Auge zutun konnten, bemerkten, daß es kühler geworden war, denn sie froren plötzlich, bekamen eine Gänsehaut und wickelten sich in ihre warmen Zudecken.

Die Hauptstraße und die davon abzweigenden Nebenstraßen waren leer. Selbst die Fledermäuse, die sich unter den verschiedenen Dächern des Rathauses eingenistet hatten, verzichteten auf ihre nächtliche Futtersuche. Auch der Lärm in dem kleinen Reihenhaus unweit der Kirche war draußen nicht zu hören. Überall herrschte tiefe Stille.

Der Halbmond schien auf den Pfosten und den Schandpfahl, doch die schwärzliche Flüssigkeit, die aus den winzigen Rissen im alten Holz auf das Gras des Dorfangers sickerte, wäre in dieser Nacht niemandem aufgefallen. Der Teich – eine dumpf vor sich hinbrütende Masse, in der sich kein Lichtstrahl spiegelte – lag still und unergründlich da.

Doch plötzlich bewegte sich etwas in der trostlosen Landschaft. Eine kleine, einsame Gestalt glitt durch das Gras und reckte nach wenigen Metern immer wieder die Schnauze in die Luft, um zu schnuppern. Es war ein vorsichtiges Tier, und es wußte, daß es die Menschen abscheulich fanden. Sein Fell sträubte sich, weil es unruhig war. Am Ufer des Teiches blieb es wie hypnotisiert stehen. Seine scharfen Augen wurden glasig.

Die Ratte quiekte leise vor Entsetzen, wirbelte um ihre eigene Achse und flitzte davon, wobei sie in der Drehung mit ihrem langen Schwanz die trübe Wasseroberfläche peitschte, so daß sich träge Wellen bildeten, die sich aber rasch wieder glätteten. Das Tier huschte zur Straße zurück und rannte rasch zwischen all den unbeweglichen Schatten hindurch. Im Nu war es im Keller des alten Gasthauses verschwunden, wo es von seinen Artgenossen bereits erwartet wurde.

Dann wurde es wieder still. Die Dorfbewohner schliefen, wurden aber von schrecklichen Träumen geplagt.

Tom Ginty fuhr aus dem Schlaf hoch. Er wußte nicht sofort, wo er war.

Blinzelnd lag er im Bett. Neben ihm schnarchte seine Ehefrau Rosemary. Warum war er aufgewacht? Weil er in der rechten Wange kein Gefühl mehr hatte? Wie kam das? Hatte jemand ihn geschlagen, als er schlief? Er hob den Kopf und blickte zu Rosemary hinüber.

Im anderen Teil des Doppelbettes lag eine träge Masse. Träge – und auch wieder nicht, denn immerhin hob und senkte sich Rosemarys Brust beim Atmen. Sie schniefte wieder einmal beim Schnarchen, doch Tom widerstand der Versuchung, ihr eine herunterzuhauen; denn sie hatte ihm vorhin sicherlich nicht mit Absicht eine geknallt. Wahrscheinlich war ihr nur die Hand ausgerutscht, als sie sich im Bett umdrehte. Aber Moment mal – ihr Kopf blickte zur Wand, und ihre Hände lagen unter der Zudecke. Sie konnte es gar nicht gewesen sein. Es sei denn, sie hatte sich hin- und hergewälzt. Dumme, blöde Kuh. Offenbar hatte sie noch einen Portwein getrunken, bevor sie zu Bett gegangen war. Oder auch zwei. Und wetten, daß sie dazu Käse gegessen hatte? Um Himmels willen, Käse und Portwein. Kein Wunder, daß sie so unruhig schlief.

Irgend etwas streifte Toms schütteres Haar, blieb feucht auf seinem Kopf kleben.

Er fuhr hoch, hob die Hand zum Kopf. *Was war das?* Die Zudecke rutschte ans Fußende des Bettes. Mit einer Schnelligkeit, die man einem so kräftigen Mann gar nicht zugetraut hätte, hechtete Tom Ginty in Richtung Nachttischlampe. Nach einigem Suchen fand er den Schalter.

»Wer ist da?« rief er laut.

Er blickte im Zimmer umher: niemand.

Er schaute wieder zu seiner Frau hinüber und verzog das Gesicht. Sie schnarchte, schlief tief und fest. Etwas anderes hatte er auch nicht erwartet.

Am liebsten hätte er ihr einen Knuff versetzt. Doch plötzlich fror er. Er zog die Bettdecke bis zu seiner nackten, schwabbeligen Brust hoch und hielt sie dort wie eine alte Jungfer fest, der ein nächtlicher Spanner die Unschuld rauben will. Er kniff die Augen zusammen und spähte in die dunklen Zimmerecken.

»Du Blödmann«, sagte er zu sich selbst. Außer Rosemary und ihm war doch überhaupt niemand in dem Zimmer. Er blickte zur Decke hinauf, als würde dort, direkt über seinem Kopf, eine Spinne hängen, die ebenso große Angst vor ihm hatte wie er vor ihr. Natürlich war da keine Spinne. Und selbst wenn ihm eine übers Gesicht gelaufen wäre, hätte es sich hinterher bestimmt nicht so angefühlt, als hätte jemand ihm eine Ohrfeige verpaßt. Tom strich sich das Haar glatt und stellte beruhigt fest, daß da nichts war. Mußte wohl ein Traum gewesen sein. Niemand hatte ihn angerührt. Wovon sein Haar so zerzaust war? Ein Luftzug, was sonst. Im Black Boar Inn gab es viele zugige Ecken. Doch er hatte immer noch kein Gefühl in der Wange. Und einen Luftzug hatte er bisher auch noch nicht gespürt. Nur eins stand fest: Im Zimmer war es kalt.

Das Fußende des Bettes begann plötzlich leicht zu vibrieren. Verständnislos beobachtete Ginty das Vibrieren und murmelte: »Um Himmels willen, da ist was unterm Bett.«

Er schwang sich über die Bettkante und stand im Nu vor der Kommode aus Zedernholz. Mit der einen Hand stützte er sich ab, mit der anderen hielt er die Hose seines Pyjamas fest.

»Rosemary«, sagte er zischend.

Seine Frau schnarchte weiter.

Er starrte auf die dunkle Stelle zwischen der herunterhängenden Zudecke und dem Teppichboden. War da unten etwas? Ausgeschlossen.

Die Schlafzimmertür war von innen abgeschlossen – eine Angewohnheit vieler Gastwirte, die Fremden unter ihrem Dach nicht über den Weg trauen. Aber zur Zeit war nur ein einziger Gast im Haus, und der war ausgegangen und bisher noch nicht zurückgekommen. Der Mann kam sowieso nicht in Frage, auch wenn er ein seltsamer Heiliger und zudem ein Bekannter des Reverend war.

Das Bettgestell hörte plötzlich zu zittern auf.

Ginty bückte sich so tief, wie er konnte – eine beachtliche Leistung für jemanden mit seinem Körpergewicht –, um unter das dunkle Bett zu spähen. Er konnte noch immer nichts erkennen. Auf allen vieren kroch er näher heran; seine Nase berührte beinahe den Fußboden. Er konnte den Staub im Teppich riechen und die muffige Luft, die unter dem Bett hervorkam.

In seiner Ratlosigkeit atmete er kurz durch und riß dann mit zitternder Hand die herunterhängende Zudecke hoch. Das ganze Bett begann heftig zu wackeln.

Rosemary fuhr aus dem Schlaf hoch. Als sie das schwankende Bett sah, fing sie zu kreischen an. Und als sie nur einen Teil des Kopfes ihres Mannes erkennen konnte, der sie mit weit aufgerissenen Augen und offenem Mund ängstlich anstarrte, verwandelte sich ihr Kreischen in einen Schrei.

Rosemary sprang entsetzt aus dem Bett und wickelte sich in die Gardinen ein, als könnte diese ihr Schutz bieten. Ihr Gatte stand auf und stürmte von dem wackelnden Bett weg. Beide starrten es fassungslos an, und Rosemary sagte jammernd:

»Was ist los, Tom? Warum wackelt das Bett denn so?«

Ginty hatte keine Ahnung, und es war ihm auch egal. Er zwängte sich an der Kommode vorbei in Richtung Tür, ließ aber für keine Sekunde die Zimmermitte aus den Augen.

»Tom!«

Rosemarys Haarnetz hatte sich in dem dicken Stoff der Vorhänge verfangen, so daß blondgefärbte Locken über ihre nachgezogenen Augenbrauen fielen. Mit Blicken gab sie Ginty zu verstehen, daß er es ja nicht wagen sollte, sie mit dem verrückten Bett allein zu lassen. Als sie bemerkte, daß er genau dies vorhatte, wurde aus ihrem drohenden Blick ein Flehen. Tom stand jetzt neben der Tür. Als er den Schlüssel herumdrehen wollte, sah er, daß sich die Kommode links von ihm an der Wand nach vorn neigte.

Dann verharrte das Möbel in dieser unmöglichen Lage – weder stand es, noch kippte es um. Erst als Rosemary aufschrie, stürzte die Kommode krachend zu Boden. Beim Aufprall öffneten sich die beiden Schubladen und verstreuten ihren Inhalt im Zimmer. Socken und Taschentücher flogen durch die Luft. Das Bett schwebte inzwischen über dem Boden, vollführte aber mit der Kommode immer verwegenere Kunststücke. Sie machten einen derartigen Lärm, daß Rosemarys Schreie fast nicht mehr zu hören waren.

Plötzlich hatte Ginty den Eindruck, daß draußen auf dem düsteren Flur Schatten vorbeihuschten. Doch nachdem er mehrmals geblinzelt hatte, bewegten sie sich plötzlich nicht mehr.

Hinter ihm ertönte ein erstickter, gurgelnder Schrei: »*Tom*!«

Ginty schlug die Tür hinter sich zu und stürmte über den Flur. Er war entsetzt, von Panik erfüllt. Dann, schlagartig, endete alles. Es wurde wieder totenstill.

Ginty hörte ein gedämpftes Schluchzen, als er frierend und schamerfüllt auf dem Flur stand. Vorsichtig – und verlegen – öffnete er wieder die Tür des Schlafzimmers und schaute hinein.

Nichts bewegte sich mehr; weder die Kommode noch das Bett, noch der Kleiderschrank, obwohl er ein Stück von der Wand entfernt stand; aus den Türen hingen Kleidungsstücke heraus. Tom schaute zu den Vorhängen und sah nichts anderes als Rosemarys rundliche, fette Schultern, die zuckten, während sie weinte.

Das Mühlrad knarrte. Es war das erste Mal seit vielen Jahren, daß es gegen die Strömung des Baches aufbegehrte, die nicht sehr stark war. Und dann ächzte es, stieß eine laute Klage aus, welche die Stille der Nacht zerriß. Wäre um diese Uhrzeit jemand auf der Hauptstraße von Sleath unterwegs gewesen oder hätte auf der nahen Brücke gestanden, dem Einfallstor ins Dorf – er hätte gewiß geglaubt, das Stöhnen eines Menschen zu vernehmen, der unter furchtbaren Schmerzen litt. Aber weil niemand dort war, hörte auch niemand etwas.

Das Mühlrad drehte sich ein paar Zentimeter, und die Zahnräder in der Mühle ruckten an. Sie stemmten sich knarrend und ächzend gegen den Schmutz und den Moder, die sie so lange an jeder Bewegung gehindert hatten. Spinnweben, die von Dachsparren herunterhingen, schwankten in einem kalten Luftzug, der durch das leerstehende Gebäude fuhr; Staub wirbelte durch die Luft und setzte sich erst, nachdem die Geräusche längst verstummt waren und wieder vollkommene Stille eingetreten war.

Dr. Robert Stapley hatte schon immer unter Schlafstörungen gelitten. Bereits als junger Arzt, vor über 30 Jahren, war er viel zu aufgekratzt und zu eifrig gewesen, um jene innere Ruhe zu finden, ohne die man nun einmal nicht in Morpheus' Arme sinken kann. Das Alter, das unweigerlich jedes Übermaß mindert – auch zuviel Rastlosigkeit und Überspanntheit, und der damit einhergehende körperliche Verfall spielten dabei nur eine untergeordnete Rolle. War Stapley in den vergangenen zehn Jahren je ohne eine halbe Nitrazepam-Tablette ausgekommen, die er kurz vor dem Zubettgehen mit angewärmter Milch und einem kräftigen Schluck hochprozentigen Whisky hinunterspülte? Die Antwort lautete nein. Und selbst dann dauerte es noch eine Zeitlang, bis die chronische Müdigkeit langsam der Erschöpfung wich, die ihrerseits schließlich im tiefen Schlummer mündete. Vielleicht rührte das alles auch von seinen Schuldgefühlen her. Es gab so vieles zu verdrängen. Warum half ihm dabei nicht, daß die Zahl der grauen Zellen immer kleiner wurde?

Seine wäßrigen Augen starrten über den Rand der Brille, die ihm auf die Nasenspitze gerutscht war, auf das offene Buch, dessen Text für ihn nur eine possierliche, gerade Reihe aus winzigen Wesen war, die sinn- und ziellos über die Seiten marschierten.

Stapley erinnerte sich. Er erinnerte sich an alle, die er hatte sterben lassen. Nicht absichtlich, nicht vorsätzlich – Nachlässigkeit war eher eine Folge von Leichtsinn als von Absicht. Ihre Namen kamen ihm wieder in den Sinn, und vor seinem geistigen Auge zogen ihre Gesichter vorüber. In ihren traurigen, starren Augen lag ein vorwurfsvoller Ausdruck, und sie deuteten mit den Fingern auf ihn, als wäre es allein seine Schuld, und als hätte Gott nur eine Statistenrolle. *Nicht seine Schuld, nicht seine Schuld.* Wie konnte man einen Arzt für den Tod von Menschen verantwortlich machen, die ohnehin sterben mußten? Es war nun mal unmöglich, jede Diagnose stets hundertprozentig richtig zu stellen. Auch Ärzte waren nur Menschen; sie machten Fehler wie jeder andere. *Aber es waren ganz schön viele Fehler*, flüsterte eine leise, quälende Stimme ihm zu. *Ärgerliche Irrtümer, Fehleinschätzungen und Verwechslungen. Aber auch Gleichgültigkeit und Fehlschläge. Und natürlich auch Mord.*

Das Buch rutschte ihm auf die Füße, und er ließ es dort liegen. *Ja, ja*, antwortete er dem Quälgeist, seinem Schuldgefühl – *das alles hat es gegeben. Aber Mord? Konnte er auch das zugeben? Sollte er es nicht lieber abstreiten?* Er beugte sich im Sessel etwas zur Seite und griff nach der Flasche Famous Grouse, die auf dem kleinen Teewagen stand. Er goß sich noch einen

Whisky ein und starrte auf die zweite, etwas kleinere Flasche. Sollte er auch noch die andere Hälfte der Schlaftablette nehmen? Dann würde er sich morgen benommen fühlen. Aber was machte das schon. Es war egal. Er lehnte sich zurück. Nein, es war nicht egal. Wie konnte er vernünftig seine Pflicht tun, wenn er noch benebelt war und Blei in den Gliedern hatte? Aber es gab doch Aufputschmittel. Früher hatte er sie doch auch genommen, und nicht zu knapp. Wie war das noch mal mit dem Süßwarengeschäft gewesen? Man verliert dort ganz schnell die Lust auf Leckereien. Wenn das doch auch für den Beruf des Arztes gelten würde! Der Vergleich war eigentlich ganz zutreffend; man mußte nur ›Schokolade‹ durch ›Tablette‹ ersetzen. Nur bestand bei letzterem leider die Gefahr, süchtig zu werden, zumal man leicht an alle Medikamente herankam.

Warte noch zwanzig Minuten, sagte er sich. Wenn du dann immer noch nicht müde bist, nimmst du eben die Pille. Und noch einen kräftigen Schuß Whisky dazu. Dann konnte er alles vergessen, dank des Alkohols und des Betäubungsmittels. Dann kamen ihm keine neuen Gedanken mehr, keine weiteren, quälenden Erinnerungen, die ihm die Gegenwart vergällten.

Er trank einen Schluck Whisky. *Wie du zitterst, mein lieber Herr Doktor. Wie dieser goldfarbene Schnaps bis hinauf zum Rand des Glases schwappt. Ist dir so kalt oder hat es mit der Leere in deinem Herzen zu tun? Nur du kennst die Antwort.*

Er goß sich noch einen Scotch ein, warf den Kopf nach hinten und trank das Glas aus. Hoffentlich würde der Alkohol ihn wärmen und auf andere Gedanken bringen. Es *war* wirklich eiskalt in dem Zimmer. Stand das Fenster offen? Draußen konnte man nicht mehr die Hand vor den Augen sehen. Stapley hatte den Eindruck, die Dunkelheit wollte bis in sein Zimmer vordringen. Er schaute auf die Uhr: zwölf nach eins in der Frühe.

Ja, um Himmels willen, saß er denn schon so lange hier?

Mit dem Buch und einer Flasche Whisky, die er am Nachmittag gekauft, aber noch nicht angebrochen hatte, war er gegen 22 Uhr in den bequemen Sessel gesunken. Und jetzt war die Flasche schon mehr als halb leer, aber er war nur halb betrunken. Vielleicht mußte er sich eine kleine, wohldosierte Spritze aus dem Giftschrank unten in der Praxis holen, um in dieser Nacht überhaupt schlafen zu können. Es wäre nicht das erste Mal.

Er fragte sich, wie Edmund Lockwood wohl mit solchen Nächten zu Rande kam. Schlecht, vermutete er. Denn nicht einmal bei seinem Gott würde der Reverend Trost finden. Inneren Frieden kann man als gläubiger Mensch nur bekommen, wenn man Buße tut; aber dafür war es beim Reverend zu spät. Der arme Kerl hatte all dieser seelischen Belastungen wegen schwer abgebaut, besonders nach dem Tod seiner Frau, und er mußte bestimmt schreckliche Qualen durchstehen. Aber ging es denn den anderen, die in der Sache mit drinsteckten, nicht genauso?

Dir selbst, zum Beispiel? Hattest du dich nicht der Rettung von Menschenleben verschrieben? War das nicht deine Pflicht? Und war es nicht die heilige Pflicht des Reverend, alles zu tun, um Seelen vor der ewigen Verdammnis zu bewahren? Wer also hatte die größere Schuld auf sich geladen? Beantworte mir diese Frage, lieber Doktor.

Er goß sich einen weiteren Whisky ein und nahm einen Schluck. Die Wärme tat ihm gut; sie brannte in der Kehle und verbreitete ein angenehmes Gefühl in Brust und Magen, doch seine Hand zitterte immer noch.

Wenn doch nur Beardsmore nicht nach Sleath gekommen wäre. Mit ihm hatte alles wieder angefangen; denn sein verdrehter, übler Charakter hatte etwas Schreckliches wiederbelebt. Etwas Geheimes.

Aber dir haben diese Perversionen Spaß gemacht, nicht wahr? Dir hat es gefallen, daß sie wieder praktiziert wurden.

»Ich bin da hineingezogen worden! Wir alle sind da hineingezogen worden!« Die Stimme des Arztes hallte im Zimmer wider, und für einen Augenblick hatte er schreckliche Angst, den Verstand zu verlieren. Zum ersten Mal hatte er laut der Stimme in seinem Kopf geantwortet.

Er legte eine Hand über seine Augen.

»Großer Gott«, stöhnte er.

Dann erstarrte er vor Schreck, als er im Erdgeschoß ein Geräusch hörte.

Er spitzte die Ohren und erstarrte. Es waren schlurfende Schritte. Und Stimmen. Sie drangen zu ihm hinauf. Doch unten konnte niemand sein, weil die Zimmer verschlossen waren. Ebenso die Hinter- und Vordertüren des Hauses, die zudem verriegelt waren. Und wegen des Giftschranks waren die Fenster zusätzlich vergittert. Ausgeschlossen, daß jemand ins Haus eingedrungen war. Wie sich schon dreimal gezeigt hatte, war es einbruchsicher.

Wie, zum Teufel, könnte dann jemand hereingekommen sein?

Die Laute hörten sich wie Gemurmel an, dann wieder wie Geflüster, so, als würde jemand ganz in der Nähe ständig zwischen den verschiedenen Frequenzen eines Radios hin und her schalten oder ständig den Ton lauter und leiser drehen.

Stapleys Hand zitterte noch immer. Er stellte das Glas auf den Teewagen zurück und erhob sich mühsam. Er mußte sich auf die Armlehnen des Sessels stützen. Heute nacht war er wirklich nicht in Form.

Er blieb vor dem Sessel stehen und hoffte, daß das Geflüster und Gemurmel verstummen würden. Leider vergeblich. Plötzlich hörte er ein leises Lachen ... nein, es war mehr ein Kichern, ein widerliches, näselndes Kichern. Es klang ... irgendwie ... unheimlich. *Unirdisch.*

Blödsinn! Diese Stimmen waren reine Hirngespinste. Oder sie kamen aus dem Fernseher oder dem Radio eines Nachbarn. Es herrschte eine ungewöhnliche Spannung in der Atmosphäre, so daß Geräusche sich auch in der weiteren Umgebung ausbreiten konnten. Deshalb hatte er den Eindruck, sie kämen aus dem Wartezimmer. Ja, er hatte von den Gerüchten gehört. Etwas Seltsames ging in Sleath vor sich, sagten die Leute ... gestern war der junge Danny Marsh so übel zugerichtet worden, daß sein verpfuschtes Leben beinahe zu Ende gewesen wäre, und gestern nacht hatte jemand Jack Buckler ermordet. Aber das hatte doch nichts mit den Erscheinungen und diesem ganzen Theater hier zu tun. Ein Sprichwort sagt: Es gibt keine Gespenster. Und üble Burschen wie dieser Kerl – wie hieß er gleich wieder? Ash, ja, genau – waren nur darauf aus, die Ängste und Gutgläubigkeit geistig beschränkter Menschen auszunutzen. Fachmann für übersinnliche Phänomene sollte er sein. So ein Scheißdreck! Wieso mußte Grace Lockwood diesen Ash unbedingt nach Sleath holen? Diese Idee war ganz bestimmt allein auf ihrem Mist gewachsen. *So* dämlich konnte ihr Vater doch noch nicht sein. Wäre vielleicht nicht schlecht, Edmund morgen mal zu besuchen und ihm gut zuzureden. Es war, weiß Gott, seine Pflicht als Hausarzt und alter Freund des Reverend, sich ein wenig um den immer kränkeren Mann zu kümmern, und ein Arztbesuch war ohnehin längst überfällig. *(Aber es gibt einen Grund, nicht wahr, einen sehr triftigen Grund, warum ihr euch nicht in die Augen sehen wollt. Weil ihr euch dann schämen müßtet. Eh? Eh?)* Er schüttelte den Kopf, als wollte er diese kluge, innere Stimme zum Verstummen bringen. Morgen würde er Edmund erzählen, daß er dabei gewesen war, als Ash im Black Boar Inn Nachforschungen anstellte. Auf den ersten Blick sei dieser Kerl ihm unsympathisch gewesen. Sein unordentliches Äußeres passe offensichtlich zu seinem schäbigen Beruf, und wenn ihn als Arzt nicht alles täusche, trank dieser Mann gern einen über den Durst. Wäre es unter diesen Umständen nicht vielleicht zu überlegen, den Vertrag mit diesem Institut fristlos zu kündigen.

Das aufbrandende Gemurmel von unten störte den Arzt beim Nachdenken. Dann wurde es wieder leiser und klang wie ein fernes Summen.

Dr. Stapley blickte auf den Fußboden, als könnte er in das darunterliegende Zimmer sehen. Hörte er wirklich Stimmen? Er drückte seine zitternden Fingerspitzen gegen die Schläfen. Gab es diese Geräusche nur in seiner Phantasie? Waren Schuldgefühle und Angst übermächtig in ihm geworden? Hatte seine ungesunde Lebensweise – wenig Schlaf, häufiger Medikamentenmißbrauch – ihn endgültig zerrüttet?

Plötzlich fing er zu lächeln und dann zu kichern an. Er hatte des Rätsels Lösung gefunden: Es war ein Radio, und zwar im Erdgeschoß. Natürlich, du dummer, dummer Kerl! Es *war* ein Radio. Einer seiner jüngeren Patienten hatte es wohl irgendwann im Laufe des Tages im Wartezimmer stehen lassen. Stapley hatte in der Sprechstunde mindestens zwei Teenager gesehen. Vermutlich waren sie nach kurzer Zeit – die Jugend hatte heute einfach keine Geduld mehr – wieder weggegangen, weil sie ein bißchen warten mußten. Offensichtlich hatte einer von beiden das Transistorradio (oder den Walkman, oder wie diese neumodische Erfindung auch heißen mag) vergessen. Na klar, so war es! Er hatte es vorhin im Sessel nicht hören können, weil er tief in Gedanken versunken gewesen war und das Gerät nur leise vor sich hindudelte; es war vollkommen normal, daß einem das Geräusch in der Stille der Nacht oder in den frühen Morgenstunden plötzlich lauter vorkam. Vielleicht war auch eine elektrische Aufladung der Grund: Der Apparat war den ganzen Nachmittag und Abend gelaufen, aber jetzt erst drangen die Laute durch die Ritzen des Fußbodens. Oh, was für ein Idiot er doch war!

Stapley nahm das Glas mit dem restlichen Scotch, hob es in die Höhe, um seinem scharfen Verstand zuzuprosten, und kippte fast den ganzen Inhalt hinunter. Der Grouse schmeckte diesmal schal und wärmte ihn kaum.

»Oh, zum Teufel«, murmelte er leise vor sich hin. Er mußte nach unten gehen und das beschissene Ding abstellen. Er konnte den Kasten ja nicht die ganze Nacht laufen lassen, sonst wurden die Batterien noch leer. Stapley stellte das Glas wieder hin, ging zur Anrichte und nahm einen Schlüsselbund aus einer Schublade. Der alte Arzt haßte die Zimmer im Erdgeschoß nach Ende der Sprechstunde noch mehr, als wenn sie voller Patienten waren; aber auch die gingen ihm gewaltig auf die Nerven, weil es einfach zu viele waren und die Luft mit ihren Erregern verpesteten. Aber nachts (Stapley mußte durchs Wartezimmer gehen, um ins Sprechzimmer mit seiner Fundgrube an Opiaten und schmerzstillenden Mitteln zu gelangen; manchmal reichte ihm auch schon ein wenig frische Luft) waren die Zimmer leer, so leer wie sein Leben. Nach außen hin konnte er diese Tatsache um so leichter verbergen, als er seinen Patienten seines medizinischen Wissens wegen haushoch überlegen war und deswegen in Sleath hohes Ansehen genoß.

Dennoch mußte er hinuntergehen. Und wenn ihm schon nichts anderes übrigblieb, konnte er sich auch gleich an der Opiaten-Fundgrube schadlos halten und ein Mittelchen nehmen, das ein wenig stärker war als eine halbe Schlaftablette. Auch wenn er dann vielleicht immer noch nicht einschlafen könnte, würde ihm diese Nacht hoffentlich nicht mehr so beschissen vorkommen. Schwankend ging er zur Tür. Jetzt war er schon etwas besser gelaunt.

Im Haus war es dunkel, und er fuhr mit der Hand an der Wand entlang. Ha, so war es doch schon viel besser! War er nicht ein toller Doktor? Erst die Finsternis und jetzt das Licht! Ein Genie, jawohl, ein Genie war er, der Gott der Kausalität. Nun aber runter zu dem verfluchten Radio. Zuerst Geräusche, im nächsten Augenblick Stille. Ha, er, der beste aller praktischen Ärzte (buchstäblich) bei der Arbeit!

Er schwankte, als er die Hand nach dem Pfosten oben auf der Treppe ausstreckte. O Gott im Himmel, er hatte nicht genug gegessen, aber zuviel Grouse getrunken. Oder begann die Schlaftablette zu wirken? Egal. Ein weiteres Mittel konnte nicht schaden. Er war Arzt, bitte schön, und eine solche Entscheidung mußte man gefälligst schon ihm überlassen. Es mußte ein Mittel sein, das diese Scheißschwermut vertrieb. Nicht mehr, aber auch nicht weniger.

Also gut. Los!

Er stieg die Treppe hinunter, rutschte aber sofort aus und mußte sich am Geländer festhalten; seine dünnen Beine baumelten in der Luft.

Na ja, das wird wohl nicht das erste und auch nicht das letzte Mal gewesen sein. Es gelang ihm, wieder Halt zu finden und aufzustehen. Er atmete tief durch und beruhigte sich. Das war knapp gewesen; es hätte böse enden können. Und wie sich das im Dorf herumgesprochen hätte! Haben Sie schon gehört? Dr. Stapley ist heute morgen stockbesoffen von seiner Sprechstundenhilfe aufgefunden worden? Er ist vor der Treppe zusammengebrochen. O ja, eine nette, kleine Geschichte, über welche die meisten Einwohner von Sleath gelacht und an der fromme Heuchler gewiß Anstoß genommen hätten. Das hätte seinem guten Ruf geschadet. Aber warum, zum Teufel, juckte ihn das eigentlich? Die Bewohner von Sleath, diese Kleinbürger, hatten doch überhaupt keine Ahnung vom wirklichen Leben. Wann waren sie schon einmal aus diesem Nest herausgekommen? Mit ihm konnten sie es nicht aufnehmen. Er kannte die Welt und hatte Dinge erlebt, die diese Bauerntrampel mit ihrem beschränkten Verstand sich nicht einmal vorstellen konnten.

Dieser Scheißlärm!

Er fühlte sich provoziert. Die Stimmen, das Stöhnen und das Gewisper waren lauter geworden – um Himmels willen, was war denn das für eine Sendung? Und welcher Idiot hatte den Apparat im Wartezimmer stehenlassen? Wie konnte er es wagen! Morgen würde er Mrs. Pikings sagen, daß solche widerlichen Kästen ab sofort nicht mehr in die Praxis mitgebracht werden durften. Statt dessen sollten die Patienten lieber die Zeitschriften lesen, die er auf eigene Kosten abonniert hatte.

»Verflucht noch mal. Ich kann diesen Krach nicht mehr aushalten!«

Polternd lief Stapley die Treppe hinunter und regte sich bei jedem Schritt mehr auf; die Geräusche waren anscheinend wieder lauter geworden. Und zwar ganz von selbst. Oder hing es damit zusammen, daß er näher kam? Oder drehte irgend jemand ständig an dem Lautstärkeregler herum?

Zögernd blieb der Arzt auf der untersten Stufe stehen und starrte auf die Tür. Gott sei Dank, sie stand nicht offen. Doch dieses Gefühl der Erleichterung war nur von kurzer Dauer, denn es fiel ihm sofort ein, daß die Tür möglicherweise nicht abgeschlossen war. Warum setzte er sich eigentlich solchen Gefahren aus? Wäre es nicht besser, von oben aus die Polizei anzurufen? Aber wie dumm würde er dastehen, wenn die Beamten nur ein harmloses Transistorradio fänden und er, der Dorfarzt, mit glasigem Blick dabeistehen und nach Whisky riechen würde. Was dann?

Dieser Scheißlärm! Er biß die Zähne zusammen, und in seinem hageren Gesicht bildeten sich tiefe Falten. Die Fingerknöchel der einen Hand traten weiß hervor, als er die Schlüssel hervorzog. Der Lärm wurde unerträglich. War hinter der Tür ein Irrenhaus? Das war zuviel. Das war, verdammt noch mal, einfach zuviel!

Stapley ging mit wenigen Schritten auf die Tür zu und legte eine Hand auf die Klinke; er war so wütend, daß er jegliche Vorsichtsmaßnahme außer acht ließ.

Mit aller Kraft versuchte er, die Tür aufzudrücken. Sie *war* verschlossen! Gott sei Dank. Also war auch niemand im Zimmer, denn es gab keinen anderen Zugang. Dort drinnen lief wirklich ein Radio.

Der Lärm machte Stapley derart konfus, daß er das Schlüsselloch zuerst nicht finden konnte. Er schrie gegen die Stimmen an, als er verwirrt und halb wahnsinnig die Tür aufriß und nach dem Lichtschalter griff.

Der Lärm erstarb schlagartig.

Vollkommene – ohrenbetäubende – Stille.

Doch in der Luft lag ein ekelhafter, aufdringlicher Gestank, den Stapley sehr gut kannte. Es roch nach Leichen.

Die Absonderungen aus Nellie Gunstones vergrößerter Lunge brachten nicht nur sie, sondern auch ihren Mann um den Schlaf. Ihr Atem ging röchelnd, als würde sie an schwerem Asthma leiden. Darüber hinaus mußte sie sich im Laufe der Nacht mehrmals aus dem Bett lehnen und Schleim, der sich in ihren Bronchien angesammelt hatte, in eine Schüssel aushusten. Sie haßte diese entwürdigende Prozedur so sehr wie die Tatsache, Sam zu stören. Er mußte gut ausgeruht sein; denn um den Bauernhof, auch wenn er noch so klein war, ordentlich bewirtschaften zu können, mußte er früh aufstehen und den ganzen Tag bis spät in den Abend hinein arbeiten. Mit einer kleinen Unterbrechung: Gegen 12 Uhr machte er für eine knappe Stunde Mittag. Sam warf so schnell nichts um, aber ohne ausreichend Schlaf würde er bald am Ende seiner Kräfte sein. Nicht, daß er sich beklagte, das war nicht seine Art; doch Nellie wußte, was für ihn das Beste war – kein Wunder nach 31 Jahren Ehe.

Also hatte sie ihn gedrängt, doch ins Gästezimmer umzuziehen. Zuerst hatte er gemeckert und sich gesträubt, ihr dann aber den Gefallen getan, nachdem sie kurzerhand behauptet hatte, sein Schnarchen würde sie stören. Nellie wußte nicht, ob er wirklich auf diesen Trick hereingefallen war. Vielleicht wollte er auch nur unnötigen Streit vermeiden; schließlich war sie ja krank. Jedenfalls schlief Nellie jetzt allein im ehelichen Schlafzimmer. Das war ihr seit ihrer Heirat bisher nur einmal passiert – als Sam wegen einer Gallenoperation vor fünf Jahren im Krankenhaus lag. Sie fühlte sich überhaupt nicht wohl dabei. Das Kranksein war ein Zustand großer Vereinsamung, und mitten in der Nacht und in den frühen Morgenstunden war es schlimmer als alles, was sie bisher durchgemacht hatte.

Nellie wachte auf und drehte sich automatisch zur Bettkante hin. Es war wohl wieder an der Zeit, Schleim auszuspucken. Doch plötzlich fiel ihr auf, daß ihre Atemwege frei waren und daß sie sich erheblich besser fühlte als in den Tagen zuvor. Sie ließ sich in die Kissen zurücksinken, und ihre grauen, spröden Haare fielen in ihr hageres Gesicht, das früher einmal rundlich gewesen war. Warum war sie aufgewacht?

Den Grund hatte sie bald gefunden: An der Zimmerdecke flackerte orangefarbenes Licht, und gedämpftes Knistern drang von draußen herein. Nicht das Geräusch und auch nicht die langsam vorüberhuschenden Schatten beunruhigten sie, sondern die dunkle Ahnung, daß etwas nicht stimmte. Nellie lag da und hatte nicht etwa Angst um sich selbst, sondern um Sam und um die Menschen in Sleath, denn ihr baldiger Tod – o ja, sie wußte, daß das Emphysem ihr Lungengewebe zerstört hatte und daß ihre Tage gezählt waren – hatte sie Geheimnissen nähergebracht, an die sie an gesunden Tagen keinen Gedanken verschwendet hatte. Sleath war anders geworden oder in Atavismen zurückgefallen.

Sie überlegte. Wie war sie auf diesen Gedanken gekommen? Was hatte er zu bedeuten? Nellie kannte nicht die ganze Wahrheit über die Mysterien des Todes, die noch immer unbekannt und unvorstellbar waren. Sie konnte sie nur erahnen.

Plötzlich hörte Nellie ein Geräusch: Die Schlafzimmertür ging auf.

Nellie klammerte sich an die Zudecke, weil eine Gestalt an der Tür erschien, die sich nur schemenhaft von der schwachen Nachtbeleuchtung abhob, die vom Flur hereinfiel. Nellie atmete erleichtert auf, als sie Sam erkannte, der – wie schon seit über zwanzig Jahren – das alte Nachthemd aus Flanell trug, das ihm bis zu den Knöcheln reichte.

»Was ist los?« fragte sie.

»Das weißt du ganz genau, Nellie«, antwortete er und blieb am Fußende des Bettes stehen.

Seine Stimme klang barsch, wie üblich, aber er sprach leise, weil er sie nicht aufregen wollte. Angst hatte er offenbar nicht.

»Ich möchte aufstehen.«

»Nein, du bleibst schön hier. Es ist heute nacht sehr kalt geworden. Du mußt dir nicht unbedingt eine Grippe holen.«

»Ich will aber aufstehen, Sam.« Schon schob sie die Zudecke von sich weg.

Er eilte zu ihr. »Wir wollen uns doch nicht aufregen, Nellie, nicht wahr?«

»Mach dir keine Sorgen, Sam. Aber es ist noch nie so hell gewesen, und ich möchte es mit eigenen Augen sehen.«

»Dann hole ich dir aber erst deinen Morgenrock. Du mußt irgend etwas obenrum anhaben.«

Der Morgenrock hing über einem Stuhl neben dem Bett, und Sam legte ihn Nellie über die Schultern. Sie stand auf und ging gemeinsam mit Sam zu dem orangefarbenen Fenster.

Sam Gunstone spürte, wie Nellie in seinem schützenden Arm erstarrte.

»O Sam, ich kann alles ganz genau sehen. Ich glaube, da draußen brennt wirklich etwas.«

»Das ist völlig unmöglich – die Felder sind abgeerntet. Nein, das ist derselbe Heuhaufen, in dem George Preddle zur Hölle gefahren ist.« Er nahm sie fester in den Arm. »Was geht hier vor, Nell? Was geschieht hier?«

Sam hatte Angst, das konnte Nellie an seiner Stimme erkennen. Wie an jenem Tag, als er Dr. Stapley fragte, ob seine Frau jemals wieder ganz gesund würde. Sie legte den Arm um ihn und schaute ihm in die Augen, wo sich die winzigen Flammen widerspiegelten. Sie erschauderte.

Plötzlich war mitten in dem gespenstischen Flammenmeer ein leises, unheimliches Lachen zu hören, und Sam führte Nellie vom Fenster weg, trug sie zu ihrem zerwühlten Bett zurück und half ihr hinein. Dann legte er sich neben sie und kroch mit ihr unter ihre Zudecke und zog sie ihnen über den Kopf.

So eng umschlungen hatten sie schon seit langer Zeit nicht mehr beieinandergelegen.

Auch Ruth Cauldwell konnte in dieser Nacht kein Auge zutun. Sie lag in ihrem Bett. Im Zimmer war es ziemlich dunkel, obwohl durch die angelehnte Tür etwas Licht aus dem Flur hereinfiel. Die Luft war kalt; aber das war nicht der Grund dafür, daß Ruth ein Nachthemd trug, das bis obenhin zugeknöpft war. Denn als sie ihre Abendtoilette gemacht hatte, war es warm, ja, schwül gewesen. Der Grund dafür war, daß sie sich ihres Körpers schämte.

Ruth hielt ein Taschentuch in der Hand, das zerknautscht und feucht von den Tränen war, die sie in der langen Nacht geweint hatte, und zusammengerollt wie ein Fötus blieb sie auf der einen Seite liegen. Ihre Mutter und ihre jüngere Schwester Sarah schliefen behaglich im elterlichen Schlafzimmer, das am Ende des Flurs lag. Dort war ein Bett frei geworden, weil die Polizei tags zuvor Ralph Cauldwell abgeholt hatte. Ruth wollte nicht dorthin umziehen, und ihre Mutter hatte sie auch nicht dazu gedrängt. Gestern – Ruth war sich dessen ganz sicher – hatte sie in den Augen ihrer Mutter kurz nach Daddys Verhaftung einen vorwurfsvollen Blick entdeckt, als wollte sie sagen: das ist ganz allein deine Schuld. Ihre Mutter sah sie nur ganz kurz an, senkte dann den Kopf und wandte sich von ihr ab. Auf ein paar verständnisvolle oder tröstliche Worte wartete Ruth vergeblich. Und dabei hätte Ruth Trost und Zuspruch so dringend gebraucht – gestern wie auch jetzt.

Ihretwegen kämpfte Danny Marsh mit dem Tod. Ihretwegen saß Daddy wegen versuchten Mordes im Gefängnis. Sie war schuld daran, daß Munce zurückgekommen war, und durch ihren hysterischen Anfall hatte sie ihren Vater zum Äußersten getrieben. Als sie mit zerrissenen Kleidern, mit Blut im Gesicht und an den Armen und mit blauen Flecken auf ihrer geschwollenen Stirn nach Hause gekommen war, konnte Daddy aus ihrem zusammenhanglosen Gestammel nur den Namen ›Danny‹ heraushören. Sie flehte ihn an, bei ihr zu bleiben. Er aber schwang sich in seinen Wagen und raste nach Sleath, um den armen, armen Danny zu suchen ...

Ruth preßte sich das Taschentuch vor den Mund, um ihr Schluchzen zu unterdrücken. Würde dieser Fluch denn nie ein Ende haben? Warum wurde ausgerechnet sie so schwer bestraft?

Nein, das stimmte nicht ganz. Denn traf es nicht auch Danny und ihren Vater? Aber was konnten die beiden denn dafür, was sie, Ruth, damals mit Munce getrieben hatte? Es war allein ihre Schuld ... ihre Schuld ... *der Schmutz auf ihrer Seele ...*

Sie strampelte im Bett mit den Füßen, weil sie von sich selbst enttäuscht war und sich haßte. Sie schlug mit der Faust ins Kissen. Dann legte sie sich gerade hin und rollte sich stocksteif auf den Rücken. In ihrem Kopf tobten bittere Selbstvorwürfe. Im Zimmer war es inzwischen eiskalt geworden; hätte Ruth mehr sehen können, wäre ihr aufgefallen, daß sich jedesmal, wenn sie ausatmete, weiße Wölkchen vor ihrer Nase bildeten. Erst als ihr kalt wurde, bemerkte sie den Temperatursturz. Und da war noch etwas, das sich allmählich im Haus ausbreitete.

Es war der süßliche Geruch von Fäulnis und Verwesung, den Munce immer an sich gehabt hatte ...

Ruth lag stocksteif da. Sie hatte schreckliche Angst und konnte sich nicht bewegen. Sie wollte schreien, ihre Mutter aufwecken, brachte aber keinen Ton heraus. Sie verspürte einen Juckreiz – allerdings einen sehr unangenehmen – an den Stellen, wo sich winzige Beulen gebildet hatten, und ihre Haut wurde fleckig und rauh. Regungslos lag sie im Dunkeln und fror erbärmlich.

Ruth sah ihn nicht, weil sie noch immer an die Decke starrte. Zuerst spürte sie nur, daß er da war; dann sah sie aus den Augenwinkeln, daß im Zimmer Schatten umherhuschten. Noch immer wollte sie nicht hinschauen, selbst als sich eine dunkle

Masse um das Bett herum auf sie zu bewegte, denn Ruth wußte, daß es diesmal mehr als eine Erscheinung war, mehr als eine körperlose Gestalt aus einem Alptraum. Jetzt hatte er Form, Substanz und Kraft.

Und Ruth erkannte, daß sie selbst der Grund für ihre Lähmung war, daß sie sich gar nicht bewegen *wollte*. Gegen ihren Willen hätte sie in Wahrheit *niemand und nichts* an dieses Bett fesseln können. Sie müßte nur den Mut aufbringen und davonlaufen. Statt dessen lag sie stocksteif da und rührte sich keinen Millimeter vom Fleck. In all den Jahren, in denen sie das schmutzige ... heimliche Spiel miteinander getrieben hatten, war Munce immer wütend geworden, sehr wütend, wenn sie nicht stillhielt oder sich sträubte.

Er stand ganz nahe bei ihr; sie konnte den Gestank riechen, der aus seinen feuchten, zersetzten Lippen ihre Wange streifte. Alle ihre Muskeln verkrampften sich; ein Prickeln ging durch ihren Körper, und ihre Hand zitterte, als der Schrei, der ihr in der Kehle steckengeblieben war, sich noch immer nicht lösen wollte. Es schien, als fluteten kleine Wellen durch ihren Körper, vor denen alles in ihrem Innern zurückzuckte. Plötzlich lag er auf ihr, und sie spürte, wie etwas unter die Zudecke glitt.

Und dann die kalte, leblose Hand auf ihrem Leib.

Mit seinen rauhen, vermoderten Fingerspitzen fuhr er über ihren Bauch. Sie fröstelte. Die Hand blieb liegen.

Ruths Augenlider verengten sich, schlossen sich aber nicht vollständig. Sie wollte nach ihrer Mutter rufen, nach ihrem Vater, aber sie wußte, sie konnte es nicht. Was mit ihr geschah, war zu unanständig, zu schmutzig, zu ... zu ... *geheim*. Mom und Dad durften es nicht wissen, sie durften es nicht erfahren.

Ruth spürte, daß von der Hand, die sich weiter vorantastete, immer wieder kleine Hautfetzen und verfaultes Fleisch abfielen. Munce streichelte zärtlich ihren Oberkörper. Sein stinkender Atem ging schneller; Ruth spürte ihn auf ihrer Wange und dem Hals.

Die Hand mit den toten Fingern schloß sich um ihre harten Brustwarzen. Sie holte scharf Atem, und wenngleich Munce fest auf die weichen Stellen um ihre steifen Brustwarzen herum drückte und der Schmerz bald unerträglich wurde, konnte Ruth sich noch immer nicht bewegen.

Plötzlich hatte sie keine Angst mehr, als Munce die Hand auf ihren Leib legte. Ruth glaubte, sie könne sein Stöhnen hören, doch der Schrei in ihrem eigenen Kopf war so laut, daß sie sich nicht ganz sicher war. Konnte etwas Totes überhaupt Geräusche machen? Etwas fühlen?

Er lag wie ein kleines, aber schweres Tier auf ihr, und für kurze Zeit glaubte Ruth tatsächlich, sie habe das Schlimmste überstanden. Sie wartete, hoffte.

Doch Munce war noch nicht fertig: Er streichelte die Haare, die aus der Mulde zwischen ihren Beinen sprossen. Plötzlich waren sein Handgelenk und sein Arm voller Schleim. Langsam, ganz langsam glitt er mit seinen Fingerspitzen in sie hinein.

Im Osten wurde der Himmel allmählich hell; er sah aus wie eine immer größer werdende Vignette aus Licht. Allmählich waren die Hügel deutlich zu erkennen. Die ersten Tiere regten sich; die Vögel breiteten ihre Flügel aus und flatterten aus den Nestern. Obwohl die Nacht in Sleath sehr kalt gewesen war, roch die Luft schal und abgestanden, was sich im Laufe des Tages durch die Hitze noch verschlimmern würde. Hinzu kam die vollkommene Windstille.

Die Rabenkrähe war schon lange vor ihren Artgenossen in der Luft, denn das dunklere Grau des ersten Büchsenlichts kam ihr zustatten; ihres Gefieders wegen – schwarz, wie bei Raubvögeln üblich – war sie nur schwer auszumachen.

Die Beute war leicht zu finden gewesen, und die Krähe versteckte sich in einer großen Eiche. Sie beobachtete einen Punkt hoch oben auf dem Stützpfeiler des alten Kirchturms, wo sich in einer Spalte, die durch die Verwerfungen des Gemäuers entstanden war, schwarze Rotschwänze ein Nest aus Gras und Federn gebaut hatten. Es dauerte nicht lange, und die Eltern ließen ihren Nachwuchs allein, um auf Nahrungssuche zu gehen.

Die Krähe verlor keine Zeit; sie schwang sich hoch in die Luft, schoß dann auf den Nesteingang hinunter und quetschte ihren großen Körper in die Öffnung hinein, wo die jungen Vögel ihre Hälse reckten und erwartungsvoll die Schnäbel öffneten. Der Räuber riß ihnen nacheinander die Köpfe ab und tötete sie alle. Dann bohrte er seinen dolchartigen Schnabel in ihre blutigen, offenen Wunden und pickte ihr saftiges, feuchtes Fleisch heraus.

Mickey Dunn lief ein Schauer über den Rücken; er hatte Angst, und ihm war kalt. Seine schmutzigen Haare fielen ihm wirr ins Gesicht, und seine Lederjacke und die Jeans waren zerrissen und klebten ihm am Körper, denn in der Nacht war er über ungezählte Brombeersträucher und Äste gestolpert. Vom Reiben waren seine Augen blutunterlaufen und seine Augenlider rot vom vielen Weinen.

Oh, Scheiße, Scheiße, Scheiße noch mal, was hatte er getan? Es war doch nicht seine Schuld. Er hatte doch nicht gewußt, daß der alte Buckler sich da im Wald herumtrieb. Er hatte das Ding vor sich treffen wollen, dieses Scheißding aus Nebel mit dem ganzen Zeug in der Mitte. Er hatte Buckler nicht töten wollen; er hatte ihn hinter der Nebelwand zuerst überhaupt nicht erkennen können. Er hatte Buckler erst bemerkt, als der Wildhüter zu schreien begonnen hatte. Und erst als der Nebel verschwunden war – wenige Sekunden, nachdem das Opfer getroffen worden war –, konnte er Buckler deutlich sehen, wie er mit dem Pfeil in der Brust auf der Lichtung herumtorkelte, als wäre er betrunken. O Scheiße, Scheiße. Der Typ war bestimmt tot. Er hatte so seltsam aufgestöhnt. Es hatte sich wie ein Gurgeln angehört, als er auf die Knie gesunken war; als er dann mit dem Gesicht auf der Erde lag und der Pfeil noch tiefer in seine Brust eingedrungen war, gab er keinen Mucks mehr von sich. Nichts – kein Stöhnen, keine Bewegung, keinen Atemzug mehr.

Mit seiner schmutzigen Hand wischte Mickey sich Wassertropfen aus dem Genick, die von den Blättern des Baumes, unter dem er saß, heruntergefallen waren. Er hatte die Arme um seine angezogenen Knie gelegt, und in der einen Hand hielt er die Armbrust. Die letzten beiden Nächte waren die schlimmsten in seinem ganzen Leben gewesen. Sogar schlimmer als die Zeiten, als sein Vater ihn nachts im Bunker hinten im Garten eingeschlossen hatte. Dieses Scheißding aus Beton war ein Überbleibsel aus dem Krieg, das sein Großvater selbst gebaut hatte, weil er glaubte, die deutschen Bomber hätten es ausgerechnet auf ihn abgesehen; das ganze Dorf hatte ihn deswegen ausgelacht, aber der größte Witz war, daß Mickeys Großvater an einem Herzschlag starb, weil er sich so sehr über das Kriegsende gefreut hatte, daß er sich beim Läuten der Kirchenglocken übernahm. Anschließend war der Schutzraum von Mickeys Vater als Vorratsraum für Äpfel benutzt worden, und jetzt versteckte Mickey Wild darin, das er auf seinen nächtlichen Streifzügen erlegte. Doch in der besagten Nacht, Mickey war elf Jahre alt, hatte Dad ihn in den Bunker eingeschlossen – dieses Loch, diese Zelle, dieses verdammte Grab –, weil er irgend etwas angestellt hatte. Vielleicht war es ein kleiner Diebstahl gewesen. Jedenfalls hatte der Vater ihn bis zum nächsten Morgen im Bunker schmoren lassen. Mickey hatte laut gejammert, er möge ihn doch herauslassen, und er hatte geschrien, als er die Ratten in dem stockdunklen Raum huschen hörte – und dann hatte er wieder geschrien, als eins von diesen Viechern über seine Knie gekrochen war. Doch Dad war nicht gekommen, weil er um diese Zeit wahrscheinlich schon sinnlos betrunken in seinem Sessel ratzte. (Mickeys Mutter war lange zuvor mit dem Mann durchgebrannt, der jede Woche vorbeigekommen war, um die Rate für die Wohnzimmereinrichtung einzutreiben.) Außerdem war es durchaus denkbar, daß weder Dad noch die Nachbarn ihn schreien hörten, weil die Wände des Bunkers acht Zentimeter dick waren. Als die Tür sich am nächsten Morgen öffnete, war Mickey mit schneeweißem Gesicht hinausgerannt, hatte sich in die Arme seines Vater geworfen und geschworen, sich zu bessern, hatte den heiligen Eid geleistet, sich nie wieder etwas zu nehmen, was ihm nicht gehörte! Und einen Augenblick lang – nur für ganz, ganz kurze Zeit – war er an die Brust des Vaters gedrückt worden, eine Geste, die Mickey weder vorher noch nachher je wieder erleben sollte. Dad hatte ihn kurz angeschnauzt und ihn dann von sich weggeschoben. Mickey blickte für einen Moment in das Gesicht seines Vaters und bemerkte, daß er entsetzt war und sich schämte.

Ohne Zweifel war die Sache mit dem Bunker für Mickey ein traumatisches Erlebnis gewesen, und noch Jahre später hatte er deswegen Alpträume. Doch die letzten beiden Nächte waren noch schlimmer gewesen. Statt Ratten waren andere Tiere erschienen, und in der Dunkelheit waren Schatten, die nach ihm greifen wollten, auf ihn zugekommen. Und aus den Augenwinkeln heraus konnte Mickey noch andere Gestalten beobachten, die jedoch sofort wegtauchten, wenn er sich nach ihnen umdrehte.

Das alles war schon ziemlich belastend. Hinzu kam in den langen Nachtstunden nun noch die quälende Erinnerung an den Mord. Würde jemand seine Geschichte glauben? Würde irgend jemand glauben, daß er im Wald Geister gesehen hatte, Dämonen, die sich stöhnend in diesem Nebel herumwälzten und dabei schreckliche Schreie ausstießen? Er war ein Wilddieb, der auf frischer Tat von einem Wildhüter erwischt worden war – *das* würden die Leute denken. Niemand würde ihm glauben, weil er trotz seiner Jugend schon immer Ärger mit dem Gesetz gehabt hatte, und weil sein Vater ein Säufer war und seine Mutter eine Schlampe, die mit einem anderen durchgebrannt war. *(Oh, Mom, warum bist du weggelaufen? Weil ich schon da-*

mals ein Dieb war, der keiner Schlägerei aus dem Wege ging? Hast du mich nicht mitgenommen, weil ich unartig war und weil es mit mir – um es in den Worten von Dad auszudrücken – seit meiner Geburt Ärger gegeben hat?) Du hast den alten Jack Buckler erschossen, und dafür wirst du diesmal ins Gefängnis kommen; das würden die Leute in Sleath sagen. Du hast einen anständigen Mann getötet, der nur seine Pflicht tat; denn selbst wenn du weggerannt wärest, hätte er dein Gesicht erkannt, und auf der Polizeiwache hätte man ihm deinen Namen genannt. Und dann wärst du hinter Gitter gewandert. *(Bitte, Dad, könnte ich mich nicht in dem Bunker verstecken, bis sie nicht mehr nach mir fahnden und wieder verschwinden? Ich schreie auch nicht mehr. Ich jammere nicht mehr, sondern bin ganz still, selbst wenn die Ratten auf mir herumkriechen, selbst wenn sie mich auffressen, wenn sie mir einen Finger nach dem anderen abnagen, wenn sie mich beißen, wenn sie mir die Bauchdecke aufreißen und sich über meine Eingeweide hermachen. Ich weine erst, wenn die Bullen verduftet sind. Und dann machst du die Tür auf, wie damals, und ganz kurz drückst du mich dann an die Brust. Du brauchst dich deswegen nicht zu schämen; du brauchst es nicht zu bereuen. Du mußt mich noch nicht einmal mögen, Dad. Geschweige denn lieben ...)*

Mickeys Augen öffneten sich blinzelnd, und er zuckte zusammen. Verdammt noch mal, beinahe wäre er eingeschlafen. Bloß nicht! Nicht hier! Los, weiter!

Mit zitternden Händen schob er die Blätter auseinander, die seine Sicht behinderten. Er sah düstere Schatten von Bäumen und Sträuchern. Dann etwas Größeres, etwas Großes und Graues zwischen den Bäumen in der Ferne. Es war ein Gebäude; es mußte eins sein. Aber welches ...?

Schlagartig wurde ihm klar, daß er sich noch immer auf dem Lockwood-Anwesen befand, obwohl er wie von tausend Teufeln gehetzt von der Leiche weggerannt war, sich bei jedem Geräusch versteckt und praktisch kaum geschlafen hatte. Und das da zwischen den Bäumen, das war das alte, ausgebrannte Herrenhaus.

Dort würden sie ihn nie suchen; das würde ihnen im Traum nicht einfallen. Und selbst wenn – gab es in dem Haus nicht mehr als ein Versteck? Mickey kannte sich hier ein wenig aus, weil er hier als Kind einmal gespielt hatte. Es hatte ihm nicht sonderlich gefallen, und seinen Spielkameraden auch nicht. An dem Ort spukte es angeblich. Damals war er noch ein Kind und hatte solche Ammenmärchen geglaubt. Jetzt aber war er erwachsen. Jetzt bedeutete die Ruine Schutz für ihn. Er konnte eine Weile dort bleiben und im Wald auf Nahrungssuche gehen – Beeren und dergleichen –, wenn die Luft rein war. Man findet in der Natur genug zu essen, wenn man weiß, wie man es anstellen muß. Lenny und Den hatten es ihm beigebracht. Mit seiner Armbrust konnte er ein Kaninchen oder einen Vogel schießen und die Beute über einem kleinen Feuer im Keller braten. Niemand würde den Rauch sehen, nicht hier draußen, noch nicht einmal, wenn er durch die Löcher im Fußboden in die Höhe steigen würde. Es kam doch ohnehin nie jemand an den Ort, noch nicht einmal der vertrottelte, alte Pfaffe, dem das Anwesen gehörte. Allen grauste es vor diesem Gemäuer. Also konnte er sich ein paar Tage dort verstecken. Bis dahin würden die Bullen glauben, er wäre per Anhalter nach London oder nach Nordengland verschwunden. Dann würde er nach Hause schleichen, um wieder mal etwas Anständiges zwischen die Zähne zu bekommen. Außerdem brauchte er dringend etwas Geld. Dad würde ihn nicht verpfeifen, anders als Grover und Crick. O ja, die hatten bestimmt schon gesungen. Die Polizei wußte inzwischen gewiß, daß ein Wilddieb Buckler getötet hat. Beweis: der Pfeil in der Brust des Opfers. Und wenn die Bullen erst einmal Lenny Grover und Dennis Crick verhört hatten, dann wußten sie auch, wem die Waffe gehörte.

»Sweinehunde«, murmelte Danny und fuhr vorsichtig über seine geschwollene Nase und die gespaltene Lippe.

Mickey richtete sich auf und schlurfte tief gebückt aus seinem grünen Versteck heraus. Blätter wischten sich an seiner Jacke trocken, und eine dünne Ranke glitt über seine Wange. Er zuckte zurück und schob sie rasch zur Seite. Dann konnte er sich wieder frei bewegen, atmete tief durch und reckte und streckte sich.

Er kratzte sich, weil ihn etwas auf dem Kopf juckte. Seine schmutzigen Fingernägel förderten ein winziges Insekt zutage, das in ein vermeintlich sicheres Versteck gekrochen war, in eine üppig ausgestattete Behausung mit eigener Blutbank im Erdgeschoß. Mickey kniff die Augen zusammen und spähte zwischen den Baumstämmen hindurch, um einen weiteren Blick auf Lockwood Hall zu werfen.

Im Innern des Hauses, das wäre der richtige Platz. Dort könnte er bleiben, solange er wollte, niemand würde es bemerken. Die Bullen würden die Suche nach ihm bald abbrechen, weil sie einfach nicht die nötige Zeit dazu hatten, noch nicht einmal, wenn es sich um einem Mordfall handelte, und schon gar nicht, wenn sie davon überzeugt waren, daß er schon längst getürmt war.

Er machte sich auf den Weg und drückte die Schultern durch. Die gesicherte Armbrust hielt er in der Hand.

Herr im Himmel, war er hungrig! Aber er durfte kein Risiko eingehen. Mußte sich, vielleicht bis zum Abend, versteckt halten. Um diese Zeit würden hier viele Kaninchen herumhüpfen. Drei bis vier konnte er bestimmt erlegen, bevor die blöden Viecher überhaupt spitz kriegten, daß es ihnen an den Kragen ging. Dumme, blöde Viecher! Um nicht wieder an den toten Wildhüter denken zu müssen, beschäftigte Mickey sich lieber mit praktischen Dingen, was ihm kurzzeitig auch gelang.

Mickey kam auf die Straße oder, besser gesagt, den breiten Feldweg, auf dem der Matsch festgetreten war und der nach Lockwood Hall führte. Im Schutz der Bäume und des Unterholzes arbeitete Mickey sich weiter vor. Die ausgebrannten

Mauern, die einst ein prachtvolles Haus gewesen waren, tauchten bald vor ihm auf, und kurz blieb er vor der großen, aber völlig zugewachsenen Lichtung stehen. Mit offenem Mund starrte er zu den leeren, schwarzen Fenstern, und er hatte den Eindruck, als ob sich etwas in ihm verkrampfte, als ob ein Teil seiner selbst – sein Mut, vielleicht – beim Anblick von Lockwood Hall kleiner geworden sei. Er hatte diesen Ort nie gemocht.

Die Türöffnung, die in die Empfangshalle führte, war so dunkel und abweisend wie die leeren Fensterhöhlen, doch Mickey wußte, daß dies sein einziger Zufluchtsort war. Unbesorgt konnte er dort ein Feuer anzünden und in der kommenden Nacht – und auch noch in der darauffolgenden – im Warmen schlafen; denn obwohl es Sommer war, hatte es sich in den letzten Nächten stark abgekühlt. Er blieb noch einige Minuten stehen, verließ dann mit einem Schulterzucken den schützenden Wald und schlenderte auf das unheimliche Gebäude zu.

Er stand bereits mit einem triefnassen Turnschuh auf der untersten, von Laubblättern übersäten Stufe, als von irgendwoher Musik erklang. Zumindest glaubte er, daß es Musik gewesen war. Er lauschte. Mußte sich wohl getäuscht haben. Da hatte nur eine Krähe gekrächzt. Das mit der Musik mußte er sich eingebildet haben. Kein Wunder, wenn man die letzten zwei Nächte kaum geschlafen hatte, müde und hungrig war und – Herrgott noch mal – obendrein Angst hatte. Vermutlich war der Wind in einen Scherbenhaufen oder etwas Ähnliches gefahren. Hatte sich aber nicht wie Glas angehört. Eher wie eines dieser alten mechanischen Klaviere. Außerdem war es windstill. Also *mußte* er es sich eingebildet haben.

Mickey stieg weiter die Treppe hinauf, und erneut erklang Musik. Er blieb vor dem hohen, offenen Portal stehen und lauschte wieder. Nein, da *war* nichts! Vögel begannen zu zwitschern; das war alles. Mein Gott, er hatte sich schon wieder getäuscht. Offenbar war er wirklich total fertig. In dem Haus war doch niemand mehr, seitdem es vor mehr als 200 Jahren bei einem Großbrand zerstört worden war, von dem die Bewohner von Sleath noch heute sprachen. Und wenn es hier spuken sollte – wie einige Leute behaupten –, so war es Mickey ziemlich egal, denn bekanntlich tun Gespenster niemandem etwas an. Sie konnten nur dumm herumstehen und gräßliche Fratzen schneiden.

Mickey mußte lachen, doch seine Oberlippe tat so weh, daß er nur ein tiefes, kehliges Glucksen zustande brachte.

Mit der Armbrust im Anschlag ging er langsam ins Haus hinein. Totenstille umfing ihn.

Eine kleine, einsame Gestalt überquerte die steinerne Brücke und ging die Hauptstraße von Sleath in Richtung Dorfanger hinunter. Mit Entschlossenheit setzte der Mann einen Fuß vor den anderen, obwohl er keineswegs ein flottes Tempo vorlegte – er hatte die ganze Nacht das Dorf aus der Ferne beobachtet, und in seinem Alter drang Feuchtigkeit so rasch in die Glieder wie Tinte in ein Löschblatt. Er hatte den Kragen seiner Tweedjacke hochgeschlagen und den Hut mit der schmalen Krempe tief in die Stirn gezogen. In Seamus Phelans graugrünen Augen spiegelte sich die diffuse, blutrote Morgendämmerung am wogenden Horizont wider.

Ein weiterer schöner Tag ist angebrochen, dachte er, als er an der Gabelung stand, wo sich die kurze High Street in zwei Straßen teilte, die um den Anger mit dem Teich in der Mitte herumführten. Zweifellos ein schöner Tag, vielleicht aber nicht so schön für die Leute hier aus dem Ort.

Der Morgen dämmerte trotz des hellen Sonnenscheins am Horizont nur langsam herauf, und die Dunkelheit der Nacht hing wie ein schwerer Mantel über dem Dorf. Phelan blickte sich um, bevor er die Kreuzung überquerte, und starrte auf die Fenster von Häusern, als suche er nach Lebenszeichen. Wie viele von euch schlafen noch, fragte er sich. Wie viele von euch haben überhaupt geschlafen? Heute nacht hat sich Schlimmes ereignet. Schreckliches hat sich hier in Sleath zugetragen. Habt ihr es gespürt? Habt ihr davon geträumt? Haben sie euch heimgesucht? Ja, es würde ein schöner Sommertag werden, doch die Dorfbewohner würden ihn mit Müdigkeit, zweifellos auch mit Verwirrung und voller Angst quittieren. Auf jeden Fall mit einer Mischung aus all dem.

Phelan ging zu dem kleinen Parkplatz, wo der rote Ford stand, der ihm schon am Tag zuvor aufgefallen war. Dann blickte er zum Gasthaus hinüber.

»Dir statte ich später einen Besuch ab, mein Lieber«, sagte er leise. »Wir haben einiges zu besprechen. Aber ich möchte dich nicht zu einer so unchristlichen Zeit stören. Schlafe noch ein wenig weiter und sammle Kräfte für das, was auf dich zukommt.« Vorausgesetzt, du hast heute nacht überhaupt schlafen können.

Er zwängte sich an den wenigen Autos vorbei und ging auf den Teich zu, der friedlich dalag und auf dessen Wasseroberfläche sich der dunkle Himmel widerspiegelte. Dieses Fleckchen Erde übte eine magische Anziehungskraft auf ihn aus. Deswegen schaute er zu der Bank und der großen, ehrwürdigen Ulme hinüber. »Ich habe keine große Lust, um diese Uhrzeit schon in deine trüben Tiefen zu blicken«, sagte er, als spreche er mit dem Teich. Da fiel ihm etwas auf: eine gelbe Ente aus Plastik, die sich im Schilf verfangen hatte. Nichts Besonderes. Ganz im Gegensatz zu der schwarzen Brühe, die in absehbarer Zeit ihr Geheimnis preisgeben würde. Noch war ein wenig Zeit, und die galt es zu nutzen.

Langsam stieg die Sonne höher und vertrieb schamlos und unerbittlich die Nacht mit all ihren unsichtbaren Scheußlichkeiten. Der Anblick war prachtvoll und erhebend, und Phelan mußte beinahe lächeln. Doch er wußte nur zu gut, daß das Licht und die Wärme die schrecklichen Ereignisse, die sich an diesem unseligen Ort abspielen würden, nicht abwenden konnten.

Phelan setzte sich auf die Bank. Die roten Flecken im Gras waren noch zu sehen. Unwillkürlich schaute er zu dem Stock und Schandpfahl hinüber: Noch immer rann Blut am Holz herunter und versickerte im Erdreich.

Phelan schloß die Augen und hielt den Kopf ein wenig schräg nach oben, als wollte er sich von der Sonne bräunen lassen, die jedoch noch nicht sehr hoch stand und ihm ins Genick schien.

Seine Lippen bewegten sich, als würde er ein stummes Gebet sprechen.

Kapitel 24

David Ash schlüpfte in sein Hemd, knöpfte es zu und blickte zum Dorfanger hinunter. Es war noch nicht einmal halb neun Uhr morgens; dennoch dampfte der feuchte Rasen schon wieder.

Ash stopfte das Hemd unter den Hosenbund und krempelte die Ärmel hoch; es würde, wie es schien, wieder ein heißer, vielleicht sogar schwüler Tag werden. Ihm fiel etwas Gelbes auf, das durch den Dunst auf dem Teich schwebte: ja, richtig, die kleine Ente.

Er setzte sich auf die Bettkante und hob das Laken auf, das in der Nacht heruntergefallen war. Dann fuhr er sich durch die noch immer nassen Haare, um einigermaßen ordentlich auszusehen. Er hatte gerade ein lauwarmes Bad genommen, doch er fühlte sich noch immer wie gerädert.

Ash war ins Badezimmer gerannt, in dem sich Ellen Preddle wie eine Wahnsinnige aufführte. Wie sie Ash später bestätigte, war sie davon überzeugt, sich gegen den bösen Geist ihres verstorbenen, verhaßten und haßerfüllten Mannes wehren zu müssen. »George Preddle will meinen lieben Simon immer noch quälen«, hatte sie Ash erzählt, nachdem ihre Tränen versiegt waren und sie nur noch zitterte. »Ich wollte wiedergutmachen, was ich als Mutter zu Lebzeiten Simons versäumt hatte.«

Es wäre für Ash ein leichtes gewesen, ihre Behauptungen als dummes Geschwätz einer seelisch kranken Frau abzutun, hätte er den Geist ihres Sohnes nicht selbst gesehen. Plötzlich war es im ganzen Haus dunkel geworden, und Ash hatte ein

Kind schreien hören, das schreckliche Qualen auszustehen schien.

Schlagartig wurde es wieder hell. Ellen Preddle lag auf dem Boden, die Augen geschlossen, als wäre sie in Ohnmacht gefallen. Sonst war niemand zu sehen.

Ash warf einen kurzen Blick auf die Fotos, auf denen aber lediglich ein seltsamer, heller Strahl zu erkennen war, als hätte der Apparat sein eigenes Blitzlicht fotografiert. Ash hob sie auf und steckte sie in seine Hosentasche, um sie sich später noch einmal näher anzusehen. Dann stellte er den umgekippten Kassettenrecorder wieder auf das Stativ. Bis auf eine waren alle Batterien des Geräts zu Boden gefallen. Ellen Preddle stöhnte leise auf, und Ash legte ihr behutsam eine Hand auf die Schulter. Sie zuckte zusammen und wollte weiterkämpfen, diesmal gegen ihn. Er redete beruhigend auf sie ein, und völlig erschöpft sank sie in seine Arme.

Ash goß Ellen Preddle einen doppelten Sherry ein – das schärfste Getränk, das er im ganzen Haus finden konnte. Sich selbst genehmigte er eine noch größere Menge Wodka aus seinem Flachmann.

Ash war bei Ellen Preddle geblieben, bis ihr die Augen vor Müdigkeit zufielen. Er hatte sie zu Bett gebracht und ihr versichert, daß in dieser Nacht nichts mehr passieren würde. (Nach seiner Erfahrung verschwanden diese Erscheinungen nach kurzer Zeit wieder, weil sie dem Betrachter zuviel Energie entzogen.) Hundemüde war er dann mit dem Auto ins Black Boar Inn zurückgefahren, um auszuschlafen. Tom Ginty hatte ihm einen Schlüssel geliehen. Wegen seiner Geräte im Haus Ellen Preddles machte Ash sich keine Sorgen; von denen würde sicher keines unters Volk kommen.

Ash hatte geglaubt, daß es in dieser Nacht mit den Erscheinungen vorüber sein würde. Doch er hatte sich getäuscht; der Geist des anderen Jungen war ihm erschienen.

Er war vor Erschöpfung beinahe ins Bett gefallen, und seine

Träume waren so wirr und schockierend gewesen wie in der Nacht zuvor. Er war auch noch einmal aufgewacht – und da stand dieses Gespenst wieder neben seinem Bett.

Eine flehentliche Bitte und Angst lagen in den weit aufgerissenen Augen des Jungen, und seine Gestalt war so deutlich zu erkennen, als leuchte sie von innen heraus.

Die Erscheinung verschwand innerhalb von Sekunden; ganz kurz blieb von dem Jungen eine schwache Aura zurück, eine verschwommene, gespenstische Silhouette. Sie streifte Ash an der Hand und hinterließ ein leichtes Prickeln auf seiner Haut.

Als wäre er aus einer tiefen Hypnose erwacht, sprang Ash aus dem Bett und ging in die Hocke.

Nach einer Ewigkeit – jedenfalls hatte Ash diesen Eindruck, obwohl es sich vielleicht um höchstens zwei Minuten gehandelt hatte – schwang er sich wieder auf das Bett. Das helle Tageslicht und Lärm im Gasthaus weckten ihn. Zu seiner eigenen Überraschung war er nochmals eingeschlafen.

Es klopfte an der Tür. Er zuckte zusammen.

»Mr. Ash?« fragte eine Frauenstimme.

»Ja«, antwortete er und stand auf.

»Jemand möchte Sie sprechen, Mr. Ash.«

Wer mochte das sein? Vielleicht Grace, dachte er. Er zog das Bettlaken noch ein wenig gerade und ging dann zur Tür, warf einen letzten prüfenden Blick in das Zimmer: der Flachmann stand noch dort. Sofort eilte Ash zurück zur Frisierkommode und ließ ihn in einer Schublade verschwinden.

Er öffnete die Tür. Zu seiner großen Überraschung stand nicht Grace vor ihm.

Der Mann neben Rosemary Ginty war klein, und man hätte ihn ohne Übertreibung als extravagant bezeichnen können. Er hatte einen Spazierstock in der Hand und war mit einer rostbraunen Tweedjacke bekleidet, aus deren einer Tasche ein getupftes Taschentuch hing; darunter trug er eine dunkelgrüne Kordhose und klobige Straßenschuhe. Seine Weste war kastanienbraun, und ein buntes, türkisch gemustertes Halstuch zierte sein blaues Hemd, dessen Kragen offenstand. Der Mann hatte kaum noch Haare auf dem Kopf, dafür aber zwei silbergraue, buschige Backenbärte. Ash empfand den stechenden Blick aus graugrünen Augen als außerordentlich unangenehm.

»Hier ist der Herr, mit dem Sie für heute morgen verabredet waren«, sagte Rosemary Ginty nichtsahnend.

Den kenne ich doch überhaupt nicht, dachte Ash, verbarg seine Überraschung jedoch und sagte: »Schon recht, Mrs. Ginty.« Wider Erwarten stellte der Unbekannte sich nicht vor, sondern begnügte sich damit, Ash anzulächeln.

»Ich lasse Sie jetzt allein.« Die Frau des Gastwirts ging von dannen. Plötzlich drehte sie sich noch einmal um. »Ich hoffe, Mr. Ash, daß Sie heute nacht nicht gestört worden sind.«

»Gestört?« Wollte die Frau dezent andeuten, daß er sehr spät nach Hause gekommen war?

Ängstlich sagte sie: »Wir hatten heute nacht eine Maus in unserem Schlafzimmer. Mein Mann und ich waren völlig von den Socken, wie Sie sich vorstellen können.« Sie lachte verlegen und schob eine blonde Locke hinter ihr linkes Ohr. »Mein Mann hat das Biest natürlich in Null Komma nichts gefangen. Na, jetzt wissen Sie ja Bescheid.« Sie ging zur Treppe, blieb erneut stehen und rief: »Kommen Sie bald zum Frühstück, Mr. Ash?«

»Es wird wohl noch ein Weilchen dauern ...«

»Ich falle fast um vor Hunger«, sagte der Unbekannte und winkte der Frau mit seinem Hut hinterher. »Legen Sie doch lieber gleich zwei Gedecke auf.«

Sie nickte und verschwand nach unten.

Bevor Ash etwas sagen konnte, stand der kleine Mann direkt vor ihm: »Sie sollten auch etwas im Magen haben, bevor es losgeht.«

Ash runzelte die Stirn. »Mit wem habe ich bitte die Ehre?« fragte er und wurde langsam wütend. Der Kerl tauchte einfach so mir nichts, dir nichts auf und setzte sich über jegliches Gebot der Höflichkeit hinweg. Ash hatte diesen Mann – vom Akzent her ein Ire – noch nie zuvor gesehen.

»Oh.« Der kleine Mann schaute Ash vielsagend an. »Sie kennen mich nicht, Mr. Ash, aber ich kenne Sie. Darf ich hereinkommen?«

Ash machte den Türeingang frei, und der Ire schlenderte ins Zimmer. Er schwenkte seinen Spazierstock vor sich her und ging direkt auf das Fenster zu. »Darf ich Ihnen eine Beobachtung mitteilen? Die Bewohner von Sleath sehen heute morgen aus, als hätten sie letzte Nacht kein Auge zugetan. Denken Sie an Mrs. Ginty. Der Himmel über Sleath ist dunkel, obwohl wir Sommer haben. Was meinen Sie dazu?«

»Hätten Sie jetzt bitte endlich die Güte, mir zu sagen, wer Sie sind und woher Sie mich kennen?« entgegnete Ash.

»In den exklusiven Kreisen der Parapsychologen sind Sie bekannt wie ein bunter Hund, mein lieber Mr. Ash«, entgegnete Phelan. »Vor einigen Jahren habe ich Ihr Buch gelesen, eine außerordentlich interessante, wenn auch nicht ganz fehlerfreie Darstellung übersinnlicher Phänomene.« Ohne Ash um Erlaubnis zu fragen, setzte Phelan sich auf den einzigen Stuhl, der im Zimmer stand. Er schlug die Beine übereinander, legte die Hände auf die Knie und den Hut auf den Schoß. »Sie sind gestern an mir vorbeigefahren. Ich habe Sie sofort erkannt, weil Sie in dem Buch abgebildet sind.«

Ash konnte sich an den Vorfall erinnern und an das Gefühl, beobachtet zu werden. Es war, um genau zu sein, die gleiche Unruhe, die ihn bei der ersten Begegnung mit Grace befallen hatte, vielleicht nicht ganz so stark. »Das Foto ist uralt«, sagte er, obwohl er wußte, daß Phelan gelogen hatte. Er schloß die Tür und blieb vor dem Bett stehen. »Und die Aufnahme gefällt mir überhaupt nicht.«

»Ich finde sie sehr gelungen.« Der Ire lächelte ihn entwaffnend an. »Aber das ist ja völlig unerheblich. Wichtig ist, daß ich weiß, wer Sie sind.«

»Umgekehrt gilt das aber leider nicht.«

»Oh, ich bitte um Vergebung. Manieren sind noch nie meine Stärke gewesen. Mein Name ist Seamus Phelan, und ich freue mich von ganzem Herzen, Sie persönlich kennenzulernen.«

Der Name kam Ash irgendwie bekannt vor, doch er konnte ihn nicht näher einordnen.

»Sie werden schon noch draufkommen«, sagte Phelan lächelnd und strich über sein schütteres Haar. »Im Augenblick gibt es Wichtigeres zu tun«, fügte er dann ernst hinzu und blickte Ash durchdringend an. »Hier in Sleath ereignen sich seltsame Dinge, Mr. Ash, finden Sie nicht auch?«

Ash war sprachlos. Wer, zum Teufel, war dieser Kerl, und was genau wußte er von den Vorgängen im Dorf? »Entschuldigen Sie bitte«, sagte er unwirsch, »aber ich bin im Auftrag eines Kunden hier und unterliege der Schweigepflicht.«

Phelan winkte müde ab. »Aufgeblasener Blödsinn. Typisch Institut, wenn ich mal so sagen darf.«

»Hatten Sie schon einmal mit dem Institut zu tun?«

»Nicht direkt. Aber ich habe viel davon gehört. Nun, David – Sie haben doch nichts gegen diese vertrauliche Anrede, nicht wahr? – die Lage ist ziemlich ernst. Eine unzutreffende Bezeichnung unter den gegebenen Umständen, aber ich benutze sie dennoch. Ja, ich kann noch nicht einmal ausschließen, daß es letztendlich zu einer großen Katastrophe kommen wird.«

Ash ging an dem Iren vorbei, schob die Hände in die Hosentaschen und schaute zum Fenster hinaus. Es waren nicht viele Leute unterwegs – zwei Frauen überquerten die Straße, ein Mann machte seinen Laden auf, und ein anderer parkte seinen staubigen Metro neben Ashs Ford. Phelan hatte recht: Die Leute blickten verdrießlich drein, und an ihrem Gang konnte Ash erkennen, daß sie innere Qualen ausstanden. Es konnte aber auch sein, daß er zu sehr von sich selbst ausging. Oder daß dieser aufdringliche Ire ihn schon zu sehr beeinflußt hatte.

»Was wollen Sie hier in Sleath, Mr. Phelan?« fragte Ash

wütend. Der Ire sollte ruhig wissen, daß Ash seinen Besuch als Zumutung betrachtete.

»Phelan reicht. Lassen Sie das ›Mister‹ einfach weg. Und ich kann ›Seamus‹ nicht ausstehen – klingt mir zu irisch.«

Alles an dem Iren regte Ash auf, nicht zuletzt dieses ständige Lächeln.

Als hätte Phelan genau das geahnt, setzte er eine für seine Verhältnisse beinahe feierliche Miene auf. »Unschönes ereignet sich hier in Sleath, und es ist nicht auszuschließen, daß alles ein schreckliches Ende nehmen könnte – auch für Sie, David.«

Nach kurzem Schweigen sagte Ash: »Sie wissen also, daß es hier spukt?«

Phelan nickte und setzte sich anders hin. »Eine schreckliche – unheimliche – übersinnliche Energie baut sich hier auf. Wußten Sie, daß das Dorf auf der Schnittstelle mehrerer Flurlinien errichtet worden ist?«

Das war Ash neu. Die wissenschaftliche Definition besagte, daß Erdenergie sich in Flurlinien besonders bündelte und auf diese Weise übersinnlichen Ereignissen Vorschub leistete.

Ash hielt die Theorie jedoch für Mumpitz. Deshalb sagte er mit leicht sarkastischem Unterton: »Man soll es nicht für möglich halten.«

»Ich halte den Begriff zwar für etwas unscharf, aber zutreffend, denn die Erscheinungen hier in Sleath speisen sich aus diesen Kräften und den latenten, übersinnlichen Fähigkeiten bestimmter Personen. Ist Ihnen das nicht auch aufgefallen, David?« Die Frage war ernst gemeint.

»Mr. Phelan ...«

»Phelan genügt. Tun Sie mir doch bitte den Gefallen.«

»Also schön – Phelan. Ich weiß nicht, was Sie hier wollen, und ich weiß auch nicht, wer Sie sind und welchem Beruf Sie nachgehen.«

»Letzteres ist doch völlig belanglos, und meinen Namen habe ich Ihnen schon genannt. Zu Hause habe ich die Turbulenzen gespürt, die diese Kräfte verursacht haben, und deswegen bin ich hergekommen. Ich bin allerdings sicher, das alles ist nicht mir allein aufgefallen.«

»Aber Sie haben doch die Sache mit den Flurlinien herausgefunden.«

»Na ja – aber Sie sind doch auch hierher gekommen.«

»Wollen Sie damit sagen, daß ich übersinnliche Fähigkeiten habe?«

»Verwandte Seelen erkennen einander schnell.« Phelan lächelte wieder. »Seltsam, daß Sie Ihre übersinnliche Fähigkeit so in Abrede stellen wollen. Haben Sie Angst?«

Ash wich der Frage aus. »Ich bin aus einem ganz banalen Grund hier. Man hat mich angefordert.«

»Ich weiß. Reverend Lockwood, nicht wahr? Zugegeben, ich habe mich gestern im Dorf ein wenig umgehört. Klatsch und Tratsch, Sie verstehen. Und die ganze Nacht habe ich Sleath von einem Hügel aus beobachtet.«

»Warum?« fragte Ash verdutzt.

»Ganz einfach, Sleath drohen Gefahren. Die Wiedergänger gedeihen, weil böse Kräfte am Werk sind. Ich sage Ihnen dies auf die Gefahr hin, daß Sie mich für überdreht halten.«

»Wiedergänger?«

»Sie sind ...«

»Ja, ich weiß – es sind längst Verstorbene, die aus dem Jenseits zurückkehren. Mit anderen Worten, es handelt sich um Geister. Ich verstehe nur nicht, warum Sie das glauben.«

»Ich fühle es. Ich *spüre* es. Und vielleicht würde es Ihnen nicht anders ergehen, wenn Sie ein bißchen ehrlicher zu sich selbst wären. Auch Ihre Kräfte werden von den bösen Mächten angezapft. Als ich Sie gestern das erste Mal gesehen habe, hatte ich gleich diesen Verdacht, der jetzt zur Gewißheit geworden ist. Glauben Sie mir, Ihre Aura wurde geschwächt – metaphysisch gesehen.« Der Ire schwieg für einen Augenblick, schaute Ash aber noch immer in die Augen. »Sie sind schon einmal benutzt worden, nicht wahr? Zu einem anderen Zeitpunkt und an einem anderen Ort.« Phelan gab sich besorgt.

Ash versuchte, nicht an Edbrook und Christina zu denken, doch er konnte Phelan nichts vormachen.

»Bemühen Sie sich nicht, David. Ich möchte das Thema jetzt nicht vertiefen. Jedenfalls lastet die Erinnerung wie ein Fluch auf Ihnen. Wir müssen uns jetzt aber um die anstehenden Probleme kümmern. Die sind, weiß Gott, happig genug. Einverstanden?«

Phelan schlug wieder die Beine übereinander, lehnte sich zurück und legte einen Arm über die Rückenlehne des Stuhls. Er schwenkte seinen Hut hin und her. »Und noch jemand wird hier benutzt, der auch so veranlagt ist, stimmt's? Es ist logisch, daß man Sie erst eingeschaltet hat, nachdem etwas passiert ist. Soweit ich weiß, hat es in letzter Zeit mehrere Erscheinungen gegeben.«

Wer könnte das sein? Meinte Phelan womöglich Grace, die ihre übersinnlichen Fähigkeiten noch viel stärker unterdrückte als er, Ash? Könnte sie so etwas wie ein Katalysator sein?

»Sie überlegen offensichtlich, wen ich gemeint haben könnte. Gehe ich richtig in der Annahme, daß Sie diese andere Person kennen?«

Ash schwieg, weil er Zeit gewinnen wollte. Außerdem mußte er sich näher über Seamus Phelan informieren.

Mit einem Schwung, den Ash ihm nie zugetraut hätte, stand der Ire plötzlich auf.

»Warum bereden wir das nicht alles beim Frühstück?« Phelan stand schon halb an der Tür. »Soll ich schon einmal vorgehen, während Sie sich fertigmachen?«

»Ich weiß nicht recht ...«

Der Ire wurde wieder ernst. »Zum Nachdenken ist es jetzt leider zu spät, mein lieber Mr. Ash. Sie können den Lauf der Dinge nicht mehr aufhalten. Es steht Ihnen nur die Möglichkeit offen, Sleath sofort zu verlassen, aber ich glaube kaum, daß Sie das wollen. Ich sehe Ihnen sogar an, daß ich recht habe. Und was die bevorstehenden Ereignisse in Sleath betrifft, so sind wir beide ihnen hilflos ausgeliefert und können nur hoffen, daß wir den ganzen Wahnsinn gesund überstehen. Und daß wir am Leben bleiben. Diese scheinbare Kleinigkeit möchte ich nicht unerwähnt lassen. Schließlich sind schon zwei Menschen ums Leben gekommen.«

»Ich muß Sie korrigieren. Der Junge lebt noch.«

»Da muß ich Ihnen leider widersprechen: Er lebt nicht mehr. Und bitte, vergessen Sie nicht, daß diese beiden Todesfälle erst der Anfang sind. Wir sehen uns in fünf Minuten unten beim Frühstück.«

Lässig schwenkte Phelan seinen Hut und verschwand durch die Tür.

»Kate? Gott sei Dank, daß ich dich noch zu Hause erreiche.«

»In ein paar Minuten wäre ich auf dem Weg ins Institut gewesen. Du hättest mich auch dort anrufen können.«

»Ja, aber ich wollte keine Zeit verlieren – ich brauche dringend einige Auskünfte.«

»Aha. Geht es langsam los?«

Nach einer kurzen Pause sagte Ash: »Es sieht so aus. Aber im Augenblick weiß ich noch nichts Genaues.«

»Sag schon, David, bitte!«

»Nichts lieber als das.«

»Warum tust du es dann nicht?«

»Gib mir noch ein bißchen Zeit. Tust du mir bitte einen großen Gefallen?«

»Aber das weißt du doch!«

»Sagt dir der Name Seamus Phelan etwas? Er ist ein Medium oder ein Hellseher.«

Nachdenklich wiederholte Kate den Namen. »Kommt mir bekannt vor. Aber im Augenblick kann ich leider nicht mehr dazu sagen.«

»Ging mir genauso. Könntest du bitte im Institut nachsehen, ob über ihn eine Akte existiert?«

»Ich habe heute ganz schön viel zu tun, David.«

»Trotzdem. Man kann nie wissen.«

»Na schön, ich werde mein Bestes tun. Sagst du mir jetzt, was sich in Sleath abspielt?«

»Herr im Himmel, wenn ich das nur selbst wüßte!«

»David?«

»Ja?«

»Deine Stimme gefällt mir nicht. Ist die ganze Sache nicht ein bißchen zuviel für dich? Vergiß nicht, daß du nach dem Fall ziemlich angeschlagen warst.«

»Darüber bin ich längst hinweg.«

»Du hattest damals einen Nervenzusammenbruch. Nimm das bitte nicht auf die leichte Schulter. Wäre es nicht besser, wenn ich zu deiner moralischen Unterstützung nach Sleath käme?«

»Nein.«

Das war deutlich. Kate zuckte vor dem Telefon leicht zusammen.

»Wie du willst«, sagte sie. »Aber wenn du mich brauchst ...«

»Dann rufe ich an.« Seine Stimme klang jetzt wieder freundlicher.

»Wieviel Zeit habe ich für meine Recherchen über Seamus Phelan?«

»Ein paar Stunden.«

»Ist es so wichtig?«

»Ich kann es nicht genau sagen. Möglich ist alles.«

»Ich werde mein Bestes tun.«

»Mehr verlange ich auch nicht.«

»Sei nicht so sarkastisch, das paßt einfach zu gut zu dir.«

»Danke, Kate.« Für die Hilfe, meinte er.

Einfühlsam fragte sie: »Du würdest es mir doch sagen, wenn du Schwierigkeiten hättest, nicht wahr, David?«

»Immer.«
»Höre bitte auf damit. Ich melde mich.«
»Danke.«

Ash legte auf. Gedankenverloren starrte er einige Sekunden auf das Telefon. Dann nahm er den Hörer wieder auf und wählte eine andere Nummer. Grace Lockwood meldete sich am anderen Ende der Leitung.

Kapitel 25

Grace legte die Schlüssel auf das Lehrerpult, das in früheren Zeiten wohl auch als Schülerbank gedient haben mußte, Kerben und Kratzer zeugten noch davon. Selbst die Wände hatten das aufgeregte Geplapper der Schüler, ja, sogar ihr Schweigen in sich aufgenommen.

An der Tafel waren noch einige Zeilen eines Gedichts zu erkennen, das Grace genau in diesem Raum vor vielen Jahren gelernt hatte. Wie schön, dachte sie, daß bis zur Schließung der Schule hier traditionelle Werte gepflegt worden sind: ›Himmel und Hölle‹ statt Nintendo und die guten, alten Märchen statt billiger Zeichentrickfilme.

Einige Verse fielen ihr wieder ein:

Drei junge Ratten mit schwarzen Hüten,
Drei junge Enten mit weißen Tüten,
Drei junge Hunde mit Kringelschwänzchen,
Drei junge Katzen ...

Und wie ging es weiter? Es war sehr lange her, doch Grace konnte sich noch sehr genau an das Gedicht erinnern. Timmy Norris hätte gewußt, wie es weiterging. Er kannte alle Gedichte auswendig; er brauchte dafür weder Tafel noch Schulbuch.

Grace dachte mit Wehmut an Timmy, der im Alter von sechs Jahren Symptome von Schwachsinn entwickelt hatte, so daß seine Eltern ihn von der Schule nehmen mußten. Grace setzte sich auf den Stuhl; sie war jetzt die Lehrerin.

Plötzlich fiel ihr wieder die letzte Zeile ein: »Drei junge Katzen, die machen ein Tänzchen.«

Die Worte, die sie keineswegs laut ausgesprochen hatte, hallten in dem leeren Klassenzimmer wider.

Grace schwitzte am ganzen Körper, weil die Sonne ungehindert ins Gebäude fiel. Als sie noch zur Schule gegangen war, hatte man im Frühling und Sommer die Fenster stets weit aufgerissen, weil die Hitze sonst unerträglich gewesen wäre.

Sie schaute auf die Uhr. David müßte bald kommen. Er hatte vor irgend etwas Angst; das hatte sie am Telefon deutlich gespürt. Natürlich ließ er sich nichts anmerken. Seltsam, wie leicht sie ihn durchschaute. Sie kannte ihn doch kaum ... und dennoch ... kannte sie seine Gedanken.

Grace blickte zu der Mittelreihe hinüber. Sie hatte in der zweiten Bank gesessen, bis sie aus Sleath fortgezogen war. Zeiten voller Sonnenschein. Aber das war reine Einbildung, typisch für Kindheitserinnerungen, in denen alle Sommer lang und heiß gewesen sind und wo es an Weihnachten immer geschneit hat. Die Wirklichkeit war anders gewesen; denn Grace hatte ja nicht nur in Sleath gelebt.

Sie erschauderte. Sie wußte nicht, warum. Um sich besser konzentrieren zu können, schloß sie die Augen. Aber es nützte nichts. Sie war völlig durcheinander, und sie hatte Angst.

Ein Schatten huschte über ihr Gesicht. Sie riß die Augen auf. Im Klassenzimmer war niemand, und am Himmel hingen keine Wolken. Es war nur etwas dunkler um sie herum geworden. Grace war unheimlich zumute.

Sie wollte gerade aufstehen, als sie die Stimmen hörte, die es nur in ihrer Phantasie gab und die von weit her kamen.

Und wieder glitten Schatten über ihr Gesicht und verfinsterten kurzzeitig die Sonne; doch jedesmal, wenn sie die Augen aufschlug, waren sie verschwunden.

Die Stimmen kamen näher, auch wenn sie nur in ihrer Phantasie existierten. Es waren offensichtlich Kinderstimmen.

Grace wäre beinahe ohnmächtig geworden – sie erkannte das Lied; sie hatte es in diesem Klassenzimmer als Schülerin gesungen.

»Tanzt, tanzt, wo immer ihr seid,
Ich bin der Herr des Tanzes, sprach er,
Und ich führe Euch alle,
Wo immer ihr seid ...«

Sie sprach die Worte nach, während die Kinder sangen.

»Und ich führe euch alle,
Wo immer ihr seid ...«

Lauter. Die Stimmen hallten ihr jetzt von den Schulbänken, von den Wänden und aus der Luft entgegen. Sie wiederholte die Worte und hob die Stimme, sowie es auch die Kinder taten.

»Man hat mich gegeißelt, mit Dornen gekrönt,
Das schwere Holz mußte ich tragen ...«

Graces Wimpern glitzerten silbrig im Sonnenlicht, als eine Träne durch ihre geschlossenen Lider sickerte. Sie konnte sich wieder an die nächste Zeile erinnern, als hätte sie sie erst gestern gelernt:

»Man hat mich verspottet und verhöhnt,
Und an das Kreuz geschlagen ...«

Die Melodie klang plötzlich dumpf; stockend sangen die Kinder weiter:

»An einem Freitag zur dritten Stund
Ließ man mich sterbend zurück ...«

Die Stimmen sangen immer tiefer:

»Es tanzt sich schwer, wenn man tanzen muß
Mit dem Teufel im Genick ...«

Es hörte sich an, als würden Erwachsene singen.

»Doch ich bin der Tanz, ich ganz allein,
Und ich tanze immerzu.«

»Grace?«

Grace griff sich unwillkürlich an die Brust.

David Ash stand in der Tür. Sein Gesicht war bleich im Sommerlicht.

Grace hatte es in der Schule nicht mehr ausgehalten; deshalb setzten sie sich in Ashs Wagen, dessen Fenster heruntergekurbelt waren, um ein bißchen frische Luft hereinzulassen. Es wurde immer schwüler, und die Fahrbahn glänzte im Sonnenlicht. Der Himmel über dem Kirchturm schien farblos zu sein.

»Was ist in der Schule los gewesen?« fragte Ash.

»Ich habe an ein Lied gedacht, das ich dort als Kind gesungen habe.«

»Ich hab' dich gehört. Du hast die Worte mitgesprochen.«

Grace fingerte nervös an der kleinen, braunen Ledertasche herum, die auf ihrem Schoß lag. »Hast du auch die anderen Stimmen gehört?«

»Ja. Und es war dasselbe Lied, das ich kurz vor unserer ersten Begegnung vor zwei Tagen gehört habe. Ich habe es dir erzählt.«

»Zuerst sangen Kinderstimmen, und dann ... wurden sie anders. Sie wurden ...« Grace blickte Ash verwirrt an. »Sie wurden unnatürlich. Sie klangen überhaupt nicht mehr wie Stimmen von Kindern. Ich bin zu Tode erschrocken.«

Ash nahm ihre Hand, und sie ließ es geschehen. »Einige Parapsychologen glauben, daß an bestimmten Orten Wände oder vielleicht sogar die Luft bestimmte Töne zu speichern vermögen, die dann zu einem späteren Zeitpunkt unter günstigen Bedingungen von bestimmten Leuten wieder freigesetzt werden können.«

»Warum ist mir das aber erst jetzt passiert?«

»Früher hast du dir nicht eingestehen wollen, daß du über besondere Wahrnehmungsfähigkeiten verfügst. Aber die Umstände haben sich geändert. Übrigens – warum bist du heute morgen in die Schule gegangen?«

Sie lächelte leicht. »Das hatte einen ganz banalen Grund. Von Zeit zu Zeit muß ich den baulichen Zustand der Schule untersuchen und mögliche Schäden an die Eigentümerin melden, die Gemeinde Sleath. Man will potentielle Käufer schließlich nicht vergraulen. – Warum hast du mich treffen wollen?«

»Ein farbenprächtiger Ire namens Seamus Phelan hat mir heute morgen einen Besuch abgestattet. Er sah aus wie ein Kobold.«

»Kennst du den Mann?«

»Ich hatte ihn vorher noch nie gesehen. Aber er ahnt offenbar, was sich hier in Sleath abspielt.« Ash erzählte Grace kurz von seiner ersten Begegnung mit dem kleinen Iren. »Er hat sogar mit mir gefrühstückt, nachdem ich dich angerufen hatte, obwohl mir der Appetit ziemlich vergangen war. Phelan ist der Meinung, daß hier in Sleath ein Aufruhr von Geistern stattfindet. Ja, diesen Ausdruck hat er benutzt – Aufruhr von Geistern.«

»Hätte ich nicht die Kinderstimmen in dem Schulgebäude mit eigenen Ohren gehört, hätte ich ihm wahrscheinlich gesagt, daß ich ihn für verrückt halte. Aber Aufruhr? Gespenstererscheinungen, schön – aber wie du selbst gesagt hast, widerfahren sie nur bestimmten Leuten, die irgendwann in ihrem Leben Traumata erlitten haben.«

»Diese Vorkommnisse könnten doch erst der Anfang sein.«

»O Gott, hoffentlich nicht. Das war hoffentlich schon alles.«

»Er sagte, sogar die Luft in Sleath würde von den Ereignissen verpestet.«

»Durch die beiden Morde.«

»Was?«

»Er hat recht. Sleath ist irgend etwas Böses widerfahren, spürst du das denn nicht? Erst wird dieser junge Mann erschlagen, Danny Marsh, und dann wird der Wildhüter ermordet. Wie kommt es zu einem so unerwarteten Ausbruch von Gewalt an einem ansonsten so friedlichen Fleckchen Erde?«

»Ist Danny Marsh tot?«

»Die Polizei hat meinen Vater heute morgen angerufen. Schließlich haben die Angehörigen eines Opfers Anspruch auf geistlichen Beistand.«

»Aber Phelan wußte auch, daß der Junge gestorben ist.«

»Vielleicht hat er im Krankenhaus angerufen.«

»Warum sollte er? Außerdem hätte man ihm keine Auskunft erteilt, weil er nicht mit der Familie verwandt ist.«

»Kann man ihm glauben? Was meinst du?«

»Hätte ich nicht selbst gestern abend ein Gespenst gesehen, würde ich Phelan wahrscheinlich ohne weiteres als Spinner abtun. Doch wie die Dinge nun mal stehen, bin ich mir da nicht mehr so sicher.« Ash erzählte Grace, was sich in der Nacht zuvor im Hause von Ellen Preddle zugetragen hatte und was er in seinem Zimmer im Gasthof im ersten Büchsenlicht erlebt hatte. »Ellen Preddle glaubt, daß ihr Sohn Simon selbst im Tod noch von seinem Vater verfolgt wird. Ich habe den Jungen ja zweimal gesehen, und immer hat er hilfesuchend die Arme nach mir ausgestreckt. Phelan glaubt, daß noch andere Gespenster auf menschliche Unterstützung hoffen, die weit weniger harmlos sind als der kleine Simon Preddle. Phelan hat mir vorgeschlagen, daß ich mich rasch in die Geschichte von Sleath einarbeite, während er seine eigenen Nachforschungen weiter betreibt.«

»Läßt du dich von Unbekannten immer so herumkommandieren?«

»Ach was. Das hätte ich auch ohne Phelan gemacht – ich bin sogar dazu verpflichtet. Und genau deswegen wollte ich dich sprechen.«

»David, du weißt, daß ich dir nach Kräften helfen werde.«

Dankbar drückte er ihre Hand. »Hoffentlich ist dir aber auch klar, daß du dich damit gegen deinen Vater stellst. Ich muß an die Kirchenbücher herankommen. Ich muß wissen, wo sie aufbewahrt werden.«

Er sah sie von der Seite an. Sie sagte nichts, lehnte sich nach vorn und küßte die kleine Narbe auf seiner Wange.

Kapitel 26

Ash hielt vor dem Kirchhoftor an und stellte den Motor ab. Im Hintergrund konnte er die Mauern von St. Giles sehen, und aus irgendeinem unerfindlichen Grund störte ihn dieser Anblick. Grace mußte Ash erst stupsen, bevor er ihr die Tür öffnete.

Als er aus dem Wagen gestiegen war, bemerkte er, wie der Schweiß ihm den Rücken hinunterlief. Er öffnete den Kragen seines Hemdes und fächelte sich ein wenig frische Luft zu. Grace hingegen schien die zunehmende Hitze nichts auszumachen; sie trug eine hellblaue Bluse aus leichtem Baumwollstoff und einen dünnen Sommerrock. Ihr Haar hatte sie gelöst, so daß die Locken ihr weich auf die Schultern fielen. Sie blickte nervös zur Schule hinüber. Dann war sie um den Ford herumgekommen und stand neben Ash.

»Denke nicht länger darüber nach«, sagte er zu ihr, weil ihm nichts Besseres einfiel.

Für einen Augenblick wußte sie nicht, was er meinte. Dann lächelte sie ihn an. »Das ist nicht so leicht. Ich verstehe einfach nicht, was mit mir passiert, David.«

Mit dir und mit mir, dachte Ash, behielt den Gedanken aber für sich, weil er ebenfalls keine Antwort darauf wußte. »Also los«, sagte er und ging auf das Kirchhofportal zu.

Er mußte sich mit aller Kraft gegen die verrosteten Scharniere stemmen, wurde dann aber mit angenehm kühlem Schatten belohnt. Er ließ Grace vorausgehen. Vor der großen Doppeltür der Kirche holte Grace einen Schlüsselbund aus ihrer

Umhängetasche. Sie drehte den eisernen Türgriff herum, und schon standen sie beide in der Vorhalle. Grace drehte sich zu Ash um, als ihr auffiel, daß die innere Kirchentür einen Spalt weit offen stand.

»Eigentlich müßte sie verschlossen sein«, sagte Grace und steckte die Schlüssel wieder weg. »Also ist entweder Vater oder der Hilfspfarrer hier.«

Wie schon beim erstenmal fror Ash auch diesmal wieder entsetzlich in der kalten Vorhalle, was ihn jetzt aber noch mehr beunruhigte; es war ihm, als würde ein zu enger Mantel über seinen zu Eis erstarrten Körper geworfen.

In der Hauptkirche blieb Ash stehen, als hielte ihn eine unsichtbare Hand zurück. Es herrschte Totenstille. Nach der sonderbaren Anwandlung gerade eben in der Vorhalle wunderte Ash das nicht.

St. Giles war eine ziemlich kleine Kirche, die aber durchaus ihre Reize hatte. Eine Reihe von Pfeilern auf beiden Seiten führte zu einem reich verzierten Lettner. Über dem Altar prangte eine Darstellung der Verklärung Christi und eine Rosette, aus der heller, weicher Sonnenschein auf die hohe Kanzel aus Stein fiel, die auf der linken Seite des Hauptschiffs stand. Über einen Mittelgang gelangte man zu der Wölbung unterhalb des Eckturms, wo die Orgel und ein Chorgestühl standen. Dort hingen auch Glockenseile, die, wie Ash bemerkte, sich leicht im Luftzug bewegten, der wahrscheinlich von ihm und Grace verursacht worden war. Sie nahm seinen Arm und flüsterte nervös: »Hast du das gehört?«

Ash lauschte angestrengt; dann schüttelte er den Kopf. »Da war doch etwas ...«, sagte Grace, und dann hörten sie es beide – ein leises, dumpfes Stöhnen. Grace klammerte sich jetzt noch fester an Ash.

»Es kommt von da hinten«, flüsterte Ash ihr zu und deutete auf den Altar.

Grace wich einen Schritt zurück, und Ash ging los. Aufmerksam blickte er nach links und rechts. Grace folgte ihm nur zögernd; ihre Schritte waren kaum zu hören.

Ash sah sich kurz nach Grace um: Sie war kreidebleich und schien sich nicht von der Stelle zu bewegen. Beide blieben wie angewurzelt stehen, als das Stöhnen in ein Heulen überging, das in dem hohen Kirchenraum schrill klang. Plötzlich zwängte sich Grace an Ash vorbei, rannte durch das Hauptschiff und verschwand in einem kleinen Torbogen. »Grace!« rief Ash voller Angst, doch sie achtete nicht auf ihn.

Ash setzte ihr sofort nach.

In der Seitenkapelle standen auf engstem Raum ein Altar, eine Kredenz und ein Sarkophag, den die steinerne Figur eines mittelalterlichen Ritters zierte, zu dessen Füßen eine zusammengesunkene Gestalt inmitten von zerrissenen Büchern und zerknitterten Pergamenturkunden kauerte – Reverend Lockwood.

Kapitel 27

Ash stand vor dem Gemälde und mußte Grace beipflichten: Lockwood Hall hatte etwas Kaltes an sich. Mit den korinthischen Säulen, den Pilastern, den hohen Fenstern und der prächtigen Dachbalustrade wirkte es nicht nur groß, sondern beinahe wie ein Schloß. Vielleicht hatte der Architekt sich zu sehr an die nüchternen Baupläne gehalten. Oder die ganze Schuld traf den Maler, dessen zu wirklichkeitsgetreue Darstellung keinen Raum für romantische Träumereien des Betrachters ließ. Dieser Vorwurf traf zumindest auf eine Gruppe von Reitern zu, die über ein Feld hinter dem Haus galoppierten, und auf eine Baumreihe im Hintergrund. Trotz – oder gerade wegen – dieser Unzulänglichkeiten war Ash fasziniert.

Er hatte alles um sich herum vergessen und schaute sich nun jedes Detail genau an – die langen Vorhänge hinter den Fenstern, das wunderbare Treppengeländer des Aufgangs, die leuchtenden Kostüme der Reiter und die kleine Gestalt in weißen Kleidern, die unter einer immergrünen Eiche in der Bildmitte stand ...

Stimmen im Flur vor dem Studierzimmer rissen ihn aus seinen Gedanken. Die Tür, die ohnehin nur angelehnt gewesen war, ging weiter auf.

Herein kamen Grace Lockwood und ein Mann, dessen mürrisches Gesicht Ash irgendwie bekannt vorkam. Natürlich – der Bursche hatte Ash zusammen mit einem Freund so unverschämt gemustert, als Ash zum erstenmal ins Black Boar Inn gekommen war. Grace war noch so sehr in Gedanken versunken, daß sie David vollkommen vergessen hatte und überrascht war, als er plötzlich vor ihr stand.

»David, das ist Dr. Stapley«, sagte sie.

Von dem Arzt ging eine ungeheure Müdigkeit aus: Sein Gesicht mit den wäßrigen Augen war kreidebleich, als hätte er zuviel Zeit in dunklen Räumen verbracht, statt sich in der üppigen Natur um Sleath herum zu ergehen. Kurzum, der Mann war seinen beruflichen Aufgaben nicht mehr gewachsen.

Irgend etwas hinderte Ash daran, dem Arzt zur Begrüßung die Hand zu geben, worauf Dr. Stapley anscheinend auch keinen allzu großen Wert legte. Ash war unangenehm berührt, daß der Arzt ihn wieder so unverhohlen anschaute, und fragte: »Wie geht es Reverend Lockwood?«

»Ich habe ihm Ruhe verordnet. An sich müßte er für ein, zwei Tage zur Beobachtung ins Krankenhaus.«

»Da können Sie lange warten«, sagte Grace. »Vater will Sleath unter keinen Umständen auch nur für eine Minute verlassen.«

»Wie kommt er dazu?« fragte Ash neugierig.

Bevor Grace etwas erwidern konnte, sagte Stapley: »Der Reverend ist vollkommen erschöpft. Ich habe den Eindruck, er leidet unter Wahnvorstellungen. Seit dem Tod seiner Frau hat er gesundheitlich immer mehr abgebaut. Ich muß Ihnen ehrlich gestehen – ich hätte nicht gedacht, daß er sich so lange halten würde.«

»Der Reverend hatte einen Nervenzusammenbruch?«

»Jetzt legen Sie mir Worte in den Mund, die ich nicht benutzt habe. Edmund ist geistig und körperlich am Ende, nicht mehr und nicht weniger.«

»David, bitte denke daran, wie wir ihn in der Kirche vorgefunden haben«, sagte Grace leise. Sie stand an dem kleinen Schreibtisch ihres Vaters mit Blick auf die zerkratzte Schreibunterlage, die herumliegenden Papiere und Bücher. Sie verschränkte die Arme vor der Brust und beugte sich ein wenig vor. »Vater hat Dr. Stapley und mir gerade eben erzählt, daß er bei der Durchsicht der Kirchenbücher plötzlich ohnmächtig geworden ist.«

»Aber er kann nicht bewußtlos gewesen sein – wir haben ihn doch stöhnen gehört!«

»Als Sie in die Seitenkapelle kamen, war er gerade wieder zu sich gekommen. Er war noch völlig durcheinander und hatte große Angst. Ich habe ihm ein Beruhigungsmittel gegeben. Lassen Sie ihn bitte einige Stunden schlafen, Miß Lockwood. Ich komme im Laufe des Tages noch einmal vorbei. Ich glaube aber nicht, daß sein Zustand sich ändern wird. Sollte dies wider Erwarten der Fall sein, rufen Sie mich bitte sofort an.«

Grace machte sich ihres Vaters wegen große Sorgen, lächelte den Arzt jedoch an.

Dr. Stapley stand in der offenen Tür. Schwitzte er nur deswegen so sehr, weil es draußen heiß war? Mißtrauisch schweifte sein Blick von Grace zu Ash, als befürchte er, die beiden würden seine ärztlichen Anweisungen nicht befolgen. Deswegen sagte er beim Weggehen noch einmal: »Der Reverend braucht dringend Ruhe.«

Grace rannte hinter ihm her, und Ash hörte sie mit dem Arzt auf dem Flur flüstern. Er nutzte die Gelegenheit und schaute sich die alten, ledergebundenen Bücher im Studierzimmer an, die so schwer waren, daß die Bücherborde sich unter ihnen bogen. Das Zimmer lag nach Norden, so daß kaum Sonne hereinfiel. Entsprechend stickig war die Luft, und der Raum wirkte ziemlich nüchtern. Ashs Blick fiel wieder auf das Gemälde von Lockwood Hall, und er erinnerte sich, daß ihm irgend etwas aufgefallen war, kurz bevor Grace und Dr. Stapley hereingekommen waren. Er wollte sich das Bild gerade noch einmal näher anschauen, als er hörte, wie Grace den Flur entlang kam.

Wortlos warf sie sich in seine Arme und begrub ihr Gesicht an seiner Brust. Sie weinte – Ash spürte es, weil sein Hemd feucht wurde. Für einen Augenblick wußte er nicht, was er tun sollte. Dann umarmte er sie und drückte sie fest an sich.

»Armer Daddy.«

»Er wird wieder gesund«, sagte Ash. »Du hast doch gehört, was der Arzt gesagt hat – dein Vater braucht dringend Ruhe. Vielleicht wäre es auch nicht schlecht, wenn er für einige Zeit verreisen würde.«

Sie schmiegte sich noch enger an ihn und schaute ihm in die Augen. »Er soll aus Sleath weggehen? Hast du nicht gehört, was ich vorhin gesagt habe? Solange hier im Ort nicht alles geklärt ist, wird er niemals fortgehen.«

»Und warum nicht?«

»Er ist der Ortsgeistliche. Er kann seine Herde nicht im Stich lassen.«

»Die Dorfbewohner? Die wissen doch überhaupt nicht, was hier vor sich geht.«

»Bist du wirklich so blind, David? Hast du den Leuten in die Gesichter geschaut? Hast du nicht die Angst in ihren Augen gesehen? Sie *wissen*, daß in Sleath das Böse Einzug gehalten hat.«

Finsternis liegt über dem Ort. So hatte der kleine Ire am Morgen zu Ash gesagt. Phelan und Grace hatten recht. Diese Dunkelheit, dieses ungute Gefühl erfüllte die Atmosphäre und beschlich sämtliche Bewohner von Sleath und Umgebung. Er mußte sich nicht erst ihre Gesichter ansehen oder sich ihre Geschichten anhören oder womöglich seine Kameras aufstellen und Thermometer aufhängen, um dies zu erkennen. Ash konnte diese Vorgänge genau spüren, ebenso wie Grace, die in seinen Armen lag. Daran änderte auch die Tatsache nichts, daß die Bewohner von Sleath den Mund nicht aufbekamen, sei es aus Angst, sei es aus Verlegenheit.

»Ich glaube dir, Grace. Aber ich habe für die Erscheinungen hier am Ort auch keine Erklärung. Am liebsten würde ich weit weggehen.«

Sie erstarrte. »Du würdest gehen ...?«

»Ja, aber nur mit dir.«

»Du weißt genau, daß das nicht geht.«

»Wir sind den Ereignissen hilflos ausgeliefert.«

»Warum sagst du das? Ist das die Lehre, die du aus dem Fall in Edbrook gezogen hast?«

Ash gab keine Antwort, aber sie ließ nicht locker. »Das ist doch schon so lange her, David. Außerdem hast du damals doch unter Schuldkomplexen gelitten und warst deshalb verletzlich.«

Er hielt sie ein Stück von sich weg und schaute ihr in die Augen: »Woher weißt du das?«

»Du hast es mir gestern abend im Black Boar Inn selbst erzählt.«

»Nein. Nein. Ich habe dir niemals etwas erzählt über ...«

»Juliet? Ja, das kann ich auch noch bei dir spüren; es hat etwas mit dem Traum zu tun. Du fühlst dich deiner Schwester wegen schuldig, nicht wahr? Aber warum?«

»Das ist doch jetzt nebensächlich. Es gibt hier genug anderes zu tun.«

»Also wirst du bleiben?«

»Habe ich je etwas anderes gesagt?«

Wieder drückte sie den Kopf fest an seine Brust, und er streichelte sie zärtlich.

»Mir macht etwas anderes Sorgen«, sagte er. »Ich muß herausfinden, warum dein Vater versucht hat, die Kirchenbücher zu vernichten.«

»Ich glaube nicht –«

»Du hast doch selbst gesehen«, unterbrach er sie, »wie dein Vater die Pergamenturkunden und Bücher zugerichtet hat.«

Sie schüttelte leicht den Kopf. »Wahrscheinlich hat er überhaupt nicht gewußt, was er tat. Dr. Stapley vermutet eine vorübergehende Umnachtung.«

»Das glaube ich nicht. Vielleicht hat dein Vater Angst gehabt, daß wir etwas herausfinden.«

»Ach, Quatsch. Was soll denn schon groß in den Kirchenbüchern stehen?«

»Genau das müssen wir herausfinden.«

Sie drückte sich fest an ihn. »Danke, David, daß du uns helfen willst.«

Ash legte ihr einen Finger unters Kinn und drückte sanft ihren Kopf hoch. Mit den Daumen wischte er die Tränen aus ihren Augen. Dann beugte er sich leicht vor, um sie zu küssen. Zuerst glaubte er, sie würde ihn zurückweisen. Doch Grace zog ihn zu sich herunter, und ihre Lippen berührten sich.

Ihr Kuß war leidenschaftlich und innig, und sie umarmten einander noch fester. In Ashs Kopf herrschte ein wildes Durcheinander von Gefühlen; er war völlig verwirrt.

Dann aber folgte für sie beide ein wundervoller Augenblick voller Angst und Verzückung. Aus dem Kuß, der intimen Berührung, war mehr geworden.

Ash fühlte sich leicht und frei; es schien ihm, als würden ihre Körper und ihre Seelen verschmelzen.

Er schwebte in sie hinein, und sie in ihn; ihre Gedanken und Gefühle vermischten sich, wurden Teil des anderen. Er lotete ihre Tiefen aus, ihre Empfindungen, ihre Geheimnisse und fühlte sich ihr ganz nah. Er glitt an ihren Emotionen vorüber, ihrer Erregung und wurde von ihrer Begierde überwältigt.

Verwirrt und erfreut hieß Grace ihn in ihrer Gedankenwelt willkommen und versenkte sich ihrerseits in ihn, ließ seine Gedanken und Gefühle auf sich einwirken. Vorsichtig, doch ohne eine Spur von Angst, erforschte sie sein dunkles Unterbewußtsein. Sie drang durch Schleier, die nur Schatten seiner Psyche waren, und wenn sie auch bei jedem neuen Eindruck erschauderte, so konnte sie doch nicht umkehren, wollte *nicht umkehren. Und plötzlich stand sie mitten in dem düsteren Haus namens Edbrook.*

Zwei männliche Wesen, ätherische Geister, kamen ihr entgegen. In ihrer Begleitung war ein wunderschönes Mädchen mit langen, dunklen Locken, in dessen Augen sowohl Spott als auch Leidenschaft lagen. Dieser Gedanke *ging vorüber, und dahinter tauchte klar konturiert ein junges Mädchen auf: Seine Haut war aus Alabaster, und sein Lächeln war voller Boshaftigkeit. Das Mädchen war jung und dennoch sehr alt, und seine Seele war verderbt und verkommen. Grace wußte, daß es sich um Juliet handelte – und daß sie nun sein größtes Geheimnis aufgedeckt hatte.*

Wie in einem Traum spürte sie den Zorn des Mädchens, und sie sah, wie es fortlief, wie es stolperte und in den pechschwarzen Fluß fiel. Das Mädchen wurde in dem aufschäumenden Wasser von Strudeln erfaßt, und der Junge, es war David, versuchte, sie zu retten, wurde aber von gewaltigen Kräften zurückgeschleudert. Er schämte sich und schrie vor Entsetzen.

Grace und dieser Junge beobachteten, wie Juliet den Kampf gegen die tobenden Gewalten verlor, wie ihre weit aufgerissenen, entsetzten Augen im Tod langsam starr und glasig wurden. Und Grace spürte, daß der Junge sich schuldig fühlte; sie fühlte, daß er sich für den Mörder seiner Schwester hielt. Aber er täuschte sich! Juliet war ins Wasser gestürzt, und er hatte versucht, sie zu retten!

Juliet glitt wie Treibgut auf der stürmisch reißenden Strömung vorüber. Ein Schuh und eine weiße Socke fehlten; sie waren ihr entrissen worden wie ihr Leben, während David ans rettende Ufer gezogen worden war – um Juliets Tod erneut tausendmal zu sterben.

Sie standen regungslos in dem Zimmer, während die Wände um sie herum zu wanken schienen. Ihr Kuß kam ihnen wie eine Ewigkeit vor, doch er dauerte erst wenige Sekunden. Bei einer so vollkommenen Vereinigung verliert die Zeit ihre Gültigkeit.

Ash verlor sich in einem Kaleidoskop von Wahrnehmungen und Bildern, und er kostete sie aus, obwohl er auch Angst hatte; denn noch nie war er so nahe an die Gefühlswelt eines anderen Menschen herangekommen. Er zuckte vor Grace' Empfindungen zurück, die so stark und so vereinnahmend waren, gab sich ihnen dann aber vollständig hin. Er spürte, wie sie ihn erforschte, und er ließ es geschehen, weil sie so behutsam vorging. Und sie tauchten weiter und weiter in ihre gegenseitigen Welten ein.

Plötzlich fiel ihm eine leise Stimme in ihrem Innern auf; es war die von Grace als jungem Mädchen. Irgendwie kam Ash nicht näher heran; die Quelle war nicht deutlich auszumachen, und Ash konnte seine Gedanken nicht mehr darauf richten.

Er drückte Grace noch fester an sich, um vielleicht durch den engeren Körperkontakt besser erkennen zu können. Er ging dabei so stürmisch vor, daß Grace sich zurückbeugen und an seiner Schulter festhalten mußte.

Es gelang ihm tatsächlich, die Richtung auszumachen, aus der die leise, flehentliche Stimme kam. Ash eilte darauf zu. Doch irgend etwas zerrte an ihm, hielt ihn zurück, und er bemerkte, daß er ziellos dahintrieb. Dennoch war er ganz in der Nähe; er konnte die Stimme deutlich hören. Und bald darauf tauchte eine riesige, weiße Fläche vor ihm auf, und dann sah er – spürte er – eine dunkelgraue, unförmige Wolke, die sich vor ihre Gedanken geschoben hatte und so kompakt war, daß Ash sie nie durchdringen könnte. Das war Grace' Geheimnis, von dem sie nichts wußte, jedenfalls nicht im bewußten Teil ihres Geistes. Der Widerstand war zu stark; Ash wich taumelnd zurück und schoß wieder nach oben – wie jemand, der zu ertrinken droht und nach Luft schnappt.

Sie beide lösten sich voneinander, blickten sich voller tiefem Erstaunen in die Augen, verwundert über dieses einzigartige Erlebnis, diese nie gemachte Erfahrung.

Doch bevor Grace oder Ash ein Wort sagen konnten, hörten sie von oben einen Schrei und dann ein dumpfes Poltern.

Kapitel 28

Ash hielt Grace am Arm fest, als sie zur Tür wollte. Sie fuhr herum und blickte ihn an. Angst, Verwunderung, ja Entsetzen lag in ihren Augen. »Warte«, sagte Ash, der selbst vollkommen verwirrt war.

»Vater ...« Sie wollte sich losreißen, doch Ash hielt sie fest.

»Laß mich vorangehen.« Er schob sie ein wenig unsanft beiseite, weil sie ihn nicht vorbeilassen wollte, und ging zur Tür. Grace folgte ihm dichtauf.

Ash nahm zwei Treppenstufen auf einmal. Auf dem oberen Absatz blieb er stehen, weil er nicht wußte, wo das Zimmer des Reverend lag. Dann wies ein weiterer Schrei ihm den Weg.

Ash drehte am Türknopf. Vergeblich. Er nahm beide Hände, zerrte, rüttelte, und die Tür ging auf. Gott sei Dank war sie nicht abgeschlossen gewesen. Ash stürmte ins Zimmer und blieb wie angewurzelt stehen.

Lockwood saß in einer Ecke des Schlafzimmers – Ash konnte es trotz der zugezogenen Vorhänge gut erkennen – und hielt sich krampfhaft an einem Bettlaken fest. Voller Entsetzen und mit weit aufgerissenem Mund starrte er in die andere Ecke; Speichel tropfte auf sein Kinn. Seine weißen Haare waren zerzaust und seine Pupillen so groß und schwarz, daß man hätte glauben können, das Weiße in den Augen fehle. Lockwood zitterte und zuckte am ganzen Körper, als würde er von Weinkrämpfen geschüttelt.

Ash hörte Grace hinter sich ins Zimmer kommen. Als sie ihren Vater sah, klammerte sie sich an Ash fest.

»Bleib mir vom Leib!«

Grace und Ash fuhren zusammen. Doch offensichtlich meinte der Reverend nicht sie beide, sondern die unwirkliche Erscheinung in der Ecke.

»Daddy«, platzte Grace heraus. Seit ihrer Kindheit hatte sie ihn nicht mehr so angeredet. Sie wollte zu ihm, doch Ash hielt sie zurück. Grace war entsetzt. So alt, gebrechlich und hinfällig hatte sie ihren Vater in den langen Monaten seiner Krankheit noch nie erlebt. Sie stöhnte auf, als der Reverend sie anstarrte, und Ash spürte, wie sie sich an ihn festklammern mußte, als ihr die Knie weich wurden.

Die Stimme des Reverend paßte zu seinem hinfälligen Äußeren. »Geh von hier fort, Grace. Geh aus diesem Zimmer ... aus diesem Haus ... geh sofort ... jetzt ... bitte.« Er war so schwach, daß er nicht weitersprechen konnte. Langsam drehte er den Kopf und starrte wieder in die Ecke. Dann seufzte er und fing jämmerlich zu schluchzen an. Sein Kopf sank auf das Bettlaken, an dem er sich festgehalten hatte.

»Vergib mir ... bitte, vergib mir«, flehte er inständig.

Grace und Ash glaubten, er meinte irgend jemanden in der Zimmerecke, bis er leise Grace' Namen sagte.

»Vergib mir, Grace ... du bist es ... dich wollen sie.«

Jetzt war ihr und Ash klar, daß Lockwood die ganze Zeit seine Tochter gemeint hatte.

Grace verlor das Bewußtsein. Obwohl auch Ash die Knie weich wurden, fing er sie auf, hielt sie an der Taille und an der Schulter fest. Ihre Gesichter berührten sich.

Und dann hörte Ash das Lachen – ein tiefes, höhnisches Geräusch, das aus der leeren Zimmerecke zu kommen schien.

Kapitel 29

Lieber an der schwülen Luft als eine Minute länger in diesem kalten und bedrükkenden Pfarrhaus, sagte sich Ash. Er machte sich Sorgen wegen Grace, die unbedingt bei ihrem Vater bleiben wollte: Sie hatte Ash gebeten, allein nach St. Giles zu fahren und dort jene Kirchenbücher durchzusehen, die der Zerstörungswut ihres Vaters entgangen waren.

Wenige Meter von seinem Wagen kam Ash mächtig ins Schwitzen. Als er hinter dem Steuer saß, bemerkte er, daß sein Hemd klatschnaß war. Er startete den Motor und schaltete die Klimaanlage ein. Noch einmal ließ er den Vorfall im Schlafzimmer des Reverend Revue passieren. Welchen Dämon hatte Lockwood in der Zimmerecke gesehen? Hätte er, Ash, dieses grausame, höhnische Lachen nicht selbst gehört, würde er den alten Mann ganz gewiß für schlichtweg übergeschnappt halten.

Er wühlte in seiner Jacke auf dem Rücksitz, fand eine Zigarette und zündete sie an. Das Streichholz warf er aus dem Fenster.

Nein, *Dämon* war nicht das richtige Wort – möglicherweise spielten seine Nerven auch schon verrückt. Dämonen waren der Stoff für billige Romane und noch billigere Kinofilme. Der Begriff Geistererscheinung paßte besser, denn er war viel umfassender und sachlicher, ohne zu unpräzise zu sein. Ash fuhr über die Narbe in seinem Gesicht und blies den Zigarettenrauch zum Fenster hinaus.

Aber warum hatte Lockwood seine Tochter so inständig um Vergebung angefleht? Was, zum Teufel, steckte dahinter? Ash fiel wieder ein, was sich zwischen ihm und Grace in dem Studierzimmer ereignet hatte. Ihre Sinne und Empfindungen waren in einer übernatürlichen Umarmung verschmolzen, einer telepathischen Vereinigung von Wahrnehmungen und Gefühlen. Er, Ash, war in ihre und Grace in seine Gedankenwelt eingedrungen. Es war eine mitreißende, unglaubliche, überwältigende Erfahrung gewesen, und Ash wußte, daß Grace hinter sein Geheimnis gekommen war, das er so lange mit sich herumgetragen hatte. Er hingegen war an einer bestimmten Stelle in ihrem Innern auf eine Schranke gestoßen, die ihm den weiteren Zugang zu ihrem Unterbewußtsein verwehrt hatte. Den Grund dafür kannte Ash nicht. Bestand zwischen Lockwoods flehentlicher Bitte und dieser Barriere, welche die Wahrheit nicht nur vor Fremden, sondern auch vor Grace selbst verbarg, ein Zusammenhang? Hatte diese Sache womöglich mit dem Geheimnis des Reverend zu tun?

Aus welchem Grund hatte der Mann überhaupt eine so schreckliche Angst? Stand die Antwort in den Büchern, die zerknüllt und zerrissen in der Kapelle lagen? Was, verflucht noch mal, ging hier in Sleath eigentlich vor sich?

Verärgert legte Ash den ersten Gang ein und fuhr so ruckartig an, daß der Wagen auf den gegenüberliegenden Bordstein zuschoß. Ash bremste sofort, fuhr auf den Seitenstreifen, schlug dreimal den Lenker scharf ein und stand dann wieder auf der richtigen Fahrbahn. Noch einmal schaute er zu Lodge House hinüber; dann gab er Gas und fuhr den Hügel in Richtung Sleath hinunter.

Nach kurzer Zeit war Ash an der Kirche. Am liebsten wäre er einfach weitergefahren, hätte dieses miese Nest und die ganze Gegend hinter sich gelassen und wäre nach London zurückgekehrt, in diese schmutzige Metropole, wo ihn keine unsichtbaren Mächte, sondern allenfalls handfeste Verrückte und Kriminelle bedrohen würden.

Ash parkte vor dem Kirchhofportal.

Er hatte die Zigarette fast zu Ende geraucht und war jetzt wieder besserer Laune. Er stieg aus und ging durch das kühle Tor hindurch, unter dem in vergangenen Zeiten der Sarg mit dem Verstorbenen abgestellt worden war, bevor man ihn in die Kirche getragen hatte. Ash ging auf die Vorhalle zu, warf die Zigarette auf den Boden und trat sie aus. Er blickte zu den alten, schiefen Grabsteinen hinüber und fragte sich, warum es Ausnahmen gab, bei denen Tod nicht gleichbedeutend mit Ende war.

Wie immer war es in der Vorhalle eiskalt. Ash konnte spüren, daß er in diesem grabähnlichen Halbdunkel nicht allein war, obwohl Totenstille herrschte. Diesmal waren keine murmelnden Stimmen zu hören.

Ash blickte sich um.

Er hörte ein Geräusch. Also hatte er recht gehabt. Mit einem Gefühl des *déjà vu* ging er durch den Seitengang und spitzte die Ohren. Das Geräusch wurde ein wenig lauter. Es klang rhythmisch, als ... würde jemand eine Melodie vor sich hin summen. Und es kam aus der Seitenkapelle, wo Grace und er den Reverend gefunden hatten.

Je näher Ash kam, um so mehr war er davon überzeugt, daß jemand ein Lied vor sich hin summte und dabei Bücher durchblätterte, hier und da hüstelte und Stöße von Papier auf den steinernen Fußboden warf.

»Sind Sie das, David?«

Der irische Akzent war unverkennbar.

»Phelan.«

»Kommen Sie her, ich habe einige interessante Neuigkeiten für Sie.«

Ash lehnte sich an eine Kirchenbank, atmete tief durch und sagte erleichtert: »Sie haben mich zu Tode erschreckt.«

»Oh, das wollte ich nicht, entschuldigen Sie bitte. Ich hatte eigentlich damit gerechnet, Sie hier anzutreffen, als ich vor Ihnen hereingekommen bin.« Er fing wieder zu summen an.

Ash stand am Eingang der Seitenkapelle mit ihrem steinernen Ritter, ihrem schlichten Altar und der Kredenz. Seamus Phelan saß auf einem kleinen, schmucklosen Stuhl, den er irgendwo aufgetrieben hatte, inmitten vergilbter Urkunden, die zum Teil aus Pergament bestanden, und alter Bücher. Zum erstenmal fiel Ash jetzt richtig auf, wie weit Lockwood in seiner Zerstörungswut gegangen war. Er hatte auch die Bücher übel zugerichtet; aus den meisten Bänden hatte er Seiten herausgefetzt, zum Teil sogar den Einband abgerissen. Ash bückte sich und hob ein zerknittertes Blatt aus Kalbsleder auf, das fast vollkommen vergilbt war.

»Bitte nichts anfassen, David. Es hat mich sehr viel Zeit und Mühe gekostet, ein wenig Ordnung in dieses Chaos zu bringen.«

Die Bemerkung Phelans war weniger scherzhaft gemeint, als sie klang, und Ash fiel auf, daß der Ire grimmig vor sich hin lächelte.

»Wo waren Sie eigentlich die ganze Zeit?« fragte Phelan, dem es offensichtlich entging, daß Ash ihn anstarrte. »Wir hatten uns doch geeinigt, bei unseren Nachforschungen getrennte Wege zu gehen.«

»Ich hätte nicht gedacht, daß Sie so schnell fertig sein würden.«

»Ein Blick in die Mikrofilme der Bücherei, und ich wußte Bescheid. Jetzt muß ich nur noch ins Archiv, aber das hat Zeit bis nach unserem Gespräch.« Sein Gesicht verfinsterte sich. »Vielleicht ist alles noch schlimmer, als ich befürchtet habe. Viel schlimmer. Zuerst einmal aber möchte ich wissen, welcher Schurke das hier angerichtet hat.« Er zeigte auf den Fußboden.

Mit wenigen Worten schilderte Ash, welcher Anblick sich ihm geboten hatte, als er mit Grace in die Seitenkapelle gekommen war.

»Also war es Reverend Lockwood selbst«, murmelte Phelan nachdenklich. »Es ist mir völlig schleierhaft, warum er das getan hat. In seiner Stellung hat er doch einen Ruf zu verlieren.«

»Er wollte verhindern, daß die Wahrheit ans Licht kommt. Deswegen hat er versucht, die Bücher zu vernichten.«

Phelan blickte Ash aufmerksam an. »Unschöne Wahrheiten über seine Vorfahren«, fügte er hinzu.

Ash kniete sich auf den Boden. »Sind Sie mit dem allen hier schon durch?« Er hob ein Blatt Papier auf, obwohl ihn Phelan gerade gebeten hatte, nichts anzufassen.

»Sie haben vielleicht Nerven«, erwiderte der Ire matt. »Um das alles zu ordnen, bräuchte ich eine Woche, und um alles genau durchzuarbeiten, vielleicht einen vollen Monat. Aber trotzdem bin ich auf etwas sehr Interessantes gestoßen.« Er bückte sich und hob ein altes, in Leder gebundenes Buch auf. »Der Schmöker lag ganz unten in der Schublade der Kommode, unter einem Stapel anderen Zeugs. Dadurch ist er Lockwoods Zerstörungswut entgangen.«

Phelan legte das Buch mit dem rissigen Einband und den goldumrandeten Seiten aus Kalbsleder vorsichtig auf seine Knie und schlug es auf. »Eine faszinierende Lektüre voller neuer Einsichten, auch wenn der Sinn vieler Sätze unklar bleibt und der Verfasser nicht gerade bestes Latein schrieb – er war nicht der Gebildetsten einer.« Phelan drehte sich auf seinem Stuhl etwas um und nickte dem steinernen Ritter auf dem Sarkophag zu. »Sir Gareth dort drüben hatte Sleath und Umgebung – damals wohl nicht gerade eine verlockende Gegend – als Geschenk für seine Teilnahme am fünften Kreuzzug erhalten. Wie weit reichen Ihre Geschichtskenntnisse, David?«

»Nicht über den gestrigen Tag hinaus.«

Phelan zog die Augenbrauen hoch. »Sie wollen mich wohl auf den Arm nehmen. Na ja, sei's drum. Die Kreuzritter, unter ihnen Sir Gareth, hatten es sich in den Kopf gesetzt, Ägypten zu erobern ... ein recht unlogisches Unterfangen. Der Ausgang des vierten Kreuzzugs hatte sie offenbar größenwahnsinnig gemacht. Konstantinopel war erobert worden, und die Kreuzfahrer hatten das Oströmische Reich wiedererstehen lassen.« Er schüttelte den Kopf. »Sie werden jetzt sicher denken, daß Sir Gareth nach dem Kreuzzug, der in einer Niederlage endete, ernüchtert in die Heimat zurückgekehrt ist. Weit gefehlt. Sein Kopf steckte voller merkwürdiger, sehr unchristlicher, seiner Meinung nach allerdings aufregender Gedanken, unter denen seine Untertanen in der Folgezeit jedoch sehr zu leiden hatten.«

»Steht in den Aufzeichnungen etwas darüber?«

Phelan lächelte. »Ja, wenn man es versteht, zwischen den Zeilen zu lesen. Im Grunde seines Herzens war Sir Gareth kein schlechter Mensch, sondern ein geisteskranker Schwärmer, ein Adept der Schwarzen Magie.«

»Aber seine Nachfahren sind doch Geistliche geworden.«

»Hört sich komisch an, nicht wahr? Paradox, stimmt's? Aber der tiefere Grund war, daß sie sich aufgrund ihrer Doppelfunktion zu den unumschränkten Herrschern von Sleath aufschwingen konnten.« Phelan drehte sich um, nahm seinen Spazierstock von der Rückenlehne und legte ihn auf ein paar lose Blätter, weil ein Luftzug durch die Kapelle fegte.

»Die Aufzeichnungen von Sir Gareth lesen sich streckenweise wie Auszüge aus dem Ägyptischen Totenbuch. Ich brauche Ihnen bestimmt nicht zu erklären, für welchen Leserkreis dieses Opus – eine Auftragsarbeit – verfaßt worden ist.«

»Für die Sterbenden. Sie sollten es lesen, um ihrem unterbewußten Selbst beim Übergang ins Jenseits die Kontrolle über ihren Geist zu ermöglichen.«

»Ich möchte es so formulieren: Die Sterbenden sollten gewappnet werden, was ihnen bevorstand, im Guten wie im Bösen. Schöne Aussichten, finden Sie nicht auch?«

»Als Sir Gareth auf dem Sterbebett lag, war er vermutlich stocksauer, weil ihm plötzlich aufging, welchem Unsinn er aufgesessen war«, warf Ash lakonisch ein.

»Unsinn nennen Sie das? Und wie erklären Sie sich dann die Existenz von Geistern, Gespenstern, Schatten und Wiedergängern? Sind das nicht die Seelen der Verstorbenen, die nicht in die Herrlichkeit Gottes eingegangen sind, aus welchen Gründen auch immer? Was gibt Ihnen das Recht, ins Blaue hinein zu behaupten, Sir Gareth und seine engsten Freunde hätten das nicht auch gewußt? Schließlich läßt sich damit unumschränkte Macht über Menschen ausüben.« Betrübt lächelte er Ash an. »Sie glauben mir nicht. David. Sie sind ein unverbesserlicher Skeptiker.«

»Na ja, Sie müssen zugeben, daß das alles ein bißchen weit hergeholt klingt.«

»Und wie erklären Sie sich dann die Erscheinungen in einem kleinen Dorf in den Chilterns? Aber lassen wir das; wir haben jetzt keine Zeit für grundsätzliche Diskussionen. Dank Sir Gareth sind wir mit unseren Nachforschungen zwar ein gutes Stück vorangekommen, aber es bleibt noch vieles zu tun«, sagte Phelan und blätterte gedankenverloren in dem Buch.

Ash erhob sich aus der knienden Stellung, ging zu dem Sarkophag und legte eine Hand auf den steinernen Ritter. Der fühlte sich derart kühl und rissig an, daß Ashs Hand zurückzuckte, als die Kälte ihm in Fleisch und Knochen drang.

Phelan klappte das Buch zu und murmelte leise etwas vor sich hin. Ash wurde aus seinen Gedanken gerissen.

»Haben Sie was gesagt?« fragte er und massierte unwillkürlich seinen Arm, um die Durchblutung anzuregen.

»Ich habe nur laut nachgedacht. Das geht alten Leuten zum Leidwesen der jüngeren öfters so.« Wieder summte Phelan eine Melodie vor sich hin und trommelte mit den Fingern auf den dicken Einband des Buches, das auf seinen Knien lag. Dann schaute er Ash ernst an und sagte voller Tatendrang: »Wir müssen uns umgehend an die Arbeit machen, die Zeit drängt.«

»Ich könnte Ihnen doch zur Hand gehen und spätere Aufzeichnungen durchgehen, die nicht in irgendeiner obskuren Sprache geschrieben sind.«

»Ich glaube eher, wir werden in den früheren Aufzeichnungen fündig, aber ich werde *alles* sorgfältig durchlesen, um keine wichtigen Hinweise zu übersehen.«

»Und was haben wir davon?« fragte Ash ungeduldig.

»Vielleicht finden wir eine Erklärung für die Vorgänge in Sleath. Und Hinweise darauf, wie sie in Zukunft vermieden werden können.«

»Was meinen Sie? Sind die Leute selbst an den Erscheinungen schuld?«

»Auf jeden Fall, denn diese Geister sind – lassen Sie mich es einmal so formulieren – passiv. Um aktiv zu werden, müssen sie Menschen mit übersinnlichen Fähigkeiten Kräfte entziehen. Es würde mich sehr reizen, herauszufinden, ob meine Theorie auch auf die Ereignisse in Sleath anwendbar ist.«

Phelan schüttelte traurig den Kopf und erhob sich ächzend und stöhnend. Er legte das Buch auf den Stuhl und machte einige Kniebeugen. »Bitterkalt hier«, sagte er beiläufig und blickte hinauf zur Decke. »In Sleath ist irgendwas aus dem Lot geraten. Nicht erst seit ein paar Wochen, sondern schon seit Jahrhunderten.«

»Wie soll ich das verstehen?« fragte Ash.

»Spüren Sie es denn nicht? Das Böse, das in Sleath umgeht? Es ist doch fast mit Händen zu greifen. Ich kann Ihnen leider noch nicht sagen, wieso es sich ausgerechnet an diesem Ort manifestiert. Um es mit einem geflügelten Wort unserer amerikanischen Vettern und Cousinen zu formulieren: Ich befinde mich da noch in einem Lernprozeß.«

Ächzend bückte Phelan sich nach seinem Spazierstock und stützte sich darauf. Mit seiner Tweedjacke und dem türkischen Halstuch sah er schon lustig aus. Ein Sonnenstrahl fiel durch das Buntglasfenster auf sein weißes Haar, das in verschiedenen Farben zu schillern begann. Ganz im Gegensatz zu dem steinernen Ritter, welcher mit grimmigem Gesicht auf dem Sarkophag lag.

Erneut blickte der Ire Ash durchdringend an; dann sagte er: »Ich weiß vieles noch nicht, aber dank der Mikrofilme steht eines fest.«

Ein weiterer Luftzug fegte durch die Seitenkapelle. Ash sah nach, ob jemand vielleicht durch die Innentür hereingekommen war. Doch nichts und niemand war zu sehen.

Unbeirrt fuhr Phelan fort: »In den letzten zweihundert Jahren sind in Sleath immer wieder Menschen auf unerklärliche Weise verschwunden oder zu Tode gekommen. Was die Zeit davor betrifft, sind wir auf Vermutungen angewiesen. In den Mikrofilmen, die ich mir in der Bibliothek angeschaut habe, gibt es jedoch keinerlei Hinweis darauf, daß solche Vorkommnisse innerhalb der letzten Wochen, Monate oder Jahre überproportional zugenommen hätten.«

Sie hörten das Krächzen einer Krähe, die mit ihren Flügeln mehrmals gegen das Buntglasfenster schlug. Phelan beachtete sie kaum. Er klopfte mit seinem Stock auf den steinernen Fußboden, um die Bedeutung seiner Worte zu unterstreichen: »Gestorben oder verschwunden sind fast nur Kinder, David. Ist das nicht furchtbar?«

Ein Krächzen aus weiter Ferne war die einzige Antwort, die Phelan auf diese Frage erhielt.

Kapitel 30

Mickey Dunn fuhr sich mit dem Ärmel übers Gesicht, das jetzt noch schmutziger aussah als zuvor. Er zitterte am ganzen Körper, obwohl es in seinem Versteck, diesem schattigen Raum, nur kühl, nicht aber kalt war.

»Muß wohl eingenickt sein«, murmelte er vor sich hin, und in der Stille der Ruine kam ihm seine eigene Stimme seltsam fremd vor. Er zog die Beine an und stieß gegen einen Schutthaufen, was nicht ganz geräuschlos vor sich ging. Brauchst dich nicht zu ärgern, sagte er zu sich selbst, reg dich nicht auf. Ist ja keiner da, der dich hören könnte, und keiner weiß, daß du dich hier versteckt hältst. Fieberhaft suchte er auf dem Boden nach seiner Armbrust. Als er sie gefunden hatte, drückte er sie fest an sich und achtete darauf, daß der Pfeil von ihm weg zeigte.

In seinem Versteck war es ein wenig heller geworden, so daß Mickey jetzt einige Gegenstände erkennen konnte: große Spülbecken aus Porzellan unterhalb der Fenster und einen großen, rechteckigen Klotz in der Mitte des Zimmers, auf dem in früherer Zeit wahrscheinlich Essen zubereitet worden war. An einigen Stellen waren Äste von Bäumen durch die offenen Fensterhöhlen in die Küche hineingewachsen, als wollten sie sich vor zu intensivem Sonnenlicht schützen. Die wenigen verbliebenen Fensterscheiben starrten vor Schmutz. Waren das Spuren des großen Feuers? Hast wohl sonst keine Sorgen, sagte Mickey, wütend auf sich selbst. Wichtig ist doch nur, daß keins von den Arschlöchern dich hier finden kann.

Plötzlich fühlte sich Mickey in seinem Versteck nicht mehr so wohl. Er hatte von dem Bunker geträumt, in den sein Vater ihn eingeschlossen hatte. Im Traum hatte Mickey wie wild gegen die Tür des Bunkers gehämmert, wo es nach verfaulten Äpfeln roch. Er war überrascht, daß dieser Geruch ihm noch in der Nase hing, als er schon aufgewacht war.

Verputz fiel von der Wand, als Mickey sich ein wenig aufrichtete. Nackte Mauern kamen zum Vorschein.

Nein, es roch nicht nach verfaulten Äpfeln – das hatte er nur geträumt –, sondern nach Schimmel und Dreck. Was war das für ein Ort? Lockwood Hall, ja, aber was *war* das? Am frühen Morgen war Mickey voller Angst und hundemüde durch die verwüsteten Zimmer gestreift, hatte sich auf Fluren entlanggetastet und höllisch aufgepaßt, ja keinen falschen Schritt auf knarrenden Parkettböden zu tun. Schließlich war er in diesem riesigen, viereckigen Raum mit dem hübschen Fußboden gelandet, der offensichtlich noch nicht so verfault war, daß er einzubrechen drohte.

Aber wo befand er sich genau? Doch wohl in der Küche von Lockwood Hall, denn er konnte die Spülbecken, die teilweise verkohlten Geschirrschränke und den großen Klotz in der Mitte erkennen.

Verdammt reiche Leute, diese Lockwoods, mit ihren Dienern und Dienstmädchen – so einen wie ihn hätten sie sicher auch gut gebrauchen können. Doch all ihr Geld hatte ihnen am Ende nichts geholfen. Trotzdem war der ganze Laden abgebrannt.

Mickey lächelte schwach. Mit Geld kann man gegen Feuer nichts ausrichten, und das Schicksal ist auch nicht bestechlich. Das Lächeln verschwand wieder aus seinem Gesicht. Hast verdammt recht, das ist leider unmöglich. War nicht seine Schuld, was da letzte Nacht passiert war; er hatte niemanden umbringen wollen. Das Scheißschicksal war schuld daran.

Plötzlich fing Mickey zu schluchzen an. Er zuckte zusammen, weil es sich wie Hundegebell anhörte.

Er rappelte sich auf. Erneut fielen schwarzer Mörtel und Staub von der Wand herunter. In einer Hand hielt er die Armbrust, mit der anderen fuhr er sich über die Augenlider, die anschließend noch schmutziger aussahen.

Sie würden ihn nicht kriegen. O nein, sie konnten ihm zwar alles zur Last legen, hatten aber keine handfesten Beweise gegen ihn. Buckler war an allem schuld. *Der* mußte ja unbedingt mitten in der Nacht im Wald herumstreifen. Außerdem hatte er nicht gezielt auf den Wildhüter geschossen, sondern auf das ... Ding ... das irrsinnige Ding, das keinen Sinn ergab. Das Gespensterding.

»O Scheiße, Scheiße, Scheiße«, sagte er jammernd und schlug mit der flachen Hand gegen die Mauer, an der er gelehnt hatte. Erneut fiel Mörtel herunter, und weißer Staub legte sich auf seine dünnen Haare und verstopfte ihm die Nase. Er zog die Hand zurück und packte die Armbrust mit beiden Händen.

Verfluchter Mist, der ganze Laden würde wohl gleich einstürzen. Mickey schielte zur Decke hinauf und blinzelte mehrmals, um nicht noch mehr Staub in die Augen zu bekommen.

Er konnte Teile des Daches erkennen, weil die Sonne durch die löchrigen Fußböden der oberen Stockwerke hereinschien. Einmal richtig niesen, und alles würde herauskommen, sagte er sich, und sein Kichern klang wie ein Schluckauf.

Die ganze Sache war wirklich nicht zum Lachen. Es gefiel ihm hier nicht, überhaupt nicht. Irgendwie war diese alte Ruine unheimlich, war es schon immer gewesen. Alle wußten, daß es in den Mauern dieses Hauses spukte; deswegen kam auch nie jemand aus dem Dorf hierher. Um so besser! Er wußte, daß es keine Gespenster gab – das waren alles Ammenmärchen –, doch wenn solche Geschichten ihm neugierige Idioten vom Hals hielten, konnte es Mickey nur recht sein. Als er vorhin döste, hatten ihn immer wieder Geräusche gestört, doch Mickey war so intelligent zu wissen, daß es mit dem Gemäuer zu tun hatte, das sich absenkte, und mit dem Wind, der durch das Holz pfiff, und mit Steinen, die herunterfielen, und kleinen Tieren, die herumrannten. Und als die seltsame Musik, dieses leise, altmodische Geklimper, das er noch von der Eingangstreppe kannte, ihn aufgeweckt hatte, da wußte er sofort, daß er nur geträumt hatte, denn die Musik verstummte, als er die Augen öffnete und wieder klar denken konnte. Andere waren vielleicht so blöd, an den Humbug zu glauben, doch er gehörte nicht dazu, auch wenn Lenny und Den ihn manchmal einen Trottel nannten. Aber war er wirklich so ein Idiot? Wer saß möglicherweise schon im Knast, und wer hielt sich unbehelligt in Lockwood Hall versteckt? Er könnte hier tagelang, wochenlang bleiben, wenn es *unbedingt* nötig war.

Mickey stieß sich von der Wand ab und ging auf den verkohlten Block zu. Zu Boden gefallene Steinbrocken und Holzstücke knirschten unter seinen Schritten, und er fuhr entsetzt hoch, als ein langer Holzsplitter zerbrach. Wurde da irgendwo geschossen? Langsam und vorsichtig ging er weiter. Dabei orientierte er sich an den einfallenden Sonnenstrahlen, in denen Staubflocken tanzten. An sich war die Maßnahme vollkommen überflüssig, denn niemand konnte ihn hören.

An einem verkohlten Türrahmen blieb er stehen und blickte in den helleren Flur, den er am Morgen benutzt hatte, um in die Küche zu gelangen. Der Korridor begann in der großen Halle mit dem Haupteingang und den Überresten der beiden großen Treppen. Offensichtlich hatte das Feuer die Vorderseite von Lockwood Hall besonders schlimm verwüstet, obwohl im Grunde genommen kein Teil des Anwesens verschont worden war. Mickey hatte den Eindruck, als würde immer noch beißender Brandgeruch in der Luft hängen, der genauso zu dem Ort gehörte die die Gespenster, die hier spukten. Idiot! Es gab keinen Brandgeruch, es gab keine Geister.

Mickey stieg soeben vorsichtig über einen Schutthaufen, als ihm ein wahnsinniger Schmerz in den Magen fuhr, so daß er beinahe gestürzt wäre.

»Schweinerei!« stieß er hervor und krümmte sich vor Schmerzen. Das tat weh. Das tat so verdammt weh! Mickey kannte die Symptome: Er war ausgehungert – vor seinen nächtlichen Unternehmungen brachte er keinen Bissen hinunter –, und er hatte Angst, was er vor Lenny und Den natürlich niemals zugeben würde. Die beiden hatten ihn seiner Magenschmerzen wegen immer ausgelacht, doch Mickey fand das keineswegs witzig. Sein Arzt, der alte Stapley, hatte etwas von Säuren gefaselt, die die Magenwände angreifen, wenn jemand sehr große Angst hat, besonders wenn er nüchtern ist. Der Doktor – ein tatteriger, alter Schwachkopf – hatte ihm übermäßigen Alkoholgenuß, fettes Essen und unregelmäßige Mahlzeiten verboten. Der alte Knabe wollte ihm nur jegliche Lebensfreude versauern. Jawohl, jegliche Lebensfreude.

Der Anfall hatte offensichtlich seinen Höhepunkt überschritten, denn plötzlich ließen die Schmerzen nach. Er mußte etwas zwischen die Zähne bekommen, und wenn es nur Beeren aus dem Wald waren. Vielleicht konnte er auch einen schönen, dicken Vogel oder ein Kaninchen erlegen. Mußte dabei aber vorsichtig sein, durfte nicht gesehen werden.

Herrgott noch mal, in dem Scheißflur war es hundekalt! Mickey stieg weiter vorsichtig über Schuttberge hinweg und hielt die Armbrust fest in der Hand. Eine Diele bog sich durch und knarrte. Er blieb stehen, weil er Angst hatte, jemand könnte ihn gehört haben. Er schnaubte, schnaubte noch einmal. War das möglich? Hinzu kam die Gefahr, daß der volllkommen verfaulte, teilweise verkohlte Fußboden an irgendeiner Stelle unter ihm nachgeben würde.

Durch die Türöffnung schaute er in einen Raum, in dem nur verkohlte Holzreste herumlagen. Die massive Tür daneben war hingegen fast unversehrt geblieben; ihr Türknopf ließ sich geräuschlos und leicht umdrehen, als wäre er schon oft benutzt worden. Unsinn. Niemand kam hierher. Dieser Bau interessierte niemanden.

Mickey stemmte sich mit aller Kraft gegen die Tür, doch sie ließ sich nicht öffnen; entweder war sie verschlossen, oder sie klemmte. Noch einmal stieß er mit der Schulter dagegen. Nichts zu machen.

Er ging wieder zu dem anderen Zimmer zurück. Hier war es heller als in seinem bisherigen Versteck, weil die beiden großen Fenster keine Scheiben und Rahmen mehr hatten. Das Feuer mußte hier besonders heftig gewütet haben. Zwar lagen auch hier nur heruntergefallene Dachsparren und Ziegel auf dem löchrigen Fußboden, doch es roch noch ziemlich stark nach Rauch. Sollte er sich nicht lieber hier verstecken?

Nach ein paar Schritten merkte Mickey, wie die Dielen nachgaben und sein Magen wieder zu schmerzen begann, diesmal noch schlimmer als zuvor. Er krümmte sich vor Schmerzen, stieß sich reflexartig die Armbrust in den Magen und stolperte. Blitzschnell streckte er einen Fuß aus, um nicht das Gleichgewicht zu verlieren, doch schon brach der Fußboden unter ihm weg.

Mickey fiel schreiend in die Tiefe.

Dreck, Schutt und Holz polterten hinterdrein, und für einen Augenblick – für Mickey eine Ewigkeit – stand er Todesängste aus; der Sturz in der Dunkelheit wollte kein Ende nehmen, und es bestand die Gefahr, daß er sich beim Aufprall auf ein Hindernis schwer verletzte oder daß die restlichen Trümmer der Decke ihn unter sich begruben. Es gab noch eine dritte Möglichkeit, doch die kam Mickey gar nicht in den Sinn, obwohl sein entsetzensstarrer Verstand ihm vorgaukelte, eine Ewigkeit in der Luft zu schweben.

Dann endete der Sturz, doch der ohrenbetäubende Lärm hielt an. Des umherwirbelnden Staubs und der tiefen Dunkelheit wegen konnte Mickey nichts sehen. Er war verblüfft, weil er mitten in dem herunterpolternden Schutt, dem splitternden Holz und seinen eigenen Schreien ein Klicken gehört und sofort danach einen stechenden Schmerz im Unterkiefer gespürt hatte. Der metallene Pfeil durchstieß seinen Gaumen und blieb zum Teil im Nasenbein stecken, so daß die scharfe Spitze herausschaute. Mickey kam es vor, als hätte er einen Knebel im Mund; er konnte nicht einmal seinen Schmerz hinausschreien.

Plötzlich begriff Mickey, was geschehen war. Er wand sich wie ein waidwundes Tier auf dem schmutzigen Boden und wollte nicht wahrhaben, was geschehen war. Noch immer rieselten Schutt und feiner Staub auf ihn herunter.

Es dauerte eine ganze Weile, bis alles sich wieder beruhigt hatte – mit Ausnahme von Mickey. Er konnte noch immer nicht schreien und auch das Blut nicht ausspucken, das sich in seinem Hals angesammelt hatte. Sein Gesicht war eine Fratze des Entsetzens, und er brachte nur ein dumpfes Gurgeln hervor.

Mickey versuchte, den metallenen Pfeil aus seinem Hals zu ziehen, doch seine Hand rutschte immer wieder an dem rotgefärbten Schaft ab: Er verblutete.

In seiner Todesangst wälzte Mickey sich wie verrückt auf dem Boden hin und her. Es gelang ihm, sich halb aufzurichten, doch der Pfeil, an dem er nach wie vor zerrte, ließ sich nicht von der Stelle bewegen.

Mickey rappelte sich auf und taumelte voller Angst und Entsetzen wie ein ungelenker Affe in der Dunkelheit herum. Er stolperte über die Treppe, die von der verschlossenen Eisentür auf dem Flur in den Keller hinunterführte, dann über Schutt, der durch seinen Sturz heruntergefallen war, und rutschte auf seiner eigenen Blutspur aus. Seinen Schmerz und seine Verzweiflung äußerte er abwechselnd in gurgelnden und quiekenden Geräuschen.

Bald war seine Kleidung mit Blut vollgesogen. Jedesmal, wenn er sich rasend vor Angst und Schmerz herumwarf, waren die Wände mit neuen Spritzern übersät. Seine Arme und Hände glänzten rubinrot in der Dunkelheit, und das Atmen fiel ihm immer schwerer. Er wurde schwächer und schwächer und sank in der anderen Ecke des dunklen Raumes zu Boden.

Doch er war noch bei vollem Bewußtsein und konnte deshalb klar und deutlich erkennen, welch bizarres Schauspiel in dem von Kerzen erhellten anderen Raum vor sich ging. Sein Entsetzen kannte keine Grenzen mehr.

Als er ausatmete, schoß ein gewaltiger Blutschwall zwischen seinen kaum geöffneten Lippen hervor, und eine dunkle, blubbernde Flüssigkeit verunreinigte den sauberen Fußboden unter dem Türrahmen.

Mickey starrte auf den Strahl und kippte mit einem dumpfen, satten Klatschen vornüber. Seine Augen blieben offen, obwohl er kaum mehr etwas sehen konnte. Die leuchtenden Kerzen und die Gestalt, die er in dem anderen Raum erblickt hatte, blieben in seinem Gedächtnis haften und verfolgten ihn fast, aber nicht ganz, bis in seinen jämmerlichen, qualvollen Tod hinein.

Kapitel 31

Ash blieb unter dem Schild des Black Boar Inn stehen und nahm es etwas näher in Augenschein. Das schwarze Fell und die gelben Stoßzähne des wütend dreinblickenden Ebers schienen vor Zorn zu zittern. Obwohl hier kein großer Künstler am Werk gewesen war und die Farbe bereits an einigen Stellen abblätterte, hatte die Abbildung noch nichts von ihrer derben, rustikalen Kraft verloren. Vielleicht hing dies auch mit dem Wahnsinn zusammen, der in den geröteten Augen des Ebers loderte, oder mit seiner Körperhaltung: eingezogener Kopf und erhobener Lauf, so, als wollte er gleich im Erdreich scharren. Oder erschrak der Betrachter wegen des Gegensatzes zwischen dem furchterregenden Schild und der friedlichen Gegend, auf die es so drohend herabblickte? Sleath, so schien es, war ein Dorf der Gegensätze.

Ash blickte um sich. Der Teich kam ihm plötzlich nicht mehr so friedlich vor; irgendwie lag er zu ruhig da, zu tief und unbewegt. Weiter hinten erinnerten der Stock und der Schandpfahl kraß und schmachvoll an die düsteren Kapitel der Geschichte von Sleath und weniger an ein interessantes historisches Denkmal, wie Ash bei seiner Ankunft noch geglaubt hatte. Selbst die Fenster der alten Häuser und des Rathauses gegenüber schienen dumpf vor sich hin zu brüten, und die wenigen Passanten, denen er auf dem kurzen Weg zur Kirche begegnet war, schienen von der Last ihrer eigenen Gedanken niedergedrückt zu werden.

Als Ash vorbeifuhr, hob nur einer der Dorfbewohner den

Kopf, schaute aber sofort und beinahe verlegen wieder weg, als der Parapsychologe ihm zunickte.

Ash stellte überrascht fest, daß die enge, gewölbte Brücke, die aus dem Dorf herausführte, von Nebelschwaden umhüllt war, die in dünnen Wirbeln aus dem Fluß aufstiegen. Auch über der Hauptstraße hing leichter Dunst. Das alles kam von der Hitze, der Feuchtigkeit. Er mußte unbedingt etwas trinken.

Als wollte sie ihm den Zutritt verwehren, ließ die Tür zum Schankraum des Gasthauses sich nicht gleich öffnen. Ash drückte fester dagegen, und sie gab nach. Erleichtert betrat er den kühlen, schattigen Raum.

Es waren keine Gäste da, und hinter der Theke, so schien es ihm auf den ersten Blick, stand auch niemand. Doch als er auf dem ausgetretenen Teppich stand, hörte er Stimmen aus der offenen Tür hinter der Theke. Die Mittagsessenszeit war schon lange vorüber; trotzdem saß an einem so heißen Tag niemand an der Bar. Vielleicht wollten die Leute, die nicht arbeiten mußten, lieber in ihren kühlen Häusern bleiben. Nein, beschloß Ash, hier würde er keinen zur Brust nehmen – bloß keine Kneipengespräche! Er schlich zur Treppe. Er hatte ja noch Wodka auf seinem Zimmer. Was wollte er mehr? Und Hunger hatte er ohnehin nicht.

Er gelangte zur Treppe, ohne von den Leuten im Hinterzimmer bemerkt worden zu sein, und ging rasch nach oben. Der Geruch von schalem Bier, abgestandenem Essen und süßlicher Fäulnis hing in dem holzverkleideten Flur, als hätte die Hitze ihn aus dem Läufer und den Wänden hervorgepreßt: der Moder der Zeit. Erleichtert stellte Ash fest, daß es in seinem Zimmer, dessen Fenster offenstand, nicht süßlich roch. Das Mädchen hatte das Bett gemacht und aufgeräumt, und erstaunt und erfreut zugleich sah Ash, daß ein Krug mit frischem Wasser auf seinem Nachttisch stand. Er drückte mit dem Rücken die Tür zu, knöpfte sein Hemd auf, zog es aus dem Hosenbund heraus und fächelte sich ein wenig kühle Luft zu. Dann ging er zur Frisierkommode am Fenster. Er nahm den Flachmann, setzte sich mit einem Seufzer auf die Bettkante und wischte sich mit dem Hemd den Schweiß von der Brust.

Er schloß die Augen, saß einige Augenblicke still da und atmete tief die Luft, die durchs geöffnete Fenster ins Zimmer strömte. Er öffnete die Augen, als er bemerkte, daß kostbare, kühle Luft herein*wehte*, obwohl die Vorhänge sich nicht bewegten und es windstill war. Ash hob den Flachmann an die Lippen, nahm einen Schluck Wodka und goß dann Wasser aus dem Krug in das Glas daneben. Das Wasser war lauwarm, schmeckte aber gut; einerseits linderte es das Brennen des Wodkas in seiner Kehle, andererseits löschte es den Durst. Mit leerem Blick starrte Ash auf das Fenster, und wirre Gedanken schossen ihm durch den Kopf. Es dauerte einige Minuten, bis er das Glas wieder auffüllte: Wodka, dann Wasser, Wodka, dann Wasser. Allmählich fühlte Ash sich besser und konnte wieder logisch denken.

Seamus Phelan war keineswegs so trottelig, wie er tat. Er war sicherlich exzentrisch und extravagant, zugleich aber sehr scharfsinnig, was einem nur nicht sofort auffiel. Ob er übersinnliche Fähigkeiten besaß oder nicht, hatte nichts damit zu tun, obwohl er sich zweifellos sehr gut in Situationen einfühlen konnte: Die Stimmung in Sleath hatte Phelan zutreffend eingeschätzt. Seine Lateinkenntnisse waren so beeindruckend wie sein Geschichtswissen – er konnte problemlos Ereignisse, die in den Kirchenbüchern erwähnt wurden, in ihren geschichtlichen Kontext einordnen. Phelan und er waren zur Zeit vollkommen erschöpft, weil sie in ermüdendem Puzzlespiel Papierfetzen zu lesbaren Seiten zusammensetzen und sie dann sorgfältig auf wichtige Informationen hin durchlesen mußten.

Ihre Arbeit war noch lange nicht beendet, doch Phelan hatte Ash gedrängt, ins Black Boar Inn zu gehen und sich auszuruhen. Der Ire wollte in der Zwischenzeit weitermachen. Obwohl Ash bei diesem Vorschlag nicht ganz wohl zumute war, willigte er ein. Schließlich konnte er dann nach Ellen Preddle sehen, weil er wissen wollte, wie sie sich nach der ›Störung‹ der vergangenen Nacht fühlte, und bei dieser Gelegenheit auch die Filme aus den Kameras nehmen. Er brauchte ohnehin ein wenig Zeit, um zu verarbeiten, was er und Phelan bisher herausgefunden hatten, denn Sleath – vorausgesetzt, diese Aufzeichnungen stammten nicht aus der Feder eines Verrückten – besaß eine heimliche Geschichte, die furchtbar und abstoßend zugleich war.

Ellen Preddle war entweder nicht zu Hause gewesen – unwahrscheinlich, dachte Ash –, oder sie wollte ihm nicht aufmachen, was viel wahrscheinlicher war. Er hatte mehrmals an die Tür und dann ans Fenster geklopft, hatte ins Haus hineingeschaut und ihren Namen gerufen. Drinnen aber war kein Geräusch zu hören und auch keine Bewegung zu erkennen gewesen. Ash wollte später mit Grace noch einmal hierher kommen. Vielleicht würde die Witwe ihn dann hereinlassen. Da er sich zunehmend unwohl gefühlt hatte, war er langsam zum Gasthof zurückgefahren.

Ash schüttelte den Flachmann nahe an seinem Ohr, um abschätzen zu können, wieviel Wodka noch darinnen war. So gut wie nichts mehr. Er trank das Fläschchen aus und griff nach der Zigarettenschachtel, die er auf sein Bett geworfen hatte. Als er sich eine Zigarette anzündete, klopfte es leise an der Tür.

»David?« Es war Grace' Stimme.

Ash ging um das Bett herum, als es bereits zum zweitenmal klopfte. Er öffnete die Tür, bevor Grace die Hand heruntergenommen hatte. Obwohl es in dem dunkelgetäfelten Flur nicht gerade hell war, konnte Ash die Aufregung in ihren fahlen Augen erkennen.

»Grace? Dein Vater ...?«

»Dr. Stapley ist bei ihm.« Sie blickte an ihm vorbei in das Zimmer und fuhr fort: »Ich bin sofort hinaufgekommen. Unten in der Gaststube ist offenbar niemand.«

Sie blieb am Bett stehen und blickte ihn an. Die Haare hingen ihr lose ins Gesicht; Schweißtropfen glänzten auf ihrer Stirn. »Ich mußte dich unbedingt sprechen, David. Wir hatten bisher noch keine Gelegenheit dazu.«

Er erinnerte sich an den Kuß und das überwältigende Gefühl von Freiheit, das er bei ihnen beiden ausgelöst hatte, und an das Eindringen in die Gefühlswelt des anderen. Die Bilder, die Empfindungen waren ihm noch immer gegenwärtig, doch jetzt ging es um Wichtigeres.

»Ich muß dir etwas über Sleath erzählen, Grace«, sagte Ash. »Dein Vater –«

»Mach dir seinetwegen keine Sorgen. Dr. Stapley kümmert sich um ihn. Wir müssen zunächst einmal über dich reden, David, verstehst du das nicht?«

»Herrgott im Himmel, ich spiele bei der ganzen Sache doch nur eine unbedeutende Nebenrolle.«

»Verstehst du denn nicht? Ich weiß etwas von dir, von deiner Schuld. Aber du kannst nichts dafür. Verstehst du? Du hast deine Schwester nicht getötet.«

Ash war sprachlos. Was, zum Teufel, redete Grace da?

»Ich bin in deine Vorstellungswelt eingedrungen, David. Ich habe mich mit deinen Gedanken und Erinnerungen vertraut gemacht. Ich bin bei dir gewesen, als Juliet starb.«

Er wandte ihr den Rücken zu und schloß die Tür, um nicht unhöflich zu erscheinen. Er mußte nachdenken. »Du konntest doch überhaupt nichts von ihr wissen ...«

»Es ist aber so. Einige Minuten, vielleicht auch nur einige Sekunden, waren wir geistig und seelisch miteinander verschmolzen. Zwischen uns besteht dieses Band, dieses psychische Band. Wir haben es beide gespürt, als wir uns das erste Mal gesehen haben.«

Sie trat einen Schritt auf ihn zu, doch er schob sich rasch die Zigarette zwischen die Lippen, um sie von sich fernzuhalten.

»Warum hast du Angst?« Ihre Stimme klang flehentlich. »Ich weiß, daß dich am Tod deiner Schwester keine Schuld trifft, obwohl du es glaubst. Dieses Schuldgefühl hat dich all die Jahre so sehr belastet. Und seit ihrem Tod hat Juliet dich in deiner Phantasie immer wieder verfolgt. Deshalb hast du dieses Verlangen nachzuweisen, daß es keine Gespenster gibt. Denn wenn Tote wirklich tot sind und nicht im Diesseits herumspuken, dann ist Juliet nur ein Produkt deiner Phantasie. So denkst du doch in Wahrheit darüber, nicht wahr?«

Er hätte in diesem Augenblick nichts antworten können, doch Grace half ihm aus der Verlegenheit, indem sie weiterredete.

»Dann aber ist irgend etwas in Edbrook passiert, und deine Theorie wurde schlagend widerlegt. Du konntest die Existenz von Gespenstern nicht mehr leugnen. Die beiden Brüder und ihre jüngere Schwester Christina haben dich mit der Wahrheit konfrontiert – was sie auch sollten, denn sie und Juliet gehörten zusammen. Sie wollten sich nicht nur wegen Juliets Tod an dir rächen, sondern auch wegen deiner zynischen Haltung gegenüber allen paranormalen Erscheinungen, wegen deiner Arbeit, deines Buches und deinem Eifer, Menschen davon abzubringen, an Geister zu glauben. Herr im Himmel, du warst so verletzlich, warst ihnen hilflos ausgeliefert.«

Ash war innerlich zutiefst aufgewühlt, sagte aber mit ruhiger, gefaßter Stimme zu Grace: »Merkst du nicht, wie lächerlich das alles klingt?«

»Dann streite es doch ab. Sag mir, daß es nicht stimmt. Du kannst dich mir gegenüber nicht verstellen, David. Ich kenne dich jetzt einfach zu gut.«

Ihr Lächeln war nicht spöttisch ... nicht wie das von Christina ... von Juliet ... nein, sie wollte ihm zu verstehen geben, daß er sich nicht aufregen solle, daß sie ihm das alles nur erzählte, weil er ihr am Herzen lag. Ihr Blick wurde sanfter, und sie wollte ihn streicheln, er hielt ihre Hand fest.

»Grace ...«

»Verstehst du denn nicht, was ich für dich empfinde, David?«

Plötzlich wollte er ihr nicht mehr von all dem Schrecklichen und Bösen erzählen, das Sleath und ihre Familie betraf, weil sie ihn durch ihre offenen Worte von quälenden Gewissensnöten befreit hatte. Als sie beide für kurze Zeit Teil des anderen geworden waren, war Grace in Ashs Unterbewußtsein eingedrungen, wo es keine Lüge, keine Unwahrheit gab, sondern nur rückhaltlose Offenheit. Dieser Ort war Juliets bösem Geist verschlossen, und Grace war Augenzeuge von Ashs Erinnerung an jenen lange zurückliegenden Tag geworden, als seine Schwester am Flußufer gestorben und Ash nach eigener Meinung an ihrem Tod schuldig geworden war.

Er zog Grace näher zu sich heran, und sie kam in seine Arme.

»Ich brauche dich«, sagte sie leise. Ash konnte nicht mehr klar denken, weil er diese Worte schon so lange nicht gehört hatte. Er drückte sie fest an sich, und sie küßten sich, und es wurde Ash leicht ums Herz, und Freude überkam ihn, die ihn alles andere vergessen ließ. Jetzt gab es für ihn nur noch Grace.

Sie löste sich aus seiner Umarmung, doch er fühlte sich noch immer wie im siebenten Himmel.

»Die Zigarette«, sagte sie.

Zuerst wußte er nicht, was sie meinte; dann aber bemerkte er, daß er die brennende Zigarette in der Hand hielt. Rasch drückte er sie im Aschenbecher aus und trat wieder auf sie zu. Grace stand jetzt näher am Bett.

»Bitte ...«, sagte sie leise, und dann sanken sie aufs Bett, und ihre Lippen berührten sich fast.

Grace lag unter Ash und legte einen Finger auf seinen Mund, als er etwas sagen wollte. Mit den Augen gab sie ihm zu verstehen, daß jetzt nicht der richtige Zeitpunkt war, daß es nicht erforderlich war.

Mit einer Hand streichelte sie seine Wange, und er küßte sie erneut und genoß die warme, weiche Feuchtigkeit, die ihn auf ihren Lippen empfing. Er spürte, wie sie ihre Hand auf seinen Hinterkopf legte und ihn zu sich herunterzog. Sie schmiegten sich aneinander und küßten sich wild und ungestüm. Grace' Lippen öffneten sich, und sie umarmten einander noch heftiger, leidenschaftlicher. Ihre Zungenspitzen berührten sich. Ash kam es so vor, als durchzuckte ihn ein leichter Schauder. Er hörte Grace leise stöhnen und vergaß alles um sich herum. Durch sein Körpergewicht wurde Grace' Kopf auf die Matratze gedrückt. Ihr Schenkel öffneten sich, und er schob ein Bein dazwischen; sie streckte ihm ihre Hüften entgegen, um seine Erregung aufzunehmen.

Für einen Augenblick machte Ash sich Vorwürfe, daß er mit ihr schlief, statt mit ihr zu reden, da es doch so viel zu bereden gab; aber es war zu spät, weil sie beide hungrig und voller Leidenschaft waren. Selbst wenn Ash sich noch hätte beherrschen können, hätte Grace' Begierde ihn mitgerissen. So gab er sich vollkommen dieser süßen Lust hin und dachte nicht mehr darüber nach. Ihr Kuß wurde weniger leidenschaftlich; dafür aber geschah wieder das Wunderbare, denn erneut vereinten ihre Seelen sich über ihre Körper hinweg.

Grace streichelte seinen Rücken und schob ihre Hand unter sein offenes Hemd. Sie krallte sich an ihm fest, und er stöhnte vor Lust. Er richtete sich auf, folgte den weichen, anmutigen Linien ihres Halses und berührte mit den Fingerspitzen ihre heiße Haut unter dem Kragen ihrer Bluse. Es war ein köstliches Gefühl; zum erstenmal erkundete er ihren Körper, und es war sinnlicher, als er es sich je vorgestellt hätte: Es war jener beglückende Augenblick, in dem zwei Menschen fühlen, daß sie sich lieben. Zitternd öffnete Ash Grace' Bluse und streichelte ihre Brust.

Sie trug keine Unterwäsche, und er legte seine Hand auf ihre anschwellende Brustwarze. Er spürte, wie ein kleiner Schauder sie durchlief. Leise, atemlos flüsterte sie seinen Namen, als er ihre Brüste zu streicheln begann, deren Spitzen dadurch noch steifer wurden. Grace genoß Ashs Zärtlichkeiten; sie atmete flach und war regungslos vor Begierde.

Er liebkoste ihre Brüste, und Grace hielt den Atem an. Er befeuchtete mit der Zunge die Brustwarze, die steif, aber zugleich wunderbar empfindlich geworden war. Als er sie in den Mund nahm und mit seinem Speichel benetzte, wurde Grace' Körper von einem Zittern erfaßt. Sie keuchte, als Ash mit der Zunge fest gegen die Brustwarze drückte und sie dann wieder weich und feucht umspielte. Grace konnte ihre Hände nicht länger stillhalten; sie krallte sich an ihm fest, knetete seine Haut, fuhr an seinem Rücken entlang und griff in seinen Hosenbund.

Ash hob den Kopf, um sie erneut zu küssen. Sie waren außer sich vor Leidenschaft, drückten die Lippen fest aufeinander und drangen mit der Zunge immer tiefer in den Mund des anderen ein; ihre Körper verschmolzen; sie waren nicht mehr Herr ihrer Sinne, und ihre Hände drückten einmal fest, dann wieder sanft und zärtlich zu.

Plötzlich löste Ash sich von ihr. Grace rang nach Luft und starrte ihn an. Im Zimmer hätte es vollkommen dunkel sein können, sie beide hätten es vor Lust und Leidenschaft nicht bemerkt. Grace' Haut glänzte leicht, und der zärtliche Blick, in dem sich die Glut ihrer Leidenschaft spiegelte, war beinahe hypnotisierend. Ash verfiel ihr immer mehr.

Er fühlte sich plötzlich wieder schwach und legte sich neben sie; kurz zögerte er, doch sein Verlangen war stärker. Er legte Grace' Brüste frei und fand den Anblick so erotisch wie das Lächeln auf ihren Lippen.

Er schob ihr die Hand zwischen die Beine und drückte den dünnen Stoff ihres Rocks auf ihre intimste Stelle. Grace wand sich unter seiner Berührung und schrie leise auf. Sie gab ihm zu verstehen, fester zuzudrücken. Er fühlte, wie sie feucht wurde.

Noch einmal flüsterte sie beinahe flehentlich seinen Namen, während Ash langsam ihre langen, samtenen Beine streichelte und sich von ihrem Stöhnen leiten ließ. Ihr Haar fiel auf das Laken, als sie sich vor Lust aufbäumte, und ihre Brüste mit den dunkelroten, steifen Warzen standen nackt und fest im Licht empor, das durchs Fenster ins Zimmer fiel.

Ashs Hand glitt unter Grace' Schlüpfer. Die cremige, volle Erregung zwischen ihren Beinen steigerte seine Leidenschaft noch mehr, was er selbst nicht für möglich gehalten hätte.

Grace streifte ihr Höschen ab. Mit geschlossenen Augen und halbgeöffneten Lippen, zwischen denen ihre Zungenspitze herausschaute, erwartete sie ihn.

Warum nahm er sie denn nicht? Grace wollte seinen muskulösen, schlanken Körper spüren, sie wollte, daß seine Beine dicht an ihren Schenkeln lagen, sie wollte, daß er sie ganz ausfüllte und daß es nichts Trennendes mehr zwischen ihnen gab. Sie war dermaßen erregt, daß es sie körperlich schmerzte, weil er noch nicht in sie eingedrungen war.

Doch Ash war noch nicht soweit.

Er schob Grace' Beine noch weiter auseinander. Sie spürte, wie seine feuchte Zunge auf ihrer weichen Haut entlangfuhr. Sie stöhnte und drückte den Kopf tief in die Bettdecke.

Ihr kräftiger, intimer Duft schlug Ash entgegen. Er mußte sie unbedingt haben – er war völlig versessen darauf –, doch nicht ohne dieses aufreizende Vorspiel, das nicht nur ein Zeichen seiner Begierde, sondern auch seiner Ehrerbietung war. Er wollte sie glücklich machen, und er wollte ihre Weiblichkeit genießen.

Sein Kuß war zärtlich und wunderbar. Ein Schauder durchlief sie. Feucht empfing sie Davids gierige Zunge, die sanft in sie drang und sich ihren Weg bahnte. Sie breitete die Arme aus und hielt sich an der Zudecke fest. David liebkoste ihre äußeren Falten, besonders aber die empfindlichen Stellen. Etwas weiter oben fand er dann ihre winzige, aber harte Schwellung, die er – ebenso wie kurz zuvor ihre Brüste – in höchste Erregung versetzte, so daß sie sich steif aufrichtete.

Und als er sie liebte, breitete sich Leere in seinem Innern aus. Seine Gedanken lösten sich auf, drangen allmählich in die von Grace ein. Es war wie bei dem Kuß vorhin. Einer Meereswoge gleich wurde er in sie hineingetragen, flutete jedoch sofort wieder zurück und wartete auf die nächste Gelegenheit.

Grace lag hilflos auf dem Laken, hingestreckt von der gewaltigen Kraft, die von ihrem kleinen Lustzentrum ausging. Sie spreizte die Beine noch weiter und holte keuchend Luft, und als seine Zunge noch tiefer gegen ihre inneren Wände stieß, die sich in rhythmischer Rastlosigkeit bewegten, vergrub sie die Hände in seinen zerzausten Haaren. Sie schrie auf – nicht vor Schmerz, sondern vor Lust, und sie wußte, daß sie nicht mehr lange warten konnte, daß sie immer feuchter wurde und sie sich zu stark bewegte. Wenn die Dämme der Ekstase brachen, mußte sie ihn ganz haben, und er sollte ihre Verzückung mit ihr teilen. Sie schubste ihn leicht, verharrte beinahe regungslos, und Ash begriff.

Er stand auf und zog sich aus. Währenddessen legte Grace sich so hin, daß ihre Füße über die Bettkante hinausreichten. Wie sie so dalag – mit ihren wunderschönen Brüsten, die jetzt keine Bluse mehr bedeckte, mit dem Rock, den sie hoch über ihre gespreizten Schenkel gezogen hatte, ohne den kleinen, dunklen Hügel zwischen ihren Beinen zu entblößen –, stockte Ash der Atem. Sie sah ihn an, und ein verführerischer Schleier lag auf ihren Augen mit den schweren Lidern. Sie streckte ihm eine Hand entgegen.

Er ging auf das Bett zu, sank auf sie nieder und drang langsam und sanft in sie ein. Sie war bereit. Bewußt nahm er sich viel Zeit, um ihr nicht weh zu tun, und dann lagen ihre Hüften aufeinander, und Grace krallte sich an ihm fest und krümmte sich unter seinen Bewegungen. Heiß schlug ihr Atem gegen seine Wange, als er zu stoßen begann: vor, zurück, vor, zurück.

»David, o David ...«

Ein neuer, noch größerer Taumel erfaßte ihn. Er drang wieder geistig in sie ein, so, wie er es bereits körperlich getan hatte. Diesmal aber fluteten seine Gedanken nicht mehr zurück, sondern ergossen sich in eine beinahe grenzenlose Weite. Es war wie im Studierzimmer ihres Vaters, jedoch viel intensiver, weil Grace sich ihm jetzt vollkommen hingegeben hatte; gern ließ sie ihn kommen, weil sie viel zu sehr im Glück ihrer Vereinigung schwelgte, weil sie von diesem wunderbaren Erlebnis dermaßen aufgesogen wurde, daß sie ihre Gedanken nicht mehr an ihn aussenden konnte. Ash schwebte in ihrer Gedankenwelt umher, und sie beide verloren sich in körperlicher Lust.

Ash sah kurz die Bilder, die Erinnerungen, spürte die Glückseligkeit, die sie im Augenblick auskostete, erlebte den Aufruhr der Gefühle in ihrem Innern und trieb sie beide immer weiter. Er wußte, daß auch er erregt war, achtete aber nicht darauf. Die ungeheuer große, graue, wolkenverhangene Weite, die er an diesem Tag schon einmal gesehen hatte, lag vor ihm. Sie war ihm jetzt wohlvertraut. Hinter dem luftigen Hindernis ertönte die Stimme eines Kindes. Ash kannte sie. Es war die Stimme von Grace, und sie klang ängstlich und flehte um Erlösung. Erneut fühlte er diesen Widerstand, der an ihm zerrte, als wollten Geisterhände ihn zurückreißen. Diesmal aber war er der Stärkere, und Grace hatte sich ihm geöffnet. Er ließ sich nicht länger aufhalten.

Unter seinen wilden Stößen hatte sich eine Träne aus Grace' Augen gelöst und war über ihre Wange in ihr Haar getropft. Sie war nun völlig enthemmt und atmete kaum noch; nie zuvor hatte sie eine so qualvoll-schöne Lust empfunden. Sie begann zu zittern und zu stöhnen. Sie verkrampfte sich, und es schien, als wäre ihr ganzer Körper davon betroffen, jede Faser, jeder Muskel. Sie wurde immer feuchter. Dann strömte ein Wildbach Ash entgegen, diesem wunderbaren, außergewöhnlichen Mann. Grace stöhnte nicht mehr, sondern schrie: eine schrille Euphorie, die nicht enden wollte.

Die Spannung in Ashs Brust griff auf seinen Körper über; seine Glieder wurden steif, und in seinem Magen breitete sich ein seltsames Gefühl aus. Er vergrub die Hände in Grace' Haaren und stieß noch heftiger zu. Kurz vor dem Höhepunkt hob sie steif den Kopf. Dann sackte sie in sich zusammen, als wäre alle Kraft aus ihr gewichen. Doch sofort bäumte sie sich wieder auf, konzentrierte sich erneut auf ihn. Ash blieb in ihr, glich sich ihrem Rhythmus an. Sie waren das perfekte Liebespaar. Grace stemmte sich mit ihren Füßen gegen die untere Bettkante, so daß sie nicht wegrutschen konnten. Ihre Vereinigung strebte dem Augenblick größter Verzückung entgegen. Sie schenkten sich einander noch hingebungsvoller und griffen gemeinsam, so kam es ihnen vor, nach einem blendend weißen Licht.

Doch Ash war noch soweit Herr seiner Sinne, daß er geistig die Schranke durchstoßen konnte, die vor Grace' Unterbewußtsein lag, und dann sah er, was sie so lange vor ihm verborgen gehalten hatte. Und als die Wogen vollkommener, strahlender Glückseligkeit durch ihren ungestümen Körper brandeten, entdeckte er ihr Geheimnis und verstand ihre Lebenslüge ...

Kapitel 32

Der Schatten von Seamus Phelan fiel lang und dunkel auf den Steinboden der Kapelle. Durch die hohen Buntglasfenster drang Licht und schillerte in den Farben Blau, Rot und Grün. Allmählich wurde es schwächer, weil die Sonne hinter dem dunstigen Horizont verschwand. Phelan stand noch immer an der Stelle, wo der Reverend die Bücher und Dokumente zerrissen hatte. Der Ire zitterte am ganzen Körper und blickte finster drein.

Die Wurzel allen Übels war also das Ungeheuer, das in dieser Kapelle begraben lag – der erste Lockwood, der Herr über Sleath gewesen war! Ein Kreuzritter, den seine törichten Untertanen verehrt, seine Kumpanen indes gefürchtet hatten, da sie um seine gottlosen Neigungen wußten. Phelan stieß einen tiefen Seufzer aus und blickte zu der düster dreinblickenden Steinfigur hinüber. Was für eine finstere Seele hatte einst in dieser sterblichen Hülle gewohnt! Er war kein Mann Gottes gewesen, sondern ein Knecht des Teufels; ein gebildeter Mann, der sich mit der Schwarzen Magie der Ägypter und den Geheimlehren der Chaldäer und Babylonier beschäftigt und sich Wissen erworben hatte, das er skrupellos zur Ausübung seiner Herrschaft nutzte.

Phelan nahm seinen Spazierstock mit dem Silberknauf, verließ die Kapelle und schritt müde und verwirrt durch das Seitenschiff der Kirche. An der fünften Bank blieb er stehen, drehte sich um und blickte zum Altar. *Wie konnte Gott das alles nur geschehen lassen?* fragte er sich zornig. *Wie konnte er das zulassen?* Die Antwort war Schweigen. Phelan setzte sich und lehnte seinen Stock gegen die vordere Sitzreihe.

Durch die Rosette fiel gedämpftes Licht herein, und der Altar wirkte in seiner Schlichtheit kahl und beinahe schmucklos. Dies paßte zu dem Eindruck, den Phelan als Ire von dieser anglikanischen Kirche hatte: Dieses seelenlose Gemäuer sollte die Herrlichkeit Gottes verkörpern. Welch ein Hohn! Es *verspottete* Gott den Herrn.

Er atmete tief durch und fror, als er die Geschichte von Sleath noch einmal Revue passieren ließ. Die Schatten um ihn herum wurden immer länger und dunkler.

Die verworrenen Aufzeichnungen von Sir Gareth Lockwood waren Auswüchse eines kranken Hirns; es wimmelte von Hinweisen auf seltsame Rituale, die Menschen erniedrigen sollten, nicht erhöhen – auf eine Art und Weise, wie sie nur einem verderbten Geist entspringen konnte. Dieser Kreuzritter brüstete sich damit, in die Kenntnisse der Schwarzen Magie Ägyptens eingeweiht zu sein und sie an Gleichgesinnte und Proselyten weitergegeben zu haben. Mehr als einmal hatte Phelan bei seiner Lektüre angewidert pausieren müssen, weil ihn das alles zu sehr belastete und erzürnte.

Gareth Lockwood und seine Anhänger waren davon überzeugt, daß Tote mit Hilfe bestimmter Beschwörungsformeln und Rituale wieder zum Leben erweckt werden konnten. Bei den Ägyptern wurde zu diesem Zweck der abgeschlagene Kopf wieder auf den Rumpf genäht. Phelan fand diese Überlegung durch und durch abartig. Wie oft hatte Gareth Lockwood das versucht? Wie viele bedauernswerte Menschen hatten ihr Leben für diesen Wahnsinn hergeben müssen? Doch noch schockierender war es für Phelan, daß in den Aufzeichnungen der Anschein erweckt wurde, solche Versuche wären hier und da erfolgreich gewesen. Wie hatte Sir Gareth sich nur so täuschen können? War er geisteskrank gewesen? Bei diesen gräßlichen Zeremonien waren doch noch andere dabei gewesen!

In seinem Tagebuch behauptete Lockwood weiterhin, daß er auch Umgang mit Toten pflege, die vor ihrem Ableben besonders von ihm instruiert worden waren und auch im Jenseits noch unter seinem Einfluß standen. Und das schlimmste war, daß er Kinder als besonders geeignet für diese ›Aufgabe‹ ansah, weil sie emotional leicht ansprechbar seien und widerstandslos vieles mit sich geschehen ließen. Phelan grauste es bei diesem Gedanken.

Er kniete auf der gepolsterten Kirchenbank nieder und stützte den Kopf auf die Hände, als er an all diese Verbrechen dachte. Diese unschuldigen Opfer waren verhungert; man hatte ihnen die Kehlen durchgeschnitten, sie vergiftet und allen möglichen Perversionen unterworfen, nur um Gareth Lockwoods abartigen Neigungen zu befriedigen. Einige Jahre vor Lockwoods Rückkehr aus Ägypten waren Tausende von Kindern zu einem Kreuzzug ins Heilige Land aufgebrochen, bei dem viele an Unterernährung starben oder in die Sklaverei verkauft wurden. Sie kehrten nie wieder zurück. Hatte das die Menschen abgestumpft? Oder hatten die Bewohner von Sleath einfach zu große Angst, um offen zu sagen, was sie dachten? Phelan kam ein noch schrecklicherer Gedanke in den Sinn: War es möglich, daß die Bewohner von Sleath mit Sir Gareth unter einer Decke gesteckt hatten? Was war denn in jenem grausamen Jahrhundert schon ein Menschenleben wert gewesen? Es ging doch nur darum, ein warmes Dach über dem Kopf und etwas für den knurrenden Magen zu haben, ganz nach dem Motto: Überleben ist alles.

Die Aufzeichnungen Sir Gareths waren dunkel und unverständlich; dennoch konnte Phelan sich ihnen nicht so leicht entziehen. Ja, er überlegte allen Ernstes für einen Augenblick, ob Sir Gareths Schilderungen über seinen Umgang mit dem Jenseits vielleicht *doch* zutrafen und er mit den Toten hatte Umgang pflegen können, indem er sich einer Art göttlicher – oder teuflischer – Macht bediente. O ja, Sir Gareth deutete so etwas an; aber es war gewiß nur das leere Gerede eines geistig gestörten Adligen, der letztendlich seiner eigenen grandiosen Selbstinszenierung zum Opfer gefallen war. Oder steckte doch ein Körnchen Wahrheit in seinen nicht näher ausgeführten Behauptungen? Wenn ja, warum hatte er sich nicht klipp und klar zu seinen ›großartigen‹ Taten bekannt? Vielleicht ist Verschwiegenheit das oberste Gebot eines Erleuchteten und gehört unverzichtbar zum Bestandteil kabbalistischen Wissens.

Phelan streckte sich in der Kirchenbank und lehnte sich zurück. Es war dunkler geworden, wie er an den längeren Schatten erkennen konnte. Und es war jetzt auch kälter als zuvor, obwohl es am Tag brütend heiß gewesen war.

Was tun? fragte sich der Ire. Aus Verlegenheit massierte er seine spitzen Knie.

Mit Hilfe von David Ash war es ihm am Nachmittag gelungen, die verstreut herumliegenden und zum Teil sogar zerrissenen Bücher und Urkunden chronologisch wieder zu ordnen. Viele Zwischenstücke fehlten, und noch mehr war durch die Zerstörungswut Lockwoods unwiederbringlich verlorengegangen. Dennoch war es Phelan immer wieder gelungen, auf wichtige Textstellen zu stoßen, die ihm zuerst vollkommen banal erschienen waren, was er wohl seiner übersinnlichen Fähigkeit zu verdanken hatte, die von der dunklen Macht dieses Tagebuchs magisch angezogen wurde. Phelan hatte sich besondere Mühe gegeben, den Sinn dieser unverständlichen Zeilen zu verstehen. Ash war zuerst skeptisch, dann sprachlos gewesen und hatte schließlich staunend Phelans unerklärliche intuitive Gabe akzeptiert, die so wichtige neue Erkenntnisse über die heimliche Geschichte von Sleath zutage gefördert hatte.

Die Ergüsse von Sir Gareth Lockwood endeten abrupt. Entweder war er gestorben oder in geistige Umnachtung verfallen. Zum Schluß war seine Schrift vollkommen unleserlich geworden, und Phelan war es auch mit Hilfe seiner intuitiven Fähigkeit nicht mehr gelungen, aus dem unzusammenhängenden Gestammel auf den vergilbten Seiten noch irgend etwas Sinnvolles herauszulesen. Leider hatte es nach dem Tod dieses gottlosen Ritters mit dem Übel nicht sein Bewenden gehabt, weil auch spätere Lockwoods der Schwarzen Magie anhingen, was zweifellos auf das verderbte Blut ihres Ahnen Sir Gareth zurückzuführen war.

Von schlimmen Vorkommnissen berichteten die Unterlagen jedoch erst hundert Jahre später; sie stammten aus der Feder des Hugo Lockwood. Damals wütete im ganzen Land die Pest; die Krankheit entvölkerte ganze Städte und Dörfer, so daß Hugo Lockwood in dieser schrecklichen Zeit seinen perversen Neigungen ungestört nachgehen konnte. Die Seuche wurde von Fliegen übertragen, die sich an Ratten infiziert hatten, und breitete sich von Asien nach China und über das mittelalterliche Europa aus. In England raffte sie vergleichsweise wenige Menschen dahin, brachte jedoch eine neue Erscheinung mit sich: die Sekte der Flagellanten, Männer und Frauen, die sich so lange mit eisenbestückten Peitschen geißelten, bis sie in Trance verfielen. Sie glaubten, auf diese Weise Gottes Zorn besänftigen zu können, der ihnen ihrer Sündhaftigkeit wegen diese Heimsuchung auferlegt hatte. Natürlich war auch Hugo Lockwood Flagellant. Aus welchen Gründen – Überzeugung oder Kniefall vor dem Zeitgeist um des Machterhalts willen –, darüber war Phelan sich nicht im klaren.

Phelan konnte das alles nicht nachvollziehen. Er schüttelte den Kopf. Wie leicht mußte es für Hugo Lockwood gewesen sein, als geistliches und weltliches Oberhaupt von Sleath seinen Untertanen einzureden, daß mit jeder Bestrafung Gottes Zorn weiter besänftigt wurde. Wie leicht müßte es ihm gefallen sein, Opfer für seine perversen Praktiken zu finden, weil damals jeder bei den geringsten Anzeichen einer Erkrankung – es mußte nicht unbedingt die Pest gewesen sein – aus der Gemeinschaft ausgestoßen wurde. Wer hätte jemandem geglaubt, der das Verschwinden von Angehörigen auf *andere* Umstände zurückgeführt hätte? In seinem Tagebuch ließ Hugo Lockwood sich geradezu hämisch über alle Tricks und Varianten aus, wie er Menschen getötet hatte. Es kostete ihn auch nichts, unverblümt zuzugeben, warum diese Menschen sterben mußten. Phelan erschauerte, als er an diese Folterungen und Morde, an die entwürdigenden Praktiken und die Vergewaltigungen denken mußte. Hugo Lockwood hatte dies alles auf eine Weise geschildert, als würde es sich um ein bedeutendes Zeugnis des menschlichen Geistes handeln.

Nach einigen Stunden hatte Phelan David Ash, der völlig übernächtigt war, den Vorschlag gemacht, sich eine Weile aufs Ohr zu legen. Schließlich hatte er Phelan die Kirchenbücher soweit chronologisch geordnet, daß man daraus wieder Auskünfte über Ausgaben und Einnahmen der weltlichen und kirchlichen Gemeinde Sleath, über Geburten, Heiraten und Sterbefälle entnehmen konnte. Ash folgte widerwillig Phelans Rat, zumal er ihn bei der weiteren Arbeit nicht stören wollte. Widerstrebend hatte Ash sich einverstanden erklärt, nachdem er mit Phelan vereinbart hatte, sich zu einer weiteren Besprechung im Black Boar Inn zu treffen. Nie zuvor im Leben hatte der Ire sich so allein gefühlt, nachdem Ash gegangen und die Tür der Vorhalle hinter ihm ins Schloß gefallen war.

Die Geschichte von Sleath war nicht lückenlos dokumentiert – offensichtlich hatte die Reformation weder die Bewohner noch ihren weltlichen Herrscher sonderlich interessiert. Aufschlußreicher waren hingegen die Schilderungen des englischen Bürgerkriegs um die Mitte des 17. Jahrhunderts, eine Zeit, in der Geheimbündelei und üble Machenschaften wieder fröhliche Urstände feierten. Immer wieder entdeckte Phelan, daß die Geschichte sich mit Generationen von Lockwoods und ihren düsteren, abscheulichen Aktivitäten verschworen hatte. In diesen unruhigen Zeiten wurden auch aus Sleath wieder und wieder junge Männer in einen Krieg geschickt, der nicht der ihre war. Wie viele von diesen Soldaten, die gar nicht hatten kämpfen wollen, waren je zu ihren Einheiten gestoßen – sei es auf der Seite des Königs, sei es auf der Seite des Parlaments? Wie viele mochten statt dessen dem tückischen Lockwood in die Hände gefallen sein? Außer ihren Anwerbern konnte niemand eine Antwort auf diese Frage geben.

Phelan blickte hinauf zu der hohen, gewölbten Decke. Ein Großteil dessen, was er entziffert hatte, war ziemlich unverständlich. Seine Schläfen pochten. Er hatte nicht nur auf seine Lateinkenntnisse zurückgreifen müssen – es hatte auch seines sechsten Sinnes bedurft, um auf Stellen zu stoßen, in denen abscheuliche Szenen schrecklicher Boshaftigkeit geschildert wurden. Sollte er seine Nachforschungen nicht lieber abbrechen, da seine Angst mit jeder weiteren Enthüllung wuchs? Und Ash – er hätte ihn nicht wegschicken sollen – fehlte Phelan an diesem furchtbaren Ort; Ash hätte ihm vielleicht die Kraft und Entschlossenheit geben können, hier zu bleiben und weiterzumachen.

Wieso *mußten* eigentlich Generationen von Lockwoods ihre Schandtaten so minutiös niederschreiben? Wollten sie sich in ihren widerlichen Taten sonnen? Gab es eine vernünftige Erklärung hierfür? Vielleicht waren die Aufzeichnungen als Anleitung für nachfolgende Generationen von Lockwoods zu verstehen, die ihnen perverse Anregungen entnehmen sollten?

Phelan fiel eine andere tragische Begebenheit ein, die sich ungefähr 20 Jahre nach dem Bürgerkrieg in London ereignet hatte, zur Zeit des großen Brandes. Vermutlich war dieses Ereignis von einem der schrecklichen Lockwoods festgehalten worden, Robert Guy Lockwood. Damals waren Gewalt, Prostitution und Verbrechen an der Tagesordnung; zudem wütete die Pest. Erst der große Brand hatte wieder für einen Aderlaß gesorgt, hatte ein bißchen Hygiene gebracht und die Stadt vor weiterem Verfall bewahrt. Gott der Herr, so hatte Robert Guy Lockwood seinen Anhängern verkündet, habe sich durch diese

Katastrophe an den Ungläubigen und Kranken, den Verrückten und den Krüppeln gerächt. Zudem behauptete der fromme Heuchler, man könne Geisteskranke an körperlichen Gebrechen erkennen und daß eine Heimsuchung wie in London auch über Sleath käme, sollten seine Bewohner sich nicht freiwillig dazu bereit finden, diese Menschen aus ihrer Mitte zu entfernen.

Es war eine hinterhältige Täuschung und eine bösartige Verdrehung der Tatsachen. Dennoch gelang es Robert Guy Lockwood, seine leichtgläubigen Gefolgsleute soweit zu bringen, daß sie alles beseitigten, was ihrer Meinung nach ›böse‹ im Dorf war. Lockwood nannte es ›die Nacht der Läuterung‹. Kinder, die einer Erkrankung wegen das Bett hüten mußten, die durch einen Geburtsfehler oder eines Unfalls wegen verunstaltet worden waren oder die man für geisteskrank hielt – letztere hatten ihr tragisches Los wohl den Ausschweifungen und Abartigkeiten in Sleath zu verdanken – wurden aus den Häusern gezerrt oder aus ihren Schlafstellen gerissen. Die fanatisierten ›Gerechten‹ schlugen gnadenlos jene Eltern nieder, die sich schützend vor ihre Kinder stellten. Dann trieb man die wehrlosen Opfer zum tiefen Teich auf dem Dorfanger, in dem sie ertränkt wurden. Wer vor Todesangst schrie oder sich wehrte, dem wurde mit der Keule der Schädel eingeschlagen.

Phelan hatte laut aufgestöhnt, als er diese Aufzeichnungen las. Die schrecklichen Szenen gingen ihm nicht aus dem Kopf. Er hatte die alten Unterlagen so angewidert auf den Boden geschleudert, daß die losen Blätter herausfielen und es aussah, als wäre der Reverend wieder am Werk gewesen. Dann war Phelan niedergekniet und hatte zwei Gebete gesprochen: eines für die armen Seelen der Opfer und ein zweites für eine hellere Zukunft von Sleath.

Schließlich war es Phelan gelungen, den Eindruck schreiender Kinder und Jugendlicher, die ihre kleinen Hände verzweifelt in die Luft streckten, bevor sie in dem aufgewühlten, schwarzen Teich versanken, aus seiner Erinnerung zu verbannen – oder ihn zumindest so weit zu verdrängen, daß er weiterlesen konnte. Er hatte sich wieder auf den Stuhl in der Kapelle gesetzt.

Er würde sich dem Grauen erst entziehen können, wenn er die Aufzeichnungen bis zur letzten Seite durchgelesen hatte; für die noch bevorstehende Lektüre war er auf das Schlimmste gefaßt.

Die Schrecken waren zwar längst nicht vorüber, doch Gott sei Dank gab es unter späteren Lockwoods auch Zeiten in Sleath, die man als normal bezeichnen konnte, jedenfalls nach außen hin. Entweder war das Böse zeitweise verschwunden, oder es war von einem zivilisierteren Lebensstil überdeckt worden, denn die Aufzeichnungen glichen jenen, wie sie zu dieser Zeit überall in diesem Teil des Landes in den Kirchenbüchern zu finden waren: Taufen, Eheschließungen, Todesfälle – dies alles war typisch für diese Art Dorfgemeinde.

Und dennoch – dennoch konnte Phelan sich nicht von einem Gefühl des Ekels befreien, als er die verwitterten Seiten durchblätterte. Wie gewöhnlich, ja, wie normal die Aufzeichnungen auch erscheinen mochten, so schienen doch dunkle Untertöne jede Seite zu durchdringen, die Phelan las.

War sein Denken und Fühlen durch die bisherigen scheußlichen Enthüllungen schon so verzerrt worden, daß ihm nichts mehr harmlos vorkam? Er wußte keine Antwort auf diese Frage. Er war erschöpft. Alle diese Scheußlichkeiten widerten ihn an, und auch sein sechster Sinn ließ ihn allmählich im Stich. Es war ihm schon die ganze Zeit kalt ums Herz gewesen, doch als er einen Bericht aus dem achtzehnten Jahrhundert zu lesen begann, liefen ihm eiskalte Schauer den Rücken hinunter.

Die Schrift war gut leserlich, beinahe minutiös, und jede Einzelheit war peinlich genau in den Unterlagen festgehalten. Phelan erkannte rasch, daß der Verfasser nicht minder geistesgestört gewesen war wie seine Vorfahren. Sebastian Lockwood, das geistliche und weltliche Oberhaupt von Sleath, hatte mit stählerner Hand über seine Untertanen geherrscht. Auch er fröhnte der Unsitte seines Geschlechts, genau niederzuschreiben, auf welche Weise er Übeltäter und Menschen bestrafte, die bei ihm in Ungnade gefallen waren. Beispielsweise hatte man im Morgengrauen zwei Wilderer auf seinem Grund und Boden gestellt; Lockwood ließ die Männer verprügeln und hetzte dann seine Hunde auf sie. Dann schauten er und seine Spießgesellen seelenruhig zu, wie die Tiere die Wilderer zerfleischten. Sie schlossen sogar eine Wette ab; welchen der beiden Gesetzesbrecher sein gerechtes Schicksal zuerst ereilen würde. Es war unfaßbar für einen ›Geistlichen‹, der weit mehr war als bloß ein harmloser Spinner; zu sehr hatte er sich an diesem grausamen Vorfall geweidet. *»Die Hunde hatten ihr Vergnügen«*, schrieb Lockwood an einer Stelle, *»konnten sie sich zu ihrer großen Freude doch an menschlichem Fleisch gütlich tun.«*

Phelans Hände zitterten vor Entsetzen, als er diese Zeile las. Was war das für ein Herrscher, der eine so unmenschliche Bestrafung befahl und auch noch frivole Wetten darüber abschloß? Eines stand jetzt fest: Alle Lockwoods, über die Jahrhunderte hinweg, hatten an der ›Krankheit‹ dieser Familie gelitten.

Anderen Wilddieben erging es ähnlich, wenngleich nur wenige das Privileg hatten, von Hunden zerrissen zu werden. Zumeist fesselte man sie an den Schandpfahl auf dem Dorfanger und ließ sie dort verbluten; eine Strafe, die zur Abschreckung der anderen Dorfbewohner dienen sollte. Ein schlimmes Schicksal ereilte auch einen Müller namens Samuel Bridgestock, der Lockwood falsche Zahlen vorgelegt hatte – offenbar hatte er einen Teil des gemahlenen Korns unter der Hand verkauft und sich das Geld in die eigenen Tasche gesteckt, statt es an Sebastian Lockwood abzuführen, der die Rechte an der Mühle und all ihren Erzeugnissen besaß. Vor den Augen der Bevölkerung und seiner Familie wurde Bridgestock auf das Mühlrad geflochten. Lockwoods Urteil lautete: »Wenn er nach zehn Umdrehungen noch lebt, soll er diese Stätte als freier Mann wieder verlassen.« Bridgestock überlebte nicht einmal deren fünf; dann war er im stinkenden Wasser ertrunken.

Und so ging es weiter, Seite für Seite, mit Listen von Namen und Bestrafungen. Sebastian Lockwood schwelgte in ausführlichen Beschreibungen jedes Verbrechens und seiner Ahndung, als wollte er diese Aufzeichnungen späteren Generationen von Lockwoods als geistiges Vermächtnis hinterlassen. Phelan wunderte sich, daß man den Lockwoods nicht Einhalt geboten hatte, spätestens im Zeitalter der Aufklärung, als Forderungen wie Gleichheit vor dem Gesetz, religiöse Toleranz, Abschaffung der Leibeigenschaft und Beschneidung von Vorrechten des Adels und Klerus erhoben wurden – Gedanken, die sich sogar viele absolutistische Monarchen auf dem Kontinent zu eigen machten. War diese Entwicklung zu mehr Menschlichkeit spurlos an Sleath vorübergegangen? Oder hatte Lockwood seine Untertanen so eisern im Griff gehabt, daß sie es nicht einmal wagten, hinter vorgehaltener Hand zu tuscheln?

Phelan entdeckte auch Hinweise auf einen ›alten Bekannten‹, Sir Francis Dashwood, der eng mit Sebastian Lockwood befreundet gewesen war; denn Dashwood galt als Okkultist und Gründer des verrufenen Hellfire Club, eines Geheimbundes, der satanische Riten praktizierte und sich Ausschweifungen hingab, wie es damals für den Adel üblich war. Dashwood hätte keinen besseren Freund und Partner finden können als Sebastian Lockwood.

Eine Wolke hatte sich hinter die Rosette über dem Altar geschoben; das einfallende Licht der untergehenden Sonne hatte sich braungrau gefärbt. Überhaupt war es in der Kirche schummrig geworden; der Tag neigte sich dem Ende entgegen. Phelan bemerkte es erst jetzt.

Sebastian Lockwoods Aufzeichnungen und Listen füllten eine stattliche Anzahl von Bänden, von denen die letzten sich durch eine Besonderheit auszeichneten: Lockwood hatte mit seiner Feder Löcher in verschiedene Seiten gestanzt und Tinte über bestimmt Worte geleert, so daß sie unleserlich geworden waren. Ganze Textabschnitte waren durchgestrichen, und manche Sätze entbehrten jeder Logik, als wären sie von jemandem geschrieben worden, der nicht mehr klar zu denken vermochte. Waren Wahnsinn und ein Hang zur Grausamkeit Eigenschaften, die sich bei den Lockwoods von Generation zu Generation vererbten? Phelan wußte keine Antwort auf diese Frage.

Die letzten Aufzeichnungen Sebastian Lockwoods fand er so ekelhaft, daß er sich beinahe übergeben mußte, denn eins ging aus dem nahezu unverständlichen Geschreibsel hervor: Auch Sebastian Lockwood hatte versucht, Tote wieder zum Leben zu erwecken. Doch er übertraf dabei seinen nekrophilen Urahnen, Sir Gareth Lockwood, bei weiten; denn Sebastian kopulierte mit Toten beiderlei Geschlechts und – Phelan mußte würgen – mit Kindern.

Fast noch schlimmer als die Aufzeichnungen selbst waren die fürchterlichen Bilder, die vor dem geistigen Auge des Lesers entstanden. Auch Phelan konnte sich ihrer nicht erwehren. Wieder mußte er würgen und fing am ganzen Körper zu zittern an, als stünde er kurz vor einem Schlaganfall. Er erhob sich mit schwankenden Knien, und die Aufzeichnungen fielen zu den anderen Blättern und Büchern auf den Boden.

»Widerlich, scheußlich«, flüsterte er, und seine Worte hallten von den Mauern der Kapelle wider. Dann kehrte er der Stätte des Grauens den Rücken.

Phelan schaute auf den schmucklosen Altar. Er war dermaßen entsetzt, wütend, erschöpft und verzweifelt, daß ihm der Kopf schwirrte. Er konnte kaum mehr einen klaren Gedanken fassen. Waren auch die Nachfahren Sebastian Lockwoods geisteskrank?

Plötzlich ertönte ein kaum wahrnehmbares Geräusch. Schlug da nicht jemand mit einem Stein auf den Fußboden? Phelan schaute sich um, konnte aber nichts entdecken.

In der Kirche war es inzwischen dunkel geworden. Hatten seine Nachforschungen so viele Stunden gedauert? In der ganzen Zeit war niemand hereingekommen; soviel stand fest. Phelan blinzelte mehrmals und schaute dann auf die Armbanduhr; die Augen fielen ihm vor Müdigkeit fast zu. Und es war seltsam düster geworden. Entweder war die Sonne hinter dem Hügel versunken, oder der Himmel hatte sich bewölkt.

Doch erst als Phelan sich an der Rückenlehne der Kirchenbank hochziehen wollte, wurde ihm deutlich bewußt, daß es in der Kirche schlagartig dunkel geworden war. Normalerweise aber geht die Sonne allmählich unter und wirft immer längere Schatten. Also mußte es an seinen alten Augen liegen oder am stundenlangen Lesen. Aber warum herrschte in der Kirche eine derartige Eiseskälte, während es draußen noch drückend heiß war?

Es gab nur eine Erklärung: In der Kirche spukte es. Phelan hatte so etwas schon öfters erlebt. Verfluchte Gemäuer, die exorziert und gereinigt werden mußten.

Plötzlich vernahm er wieder das Geräusch; diesmal hielt es etwas länger an.

Stein kratzte gegen Stein.

O Herr im Himmel. Jetzt wußte Phelan, woher der Laut kam.

Der Ire erstarrte vor Schreck. Die Haare standen ihm zu Berge.

Dann hatte er zum drittenmal den Eindruck, als würde jemand eine Steinplatte verrücken. Er wurde kreidebleich.

»Gott im Himmel!« brach es nun laut aus ihm hervor, und es klang wie eine flehentliche Bitte.

Phelan starrte zur Seitenkapelle hinüber, wo die steinerne Figur von Sir Gareth lag.

Nein, das war unmöglich. Er befand sich doch nicht leibhaftig in einer Schauermär von Edgar Allan Poe. Aus seiner langjährigen Erfahrung mit übersinnlichen Erscheinungen wußte Phelan ganz genau, daß Tote – besonders, wenn sie bereits zu Staub und Knochen zerfallen waren – nicht aus eigener Kraft aufstehen und sich fortbewegen konnten. Und erst recht konnten sie keine schweren Grabplatten beiseite schieben oder ähnliches.

Es war wieder still in der Kirche.

Phelan stand auf.

Es war *doch* alles reine Einbildung gewesen. Das kam nur von diesen verfluchten Aufzeichnungen Lockwoods, die ihm ständig im Kopf herumgingen.

Und was war das jetzt? Waren da nicht schlurfende Schritte zu hören?

Reiß dich zusammen, du alter Trottel, ermahnte sich Phelan. Deine Phantasie geht mit dir durch.

Er bückte sich nach seinem Gehstock, behielt aber den Eingang zur Kapelle im Auge. Dann bewegte er sich auf den Mittelgang zu.

Natürlich, die Geräusche und die plötzliche Dunkelheit existierten in Wirklichkeit überhaupt nicht. Phelan hatte nun genügend Zeit in der Kirche verbracht; er mußte noch vieles aufarbeiten – und erst einmal fort von hier. *Das ist keine billige Ausrede*, sagte er sich.

Noch immer starrte Phelan zu dem pechschwarzen Eingang der Seitenkapelle hinüber.

Entschuldigen Sie vielmals, aber ich muß jetzt leider gehen. Phelan ertappte sich dabei, wie ihm diese Worte unwillkürlich durch den Kopf gingen, als wollte er mit einem kleinen Scherz all die furchtbaren Bilder überspielen, die er aus seiner Lektüre zurückbehalten hatte.

Erneut wurde ihm schlecht. Er stand jetzt fast am Ende der Kirchenbank, nach vorn gekrümmt, und hielt sich krampfhaft fest, während er gegen den Brechreiz ankämpfte und alles tat, um sich nicht ausgerechnet im Hause des Herrn übergeben zu müssen. Für ihn war es noch immer ein heiliger Ort.

»Im Namen des Vaters und des Sohnes ...«, murmelte er und bekreuzigte sich. Es wurde ihm schwindlig.

Du jagst dir selbst Angst ein! Du machst dir das alles nur vor! sagte er leise zu sich selbst. *Der Leichnam da hinten ist tot, und nichts auf der Welt kann ihn wieder zum Leben erwecken!*

Den ganzen Tag hatte er sich mit so vielen perversen, schrecklichen Berichten befassen müssen, daß er jetzt übermüdet, hypernervös und – wie würde es die Jugend von heute formulieren? – total geschafft war.

Haltung, mein Lieber, sagte er zu sich selbst und richtete sich mühsam auf. Obwohl es stockdunkel war, konnte er am Eingang zur Seitenkapelle nun einen Schatten erkennen. Wie das möglich war, interessierte Phelan in diesem Augenblick nicht, weil er nur noch eins im Sinn hatte: weg aus St. Giles!

Phelan hatte den Eindruck, als würde der Schatten aus seiner eigenen Hülle heraustreten. Schwankend ging der Ire den Mittelgang entlang und humpelte auf die Tür zu.

Er kam nur langsam voran, aber das war weit besser, als noch länger hier herumzusitzen. Er benahm sich zwar nicht gerade heldenhaft; aber es sah ihn ja niemand. Nur ... das Ding da ... hinter ihm ...

Phelan gelangte zu einem Quergang, der zu den Pfeilern und zur Innentür führte. Schwer stützte er sich auf seinen Stock, der knirschend auf dem steinernen Fußboden entlangfuhr. Sollte er sich nicht mal kurz umdrehen und einen Blick in die Seitenkapelle werfen? Doch Phelan widerstand dem Verlangen. Für ihn gab es nur eins: raus aus der Kirche! Schließlich konnten Tote nicht gehen; schon deswegen war es Quatsch, einen Blick über die Schulter zu werfen.

Schwankend ging Phelan um die letzte Kirchenbank in der Reihe herum. Noch immer mußte er gegen die Versuchung ankämpfen, nach hinten zu blicken, obwohl ... obwohl ... er aus den Augenwinkeln heraus ... etwas sah. Da war wirklich etwas ...

... es bewegte sich ...

... schlurfend ...

... und kam hinter ihm her ...

Er taumelte an den Pfeilern vorbei und konnte die große, schwarze Innentür erkennen, ein gewaltiger, dunkler Schemen, ein fester und hilfreicher Schutz gegen die Horden des Bösen, eine Art Schutzengel ...

Unzusammenhängende Gedanken schossen Phelan durch den Kopf, die das Ding da hinten hoffentlich nicht erahnte. Wahrscheinlich handelte es sich um ein Hirngespinst, nicht um einen wirklichen Geist, doch Phelan war sich trotzdem sicher, daß dieses ... Etwas ihm vom Grab des Kreuzritters aus gefolgt war.

Beinahe wäre er mit dem Kopf gegen die Tür gestoßen, hätte er sich nicht an dem rohen Holz abgestützt. Splitter bohrten sich in seine Hand. Er tastete nach dem eisernen Ring, mit dem die Tür sich öffnen ließ, fand ihn.

Hektisch versuchte er, den Ring zu drehen – doch er bewegte sich nicht.

Phelan legte seinen Stock zur Seite und packte mit beiden Händen zu. Vergebens ...

Lächerlich. Er war doch auch problemlos in die Kirche hineingekommen. Wahrscheinlich war er zu nervös. Er mußte nur die Ruhe bewahren, jeden Griff mit Bedacht tun, dann würde die Tür schon aufgehen.

Er hörte schlurfende Schritte auf dem Steinboden, und er hörte ... *nein, das konnte nicht sein, das konnte doch nicht sein; die Toten brauchten doch nicht* ... und er hörte, wie jemand atmete. Es klang wie das Röcheln eines Menschen, der eine kranke, von Emphysemen durchsetzte Lunge hatte und dessen Kehle trocken, rauh und porös war ...

Phelan blickte nur halb hin; er wollte die schwarze Gestalt, die über die Jahrhunderte hinweg in diesem eiskalten Sarkophag konserviert worden war, nicht näher anschauen; er wollte nicht wissen, ob dieser Tote tatsächlich hinter ihm her war oder ob er es sich nur einbildete. Doch das *Etwas* ... es war nichts Bestimmtes ... nichts *Wirkliches* ... kam tapsend auf ihn zu.

Nein! Unmöglich!

Phelan rüttelte verzweifelt an dem eisernen Ring. Er gab ein wenig nach, und der Ire packte noch fester zu. Es gelang ihm, den Ring ganz herumzudrehen, und er hörte ein metallenes Klicken. In wilder Panik stemmte er sich mit einer Schulter und beiden Händen gegen die Tür, weil er spürte, daß das Ding hinter ihm immer näher kam.

Tote atmen nicht, hämmerte es in seinem Kopf. *Aber wie kommt es dann, daß die Gestalt hinter mir es trotzdem tut? Daß die Kirche nach seinen abscheulichen Ausdünstungen stinkt?*

Und wie kam er auf die Idee, daß eine knochige Hand von hinten nach ihm griff – eine Hand, von der dünne, trockene Fleischfetzen wie Konfetti zu Boden fielen?

»Heilige Maria, Mutter Gottes«, sagte Phelan flehentlich, und dann fiel ihm ein, daß die Tür nach innen aufging.

Er riß sie so ungestüm auf, daß sie ihm gegen das Knie schmetterte. Dann schlüpfte er hindurch und schlug sie hinter sich zu. Er hatte den Eindruck, als kratze jemand an der Innenseite der Holztür.

In der Vorhalle herrschte die übliche Grabeskälte. Kein Grund für Phelan, sich hier länger aufzuhalten, zumal er sich einredete, seine Glieder würden bald zu Eis erstarren, würde er länger hier bleiben – was genauso irrational war wie seine Überzeugung, von einem Toten verfolgt zu werden. Außerdem gab es für Phelan tatsächlich keinen Anreiz mehr, hier zu verweilen.

Mit zwei Schritten war er an der Tür der Vorhalle, die sich leicht öffnen ließ. Er stolperte hinaus und stürzte auf den Kiesweg. Auf allen vieren kroch er durch den Kirchhof, schürfte sich

Hände und Knie auf und murmelte immer wieder vor sich hin: »Du bist vollkommen übergeschnappt. In Wirklichkeit ist dir in der Kirche kein Geist gefolgt. Das hast du dir nur eingebildet. Du mußtest ja unbedingt all die scheußlichen Aufzeichnungen in der Kapelle genau durchlesen. Aber Gespenster, ob gut oder böse, schieben keine Grabplatten beiseite. Sie atmen nicht, und sie verfolgen niemanden. Das ist verrückt. *Verrückt!*«

Phelan war so tief in Gedanken versunken, daß ihm die dichte Nebeldecke gar nicht auffiel, die über Sleath hing.

Kapitel 33

Schlagartig erwachte Ash. Er riß die Augen auf und starrte an die Decke.

Für kurze Zeit lag er regungslos da und kam langsam zu sich. Wo war er? Dann fiel es ihm wieder ein – wie auch der Grund, warum er in Sleath war. Um seine wirren Gedanken ein wenig zu beruhigen und zu ordnen, legte er eine Hand auf die Augen und schloß sie.

Nach einer Weile war Ash wieder alles deutlich.

Er nahm die Hand von den Augen und stellte erstaunt fest, daß es dunkel im Zimmer war. Wie lange hatte er geschlafen?

Er stand auf, ging zum Fenster, zog die Vorhänge zurück – und erstarrte, als er den gelblichen, quirlenden Nebel sah, in dem nur noch die Häuser und das Rathaus hinter dem Dorfanger schemenhaft zu erkennen waren. Träge Schwaden waberten vorüber. Sie sahen irgendwie unheimlich aus, was durch die vollkommene Stille verstärkt wurde, die durch keinerlei alltägliche Geschäftigkeit gestört wurde. Draußen waren weder Schritte noch Stimmen, noch Vögel oder Autos zu hören; auch im Gasthof war nichts von dem üblichen, leisen Gemurmel der Stammgäste in der Schankstube zu vernehmen.

Ash war vollkommen verwirrt. Als er sich vom Fenster abwandte, sah er die Gestalt auf dem Bett.

Es war Grace, die da schlief. Sie lag auf der Seite; ein Knie war angezogen, und ihr Rock gab den Blick auf eins ihrer wunderschönen Beine frei; ihre Bluse stand offen, verdeckte aber einen Teil ihrer Brust. Die Stelle, an der Ash sie so intim liebkost und geküßt hatte, war verdeckt. Es erregte ihn, sie so daliegen zu sehen; sicherlich war seine eigene Nacktheit ein Grund dafür. Zugleich aber fiel Ash wieder seine Reise in Grace' Unterbewußtsein ein, wo er ein Geheimnis entdeckt hatte. Er trat ans Bett.

»Grace.«

Er hatte ihren Namen so leise gesagt, daß sie nicht aufwachte.

Er berührte sie an der Schulter, schüttelte sie leicht. »Grace«, sagte er ein wenig lauter.

Sie bewegte sich, hob leicht das Kinn und öffnete die Lippen.

»Wach auf, Grace.« Behutsam strich er ihr einige Haarsträhnen aus der Stirn.

Eine Falte bildete sich auf ihrer Stirn und er sah, wie ihre Augäpfel sich unter den Lidern bewegten. Sie murmelte irgend etwas vor sich hin, vielleicht seinen Namen, und schlug langsam die Augen auf. Sie lächelte, als sie ihn sah, und streckte eine Hand nach ihm aus, berührte ihn und strich an seinem Bein entlang. Sie streckte das angewinkelte Bein aus, so daß der dunkle Hügel zwischen ihren Beinen sichtbar wurde. Wie gern hätte Ash ihn gestreichelt, wie gern wäre er wieder in diese feuchte Öffnung eingedrungen.

Doch es ging jetzt nicht. »Wir müssen gehen«, sagte er.

Grace lag regungslos da und starrte ihn beinahe finster an.

Ash beugte sich zu ihr hinunter, und sie küßten sich leidenschaftlich. Der Wunsch, Grace wieder zu besitzen, war überwältigend in Ash, doch zuerst einmal hatten sie Wichtigeres zu tun. Dennoch staunte er, wie heftig er diese Frau begehrte, wie stark seine Gefühle für sie waren. Es hätte nie geschehen dürfen; er hätte es niemals so weit kommen lassen dürfen. So lange war er ohne Frau ausgekommen, und nun war es diesem wunderbaren, verletzlichen Wesen gelungen, ihn zu überrumpeln und in sein Leben einzudringen. Ash war schließlich kein Anfänger mehr. Er sehnte sich danach, sie zu umarmen, zu ihr unter die Bettdecke zu kriechen und sich ganz eng an sie zu schmiegen, so daß ihnen die Angst und die schreckliche Wahrheit nichts anhaben konnten, die draußen vor diesem Zimmer auf sie lauerten. Doch Ash wußte selbst, daß dies reines Wunschdenken war, eine trügerische Hoffnung. Grace konnte nur von der Krankheit in ihrem Innern genesen, wenn sie widerrief. Sie beide hatten Probleme mit der Vergangenheit, die sie gern vergessen würden. Ash machte sich wegen des tragischen Todes seiner Schwester so große Vorwürfe, daß er gar nicht mehr wußte, was damals wirklich geschehen war. Grace hingegen quälte ein Schuldkomplex, den sie sich noch nicht einmal selbst eingestehen wollte. Wahrscheinlich war sie sich ihres inneren Aufruhrs nicht einmal bewußt, doch ihr Unterbewußtsein wußte nur zu gut Bescheid darüber.

Als er sich von ihr lösen wollte, drückte sie sich noch fester an ihn. »Bitte, David«, flüsterte sie.

Er nahm ihre Hände von seinen Schultern. »Grace, bitte, sieh aus dem Fenster. Es geschieht gerade.«

Sie blickte ihm in die Augen. »Wovon redest du?«

»Spürst du es denn nicht?«

Ihre finstere Miene hellte sich kurz auf, als sie für einen Moment verwirrt lächelte. Ash sah, wie sie erstarrte und im Zimmer umherblickte.

»Was ist los?« Es schien, als wäre ihr plötzlich kalt geworden.

Ash gab keine Antwort. Grace ging zum Fenster und stöhnte leise auf.

»Der Dunst kommt vielleicht von der großen Hitze«, sagte Ash. Allerdings war ihm selbst nicht klar, wie er auf eine derart seichte Erklärung verfallen konnte. Selbst wenn Grace ihm beipflichten würde – an der Unerklärlichkeit des Vorgangs, der sich dort draußen abspielte, gab es keinen Zweifel. Doch Ash mußte über diese Frage nicht weiter nachdenken, weil Grace ihn ängstlich anschaute.

»Was hat das zu bedeuten, David?«

Ash schwieg, weil ihm keine Antwort auf diese Frage einfiel. Er zog sich an. »Ich möchte, daß wir jetzt zu deinem Vater gehen«, sagte er.

Grace blickte ihn überrascht an und knöpfte dann langsam ihre Bluse zu. »Er könnte uns das alles erklären, nicht wahr?« Für einen Augenblick saß sie völlig regungslos da. »Irgendwie hat mein Vater mit all diesen seltsamen Vorfällen zu tun, stimmt's?«

Ash trat auf sie zu und legte ihr die Hände auf die Schultern. »Wahrscheinlich ist er eine der Hauptursachen. Er ist nicht immer ehrlich zu dir gewesen, Grace.« Sie löste sich von ihm und wandte sich ab, als wäre sie verärgert. Dann ging sie zum Bett zurück und zog sich weiter an.

Ash beobachtete sie dabei. Sie ahnt zwar etwas, dachte er bei sich, weiß aber nicht, wie tief sie in der ganzen Sache drinsteckt. Regungslos saß sie auf dem Bett und wartete, bis er sich angezogen hatte. Nach außen wirkt sie ziemlich gelassen, ging es Ash durch den Kopf, aber innerlich ist sie bestimmt aufgewühlt. Er zog seine Schuhe an. Zunächst einmal, das war ihm klar, konnte er ihr nicht helfen, weil sie ihm wahrscheinlich kein Wort glauben würde. Er fluchte lautlos. Nicht zum erstenmal verfluchte er seine Fähigkeit, sich in andere Menschen einzufühlen und auf diese Weise ihre Geheimnisse zu ergründen. Mitunter war diese Gabe eine Last.

Als sie angezogen waren, nahm Ash Grace bei der Hand und führte sie aus dem Zimmer.

Im Flur und auf der Treppe roch es muffig. Ash war nahe daran, in die Stille hinein nach dem Wirt oder seiner Frau zu rufen, ließ es dann aber bleiben. Der Schankraum war leer.

Irgendwie kam den beiden die Stille eigenartig laut vor. Es war schon ein seltsames Gefühl. Ash malte sich aus, wie es hier vor hundert Jahren ausgesehen haben mochte: Kaufleute, Bauern und deren Knechte, ja sogar Mitglieder der Familie Lockwood saßen da und erzählten sich Geschichten. In der einen Ecke wurde gelacht, und der Wirt redete auf einen Gast ein, er solle sich trotz seines Rausches anständig benehmen ...

»David ...?«

Er fuhr zusammen und blinzelte.

»Du bist stehengeblieben«, sagte Grace. »Hast du etwas gehört?«

Wie in Trance schüttelte er leicht den Kopf. »Ich habe gedacht ...« Er fuhr sich mit der Hand übers Gesicht. »Ach, nichts. Komm, gehen wir weiter.«

Sie durchquerten das offensichtlich leere Gasthaus. Ash hatte es gründlich satt, sich ständig von seiner Phantasie zum Narren halten zu lassen. Er mußte unbedingt an die frische Luft. In der großen Eingangstür blieben sie stehen, nachdem Ash sie geöffnet hatte.

»Das ist ja unheimlich«, sagte Grace leise und spähte in den gelben Nebel hinaus. »Und wie das stinkt ...«

Die hellen Karosserien der Autos auf dem Parkplatz gegenüber sahen in den vorüberziehenden Dunstwolken farblos aus, und es schien, als wäre das Gras des Angers grau geworden. Ash hatte den Eindruck, daß sich dort unten dunkle Schatten bewegten, und angestrengt starrte er nach draußen. Doch er konnte nichts erkennen, weil die Schemen sich aufzulösen schienen, wenn er sie genauer beobachten wollte.

Nur ungern verließ Ash den schützenden Gasthof, doch Grace und er hatten keine Wahl. Vermutlich trieben ihn Wut und Zorn über alle bisherigen Geschehnisse in Sleath dazu, nach Lodge House zu gehen und den Reverend zur Rede zu stellen.

Er wandte sich Grace zu. »Wir gehen besser zu Fuß, dann kommen wir schneller voran. Ich lasse den Wagen hier stehen.«

Sie nickte und massierte ihre Arme.

»Frierst du?« fragte er, und sie nickte.

Und dann spürte auch er es. Da war sie wieder, diese Eiseskälte, die Ash bereits von St. Giles kannte. Er dachte kurz an

Phelan. Ob der kleine Ire wohl immer noch über den Aufzeichnungen saß?

Grace blieb stehen, als Ash auf die Straße trat, und er mußte sie bei der Hand nehmen, sonst wäre sie wohl nicht mitgekommen. Sie drückte fest zu, und Schulter an Schulter gingen sie los.

»Kannst du sie sehen, David?«

Zunächst verstand Ash die Frage nicht; dann aber bemerkte er, daß Grace von den im Nebel vorbeihuschenden Gestalten redete.

»Das sind nur dunkle Nebelfetzen, Grace«, versuchte er sie zu beruhigen.

Das war natürlich gelogen. Er wußte, um was es sich handelte.

»Das sind Menschen«, sagte Grace.

Eine Gestalt stand nahe am Dorfanger. Ash löste sich von Grace und ging hinüber. Trotz der dichten Nebelschwaden konnte er so etwas wie einen Kopf, Schultern und die Umrisse eines menschlichen Körpers ausmachen. Als er dieses Etwas ansprechen wollte und näher darauf zuging, verschwand es schlagartig und löste sich in Nichts auf.

Verwirrt blieb Ash mitten auf der Straße stehen und starrte auf die Stelle, an der er eben noch die Erscheinung gesehen hatte. In der Luft war ein Tosen zu hören, als wäre ein Sturm aufgekommen. Ash spürte Grace neben sich. Sie packte seinen Arm.

»Ich habe es gesehen«, sagte sie. »Es ist fort.«

»Aber das ist doch nicht möglich«, entgegnete David und starrte in den Nebel.

»Doch, David. Weißt du denn immer noch so wenig über Sleath?« Bevor er etwas erwidern konnte, streckte Grace die Hand aus. »Großer Gott, sieh mal ...«

Ash folgte ihrem ausgestreckten Finger und sah, daß keine gelblichen Wolken mehr über dem Teich hingen. Ruhig und still wie sonst auch lag er da. Allerdings besaß das Wasser einen ungewöhnlichen, seltsamen Glanz. Und das Gras an den Ufern sah steif und weiß aus, so als ... Ash blinzelte ... als wäre plötzlich der Winter hereingebrochen.

»Der Teich ist zugefroren, David«, sagte Grace. »Das ist Eis.«

Ein rauher Schrei aus der Ferne zerriß plötzlich die Stille. Grace und Ash zuckten zusammen. Vermutlich war es ein Adler gewesen, der einsam und verlassen über dem Moor kreiste. Grace drückte Ashs Arm fester.

Er schaute nicht mehr zu dem Teich hinüber, sondern konzentrierte sich wieder auf die träge vorüberziehenden Nebelschwaden. Es wimmelte jetzt von grauen Schatten; einige standen wie angewurzelt da, andere wehten langsam vorüber.

Ash legte Grace einen Arm um die Hüfte und sagte: »Komm, wir gehen.«

»Ich will nicht. Ich habe Angst.«

Er drückte sie fester und blickte ihr in die Augen. »Das sind Erscheinungen. Sie können uns nichts anhaben.«

»Woher willst du das wissen?«

»Unser größter Feind ist unsere eigene Angst.« Es war eine hastige, nichtssagende Antwort, doch die Zeit drängte, und Ash fiel nichts besseres ein. Er wußte auch genau, daß Grace ihm diese Erklärung nicht abnehmen würde.

»Wir müssen unbedingt zu deinem Vater«, sagte er drängend. »Es ist sehr wichtig, Grace.«

»Bis jetzt hast du mir noch nicht gesagt, warum.« Sie blickte ihm tief in die Augen, als läge nur dort des Rätsels Lösung.

Ash hielt es für besser, ihr den wahren Grund zunächst zu verschweigen. Deshalb sagte er nur: »Dein Vater weiß mehr, als er zugibt.«

Offensichtlich war Grace' Frage damit noch nicht beantwortet. »Warum hat er nie offen mit mir darüber geredet? Schließlich ist er mein Vater!«

»Das mußt du ihn schon selbst fragen«, gab Ash kalt zurück.

Grace war offensichtlich tief betroffen über seine ungewohnte Schroffheit.

»Wie weit sind eigentlich deine Nachforschungen gediehen, David?« fragte sie dann leise.

Ash ließ sich von ihrem ruhigen Tonfall nicht beirren. Warum will sie das so genau wissen, fragte er sich.

»Grace, wir wissen doch durch reine Intuition Dinge voneinander – Erinnerungen und Traumata, über die wir noch nie mit einem anderen Menschen gesprochen haben. Ich weiß noch immer nicht alles, kann dir jetzt aber schon soviel sagen: Dein Vater hat dir viele Jahre lang etwas vorgemacht.«

»Nein«, entgegnete sie und schüttelte den Kopf.

»Wir müssen ihn zur Rede stellen. Los jetzt, gehen wir endlich zu ihm«, drängte er.

»Aber er ist krank! Dr. Stapley hat ihm jede Aufregung untersagt.«

»Dann wirst du die Wahrheit nie erfahren.«

Grace war völlig durcheinander. Ash spürte es; außerdem war es ihr anzusehen. Schließlich rang sie sich zu einer Entscheidung durch.

»Du wirst mir helfen, nicht wahr?« sagte sie, und Ash nahm sie rasch in den Arm, küßte ihr Haar und drückte sie fest an sich.

Sie blickte ihm noch einmal tief in die Augen, löste sich dann von ihm und schaute nach vorn auf die Straße.

Sie hielten sich auf der Mitte der Hauptstraße, spähten ins trübe Licht, lauschten. Doch kein Auto fuhr, kein Fußgänger war unterwegs. Nur ihre Schritte hallten in der Stille. Die Häuser hinter dem Dorfanger waren nicht zu sehen. Dort war der Nebel ziemlich dicht. Doch es gab auch Stellen, an denen man sehr gut weiße Zäune, kleine Hecken und die dahinterstehenden Häuser, ja sogar den Seitenstreifen der Fahrbahn erkennen konnte. In den Fenstern war kein Licht zu sehen, doch Grace und Ash wußten, daß die Leute da waren. Schließlich konnte nicht das ganze Dorf über Nacht geräumt worden sein. Doch niemand zeigte sich. Hatten die Bewohner von Sleath so große Angst, daß sie sich nicht auf die Straße wagten? Konnten auch sie die Bedrohung spüren?

Unter dem Baum auf dem Dorfanger tummelten sich viele Schatten. Als Grace und Ash sich ihnen näherten, wurden sie immer undeutlicher und verschwanden schließlich im Nebel. Doch als sie am Pranger vorübergingen, hörten sie ein jämmerliches Stöhnen.

»Nicht stehenbleiben«, sagte Ash ruhig.

Im Weitergehen warf Grace einen Blick auf das verwitterte Holz, als glaubte sie, man hätte dort jemanden festgebunden. Erleichtert stellte sie fest, daß sie sich getäuscht hatte; allerdings sickerte eine schwarze, zähe Flüssigkeit auf den Boden, bildete dort eine kleine Lache und verschwand dann im Erdreich. Vielleicht handelte es sich um Blut. Doch Grace verspürte keinerlei Verlangen, der Sache auf den Grund zu gehen. Auch Ash war nicht danach zumute.

Als sie den Anger überquert hatten, blickte Ash noch einmal zurück: Am Stock und dem Schandpfahl waren wieder die Schatten zu sehen. Er sagte Grace nichts davon.

In einem Haus auf der linken Seite schrie jemand. Grace und Ash konnten es trotz der dicken Wände deutlich hören. Auch aus einem anderen Haus, das etwas weiter entfernt lag, drang Gebrüll. Eine Haustür wurde zugeschlagen, und rasche Schritte entfernten sich.

Dann war es wieder still. In dem gelblichen Nebel konnten sie ihren Weg manchmal sehr gut erkennen; dann wieder versperrten ihnen neue Schwaden die Sicht. In den wenigen Läden, an denen sie vorbeigekommen waren, hielten sich keine Kunden auf; die Schaufenster waren nicht beleuchtet, und die Türen waren geschlossen. Irgendwann fiel Ash auf, daß sein Gesicht feucht war.

Fluchtartig verließ ein älteres Ehepaar sein Haus, das auf

der rechten Straßenseite stand. Als sie Grace und Ash erblickten, blieben sie zuerst wie angewurzelt stehen; dann eilten sie weiter, bogen um eine Ecke und verschwanden auf den Feldern. Ash wollte sich an ihre Fersen heften, gab es jedoch rasch wieder auf, weil die beiden vom Nebel verschluckt wurden.

Kopfschüttelnd kehrte er zu Grace zurück, und sie setzten ihren Weg fort. In einem Haus ganz in der Nähe splitterte Glas; ein schriller Schrei erklang, dann trat wieder Stille ein. In einem anderen Haus bewegte sich ein Vorhang leicht hin und her – jedenfalls hatte Ash den Eindruck. Dann ließ ein Geräusch Ash aufhorchen: Startete da nicht jemand einen Motor?

Wer bei diesem Nebel Auto fuhr, mußte verrückt sein oder einen zwingenden Grund haben. Wahrscheinlich letzteres, ging es Ash durch den Kopf. Das Geräusch verlor sich allmählich in Richtung Brücke; offensichtlich verließ der Fahrer das Dorf. Warum waren er und Grace nicht auch so schlau gewesen? Viel Glück, dachte Ash, der sich sehnlichst wünschte, anstelle des Unbekannten mit Grace in dem Wagen zu sitzen.

Die Möglichkeit, dies nachzuholen, bot sich kurz darauf. An der Kreuzung hätte Ash am liebsten die Straße nach links genommen, die aus dem Ort herausführte. Während er noch zögerte, wandte Grace sich nach rechts und schlug den steilen Weg ein, der zur Kirche und zum Pfarrhaus auf dem Hügel führte. Ashs kurzes Zaudern hatte sie gar nicht bemerkt, weil er nicht stehengeblieben war.

Als sie an einer Reihe von Häusern vorübergingen, fragte Grace: »Sollen wir nachsehen, ob alles in Ordnung ist?«

Bevor Ash etwas erwidern konnte, hörten sie direkt vor sich Stimmen. Ellen Preddle war sofort vergessen; sie lauschten angestrengt.

»Das sind wieder die Kinder«, flüsterte Grace.

Obwohl Ash das Lied inzwischen kannte, kam es ihm trotzdem unheimlich vor; denn hier sangen körperlose Wesen, die nur eine Stimme besaßen. Rasch gingen Grace und Ash auf die Schule zu.

Vor dem Eingang blieben sie stehen, und Ash stellte sich vor, daß die Kinder mit glänzenden Augen hingebungsvoll bei der Sache waren. Ach, Unsinn, sagte er sich dann. Das ist früher mal so gewesen. Heute wird das Gebäude doch überhaupt nicht mehr benutzt. Was er und Grace hörten, waren singende Tote.

»Tanzt, tanzt, wo immer ihr seid,
Ich bin der Herr des Tanzes, sprach er,
Und ich führe euch alle,
Wo immer ihr seid,
Und ich führe euch alle
Im Tanz, sprach er.«

Doch Ash war verwirrt. Wie konnten längst verstorbene Kinder eine Melodie kennen, die – das hatte ihm Grace gesagt – erst in jüngster Zeit komponiert worden war? Das konnten doch gewiß nur die Jahrgänge, die in diesem Schulhaus bis zu dessen Schließung unterrichtet worden waren und von denen die meisten noch lebten. Vielleicht aber lag er mit seiner Vermutung richtig, von der er Grace bereits erzählt hatte: Die Klänge, die von der Luft und den Wänden regelrecht aufgesogen worden waren, wurden durch die übersinnlichen Fähigkeiten wieder freigesetzt, die er und Grace besaßen. Die ganze Sache war also gewissermaßen eine unheimliche Reproduktion. Dann veränderte sich die Klangfarbe; die Stimmen wurden irgendwie dunkler, tiefer.

»An einem Freitag zur dritten Stund
Ließ man mich sterbend zurück ...
Es tanzt sich schwer, wenn man tanzen muß
Mit dem Teufel im Genick ...

Sie legten mich ins Grab hinein
Und dachten, nun sei Ruh,
Doch ich bin der Tanz, ich ganz allein,
Und ich tanze immerzu.«

»Verstehst du denn nicht?« Es war, als hätte Grace seine Gedanken lesen können. »Verstehst du denn nicht?« fragte sie erneut. »Sie wollen uns warnen. Auf ihre Weise wollen sie uns zu verstehen geben, was sich hier in Sleath abspielt.«

Ash schüttelte den Kopf. »Ich begreife das alles nicht.«

Die Stimmen wurden lauter, und der Nebel auf dem kleinen Schulhof lichtete sich, als wäre er von einem Sturm weggeblasen worden.

Grace stand regungslos da und starrte in den Dunst, der um das Schulhaus herumwirbelte. »Sie brauchen unsere Hilfe, David«, sagte sie. »Verstehst du denn nicht? Sie brauchen unsere Hilfe.«

Kapitel 34

In St. Giles war niemand gewesen. – Grace wollte unbedingt nach Lodge House zurück; nun stand sie ungeduldig am Kirchhofportal und trat von einem Bein aufs andere. Ash rannte in die Vorhalle der Kirche, die ihm in ihrer bedrückenden Atmosphäre auch diesmal wie ein Mausoleum vorkam. Sofort begann er wieder zu frieren. Die Innentür war zwar nicht verschlossen, doch er mußte sich erst mit einer Schulter dagegenstemmen und den eisernen Ring umdrehen, bevor sie sich öffnete. Ash blieb stehen, weil ihm in der halbdunklen Kirche unheimlich zumute war, und rief Phelans Namen. Er erhielt keine Antwort.

Er ging zu Grace, die am Kirchhofportal auf ihn wartete, und erzählte ihr, daß er den Iren nicht angetroffen habe. Vermutlich hatte Phelan seine Nachforschungen bereits abgeschlossen und war aus der Kirche verschwunden. Warum aber war der Ire nicht wie verabredet zu Ash ins Black Boar Inn gekommen?

Während Ash über diese Frage nachdachte, war Grace bereits einige Schritte vorausgegangen. Er holte sie ein. Gemeinsam gingen sie in Richtung Lodge House, das sehr gut zu erkennen war, weil der Nebel dort nicht so dicht wogte. Beide hatten das Gefühl, daß mit dem Haus irgend etwas nicht stimmte.

Grace warf Ash einen ängstlichen Blick zu und rannte plötzlich los. Die Tür des Vordergartens und die Haustür standen offen.

»Grace, warte!« rief Ash ihr hinterher, doch sie war bereits mit wehendem Haar im Pfarrhaus verschwunden. Ash war zwar etwas außer Atem, eilte Grace aber hinterher.

Die Diele lag im Halbdunkel, und er hörte Schritte im oberen Stockwerk. Grace blieb stehen und rief nach ihrem Vater. Sie erhielt keine Antwort. Der Reverend war nicht in seinem Zimmer. Auch im Wohnzimmer oder in der Küche hielt er sich nicht auf, wie Ash rasch feststellte. Vor dem Studierzimmer blieb Ash schließlich stehen. Grace rief noch immer ihren Vater und warf einen Blick in alle Räume des oberen Stockwerks.

Wie angewurzelt blieb Ash im Studierzimmer stehen.

»David, er ist nicht –«, hörte er Grace von der Treppe aus rufen.

Auch sie war sprachlos vor Entsetzen, als sie das Gemälde über dem Kamin sah. Die Leinwand war stellenweise braun geworden, als würde sie jemand über ein offenes Feuer halten, und die Ölfarbe fing an zu tropfen und Blasen zu werfen. Dünne, schwarze Rauchwolken stiegen zur Decke empor. Das Gemälde von Lockwood Hall wurde von einem Feuer zerstört, das sie weder sehen noch riechen, noch hören konnten.

Kapitel 35

Kate McCarrick schaute durchs Wagenfenster ihres Renault auf den Wegweiser. Mein Gott, dachte sie, die Typen vom Straßenverkehrsamt wollen wohl dafür sorgen, daß wir Autofahrer *gar nichts mehr* finden.

Sie schaute auf die Karte. Rechts ab mußte es nach Sleath gehen. Ganz bestimmt.

Es hatte Stunden gedauert, bis Kate aus London herausgekommen war, aber warum mußte sie auch unbedingt an einem Freitagnachmittag losfahren? Auf der Autobahn hatte es auch nicht besser ausgesehen. Jetzt wurde es allmählich dunkel, und Kate war müde und hungrig. Mehrmals hatte sie die Telefonnummern des Black Boar Inn und des Pfarrhauses angewählt, doch die Leitung war tot. Da ihr die Telefongesellschaft auch keine näheren Auskünfte geben konnte, hatte Kate sich in ihren Wagen geschwungen. Warum nicht einen Kurzurlaub in den Chilterns machen und David persönlich erzählen, was sie über Seamus Phelan herausgefunden hatte? Außerdem hatte sie heimlich Sehnsucht nach Ash.

Kate liebte Ash nicht mehr – hatte er sie je geliebt? –, fühlte sich trotz seiner launischen Art und seines Weltschmerzes aber immer noch zu ihm hingezogen. Sie hatten recht stürmische Zeiten miteinander erlebt, doch Ash faszinierte sie nach wie vor, weil er nach seinem Nervenzusammenbruch vor drei Jahren weniger zynisch und sensibler geworden war. Obwohl sie immer nur sehr locker liiert gewesen waren – Zeiten der Leidenschaft nicht ausgeschlossen –, hätte Kate sich in den fünf

Monaten, die Ash zu seiner Genesung brauchte, gern um ihn gekümmert. Doch Ash wies sie brüsk ab. Als er wieder gesund geworden war, hatte er sich jedoch zu seinem Vorteil verändert. Jetzt tat er nicht mehr von vornherein alle übernatürlichen Erscheinungen als Unsinn ab – wobei es ihm unbenommen blieb, in berechtigten Fällen Scharlatane und Wunderheiler auffliegen zu lassen.

Die Sonne war inzwischen als glutroter Feuerball nur noch zur Hälfte über den fernen Hügeln zu sehen, und Kate hoffte, bald in Sleath einzutreffen. Dort würde sie sich erst einmal satt essen – und der Dinge harren, die da kamen. Vielleicht würde sie erst am Montag zurückfahren; vielleicht würde es zwischen ihr und Ash wieder funken, und sie würden in wiedererwachter Leidenschaft schöne Stunden miteinander verbringen.

Bis vor drei Jahren, bis zum Fall Edbrook, hatte dieser zurückhaltende, rätselhafte Mann eine Schwachstelle besessen: Sex. Doch Kate hatte ihre Zweifel, ob das immer noch der Fall war.

Kate war die ganze Zeit bergab gefahren. Nun hielt sie an, weil ihr etwas Seltsames aufgefallen war.

Die Sonne war fast untergegangen, und dunkle Wolken hingen am Himmel. Es war feucht und schwül; ein Gewitter schien in der Luft zu liegen. Eine dicke, gelbe Wolke schwebte über dem Tal, die sich bei näherem Hinsehen als Hitzenebel entpuppte. Zumindest kam es Kate so vor. Aus dem Dunst ragte nur die Spitze eines Kirchturms hervor.

War das der Kirchturm von Sleath? Lag dort das Dorf? Ein Blick auf die Karte bestätigte ihre Vermutung. Seltsam. Wieso hing ausgerechnet über diesem Ort Nebel, und nirgends sonst? Es wird dafür schon eine logische Erklärung geben, sagte sich Kate und betrachtete eine Weile verzückt diesen gleichermaßen unheimlichen wie schönen Anblick.

Kate schüttelte den Kopf. Mit so etwas hatte sie nicht gerechnet. Aber vielleicht war der Nebel morgen schon wieder verschwunden, und Sleath, dieser wunderbare Ort fern der Großstadt, würde wieder hell im Sonnenlicht erstrahlen. Sie schnallte sich an und fuhr wieder los.

Bald ging es wieder bergab, und der zahlreichen Kurven wegen hatte Kate keine Zeit, zwischen Baumreihen hindurch ins Tal hinunterzuschauen. Die Straße war nicht sehr breit, aber Gott sei Dank gab es keinen Gegenverkehr. Nach einer scharfen Kurve war sie plötzlich am Fuß des Hügels angelangt. Einige hundert Meter vor ihr hing die Nebelbank über der Straße.

Kate fuhr langsamer und starrte skeptisch auf das nahezu undurchsichtige Hindernis. Könnte sie da einfach hindurchfahren? Der Nebel sah irgendwie ... erschreckend aus. Kate war wütend auf sich selbst, weil sie Angst hatte.

Schließlich hielt sie hinter zwei Autos, die direkt vor der Nebelbank parkten. Die beiden Fahrer standen an dem vorderen Fahrzeug, einem grauen Lieferwagen der Marke Ford mit dem rot-blauen Logo von British Telecom. Die Männer unterbrachen ihre Unterhaltung und schauten Kate erwartungsvoll an.

»Sie werden da nicht durchfahren wollen, Mädel«, sagte der jüngere von beiden, der seine langen, dünnen Haare zu einem Pferdeschwanz zusammengebunden hatte. Er lehnte lässig am Lieferwagen und kratzte sich am Hals.

Der andere – er trug eine Krawatte und ein sauberes, blaugestreiftes Hemd – nickte zustimmend. »Eine Laune der Natur. So was hab' ich noch nie gesehen.«

Kate glaubte, den rettenden Einfall zu haben. »Dann muß ich eben mit Scheinwerferlicht fahren.«

Der Telecom-Mann mit dem Pferdeschwanz schüttelte den Kopf. »Schon versucht«, sagte er. »Mit Abblendlicht haben Sie nur auf zehn Meter Sicht. Ich hab so etwas auch noch nie gesehen.« Er drehte sich um und schaute auf die Nebelbank. »Ich rühr' mich nicht von der Stelle. Bei der miesen Bezahlung gehe ich doch kein Risiko ein!« sagte er trotzig.

»Und ich nehme lieber einen Umweg«, sagte der andere, den

Kate für einen Geschäftsmann oder einen Handelsvertreter hielt. »Muß sowieso nicht durch Sleath.«

»Liegt Sleath da hinten?« fragte Kate.

»Sind noch ein paar Kilometer.« Der Telecom-Mann schnalzte mit der Zunge und fügte verärgert hinzu: »Auf der Störungsstelle hatte keine Sau eine Ahnung, was los ist. Also haben die Heinis mich hierher geschickt. Aber vor morgen hören die nichts von mir. Möglicherweise ist der Verteiler ausgefallen.«

»Ist das gesamte Telefonnetz von Sleath betroffen?« fragte Kate, der jetzt langsam klar wurde, warum sie nicht durchgekommen war.

»Wenn es sich um eine größere Störung handelt, ja. Kürzlich hat ein Lastwagen in der Stadt einen unserer grünen Kästen gerammt, und auf einen Schlag war in der Hälfte aller Leitungen kein Saft mehr.«

»Aber ich muß unbedingt nach Sleath«, sagte Kate.

Der Telecom-Mann zuckte mit den Schultern. »Nichts zu machen, gnädige Frau. Wenn Sie mir nicht glauben wollen, daß es wirklich so schlimm ist, dann gehen Sie doch zu Fuß ins Dorf. Aber nicht zu weit«, sagte er und zwinkerte dem anderen Mann zu. »Sonst finden wir Sie vielleicht nie wieder.«

Das sehe ich mir näher an, sagte sich Kate. Wie dicht konnte eine Nebelbank schon sein? Vielleicht war sie nur an den Rändern so kompakt, was diesem Trottel jedoch nicht aufgefallen war. Kate ging los, und die Männer warfen ihr anerkennende Blicke zu.

»Seien Sie vorsichtig«, rief der Mann mit der Krawatte ihr ehrlich besorgt hinterher, obwohl Kate kein kleines Mädchen mehr war.

Der Mann von der Telefongesellschaft zwinkerte ihm verständnisvoll zu.

Kate blieb vor der Nebelwand stehen. Sie war erstaunt, wie dicht der Nebel war, und überrascht über die seltsam gelbe

Färbung der winzigen Wassertröpfchen. Zudem hing ein durchdringender Gestank in der Luft. Die Schwaden trieben links und rechts an ihr vorüber und schienen keine bestimmte Richtung zu haben, obwohl sie sich bewegten und um ihre eigene Achse wirbelten. Kate machte einen Schritt nach vorn und spürte sofort, wie seltsam kalt der Nebel war; zwei Schritte weiter war er zudem so dicht, daß sie die Straße vor sich nicht mehr erkennen konnte. Sie drehte sich um und vermochte nur mit großer Mühe die Fahrzeuge und die beiden Männer auszumachen. Wenngleich Kate Angst hatte, ging sie einige weitere Schritte in die Nebelwand hinein.

Sie begann zu frieren und blieb wieder stehen. Da stimmte etwas nicht. Der verdammte Nebel hatte keine natürliche Ursache. Kate hatte das Gefühl, jegliche Orientierung verloren zu haben.

Zu ihrer großen Erleichterung konnte sie zumindest den Straßenrand ausmachen. Plötzlich überkam sie eine dunkle Vorahnung. Die Sache gefiel ihr ganz und gar nicht. Langsam bewegte Kate sich rückwärts, drehte sich aber nicht um, weil sie sich irgendwie bedroht fühlte; der Eindruck war zwar verrückt und widersinnig, aber nicht wegzuleugnen. Kate konnte das Geräusch ihrer Schritte auf der Fahrbahndecke hören und hatte den Eindruck, daß es länger dauerte, aus dem Nebel wieder herauszukommen als hineinzugehen. Eigentlich müßte sie doch schon das Ende der Nebelbank erreicht haben! Obwohl ihr bislang nichts passiert war, würde sie sich dann umdrehen und wie von tausend Teufeln gejagt davonrennen ...

Zu Kates Begrüßung klatschte der Mann von der Telefongesellschaft schadenfroh in die Hände, und der Geschäftsmann lächelte ihr freundlich zu. Kate fror, versuchte aber, sich nichts anmerken zu lassen – auch nicht, wie innerlich aufgewühlt sie war.

»Hatten Sie geglaubt, dort die Idylle von Brigadoon zu finden?« fragte der Mann.

Sehr witzig, ha, ha, dachte Kate und blickte zu der Nebelwand hinüber, die sie nun nicht mehr romantisch, sondern verdammt unheimlich fand.

Sie setzte sich wieder in ihren Wagen und rang nach Luft. Auch die beiden Männer stiegen in ihre Fahrzeuge, ließen die Motoren an, schlugen mehrmals scharf die Lenker ein und fuhren dann in Richtung Hügel wieder davon. Zum Abschied winkte der Geschäftsmann Kate kurz zu, der andere hupte; und dann überließen sie Kate ihrem Schicksal. Allein und verlassen saß sie da, vor ihr die große Leere.

Was sollte sie jetzt tun? Wo war David? Wie konnte sie ihn erreichen? Schließlich hatte sie Dinge herausgefunden, die für ihn zumindest von Interesse sein konnten – in Wahrheit waren sie sogar wichtig für ihn, aber das konnte sie ja nicht wissen.

Ein Gedanke schoß ihr plötzlich durch den Kopf: Dieser Seamus Phelan war ein ausgesprochener Katastrophenmann; stets tauchte er im Dunstkreis von Katastrophen und schlimmen Unglücksfällen auf. Kate hatte sich im Institut kundig gemacht, worum Ash sie ja gebeten hatte; doch vieles an dem Iren war ihr noch immer unklar.

In den offiziellen Berichten über die jeweiligen Katastrophen tauchte sein Name nicht auf, weil die Behörden ihn wahrscheinlich für einen Spinner hielten. Ganz im Gegensatz zu Kollegen von Kate und Ash, die sich mit übersinnlicher Ursachenforschung beschäftigten.

Zum erstenmal wurde Phelan im Zusammenhang mit einem kleinen Dorf namens Aberfan in der Grafschaft Glamorgan erwähnt, wo vor etwa 30 Jahren eine Halde mit Kohlenstaub ins Rutschen gekommen war und eine Schule und Wohnhäuser unter sich begraben hatte. Dabei starben 144 Menschen, die meisten von ihnen Kinder. Was Phelan bis zur Mitte der 80er Jahre getan hatte, ging aus den Akten nicht hervor; jedenfalls wurde er nach dem Großbrand in der U-Bahn-Station King's Cross in London, bei dem 31 Menschen starben, vorübergehend festgenommen. Die Polizei verdächtigte ihn der Brandstiftung, ließ ihn aber nach einiger Zeit wieder laufen. Auch über die nächsten drei Jahre schwiegen die Akten sich aus, doch ließ sich Phelan in dem kleinen schottischen Nest Lockerbie blicken, kurz bevor eine amerikanische Boeing 747 über dem Ort explodierte – vermutlich das Werk von Terroristen. Vor einigen Monaten schließlich – doch Kates Quellen betonten ausdrücklich, daß es sich nur um ein Gerücht handle – hatte Phelan die Polizei angeblich zu einem Haus in Gloucester geführt: in dem ein Mörder zwölf Leichen im Keller, unter dem Rasen und auf einem Feld in der Nähe vergraben hatte. Die Opfer waren ausschließlich Frauen und junge Mädchen, die seit Jahren als vermißt galten. Im Fall der toten Frauen und Mädchen war Phelan zum erstemal nach einem Vorkommnis aktiv geworden. Vielleicht hatte er auch die Rolle des Orakels satt, der die Menschen – meist zutreffend – auf bevorstehende Gefahren hinwies, aber nur Spott dafür erntete.

Und nun war Seamus Phelan in Sleath.

Kate schlug auf das Steuerrad und verfluchte den Nebel, der ihr den Weg ins Dorf verwehrte.

Warum war der Ire in Sleath?

Und was hatte er mit David Ash vor?

Kapitel 36

Der Fluß plätscherte träge dahin, zerrte aber mit unwiderstehlicher Kraft am Mühlrad. Die Bolzen, die das Rad seit mehr als 50 Jahren gehalten hatten, fingen zu wackeln an, zersplitterten und zerfielen zu Staub. Ein schriller Schrei, von jemandem ausgestoßen, der offenbar gräßliche Qualen erleiden mußte, zerriß die Stille der Nacht, als das Rad sich langsam ruckelnd zu drehen begann.

Etwas Aufgedunsenes, Weißes tauchte aus dem Wasser auf – ein verwester Leichnam. Er war mit verrosteten Ketten an die von grünem Moder überzogenen Speichen geschmiedet worden, und aus der Öffnung, die früher einmal sein Mund gewesen war, ertönte das jammervolle Heulen einer gequälten Seele.

Ausnahmsweise machte Sam Gunstone sich nicht die Mühe, seine schmutzigen Stiefel auszuziehen und sie auf die Treppe vor der Haustür zu stellen. Im Flur hinterließ er eine Spur von Matsch und Dreck, als er die Stufen hinaufstürmte, wobei er sich am Geländer festhielt, um schneller voranzukommen. Irgend etwas stimmte nicht. Er wußte selbst nicht, warum er sich dessen so sicher war, hatte aber keinen Augenblick an seiner Überzeugung gezweifelt.

Der seltsame Nebel ringsum, wie ein Überbleibsel der Herbstnebel vom letzten Jahr, beunruhigte ihn, doch Sam konnte beim besten Willen nicht sagen, warum. Er war gerade von der Hasenjagd zurückgekommen, als die riesige, leere Wand über die Felder wogte, so daß er kaum die Hand vor den Augen sehen konnte und kaum mehr wußte, wo er sich befand. Ein widerlicher Gestank lag in der Luft, und die Nässe dahintreibender Schwaden schien sich in Sams Kleidung festzusetzen, so daß er in der feuchten Kälte fror, obwohl doch Sommer war. Beinahe hatte er sogar Angst davor, die verpestete Luft einzuatmen.

Sofort hatte er sich Nellies wegen Sorgen gemacht. Sie war zu krank, als daß er sie lange allein lassen durfte, und wenn er sich in diesem Nebel verirrte ...

Hatte er das Fenster ihres Schlafzimmers geschlossen, bevor er gegangen war? Der Gestank war bestimmt nicht gut für Nellies Lungen. Möglicherweise war sie eingeschlafen und merkte überhaupt nicht, daß die verpestete Luft sich in ihrem Zimmer auszubreiten begann.

Sam Gunstone hatte den Sack mit den toten Hasen zu Boden geworfen und mit der Hand in dem wabernden Dunst herumgefuchtelt, um besser sehen zu können. Es nützte nicht viel; er mußte sich damit begnügen, gerade den Boden unter seinen Füßen erkennen zu können.

Glücklicherweise hatte sich der Nebel sich plötzlich ein wenig gelichtet – so, als wäre er nur an den Rändern besonders kompakt –, und Gunstone konnte ein wenig schneller gehen. Die Schrotflinte hatte er sich mit der Mündung nach unten über eine Schulter gehängt. Bald tauchten die ersten Gebäude seines Hofes vor ihm auf; auch das Wohnhaus konnte er bald darauf sehen. Aber da Sam von vorn kam und Nellies Schlafzimmer nach hinten lag, konnte er nicht erkennen, ob das Fenster offenstand. Er war doch wirklich ein Idiot! Irgendwie konnte er spüren, daß Nellie dringend seine Hilfe brauchte. Er warf die Schrotflinte zu Boden und rannte los. O Gott, mach, daß ich nicht zu spät komme! betete er lautlos.

Er stürmte auf die offene Schlafzimmertür zu und war überrascht zu sehen, daß das Fenster geschlossen war und der Nebel von draußen dagegendrückte. Der Schrei blieb ihm in der Kehle stecken, als er das leere Bett erblickte.

Die Laken lagen auf dem Fußboden; Nellie war offenbar aufgestanden und hatte sie bis zum Fenster mitgeschleift. Das Fenster ... Gunstone starrte hinüber.

Ein orangenes Licht leuchtete zitternd im Nebel auf.

Nein, nicht schon wieder, dachte er, nicht dieses verdammte, unwirkliche Feuer! Wie konnte Nellie das vom Bett aus gesehen oder gewußt haben? Er trat näher an das Fenster heran und spähte angestrengt in den Nebel hinein: Die seltsamen Flammen wurden immer größer, doch wegen der wabernden Nebelschleier waren sie kaum zu hören.

»Nellie?« Sam drückte sich fast die Nase am Fenster platt. *»Nellie?«* Laut rief er nach ihr, weil er vage einen Schatten ausmachen konnte, der vor dem schummrigen Feuer stand. Die Gestalt war klein, untersetzt und trug ein weites Kleidungsstück – wahrscheinlich ein Nachthemd.

Gunstone stöhnte auf und stürmte voller Angst die Treppe hinunter. Mit den schweren Gummistiefeln war das ziemlich umständlich, doch er ließ sich nicht beirren. Er gelangte zum Hoftor, das an der Rückseite des Hauses in einer wilden Hecke stand. Immer wieder rief er nach Nellie, erhielt aber keine Antwort und konnte sie auch nirgends entdecken, obwohl die Flammen so hoch in den Himmel schossen, daß der Nebel sich ein wenig gelichtet hatte.

Sams Atem ging stoßweise, und er hatte stechende Schmerzen in der Brust. Dennoch suchte er weiter nach Nellie. Wo war sie, seine Nellie? Voller Angst rief er: »Du dumme alte Närrin, warum bist du ins Freie gegangen? Warum bist du nicht in deinem warmen Bett geblieben? Das ist doch nicht normal, dieses verdammte Feuer. Gott, steh uns bei! Das hat was mit Gespenstern zu tun! Das gibt's in Wirklichkeit doch gar nicht!«

Wie kam es dann aber, daß er plötzlich die Wärme des Feuers spürte? Warum prickelte die Haut in seinem Gesicht, und warum taten seine Augen weh, wenn er nur eine Sekunde in das grelle Licht blickte?

Sein Atem ging rasselnd, er konnte es selbst hören, und sein Herz pochte wie wild. Sein Leben lang war Sam Gunstone ein zäher, fleißiger Mann gewesen, aber er war nicht mehr der Jüngste, und seine Kondition hatte stark nachgelassen. Er konnte nicht mehr rennen, nur noch langsam dahintrotten.

Und dann entdeckte er sie. Nellie lag zusammengesunken vor der Feuerwand. Sie sah wie ein kleiner Erdhügel aus.

»O Nellie, was haben sie dir angetan, Mädel?«

Sam Gunstone kniete sich neben seiner Frau nieder. Er wußte, daß sie tot war; er konnte *spüren*, daß sie nicht mehr bei ihm war. Er legte eine Hand auf ihre Schulter. Die Wärme kam nicht von ihrem Körper, sondern von dem Feuer in der Nähe ... von den Flammen eines Feuers, das es nicht gab.

Sam Gunstone blickte auf und schrie seinen Zorn und seinen Schmerz in die Flammen hinein.

Er küßte das Gesicht seiner Frau – wann hatte er das zum letztenmal getan? – und blickte dabei in ihre glasigen Augen: Sie mußte Schreckliches durchlitten haben, denn noch war das Entsetzen darin zu lesen.

Ruth Cauldwell rührte ihren Kaffee um, ohne zu bemerken, daß sie den Zucker vergessen hatte. Sie starrte auf den kleinen Wirbel in ihrer Tasse, und ihre Gedanken mischten sich in diese Umdrehungen, wurden schneller und schneller, zerstoben wieder und verschwanden im Nichts ...

Sie zuckte zusammen und legte den Löffel auf den Küchentisch. Der Kaffee stand wieder still in der Tasse, und Ruth hatte den Eindruck, als lösten sich ihre Gedanken wieder aus dem Getränk und kehrten in ihren Kopf zurück. Die helle Glühbirne über dem Küchentisch kam ihr wie ein Auge vor, das jede ihrer Bewegungen, ihr Mienenspiel und alles, was sie sagte und *wie* sie es sagte, genau verfolgte. Sämtliche Lampen im Haus waren als Spione auf sie angesetzt worden, doch Ruth tat so, als würde sie es nicht bemerken. Sie stöhnte leise auf und lehnte sich im

Stuhl zurück. Dann reckte sie den Kopf und blickte für ein, zwei Sekunden an die Decke.

Sie war doch nicht blöd! Sie war doch nicht irgendeine dumme Kuh, die nicht mitbekam, was vor sich ging! Ihre Mutter hatte sie aus den Augenwinkeln heraus beobachtet, und selbst ihre kleine Schwester Sarah war mit von der Partie. Sie wollten Ruth hereinlegen, um auf diese Weise – jedenfalls glaubten sie das – hinter ihr Geheimnis zu kommen.

Doch Ruth knipste das Licht nicht an, so daß die Glühbirnen sie nicht sehen konnten, so daß sie nichts weitererzählen konnten, genausowenig wie die Spiegel, vor denen Ruth Angst hatte, weil sie ihre sündhaften Taten, den Schmutz ihrer Seele in sich aufnehmen und an die anderen weiterzugeben vermochten.

Sie lehnte sich über den Tisch, so daß der heiße Kaffee ihr kaltes Gesicht wärmte. Aber auch er war ein Spion und beobachtete sie im Auftrag ihrer Mutter, die ihrem Mann einen Besuch im Gefängnis abstattete. Sie wollte wissen, ob Ruth noch immer zu diesen schmutzigen Spielen neigte.

Ich kann nichts dafür, Mutti! Er ist an allem schuld! Er zwingt mich dazu!

Nimm dich zusammen! Du hättest ja fast laut geschrien. Dein Geheimnis geht niemanden etwas an, auch Sarah nicht.

Sie überprüfte, ob alle Knöpfe ihrer Bluse geschlossen waren. Bis auf einen an ihrem linken Ärmel war dies der Fall.

Schnell zumachen, sagte sie sich. Der Anblick ihrer nackten Haut würde Munce nur erregen. Lieber Gott im Himmel, mach, daß er heute nicht kommt.

Ein Schauder durchlief sie bei diesem Stoßgebet.

Denke an etwas anderes! Denke an deinen armen Pa. Mom hat gesagt, daß er noch einmal davonkäme, wenn sie, Ruth, vor Gericht behaupten würde, Danny Marsh habe sie im Wald mißbraucht. War ihr Körper nicht voller Wunden und blauer Flecken? Und war sie hinterher auf dem Nachhauseweg nicht so oft hingefallen, daß ihr zum Schluß die Kleider in Fetzen vom

Leib hingen? Wenn sie der Polizei und dem Anwalt ihres Vaters die Wahrheit sagen würde, dann gab es keine Anklage wegen Mordes, ja, noch nicht einmal wegen Totschlags. Den ganzen Tag hatte ihre Mutter sie bearbeitet, hatte sie keinen Augenblick in Ruhe gelassen. Und in der Nacht, in ihrem stillen Schlafzimmer, als sie allein war ...

Sie erschauderte, und ihr ganzer Körper verkrampfte sich. Sie wollte nicht daran denken ...

Ruth hörte im Flur ihre Schwester singen, falsch wie immer, aber voller Inbrunst. Unwillkürlich mußte sie lächeln. Sarah hatte keine Ahnung, was vor sich ging. Sie war noch ganz befangen in ihrer kindlichen Welt aus unschuldigen Püppchen und Walt-Disney-Figuren. Sarah war davon überzeugt, daß die Polizei ihren Daddy wieder laufen lassen würde, wenn Ruth diesen dummen Jungen verpetzen würde.

Sie zog die Schultern noch mehr ein, faltete die Hände über der Kaffeetasse und senkte den Kopf. Dünner, weißer Dampf stieg ihr ins Gesicht. Sarah hatte zu singen aufgehört, und im Haus wurde es sehr still.

Wie dunkel es doch in der Küche war! Und wie düster draußen! Durch die Fensterscheiben konnte man nichts mehr sehen; sie sahen aus, als wären sie von gelben Schlieren bedeckt. Jetzt sollte sie aber doch das Licht einschalten. Nein, lieber nicht. Die anderen könnten sie sehen.

Sie nippte am Kaffee. Er war noch heiß, und die Schmerzen brachten Ruth wieder zur Besinnung. Eine Glühbirne war eine Glühbirne, und ein Spiegel ein Spiegel. Und Munce war tot; er konnte nie wieder zurückkommen.

Munce ist tot, er kann nie wieder zurückkommen.

Munce ist tot, er kann nie wieder zurückkommen.

Munce ist tot, er kann nie wieder zurückkommen.

Und warum war er jetzt trotzdem hier?

Und warum bekam sie eine Gänsehaut bei der Kälte, die sich jetzt in der Küche ausbreitete?

Wer schlurfte über den Flur? Roch es nicht nach Verwesung? Und kamen diese gutturalen Laute nicht aus einer Kehle, die schon längst Würmer zerfressen hatten?

Ruth war klar: Munce war in der Nähe. Sie drehte sich langsam auf dem Stuhl herum, so daß sie den Türspalt sehen konnte. Das Schlurfen kam näher. Obwohl es dunkel war, war in der Öffnung etwas noch Dunkleres zu sehen. Irgend etwas wartete dort. Beobachtete sie. Ruth öffnete den Mund, doch sie bekam keinen Laut hervor; sie konnte nicht schreien. Das konnte sie nie, wenn Munce sich ihr näherte.

Mit weit aufgerissenen Augen starrte Ruth auf den schmalen Schatten; mit der einen Hand hielt sie sich an der Stuhllehne fest. Sie zitterte, konnte sich aber so gut beherrschen, daß es nicht auffiel. Sie wollte Munce anflehen, doch kein Laut kam über ihre Lippen. Sie wollte fliehen, konnte sich aber nicht rühren. Wie gern hätte sie ihn umgebracht ... aber er war ja schon tot!

Doch es gab eine Möglichkeit, sich zu wehren, zu verhindern, daß er sie mit seinen widerlichen, knochigen Händen anfaßte. Zumindest konnte sie dafür sorgen, daß sie es nicht spürte. Sie schaute sich in der Küche um. Wo war ein Messer? Erst ihre Handgelenke, dann ihr Hals. So einfach war das. Und niemand würde erfahren, daß sie sich nicht gewehrt hatte.

Pech gehabt. Ihre Mutter hatte die Messer fein säuberlich in die entsprechenden Schubladen gelegt. Wieder schaute Ruth zur Tür.

Die Schritte entfernten sich. *Munce verschwand. Er ließ sie in Ruhe.*

Der Schatten war weg.

Aber dann hörte Ruth erneut schlurfende Schritte.

Sie sackte in sich zusammen. Sie wollte weinen, wollte niederknien und Gott um Gnade anflehen. Sie lauschte wieder, weil sie ganz sicher sein wollte, doch es gab keinen Zweifel: Munce verließ das Haus.

Plötzlich wurde es still. Dann rüttelte jemand an einer Tür. Die Tür wurde geöffnet, und Ruth hörte Sarah kreischen.

Ruth begriff sofort.

»Neiiiin!«

Endlich konnte sie schreien. Ihr Stuhl kippte um, und sie stürzte zum Küchenschrank. Sie riß eine Schublade auf; der Inhalt fiel zu Boden. Nach längerem Wühlen – ihre Finger waren rot vor Blut – fand sie das Tranchiermesser mit der breiten Klinge. Schwankend stand sie auf. Ihre Beine fühlten sich steif an, als hätten sie das Laufen verlernt. Sie humpelte zur Küchentür. Sarah schrie erneut auf. Ruth rannte kreischend durch den Flur und hielt das Messer über dem Kopf, und ihr eigener Schrei war noch wilder, noch angsterfüllter als der ihrer Schwester.

Ellen Preddle wartete. Und ihr toter Sohn wartete mit ihr.

Simon saß im Sessel neben dem Kamin, in dem kein Feuer brannte; sein zarter, nackter Körper war weiß wie Alabaster. Seine Mutter war nicht sicher, ob er sie wirklich sah, denn in seinen Augen deutete nichts darauf hin. Aber da sie ihm direkt gegenüber saß, konnte sie sich zumindest einreden, daß Simon sie beobachtete. Wenn sie ausatmete, bildeten sich kleine, weiße Wölkchen vor ihrem Mund. Bei Simon war das nicht der Fall, und er schien auch nicht zu frieren, obwohl er nackt war. Ellen Preddle zog die Strickjacke enger über die Brust zusammen.

Sie konnte nicht mehr weinen. Entweder hatte sie keine Tränen mehr, oder sie war körperlich zu schwach. Doch bestimmt würde sie ein neues Taschentuch brauchen, wenn der Schmerz sie wieder übermannte.

Simon, *ihr* Simon, war tot. Allmählich gewöhnte sie sich an diesen Gedanken. Die kleine Gestalt da war nicht wirklich ihr Sohn, es war *nicht sein Fleisch und Blut*, es war nur sein Geist. Simon lag auf dem Friedhof, und nichts würde ihn je zurückbringen. Aber wenn sie dies haben könnte – seinen Geist, seine Seele oder wie sonst man es nennen wollte –, so wüßte sie zumindest, daß er nicht völlig verloren für sie war, und dann wäre sie vielleicht zufrieden. Das war immer noch besser, als ganz ohne Simon zu leben.

Sie hatte den ganzen Nachmittag geweint, war ins Wohnzimmer heruntergekommen und hatte Simon im Sessel sitzen sehen. Er hatte die Hände in den Schoß gelegt und die Schultern nach vorn gebeugt, wie immer, wenn er Angst hatte. Und vor wem hatte Simon Angst? Vor seinem Vater. Sie war auf ihn zugerannt, wollte ihn in die Arme nehmen und ihn trösten, doch irgend etwas hatte sie davon abgehalten; wenn sie ihn anfassen würde, würde sie feststellen, daß er kein Mensch aus Fleisch und Blut war, und dies würde ihren Traum auf immer zunichte machen.

Auch andere Vermutungen hatten sich als zutreffend erwiesen. Es waren Gedanken, die sie die ganze Nacht beschäftigt hatten, Ahnungen, die Ellen beunruhigt und gequält hatten und die sie nie ganz verstanden hatte. In den vergangenen Stunden waren sie zur Gewißheit geworden.

Simon war tot, und sein Vater hatte ihn ermordet.

George Preddles Tod war so erbärmlich gewesen wie sein Leben. Er hatte ihr und Simon viel Böses angetan. Er hatte sie beide gehaßt, aber aus einem für Ellen unerfindlichen Grund hatte er seinen Sohn noch mehr gehaßt als seine Frau. Erst in der Nacht vor Georges Tod erfuhr sie den Grund dafür, denn er nannte seinen Sohn einen *Bastard*. Er beschimpfte seinen Sohn so sehr, weil er seelisch krank war und seinen eigenen Worten glaubte. Vermutlich konnte er Simons Güte, seine Unschuld, seine Liebe zu allen Dingen – besonders zu seiner Mutter – nicht verstehen und auch nicht, daß er ganz anders war als sein Vater. Simon sah seiner Mutter ähnlich, doch Simon war der Sohn von George, weil sie ihrem Mann vollkommen treu war. Nein, Georges Wahn, daß Simon nicht sein Sohn sei, hatte einen anderen Grund: Er hatte seinen Sohn sexuell mißbraucht und mußte deswegen jegliche Blutsverwandtschaft in Abrede stellen; sonst hätte er ja Blutschande begangen. Das war widerlich, furchtbar abnormal.

Manchmal schöpfte Ellen Verdacht, doch weil Simon sich nie beklagte und nie Andeutungen machte, daß sein Vater sich ihm auf diese Weise näherte, schob sie diese Gedanken beiseite; die Wahrheit wäre für sie zu schmerzlich und die Schande unerträglich gewesen. Sie dachte an Simons unerklärliche Stimmungswechsel, an Zeiten, da er sich tränenüberströmt in seinem Zimmer versteckte und kein Wort mehr sprach – besonders dann, wenn sie ihn mit seinem betrunkenen Vater allein gelassen hatte. Was George Simon wohl angedroht hatte, damit der Junge den Mund hielt?

Doch sie hatte dunkle Ahnungen gehabt und oft – besonders, wenn Simon sie mit diesen dunklen, vorwurfsvollen Augen anschaute – hatte sie sich vorgenommen, etwas zu unternehmen. Und einmal war es ihr tatsächlich gelungen, das Vorhaben in die Tat umzusetzen.

Ellen war ins Pfarrhaus gegangen und hatte sich Reverend Lockwood anvertraut. Ihre Befürchtungen hatten den Geistlichen sehr erschüttert, doch er sprach beruhigend auf sie ein: Sie müsse sich irren; George Preddle sei kein besonders intelligenter, sondern ein dummer und fauler Mensch, ja, ja, sogar ein Trinker, aber er würde doch seinem Sohn nie antun, was sie ihm da unterstelle. Sie täusche sich bestimmt.

Aber gut, er würde mit ihrem Mann sprechen, würde ihn an seine Pflichten als Ehemann und Vater erinnern und – ihn bitten, sich zum schrecklichen Verdacht seiner Frau zu äußern, wenn sie es unbedingt wollte. Überlasse ihn mir; ich werde mit George schon alles klären, aber du darfst niemandem etwas von unserem Gespräch erzählen. Denk daran: Sozialarbeiter und die zuständigen Behörden sehen sofort rot, wenn auch nur das Wort Kindesmißbrauch fällt, und das Letzte, was Ellen wolle, sei doch wohl, daß Simon in ein Heim gesteckt werde. Vergiß nicht, was all den bedauernswerten Familien auf den Orkney-Inseln widerfahren ist.

Ellen erschrak zu Tode. Es war durchaus denkbar, daß man ihr Simon wegnehmen würde. So etwas stand fast täglich in der Zeitung. Sie hatte gegen George ja nichts Konkretes in der Hand, und Simon schwieg. Der Junge wußte, wie sehr seine Mutter ihn liebte, deswegen hätte er sicher etwas gesagt, auch wenn er Angst vor seinem Vater hatte. Es sei denn, er hatte nicht nur um sich selbst Angst, sondern auch um seine Mutter ... Nein, nein, sie durfte so etwas nicht einmal denken; es wäre einfach zu schrecklich. Außerdem waren keinerlei Spuren an Simons Körper zu erkennen. Reverend Lockwood hatte ihr versprochen, mit George zu sprechen. Mochte George auch zu Hause toben und herumschreien – bei fremden Leuten benahm er sich wie ein Jammerlappen, und die Worte des Reverend würden ihre Wirkung nicht verfehlen.

Kurz darauf war George eines abends wütend und noch betrunkener als sonst nach Hause gekommen. Er hatte Ellen beschimpft und sie so sehr geschüttelt, daß sie zu Boden fiel. Schön, der Reverend habe mit ihm geredet, sagte George höhnisch, o ja, der hochmögende, hochheilige Reverend Lockwood habe ihm ein paar verbindliche Worte gesagt, aber *weswegen*? Er, George, habe keine Probleme im Leben, und er sei mit dem Reverend bestens klargekommen. Vergiß das nie wieder, du dumme, fette Sau!

Er hatte sein widerwärtiges Grinsen aufgesetzt, und nachdem er Ellen zu Boden geschleudert und sie mehrmals getreten hatte, verkündete er kichernd, der Junge würde über kurz oder lang seine gerechte Strafe erhalten; niemand könne das verhindern.

Ellen war auf allen vieren die Treppe hinaufgekrochen und kuschelte mit Simon in seinem Bett. Sie hörten, wie George seine Wut an den Möbeln in der Küche und im Wohnzimmer ausließ. Manchmal lachte er laut auf oder brüllte wild herum, doch sie konnten ihn nicht verstehen. Von diesem Zeitpunkt an ließ George Simon in Ruhe.

Wenn Simon in der Badewanne saß und Ellen auf dem Hocker daneben und wenn sie dem Jungen dann Geschichten erzählte und ihm die Haare wusch, tauchte George allerdings manchmal in der offenen Tür auf, nicht *immer* betrunken. Und dann stand er da und blickte den Jungen schweigend an, mit einem sonderbaren Gesichtsausdruck. Simon war das so unangenehm, daß er sich wie ein Igel zusamenrollte. Ellen schubste ihren Mann von der Tür weg und bugsierte ihn ins Schlafzimmer. Mehr als einmal mußte Ellen beschämende und schmutzige Dinge mit George tun, um ihn von der Tür fernzuhalten – Dinge, die für sie eine schreckliche Zumutung waren. Aber das war eigentlich nicht so wichtig. Hauptsache, sie konnte Simon schützen und ihm die widerlichen, lüsternen Blicke seines Vaters ersparen.

Obwohl George seinem Sohn also kein Härchen mehr krümmte, wurde er immer aggressiver. Er murmelte seltsame, unzusammenhängende Sätze, stieß dunkle Drohungen aus oder machte unklare Andeutungen. Oft lachte er schrill auf. Ellen nahm das so sehr mit, daß sie bei allem, was sie tat, stets das dumpfe Gefühl hatte, eine dunkle, unheilvolle Düsternis liege über Sleath. Als würde etwas Schlimmes geschehen.

Dann starb George bei dem Brand.

Ellen fühlte sich ungeheuer erleichtert, ja erlöst. Und sie freute sich. Simon ging es genauso.

Als man Simon nach dem tödlichen Unfall seines Vaters nach Hause gebracht hatte, weinte er nicht, und er stand auch nicht unter Schock. Als er mit seiner Mutter wieder allein war, hatte er sich lächelnd in ihre Arme geworfen.

Wie glücklich sie in der nächsten Zeit miteinander waren, weil Ellen keine Schuldgefühle mehr hatte und sie beide sich nicht mehr bedroht fühlten! Sie waren sich innerlich näher gekommen, so nahe wie noch nie zuvor, und sie genossen das Leben in ihrer neu gefundenen Freiheit. Das Glück hatte fast ein Jahr gedauert.

Dann kam George zurück.

Daß es so gewesen war, ging aus den Umständen hervor, unter denen Simon gestorben war. Als der Junge ihr an jenem Abend im Wohnzimmer gegenübersaß, war Ellen schlagartig alles klargeworden. Die Einsicht war ihr einfach so gekommen, ohne Vorwarnung, ohne Bilder, und Simon hatte auch keinen Anteil daran, weil er nichts gesagt, ja noch nicht einmal ihre Anwesenheit wahrgenommen hatte.

An jenem verhängnisvollen Nachmittag hatte Ellen ihren Sohn allein gelassen, weil sie sich keiner Gefahr bewußt war. Simon saß fröhlich in der Badewanne, aber plötzlich hatte sein kleines Herz zu schlagen aufgehört: Zu groß war das Entsetzen gewesen, daß der Geist seines Vaters an der Tür stand und ihn mit diesem widerlichen, lüsternen Gesichtsausdruck anstarrte. Simon war ohnmächtig geworden, und sein Kopf war unter die Wasseroberfläche geglitten. Binnen Sekunden war er tot, weil seine Lungen sich mit Wasser gefüllt hatten.

Wie Ellen ihm so gegenübersaß, fragte sie sich, ob sie sich Simons Anwesenheit nicht einfach einbildete; denn sie konnte ihn nicht umarmen und nicht trösten. Warum war diese arme Seele nicht in die Herrlichkeit des Gottesreiches eingegangen? Worauf wartete er in dem Sessel?

Erst als sie oben ein Geräusch hörte, wurde Ellen allmählich klar, warum Simon immer wieder zurückkam: Jemand fuhr mit einer Hand durch das Badewasser, um festzustellen, ob es warm genug war. Sie hatte das immer getan, wenn Simon ein Bad nahm.

Simon starrte seine Mutter weiter an – oder zumindest den Raum, den sie einnahm.

Jemand rief eine leise, barsche Aufforderung.

Und Simon stand auf.

Ellen unterdrückte ihre Angst und sprach seinen Namen ruhig aus, doch er beachtete sie nicht und ging zur Treppe.

»Simon!« schrie sie und stürmte zu ihm, beschwor ihn, nicht hinaufzugehen, aber Simon war fast schon oben.

Alles drehte sich in ihrem Kopf, und sie schwankte, weil Angst und Abscheu, diese beiden Dämonen, sich verschworen hatten, ihr Innerstes zu verwirren und sie körperlich so sehr zu schwächen, daß sie zu Boden fiel. Simon war nicht mehr zu sehen. Plötzlich war das kehlige Kichern von George zu hören, das Ellen nur zu gut kannte. Es erinnerte sie an die abstoßenden, furchtbaren Dinge, zu denen er sie gezwungen hatte.

Sie wollte Simon warnen, doch der Schrei blieb ihr in der Kehle stecken. Sie war machtlos. Auf allen vieren kroch sie die Treppe hinauf. Sie hörte, wie das Badewasser plätscherte, und schrie wieder auf.

Schatten bewegten sich durch die Nebel; die Schwaden wogten um die zerfallenden Überbleibsel jener Instrumente, die hier, in Sleath, in einer vergangenen Epoche als Mittel zur Unterdrückung und Folter gedient hatten. Ein Flüstern war zu vernehmen – *falls* jemand auf dem Dorfanger gewesen wäre, der es hätte hören können. Die Dämmerung senkte sich hernieder; die dunklen Schatten wurden fester, stofflicher, und das körperlose Murmeln nahm an Lautstärke zu.

Und noch immer sickerte das Blut aus dem Schandpfahl, wurde nach und nach zu einem Ausfluß, der aus jeder Ritze drang, jeder Spalte, jedem noch so feinen Riß; träge lief es über das Holz und tropfte zu Boden. Bald war die Erde unter dem Schandpfahl mit einer tiefroten Flüssigkeit getränkt; es bildete sich eine Pfütze, aus der zuerst ein Rinnsal lief und schließlich ein Flüßchen, das in Richtung der Straße strömte ...

... wo weitere Schatten, die Geister von Sleath selbst, sich durch den Nebel bewegten ...

Das Geschirr auf dem Tisch im Wohnzimmer fing zu klappern an. Eins der Teeschälchen tanzte auf der Untertasse, als wollte es vor irgend etwas Furchterregendem die Flucht ergreifen.

Rosemary Ginty schlug die Hand vor den Mund, um einen Schrei zu ersticken, während ihr Ehemann Tom über die Schulter auf das gespenstische Geschehen starrte. Seine fleischigen Hände hielten noch immer die Vorhänge, die er soeben zum Schutz gegen die feuchte Kälte der Nacht hatte zuziehen wollen. Doch als er nun das tanzende Geschirr sah, löste sich sein Griff.

Das Porzellanschälchen kippte über den Rand der Untertasse und setzte seine Bewegungen auf der Tischplatte allein fort. Rosemary und Tom beobachteten in fassungslosem Schweigen, wie die Tasse sich klappernd und rüttelnd zum Tischrand bewegte und von dort zu Boden fiel. Der große, dicke Teppich, der sich fast bis zu den Wänden des Wohnzimmers erstreckte, verhinderte, daß das Schälchen zersprang; statt dessen hüpfte es einige Male über den flauschigen Stoff und blieb dann still liegen.

»Tom!« Der Wirtin gelang es schließlich, ihren Schreck zu überwinden. Es hörte sich an, als würde sie ihren Mann irgendeines Vergehens beschuldigen.

Falls Rosemary mit einer Erwiderung gerechnet hatte, wartete sie vergeblich darauf. Statt dessen näherte der Wirt des Black Boar Inn sich vorsichtig dem Tisch und seinem klirrenden, klappernden Geschirr, wobei er eine Hand vor sich ausgestreckt hielt, als wollte er versuchen, ein verängstigtes Haustier zu beruhigen. Um zusätzlichen Platz zu schaffen, hatten die Gintys den Tisch an eine Wand des Zimmers gerückt; zu beiden Kopfseiten stand je ein Stuhl (abgesehen vom Frühstück, nahmen Rosemary und Tom die Mahlzeiten selten in ihren Privatzimmern ein; sie bevorzugten die kleine Schankstube des Inn, die sich direkt unter der Wohnung im Erdgeschoß des Hauses befand). Außerdem war das Wohnzimmer mit Möbeln verschiedenster Stilrichtungen vollgestopft. In einer Ecke stand ein Fernseher, der hin und wieder eingeschaltet war; die flache Oberseite des Geräts wurde von einer Lampe und einem gerahmten Foto verschönt; auf der gegenüberliegenden Seite des Zimmers befanden sich ein niedriger Beistelltisch sowie ein behaglicher Armsessel, in dem Rosemary es sich dann und wann bequem machte. Ein Sideboard, eine Couch, ein Schrank mit gläsernen Türen, in dem sich Rosemarys Kitsch- und Nippessammlung befand, sowie eine veraltete Musiktruhe nahmen den restlichen Platz ein.

Zögernd streckte Tom Ginty die Hand nach der ihm nächsten tanzenden und klappernden Tasse mitsamt Untertasse aus, um dann blitzschnell die Hand darauf zu drücken. Abrupt endete jede Bewegung; unter dem beträchtlichen Druck der Handfläche Tom Gintys verharrten die zwei Teile in vollkommener Bewegungslosigkeit. Selbst nachdem Tom die Hand langsam fortgezogen hatte, blieb das Porzellan noch für kurze Zeit regungslos auf der Tischplatte stehen. Dann setzte das Vibrieren wieder ein, und Tasse sowie Untertasse stimmten erneut ein in den allgemeinen Rhythmus der Schwingungen, des Klapperns und Rasselns. Der Deckel der Teekanne schlug klirrend gegen den Rand; die Zuckerkörner hüpften raschelnd im Topf auf und ab, und selbst die Kondensmilch in dem wunderschönen Porzellankännchen wogte wie ein winziges Meer bei einem Orkan.

Als sämtliche Bewegungen schlagartig endeten, war die Stille fast ebenso beängstigend wie das Rasseln und Klirren zuvor.

Ginty fuhr zu seiner Frau herum. Er hatte den Mund geöffnet und wollte irgend etwas sagen, als eins der Stücke aus Rosemarys Nippessammlung – eine kitschige Figur, die Vorbildern aus dem achtzehnten Jahrhundert nachempfunden war – das Glasfenster des Schranks durchschlug und durchs Zimmer schoß.

Diesmal konnte Rosemary ihren Schrei nicht mehr zurückhalten, denn das Stück verfehlte nur um Zentimeter ihren Kopf. Dann schmetterte die Figur gegen die Wand neben den zugezogenen Vorhängen und zerplatzte; die Bruchstücke fielen zu Boden. Ginty krümmte sich zusammen, so schrill waren die abgehackten Schreie seiner Frau; als sie verstummten, starrte er entsetzt auf das Loch in der gläsernen Schranktür.

Nachdem die Wirtin des Black Boar Inn mehrmals tief Luft geholt hatte, fuhr sie ihren Gatten an.

»Das war wegen dir!« schrie sie, und Toms Entsetzen wurde von Erstaunen verdrängt. »Wegen dir und dieser ...«, mit einer verzweifelten, hilflosen Handbewegung wies Rosemary zum Fenster, »... dieser anderen!«

»Was redest du da, Frau?« Fassungslos schüttelte er den Kopf.

»Das weißt du genau! Das weißt du ganz genau!«

Gintys rundes Gesicht wurde bleich, wodurch die winzigen, malvenfarbenen Äderchen auf den Wangen und der Nase um so deutlicher hervortraten. Du lieber Gott. Hatte Rosemary womöglich recht? Diese Dinge, die er droben im Herrenhaus getan hatte ... o Gott, nein, das konnte nicht sein; seine Sorgen waren unbegründet. Er hatte mitgemacht, zugegeben; aber er hatte nicht daran *geglaubt*. Außerdem ... es war ja bloß eine Art Dorftradition – wenngleich eine heimliche, zugegeben. Aber sie war doch nicht gefährlich! Niemandem wurde Schaden zugefügt. Und Tom war fast immer ziemlich betrunken gewesen; an den Tagen darauf konnte er sich niemals erinnern, was eigentlich geschehen war ... nur bruchstückhaft, nur an Teile dieser komischen Zeremonien, an die verrückten Gesänge und das Anlegen der alten Umhänge. Das alles war wie bei den Freimaurern, ebenso wirr und ebenso harmlos.

Aber woher wußte Rosemary davon? *Was* wußte sie?

Tom bedeckte sein Gesicht, als ein weiterer Gegenstand aus dem zertrümmerten Teil des Schranks hervorgeschossen kam. Rosemary duckte sich, drückte den Kopf an eine der gepolsterten Armlehnen des Stuhles und krampfte die Hände darum, während die Statuette – zwei Liebende in inniger Umarmung bei einem Tête-à-tête – gegen die Vorhänge prallte und das Fenster dahinter zerschmetterte.

»Wie konntest du so etwas tun?« kreischte Rosemary, als sie den Kopf wieder zu heben wagte.

Warum beschuldigte sie ihn? Sie konnte nichts *wissen*. »Red nicht so einen Scheißdreck!« brüllte Tom sie an.

Aus Angst vor anderen fliegenden Gegenständen ließ Rosemary sich auf dem Boden nieder. Warum log Tom ihr so vehement etwas vor? Sie beide hatten die vergangenen Stunden in dieser Wohnung verbracht, die sich gleich über dem Gasthaus befand. Sie hatten sich eingeschlossen, denn sie wußten beide, daß irgend etwas Schreckliches mit dem Dorf geschah. Doch Tom wußte viel mehr darüber, was hier vor sich ging. Warum gab er es dann nicht zu? Kaum hatte dieser schreckliche Nebel sich in Sleath ausgebreitet, hatte Rosemary *gespürt*, daß irgend etwas Furchtbares im Gange war. Irgendwie war es wie eine Warnung gewesen – nein, wie nannte man es gleich? Ein Omen! Genau, ein Omen! –, daß etwas Furchtbares geschehen würde. Und das Verrückte daran war, daß dieses Etwas – diese scheußliche Sache, die geschehen würde – schon lange, lange Zeit nach Sleath unterwegs war. Und sie, Rosemary, hatte es als einzige gespürt!

Am heutigen Tag war keiner der Angestellten zur Arbeit erschienen, und kein Gast hatte seinen Fuß in die Schankstube gesetzt. Später, am Nachmittag, hatte Rosemary versucht, im Dorf herumzutelefonieren. Doch sie hatte niemanden erreichen können – die Leitungen waren tot gewesen –, worauf sich eine schreckliche Furcht in ihr ausgebreitet hatte, eisig und lähmend. Ihre Angst war so schlimm geworden, daß sie es nicht einmal gewagt hatte, aus dem Haus zu gehen und bei jemandem anzuklopfen. Und Tom war nicht minder verängstigt – nein, sogar noch mehr als sie; denn er *gehörte* zu dieser Sache;

irgendwie war er ein Teil dieser ganzen verdammten Geschichte!

Schließlich hatte er sie, hastig ins Obergeschoß gedrängt und dann die Tür hinter ihnen beiden abgeschlossen. Und wenngleich sie hin und wieder irgendwelche Geräusche auf dem Flur gehört hatten, hatte Tom nicht erlaubt, daß Rosemary die Tür öffnete und einen Blick aus dem Zimmer warf.

Aber um ehrlich zu sein, sagte sich Rosemary – *so* neugierig bist du ja nun auch wieder nicht gewesen. Sie brauchte nur an die vergangene Nacht zu denken, an die Vorfälle in ihrem Schlafzimmer, und es lief ihr kalt den Rücken hinunter.

»Mistkerl«, sagte Rosemary zu ihrem Ehemann.

Irgend etwas kitzelte sie an ihren dicken Beinen, die in Nylonstrümpfen steckten. Als sie den Blick senkte, stellte sie fest, daß der Teppich, der den größten Teil des Fußbodens im Wohnzimmer bedeckte, sich kräuselte und wogte, als würde eine Reihe aufeinanderfolgender Windstöße darüber hinwegfahren.

Rosemary stemmte sich in die Höhe und wankte mit taumelnden Schritten von einer Ecke des Teppichs zur anderen, als sie versuchte, den geheimnisvollen Wogen zu entrinnen. Sie konnte spüren, wie das dicke Material sich unter ihrem Gewicht zu heben versuchte. Doch Rosemary war zu schwer; das Auf- und Abwogen des Teppichs erfaßte lediglich den Bereich um ihre Füße herum, wobei die Wellen nach außen verliefen, in Richtung Teppichrand, so daß die Möbel schaukelten und schwankten wie Schiffe auf hoher See.

Tom Ginty stand da wie erstarrt. Sein Verstand erklärte alles, was um ihn herum geschah, für schlichtweg unmöglich, doch seine Augen bewiesen ihm das Gegenteil: Was er beobachtete, passierte *tatsächlich*. Die Vorhänge flatterten, als würde ein heftiger Wind durch die zerbrochene Scheibe brausen. Die Uhr auf dem Kaminsims begann plötzlich die Stunden zu schlagen, obwohl weder der große noch der kleine Zeiger einer vollen Zahl auch nur nahe waren. Ein Bild an der Wand – ein Stich, der eine

Jagdszene mit Hunden, Pferden und rotbefrackten Reitern zeigte – fiel unerklärlicherweise zu Boden. Der abgestandene Inhalt der Teekanne spritzte mit schlürfendem Geräusch aus dem Ausguß hervor, während eine weitere Teetasse über die Tischkante stürzte, diesmal mitsamt der Untertasse. Die geblümte Couch des Wohnzimmers begann vor und zurück zu schaukeln, wobei die Kissen auf den Teppich geschleudert wurden. Die Lampe und das gerahmte Foto wurden wie von zorniger, unsichtbarer Hand vom Fernseher heruntergefegt.

Derweil hatte Rosemary das Gleichgewicht verloren und kniete wieder einmal am Boden. Letzteres erwies sich als ein Glücksfall für sie, denn plötzlich explodierte ohne Vorwarnung der Rest der gläsernen Schranktür, und auch das Fenster auf der gegenüberliegenden Seite des Zimmers flog auseinander, wobei die Scherben, große und kleine, wie Geschosse aus beiden Richtungen durch den Raum sirrten. Dabei wurden die Vorhänge in Stücke gerissen; die Fetzen flatterten zur Seite; Statuen und anderer Nippes aus Glas und Holz wurden von den Regalen gefegt und jagten nun mitsamt der Splitter durch die Luft: tödliche Schrapnelle, die mitten im Zimmer aneinander vorbeischossen – genau dort, wo der Wirt des Black Boar Inn stand.

Das Glas richtete den schlimmsten Schaden an; doch auch das Porzellan und die Keramik trugen ihren Teil zu den Verheerungen bei. Tom Gintys erstauntes Aufkreischen wurde zu einem scharfen Zischen, als ihm ein Glassplitter die Kehle aufschlitzte. Die Wunde war nicht tief genug, um ihn auf der Stelle zu töten, und instinktiv riß er die Hände in die Höhe, um seine Augen zu schützen. Doch als Rosemary den Kopf hob, sah sie, daß der Oberkörper ihres Gatten wie ein Nadelkissen mit kleinen, funkelnden Dolchen aus Glas gespickt war. Über ihm schwang die Deckenlampe wie ein Pendel hin und her; ihr Licht brach sich an den gläsernen Splittern, spiegelte sich auf dem frischen Blut – in einem Moment strahlend und hell, im nächsten Augenblick stumpf und gedämpft. Grelles, heißes Entsetzen kochte in Rosemary auf, während Tom Ginty vollkommen regungslos dastand, wie gebannt; die zerschnittenen und durchstochenen Hände hatte er noch immer vor die Augen gehoben, und das Zischen, das aus seiner aufgeschlitzten Kehle drang, wurde zu einem erstickten Gurgeln, als ihm das Blut in den Hals strömte.

Dann – schlagartig – wurde der Schmerz stärker als der Schock und veranlaßte Tom Ginty zu steifen, beinahe roboterhaften Bewegungen. Er senkte die Hände und starrte ungläubig auf seine Frau. Rosemarys Hysterie hatte sich derweil in einem entsetzten Schrei Luft gemacht, der nun aber noch schriller wurde, noch lauter, noch schrecklicher; denn dieses blutige, verstümmelte Abbild ihres Mannes, diese Alptraumgestalt, jagte Rosemary noch viel mehr Angst ein als das Klappern des Geschirrs, das Schwanken der Möbel, das Wogen des Teppichs und das Schicksal ihrer Nippesfiguren. Denn in letzter Zeit war Rosemary von unbestimmten, düsteren und beängstigenden Vorahnungen heimgesucht worden, sie wie auch andere Leute im Dorf – oh, nein, niemand hatte darüber geredet; jeder hatte sein schreckliches Wissen für sich behalten, aus Angst, andernfalls womöglich für verrückt gehalten zu werden. Doch Rosemary wußte, daß andere Dorfbewohner ähnliche Vorahnungen gehabt hatten wie sie selbst. Sie hatte die Angst in den Gesichtern der Leute gesehen, hatte ihre innere Anspannung gespürt ... die Panik, die Sorgen, das Entsetzen. Und mit jedem Tag war es schlimmer geworden, mit jedem Tag. Üble, verborgene Dinge schwärten wie eine schleichende Krankheit, die nun ausgebrochen war; das Krebsgeschwulst hatte sich endlich als solches zu erkennen gegeben. Und ein Teil all dieser Scheußlichkeiten stand nun vor ihr – in Gestalt eines stummen, blutigen Schreckgespenstes, in dessen Körper eine Million Glassplitter steckten.

Tom Ginty machte einen wankenden Schritt auf seine Frau

zu. Rosemary kreischte wie verrückt und versuchte, vor ihm davonzukriechen. Wirkliche, aufrichtige Liebe hatte es nie zwischen ihnen beiden gegeben, bloß ein anfängliches sexuelles Interesse, das bald der Gewohnheit, dann der Gleichgültigkeit und schließlich der gegenseitigen Verachtung gewichen war. Deshalb empfand Rosemary keinerlei Schuldgefühle, als sie nun vor dem blutenden Monstrum flüchtete, das einst ihr Mann gewesen war.

Die prunkvoll verzierte Uhr – die billige Imitation eines antiken Stückes – rutschte vom Kaminsims und zerschmetterte auf dem schmiedeeisernen Rost. Der Spiegel neben dem Kamin gab knackende Geräusche von sich; dann war das Glas plötzlich von einem verrückten Muster aus Sprüngen durchzogen. Das Sofa, dessen Schaukelbewegungen immer heftiger geworden waren, kippte krachend nach hinten.

Und mit jedem neuen Schrecken schrie Rosemary auf, bei jedem weiteren Vorfall schreckte sie zusammen, während sie sich vor ihrem herannahenden Gatten hinter den Sessel flüchtete. Dann versuchte sie, mit einem wilden Satz zur Tür zu gelangen, wobei sie über das umgekippte Sofa kletterte. Glas und zerbrochenes Porzellan knirschten unter ihren Schuhsohlen, während Tom Ginty ihr unbeirrt folgte.

Als Rosemary die Tür erreichte, drehte sie mit fliegenden Fingern den Schlüssel. Die Tür sprang auf. Rosemary warf sich auf den Flur – und wäre vor neuerlichem Schrecken fast in Ohnmacht gefallen, als sie die kleinen Gestalten sah, die in den unsteten Schatten umherhuschten, welche vom Licht der schwankenden Deckenlampe im Wohnzimmer auf den Flur geworfen wurden. Die Ratten eilten davon, wobei sie sich dicht an den Wänden hielten; ihre nackten, langen Schwänze schimmerten wie dünne Schlangen.

Rosemary zwang sich, den Ratten zu folgen; denn sie war sich des verstümmelten Jägers bewußt, der sich hinter ihr heranpirschte. Irgendwo im Zimmer hatte sie einen Schuh verloren und konnte sich nur hinkend vorwärts bewegen, wobei sie sich dann und wann mit einer Hand an der holzvertäfelten Wand abstützen mußte, um das Gleichgewicht zu wahren. Vor ihr huschten Schatten umher und verwirrten sie, während die Dunkelheit unerklärlicherweise rasch zunahm, bis die Finsternis nahezu den gesamten Flur ausfüllte. Schlagartig wurde Rosemary klar, daß Tom im Türeingang erschienen war, so daß kein Licht mehr in den Flur fallen konnte. Für einen winzigen Moment glaubte sie gehört zu haben, daß Tom sie gerufen hatte, doch es war nur ein Röcheln gewesen, ein sinnloser und gräßlicher Laut. Rosemary drehte sich gar nicht erst um. Sie hatte kein Mitleid mit Tom – sie hatte nur panische Angst.

Für einen Moment schoß ihr der Gedanke durch den Kopf, bei dem einsamen Gast des Black Boar Inn Hilfe zu suchen; dann aber sah sie ein, daß sie diesen Mann, diesen David Ash, viel zu wenig kannte. Außerdem strahlte er irgend etwas Kaltes aus, etwas Unergründliches. Vor allem wußte Rosemary nicht, ob nicht vielleicht auch Ash irgendwie mit diesen unheimlichen Geschehnissen zu tun hatte.

Ein Stück voraus sah sie ein trübes Licht, was sie zu einem schnelleren Vorwärtshumpeln ermunterte: Jemand hatte auf der Treppe und im Flur im Erdgeschoß das Licht eingeschaltet.

Als Rosemary das obere Ende der Treppe erreichte, stieg sie jedoch nicht sogleich hinunter – trotz der Schritte, die hinter ihr erklangen. Rosemary und Tom hatten schon immer gewußt, daß in den Kellern des Gasthofs Ratten hausten; gelegentlich mußten ein, zwei von diesen Biestern aus der Küche oder der Gaststube verscheucht werden. Doch bislang hatten die Ratten und anderes Ungeziefer nicht die Dreistigkeit besessen, sich im Haus noch weiter vorzuwagen, und schon gar nicht in so großer Zahl: Auf jeder Treppenstufe tummelten sich mehrere Ratten.

Rosemary packte die Geländerstange ganz fest und zwang sich, den ersten Schritt zu tun, wobei sie Geräusche von sich gab, mit denen sie die Ratten zu verscheuchen versuchte. Die meisten Tiere ergriffen tatsächlich die Flucht vor ihr, doch eine, die sich in der Biegung der Treppe befand, fletschte die Zähne und zischte die näherkommende Gestalt an. Die Wirtin stampfte mit dem Fuß auf, und widerwillig huschte auch diese Ratte davon; Rosemary hörte das Kratzen der Pfoten auf den hölzernen Treppenstufen.

»Ro ... Rose ...«

Es war ein dumpfes Stöhnen. Rosemarys Kopf ruckte herum, als sie den Laut vernahm. Tom stand auf dem Treppenabsatz über ihr. Sein verstümmelter Körper schwankte, und wie funkelnde Stacheln ragten die blutigen Glassplitter daraus hervor. Langsam beugte er sich zu ihr; hastig wich sie ihm aus. Noch immer befand sie sich in der Biegung der Treppe, und bei der plötzlichen Bewegung verlor sie den Stand und stürzte schwer die abgetretenen Stufen hinunter, wobei sie vor Schreck, Angst und Schmerz schrie. Ihr unförmiger Körper rutschte von Stufe zu Stufe die Treppe hinunter, bei jedem Aufprall von dumpfen Schlägen begleitet; erst am unteren Absatz blieb sie liegen. Noch bevor Rosemary halbwegs ihren klaren Verstand wiedererlangt hatte, hörte sie stolpernde Schritte über sich, die näher kamen. Plötzlich zwickte sie irgend etwas in die Hand, und sie schreckte vor der Ratte zurück, die sie durch ihr Körpergewicht beinahe zerquetscht hätte.

Sie mühte sich auf die Beine. Ihren zweiten Schuh hatte sie nun ebenfalls verloren. Mit unbeholfenen Schritten stapfte sie über den Flur in Richtung Schankraum, wobei sie heftig mit den Armen ruderte; dann erfüllte ihr klägliches Jammern und Schluchzen den großen Raum, bis sie zur Ausgangstür gelangte, an der dünner, gelblicher Nebel ins Innere des Schankraums wogte.

Noch einmal rief Tom nach ihr, und Rosemary blickte über die Schulter und sah, daß er immer noch hinter ihr herwankte: Tom Ginty bewegte sich wie ein Untoter; sein ganzer Körper war steif; das Gesicht, die Arme und das Hemd glänzten rot von Blut. *Warum ließ er sie nicht in Ruhe? Was wollte dieses Übelkeit erregende Etwas von ihr?*

Rosemary stürmte durch die offene Tür hinaus auf die Hauptstraße, hinaus in den wogenden Nebel. Sie konnte gerade noch einen weiteren Schrei ausstoßen, als sie sah, wie sich zwei helleuchtende Gespenster aus den wirbelnden Nebelschwaden schälten und sich mit hoher Geschwindigkeit genau auf sie zu bewegten.

Lenny Grover kicherte dümmlich vor sich hin. »Kann überhaupt nix sehen«, sagte er zu Dennis Crick, der auf dem Beifahrersitz des Lieferwagens saß.

»Dann fahr halt langsamer, du Trottel!« antwortete Crick grinsend. Er drückte sich die Nase an der schmutzigen Windschutzscheibe platt. »Das is' vielleicht 'n Scheißwetter«, sagte Crick, dessen Aussprache ein wenig undeutlich war, weil er in einem Lokal an der Landstraße ein paar Gläser Bier hinuntergekippt hatte.

»Reinste Chemie, sag' ich dir«, bemerkte Grover. »Sieh dir die Farbe an und riech mal.«

»Schon passiert. Gefällt mir überhaupt nich'.« Crick verzog angewidert das Gesicht, um seinen Worten mehr Nachdruck zu verleihen.

»Is' irgendwo ausgetreten, glaub' mir.«

»Red' doch keinen Scheiß, Len. Das is' ganz normaler Nebel. Guck mal, er wird schon dünner.«

»Gott sei Dank.« Grover kicherte wieder.

Crick hatte nicht in die Nebelwand hineinfahren wollen, in die sie auf der Rückfahrt nach Sleath plötzlich geraten waren. Sie hatten Feldwege benutzt, und es war unmöglich, mehr als einen Meter weit zu sehen. Doch Grover wollte nicht aufgeben, weil sie einen nagelneuen Rasenmäher auf der Ladefläche stehen hatten, eine tolle elektrische Heckenschere und einige

Topfpflanzen. Alles stammte von einer ihrer regelmäßigen ›Sammelaktionen‹. Mindestens einmal alle zwei Wochen kurvten sie kreuz und quer durch die Gegend und hielten in Vorgärten oder auf Zufahrtswegen von Häusern Ausschau nach Gartengeräten oder sonstigen Gegenständen, die die Leute dort unvorsichtigerweise hatten stehen- oder liegenlassen. Der Eigentümer des Rasenmähers – ein Hayter Harrier 56, der noch sehr gut in Schuß war – hatte den Sack mit dem gemähten Gras zum Kompostierhaufen hinter dem Haus geschleppt. Er hatte zwei Minuten dazu gebraucht, Zeit genug für Grover und Crick, das Gerät aus dem Vorgarten zu schleppen. Sie waren schon zweimal an dem Haus vorbeigefahren, um den richtigen Zeitpunkt abzupassen. Die Aktion selbst – anhalten, aussteigen, Rasenmäher aufladen und wieder wegfahren – hatte nicht einmal 30 Sekunden gedauert. Die beiden wieherten vor Lachen, als sie zehn Minuten später vor einem anderen Haus die Heckensäge herumliegen sahen. Wahrscheinlich war der Besitzer pinkeln gegangen oder holte sich gerade etwas zum Trinken. Crick war aus dem Führerhaus gesprungen, hatte einmal kurz und kräftig am Kabel der Schere gezerrt, das zu einer Steckdose in der Garage führte, und hatte das Gerät dann einfach auf die Ladefläche neben den Rasenmäher gelegt. Grover hatte Mühe gehabt, geradeaus zu fahren, weil sie beide so schrecklich lachen mußten. Anschließend hatten sie noch einige Topfpflanzen mitgehen lassen, die auf Fenstersimsen oder vor Haustüren standen, und hatten auch einen Liter bereits vergorener Milch nicht verschmäht. Damit hatten sie ihr Tagewerk verrichtet, das viel angenehmer und weniger gefährlich war als ihre nächtlichen Ausflüge in den Wald, wo ihnen jederzeit ein Wildhüter eine Ladung Schrot in den Arsch jagen konnte.

Als sie mitten in der Nebelbank steckten, fuhr Grover ganz langsam, und beide drückten sich die Nase an den Seitenfenstern platt, um wenigstens den Begrenzungsstreifen erkennen zu können. Grover hatte abwechselnd das Stand- und Fernlicht eingeschaltet und ließ sich von Cricks ständigen Nörgeleien, doch endlich kehrt zu machen und zurückzufahren, nicht beirren.

Grover hatte sich eine Dose Lagerbier zwischen die Beine geklemmt und nahm einen Schluck. Das Gesöff schmeckte warm. Auch Crick bückte sich und erhaschte eine der vollen Bierdosen, die auf dem Boden hin- und herrollten. Er riß den Verschluß auf, daß seinem Kumpan der Schaum ins Gesicht spritzte.

»Du blödes Arschloch!« brüllte Grover, als ihm selbst das Bier aus der Dose auf seinem Schoß über die Hose lief, da er den Arm hochgerissen hatte, um sein Gesicht zu schützen. Der Lieferwagen scherte nach rechts aus und schrammte an einer Hecke entlang. Grover hatte große Mühe, das Fahrzeug wieder auf die Mitte der Fahrbahn zurückzubugsieren – oder was er dafür hielt. Bei dem Manöver wurde Cricks rechter Arm naß, weil wiederum Bier aus seiner Dose spritzte. Beide Männer wieherten vor Lachen.

»Achtung!« sagte Crick, plötzlich ernst geworden, und packte Grover am Handgelenk.

Grover, der sich die Bierdose wieder zwischen die Schenkel geklemmt hatte und sich mit seiner Baseballmütze das Gesicht abwischte, stieg voll auf die Bremse, die jedoch kaum mehr funktionierte. Der Wagen rollte langsam aus, weil Grover trotz gegenteiliger Behauptungen seines Kumpans nicht schnell gefahren war, und blieb schließlich stehen.

»Was is' 'n los?« fragte Grover und schaute durch die Windschutzscheibe. *»Was ist denn?«*

Cricks Kopf schwenkte nach rechts. »Hatte gerade den Eindruck, daß da jemand über die Straße gegangen ist.«

»Ich kann aber keinen sehen, Scheißdreck nochmal.«

»Reg dich ab. Wir sind doch wahrscheinlich schon wieder in Sleath.«

»Von mir aus.« Grover deutete mit dem Daumen in Richtung

Ladefläche. »Sobald wir den ganzen Scheiß da hinten versteckt haben, trinken wir ein paar Bierchen im Black Boar.«

»Muß das sein? Vielleicht sind die Bullen wieder da und wollen uns wegen Mickey ausquetschen. Hab' keine große Lust, die Kerle schon wieder zu sehen.«

»Ach was. Die haben für heute doch schon Schluß gemacht.«

»Kann sein. Wir sollten uns aber verdünnisieren, bis 'n bißchen Gras über die Sache gewachsen is'.«

»Kommt gar nich' in Frage, Kumpel. Wenn wir uns irgendwie verdächtig benehmen, kommen die Polypen uns erst recht auf die Schliche.«

Crick schien diese Antwort nicht zu überzeugen. »Egal. Laden wir erst mal das Zeug da hinten im Schuppen ab.«

Grover legte den ersten Gang rein, und sie fuhren wieder los. Mit zunehmender Geschwindigkeit besserte sich seine Laune.

»Na also«, sagte er. »Is' nich' mehr ganz so dicht, die Scheiß-Nebelsuppe.«

»Ich weiß nich' so recht«, erwiderte Crick. »Fahr trotzdem nich' so schnell.«

Doch um Crick zu provozieren, gab Grover Gas.

»Lenny!« stieß Crick ängstlich hervor.

Grover schnaubte verächtlich und machte keine Anstalten, das Tempo zu verlangsamen.

Sie gelangten zu der Kreuzung, an der die Straße zur Kirche abzweigte. Crick spähte angestrengt aus dem Fenster, blinzelte mehrmals und fuhr sich übers Gesicht. Er traute seinen Augen nicht.

»Lenny, kannst du ... ?«

Grover sang aus vollem Halse. Die Straße gehörte ihnen – wer war schon so verrückt, bei diesem Wetter in der Gegend herumzukurven? Und es war doch echt geil, auf die Tube zu drücken und dabei nichts zu sehen. Er rülpste genüßlich. »Ah, schmeckt doch klasse, dieses Lager!«

»Lenny«, sagte Crick erneut, denn er glaubte, im Nebel Leute gesehen und Stimmen gehört zu haben. Er war sich aber nicht sicher; denn Grover grölte laut, und auch der Motor des Lieferwagens machte einen ziemlichen Lärm. Aber was war das da vor ihnen? Es kam Crick so vor, als liefe schwarzglänzendes Öl vom Dorfanger hinunter auf die Straße. Doch bevor er etwas sagen konnte, hatten sie die Stelle bereits passiert. Crick streckte den Kopf aus dem Wagenfenster und rümpfte die Nase. Es stank widerlich ... Moment mal! Da waren ja *doch* Leute auf der Hauptstraße! Er konnte sie allerdings nicht deutlich sehen; sie waren nur schemenhaft zu erkennen.

Crick blickte in Fahrtrichtung, konnte aber nichts erkennen, weil die Scheinwerfer nicht gegen den Nebel ankamen. Nirgends brannten Lichter, weder in den Geschäften noch in den Häusern. Alles war verdammt unheimlich ...

»Leenniiii...«

Die Gestalt, die aus einer Tür herausgerannt war, sah Crick erst, als Grover sie bereits um ein Haar überfahren hätte. Grover hatte sie ebenfalls bemerkt, gotteslästerlich geflucht und scharf gebremst.

Um der Blondine auszuweichen, riß er das Steuer nach links herum. Der Lieferwagen schoß rumpelnd auf den Bürgersteig und schleuderte eine zweite Gestalt in die Tür zurück, aus der auch die Frau gekommen war. Sie alle schrien gleichzeitig auf. Der Wagen rammte knirschend den massiven Türrahmen und kam abrupt zum Stehen. Grover und Crick, die es nie für nötig befunden hatten, sich anzuschnallen, wurden durch die Windschutzscheibe geschleudert. Crick flog durch die Tür ins Innere des Gasthauses, Grover hingegen prallte mit dem Kopf gegen die Hauswand. Doch Crick überlebte Grover nur um wenige Sekunden; der Aufprall war viel zu wuchtig gewesen.

Da waren sie wieder. Unten. Sie murmelten, flüsterten, stöhnten. Sie versuchten, ihn in den Wahnsinn zu treiben. Er hielt es nicht mehr aus. Genug war genug. Er hatte das ganze Theater satt. Er konnte ihre Stimmen nicht mehr hören, ihre ständigen Heimsuchungen nicht mehr ertragen.

Stapley goß sich den Rest Whisky ein und warf die leere Flasche auf den Boden. Er hielt das Glas vor seine Augen. Du hilfst den Menschen, alles zu vergessen, nicht wahr? Das freut mich aber. Denn wer nicht mehr denken kann, hat auch keine Gewissensbisse. Seine Hand zitterte, krampfte sich um das Glas, und der gelbe Whisky schwappte über den Rand des Glases.

Zum Teufel sollten sie allesamt gehen, Lockwood, Beardsmore und all die anderen Kleingeister – die ›Erleuchteten‹, wie Beardsmore sie nennen würde, welche die Rituale und die damit einhergehende sittliche Verrohung genossen, ohne je begriffen zu haben, worum es dabei *wirklich* ging.

Stapley stürzte den Whisky herunter, ohne sein würziges, rauchiges Aroma auf der Zunge zu kosten. Er wollte sich nur sinnlos betrinken, um zu vergessen. Schließlich stellte er das Glas auf den kleinen Tisch neben dem Sessel zurück. Er zog seine Krawatte fester, drückte die Schultern durch und stellte sich so gerade hin, wie er es nach dem vielen Alkohol und den vielen Tabletten noch vermochte.

Mit einer Hand hielt er sich an der Rückenlehne des Sessels fest. Ein Leben in Würde, sagte er sich, konnte jeder erlangen.

Wie auch ein Leben in sittlicher Verwahrlosung, flüsterte die innere Stimme ihm zu, die zu seinem ständigen Begleiter geworden war.

Entschlossen schritt er zur Tür.

Reines Getue, sagte die Stimme höhnisch. *In Wirklichkeit ist der Herr Doktor feige; er hat eine Heidenangst. Du willst da doch nicht wirklich runtergehen, alter Freund? Was glaubst du, was da unten los ist? Denk mal nach ...*

Er blieb an der Tür stehen und schloß die Augen. Der Arzt ist Realität, versicherte ihm die andere, wohlwollende Stimme, aber die Geräusche da unten sind es nicht. Sie sind nur die Stimme deines Gewissens. Das Gewissen aber ist ein Ableger des Verstandes, dem in der Wirklichkeit nichts entspricht. Das ist eine unumstößliche Tatsache, und du gehst Hirngespinsten auf den Leim. *Nichts*, was im Verstand ist, ist Wirklichkeit.

Aber wenn du immer näher kommst, werden die Stimmen dann nicht lauter? Und wenn du unten die Tür aufmachst ...

Es gibt Sinnestäuschungen.

Dann gibt es auch keinen Grund, Angst zu haben.

Überhaupt keinen.

Aber deine Hände zittern und sind feucht. Und schlägt dein Herz nicht ein wenig lauter als sonst?

Müdigkeit. Streß. Und ...

Und ...

Er riß die Tür auf.

Leichtfüßig, ja wagemutig ging er die Treppe hinunter. Jawohl, es war doch schön, sich zu ärgern. Der Zorn überdeckte so vieles andere – besonders die Angst. Er würde nicht ein dumm daherfaselndes Wrack werden wie dieser feige Reverend, der sich in seinem Schlafzimmer versteckte und unter sein Bettlaken kroch wie eine alte Jungfer, die Angst hatte, vergewaltigt zu werden.

Edmund Lockwood war nicht von heute auf morgen übergeschnappt; es hatte schon vor langer Zeit begonnen. Vielleicht schon vor Jahrhunderten.

War das bereits bei dem ersten Lockwood in Sleath so gewesen?

Ja. Und dann hat es sich von Generation zu Generation fortgesetzt. Edmund stand am Ende einer langen Reihe von Psychopathen.

Genauso wie der tote Doktor in einer langen Reihe von Helfershelfern stand?

Ja, ja, es liegt im Blut, wenn man will – wenn man darauf beharrt. Vielleicht konnten die Bewohner von Sleath sich ihrem Schicksal entziehen.

Also trifft dich keine Schuld.

Erneut zögerte Stapley. Er stand auf der dunklen Treppe und war sich plötzlich nicht mehr so ganz sicher. Sollte er hinuntergehen? Wenn es doch nur so einfach wäre, Schuld von sich zu weisen, sie auf seinen Vater und Großvater zu schieben.

Dummerweise würde das aber auch bedeuten, daß er die Existenz des freien Willens in Abrede stellte.

Ah, ja, der freie Wille. Konnte er einen davor bewahren, wahnsinnig zu werden?

Aber ich bin nicht verrückt.

Aber du hörst doch Stimmen in Zimmern, in denen niemand ist.

Da ist jemand drin.

Da ist keiner drin.

Er war jetzt am Fuß der Treppe angelangt und blickte auf die Tür des Wartezimmers, die geschlossen war.

Da muß doch wer sein.

Da ist niemand.

Höre ihnen zu.

Die innere Stimme, die in seinem Kopf, schwieg für einen Augenblick. Dann fragte sie:

Was hast du vor?

Ich möchte sie verjagen.

Wenn sie schon hier sind ...

Ich höre sie.

Wenn niemand im Wartezimmer ist – gibst du dann zu, daß du übergeschnappt bist?

Aber da *ist* jemand drin. Warte, ich zeig es dir ...

Stapley stellte sich vor die Tür und riß sie auf.

Der Anblick erfüllte ihn keineswegs mit Schadenfreude nach dem Motto: Ich habe doch recht gehabt! Er taumelte zurück und stolperte über die unterste Stufe der Treppe.

Die Tür zum Wartezimmer stand sperrangelweit offen. Unverständliche Laute drangen heraus, ein höllenartiges Durcheinander von schrillem Gejammer und dumpfem Stöhnen, von inständigen, flehentlichen Bitten, von Wutausbrüchen und Vorwürfen. Er hob die Hände vor die Augen, um die grauenvollen Gestalten nicht länger sehen zu müssen. Doch sie gingen ihm nicht aus dem Sinn ...

... die schreiende Frau, die ihm den blutigen Körper ihres totgeborenen Kindes entgegenwarf, dessen Nabelschnur noch um seinen kleinen Hals gewickelt war; beide waren bei der Geburt gestorben – viele alte Leute, die noch als Gespenster hager und verbraucht aussahen und ihm die Schuld an ihrem jämmerlichen Tod gaben, die ihm Vorwürfe machten wegen seiner lieblosen Art, wegen seiner Hochnäsigkeit und seiner mangelnden Fürsorge – das Kind mit den unwirklichen Tränen und dem blassen Gesicht, das verbittert war, weil Stapley ihm eine falsche Diagnose gestellt hatte (es hatte Lungenentzündung und keine Grippe), worauf es starb – der AIDS-Fall, um den Stapley sich nicht richtig gekümmert hatte; wohl aber hatte er dem Patienten zu verstehen gegeben, was er von solch einem Menschen hielt; die riesigen Augen dieses Gespenstes mit dem eingefallenen Gesicht starrten ihm aus dem ständig wogenden Knäuel von Geistern an – das von Krebsgeschwüren entstellte Mädchen, dem viel zu spät die Brust amputiert worden war, weil Stapley die ersten Symptome nicht ernst genommen hatte – das Ungeheuer in der Ecke, ein Neugeborenes, das sterben mußte, weil Stapley fand, daß es zu häßlich aussah, und das jetzt in der jenseitigen Welt, der Welt der Phantasmen, weiterreifen konnte ...

... und da waren andere Gesichter, an die er sich kaum erinnern konnte – unbedeutende Menschen, Opfer seines Alkoholkonsums und Drogenmißbrauchs ...

... und wieder andere, die er ganz gewiß nicht kannte, die in dem wabernden Durcheinander kaum zu sehen waren, Schatten aus einer Zeit, die weit vor seiner eigenen lag ...

... und noch andere, deren Konturen besser auszumachen waren und deren Namen er kannte; denn sie waren bei den Ritualen getötet worden ...

... und unter ihnen der kleine Timmy Norris, der gerade mal sieben Jahre alt gewesen war; er stand an der Tür des Wartezimmers und war am deutlichsten von allen zu erkennen; denn er war fast wirklich, er hatte fast einen richtigen Körper ...

Stapley ließ die Hände langsam sinken, als er den verwesten Jungen leise singen hörte. Trotz des Lärms, den die anderen Geister machten, waren seine Worte gut zu verstehen. Stapley erkannte das Lied wieder; es hatte ihn bis in seine Alpträume hinein verfolgt ...

Stapley begriff allmählich.

»*Neeeiiin!*« schrie er.

Er stahl sich von der Treppe weg, starrte aber weiterhin auf den Jungen, der im Türeingang stand; vor der Haustür drückte Stapley die Schultern durch; sein Rücken glitt an der Wand entlang, und ständig schüttelte er den Kopf, als wollte er das alles nicht wahrhaben.

Die Schreie, das Gemurmel, das Brüllen und Toben im Wartezimmer ging weiter, konnte die Stimme des Jungen aber nicht übertönen.

Dr. Stapley fingerte so ungeschickt an den verschiedenen Schlössern herum, daß es eine ganze Weile dauerte, bis die Tür sich öffnen ließ. Schmutziger Nebel waberte herein, als wäre er von Geräuschen im Wartezimmer angelockt worden. Stapley drehte den Kopf zur Seite, weil es so widerlich roch; der Gestank erinnerte ihn an Menschen, die man nach Tagen oder Wochen tot in ihren Häusern oder Wohnungen auffindet; eine nicht gerade seltene Erscheinung in diesen Zeiten, in denen sich kaum noch jemand um den Nachbarn scherte. Der süßlichschale Geruch von Verwesung hing in der Luft. Stapley hielt sich Mund und Nase zu und stürmte ins Freie.

Sein Wagen stand auf dem gepflasterten Gehsteig vor der Praxis. Wo waren die Autoschlüssel? Sie waren nicht da. Er stöhnte laut auf. Nein, er würde nicht noch einmal ins Haus zurückgehen, unter gar keinen Umständen! Der Lärm dort drinnen war leiser geworden, doch unheimlich und deutlich war nach wie vor die Stimme des Jungen zu vernehmen.

... An einem Freitag, zur dritten Stund
Ließ man mich sterbend zurück ...

Stapley hätte vor Erleichterung beinahe aufgeschluchzt, als er die Schlüssel stecken sah. Er war nicht überrascht – nur dankbar –; denn er war in der letzten Zeit sehr vergeßlich geworden, weil er sich geistig und körperlich überfordert fühlte. Er ließ sich auf den Fahrersitz fallen. Seine Hände waren so zittrig und feucht, daß sie immer wieder vom Zündschlüssel abrutschten. Er packte ihn mit beiden Händen und verdrehte die Arme. Rumpelnd sprang der Motor an. Sofort schaltete Stapley die Scheinwerfer ein.

Er blickte nach vorn und stellte jetzt zum erstenmal fest, wie dicht der Nebel tatsächlich war. Dunkle Flecken ... Geister ... irrten ... wirbelten ... und wogten vor seinen Augen ...

Es tanzt sich schwer, wenn man tanzen muß ...

Selbst durch das geschlossene Fenster des Wagens konnte er die Melodie hören.

Mit kreischenden Reifen jagte das Auto los. Hier und da lichtete der Nebel sich ein wenig, so daß Stapley zumindest die Bordsteine erkennen konnte. Seine Zähne, die mit dem Alter stumpf und gelb geworden waren, gruben sich in seine Unterlippe. Lockwood mußte ihm helfen. Schließlich war er an allem schuld, weil er diesen Ash nach Sleath geholt hatte. Aber Lockwood war nur mehr ein feiges, zitterndes Wrack. Dann also Beardsmore ... Der hatte bessere Nerven. Der war stärker ... anders als er und Lockwood ...

Mit dem Teufel im Genick ...

Stapley gab Gas, und der Wagen kam ein wenig von der Fahrbahn ab. Noch immer war die Stimme des Jungen zu hören, obwohl der Arzt schon weit von der Praxis entfernt war. Es hörte sich beinahe so an, als ob ...

Stapley drehte sich um, doch Timmy Norris saß nicht im Fond. Da saß niemand. Natürlich nicht.

Er blickte wieder in Fahrtrichtung und sah zwei Lichter, die im Nebel wild umherschaukelten. Und zu spät bemerkte er, daß jemand über die Straße ging.

Stapley riß das Steuer herum, doch die Frau prallte gegen die Windschutzscheibe, Glassplitter flogen umher. Das Auto geriet ins Schleudern, und die Frau schrie auf, als sie vom Kühler herunterfiel. Es gab einen ohrenbetäubenden Schlag, als Stapley ein Fahrzeug rammte, das am Rand des Dorfangers geparkt war, und er wurde in seinem Sitz nach vorn geschleudert. Das Auto drehte sich um seine eigene Achse. Stapley verlor die Orientierung und hatte plötzlich das seltsame Gefühl, durch die Luft zu schweben. Ihm wurde schwindelig ... ein seltsames, aber nicht unangenehmes Gefühl der Benommenheit.

Das Auto kam langsam zum Stehen. Der Motor erstarb, und es wurde totenstill. Selbst das Lied war nicht mehr zu hören.

Der Doktor legte den Kopf auf das Steuerrad. Die Brille rutschte ihm von der Nase. Er rang nach Atem.

Dann ertönte ohrenbetäubender Lärm; es klang, als würden Eisblöcke auseinanderbrechen.

Es gab einen Ruck, und Stapleys Auto fing zu rutschen an.

Der Arzt schluchzte laut, als die Motorhaube nach unten kippte. Wasser spritzte auf und stieg langsam an den Fenstern hoch. Plötzlich waren seine Füße naß.

Die schwarze Brühe – zuerst ein dünnes Rinnsal, dann ein reißender Strom – drang durch die Risse der Windschutzscheibe ins Wageninnere. Stapley war zu Tode erschrocken. Obwohl die Scheinwerfer erloschen waren, konnte er die dunklen Schatten sehen, die auf ihn zutrieben, als würden sie magisch von diesem Etwas angezogen werden, das in ihre düstere Wasserwelt gestürzt war.

Irgend etwas klopfte an die linke Scheibe, und Stapley fuhr herum. War das nicht die Hand eines Kindes? Ja, es sah so aus. Nur, daß sich kein Fleisch mehr an der kleinen Hand befand.

Dann pochte etwas an die andere Seitenscheibe.

Stapleys Kopf ruckte herum, und er konnte ein Gesicht erkennen, das fast an der Scheibe zu kleben schien. Wie kam es, daß er dieses Gesicht erkennen konnte, obwohl es nicht heller geworden war? Weitere Gesichter gesellten sich zu dem ersten. Stapley hatte den Eindruck, daß diese Gespenster von innen heraus erleuchtet wurden.

Weitere Hände preßten sich auf die Scheiben.

Zunächst glaubte Stapley, die entstellten Fratzen würden ihn angrinsen; dann aber bemerkte er, daß sie keine Lippen mehr besaßen, daß die Augenhöhlen leer waren, weil diese Toten schon zu lange Zeit im fauligen Wasser des Weihers gelegen hatten.

Die schwarze Brühe war eiskalt, und Stapleys Herz verkrampfte sich. Sein Atem ging stoßweise.

Er konnte sich nicht bewegen. Er wollte sich nicht bewegen. Wohin sollte er auch gehen? Hinaus zu den Kreaturen? Die gespenstischen Gesichter nickten ihm zu, als wollten sie ihm sagen, daß sie genau darauf warteten.

Weitere Gestalten mit leeren Augenhöhlen drängten sich um das Auto.

Das Wasser schwappte über Stapleys Kinn.

Der Arzt gelangte zu dem Schluß, daß es sich bei den kleinen Gesichtern um die von Kindern handeln mußte.

Wir sind so einsam hier, in unserem wäßrigen Grab, bedeuteten sie ihm; alle haben uns vergessen. Wir brauchen jemanden, der sich um uns kümmert. Einen wie dich.

Wasser drang Stapley in Mund und Nase, und er verlor seine Brille.

Eine Kinderstimme sang die letzte Zeile des Lieds. Die anderen schienen noch breiter zu grinsen.

... Und ich tanze immerzu.

Das Wasser schlug über Stapleys Kopf zusammen.

Maddy Buckler nähte und wartete. Vorhin hatte sie eine kleine Lampe ans Fenster gestellt, was vielleicht ein wenig albern war, Jack aber vielleicht die Orientierung erleichterte.

Gaffer lag ganz nahe bei ihr auf dem Boden. Der Hund hing jetzt an ihren Rockzipfeln, nachdem er vor zwei Nächten allein zurückgekommen war und vor der Tür geheult hatte. Maddy war sofort klargewesen, daß ihrem Mann etwas zugestoßen war. Sie hatte umgehend die Polizei angerufen, doch die Beamten hatten es nicht für nötig befunden, noch in der Nacht etwas zu unternehmen. Das könne man auch noch am nächsten Tag tun, falls Jack Buckler überhaupt etwas zugestoßen sein sollte. Schließlich wäre es ja immer noch möglich, daß er von selbst wieder auftauchte und den Hund ausschimpfte, weil er davongerannt war. Maddy hatte beschwörend auf den Beamten eingeredet, er war aber hart geblieben.

Plötzlich war ihr ein Gedanke gekommen. Sie könnte doch mit Gaffer zusammen ihren Mann suchen. Aber der Hund war zu nichts zu bewegen, er rannte von der Haustür weg und verkroch sich unter den Küchentisch.

Am späten Morgen des nächsten Tages hatten die Polizisten Maddy Buckler die Todesnachricht überbracht. Beschämt faselten die Beamten etwas von tiefem Mitgefühl und ihrem unerschütterlichen Willen, den Täter, der ihrem Mann einen metallenen Pfeil ins Herz geschossen hatte, binnen kurzer Zeit dingfest zu machen.

Letzte Nacht hatte Maddy auf Jack gewartet. Heute nacht wartete sie wieder auf ihn.

Er würde zurückkommen. Sie wußte es. Ungeachtet des Nebels würde er den Weg nach Hause finden, und das Licht im Fenster würde ihm dabei helfen.

Jack würde sein Frauchen nicht allein lassen; da war sie sich ganz sicher. Sollten die Polizisten erzählen, was sie wollten. Jack kam zurück.

Weil sie *alle* zurückkamen.

Verstand das denn niemand?

Sie kamen alle zurück.

Und deshalb würde sie hier sitzenbleiben und nähen, bis Jack wieder da war. Maddy fing zu summen an.

Hörte aber wieder auf, als Gaffers Kopf hochschnellte. Der Airedaleterrier begann leise zu winseln.

»Ruhig, du dummer Kerl. Du weißt doch, wer da kommt.«

Der Hund starrte unverwandt zur Wohnzimmertür und jaulte noch lauter, drängender.

»Sei still. Sei ein braver Hund.«

Maddy legte eine Hand auf den langen, flachen Kopf, und der Hund gab Ruhe. Doch er blieb auf der Hut, neigte den Kopf zur Seite, stellte ein Ohr in die Höhe und lauschte angestrengt hinaus in die Nacht.

Bald hörte auch Maddy die vielen Schritte.

Sie gingen draußen über den Weg vor dem Haus.

Sie kamen näher.

Kapitel 37

Ash hatte Mühe, mit Grace Schritt zu halten. Der Nebel lichtete sich an manchen Stellen, so daß er den breiten Weg und die Bäume zu beiden Seiten sehen konnte; mitunter waren die Schwaden aber trotz des Mondscheins so dicht, daß Ash befürchtete, Grace aus den Augen zu verlieren. Da half nur noch die Taschenlampe, die Grace in der Hand hielt. Der widerliche Gestank nach Verwesung lag immer noch schwer in der Luft, doch Ash hatte sich inzwischen halbwegs daran gewöhnt, so daß er nicht mehr bei jedem Atemzug das Gefühl hatte, sich übergeben zu müssen.

Er wurde langsam müde, hängte sich bei Grace ein und fragte: »Könnten wir nicht ein bißchen langsamer gehen?«

»Jede Minute zählt«, entgegnete Grace und blickte starr auf den Weg.

»Warum müssen wir ausgerechnet jetzt zu der Ruine gehen?«

»Du hast doch gesehen, was mit dem Bild in Vaters Studierzimmer geschehen ist.«

»Wir ...«, begann er, doch Grace unterbrach ihn.

»Vater ist dort«, sagte sie nachdrücklich. »Ich weiß es ganz genau.«

Ash schwieg und konzentrierte sich auf den Weg. Eine dicke Nebelwand türmte sich vor ihnen auf; sie konnten nicht einmal mehr den Himmel sehen. Doch sie gingen weiter, wenngleich die Sicht trotz der Taschenlampe allenfalls zwei Meter betrug. Dann lichtete der Nebel sich allmählich. Ash glaubte schon, er habe in der Ferne die Ruine des Herrenhauses auf dem Lockwood-Anwesen gesehen, da zog es sich wieder zu. Grace hatte die Ruine ebenfalls erblickt und rannte los.

Ash setzte ihr nach, doch beide konnten das Tempo nicht lange durchhalten. Außerdem fiel es ihnen schwer, sich mehr oder minder blind durch den Nebel zu bewegen. Es klarte wieder etwas auf, und für kurze Zeit konnten sie das Lockwood-Anwesen deutlich sehen. Im Licht des Halbmonds, der am Himmel stand, sah es trostloser aus als je zuvor.

Von sich aus wäre Ash nicht an diesen freudlosen Ort zurückgekehrt – selbst die leeren Fensterhöhlen sahen düster aus –; doch er wollte Grace beschützen. Am Nachmittag hatten sie sich geliebt; es war nicht die bloße Befriedigung sexueller Lust gewesen, sondern eine körperliche und seelische Vereinigung, bei der sie sich im wahrsten Sinne des Wortes erkannt hatten. Ash konnte Grace jetzt nicht allein lassen.

Als könne sie seine Gedanken lesen, nahm Grace plötzlich Ashs Hand. Sie schaute ihn nicht an, sondern blickte unverwandt auf das vom Feuer verwüstete Haus, das jetzt nicht mehr weit weg war.

Sie gelangten an eine große Lichtung, an der früher Kutschen vorgefahren waren und Jäger sich mit ihren aufgeregten Jagdhunden versammelt hatten; wo Gäste eingetroffen waren, um an prachtvollen Bällen und anderen gesellschaftlichen Ereignissen teilzunehmen. Grace richtete den Strahl der Taschenlampe auf die verfallene Fassade.

Die oberen Stockwerke waren nicht zu erkennen. Sie waren nur noch ein dunstiges Nichts, von dem aus der Blick in die Unendlichkeit des Alls wanderte. Ash litt unter der Trostlosigkeit des Ortes. Aber das war nicht alles – hier wucherte ein Geschwür, etwas Schwarzes, Bösartiges, das ihm beim erstenmal nicht aufgefallen war. Vielleicht verdankte er diese Einsicht der Dunkelheit der Nacht. Oder rührten diese unheimlichen Eindrücke daher, daß sich irgend etwas erfüllt hatte, daß das, was da über Sleath niederging, eine Art Höhepunkt war? War eine bestimmte Epoche zu Ende gegangen? Ash schauderte bei dem Gedanken. Er konnte sich gar nicht erklären, wie er darauf gekommen war.

»Vater ist da drin.«

Ash blickte Grace durchdringend an. »Woher willst du das wissen?«

»Konzentriere dich, dann weißt du's.«

Sie leuchtete in die Eingangshalle hinein, ging über die Lichtung und stieg die Stufen der großen Treppe hinauf. Ash folgte ihr.

Grace blieb stehen. »Hör mal«, sagte sie zu Ash. »Cembalomusik.«

Grace hielt sich an seinem Arm fest. »Als ich klein war, habe ich sie immer gehört«, sagte sie leise. »Wenn Pa mich hierher mitgenommen hat ...«

»Wußte er ...?«

»Ich ... weiß es nicht mehr. Bestimmt habe ich ihn gefragt, ob er die Musik ebenfalls hört.« Sie drückte ihre Finger gegen ihre Schläfe, als hätte sie Kopfschmerzen. »Ich wollte immerzu tanzen, weil ich die Melodie in meinem Kopf hörte; aber Dad warnte mich und sagte, der Parkettboden im Haus könnte einbrechen.«

»Warum hat er dich dann überhaupt mitgenommen?«

Sie antwortete nicht. Konnte sie sich nicht erinnern oder wollte sie nicht? Ash hatte den Eindruck, letzteres war der Fall.

Also sagte er statt dessen nur: »Na gut, suchen wir deinen Vater.«

Als sie oben auf der Empfangstreppe standen, verstummte die Musik. Vielleicht wäre es besser gewesen, hätten sie beide nicht so intensiv gelauscht. Ash nahm die Taschenlampe und leuchtete in das riesige, ausgebrannte Haus.

Alles war wie beim erstenmal. Die große, halbverfallene Doppeltreppe, ein jämmerlicher Rest vergangener Größe; Dachsparren, die von zerborstenen Mauern herunterhingen, und

Schuttberge, die wie kleine Hügel aussahen. Dennoch ... irgend etwas stimmte nicht. Ash spürte, daß das verfallene Haus noch baufälliger geworden war, noch gefährlicher, bedrohlicher und unberechenbarer. Als wollte es sich über Ashs Ängste lustig machen, ließ es Staub und Trümmer vom Dach regnen.

Sie gingen ein paar Schritte zurück, und Ash leuchtete nach oben, um zu sehen, woher der Schutt gekommen war. Doch es war unmöglich, in den höheren Stockwerken irgend etwas zu erkennen. Grace und Ash warteten, bis die letzten Steine zu Boden gefallen waren.

Als es wieder still war, sagte Ash: »Das ist zu gefährlich, Grace. Wir können da nicht reingehen.« Er sprach leise, damit man ihn nicht verstehen konnte. »Außerdem ist es überhaupt nicht sicher, daß dein Vater da drin ist.«

Grace würdigte ihn keiner Antwort. Sie deutete mit dem Finger in die Vorhalle und sagte: »Leuchte bitte hier hinein.«

Der Eingang zum Vestibül befand sich zwischen den beiden gewundenen Treppenaufgängen. Grace und Ash standen direkt gegenüber. Trotz der Taschenlampe konnten sie kaum etwas erkennen.

Ash erschrak, als Grace erregt ausrief: »Ich weiß, wo er ist, David. Jetzt weiß ich, wo er ist.«

Grace stürmte wieder los, und diesmal hielt Ash mit ihr Schritt. Er leuchtete auf den Boden und setzte vorsichtig einen Fuß vor den anderen, weil er befürchtete, der Boden könnte unter ihrem Gewicht nachgeben. Überall lag totes Laub. Ash ging voraus. Sie erreichten das Ende der Treppe. Das Vestibül dahinter sah jetzt noch gefährlicher aus als zuvor. Teile der Decke waren heruntergefallen, so daß sich oben und unten gähnende Löcher auftaten. Grace und Ash mußten diese Stellen sorgsam meiden. Mit einem Mal wurde es so eng, daß Ash sich an einer Wand abstützen mußte.

»Fühl mal«, sagte er zu Grace.

»Die Mauer vibriert ja«, keuchte sie.

»Aber nur das Mauerwerk, nicht der Verputz«, sagte er und ging ganz dicht mit der Taschenlampe heran. »Schau her. Der Staub hier wird überhaupt nicht aufgewirbelt.«

Dann hörten sie wieder die Musik. In die fernen, hohlen Klänge mischten sich diesmal andere Laute: Stimmen, Gelächter, Schritte. Sie sahen einander an, und das Licht, das auf die Wand fiel, spiegelte sich auf ihren Gesichtern wider. Wie angewurzelt standen sie da, und erst, als der Lärm verklungen war, holten sie wieder Atem.

»Ich dachte immer, ich bilde mir das nur ein«, flüsterte Grace. »Aber es waren schon in meiner Kindheit *wirkliche* Klänge, keine Hirngespinste.«

Irgend etwas fiel ganz in der Nähe krachend herunter.

Grace stürzte in Davids Arme. Ash leuchtete mit der Taschenlampe in die Richtung, aus welcher der Lärm gekommen war, doch außer durcheinanderwirbelnden Nebelfetzen war nichts zu sehen.

»Das ganze Haus bricht zusammen«, sagte er und drückte Grace fest an sich.

Wie zur Bestätigung fielen weiter weg Steine und Schutt herunter, möglicherweise aus einem der oberen Stockwerke.

»Wir finden ihn bald, ich weiß es.« Grace löste sich aus seiner Umarmung und blickte ihn flehentlich an.

»Ruf ihn doch«, sagte Ash. »Vielleicht kommt er dann zu uns.«

Grace drehte sich um und rief ihren Vater. Zunächst leise, als wollte sie das ohnehin baufällige Gemäuer nicht noch weiteren Gefährdungen aussetzen; dann lauter und lauter. Doch die einzige Antwort, die sie erhielten, bestand darin, daß weitere Ziegelsteine herunterpolterten, diesmal irgendwo über ihren Köpfen. Ash wurde von Panik ergriffen, und er zerrte Grace unter eine Türöffnung, wo sie relativ sicher waren. Die Decke des Vestibüls hielt jedoch stand, obwohl in großen Mengen Staub aufgewirbelt wurde und sie kaum Luft holen konnten.

Beide versuchten, den Staub auszuhusten, den sie eingeatmet hatten. Ash stieß hervor: »Wir müssen weg von hier.«

»Da hinten ist eine Tür«, sagte Grace. »Ich glaube, sie führt in den Keller.«

»Und du glaubst, dein Vater ist da unten? Du lieber Himmel, woher willst du das denn wissen?«

Als er ihr mit der Taschenlampe ins Gesicht leuchtete, erkannte er, daß sie vollkommen verwirrt war.

»Meinetwegen«, sagte er mitleidig. »Aber wenn wir ihn in den nächsten paar Minuten nicht finden, hauen wir ab. Einverstanden?«

Grace war immer noch verwirrt.

»Einverstanden?« fragte er erneut und gab ihr einen kleinen Schubs.

Ihr Haar war voller Staub, und ihre Wangen und ihre Stirn waren schmutzig. Sie nickte ihm kurz zu und spähte dann in den hinteren Teil des Vestibüls, welcher vollkommen im Dunkeln lag.

Ash hielt Grace an der Hand. Sie stiegen über Berge von Schutt und totem Laub hinweg und setzten behutsam einen Fuß vor den anderen. Die Wände waren vollkommen verrußt, und auch die eine oder andere Tür war völlig verbrannt. Stets leuchtete Ash mit der Taschenlampe voraus, wenn sie durch eine Tür in ein anderes Zimmer kamen. Überall herrschte das gleiche Bild: Trümmer, Trümmer und nochmals Trümmer. Die Feuersbrunst, die dieses Haus vor mehr als 200 Jahren heimgesucht hatte, mußte furchtbar gewesen sein, denn kein Teil des Gemäuers war verschont worden, und noch immer hing leichter Brandgeruch in der Luft, den noch nicht einmal der widerliche Gestank vertreiben konnte, den die Nebelschwaden verbreiteten.

Jedesmal, wenn Ash wieder eine Mauer streifte oder einen verkohlten Türrahmen packte, spürte er dieses Vibrieren. Je weiter er ging, desto unbehaglicher fühlte er sich, bis er sich schließlich fragte, ob diese ungeheure Spannung, die er verspürte, von ihm selbst oder von dem Haus stammte. Dann fiel ihm ein, daß Grace diese Spannung ja auch empfunden hatte. Vielleicht kamen diese Erschütterungen aus der Tiefe der Erde, bildeten sich dort von selbst und setzten sich bis an die Oberfläche fort. So etwas kam zwar nicht häufig vor, doch Ash gefiel diese logische Erklärung, weil sie seine Angst verdrängte. Schade, daß sie das alte Gemäuer nicht auch weniger baufällig machte.

»Hier!« Grace war stehengeblieben.

Ash leuchtete mit der Taschenlampe auf eine große, halboffene Tür, die völlig verkohlt war. Direkt daneben konnten sie eine weitere Tür erkennen. Grace ging darauf zu und versuchte, sie aufzudrücken.

Die stählerne Tür schwang auf und gab den Zugang zu einer steinernen Treppe frei, die in das eigentliche Zentrum von Lockwood Hall führte.

Kapitel 38

Auf der Treppe war Grace und Ash aufgefallen, daß aus einer Ritze in der Mauer Wärme strömte. Sie drangen langsamer ins Haus vor, und Ash bemerkte, daß die Decke des Zimmers, in das er vor wenigen Augenblicken hineingeschaut hatte, teilweise eingestürzt war. Die Luft war stickig, feucht und roch nach Staub.

Unten auf der Treppe leuchtete Ash den Raum mit der Taschenlampe ab. Hier hatte das Feuer nicht gewütet; jedenfalls konnte er keine Anzeichen entdecken, obwohl es durchdringend nach verbranntem Holz stank und sich Schutt unterhalb des Loches in der Decke angesammelt hatte. Die Wände waren von Regalen und leeren Weingestellen gesäumt, doch seltsamerweise waren keine Spinnweben zu sehen; Ash fragte sich, ob selbst diese Tierchen dem gottverlassenen Ort den Rücken gekehrt hatten. Aus der großen Öffnung fiel warmer, flackernder Lichtschein herein. Und direkt davor lag eine Leiche mit angezogenen Beinen, die Hände unter dem Kinn, in einer Blutlache. Ash hatte sie ursprünglich für einen weiteren Schutthaufen gehalten.

Er gab Grace ein Zeichen, ihm zu folgen, ging um den Schutthaufen herum und schaute sich den Leichnam näher an. Der Tote – es war unmöglich, sein Alter festzustellen, weil das Gesicht blutüberströmt war und die Spitze von einer Art stählernem Dorn aus dem Rücken seiner zertrümmerten Nase herausschaute – hatte dünnes, gekräuseltes Haar und trug schmutzige Jeans und eine löchrige Lederjacke; verkrustetes Blut klebte an seinem Mund, und seine fleckigen Hände packten noch im Tod den Teil des Schaftes, der aus dem Kiefer ragte. Seine glasigen Augen quollen aus den Höhlen, als würden sie von innen herausgepreßt.

»David, sei bitte vorsichtig!«

Ash und Grace zuckten zusammen, denn bis jetzt hatte tiefste Stille geherrscht, und wenngleich der Parapsychologe die Stimme sofort erkannte, dauerte es doch einige Sekunden, bis er sich wieder gefangen hatte.

»Phelan?« sagte er und starrte in die Öffnung.

Der große Saal im Hintergrund wurde von Hunderten verschiedenster Kerzen – großen und kleinen, dicken und dünnen – erleuchtet. Schatten in den entferntesten Ecken tanzten im flackernden Licht auf und ab, und Ash konnte nur mit Mühe gewölbte Nischen ausmachen, in denen es dunkel war. Verblichene Wandteppiche und seltsame, altertümliche Gegenstände schmückten die Wände; ein langer Tisch mit einer Platte aus Stein stand ungefähr in der Mitte des Saales. Große, holzgeschnitzte Stühle – ein Dutzend oder mehr – waren zwischen den Alkoven aufgestellt worden, und viele der dickeren Kerzen steckten auf hohen, spiralförmigen Ständern aus schwarzem Metall. Es roch durchdringend nach brennendem Wachs, und trotz der vielen kleinen Flammen war die Luft eiskalt.

Reverend Edmund Lockwood saß vornübergesunken in einem großen, holzgeschnitzten Stuhl; sein Kinn berührte fast seine Brust, und seine knotigen Hände waren um die Armlehnen gekrampft. Hinter Lockwood stand Seamus Phelan, der seine kleinen, fast zierlichen Hände auf die Rückenlehne gelegt hatte. Neben ihm auf dem Boden lag der Spazierstock.

»Wie –«, setzte Ash zu einer Frage an, wurde aber von Phelan unterbrochen.

»Lassen Sie mich das bitte erklären«, sagte der Ire. »Von der Kirche aus bin ich direkt ins Pfarrhaus gegangen und habe Pfarrer Lockwood überredet, mich hierher zu begleiten.«

»Aber warum?« fragte Grace und ging auf die beiden Männer zu. »Meinem Vater geht es nicht gut. Er sollte nicht –«

»Bleiben Sie stehen!« Phelan hielt eine Hand in die Höhe, als wollte er Grace abwimmeln. »David, bitte, bringen Sie sie von hier weg. Jetzt, sofort.«

Dafür war es jedoch schon zu spät. Grace kniete vor ihrem Vater nieder und schaute in sein Gesicht. Der Pfarrer schaukelte auf dem Stuhl hin und her, als stünde er unter Drogeneinfluß. Grace sprach mit ihm, erhielt aber keine Antwort.

Langsam hob Reverend Lockwood den Kopf und wollte etwas sagen, doch er brachte nur ein rauhes Wispern zustande.

»Was haben Sie mit ihm gemacht?« Grace starrte Phelan wütend an.

Der Ire appellierte erneut an Ash: »Bitte, David, tun Sie, worum ich Sie gebeten habe. Bringen Sie Miß Lockwood von hier weg. Glauben Sie mir, es ist wichtig.«

Doch Ash war verwirrt. In den dunklen Nischen hatte er undeutlich Gestalten wahrgenommen. Er leuchtete in die nächste Öffnung hinein ... und was er dort sah, war dermaßen abscheulich, daß er erschauderte und die Taschenlampe fallen ließ, die scheppernd zu Bruch ging.

In der Nische war es wieder dunkel geworden, aber er hatte genug gesehen. Obwohl es wie eine Mißgeburt aussah, war dieses Etwas früher einmal ein Mensch gewesen – das stand zweifelsfrei für ihn fest. Die braune, lederartige Kopfhaut spannte sich auf dem zusammengeschrumpften Schädel, von dem einige strähnige Büschel weißen Haares herunterhingen; aus tief eingesunkenen Augenhöhlen starrte das monströse Wesen den Betrachter an. Seine Nase bestand nur noch aus bleichen Knochen, während die Ohren zu einer verbogenen Knorpelmasse geworden waren. Ein Stoffetzen, der im Laufe der Zeit farblos und schmutzig geworden war, hing lose über der gebrechlichen Schulter der Kreatur und verhüllte gnädigerweise einen großen Teil des zum Skelett abgemagerten Körpers. Der ausgefranste

Saum reichte ihm bis zu seinen Knöcheln und Füßen, die nur mehr graugelbe Gelenke waren, von denen schwarze Knochenteile herunterbaumelten. Zahnstummel wurden sichtbar, als die Mumie, wie es schien, spöttisch das ausgezehrte Gesicht verzog und Ash dabei ansah.

»Guter Gott«, sagte er langsam und preßte die Worte mühsam aus seiner trockenen Kehle hervor. »Was war denn das?«

Als wäre es nichts Besonderes, entgegnete Phelan müde: »Das sind alles Lockwoods. Derjenige, den sie gerade gesehen haben, und die anderen hier in diesem Raum sind von der jeweils nachfolgenden Generation einbalsamiert worden. Es handelt sich bei ihnen – wie auch bei diesem alten Gemäuer – um leblose, leere Hüllen, die im Leben verkommene, seelenlose Menschen gewesen sind. O David, wären Sie doch lieber nicht hierher gekommen ...«

»Warum haben Sie meinen Vater überredet, hierher zu kommen?« fragte Grace, deren Wut durch ihre Angst noch gesteigert worden war.

Phelan blickte sie scharf an. »Bußfertigkeit«, antwortete er schließlich, weil sie ihn durchdringend ansah. »Und Hoffnung auf Erlösung, für sich und die anderen. Für beides ist es aber leider zu spät.«

Ganz hinten im Saal bewegte sich etwas. Ash kniff die Augen zusammen, doch Phelan reagierte überhaupt nicht. Grace stand auf, und weil der helle Kerzenschein sie blendete, schloß sie halb die Augen.

Irgend etwas trat aus einer der Nischen heraus ins Licht.

Ash hielt unwillkürlich den Atem an. Phelan hatte gesagt, daß diese Mumien, diese sterblichen Überreste längst Verstorbener, völlig leblos wären. Wie kam es, daß sie jetzt plötzlich gehen konnten ...

Glitzernd und funkelnd stand plötzlich die schwarze Gestalt im Saal.

Sie war groß und trug eine schwarze Reiterhose; ihre dunklen, an den Schläfen grauen Haare hatte sie aus der Stirn zurückgekämmt. In der Hand hielt die Gestalt eine Flinte mit Doppellauf, die ihrer Treffsicherheit wegen besonders von Jägern geschätzt wurde.

Irgendwie kam der Mann Ash bekannt vor, obwohl er ihn nie gesehen hatte. Seine Augen waren unheimlich – in dem flackernden Licht schien es fast so, als hätten sie keine Pupillen. Erst als der schwarz gekleidete Mann näherkam, bemerkte Ash, daß die Augen außerordentlich grau oder blau waren und daß die Pupillen sich trotz der schummrigen Beleuchtung seltsamerweise verengt hatten.

Der Mann ging um den steinernen Tisch herum, und die Mündung der Flinte zeigte auf Ash.

Er hatte eine große, krumme Nase, die nur deswegen so sehr auffiel, weil sein Gesicht nicht durch einen markanten Unterkiefer abgerundet wurde. Schlaff herabhängende Fleischpolster verdeckten sein Kinn. Seine Augen wirkten fahl, weil er dichte, schwarze Brauen besaß. Ruhig und fest hielten die riesigen Hände die Flinte.

Als der Mann einige Meter von Phelan entfernt stehenblieb, wußte Ash plötzlich wieder, wo er ihn zum erstenmal gesehen hatte: Als er vor drei Tagen nach Sleath gekommen war, hatte dieser Mann zusammen mit dem Dorfarzt in der Schankstube des Black Boar Inn gesessen, und beide hatten ihn beobachtet. Und plötzlich wußte er auch, wer der schwarzgekleidete Mann mit der Flinte war.

»Sie sind Carl Beardsmore«, sagte er.

Der große Mann lächelte. »Wie scharfsinnig von Ihnen«, antwortete er.

»Sagt Ihnen das Wort ›Psychopompos‹ etwas, David?« Phelan schien die Bedrohung durch Beardsmore nicht sonderlich ernst zu nehmen.

»Ich bin mir nicht sicher ...«

Beardsmore riß die Mündung der Flinte hoch. Er war wütend auf den Iren. »Für so etwas haben wir jetzt keine Zeit«, zischte er.

»Der Herr hier und auch die junge Dame haben meiner Meinung nach eine Erklärung verdient.«

Grace, die wieder vor dem regungslosen Reverend kniete, sah die Männer der Reihe nach an.

Phelan machte gute Miene zum bösen Spiel, weil er wußte, daß sie alle drei in großer Gefahr schwebten. Er hatte versucht, Ash zu warnen, doch dieser hatte nicht reagiert, und jetzt war es ohnehin zu spät, weil sie Beardsmore auf Gedeih und Verderb ausgeliefert waren. Weitere Gefahren gingen von der alten Ruine aus; irgend etwas braute sich zusammen. Im Dorf waren die Vorzeichen inzwischen so deutlich geworden, daß jetzt selbst tumbere Geister aufgeschreckt wurden. Furchtbares ereignete sich in Sleath, und noch vor dem Ende der Nacht würde ein schrecklich hoher Preis entrichtet werden müssen.

Da Phelan unbedingt Zeit gewinnen wollte, überhörte er Beardsmores Einwand. »Ein Psychopompos ist jemand, der die menschliche Seele in die andere Welt begleitet, eine Art Führer oder Platzanweiser, wenn Sie so wollen.« Er winkte mit einer Hand zu den Nischen hin. »Generationen von Lockwoods – diese Ungeheuer hier, die für eine spätere Zeit konserviert wurden, die hoffentlich niemals eintreten wird – hielten sich für solche Begleiter.«

»Oh, sie waren mehr als das.« Beardsmore lächelte wieder, obwohl seine fahlen Augen glanzlos blieben. »Sie waren Visionäre. Männer, die Unglaubliches geleistet haben.«

»Wie Sie meinen«, sagte der kleine Ire herablassend. Beardsmore hatte sich hinter den großen Stuhl gestellt, und diesen winzigen Augenblick der Unaufmerksamkeit hatte Ash genutzt, um einen Schritt nach vorn zu machen. »In der Tat«, fuhr Phelan rasch fort, »haben wir heute in St. Giles am eigenen Leib etwas von diesen – äh, nun ja, wie soll ich sagen – diesen Praktiken erfahren. Lassen wir das Wort zunächst einmal so stehen. Wir wissen jetzt, womit die Herrscher von Sleath sich über Hunderte von Jahren hinweg beschäftigt haben, obwohl mein Freund hier ...«, er nickte Ash zu, »leider nicht alles mitbekommen hat. Miß Lockwood, ich befürchte, daß Ihre Vorfahren Schwarze Magie betrieben, um die Seelen der armen Teufel, die sie umgebracht hatten, vor der ewigen Verdammnis zu retten. Der Zweck der Übung bestand darin, den Toten noch im Jenseits zu manipulieren. Generationen von Lockwoods haben diese Fähigkeit zur höchsten Blüte gebracht.«

»Das war das Genie dieser Familie!« sagte Beardsmore und lächelte spöttisch.

»Das war ihr Wahnsinn.«

Die Mündung der Flinte schwenkte zu Phelan hinüber. Hat der Ire diese Bemerkung absichtlich gemacht, um Beardsmore zu provozieren, fragte sich Ash und trat einen weiteren Schritt nach vorn.

»Sie sind nicht der erste, der sich über außergewöhnliche Menschen lustig macht«, sagte Beardsmore.

»Sie sind ein Angeber und Phrasendrescher«, entgegnete Phelan.

Beardsmore hielt die Waffe so fest in der Hand, daß die Knöchel weiß unter der Haut hervortraten; statt Phelan auf der Stelle zu erschießen, lachte er jedoch aus vollem Hals. »Wenn Sie nicht auf der Stelle stehenbleiben, jage ich Ihnen eine Ladung Schrot in den Schädel.«

Ash wußte genau, daß er gemeint war, obwohl Beardsmore ihn nicht einmal angesehen hatte. Er vermied jede weitere Bewegung.

Phelan überspielte den gefährlichen Vorfall, indem er zu Grace sagte: »Sie sehen, Miß Lockwood, Ihre Vorfahren glaubten, sie könnten das Rätsel des Todes lösen, indem sie die Geister ihrer Mordopfer auch noch im Jenseits beeinflussen und mit ihnen in Verbindung bleiben könnten. Dabei verfolgten sie das Ziel, selbst unsterblich zu werden.« Er seufzte und schaute den Reverend an, dessen Kinn wieder auf seine Brust gesunken war. »Das schlimmste an der ganzen Sache aber ist, daß junge, unschuldige Menschen sterben mußten, darunter viele Kinder, weil sie voller Lebensenergie waren, die leicht angezapft und benutzt werden konnte.«

»Das ist pervers, vollkommen abartig«, sagte Grace wütend.

»Aber leider stimmt es«, entgegnete Phelan und blickte ihr in die Augen.

Sie schüttelte heftig den Kopf. »Mein Vater würde niemals ...«

Gelächter unterbrach sie. Der Wortwechsel schien Beardsmore zu erheitern. »Irrtum. Ihr Vater steckt voll mit drin«, sagte er. »Haben Sie nicht einmal *das* begriffen? Auch er ist nur ein Glied in der langen Kette unserer Ahnen.«

»Sie lügen!« Grace' Augen funkelten durch den Ruß auf ihrem Gesicht hindurch. »Lieber würde er dumm und unwissend bleiben, als so etwas Abscheuliches zu tun. Er ist schließlich ein Mann der Kirche, um Gottes willen!«

»Nicht um Gottes willen ist er das geworden«, sagte Beardsmore, »sondern seiner Neigung wegen. Wer kennt die Seelen der Menschen besser als die Kirche? Viele Lockwoods sind sowohl Geistliche als auch adelige Grundherren von Sleath gewesen. Und wenn Sie mir nicht glauben wollen, warum fragen Sie nicht Ihren Vater?«

Grace fand den Vorschlag derartig unverschämt, daß sie vor Schreck zuerst ihren Vater und dann aus irgendeinem Grunde Phelan anschaute.

Der Ire nickte. »Leider hat er recht, Miß Lockwood. Das Leiden, dem Ihr Vater letztlich erlegen ist, ist nur der körperliche Ausdruck einer seelischen Erkrankung. Eine ererbte Schlechtigkeit, wenn Sie so wollen ... etwas, wogegen er fast sein ganzes Leben lang gekämpft hat – letztendlich vergeblich.« Er lehnte sich gegen den Stuhl, und die Züge seines kantigen Gesichts schienen im Licht der Kerzen milder zu werden. »David hatte mir berichtet, wie es um Ihren Vater steht. Doch als ich ihn im Pfarrhaus aufsuchte, ging es ihm überraschend gut. Wir redeten miteinander, und ich konnte ihn davon überzeugen, daß wir beide nach Lockwood Hall gehen sollten. Er war voller Reue, wissen Sie; er wollte etwas wiedergutmachen. Zu dieser Stunde wird der eine oder andere Dorfbewohner in Sleath wohl auch mit seinem Dämon ringen. Aber Ihr Vater trägt die Hauptschuld. Er ist ein Lockwood, verstehen Sie?«

Grace schüttelte ihren Vater am Arm, als wollte sie ihn wachrütteln. »Es ist nicht wahr!« schrie sie. »Das kann nicht sein!«

»Er hat dich hierhergebracht, als du ein Kind warst.«

Ash hatte sich wieder bewegt, tat aber so, als würde er eher auf Grace als auf Beardsmore zugehen.

Grace wirbelte herum. »Ich weiß, David. Ich habe es dir schließlich erzählt.«

»Nein. Ich meine, er hat dich mit hierher genommen. Deswegen hast du auch gewußt, daß er hier ist. Seinetwegen sind wir hierhergekommen.«

»Fängst du jetzt auch noch damit an, David? Bitte, sag mir, daß du diesen Unsinn nicht glaubst.«

»Ich habe es gesehen, Grace. Ich hab's gesehen, als ich die Schranke deines Unterbewußtseins durchbrochen habe, die vor deinem Geheimnis lag. Du hast nie die Wahrheit erfahren wollen, verstehst du denn nicht? Sie wäre zu schmerzlich für dich gewesen.«

Grace starrte Ash ungläubig an. »Was sagst du da?«

»Er hat dich hierhergebracht, als du ein Kind warst, und er hat dich benutzt.« Ash zögerte. Wie, zum Teufel, sollte er ihr das erklären. »Die Rituale ...«

Phelan sprang ihm bei. »Sie haben daran teilgenommen, Grace – Sie und andere Kinder. Sie hatten allerdings mehr Glück, weil Sie überlebt haben und andere an Ihrer Stelle sterben mußten.«

Noch immer schüttelte Grace den Kopf; unwillkürlich hielt sie sich die Ohren zu.

Phelan fuhr fort: »Ihre Mutter hat Ihren Vater kurz vor ihrem Tod zur Rede gestellt, und er hat alles zugegeben. Bestimmt hatte sie in früheren Jahren einen unbestimmten Verdacht. Deswegen sind Sie als Kind weggeschickt worden. Ihr Vater hat erzählt, daß es seine Idee war. Vielleicht steckte doch noch ein Rest von Güte in ihm.«

Tränen liefen über Grace' schmutzige Wangen.

»Ihre Mutter ahnte etwas, wußte aber natürlich nichts Genaues. Doch als Ihr Vater es ihr letztendlich erzählte – aus einem Gefühl der Schuld heraus oder aus Reue oder weil er hoffte, sie würde ihm verzeihen –, war das zuviel für ihr Herz.«

Grace stand langsam auf und blickte ihren Vater an. Ash konnte ihr Gesicht nicht erkennen. War Grace jetzt alles klar geworden?

Bevor sie etwas sagen konnte, ergriff Phelan das Wort. Grace sollte noch etwas erfahren, was sie ihrem Vater gegenüber ein wenig versöhnlicher stimmen würde.

»Damals gab es jemanden, der Sie umbringen wollte. Aber Ihr Vater hat ihn überredet, an Ihrer Stelle andere zu töten.«

Grace war noch immer wütend, doch Phelans Worte hatten sie völlig verwirrt: »Mich umbringen?«

»Ich hätte dich getötet.« Beardsmore schlenderte weiter auf die drei zu. »Du warst das schwächste Glied in der Kette – leider. Ich habe von Anfang an gewußt, daß aus dir nie eine echte Lockwood würde. Nicht wie dein Vater, nicht wie ich. Du bist nicht der einzige Schwächling in unserer Familie gewesen. Es gab noch andere, die nicht zu uns gepaßt haben und mit denen wir uns befassen mußten.«

»Sie war doch noch ein Kind«, sagte Phelan, als interessierte es ihn brennend. »Wie –«

»Woher ich das wußte?« fragte Beardsmore verächtlich, obwohl er lächelte. »So was spürt man.«

Ash starrte den großen Mann an. Er glaubte, sich verhört zu haben. »Sie?« sagte er, und langsam dämmerte es ihm. »Sie sind ein Lockwood?«

»Sehen Sie ihn genau an, David«, sagte Phelan. »Können Sie keine Ähnlichkeiten entdecken? Die Augen, die gewölbte Stirn. Ähnelt er auf den ersten Blick nicht Edmund Lockwood? Nur Gott allein weiß, durch welch unglücklichen Zufall er auf die Welt gekommen ist.«

»Es war kein Zufall, mein Freund.« Beardsmores Stimme klang jetzt nicht mehr erheitert. »Wäre es für Sie, als Kenner der Materie, noch eine große Überraschung zu erfahren, daß sich die sexuellen Betätigungen der männlichen Mitglieder dieser Familie – ganz zu schweigen von ihren besonderen Neigungen – nicht auf ihre eigenen Schlafzimmer beschränkte? Und haben Sie sich niemals gefragt, warum einer wie ich – ein reicher Mann, der genau das schätzt, was die übrige Menschheit für abnorm hält – ausgerechnet nach Sleath gekommen ist?«

»Oh, das würde mich sehr interessieren«, antwortete Phelan trocken.

»Das glaube ich Ihnen gern. Aber vermutlich veranstalten Sie das ganze Palaver nur, um Zeit zu gewinnen. Was Ihnen das nützen soll, kann ich mir nicht vorstellen. Vielleicht hoffen Sie, ich werfe in einem plötzlichen Anfall von Reue wie Edmund Lockwood meine Flinte zu Boden und bitte Sie alle um Vergebung, was? Oder daß ich für einen Augenblick nicht ganz auf der Hut bin, und dieser Bursche«, er zeigte auf Ash, »nutzt die Gelegenheit und fällt über mich her. Was würden Sie dazu sagen, wenn ich jetzt einen Krüppel aus ihm mache?« Er zielte mit der Flinte auf Ashs Beine. »Nun? Auf jeden Fall könnten wir uns dann in aller Ruhe weiter unterhalten, ohne daß hier irgend jemand den Helden spielen will.«

»Und müßten uns dann auch weiterhin das Gestöhne anhören?« gab Phelan ebenso scherzhaft zurück, obwohl Ash das nackte Entsetzen im Gesicht geschrieben stand.

»Ha! Ein gutes Argument. Wenn ich ihn über den Haufen schieße, wird Grace hysterisch. Das muß nicht sein. Nun denn, knien Sie nieder, Mr. Ash. Das genügt zunächst einmal.«

»Tun Sie, was er Ihnen sagt«, sagte Phelan gelassen, blickte Ash aber scharf an.

Widerwillig befolgte Ash die Anweisung, nutzte aber die Gelegenheit, sich noch ein paar Zentimeter näher an Beardsmore heranzuarbeiten.

Phelan hob die silbergrauen Augenbrauen. »Nun, Sie wollten uns noch kurz über Ihre Verwandtschaftsverhältnisse aufklären. Aus welcher Linie stammte der Bastard, der später Ihr Vater wurde?«

Beardsmore schien das Thema zu gefallen. »Es war kein Geringerer als Sebastian«, sagte er stolz. »Zu seinen Lebzeiten ist er sehr berühmt, besser gesagt, berüchtigt gewesen.«

»Ah, ja. Und gewiß Mitglied im Hellfire Club.«

»Mitglied? Keineswegs. Sebastian Lockwood war – fragen Sie den Reverend – der *Begründer* des Hellfire Club, und Sir Francis Dashwood war nur einer seiner Anhänger. Die Nachwelt ist in ihrem Urteil gespalten. Die einen halten es ihm zugute, die anderen verfluchen ihn deswegen. Und noch etwas: Es ist nie bis in alle Einzelheiten öffentlich bekannt geworden, was die beiden getan haben. Aber ich glaube, daß Sie es jetzt zumindest erahnen können.«

»Vermutlich, ja.«

Phelan blickte nachdenklich drein, hatte sich aber unmerklich etwas näher an Beardsmore herangeschoben, der dadurch von Ash abgelenkt wurde. Ash nutzte die Gelegenheit, stützte sich mit einer Hand auf dem steinernen Fußboden ab und hob ein Knie: ein Sprinter vor dem Start.

»Zweifellos war das ein übler Verein«, sagte der Ire weiter. »Aber das paßt ja gut zu den Lockwoods, die allesamt verrückt waren, einer wie der andere.«

»Hüten Sie ihre Zunge«, sagte Beardsmore.

Ash war nicht ganz klar, warum Phelan so abfällig über die Lockwoods gesprochen hatte. Wollte er Beardsmore zu einer unüberlegten Handlung verleiten? Die Augen des Iren blickten nach links und nach rechts, als würde ihn nicht Beardsmore, sondern etwas anderes beunruhigen. Ash spürte, wie der steinerne Fußboden leicht zu vibrieren begann. Vielleicht hoffte Phelan, daß es sich zu etwas Größerem auswachsen würde.

Unbeirrt fuhr der Ire fort: »Sie wollen also bestreiten, daß Wahnsinn und Lasterhaftigkeit nicht nur typische Eigenschaften der Familie Lockwood, sondern auch Teil ihres Erbguts sind? Und wer war die Schlampe, die sich mit Sebastian eingelassen hat? Ein Dienstmädchen in Lockwood Hall? Eine der Damen der Gesellschaft? Nein, vermutlich eine billige Dirne aus der Stadt oder eine zahnlose, alte Hexe aus dem Dorf, die wußte, warum Sebastian sich mit ihr einließ. Sagen Sie uns, Beardsmore, wer diese mindere Person war?«

»Halten Sie den Mund, Sie Zwerg«, zischte Beardsmore und zielte mit der Flinte auf Phelans Kopf.

Staub wehte von der Decke herunter, so daß Wachs von den Kerzen heruntertropfte und sie zu qualmen begannen.

Phelan ließ nicht locker, vermied nun aber jedes beleidigende Wort. »Haben Sie nicht jemanden dafür bezahlt, daß er Ihren Familienstammbaum zurückverfolgt? Sie sind ein reicher Mann; Sie haben sich gewiß einen erstklassigen Genealogen leisten können. Er hat Ihnen doch sicher gesagt, wer Sie wirklich sind, nicht wahr? Ich wette mit Ihnen, daß dafür ein Blick in die Aufzeichnungen der Dame genügt hat, die sich vielleicht eine Zeitlang mit dem Gedanken trug, Lockwood zu erpressen. Hätte sie es wirklich getan, dann hätte Lockwood ihr vermutlich ins Gesicht gelacht oder sie auspeitschen lassen. Was hat ihm schon irgendeine Frau und derem Kind bedeutet? Auch wenn die Mutter Unzucht mit ihm begangen hatte, so durfte der Bastard deswegen noch lange nicht den Namen Lockwood tragen. Würde Sebastian Lockwood noch leben, so würde er

Sie nicht als seinesgleichen betrachten und Ihnen ins Gesicht spucken.«

»Halt die Fresse«, zischte Beardsmore.

»Er würde es nicht dulden, daß Menschen aus den unteren Schichten des Volkes in die Familie aufgenommen werden. Und dazu zählen Sie doch. Sie geben einfach vor, jemand zu sein, der Sie gar nicht sind und auch nie sein könnten. Auf ihre verrückte, perverse Art und Weise waren die Lockwoods herausragende, vielleicht sogar – ich tue Ihnen den Gefallen – geniale Menschen. Und das wären Sie auch gern, habe ich recht?«

Beardsmore hob die Flinte, lächelte und zielte auf Grace. Phelan verschlug es die Sprache. »Nein ... nicht die junge Frau. Sie ist eine Lockwood, Menschenskind! Sie können doch nicht Ihr eigenes Blut töten.«

Beardsmore hielt die Waffe noch immer im Anschlag und trat grinsend einen Schritt auf Grace zu. »Guter Freund, Sie haben mit aller wünschenswerten Deutlichkeit gesagt, daß ich in den Augen der Lockwoods nicht standesgemäß bin. Was diese junge Dame hier betrifft, so hätte sie schon vor Jahren sterben sollen. Mir war schon immer klargewesen, daß sie keine echte Lockwood ist. Aber für eines ist sie noch immer gut genug ...«

Er drückte Grace den Lauf der Flinte in den Rücken.

Ash stürzte nach vorn, doch Beardsmore hatte mit dieser Reaktion gerechnet. Blitzschnell drehte er sich um und hämmerte Ash den Gewehrkolben auf den Kopf. Weiße Flammen explodierten vor den Augen des Parapsychologen, und er stürzte benommen zu Boden.

Ash schloß die Augen, und als er sie wieder öffnete, wirbelte in dem Zimmer alles durcheinander. Erneut schloß er die Lider und öffnete sie dann wieder.

Die Flinte war noch immer auf Grace' Rücken gerichtet. Ein leises Klicken war zu hören: Beardsmore entsicherte die Waffe.

Doch Ash hörte noch ein anderes Geräusch.

Kapitel 39

Sie hörten es alle.

Beardsmore drückte Grace immer noch die Mündungen seiner Doppelflinte in den Rücken und blickte mißtrauisch im Saal umher. Grace stand stocksteif da, mit leicht geneigtem Kopf und geschlossenen Augen. Phelan beobachtete sie ganz genau. Der Reverend wurde unruhig; er zuckte zusammen und rutschte auf seinem Stuhl hin und her, als quäle ihn ein unerträglicher Alptraum. Sein Atem ging stoßweise, und sein ganzer Körper zitterte; langsam hob er den Kopf, und sein Blick war nicht mehr ganz so leer: Er kam zu sich. Offenbar hatte er nicht gerade die angenehmsten Träume gehabt.

Stimmen, die laut und kakophon ein Lied sangen, kamen langsam näher. Sie wurden von Zischlauten, Schritten und Gebrabbel untermalt, das sich zu einem Tumult auswuchs, einem dissonanten Chor aus einem versunkenen Zeitalter. Auf einem völlig verstimmten Cembalo spielte jemand schwungvoll, aber nicht sehr gekonnt eine Fuge, die Ash und Grace bereits kannten. Die Akkorde wehten aus den oberen Stockwerken herunter, aus den abgebrannten, herrschaftlichen Zimmern.

Am traurigsten klang das Lied, das sie trotz des Höllenlärms gut hören konnten.

Seamus Phelan hatte sich ein Stück von den anderen abgesetzt und spitzte mit leicht gesenktem Kopf die Ohren. Beardsmore reagierte ziemlich unbeherrscht. Er ließ das Gewehr sinken, drehte sich nach links und rechts und rief: »Was ist denn das?«

»Sie müssen nur auf die Worte achten. Ich jedenfalls kenne das Lied«, sagte Phelan, als müsse er einen unaufmerksamen Schüler zur Ordnung rufen.

»Wir haben es in der alten Schule gehört«, sagte Ash.

»Ah.« Phelan wiederholte die Worte des Liedes: »›Sie legten mich ins Grab hinein / Und dachten, nun sei Ruh, / Doch ich bin der Tanz, ich ganz allein, / Und ich tanze immerzu.‹« Ist Ihnen klar, was diese Zeilen bedeuten? Das Lied ist jedenfalls nicht sehr alt; die jüngeren Gespenster haben es den älteren beigebracht. Ist das nicht außergewöhnlich?« Phelan lächelte und blickte die anderen der Reihe nach fragend an. »Sie erzählen ihre Geschichte: ›Es tanzt sich schwer, wenn man tanzen muß / Mit dem Teufel im Genick.‹ Das ist die Erklärung für die seltsamen Vorgänge in Sleath.«

»Sie sind wirklich völlig übergeschnappt«, sagte Beardsmore wütend und richtete die Flinte auf Phelan.

»Wenn Sie meinen«, antwortete Phelan amüsiert. »›Ich bin das Leben, das nie, niemals stirbt‹«, murmelte er vor sich hin. »Das trifft den Kern der Sache sehr genau.« Plötzlich blickte er wieder ernst drein und drehte sich zu Ash um, der auf dem Boden kniete. »Wir müssen weg von hier, David. Wir sind in Gefahr.«

Der Lärm schwoll zu einem ohrenbetäubenden Getöse an, und Grace hielt sich die Ohren zu. Sie hatte Tränen in den Augen, die im sanften Licht schimmerten.

Die Wände erzitterten, und Staub wölkte sich im Raum.

»Was wollen die?« Beardsmore rannte mit weit aufgerissenem Mund im Kreis herum und riß die Waffe hoch, als fühlte er sich bedroht.

»Vergeltung üben«, antwortete Phelan ruhig und ging langsam auf Grace und den Reverend zu. Trotz des Getöses konnte Beardsmore Phelan gut verstehen.

Lockwood Hall erzitterte in seinen Grundmauern, als würde es von einem mittelalterlichen Ritterheer mit Rammböcken gestürmt. Es donnerte; Gobelins schwankten hin und her, und Kerzen fielen von ihren Ständern.

Grace sank zu Boden, und der Reverend beugte sich vor, um ihren Kopf zu streicheln. Ash war von dem Schlag auf den Schädel noch immer so benommen, daß er hilflos mit ansehen mußte, wie Beardsmore mit der Flinte im Anschlag auf Grace zuging.

»Ihr könnt sie haben!« rief er. *»Sie ist eine Lockwood. Hier, seht her, ich überlasse sie euch.«*

»Nein!« brüllte Ash, als Beardsmore Grace die Flinte an die Schläfe drückte. Er versuchte aufzustehen.

Edmund Lockwood hatte verstanden, was Beardsmore, sein entfernter Verwandter, im Schilde führte, denn er hatte Haß und Panik in dessen Gesicht aufflackern sehen. Er wußte jetzt, warum die Geister von Sleath sich in Lockwood Hall versammelt hatten. Der Irrtum seines Lebens hatte darin bestanden, sich gegen die göttliche Ordnung aufzulehnen: Jeder Mensch hatte einen freien Willen und war nicht, wie er stets behauptet hatte, durch sein Erbgut bestimmt. Also war Grace frei von Schuld.

Schützend erhob Lockwood eine Hand gegen Grace' Angreifer; mehr konnte er in seinem geschwächten Zustand nicht für sie tun. Plötzlich stand er kerzengerade vor Beardsmore – beide waren gleich groß –, packte die Flinte am Lauf und richtete sie auf sich selbst. Unwillkürlich drückte Beardsmore ab.

Zwei Kugeln lösten sich mit donnerndem Getöse aus den Doppelläufen. Grace spürte die Hitze des Mündungsfeuers und schloß die Augen, um nicht vom Feuerblitz geblendet zu werden. Die beiden Schüsse trafen ihr Ziel: Edmund Lockwoods Schädel zerbarst; Teile seines Gehirns wirbelten umher und blieben in Grace' Haar kleben. Obwohl sie nichts sah, wußte sie, was geschehen war, und schrie auf.

Die knorrigen und verkrüppelten Hände Edmund Lockwoods hielten noch immer den heißen Lauf der Doppelflinte fest, obwohl er bereits tot war. Statt dessen ließ Beardsmore los und beobachtete mit schreckgeweiteten Augen, wie sein Opfer, das er unbeabsichtigt getötet hatte, langsam nach hinten kippte. Der Gewehrkolben aus massivem Holz fiel krachend zu Boden.

Pulverschwaden wehten durch den Raum; Kerzen flackerten, und Wandbehänge schaukelten im Wind. Wieder war die Luft mit diesem penetranten Gesang erfüllt, mit diesen jammernden und flüsternden Stimmen, mit der Musik und den Schritten von Tänzern. Die Wände und der Fußboden erzitterten mitunter leicht, mitunter stärker. Waren dies Ausläufer eines Bebens tief unter der Erde?

Ash kam auf die Beine und rannte zu Grace, die offensichtlich einen schweren Schock erlitten hatte. Gemeinsam mit Phelan hob er die junge Frau auf.

»Nichts wie weg hier«, flüsterte er Ash ins Ohr.

»Um Himmels willen, was hat das alles zu bedeuten?« rief Ash und legte einen Arm um Grace' Taille.

»Das hat nichts mit dem lieben Gott zu tun«, sagte Phelan. »Hier sind andere Kräfte am Werk. Und Sie und das Mädchen sind ein Teil davon. Sie beide sind Katalysatoren, wie auch andere in Sleath. Durch Ihr Eintreffen in diesem Ort haben sie eine bedeutende Verstärkung erhalten.«

»Was reden Sie da eigentlich?« Ash schüttelte verständnislos den Kopf.

»Keine Zeit für lange Diskussionen. Wir müssen los.«

Sie waren gerade dabei, Grace zum Ausgang zu schleppen, als Phelan ein Schlag im Nacken traf, so daß er zur Seite taumelte. Ash schrie vor Schmerzen auf, weil eine Hand von hinten in seine Haare packte und ihn zurückzerrte. Dann versetzte ihm der Angreifer einen Fausthieb auf den Kopf.

Erneut fiel Ash zu Boden, rollte sich aber sofort von der Stelle weg, an der er eben noch gestanden hatte. Dadurch wich er Beardsmore aus, der ihm ins Gesicht hatte treten wollen. Ash sprang auf und sah die wuchtige Gestalt des Verwalters vor sich. Dann riß er das Gesetz des Handelns an sich und rannte mit gesenktem Kopf auf den Mann zu, der nach dem Aufprall einige Schritte zurücktaumelte. Doch Ash ließ nicht locker und packte ihn an den Schultern.

Auf dem staubigen Boden hatte Ash festen Stand gefunden. Aus dieser Stellung heraus drückte er Beardsmore auf einen langen, steinernen Tisch, so daß große Kerzen von ihren Ständern herunterkippten. Ash schlug ununterbrochen und wuchtig auf den Mann ein. Trotz der Schmerzen spürte Beardsmore an seinen Schultern und dem Rücken ein seltsames Zittern. Er erschrak heftig und stieß Ash mit letzter Kraft von sich.

Ash taumelte zurück, ohne jedoch das Gleichgewicht zu verlieren. Er war entsetzt über die Bärenkräfte seines Gegners. Blitzschnell griff er nach einem umgestürzten Kerzenhalter, hob ihn drohend in die Höhe und wollte wieder auf Beardsmore einschlagen. Doch er blieb abrupt stehen.

Beardsmore starrte an Ash vorbei zur Türöffnung. Er war so überrascht, daß er den Mund weit aufriß. Dabei stieß er abgehackte, unartikulierte Laute aus.

Noch immer wirbelten dünne Nebelschwaden um ihn herum, und nach wie vor rieselte grauer, feiner Staub auf seine Haare und seine Schultern herunter.

Ash drehte sich um, wollte nach Grace sehen. Er bemerkte, daß auch Phelan zur Türöffnung starrte.

Der Nebel hatte sich zu gelben Wolken verdichtet, die jetzt aus dem Dorf in die geheimen Keller des Schlosses eindrangen. Die dünnen Schwaden waren nur ein harmloses Vorspiel gewesen. Bizarre Gestalten aus Staub und Schatten mühten sich unablässig, menschliche Konturen anzunehmen, wurden jedoch ständig in andere, häßliche Formen gezwängt; es war ein unablässiges, ruheloses Fließen. Dieses seltsame und beängstigende Schauspiel erschien wie das nachgereichte Pendant zu dem Geschrei, den Klängen des Cembalos und den Gesängen.

In dem Durcheinander waren gelegentlich unfertige Gesichter zu erkennen, grob und unbeholfen zusammengefügte Porträts, die sich rasch wieder in nichts auflösten. Den dreien bot sich ein schauerlicher, entsetzlicher Anblick.

Im Gefolge der dünnen Schwaden drangen ununterbrochen dichte Wolken in den Saal hinein, wo die Leiche des Reverend lag, eine tote Hülle, aus der die Seele jedoch bereits entwichen war – hin zu einem anderen Ort, bei dem es sich weder um den Himmel noch um die Hölle handelte. Der gelbliche Nebel stieg bis zur Decke hinauf, so daß Ash, Phelan und Beardsmore nur noch mit Mühe die brennenden Kerzen sehen konnten. Noch immer waren die drohenden Stimmen zu hören. Die drei standen wie angewurzelt da und sahen, daß weitere Geister in den Kellerraum hineinschwebten. In ihrem Äußeren ähnelten sie in etwa menschlichen Gestalten, obwohl sie nur aus Konturen und Luft bestanden. Sie wurden immer zahlreicher, so daß die drei Beobachter den Eindruck hatten, alle Geister von Sleath würden sich an diesem Ort versammeln.

Ashs Wange fühlte sich plötzlich kalt an und prickelte, als wäre sie erfroren. Er hatte den Eindruck, daß es Grace nicht anders erging, denn sie wich ein paar Schritte zurück.

Beardsmore ruderte mit den Armen in der Luft, um die Nebelschwaden zu vertreiben. Gesichter fielen auseinander; Hände, die nach ihm ausgestreckt wurden, lösten sich von ihren ätherischen Körpern. Doch immer mehr Gestalten erschienen und wirbelten schreiend um ihn herum, als hätten sie ihn als Kristallisationspunkt ausgesucht. Der Lärm wurde immer lauter, und das Heulen und Jaulen hörte sich wie herzzerreißendes Stöhnen an.

Eine Hand packte Ash an der Schulter. In diesem Fall war es die Hand eines Menschen aus Fleisch und Blut.

»Los, David! Wir müssen verschwinden!« rief Phelan. »Wir dürfen keine Zeit mehr verlieren!«

»Grace ...?«

»Ist nicht ansprechbar. Sie hat einen schweren Schock erlitten.«

Noch immer stand Grace da und starrte die Gestalten an, die zusammen mit dem Nebel in den Raum geweht wurden. Ihre Lippen bewegten sich, und sie preßte ihre staubigen Hände gegen ihre Wangen. Ash ging auf sie zu, konnte aber wegen des ohrenbetäubenden Lärms nicht verstehen, was sie sagte.

Selbst als Ash ihren Namen rief und sie zu sich heranzog, erkannte Grace ihn nicht, zeigte keine Reaktion. Wie gebannt starrte sie auf die Erscheinungen. Eine unwiderstehliche Kraft, so unsichtbar wie der Wind, hätte sie beinahe zu Boden geworfen. Ash und Phelan konnten im letzten Moment verhindern, daß Grace in sich zusammensackte.

»O Gott, hilf ihm ...« Phelan schaute zu Beardsmore hinüber, der immer noch an dem steinernen Tisch stand. Mit der einen Hand hielt er sich daran fest, mit der anderen schlug er wild um sich. Ein Hautfetzen hing von seiner Stirn herunter.

Plötzlich erbebte der ganze Keller. Kerzen fielen zu Boden, Staub rieselte von der Decke. Irgendwo knirschten Steine.

Im Lichtschein einer Kerze, die von ihrem Ständer heruntergefallen, aber nicht erloschen war, konnte Ash in eine der Nischen hineinsehen. Bei dem Anblick erstarrte er: Eine Gestalt kam schlurfend heraus. Er packte Grace so fest, daß sie nach Luft rang.

Der einbalsamierte Leichnam, der die ganze Zeit aufrecht in der Nische gestanden hatte, um selbst im Tod den Eindruck von Stärke zu erwecken, trat schwankend ins flackernde Licht. Eine andere Mumie fiel zu Boden. Beim Aufprall rollte ihr zusammengeschrumpfter Kopf davon.

Phelan, der das gräßliche Geschehen ebenfalls beobachtet hatte, stieß hervor: »Die Kreaturen kommen heraus, weil die Mauern des Schlosses einzustürzen drohen!«

Eine Kerze war heruntergefallen und hatte einen Wandbehang in Brand gesteckt. Die Flammen griffen auf eine der Gestalten über. Der Leichnam schien lebendig geworden zu sein, denn sein unförmiger Kopf richtete sich auf, und er zitterte am ganzen Körper, weil seine Haut zusammenschrumpfte. Seine Arme zuckten, und sein Mund, ein schwarzes Loch, öffnete sich, als wollte er protestieren. Er fiel zu Boden, wälzte sich in den purpurroten Flammen und verbrannte lautlos, denn sein Körper war ausgetrocknet und mürbe. Der jahrhundertealte Leichnam zerfiel zu Asche.

Jemand schrie schrill vor Angst. Ash glaubte, es wäre die brennende, mumifizierte Leiche. Er merkte, wie Phelans Finger sich in seine Schulter gruben. In den Augen des Iren spiegelten sich Flammen wider; er blickte grimmig drein. Die Haare standen ihm zu Berge, und er schaute auf die rasende Gestalt inmitten des Durcheinanders herumwirbelnder Schatten. Kraftlos sank Grace Ash in die Arme.

Beardsmore schrie aus Leibeskräften. Es schien, als wirbelten der Nebel, die Schatten und die unförmigen Gestalten um ihn herum, als würde er ihren Mittelpunkt bilden. Er schlug wild um sich, konnte den luftigen Gebilden aber nichts anhaben, die unter den Blicken von Ash, Grace und Phelan nun deutlichere Konturen annahmen, Glieder ausbildeten und Beardsmore mit ihren schwarzen Mündern anschrien, während sie mit scharfen Krallen auf ihn einschlugen, seine Kleidung zerrissen und sein Gesicht zerkratzten. Und die ganze Zeit über ging das Schauspiel weiter: Die Gestalten lösten sich auf, um sich dann wieder zusammenzufügen.

Plötzlich klaffte auf Beardsmores Wange eine Wunde, die von dem einem Auge bis zum Mund reichte und unter der rotes Gewebe zu erkennen war. Der Hautfetzen, der von seiner Stirn herunterhing, wurde weggerissen und glänzte im Kerzenlicht. Schatten flogen darüber hinweg. Beardsmore wurde an der Hand verletzt, die er schützend vor die Augen gelegt hatte, obwohl er sie am liebsten in seiner Tasche vergraben hätte. Hautteile fielen von seinem Kopf herunter, und man konnte sein pulsierendes Blut sehen. Die herumhuschenden, kreischenden Gestalten hatten es offenbar darauf abgesehen, dem Mann die Haut abzuziehen. Seine Jacke und das Hemd hingen ihm in Fetzen vom Leib. Dann begannen die Schatten, seine Arme und seinen Oberkörper zu zerkratzen. Beardsmore warf sich auf den steinernen Tisch, schlug wild um sich und schrie wie ein Besessener. Dennoch ließen die Dämonen nicht von ihm ab, trachteten ihm weiter nach dem Leben und versuchten, sich seiner Seele zu bemächtigen. Wild schrien sie ihren Zorn und ihre Erbarmungslosigkeit heraus.

»Gott im Himmel ...« Phelan bekreuzigte sich mehrmals. Diesmal war er so tief in Gedanken versunken, daß Ash *ihn* schütteln mußte.

»Warum zerstückeln sie Beardsmore?« rief Ash.

Phelan drehte leicht den Kopf zur Seite, schaute aber immer noch zu dem schrecklichen Schauspiel hin.

»Er ist ein Lockwood«, sagte der Ire.

Phelan blinzelte mehrmals. Brannte ihm der Staub in den Augen, oder lag es an den Grausamkeiten, die sich in dem Keller abspielten? Schwerfällig schaute Phelan sich zu Grace um.

»Wir müssen sie von hier wegbringen. Helfen Sie mir bitte, David«, sagte er, und obwohl er leise sprach, konnte Ash ihn gut verstehen.

Gemeinsam schleppten sie Grace zu der Tür; dann mußten sie gegen einen kräftigen Wind ankämpfen, der durch den engen Flur in den Saal hineinfuhr. Flüsternd wirbelten Nebelschwaden um sie herum. Das Lied war jetzt kaum noch zu hören und bildete einen schwachen Kontrapunkt zu der Stätte des Grauens, an der sich noch immer verzerrte Abbilder und groteske Karikaturen menschlicher Körperformen tummelten. Einige der Schatten hatten brennende Kerzen durch den Saal geschleudert, so daß jetzt noch mehr Vorhänge brannten. Grellrote Flammen schlugen auch aus den Nischen, den Gräbern dieser Geister. Im hellen Feuerschein waren die alten und vermoderten Bücher mit kabbalistischem Inhalt deutlich zu erkennen, die in tiefen Nischen aufbewahrt wurden; auf den Regalen standen zudem Phiolen verschiedener Farbe und Größe, die Flüssigkeiten und Giftmischungen enthielten, mit denen man das Leben nach dem Tod zwar verlängern, nichts aber gegen den Schrumpfungsprozeß und die damit einhergehenden Schmerzen ausrichten konnte. Auch prächtige Kleider, die an Ständern hingen und früher bei Schwarzen Messen benutzt worden waren, standen in Flammen. Das Feuer hatte inzwischen auch auf andere Gegenstände übergegriffen, die nicht wie Requisiten für magische Rituale, sondern eher wie Folterwerkzeuge aussahen.

Der Leichnam des Reverend lag auf dem Boden. Er zuckte noch immer, als wäre die Seele noch nicht aus dieser leeren Hülle entschwunden. Blut tropfte aus dem Mund seines zertrümmerten Schädels. Düstere, verschwommene Formen schwebten über und neben ihm und schienen ihn anzustarren. Auf dem steinernen Tisch ganz in der Nähe lag der blutverschmierte Körper Beardsmores, in dem noch Leben steckte und der sich schreiend in Todesqualen wand, nachdem die Gespenster ihn vollkommen enthäutet hatten. Er wurde jedoch sichtlich schwächer; Krämpfe durchzuckten seinen Körper, und plötzlich begann er zu röcheln. Seine Arme hingen kraftlos zu beiden Seiten vom Tisch herunter.

Doch seine Qualen sollten noch nicht beendet sein. Mit ihren Krallen kratzten die Geister ihm die Augen aus und bohrten ihre knochigen Finger in sein Herz.

»Macht dem Ganzen ein Ende ... verfolgt mich nicht ... weder ihr noch euresgleichen ... an den Ort, der mir vorbestimmt ist«, wimmerte Beardsmore leise.

Vielleicht bedeutete der Tod für ihn vollkommene Vernichtung, wie für alle Lockwoods.

Eiskalte Hände preßten die Luft aus seinen Lungen; ein letztes Mal röchelte er und bäumte sich auf.

Dann ertönte ein gewaltiger Donnerschlag, der aus allen Himmelsrichtungen gleichzeitig zu kommen schien. Es schien, als wäre das Schloß bis in seine Grundmauern erschüttert worden. An den Wänden bildeten sich tiefe Risse, und Steine und Holz polterten zu Boden. Weitere Beben und Nachbeben folgten.

Bei dem letzten Stoß hatten Ash, Phelan und Grace das Gleichgewicht verloren; Phelan war zur Seite getaumelt, und Grace war auf die Knie gefallen. Mit Hilfe von Ash und Phelan erhob sie sich wieder und straffte die Muskeln. Zum erstenmal seit längerer Zeit schien sie ihre Umgebung wieder bewußt wahrzunehmen. Sie versuchte, sich von Ash und Phelan loszureißen. »Mein Vater ...«

Ash packte sie fester am Arm und rief: »Er ist tot, Grace. Du kannst ihm nicht mehr helfen.«

»Aber wir können ihn doch hier nicht liegen lassen!« stieß sie hervor und versuchte, Ash von sich wegzudrängen.

»Hören Sie auf David, mein Kind«, sagte Phelan zu ihr und hielt sie nun ebenfalls fest.

»Wir können nichts mehr für Ihren Vater tun. Er wollte erlöst werden. Deswegen ist er in vollem Bewußtsein dessen, was ihn erwartet, mit mir hierhergekommen.«

Grace schüttelte heftig den Kopf. »Er hat mit all dem nichts zu tun ...«, begann sie – und dann brachen Bilder aus der Vergangenheit über sie herein, und häßliche Wahrheiten drängten sich ihr auf. Hätte Ash sie nicht aufgefangen, wäre sie erneut zu Boden gestürzt. »David, es tut mir schrecklich leid.«

»Du kannst nichts dafür, Grace. Du hast nichts gewußt.«

»Es tut mir so leid ...«, sagte sie erneut.

Ein Hautfetzen wurde von ihrer Wange heruntergerissen.

»David, wir müssen *unbedingt* weg von hier!« Phelan zerrte die beiden an der Kleidung und drängte sie in Richtung Vorzimmer.

Ash hatte plötzlich stechende Schmerzen im Rücken, doch

er achtete nicht darauf. Vielleicht rührten sie von einem heruntergefallenen Stein oder von einem Stück Holz. Phelan ging voraus; dicht hinter ihm folgte Grace, die wiederum Ash vor sich her bugsierte. Ihre Gesichter waren versengt, weil der Nebel wie Feuer auf ihrer Haut brannte. In der Nische hinter ihnen standen die Bücher in hellen Flammen und verbrannten zu Asche.

Phelan wäre beinahe gestürzt, denn mitten in dem Durcheinander verschwommener und sich ständig ändernder Schemen war deutlich eine kleine Gestalt zu sehen, die menschlichere Züge trug als all die anderen. Der Junge stand vor der zusammengekrümmten Leiche, die an der Eingangstür lag, und blickte sie fest aus seinen ernsten, klaren Augen an.

Grace zuckte zusammen. Ash war es, als hätte sie »Timmy« gemurmelt. Oder war das reine Gedankenübertragung gewesen? Grace wollte fortrennen, doch Ash hielt sie fest. Das Bild verschwand fast sofort wieder im tosenden Nebel, der dichter wurde und in den Saal hineinwehte. Phelan drängte zur Eile. Er packte Grace an der Hand, redete ihr gut zu und ging los.

Sie stiegen über die zusammengekrümmte Leiche hinweg, die im dichten Nebel – er sah wie Trockeneis aus – kaum zu erkennen war, und gingen zur Treppe, die zu der eisernen Tür im Erdgeschoß führte. Die Mauern des Schlosses bebten noch immer, und vor ihnen stürzten weiterhin Trümmer in den Gang; die Schreie gingen ihnen durch Mark und Bein, so daß sie nur noch an Flucht dachten. Obwohl sie so gut wie nichts sehen konnten, hievten Phelan und Ash Grace die Treppe hinauf. Wirbelnd zog der Nebel an ihnen vorbei, als würde er von der Türöffnung im Keller angesaugt. Grace leistete keinen Widerstand.

Phelan blieb unten an der Treppe stehen und zog eine kleine, schwarze Taschenlampe aus der Tasche seines Jacketts. Er drehte ein wenig am Kopf der Lampe, und ein breiter Lichtstrahl fiel in den Flur.

»Vorsichtig jetzt«, sagte er zu seinen Gefährten. »Wir müssen bei jedem Schritt aufpassen, auch wenn die Zeit drängt. Der Fußboden kann einbrechen.«

Ash gab keine Antwort; er erkannte die Gefahr auch ohne Phelans Warnung. Er stand in der Tür; sein Arm lag noch immer um Grace' Taille. Der Höllenlärm unter ihnen wurde immer leiser, was Ash voller Dankbarkeit registrierte. Aus Fensterlöchern und Türeingängen fiel plötzlich weißes Licht über den Flur, und aus der Ferne ertönte ein Donnerschlag.

»Los, schnell«, sagte Phelan und packte wieder Grace' Handgelenk. Er leuchtete mit der Taschenlampe voraus, um mögliche Gefahrenquellen ausfindig zu machen; dann ging er los. Sie tasteten sich durch den mit Trümmern übersäten Flur voran. Nach wie vor hörten sie Steine und Holzstücke in den Keller hinunterstürzen, und noch immer zitterten die Wände des Herrenhauses. Die Gefährten kamen nur langsam voran, weil sie vorsichtig einen Fuß vor den anderen setzen mußten. Grace, die wieder von den Traumata ihrer Vergangenheit eingeholt worden war, war auf die Hilfe von Ash und Phelan angewiesen, die tapfer die Zähne zusammenbissen, obwohl sie immer wieder über umherliegende Trümmerstücke stolperten. Sie ließen sich auch von dem Gewitter nicht beirren, das über dem Herrenhaus niederging, obwohl die Donnerschläge immer näher kamen und die Gefahr bestand, daß das alte Gemäuer endgültig einstürzte. Einmal verlor Ash das Gleichgewicht und streifte dabei eine Wand, deren Oberfläche zu Staub zerfiel. Er wischte sich die Hände an der Hose ab, weil er Angst hatte, es könne ihm auch so ergehen. Mit jeder weiteren Erschütterung wurde das alte, baufällige Gemäuer tückischer und gefährlicher.

Plötzlich gab der Fußboden unter Phelan nach, und der kleine Ire stürzte. Ash half ihm auf. Plötzlich standen die drei Gefährten wie angewurzelt da: In dem Gang quietschte und knarrte es, und der Boden wogte auf und ab. Schließlich schlichen sie dicht an der Wand entlang weiter in Richtung Ausgang. Phelan leuchtete mit der Taschenlampe in die Staubwolke, die vor ihnen niederging, und an die Decke, die einzustürzen drohte.

Plötzlich schrie Grace leise auf. Ash konnte nicht erkennen, ob der drohenden Gefahr wegen oder ob sie sich weh getan hatte. Dies festzustellen, war die Zeit zu knapp. Sie mußten sich beeilen.

»Nichts wie weg hier«, rief er Phelan zu.

»Sie haben recht. Ich bin sicher, das Schlimmste liegt sowieso hinter uns.«

Sie hakten Grace unter und stolperten weiter durch den Flur. Sobald es etwas heller wurde, rannten sie. Knirschend und krachend stürzte hinter ihnen die Decke herunter, als hätten ihre lauten Schritte die Erschütterung verursacht. Draußen donnerte es, und sie stürzten wieder los, nur ein Ziel im Kopf: die große Eingangshalle. Im Licht eines weiteren Blitzes sah Ash, wie eine ganze Mauer umkippte. Er war so entsetzt, daß er keinen Laut hervorbrachte.

Wieder stürzte Grace, und Ash hob sie hoch und zerrte sie mit nachlassenden Kräften weiter in Richtung Ausgang. Die Angst trieb ihn voran. Phelan stand bereits an der Tür, rief ihnen etwas Unverständliches zu – wahrscheinlich sollten sie sich beeilen – und streckte eine Hand nach Ash aus.

Es blitzte erneut, und kurz konnte Ash das Gesicht des Iren sehen. Er starrte Grace an.

Da sich die drei gleichzeitig durch die Tür auf die Terrasse drängen wollten, stürzten sie übereinander. Ash rollte sich auf den Rücken und atmete keuchend die stinkende Luft ein. Der Kopf tat ihm weh – kein Wunder nach dem Kolbenhieb. Trotz dichten Nebels konnte er den Halbmond am Nachthimmel sehen, der das verfallene Herrenhaus für einen Augenblick in gespenstisches Licht tauchte.

»Gott sei Dank, wir haben es hinter uns, wir haben es geschafft«, sagte er atemlos und schloß die Augen, als wollte er Gott für die wundersame Errettung danken.

Das Herrenhaus erzitterte noch immer in seinen Grundmauern, und das Gewitter hatte sich noch nicht verzogen. Dunkle Wolken huschten am Himmel vorüber, drifteten auseinander und fanden wieder zusammen. Doch Ash wurde zusehends ruhiger; sie waren gerettet. Jetzt ging es nur noch darum, das Lockwood-Anwesen sowie Lockwood Hall mit seinen perversen Gespenstern möglichst schnell zu verlassen. Es hatte die drei beinahe übermenschliche Anstrengungen gekostet, doch der Bann war gebrochen, und Grace war von einem Schuldkomplex befreit worden, der sie im Unterbewußtsein stets gequält hatte.

Ash schaute zu ihr hinüber. Sie hatte ihm den Rücken zugekehrt und atmete regelmäßig. Phelan lag regungslos neben ihr. Die Taschenlampe war erloschen.

Plötzlich zuckte Grace zusammen und schrie auf.

»Grace ...?« sagte er leise und mit unsicherer Stimme.

Erneut schrie sie auf; es war ein beinahe gequältes Kreischen.

Ash richtete sich halb auf und streckte eine Hand nach ihr aus. Wieder schrie Grace und strampelte mit den Füßen.

»Grace!« Er legte ihr die Hand auf die Schulter und drehte sie auf den Rücken.

Sie zuckte immer noch, kreischte, jammerte und schrie.

Phelan hatte sich aufgesetzt und sah zu ihr hinüber.

»Grace, was ist los mit dir?« Ash kam sich hilflos vor, als er neben ihr kniete und sie nicht anzufassen wagte, weil er ihr nicht wehtun wollte.

Sie wälzte sich hin und her und fuchtelte wild mit den Armen.

»David«, kreischte sie. *»David, hilf mir!«*

Ash versuchte, sie zu sich heranzuziehen, doch sie wehrte sich und krümmte sich zusammen.

Auch Phelan versuchte, sie festzuhalten. Wolken schoben sich vor den Halbmond, so daß Grace nicht mehr zu sehen war.

Doch ihr Stöhnen war noch immer zu hören, und obwohl sie sich nach wie vor wehrte, hielt Ash sie weiterhin fest, weil er Angst hatte, sie würde sich etwas antun.

»Was ist mir ihr?« fragte er Phelan, der fast immer eine Antwort wußte.

»Ich verstehe das auch nicht. Ich dachte, sie wäre hier auf der Terrasse in Sicherheit«, sagte dieser betrübt. Auch er schien mit seinem Latein am Ende zu sein.

Grace schrie noch immer, und Ash konnte es nun nicht mehr ertragen. Er *mußte* etwas tun; er *mußte* ihr helfen. Mit zitternden Händen hob er sie hoch, doch sie stieß ihn von sich, fuchtelte wild mit den Armen und sank wieder zurück. Noch immer tobte das Unwetter, und in dem hellen Licht der Blitze konnte Ash die Wunden auf Grace' Gesicht, auf ihrem Hals und ihrer Brust sehen.

Schützend legte er die Hand auf ihre Augen – eine hilflose Geste, wenn man die Kräfte jener unsichtbaren Mächte bedachte, die Grace quälten. Wie besessen schlug sie auf ihn ein, als trüge er die Schuld an ihren Schmerzen; sie schrie ihr Leid und ihr Entsetzen in die Nacht hinaus, wälzte sich auf dem Boden und versuchte schließlich aufzustehen, doch es war nicht mehr als der unterbewußte, hilflose Versuch, vor diesem Grauen zu flüchten.

Phelan schickte ein Stoßgebet nach dem anderen zum Himmel, doch es nützte nichts. Ash drückte Grace zu Boden und legte sich dann auf sie, um sie mit seinem eigenen Körper zu schützen; aber er wußte, daß die unheimlichen Mächte erst dann von ihr lassen würden, wenn sie nackt und blutüberströmt daliegen würde, so wie es Beardsmore unten im Keller ergangen war. Beide schrien auf; Tränen trübten Ashs Blick, und er konnte sie nicht sehen, als der Mond kurzzeitig hinter den Wolken hervorkam.

Er versuchte, sie festzuhalten, doch in ihrer Todesangst war sie stärker als er, wand sich unter ihm hervor und schlug ihm ins Gesicht, so daß er kurzzeitig seinen Griff löste. Sie stand auf, hielt sich die Hände vors Gesicht und hob den Kopf, als wollte sie erneut schreien. Ash bemerkte, daß sie fast nackt war und daß ihr nicht etwa die Kleider, sondern die Haut in Fetzen vom Körper hing, welcher kaum mehr etwas Menschliches besaß.

Phelan betete noch immer, obwohl er genau wußte, daß Grace nicht zu helfen war.

Plötzlich war Grace verschwunden. Sie war nach Lockwood Hall zurückgekehrt.

»David! Nein!«

Phelan versuchte, Ash zu packen, doch der stieß den Iren beiseite und verschwand ebenfalls in dem Gemäuer.

Phelan rannte Ash hinterher; trotz seines Alters war er körperlich noch gut in Form.

Grace stand mit erhobenen Armen in der großen Eingangshalle, die von Trümmern übersät war. Ihre hellen Augen hoben sich deutlich von ihrem blutverschmierten Körper ab. Sie raufte sich die Haare, als fühle sie sich bedroht. Nebelschwaden wirbelten und tanzten um sie herum. Im Schloß war es totenstill, und auch Grace schrie nicht mehr. Doch ihre Lippen bewegten sich, als würde sie ein Gebet sprechen. Beim nächsten Donnerschlag, der mit ein wenig Verzögerung auf den Blitz folgte, erbebte Lockwood Hall erneut in seinen Grundfesten. Herabfallende Trümmer trafen Ash am Kopf und an der Schulter, und ihm wurde schwarz vor Augen.

Ein dumpfes Rauschen – unheimlicher als alles, was Phelan bisher gehört hatte – erfüllte die Luft. Im Licht des Halbmonds, der wieder einmal kurz in die große Empfangshalle hineinschien, konnte er sehen, wie eine Wand langsam umkippte und ihn und Grace unter sich zu begraben drohte.

Kapitel 40

In dem Getöse gelang es Phelan, den benommenen und erschöpften Ash hinter einen Trümmerhaufen zu zerren. »Wir können ihr nicht mehr helfen, aber sie wird bald erlöst sein«, rief er Ash ins Ohr.

Mit ohrenbetäubendem Getöse öffneten sich weitere Risse in den Wänden, und die beiden Männer rannten stolpernd in Richtung Eingangstür und liefen taumelnd die Freitreppe hinunter. Phelan ließ Ash erst wieder los, als sie die Lichtung überquert hatten und in Sicherheit waren. Dort drehte Ash sich um, preßte die Hände an die Schläfen, sank auf die Knie und beobachtete das Ende von Lockwood Hall: Riesige Wolken stiegen aus der Ruine empor, und das Getöse der zusammenbrechenden Mauern war so laut wie die Donnerschläge des Gewitters, das am Himmel tobte. Dann verlor er das Bewußtsein; sein geschundener Körper stürzte ins weiche Gras.

Die ersten Regentropfen kühlten seine heißen Wangen, fielen aus dunklen Wolken auf den Fluß. Der Nebel verschwand. Langsam kam das Mühlrad zum Stehen und überließ seine Ladung aus verwesendem Fleisch dem Wasser, in dem es sich zersetzen und sich in nichts auflösen konnte. Das alte Holz der Mühle knarrte, und knirschend kamen die Zahnräder zum Stehen. Es trat wieder Stille ein.

Plötzlich war alles vorbei.

Sam Gunstone, der noch immer seine tote Frau im Arm hielt, sah, daß das Feld wieder dunkel und leer war.

War die Erscheinung mit dem Regen verschwunden?

Mit gesenktem Kopf sprach er ein Gebet. Im grellen Licht eines Blitzes sah er das friedliche Gesicht seiner Frau. Kein Ausdruck des Schreckens lag mehr darin. Er küßte ihre Stirn.

Nellie hatte ihren Frieden gefunden.

Ruth stand in der Schlafzimmertür und hatte ein Messer in der Hand. Ihre Schwester Sarah saß mit angezogenen Beinen auf ihrem Bett. Sie drückte ihre Puppe fest an sich, als würde auch ihr Gefahr drohen, während sie mit weit aufgerissenen Augen und voller Entsetzen Munce anstarrte.

Joseph Munce stand an Sarahs Bett und wandte Ruth den Rücken zu. Dann drehte er sich langsam um, und sie konnte seinen verunstalteten Kopf und das schmutzige, das *widerliche* Lächeln sehen, das sie aus ihren Kindertagen kannte. Munce hatte die Ellenbogen in die Hüften gestemmt. Mit den Händen berührte er sein verstümmeltes Körperteil.

Ruth war wütend, als Munce dabei wie eh und je kicherte. Sie schämte sich plötzlich, als Kind eine solche Scheußlichkeit lustig gefunden zu haben. Ruth stürmte los, stach mit dem Messer auf die widerliche Gestalt ein, die daraufhin verschwand, nach und nach: die Beine, der Torso, der Kopf und ganz zum Schluß dieses entsetzliche Grinsen.

Ruth hatte der Erscheinung gar nichts anhaben können. Zuerst war sie entsetzt; dann lachte sie. Und schließlich weinte sie.

Sarah legte ihre Puppe beiseite, sprang vom Bett herunter und warf sich in die Arme ihrer Schwester. Das Messer fiel zu Boden.

Sie umarmten einander, und nach einer Weile sprach Ruth beruhigend auf ihre kleine Schwester ein.

»Das war nur ein böser Traum. Es war nichts Wirkliches. Jetzt ist alles vorbei. Das wird nie wieder passieren. Nie, nie wieder.« Während Ruth sprach, weinte sie noch immer, doch auf ihren Lippen spielte ein Lächeln.

Als Ellen ins Badezimmer kam, drückte George gerade Simon unter Wasser. Mit der einen Hand hielt er ihn an den Haaren, mit der anderen an den Schultern fest. Simon wehrte sich nach Kräften und kämpfte um sein Leben, das er schon vor langer Zeit verloren hatte. George schubste den Jungen, stieß ihn hin und her, brachte es aber nicht über sich, seinen Sohn zum zweitenmal zu töten. Doch so zu tun war doch auch etwas, und seine schwarze Seele hatte eine perverse Freude daran.

»Hör auf damit!« schrie Ellen – als George mit einem Mal lichterloh zu brennen anfing. Er ließ den Jungen los und prallte mit dem Rücken gegen die Wand des Badezimmers. Bei näherem Hinsehen bemerkte Ellen, daß die Flammen irgendwie kraftlos waren, und die Schreie ihres Mannes erschienen ihr seltsam hohl, als kämen sie aus weiter Ferne.

Simon war in der Badewanne aufgestanden. Er hatte seine dünnen Arme um den Leib geschlagen und zitterte am ganzen Körper. Er sah blaß aus.

Von den Flammen umschlossen, stand George jetzt am Fenster. Ellen stieß es auf – Eiseskälte, nicht Hitze, schlug ihr entgegen. George bückte sich und war augenblicklich in der Nacht verschwunden. Er hinterließ keine Spuren. Der Weg zum Garten vor dem Haus war naß, und einige Nebelschwaden zogen vorüber, aber das war auch alles.

Als Ellen sich umwandte, war auch Simon verschwunden. Aber das war nicht schlimm. Denn sie wußte, daß ihr toter Sohn endlich seinen Frieden gefunden hatte.

Und George war in die Hölle zurückgekehrt.

Im großen und ganzen hatte der Regen den Nebel vertrieben. Nur noch einige Schwaden hingen über Sleath und über dem Pranger und dem Schandpfahl, von dem jedoch kein Blut mehr heruntertropfte. Auch von der dunkelroten Lache auf dem Rasen war nichts mehr zu sehen, die zum Teil bis zur Straße hinuntergeflossen war. Selbst der widerliche Gestank war verschwunden. Und nicht mehr lange, und der Regen hatte auch die letzten Blutflecken von den Grashalmen fortgewaschen.

Der Regen bedeutete für Rosemary Ginty eine Qual.

Sie versuchte aufzustehen, doch es ging nicht: Sie hatte furchtbare Schmerzen und konnte ein Bein nicht bewegen.

Nach einiger Zeit gelang es ihr, sich auf den Bauch zu rollen, so daß ihr Gesicht vor dem Regen geschützt war. Im Licht eines Blitzes sah sie, daß ein Lieferwagen oder ein LKW das Black Boar Inn gerammt hatte und quer über die Straße stand. Welcher Dummkopf war *das* denn gewesen? Und wo war Tom? Warum war er nicht bei ihr? Warte nur, Freundchen, bis ich wieder zu Hause bin, dachte sie. Dann hab' ich ein Wörtchen mit dir zu reden.

Rosemary quälte sich in Richtung Gasthaus. Sie war stocksauer auf Tom und wütend darüber, daß der Regen ihre Frisur vollkommen ruinieren würde.

Crick hob den Kopf und bereute es sofort: Es tat teuflisch weh. Er hatte in ein fürchterlich entstelltes Gesicht geblickt und bei näherem Hinsehen festgestellt, daß der Unterleib und die Arme der Leiche aufgedunsen waren.

Gott sei Dank ließen die Stimmen ihn in Ruhe. Seltsam, denn an der Bar war niemand – abgesehen von der Motorhaube des Lieferwagens. Das alles hatte er nur Lenny zu verdanken. Aber Scheiß drauf. Scheiß auf Lenny. Scheiß auf alles ...

Crick schloß die Augen und dämmerte in einen Schlaf hinüber, aus dem er nie wieder erwachen würde.

Unter den Regentropfen schmolz auch das Eis des Teichs dahin. Zunächst stiegen noch einige Wirbel und Blasen aus seinen dunklen Tiefen an die trübe Oberfläche; dann aber lag er wieder still da.

Maddy war ohne Gaffer an die Tür gegangen. Der Hund lag hinter dem Sessel im Wohnzimmer; seine Augen traten fast aus den Höhlen, und er winselte ängstlich.

Maddy wußte, daß Jack draußen stand und darauf wartete, daß sie die Tür öffnete.

»Augenblick, Jack, ich mach dir auf«, rief sie und griff nach dem Türriegel. Jack bestand darauf, daß die Tür verschlossen und verriegelt sein mußte, wenn er nicht da war. Schließlich lebten sie in unsicheren Zeiten, wie er immer sagte.

Maddy schluchzte leise auf. »Ich weiß, daß du es bist, Jack. Ich habe immer gewußt, daß du zurückkommen würdest. Alles ist in Ordnung, nicht wahr?«

Sie hörte, wie der Regen draußen auf den steinernen Weg fiel. Sie schob den Riegel zurück, schloß auf und öffnete ruckartig die Tür.

Ein Blitzstrahl blendete sie. Es donnerte. Sie blinzelte mehrmals, mußte aber feststellen, daß niemand zu sehen war.

Maddy stand lange im Regen. Ihre Kleider wurden ebenso naß wie ihre zerzausten, grauen Haare. Sie starrte auf den Weg, lauschte auf das Geräusch von Schritten.

Doch vergeblich.

Ihr Ehemann kam nie wieder zurück.

Kapitel 41

Es war noch früh am Morgen, doch die Sonne schien schon wieder heiß vom Himmel. Der von tiefen Furchen durchzogene, von Gras überwucherte Feldweg stand voller Pfützen. Ashs Kleider waren feucht und klebten ihm am Körper.

Wie in Trance setzte er einen Fuß vor den anderen und schaute nicht mehr zu der Ruine zurück, die langsam am Horizont verschwand. Hin und wieder rief ein Vogel aus den Bäumen zu beiden Seiten des Weges, und manchmal raschelte ein Tier im Unterholz. Der Himmel war so strahlendblau, daß Ash die Augen senken mußte, um nicht geblendet zu werden.

Sein Gesicht war schmutzig und voller Tränen. Noch immer stand er unter dem Schock des Alptraums, sah die gräßlichen Bilder vor dem geistigen Auge. Er stürzte, rappelte sich wieder auf und ging weiter.

Als er vorhin zu sich gekommen war, hatte er neben dem Feldweg unter einem Baum gelegen. Er konnte sich undeutlich daran erinnern, daß Phelan ihn dorthin geschleppt hatte; andernfalls würde er wohl nicht mehr leben. Phelan hatte auf ihn eingeredet; doch Ash konnte sich kaum mehr an die Worte erinnern. Der Ire hatte irgend etwas darüber gesagt, daß es zu spät sei ... aber daß einige gerettet werden konnten. Jetzt sei alles vorbei ... alles sei ausgestanden ...

Ash konnte sich keinen rechten Reim auf diese Worte machen. Wahrscheinlich waren seine Kopfschmerzen daran schuld. Er fragte sich, weshalb Phelan ihn allein gelassen hatte.

Langsam trockneten seine Kleider in der warmen Sonne.

Schwankend ging er weiter, während er hin und wieder an Grace denken mußte, bis die Erinnerungen mit aller Kraft auf ihn einstürmten. Ash sank auf die Knie und krallte weinend seine Finger in die feuchte Erde.

Die Tür von Lodge House stand noch immer offen, und paradoxerweise fragte er sich für einen Augenblick, ob Grace im Haus sein mochte. Unsinn, sagte er sich dann und ging an dem Haus vorüber.

Erst als er am Kirchhofportal von St. Giles vorüberkam und das Krächzen eines Raben hörte, warf er einen Blick auf die alte Kirche. Der Vogel saß auf einem Grabstein ganz in der Nähe der Vorhalle und starrte Ash regungslos an. Dann flog er davon, ließ den Kirchturm weit unter sich zurück und krächzte erneut – diesmal ohne Sinn, ohne Bedeutung.

Ash ging an der Schule vorüber, aus der keine Stimmen mehr drangen. An Ellen Preddles Haus fiel ihm auf, daß das Fenster des Badezimmers eingeschlagen worden war. Er hatte den Eindruck, als stünde Ellen hinter dem spitzenbesetzten Vorhang und würde ihn beobachten. Alle seine Geräte standen noch bei ihr, doch Ash war es vollkommen egal. Im Zentrum von Sleath herrschte Totenstille; seine Schritte klangen gespenstisch laut. Auch hier waren einige Fenster zu Bruch gegangen, und die Fassade eines Hauses war rußgeschwärzt. Die Tür stand weit offen; vermutlich waren die Bewohner geflohen.

Die Hauptstraße sah schon wieder ziemlich trocken aus, obwohl es in der Nacht geregnet hatte. Auch hier gab es einige Häuser, deren Türen offenstanden und deren Fenster eingeschlagen waren. Auch hier herrschte Totenstille. Einsam und verlassen standen der Pranger und der Schandpfahl auf dem Anger. Jetzt waren sie zu völlig bedeutungslosen Überbleibseln einer vergangenen Epoche geworden.

Aus einem Haus in der Nähe stieg Rauch empor. Die Vögel

schienen in Sleath die einzigen lebendigen Wesen zu sein, doch auch ihr Zwitschern und Singen klang nicht mehr so fröhlich und unbeschwert wie einst.

Der Lieferwagen, der das Black Boar Inn gerammt hatte, interessierte Ash so wenig wie das herunterhängende Wirtshausschild. Er verschwendete auch keinen Blick auf die gelbe Plastikente, die auf dem Teich schwamm. Ash hatte nur Augen für seinen Wagen, der noch immer auf dem Parkplatz stand, wo er ihn unter den aufmerksamen Blicken Phelans abgestellt hatte. Auf einer Seite war die Karosserie vollkommen zerkratzt und verbeult, und aus einem Reifen war die Luft entwichen. Er sah die Bremsspuren auf der Straße, die zum Teich führten, doch sie waren ihm egal wie der Ford, den er nicht mehr benutzen konnte.

Ohne sich noch einmal umzudrehen, überquerte Ash die steinerne Brücke. Er ging an der Mühle vorbei, aus der kein Geräusch mehr drang. Auch sie hatte jegliche Bedeutung verloren.

Die Straße stieg an, und Ash begann zu schwitzen.

Ächzend und keuchend ging er weiter. Mit zitternden Händen rieb er sich die Augen. Auch wenn er langsam die Einzelheiten vergaß, mußte er noch immer an die schrecklichen Ereignisse der vergangenen Nacht denken. Er würde sie wohl nie ganz vergessen können.

Das Gebot der Stunde aber lautete: nichts wie weg aus diesem Dorf.

Ein Auto fuhr vorüber. Die beiden Insassen schauten Ash neugierig an. Nach einem weiteren Fahrzeug tauchte ein Streifenwagen auf. Die Polizistin hinter dem Steuer traute ihren Augen nicht, als sie Ash erblickte, sah aber auch keine Veranlassung, anzuhalten – ebensowenig wie zwei weitere Autos und ein Rettungswagen, der mit heulenden Sirenen an Ash vorbeischoß.

Glücklicherweise kam er zu einem Waldstück, wo die Luft kühler war.

Mit gesenktem Kopf ging Ash am Straßenrand entlang; deswegen achtete er nicht auf das Auto, das hinter ihm anhielt. Jemand rief seinen Namen. Er blieb stehen und drehte sich um.

»Was ist los mit dir, David?« fragte Kate McCarrick.

Unschlüssig blieb Ash stehen und gab keine Antwort. Kate stieg aus dem Renault.

Sie legte ihm behutsam eine Hand auf den Arm. »Wie siehst du denn aus? Ich habe versucht, dich gestern abend anzurufen, aber wegen des Nebels bin ich nicht durchgekommen. Ich habe ein Hotelzimmer genommen und bin heute morgen sofort losgefahren. Bitte sag mir, was geschehen ist. Du siehst so ...« Sie schüttelte den Kopf.

»Bring mich weg von hier, Kate«, sagte Ash betont langsam und bedächtig.

»Aber –«

»Bitte, bring mich weg von hier!«

»Also gut, David. Natürlich.«

Ash ging zu dem Auto, öffnete die Tür und stieg ein. Kate setzte sich ans Steuer und ließ den Motor an.

»Möchtest du zurück nach Sleath?«

»Nein!«

Sie zuckte zusammen und drehte sich zu ihm um. Er sah völlig abgerissen und müde aus und schien sie gar nicht richtig wahrzunehmen. Er starrte vor Dreck – die Kleidung, das Haar. Und woher kam das Blut auf seinem Hemd?

»Fahr bitte los, Kate, Aber in die andere Richtung.«

Nach einem gewagten Wendemanöver, bei dem Kate beinahe einen Baum gerammt hätte, brausten sie los. Ein weiterer Rettungswagen fuhr mit heulender Sirene an ihnen vorbei. Kate wagte es nicht, Ash zu fragen, warum die Ambulanz nach Sleath fuhr.

Ash lehnte sich in seinem Sitz zurück und schloß die Augen. Kate erzählte irgend etwas über Seamus Phelan, doch für Ash ergaben die Worte keinen Sinn, drangen kaum zu ihm durch.

Die Sonne schien hell ins Auto und begleitete sie auf ihrer Fahrt.

Plötzlich bremste Kate, und Ash öffnete die Augen. Vor einer Brücke, die so schmal war, daß man erst den Gegenverkehr vorbeilassen mußte, bevor man sie überqueren konnte, stand eine kleine Gestalt.

Ash wollte etwas zu Kate sagen, doch im Nu waren sie an dem Jungen vorbeigefahren, und Ash schwieg, drehte sich im Sitz herum und schaute nach hinten.

Der Junge stand jetzt auf der Fahrbahn und beobachtete den Wagen. Beobachtete Ash.

Er trug eine Jacke, die ihm viel zu klein war, und kurze Hosen, die ihm bis zu den Knöcheln reichten. Und Ash erkannte in ihm den Jungen, den er auf dem hinweg nach Sleath überfahren zu haben geglaubt hatte, als er auf der Brücke fast die Kontrolle über seinen Wagen verlor.

Der Junge, der ihm im Black Boar Inn erschienen war.

Der kleine Junge, der inmitten der anderen Geister am Eingang zur geheimen Kammer in Lockwood Hall gestanden hatte.

Der Junge, den Grace Timmy genannt hatte.

Der vor vielen Jahren an ihrer Stelle gestorben war.

Und noch während Ash die Erscheinung betrachtete, verblaßte sie.

Der Wagen rollte über die Brücke, gelangte auf die andere Seite, so daß der Junge außer Sicht geriet. Doch Ash wußte, daß die Straße hinter ihnen leer und verlassen war, selbst wenn sie anhielten und den Weg zurückgingen.

Er drehte sich wieder um, schaute nach vorn. Und schloß wieder die Augen.